JN306071

夢介千両みやげ

特選時代小説

山手樹一郎

廣済堂文庫

目次

おらんだお銀

いい鴨

東海道大磯の宿を平塚のほうへ出はずれた松並木、上り下りの旅びとが絶えるともなくつづくともなく、やがて午《ひる》近い早春のよく晴れた道中日和である。

お銀の前を、どっちかといえばのんびりとした足どりで歩いているのは、年ごろ二十四五のいかにも田舎くさいのろまそうな男で、めくら縞《じま》の着物の尻っぱしょり、縞の羽織、浅黄の股引《ももひき》、紺の手甲脚絆《てっこうきゃはん》、道中差、どこか地方の商家か豪農の手代が、江戸へ用たしに行く、そんな恰好だが、手代などにしては案外ふところがずっしり重い。こっちの勘にくるいがなければ、たしかに切餅四つ百両はあるはずだ。と、見てとったから、実は大磯から後をつけ出したのだが、前後を見まわすと、ちょうどいいあんばいに近いあたりに邪魔になる人かげがない、

きっかけをつくるなら今だと思ったので、

「もし、兄さん、助けて――」

お銀は声をかけながら、おおげさに男のうしろから駈けよった。

「おらかね」

ひとが、かりそめにも助けてとすがって行くのに、おらかねと念を押すのろまもあるまいと、お銀は呆れはしたが、それならそれでいっそ仕事がしいい、相手がのっそり人の好い顔を振り返ろうとするのを、

「ああ、お願い、うしろは見ないで下さい。悪い奴につけられているんです。このまま、道づれのようにしてすいませんけれど、しばらくいっしょに歩かして下さいまし」

つと肩をならべて、男の左の袂にすがりながら、わざとゆたかな胸をはずませてみた。お銀は二十三の女ざかり、自慢の白い肌に好みの渋い絹物の裾《すそ》みじかにきりっと着こなし、足もとはかいがいしく結いつけ草履、大丸髷《おおまるまげ》を、姐さんかむりにつつんだ姿は、どこか垢《あか》ぬけがしていて、とても堅気《かたぎ》の女とは見られる柄ではない。

「あたし、阿母《おっか》さんが急病だというもんですから、無理なお金をすこし都合して

きたんです。いいえ、どうせ田舎芸者のすることですから、高は知れたもんですけど、今朝から、何ですか気になる男が後になったり、先になったりして」

「どんな奴だね」

「いまにきっと追いぬくでしょうから、そしたら合図をします」

そのまましばらく黙って歩いた。

男は別にうしろを気にするでもなく、相かわらずのんびりと肩をならべている。大金を持っている男なら、怪しい奴と聞いて、すこしぐらいは用心しそうなものだのに、そんな風はみじんも見えない。よっぽど度胸のすわった奴か、それとも無神経なのか。それに、たいていの男ならもうそろそろ話しかけて、若い女の一人旅、根ほり葉ほり聞きたがるはずだが、それもしない。

「兄さんは江戸へおいでになるんですか」

それとなく持ちかけてみた。

「うむ」

「じゃ、今夜は戸塚か、程ケ谷《ほどがや》泊りですね」

「そんなところかな」

「すいませんけど、あの、女の一人旅はどこでもいい顔をしないんです。今夜一晩だけ、御いっしょに泊めていただけないでしょうか。あたし、決して御迷惑はおかけしませんから」

「おらは時々、大鼾《おおいびき》をかくそうだよ」

「そんなこと、眠ってしまえばわかりませんもの」

それっきり、いいとも悪いとも返事をしない。こいつのろまげに見えて、案外こっちの魂胆を見ぬいているのかしら、そうも思ったが、畜生、そんな食わせものならなおのこと、今夜はこの体をかけても骨抜きにしてやらずにおくものかと、お銀は意地になる。この器量で、体を張りさえすれば今まで天下に恐ろしい男は一人もないお銀だった。おたがいに道中師と知っていて、かまいたちと肩書のあるこの道での大親分に、とうとうおらんだわたりの眠り薬をかがせ、白昼ほんの掛け茶屋の奥で、見事胴巻を抜いてやったこともある。こっちをおらんだお銀と承知で、妾になれと縄をといてくれた役人さえあった。結局男なんてものは、このきれいな肌さえ投げ出せば、たちまち牡犬のようにあさましくなるものなのだ。

「姐さん、あれかね、今朝からお前さんをつけているという怪しい奴は」

「しっ、兄さん」

お銀はぎょっとして立止ってしまった。間もなく平塚へかかろうとする花水橋のそば、うしろから二人づれの侍がすっと追いぬいて行った。そのうしろ姿を指さしながら、この田吾作《たごさく》は平気で野良声をあげたのである。しかも相手が悪い。二人はお銀が大磯の掛け茶屋へ休んでいい鴨をと網をはっていた時、別の床几《しょうぎ》にかけていた。一人は修業をして歩いているらしい二十七八の剣客風、若いに似ずどっしりと落着いて見えるのは、肚《はら》も腕も相当できているのだろう。一人はその門弟らしい。お銀は鴨を見かけると、なにげなくその二人に会釈して一足先に茶屋を出てきたのだ。そして、今こうして、鴨と二人づれになって歩いている。見とがめられたら、どんな疑いをかけられないものでもないと、二重にひやりとさせられたが、――幸い気づかなかったと見えて、二人はふり向きもせず、もう橋をわたっていた。

「聞こえるじゃありませんか、兄さん。いやですねえ、そんな大きな声を出して」

お銀はほっとしながら、つかんでいた男の袂を放した。

「違ったかね。おらもどうもすこし変だとは思ったんだがね」

のろま男はにこりと邪気のない顔をして、街道の前後を見渡す。このうす間抜けめとは思ったが、

「まあ、そんなに気にかけていて下すったんですか。御親切忘れません。いいえ、

兄さんがつれになって下すったんで、悪い奴はきっとあきらめて横道へそれたのかも知れません」

そこは万事抜け目のないお銀であった。

色がかり

その夜は、小田原から、十里あまりの程ケ谷泊り、柏屋という旅籠《はたご》へついたころは、もうすっかり夜になっていた。あれからの道々も、このうす間抜けはあんまり無駄口を利かない。ことによると、案外心じまりの奴で、どたん場へくるとうまく逃げをうつのかも知れないと心配したが、いっしょに泊るようなら、もうこっちのものだ。俗に、むっつりなんとかという言葉がある。それならそれでいっそ仕事がしいいのだ。

お銀はいささか相手を甘く見て、宿へつくとなるべく上等の座敷を註文した。両隣の襖《ふすま》一重に泊り客のあるような部屋では、人の目や耳を、気兼ねしなくてはならないのがうるさい。幸い奥まった次の間つきの座敷へ案内されて、女中は、ちょうどお風呂があいて居りますからといって去った。

「兄さん、すぐあびていらしたら」

「昨夜入ったばかりだから、おらはよそう」

「そうですか。じゃ、あたしちょっとあびてまいりますから」

部屋の片すみへ立って帯をときながら、おや、生意気に用心したかなと、お銀は思った。が、うつ手はいくらもある。内ふところへ、用意しておいた切餅二つ五十両を持って、男がまず一服つけている火鉢の前へきた。

「すいませんけど、これ明日の朝まであずかっておいて下さいまし」

「五十両だね」

「ええ。女の腕で、これだけ都合するの、骨が折れました。なんですか、持ちつけないものを持っていると、気骨ばかり折れて、落着けないんです」

「たしかにあずかったよ」

無造作《むぞうさ》にふところへ入れるのを見て、では行ってまいりますと、お銀は風呂へ立った。

湯上りのさわやかな香をみなぎらせて、お銀が座敷へかえってみると、もう膳が出ていて、男がちゃんと待っている。そして、男の重そうな胴巻が、床の間においてあるのを、お銀は目ざとく睨んで、ざまあ見やがれ、すっかり安心しやがったと、ひそかにせせら笑いたい気持だった。

「あら、先へ召しあがっていて下さればよかったのに」

「それじゃ義理が悪かろうと思ってね」

「いやですわ、そんな他人行儀。さあ、お一つ」

にっこり取りあげた銚子も、実は女中にお銀が勝手にいいつけておいたものである。黙って盃をあげたところを見ると、いける口らしい。

「あたしも一ついただこうかしら。疲れがとれるっていいますから」

二つ三つ酌をしたところで、お銀は気をひいて見た。飲むかねと、案外すぐに男は盃をさして、

「そういえばあんた、旅なれてると見えて足が達者だね」

又してもちくり油断のならないことをいう。

「ええ、踊りの方で苦労させられていますもの」

「踊りをやるのかね」

と、男は目をほそめて、酒のせいかどうやら無口が少しほぐれてきたようだ。

「兄さん、お国はどちらです？」

「おらかね。おらは小田原在の百姓の倅《せがれ》で、入生田《いりうだ》村の夢介《ゆめすけ》というものさ」

「夢介さん、いいお名前だこと」

「なあに、人間はすこし寝ぼ介の方だよ」

「ほ、ほ、御冗談ばかし。江戸へは御見物ですか？」

「そんなのん気なことではねえ」

「では、何か御商売？」

「修業に行くのさ、道楽をみっちりやってみようと思ってね」

「お道楽を――？」

こん畜生、田吾作のくせに人を小馬鹿にする気か、とお銀は小癪《こしゃく》にさわったが、

「うむ、道楽修業だ。これでも男にとっちゃどうして命がけの修業さ」

相手は、大まじめの様子である。どっちかといえば丸顔で、大きな口もとがきりりっとしまってはいるが、地蔵眉毛の、切長の目がほそく、そうだこの顔はどこか鎌倉の大仏に似ている。が、この男のは、よくいえば鷹揚《おうよう》悪くいえばのろまげに見えて、利口なんだか馬鹿なんだか、ちょっと判断がつかない。

「道楽って、あのおいらんを買ったり、芸者ぐるいをしたりするあれのこと？」

「おいらんや芸者は、江戸が本場だというからね」

「でも、よくそんなこと、お家で許しましたね、親御さんやおかみさんが」

「女房はまだ持たねえが、親父さまには、この馬鹿野郎って、どなられた」

「あたりまえですよ、どなられるのが」

「ところが、あたりまえでねえ。親父さまはおいらん買ったり、芸者を呼んだり、なんでもやってきたくせに、倅がそれを真似するのはあぶねえと思っているのさ、なあに、あぶねえのは親父さまだって、倅だっておんなじこった。倅が馬鹿野郎なら、親父さまだって馬鹿野郎さね、あは、は、可愛い親父さまさ」

お銀は呆れてしまった。それでこの百両引っさらって、家出をしてきたに違いない。よし、そんな百両なら引っこ抜いてやる方が、かえってこの寝ぼ介の身のためだと、飛んだ理窟まで考えるのである。

「けれど、あんたは美人だね、江戸の本場へ行っても、あんたぐらいの別嬪《べっぴん》さんは、そういねえだろう」

夢介はおっとり酔った目を、それが身についた芸で自然とさわればくずれそうに妖艶《ようえん》な姿態を見せているお銀に、うっとりと向けた。

「いやですわ、兄さん。お口がうまいこと」

お銀は心得て、たちまちとろけそうな目をして見せる。まだ宵の口をすぎたばかり、どこか近くの料理屋から、うきうきした絃歌《げんか》の声が聞こえていた。

飛んだ道づれ

翌朝、お銀は夜の白々あけに、柏屋の裏口から音も立てず、するりと街道へ抜け出した。もうちゃんと昨日の旅支度をしている。

「ふ、ふ、寝ぼ介め。ざまあ見やがれ」

お銀のふところは、ずっしり重い。

しかし、考えてみれば全くおかしな男だった。自分から江戸へ道楽修業に行くという奴である。酒の気はあるし、きっと乙にからんでくるだろうと待っていたが、こっちの体に見とれてはいたようだが、それ以上にいいよろうとはしないのだ、そうか、まだ生《うぶ》だから、気はあっても、からんで出る手管がわからない、女が怖い方なんだ、それならと、枕をならべて寝るとき、わざと行燈《あんどん》を消して、

「兄さん、ちょっと手をかして見て。――ほら、あたしのこの動悸」

男のごつごつした手を抱いて、そっと自分の胸へあてがってやった。返事はしなかったが、別にその手を逃げようともしない。いまに乳房でももてあそんでくるかと、息をのんでいるうちに、なんと、自分でもいっていたとおり、ごうっと

高鼾をかき出したのである。

「ふん、よほど金仏《かねぶつ》だよ、こいつは。ひとがせっかく、これでもただで貰っちゃ気の毒だと思って、ちゃんと膳ごしらえまでしてやっているのに」

全く呆れてしまった。

が、案外こんなのに食わせものがある。なにからなにまで知っていて、わざとあけっぱなしに空《そら》っ恍《とぼ》け、いざとなると、見そこなうねえと床の上へ大あぐらをかく奴だ。だから、用心して、枕の下へいれている胴巻を引き抜く時は、さすがに脇の下へ冷汗を感じた。そして、なんだ馬鹿〱しいと、二度呆れてしまった。寝ぼ介は全く丸太ん棒のように眠りこけて、すやすやと子供のような寝息を聞かせながら、こっちがゆっくり逃げ支度をしている間、寝がえり一つうたなかった。

「張りあいがないったらありゃしない」

しかし、おかげでまんまところげこんだ百両、これだけあれば、久しぶりに江戸へかえって、しゃれた家を一軒借り、婆やの一人も使って、当分のん気に遊んでくらせるのだ。それに、これが後で人一人の生死にかかわるような陰気な金だと、やっぱりちょっと後味がわるいが、どうせ寝ぼ介が道楽につかう金だ、そう思うと、いつになく気のかるいお銀でもあった。

まだ早立ちの旅人もなく、しっとりと水霜がおりて、人かげ一つない宿場町を出外《ではず》れ、やがて街道筋へかかろうとする土橋の袂の葦簀茶屋《よしずぢゃや》、無論まだ店のものはきていず、がらんと床几がつみかさねてある前を、何気なく通りすぎようとすると、

「早いな、御婦人――」

そこからつかつかと出てきて、肩をならべる武士があった。ぎょっとして見ると、昨日大磯の掛け茶屋にいた若い修業者の、先生と呼ばれていた方である。

「まあ、先生も早立ちなんですか」

お銀はわざと足をゆるめない。蛇《じゃ》の道はへびで、まさか女道中師の上前《うわまえ》をはねるような人柄ではないがと、一目で見抜きはしたが、しかし人の心はわからない。それに、昨日あの鴨をくわえこんだところを見ているはずだし、今じぶんこんなところに、どうしても偶然とは思えないのだ。

「お前も早立ちだな」

「ええ、阿母さんが病気で、江戸へ行くんですけれど、昨夜気になる夢を見たもんですから」

「そりゃいかんな」

相手はつれ立って、ぐんぐんいっしょに歩いてくる。

「先生はおつれさんをお待ちになっていらしたんじゃないんですか」

「うむ、なあに、後から追いつくだろう」

一向に放れようとしない。

「こんな女と、お武家さんが肩をおならべになって、笑われはしませんかしら」

「そうでもあるまい。おかる勘平などはなかなか粋なものだ」

おや、それなら色気の方かと、お銀は少し安心して、

「おかるが、こんなお多福じゃ」

と、気軽に笑って見せた。

考えてみれば、相手が侍だろうと、鬼だろうと、お銀にとっては恐れることはないのである。いざとなればおらんだ渡りの眠り薬を一服盛って、逆にこの剣客のふところを抜いてやるまでのことだ。これでも身なりから見て五両や十両は持っているだろう。ただ怖いのは、人のいないところでいきなりうしろから、ばっさりやられることで、これだけは用心しなければならない。

「先生は武者修業をしておいでになるんですか」

「うむ、三年ばかり諸国をまわってきた」

「お強そうですこと」

「強いもんか、ほかに芸がないから、無粋《ぶすい》な竹刀《しない》なんかふりまわして、道場から道場を食ってまわってきたんだ」

昨日の寝ぼ介にくらべると、うけ答えもはきはきと、どこかいうことも垢抜けがしていて、道づれには退屈しない男のようだ。

「嘘ばっかし、いい方と道づれになりましたわ。これなら悪雲助もよりつけませんもの。先生は江戸育ちですね」

「お前も江戸らしいな」

「懐かしいわ、久しぶりで歯ぎれのいい江戸言葉をうかがうと」

いざ度胸がきまると、もうこんなうれしがらせをいうお銀であった。

女の啖呵《たんか》

程ケ谷から品川へ六里あまり、朝が早い上に一人は修業者、一人は女道中師、旅なれてどっちも足が早いから、無駄口をかわしかわし、まだ午前《ひるまえ》に江戸へ入ってしまった。

高輪《たかなわ》海岸十八丁というが、実は八丁しかない、その海が見晴らせるところに、長門屋という料理屋がある。男はここへお銀をさそった。

「江戸はやっぱり賑《にぎや》かですね。田舎じゃお祭だって、こんなに人は出やしません」

「そうだな。わしも三年ぶりだが、品川からこっちはちょっと目がまわりそうだった」

「先生はどちらまでお帰りになるんです」

「山の手の方だ」

無駄口はよくたたいたが、身分を洗うようなことを聞くと、するりと逃げてしまう。そのかわり、こっちのことも聞きたがらない。お銀には、やっぱり得体の知れない妙な男だった。一体、この男の目的はなんなのだろう。

「まあ、お前も一つ飲め。ここを出ればおたがいに帰る家が違う。別れの盃だ」

「なんですか、お名残り惜しい気がしますわ」

「うまいことをいうな。早く家へ飛んで帰りたいしろものが待っているくせに」

「そりゃもう、薬くさい白毛の阿母さんがね」

「あは、は、おかげで道中退屈をしなかった」

銚子が一本あくころ、女中がかわりを運んできて、

「こちらは九段さまでございますか」

と、聞く。

「ああ、海野がきたか。通してくれ、それから、膳をたのむぞ」

「昨日のお弟子さんですか？」

女中が去った後でお銀が聞くと、そうだという。が間もなく、先生おそくなりましたと、襖をあけて入ってきた男を見て、さすがにお銀はぎょっと顔色をかえた。その海野の後から、思いもかけないあのうすのろ男の夢介がついてきたからである。

「やあ貴公、さあ遠慮なくこっちへきてくれ」

「へえ、これはお初にお目にかかります。おらは相州《そうしゅう》入生田村の百姓の伜、夢介というもんでごぜえます。このたびはまた、いろいろとお世話をかけまして」

顔を見るなり、この女、ふてえ真似をしやがってと、つかみかかるのではないかと思いのほか、ろくろくこっちの方を見ようともせず、初対面の挨拶をしている。

「申しおくれた。拙者は九段の斎藤新太郎です。見知りおいて下さい」

「名高い練兵館の若先生だそうでごぜえますな」

「なあに、ちっとばかり名の知れているのは親父の方で、わしはまだひよっこだ。

心やすくたのむ。さあ、とにかく一つ献じよう」

「恐れ入ります」

「お銀姐御、お酌を一つたのむ」

畜生めと、お銀はひそかに歯がみをした。が、相手が名人斎藤弥九郎の長男では、うっかりしたことはできない。どうにでもなれと肚《はら》をすえて、

「はい、夢さん、お酌」

けろりとして、しなやかに膝をすすめる。こうなれば海千、山千、さんざ人を食ってきたおらんだお銀だ。寝ぼ介めどんな顔をするかと思うと、

「こりゃどうも、姐御さん、恐れ入ります」

両手で盃をささげて、至極神妙にかしこまっているのである。これには新太郎も、弟子の海野もちょっと意外だったらしい。

「海野、この勝負はどうやらわしの勝ちだったらしいね」

「残念ながら、たしかに拙者の負けでした」

「あは、は、御苦労だった。まあ、ゆっくり、一杯やってくれ」

新太郎はおもしろそうに笑って、さて、お銀姐御には気の毒だったが、と訳を話してくれた。実は昨日大磯の掛け茶屋を出て途中までくると、さっきの美人が

男のつれと肩をならべて歩いている。新太郎にはどうもそれが怪しく見えた。で、あの女はたしかに、道中師に違いないというと、海野は、私はそうは思いません、あれは小田原あたりの芸者で、男は、近在の物持ち百姓だ、女が男をだましたか、男が女にほれて家屋敷までなくしたか、そこまでは判らないがとにかく土地にいられなくなって二人で江戸へ駈け落ちをすることになり、今日大磯で待ちあわせたのだ。女が、先へきて待っているのに、男はその茶店へはよらずに、ちらりと見ただけで前を通りすぎたのは、見られては悪い男の親戚か知合いがこの土地にあるからだろうと、そんならがっいいたことまでいう。では賭をしようということになり、二人は一度花水橋でお銀たちを追いこしたが、平塚でわざとまた後になった。それから気づかれないように尾行して、昨夜二人が泊った旅籠を見とどけ、――もし女が道中師なら、必ず男の胴巻を抜いて、早朝に一人で逃げ出す、そう見たので、新太郎はあの宿外《しゅくはず》れで待ち、海野は後から男をつれて、ここの長門屋で落合うことにきめておいたのだという。

「まあ、笑ってくれ、全くのお節介、物好きからやったことだ。そこでどうだろうな夢介うじ、昨日からのことは一切、道中で、たわむれにやった愉快な茶番と思ってもらって、ここで貴公の胴巻がもとへかえったら、そのうちのなにがしかをお銀姐御に祝儀としてやる、それですべてを水に流して、ここはみんなでおもしろく一杯やって別れる、こういう幕にしたいんだが、一つ承知してくれぬか」

新太郎としては、好んで怪我人を出したくないという、さばけた気持だったのだろう。

「結構でござえます。もともと、あの金は、江戸で道楽につかうつもりで持出しましたんで、姐御さんもせっかくまあ、いろいろと骨を折って一度手に入れたもの、おらはもう十分おもしろい芝居を見せてもらっていますから、そっくりそのまま姐御さんの祝儀にしてもらいましょう」

これはまた馬鹿にあっさりしたものだ。

「ほう、貴公、おもしろいことをいうなあ」

新太郎はこのどこか常人とかわった田舎者の、おっとりとした風貌を眺めて、ひどく興味を感じたらしいが、

「姐御、いま聞くとおりだ。その胴巻にいくら入っているかわしはしらんが、せっかくだから祝儀として貰っておくがいい。いわずもがなのことだが、これでその金も公明正大になった。おもしろいな、世の中は」

それとなく言外に、悪いことはよせという意見がこもる。

つんと意地の強い目をして聞いていたお銀が、急に横を向いて内ふところへ両手をいれたと思うと、器用な手つきで切餅四つ百両、それを一つずつつかみ出してそこへ並べはじめた。

「若先生、胴巻の中にあった金はこれだけです」

「ほう、百両だな」

「せっかくの御意見ですけど、この御祝儀はいただけません。あなたが天下の剣客なら、あたしも女だてらにおらんだお銀と少しは名の知られたあばずれ者、お情でこんな御祝儀を人から貰ったと、評判になりますと、明日から往来が歩けなくなります。これはそちらへお返しします。そのかわり、お前さんたちの目の前で、もう一度この百両たしかにあたしが腕にかけていただいて行きますからね、九段の若先生、もし手もとが見えたらそのお刀で、遠慮なくこの手をすぱりとやって下さい。ほ、ほ、飛んだ根性曲《まが》りでごめんなさい」

婉然《えんぜん》と笑っての思い切った啖呵だった。新太郎の妙にさばけたような意見も気に入らないし、あの寝ぼ介が実ははじめから女道中師と知っていて胴巻をくれてやったのだというような口ぶりも小癪にさわる。お銀は意地になってしまったのだ。

「どうだな、夢介うじ」

新太郎は苦笑しながら、夢介の顔を見た。

「結構でごぜえます」

夢介はそこにならべてある百両を見むきもしなければ手にふれようともしない。

「失礼ですが、若先生はどこまで旅をしておいでてごぜえましたか」

「こんどは長州までだった。九州へもわたりたいと思ったんだが、つい萩《はぎ》で引きとめられて、一年ばかり遊んでしまってね」

「ずい分おもしろいことがごぜえましたろうな。おらもできれば諸国をまわってみてえと思っています」

「貴公はさっき、何か道楽に百両つかうつもりだったようなことをいっていたが、それが目的で江戸へ出てきたのか」

「へえ。おらもまあ男一とおりの修業はしてみましたが、まだ道楽と名のつくものを一つもしたことがありません、酒、女、博奕《ばくち》、それから見たい、聞きたい、食いたい、それを一つぜひ日本一の江戸でやってみてえと思って、こんど出て来ました。お侍さまと違って、それがまあおれら百姓の修業だと思いましてね」

「つまり不動心をためしてみる、そんなところか？」

「なあに、物好きでごぜえます。ただいろんなものが見たい、聞きたい、知りたいで、――おかげさまで、まず姐御さんを見せてもらいましたし、それから、日本一の若先生とこうしてお話ができる、いい修業でごぜえます」

「日本一は困るが、おもしろいなあ、一度ぜひ道場へも遊びに来てくれ。おれの口からいうのも少しおかしいが、親父の道場は、一度見ておいてもらっても無駄ではなさそうだ」

「ありがとうごぜえます。ぜひ一ぺん見せてもらいにあがります。ああうっかりしてた。姐御さん、一つどうだね」

夢介は気がついたように、盃をさすのである。

「御親切にありがとう」

素直にうけたが、寝ぼ介のくせに、まず姐御さんを見せてもらいましたなどと、ひとを小馬鹿にした云草が、お銀にはなんとも胸にすえかねる。

「夢さん。たった一つだけ教えといてあげますがね、道楽なんてものは、ほんとに自分から惚れてみなけりゃ真の味はわからない。ただ見るだけでいいんなら、絵草紙でも買って、それを土産に早く国へかえった方があんたのためじゃありませんかね」

ぴしゃりと一本やっつけた。

「いいや、おらは好きな女ができれば、女房に貰って帰る気でいます」

「さあ、たった百両ぽっちで買える女が、江戸にいますかしら」

「姐御さんの前だが、おらは女房を金では買わねえ、惚れて心で買ってゆくつもりだ」

「面あり、あは、は、姐御の負けだ」

新太郎が手をあげて、おもしろそうに笑った。

勝負

かれこれ八つさがり、お銀は何気なく手洗いへ立つふりをして、無論、例の百両は誰も手につけぬままそこにおいてあるのだから、別に怪しまれもせず座を外して、そのままお銀は長門屋を出てしまった。

「畜生、こんどこそ後でびっくりしやがるだろう」

そう思うと、今まで胸にたまっていた溜飲《りゅういん》が、一度におりた気持である。種も仕かけもあるわけではない、お銀が出した切餅四つは、最初から鉛をくるんだ贋物《にせもの》なのだ。昨夜夢介に宿屋であずけて安心させた五十両もそれである。たとえば風呂へ立った後で、男が封印を切ったとしても、いいえ、あたしのは本当の小判だった。それをこんな贋金《にせがね》とかえて、女のものをとろうとする、お前さんこそごまの灰だと、逆に泣いておどかす常套手段が用意されている。

　それとも知らず、今日は、海野とかいう弟子剣術つかいが、畳の上の百両、いまとるかいまとるかと、はじめからしまいまで睨んでいたのは滑稽だった。さすがに素知らぬ顔はしていたが、新太郎も始終油断はしていなかったようだ。一番のん気なのは夢介で、間抜けだから金のことなどすっかり忘れてしまったのだろう。新太郎の修業話を聞くのに夢中だった。

　お銀は人目さえなければ、ぺろりと赤い舌を出してやりたいところだった。本《ほん》芝《しば》を抜ければ金杉四丁目、やや西へまわった明るい冬日の大通りは織るような人通りだ。その様々な人を、まん然と眺めて歩きながら、お銀はなんとなく人間放れのした寝ぼ介の大きな顔が目にちらついて放れない。あれはほんとうののろまなんだろうか。それとも性根はしっかり者なのか。昨夜はせっかく手まで抱いてやったのに、その手を握り返そうともしない。ひとに任せたまま高鼾を聞かせやがった。あたしがこれと狙った男で、あたしの器量に魂をとろかさない男なんて全くはじめてだ、考えると、ちょっと口惜しい気さえする。いや、女があれまでして振られるなんてあたしは生れてはじめて恥をかかされたんだ。

「畜生――」

それに、今日はまんまと百両とられていながら、その憎い女にあって、腹一つ立った顔をしなかったじゃないか。しかも、うすぼんやりした顔をして、姐御さんもせっかく苦労してとった金だし、おもしろい芝居を、もう十分見せてもらったんだからと、けろりとして吐《ぬか》していた。どう考えても、あたしの負けつづきである。

「口惜しいねえ、どうしてくれよう」

そして、ふっと気がついた。あたしはいま立派に贋金をつかましてきたつもりで一人でよろこんでいたが、あの男だけはちゃんとそれを知っていたんじゃなかろうか。だから、手もふれなければ、見むきもしなかった。やっぱり昨夜からの芝居の祝儀にくれた気で、あんな惚けた顔をしていたのかも知れない。

「よし、もう一度ためしてやる」

くれる気の金なんか、誰が貰ってやるもんか。そこまで恥をかかされていたんでは、どうにも女の意地が立たない。

お銀は目を血走らせて、ふっと立止った。金杉橋の近くである。

さて、引き返してつかまえたものだろうか。ここに待っていたものだろうかと、迷っているうちに、案外待たされもせず、夢介が少し酔った顔を風になぶらせながら、人の流れについて、こっちへくるのが目についた。

「夢さん――」

かまわず寄って肩をならべてやると、

「やあ、姐御さんか」

夢介はにこりと人なつこい微笑をうかべた。きれいに澄んだ子供のような眼だ。かりそめにも人を疑う、そんな色はみじんもない。

「若先生とはどこで別れたんです」

「札の辻というところで別れたよ」

「江戸ってところは、あんまり人がたくさんいるんでおどろいたでしょう」

「ああたまげたよ。どこまで行っても大きな家がつづいてる。田圃《たんぼ》はないんかね」

冗談じゃない。江戸の真ん中に田圃があってたまるもんか。本気なのかしらと、横目で睨むと、この男はしきりにあたりを見まわしている。どこまでのんびりできているんだろう。

「夢さん、ちょいとうかがいますがね」

お銀は何気なく切出した。

「なんだね」

「お前さん、はじめから、あたしを性のわるい女だと思って、昨日いっしょに泊ってくれたの」

「そんなこと、どうでもいいやね」

「よかありません。いってごらんなさいよ」

「姐御さんは、いいひとだよ」

また小馬鹿にしやがると、むかっとして、

「どうしてもいわないつもり、夢さん」

思わず相手の腕をきゅっと抓《つね》っていた。

「あ、痛え」

「あんたは昨夜っから、あたしを馬鹿にしどおしなんだ」

おや、これじゃあたしがこの寝ぼ介をくどいてるみたいだ。お銀は急に恥ずかしくなって、ちょっと黙りこんだ。こっちが黙っていれば、ひとのことなんか忘れたように町を物珍しく眺めまわして歩く夢介である。

「夢さん、あんたさっきのお金、ちゃんと胴巻へいれてきたんでしょうね」

勝負だ。さすがにお銀はじっと男の様子を睨む。

「ああ、そうだっけ」

ちょうど金杉橋の上だった。夢介はふっと欄干《らんかん》のそばへよったと思うと、ふところから取り出したものを、ぽんぽんと川の中へおとした。さっきの贋金の切餅四つである。やっぱり知っていやがったのだ。お銀は赫《かっ》と逆上してしまって、すぐには口が利けない。

どうしてくれよう、畜生、畜生。

お銀は逃してたまるものかというように、いつか憎い男の袂をしっかりつかんでいた。そうだ、どこまでもこの男にくっついて行って、いつかはきっとあたしの肌に迷わしてみせる。できないことがあるもんか、そう覚悟がきまって、やっと少し落着いてきた。

「夢さん、あれをどうして知っていたの」

「なんのことだね」

「いま川ん中へすてたもののこと」

「そんなこと、いつまで気にしなさんな、姐御さんらしくねえよ」

「気になるんだから、おいいなさいってば」

「そうかね。鉛と金じゃ、目方がちがうね、手にとればすぐわかるもんだ」

あっと思った。そんなら、昨夜からもう見抜いていたんだ。が、いまさら、じたばたしたってはじまらない。

「ほめてあげるわ、感心感心。御褒美《ごほうび》にはね、夢さん、あんたが江戸で修業中は、あたしが養ってあげる。これでも姐御さんはお金持ですからね」

「いいや、おらは——」

男が何かいおうとするのを、いわすのが妙に怖い。

「聞かないってば、あんたは黙ってついてくればいいんです」

ぎゅうとつかんだ袂を邪慳にひきつけて、急にはげしい動悸を感じる。おや、畜生と思いながらひとりでに頬が赤くなってきた。お銀にとっては初めての経験である。

殴られ武勇伝

殴られ放し

田舎者の目に両国広小路は、ただ呆れるばかり賑《にぎや》かすぎ埃《ほこり》っぽい、芝居、軽業、娘浄瑠璃《むすめじょうるり》、因果物など、いずれも菰張《こもばり》の見世物小屋がずらりと軒をならべ、ごったがえす群集に興奮した木戸番が、さあ、いらはいいらはいと口々に呼び立てわめき立てている。つい人情でうっかりそっちへ気をとられると、前の人に突きあたったり、うしろから小突かれたり、田舎者には人ごみの中を見物しながら歩くなどという器用な真似は到底むずかしかった。

「江戸じゃ、生馬の眼を抜くなんて、朝飯前なんですからね、今日はあたしが用心棒になって、見物させてあげる」

そういってせっかくついてきたお銀姐御も、いつの間にかはぐれてしまっていた。もっとも夢介の方では、別にお銀をたよりにするなどという気持は、始めからない。道中狙われた百両の金は、きれいに渡してある、それでお銀の執念は晴れたものと思っていたのだが、物好きにも昨夜は自分から馬食町三丁目の井筒屋という旅籠《はたご》へつれこんでくれた。こまめに身のまわりの世話を焼いてくれるし、おらんだお銀と凄い肩書のある姐御でも、金さえ持っていなければ、まさか命までとろうとはいうまい、そう思って好きにまかせておいた。元々こん度の旅は、江戸の裏表を見物して、修業のために千両ほど道楽をして見ようというのが目的なので、さしずめ身につけてきた百両は、お銀姐御という目のさめるような女っぷりの道中師に、念入りな仕事ぶりを見せてもらった道楽代、そんな気持でいる夢介なのだ。

そのお銀姐御とどこではぐれたか、見世物小屋の前をぐるりと一まわりして、柳橋の方へ曲《まが》ろうとする角、『五十嵐』という伽羅《きゃら》の油を売るので有名な小間物屋の前まで押し流されてくると、

「気をつけろい、間抜けめ」

夢介はいきなり横っ面を、厭というほど殴りつけられた。人相のよくない折助《おりすけ》態《てい》の二人づれ、その一人の方が出あいがしらに自分の方からとんと肩をぶつけて

きて胸倉をとると、わめく、殴るがいっしょという、まことにあざやかな早業だったのである。

「手前おれに、なんの遺恨があるんだ。喧嘩なら買ってやるから、突きあたったわけを吐《ぬか》せ。黙っていたんじゃわからねえや、吐さねえか」

「おら、なにも遺恨なんかありません。突きあたったのはお前さんの方だ」

「おや、この野郎、おれに因縁《いんねん》をつける気だな。おれは松浦の大部屋にいるお化岩だ。さあ、誰にたのまれて因縁をつけにきた」

荒っぽく小突きまわしながら、ああいえばこういうで理窟もなにもない、要するにこっちを田舎者と見て、うまくいけばいくらかにする、駄目ならおもちゃにして殴り得、そんな肚《はら》らしい。このごろ江戸に市井無頼《しせいぶらい》の輩《やから》多く、博徒盗賊横行して良民を泣かせ、喧嘩口論日に絶えずといわれている江戸の町なのである。

「困ったな。どうかもう勘弁して下せえまし」

「なにを吐しやがる。勘弁も赤んべんもあるか」

ぽかぽかと拳《こぶし》が降ってきた。いくらかになりそうならここらで相棒がとめに入って、どこかでまあ一杯という段取になるのだろうが、その相棒が外方《そっぽ》を向いている。鴨にあらずと見たのだろう。無論夢介は始めから殴られっ放しで相手にならない。たちまち黒山のように立止った弥次馬の顔は、かわいそうにと同情しているのが二分、なんでえ大きな図体をしやがって、一つぐらい殴り返せねえのかと無責任な義憤を感じながらはがゆがっているのが五分、後の三分はいい見世物のつもりで、ただ、げらげらと笑っている。

「こん畜生、張合いのねえ田吾作《たごさく》だ。お江戸の真ん中へきたら、もっとよく目をあけて歩け、大間抜けめ」

いつまでものっそりと殴られているので、折助も呆れたのだろう、棄てぜりふといっしょに、もう一つ頭をおまけに殴りつけ力一杯どすんと突き飛ばした。が、これは図体ががっしりとしている上に腰が据《すわ》っているから軽く右足を一歩ひいただけだ。おやというように、折助はちょっと口惜しそうな顔だったが、どうせ一文にもならない相手である。そのままあきらめて行ってしまった。

「やれ、飛んだ目にあわされた」

夢介はけろりとして歩き出す。相手が恐いとか、無法に殴られて口惜しいとかそんなことを気にするほど神経質な男ではないのだ。

が、人垣がくずれてまだ十足と歩かないうちに、右を見ても左を見ても、もうすっかり人が入れかわって、無関心な顔ばかりになっている。なるほど、江戸というところは広いなと、これには感心させられた。

八丁堀の旦那

「夢さん」

どうやら人ごみを離れて、柳橋の袂へ出ると、ふいにうしろから肩を小突く者があった。

「やあ、姐御さんか」

はぐれたとばかり思っていたお銀が、睨みつけるような顔をして立っている。

「その頬ッぺた、どうしたの」

「どうかなっているかね」

そういえば妙に腫れぼったくて、少しひりひりする。

「なんだって折助なんかに色のかわるまで、黙って殴られていたのさ。あんた一つも殴り返さなかったわね。始めから殴られ放しじゃありませんか、馬鹿〳〵しい」

考えても腹が立つらしい、胸倉をとらんばかりに食ってかかりながら、体中の血をたぎらせて、世にも底意地の悪い目が生々と、これはまたふしぎな美しさを持っている女である。

「なんだ姐御さん、見ていたのかね」

「恥ずかしくて冷汗をかいちまった。あんたって人は、もっと度胸のある男だと思ったのに、あのざまはなによ。張り子のだるまじゃあるまいし、なにもあっけらかんと、いつまでもあんな奴にぽかぽか殴らしておくことはないじゃありませんか」

「そりゃまあ、そうだけど」

「あんた、男のくせに、ちっとも口惜しくないの。いいえさ、手も足も出せなかったほど、あんな折助なんかが恐いの」

「ありゃ理窟もなにもわからないあばれ馬だよ。あばれ馬と殴りっこしたって、弥次馬の見世物になるばかりだものな」

「嫌い、そんな負け惜しみ。折助が恐くて江戸の町が歩けるもんか、そんな意気地なしといっしょじゃ、こっちが無駄に冷汗をかくばかりだ、あたしは帰りますからね」

お銀は、たたきつけるようにいって、ぷいと踵《きびす》をかえした。一つには、水もしたたる大丸髷《おおまるまげ》の年増が大きな田舎者をつかまえてぷんぷん怒っている。また弥次馬が物珍しげにそろそろ立ちかけたからであった。

「本気になって怒っている」

夢介は邪慳《じゃけん》に下駄をならして居るそのあでやかなうしろ姿を、一瞬ぽかんと見送りながら惜しいなあと思った。怒って生地を出した今のお銀は、ちょっと好ましい女に見えた。あれで凄い肩書のある女でさえなければ、惚れずにはいられないだろうにと、はじめてそんな気がしたのだ。

が、いつまでもこだわっている夢介ではない。柳橋をわたって、ここはまだ朝のうちの閑静な色街を抜け、平右衛門町から第六天社の方へ出て行くと、

「おい、ちょっとおれといっしょにきてくんねえか」

どこかで見かけたことがあるような中年の男が、その路地から出てきて、つと肩をならべた。恐らく待ちかまえていたのだろう、なんとなく目の鋭い様子が、岡っ引というたぐいの男らしい。

「どこへ行きますだね」

「茅町《かやちょう》の番屋だ。八丁堀の旦那が、お前に用があるといって、お待ちになっているんだ」

はて、どんな用かなと、まるっきり見当はつかなかったが、身にお咎《とがめ》をうけるようなおぼえは少しもないから、顔色一つかえる必要はないのだ。

茅町の番屋で、煙草盆《たばこぼん》を前にして待っていたのは、南町奉行所附の同心市村忠兵衛という定町廻《じょうまちまわ》りでは幅の利く働きざかりの旦那であった。ああつれてきたかと、手下の手先をねぎらい、おい、まあこっちへ上ってくれと微笑をふくんで鷹揚《おうよう》に目で夢介を招く。旦那は笑っていても少しさがって手先町役人などが三四人左右に目を光らせて、しゃちこばっているので、誰にしてもあまり気持のいい席とはいえない。

「それではごめん下せえまし」

夢介は神妙に旦那の前へ坐って、別にかたくなった様子も見えない。

「お前、いま広小路で喧嘩をしていたな」

「いいえ、喧嘩ではごぜえません。ただ殴られていましたんで」

おやこの人も見ていたのかというような顔をして、夢介は腫れぼったい頬を撫でた。

「うん、若いのによく我慢した。気ちがい犬を相手にしたってつまらねえ。お前、柔術《やわら》の心得があるな」

「田舎でほんのちょっとばかし、真似ごとだけでごぜえます」

「そうでもなさそうだ。生兵法じゃあの堪忍は、できにくい。どこだ、故郷《くに》は」

「相州小田原在入生田村の百姓の伜《せがれ》、夢介と申しますだ。年は二十五でごぜえます」

「江戸へは見物にきたのか」

「へえ、見物でごぜえます。ついでに少し道楽もおぼえて帰りてえと思いまして」

「いい心掛けだ」

旦那はにやりとしたが、同じように笑った手先たちの顔には水呑百姓の分際で、道楽をおぼえるとは大袈裟な口を利きやがると、それとなく軽侮《けいぶ》の色があった。

「あの女のつれは、やっぱり道楽の相手か。いい女だな」

お銀のことらしい。なんとなく忠兵衛が、じっと目の中をのぞくようにする。

「いいえ、あれは女の方が道楽でつれになったようでごぜえます」

「女の方からくどく、そんな素振りでもするのか」

「それが、おらにはどうも、無粋《ぶすい》で本音がよくわかりません。ただ江戸見物なら、案内をしてやるといいますんで、百両あずけて、案内をしてもらっていますでごぜえます」

「どこから道づれになった」

「東海道大磯の宿を出たところからでごぜえました」

「お前、あの女の渡世を知っているのだな」

「へえ、以前はおらんだお銀という肩書があったそうですけど、いまは悪いことはしないようで、おらにはなかなか親切にしてくれます」

これは嘘だ、現に百両抜かれている。親切は手くだで、何か姐御らしい意地からつきまとっているのだと承知はしているが、ここでそれをいったのではお銀の体が無事にすまない、そう思っての嘘を、夢介は茫洋《ぼうよう》と微笑にまぎらわせた。

「そうか。その言葉に嘘はねえとしておこう」

忠兵衛はちらっとふくみのある笑いを見せて、

「おれはまたそれを知らねえで、飛んだ目にあうようじゃお前が気の毒だと思ったから、ちょっと呼んでみたんだ、尤《もっと》も、あの女がこうした悪事を働いたという手証《てしょう》は今のところ別にあがっているわけじゃない。このまま堅気《かたぎ》になるんなら、大目に見ておいてやるが、しかし、あんまり親切にされねえ方がお前のためかも知れねえぜ。こりゃおれの余計なお節介だ」

「御親切にありがとうござえます。おらはこれでずい分堅人《かたじん》の方でござえますから」

「そうだろうな。井筒屋の宿帳には妹お銀とついていた。だから女が余計意地になる。この勝負は見物だろう」

忠兵衛は機嫌よく笑って、用があったらいつでもたずねてこい、おれにできる相談には乗ってやるからと、どこまでも親切だった。厚く礼をのべて番屋を出たが、それにしても、さすがは江戸の市中取締役、もう旅籠屋まで調べがとどいていたかと、その機敏なのに夢介も、いささかびっくりせざるを得なかった。ことによると、札つきの女といっしょに歩いている奴、一つ穴のむじなかも知れない、半分はそう疑って、手をまわしたのではあるまいか。とにかくあの女といっしょにいる間は、よかれ悪しかれ、これでお上の注意人物となったわけだ。

一つ目の御前

その日は両国から浅草へ、案内してもらうことになっていた。肝腎な案内役はへそを曲げてしまったが、ここから、浅草の観音様へは、一本道である。天王橋を出ると、西側に豪勢な札差の店舗が軒をならべ、東側は御蔵の土手になっている。その蔵前通りを出ると、三好町、黒船町、諏訪町《すわちょう》と、この辺はどこまで行っても賑かな人通りが絶えない繁昌の地だ。いろいろ店屋があって、これはないというものは何一つない。煙草盆ばかり造って並べてあると思うと、伏見人形だけの店がある、紐屋は紐だけ、煙草屋は煙草だけ、それがみんな大きな店を構えてあきないになって行くのだからさすがに江戸だ。

駒形《こまがた》へかかって、夢介はふと思い出した。ここに越後屋という鰌屋《どじょうや》があって、うまくて安い。料理は鰌の丸煮と鰌汁の二いろしかないが、日に二三度はきっと客止めをする位繁昌していると、国で聞いたことがある。

「浅草へ行くんなら明日は一つ鰌屋で飯を食ってみよう」

昨夜、お銀にその話をすると、

「物好きね、あんたも、あんなとこはその日稼ぎの人が行くんです。浅草にはもっと気の利いたうまい物屋がたくさんあるんだから、あたしに任せといて下さい」

一言のもとに、はねつけられてしまった。これだからなまじ案内役は邪魔だと思ったが、その邪魔な案内役のいないのがちょうど幸い、かれこれ時分どきではあるし鰌屋へ入ってみることにした。

なるほど、たいへんな繁昌だ。前の土間は腰掛になっていて、天秤棒《てんびんぼう》を担いで歩く連中が草鞋《わらじ》のまま食える。その奥が広い畳敷で、ここにも客が一杯思いおもいに座をしめ、飯を食っている者、酒を飲んでいる者、その膳がみんな同じように鮪の丸煮と鮪汁だからおもしろい。その中を女中が、おつけで御膳、お酒で御膳と口々に客の注文を通しながら、膳を運ぶ者、膳をさげる者、まるで火事場のようで、なれない者にはちょっとどこへ坐ればいいのか見当もつかない。

「ここへ坐らしてもらっても、かまわねえでごぜえましょうか」

夢介は片隅の、十徳《じっとく》をきた老人が一人で酒を飲んでいる前へきて、ていねいに聞いた。

「いいとも、さあ坐んなさい」

でっぷりとした福相な老人が、少し膳をずらしてむかえてくれた。

「お前さん、はじめてのようだね」

「へえ、昨日、江戸へ出てきたばかりの田舎者でごぜえます」

「それじゃ様子がわからねえだろう。酒はいける口かね」

「好きな方でごぜえます」

「そうか。おいおい姐さん、この人に、お酒で御膳をあげてくれ――これでいいんだ。お前さんのがくるまで、まあ一つあげよう」

てきぱきとした江戸前の年寄だった。鍋と酒がくると、ちゃんと煮方食べ方まで教えてくれる。ふしぎなもので、こうして坐ってしまうとそこに一つの城廓《じょうかく》ができ、さし向いに坐った老人のほかは、どんな騒ぎもあまり気にならなくなる。

「ここの鮪は特別でね、形をくずさないでこんなに柔かく骨まで煮てある、そのいこつ一つと、安いのとでこんなに繁昌するんだ」

「鮪の話は国で聞いていましたが、その繁昌がこんなだとは、きてみて初めてびっくりしました。これじゃ食逃げをされてもわからないことがありやしませんかね」

「なあに、それがまた、ここは食逃げをつかまえる名人でね、食逃げをしようというような奴は、たいてい食いっぷりで女中にわかる。ちゃんと若い者に耳打をしておくから、まあ逃したことはないそうだ」

あたりの騒々しさが、いつとなく急にしいんとなった。秋の虫が一時に鳴きやんだ時のような、ちょっと異様な感じである。見ると、濃い茶羽二重《はぶたえ》の紋服羽織、一きわ目立つ貴公子然たる苦味走った侍を取りまいて、浪人者、道楽者風、折助など一団十人ばかり、いずれも人相のよくないのが、山犬のようにあたりを睨みまわしながら、いま座敷へ上ろうとするところで、——あいにく立込んでいるから、それだけの大人数が坐れる場所はない、と見て、遊人風の三四人が、「やいやい、今日は一つ目の御前がここを買切りになさるんだ。みんな早く食って場所をあけろ」

いきなり上へ上って、片っ端から、人の膳皿小鉢を必要なだけ一方へ運びはじめた。そのあたりは総立ちになって、行くところがないから土間へ飛びおりるより仕様がない。店の者も客も、一瞬呆気《あっけ》にとられてぽかんと立ちすくんでしまった。

「御隠居さん、なんでしょうね、あれは」

「銭貰いだよ、すてておきなさい」

老人はそっちへ背をむけたまま、平気で鮪をつついている。

「越後屋も悪い奴に見こまれたね」

隣りの小商人風《こあきんどふう》の中年者が、忙しく酒を飲み、鮪を食い、その合間〳〵に説明してくれた。茶羽二重の男はもと本所一つ目に屋敷があった大垣伝九郎という旗本くずれで、悪いことならなんでもやるという悪党だ。しかも腕ができる上に、くそ度胸がすわっている。この春ごろから妙な商売を考え出し、金に困ると乾分《こぶん》をつれて大通りのなるべく繁昌する大きな店先へ坐りこむ。別に乱暴を働くわけではないが、相当の包金《つつみ》を出すまで動かない。こんなのに坐って睨んでいられたのでは、客がよりつかないので、どこでも包金を出して帰ってもらう。両国界隈から、この辺一帯が縄張だというのである。

「越後屋も早く金を出してしまえばいいのに、この分じゃだいぶ食逃げがありますぜ」

そう話してくれた男も、いつの間にか膳の上をきれいにしてぷいと立って行ってしまった。恐らくこれも食逃げの方だったのだろう。

一本勝負

台風一過、あらしの後というが、その時の鮨屋が全くそれであった。一つ目の一団が陣取ったあたりから、客は次第に逃げ出して、広い座敷に残ったものは雑然たる膳皿小鉢小七厘の類ばかりだ。がらんとした板前のあたりに若い者や女中が一かたまりになり、畳にも土間にも客は一人もいない。いや、片隅にたった二人だけ残っていた。十徳の隠居と夢介である。

外は一杯の人だかりのようだが、店の中はしいんとしていた。目ざわりになるらしく、一つ目の一団はじろじろこっちを睨んでいる。隠居はその方へ背を向けているが、夢介はそっちを向いて坐っているので、おやと思った。とにかく客だから酒と御膳が出て、一杯はじめた一団の末席の方に腰かけて飲んでいる折助二人、その一人はたしかに両国で自分を殴ったお化岩という奴だ。

向うでも見おぼえがあると見えて、時々こっちを気にしている。

台風一過とはいったが、これはまた、次の台風がくる前の無気味な静けさともいえる。

「人間は若いうちが花だな。お前さんはいま道楽をおぼえにきたといったが、道楽はこれでなかなかむずかしいもんだ。たとえば女道楽にしても、あんまり惚れられると身が持てない、苦労の種になる。振られるようでも、またつまらない。やたらに金をつかえば馬鹿と蔭で笑われるし、金をつかわなければ、けちだと嫌われる。おれがもう少し若けりゃ、いっしょにつきあって、道楽のこつを教えるんだが」

「どうだろうかね御隠居さん、おら百両なら百両持って行って、はじめからこれだけ遊ばしてくれって、たのんで見ようと思うだが」

「うむ。そりゃいい。そりゃ負け惜しみがなくて一番きれいだ。なんならおれの知っている家へたのんでやるよ。まあ道楽はいいが、道楽者にはなんなさんな。道楽が稼業《かぎょう》のようになると、人間がおちぶれて、つい世間をいやがらせて、銭を貰って歩くようになる。こいつが一番人間の屑《くず》だ」

隠居がちらっと夢介の目をのぞく。

「おらは屑にはなりません。けんど御隠居さん、どさくさまぎれに鰌の食逃げをやる、これも屑のうちですね」

夢介はあははは、と笑った。何者だかわからぬが、この老人は相当思慮もあるようだし、胆っ玉も大きいようである。すっかりたのしくなってしまったのだ。

「ああ、そんなのは吹けば飛ぶ鉋屑《かんな》さ。まだ罪は軽いがこれがまた世の中に案外多い」

あたりまえの声で話しているのだが、しんとしているから無論向うへ聞こえる。

「御前、追い出しましょうか」

伝九郎のわきに坐って相撲あがりらしい大男が、顔色をうかがった。伝九郎が鷹揚にうなずくと、

「岩、いいつけたぜ」

へいと答えて、お化岩がずかずか上ってきた。

「やい、手前はさっきの田吾作だな。いつまで下らねえことをしゃべってやがるんだ。さっさと帰れ」

頭からのんでかかって、立ったままの云草である。

「御隠居さん、鉋屑が何かしゃべっているようでごぜえますが、わかりますか」

「わからねえね。おれたち人間には、人間の言葉しか通用しねえよ」

「こん畜生、しゃれたことを吐すねえ」

いきなり膳を足蹴《あしげ》に、皿小鉢ががらがらと砕けてけし飛ぶのかと思われた一瞬、夢介の手がひょいとその足くびをつかんでいた。

「ああッ」

悲鳴をあげて歪んだお化岩の顔から、たちまち血の気がひいた。ううウッと身をもみ体をのけぞらせ、やがて夢介が手を放してやると、どすんとくずれるように尻もちをつく。死人色をし、目ばかり恐怖にぎらぎらさせながら、ちょっと、立上る気力もなさそうである。つかんだ足首のあとが、みるみる紫色に腫れあがってきた。

「お年寄に失礼なことをするものではねえぞ」

「へえ」

「御隠居さん、そろそろ勘定して、出かけようではごぜえませんか、怪我をしても詰《つま》らねえですからね」

「じゃ、そうするかね」

が、そうはいかなかった。一つ目の連中には、どうしてお化岩が尻もちをついて、急におとなしくなってしまったのか、よくわからない。馬鹿野郎、うっかりして足くびの逆でもとられたんだろう、そんな風に簡単にとったらしく、

「おい、若いの、味な真似をするじゃねえか。おれが一丁もんでやるから、ここへ出ろ」

相撲上りらしい大きな奴がぬっと立ってきて、双肌《もろはだ》ぬぎになった。胸毛の黒い、さすがに岩のような胸、腕である。そいつが威嚇《いかく》するように、わざとどすんどすん四股《しこ》をふんで見せる。

「御隠居さん、どうしたもんだろう。皿小鉢をこわすとここんちが迷惑でなかろうか」

「なあに、そんなものは後でおれが買って返してもいいが、お前さんのその体をこわされちゃ大変だからな」

「その心配はごぜえません。おら、少しかたわ者にできそこなっていますで、――笑わないでおくんなさい御隠居さん」

　のこのこと立上る夢介だった。これも男として決して小さい方ではないが、相手は六尺近く、顔をあげなければ話がとどかない。

「おら相州の百姓で夢介という者だが、お前さんはなんていうお相撲さんだね」

　二人に集っている目という目が、一せいに殺気立ってかたずをのんでいた時だけに、夢介のあたりまえの声、顔は至極のんびりと間の抜けたものに見えた。

「おれは岩ノ松音五郎だ。地獄の土産によくおぼえておけ」

「すると、ただの相撲の勝負じゃないのかね」

「ふざけるねえ。命のやりとりの一本勝負よ」

「そりゃあぶない」

「ええ、無駄口をたたくな。行くぞ、野郎」

　よいしょと気合を入れて、そこは、稽古できたえた出足早、一気に胸へ突っかけてきた。無論一突きで素っ飛ばして、あわよくばそれで目をまわす、そういう自信が十分あったろうし、またその突きをまともに受ければ、たいてい素っ飛ばされずにはいないはずである。が、それをまともに受けて、夢介はぐいと踏みとまった。同時に敵の両手を素早くつかんでいたのである。

「もう一度聞くが、こりゃ相撲じゃないのかね。ほんとに一本勝負の命のやりとりかね」

「な、なにを吐しやがる」

岩ノ松は真っ赤になって、取られた両手を力一杯振り切ろうとした。

「駄目なこった」

夢介はびくともさせない。あっと岩ノ松が顔を歪めて呻《うめ》いたのは、つかまれている両手の骨が砕けるかとばかり痛みを感じたからで、自然全身の力が抜け、腰が浮いた。とたんに見事な跳腰《はねごし》一本、大きな図体が半円を描いて、出入口の土間まで素っ飛んだので、そこからのぞいていた黒山のような弥次馬が、わあっと悲鳴をあげて大波のようにゆれた。

神出鬼没

夢介はなんとなく恥ずかしい。仲見世の雑沓の中を観音堂の方へいそぎながら、何度もあたりを見まわした。もう誰も自分の方など見ている者はないのだが、まだあの弥次馬に追われているような気がしてならないのである。

「つまらない力なんか出すのじゃなかった」

生れつきの怪力をかたわのように恥じ、人にかくしている夢介だった。力など自慢するのは、男の中でも一番屑な男です、子供のころから度々母親から叱られて、いつもはやさしい母が、その時だけは、一日中決して口を利いてくれない、その悲しかったことが、いまだに骨身にしみこんでいるのだ。早く母親に死別れたせいもあるのだろう。

今日だって、結局力は決してなんの役にも立っていなかった、岩ノ松を投げ飛ばすと、半分は恐怖に駆られたごろつき共が、刃物を抜いて一度に立上った。みんな気ちがいじみた目を吊りあげている。

「お前ら、この若い衆をどうする気だ」

その時老人がはじめて、みんなの方へすっと立上った。言葉も態度も静かだが、目だけはきらっと光っていた。

「ああ、相模屋の爺さんだ」

一団の中からそんな声がもれて、ごろつき共は急に闘志を失ったように見えた。隠居は江戸で有名な仁侠相政《にんきょうあいまさ》の養父幸右衛門老人だったのである。

それまでずっと一言も口を利かず、冷たい顔をして乾分共の騒ぎを見ていた大垣伝九郎が、無言のまま、つと座を立った。形勢不利と見て、悠々と引揚げて行くのである。悪党ながらさすがにこれも一方の旗頭だ。

「夢介さん、一度きっと家へもたずねておいで、待っているからな」

その隠居とは越後屋の前で別れたが、要するに血を見ずにすんだのは、隠居の一睨みがあったからで、自分の怪力などは弥次馬のいい見世物にしかならない。しかもその弥次馬が鰌屋を出ると、わいわい後についてきそうなので、真っ赤になって逃げ出した夢介なのである。

「おらはまだ肚が足りない」

夢介はしみじみと自分が情けなかった。明るい日の中から観音堂へはいると、急に冷んやりとして、視界が暗くなる。その奥深いところに仏の御灯《みあかし》が夢のようにともって、仲見世の雑沓を抜けてきた身には、ひどく静寂に感じられた。夢介はその御灯にすがるように合掌した。

「阿母《おっか》さん、おら悪いことをしました。ごめんなさい、おらもう決して力は出しません」

子供の心になって、気のすむまで祈り、訴え、拝み、唱えている中に、なんとなく心が清々しく、ありし日の母の美しい微笑が、ほのぼのと瞼《まぶた》にうかんできた、ほの甘い胸の匂いまで感じられるのである。ああ、やっとお許しが出た、そう思って静かに目をあけると、闇になれた目に、すぐそばでこれも合掌していた女の姿がはっきり見えた。おや、阿母さんの匂いだと思ったのはこれかと、見ると、柳橋から拗《す》ねて帰ったはずのお銀である。肩書のある女だけに、神出鬼没だ。

黙って廻廊へ出ると、お銀も黙ってついてきた。

「姐御さん、なにをあんなに拝んでいたんだね」

「あんたは――？」

「慈悲ぶかいおらの阿母さん」

「あたしのいうことをきかないで、一人であんな鮨屋へはいるから、罰があたったんです」

「なんだ、見ていたのか」

夢介は苦笑して赤くなる。

「大垣伝九郎って奴は、とても執念ぶかいんですってさ。心配だわ」

「いいさ、こんどはおら、黙って殴らしておく」

「そんなこと、あたしがさせるもんか。喉笛《のどぶえ》へ食いついてやるから」

そっとつかんでいる男の袖に力を入れて、すぐに、じゃじゃ馬に豹変《ひょうへん》したがるお銀であった。

狐美女

珠《たま》に瑕《きず》

「どこへ行くの、夢さん」

朝から珍らしく退屈そうにしていた夢介が、大きな体をのっそり立てたのを見て、お銀はいそいで縫物を放した。あれ以来どこへでも夢介の行くところへは、きっとついていくお銀である。

「うむ、ちょっと行ってくる」

帯をしめなおしながら、夢介は困った。実はそれがあるから、朝からぐずぐずしていたので、今日は、見物ではない。用たしだ。お銀についてこられては絶対に困るというのではないが、一人の方がいい。そしてたまには一人で歩いてもみたい夢介だ。

「今日は用たしなんだ」

「だから、だからあたしに来ちゃいけないっていうんですか」

お銀の目に険《けん》が出た。ちょっと類のない美人なのだが、意地になると、つい凄い姐御の本性が出るとでもいうか、目が剃刀《かみそり》のように光り出す。全く珠に瑕というやつだ。

「来たってもいいけど、つまんなかろうと思ってね」

「つまんなくたって、あたしは行くんです。行きますともさ」

柳眉《りゅうび》を逆立ててという形容があるが、こうなったらもう駄目だ。姐御はまたどういうものか、ひどいやきもち妬《や》きである。これも珠に瑕だ。

「そうかね、行くかね」

夢介はため息が出た。

「おや、夢さん、ため息をついたわね。そんなにお前さんあたしが迷惑なの」

「別に迷惑じゃねえけど、心配はしているだ」

「なにが心配なの」

「おらがいっても、姐御さん、気を悪くしねえかね」

「なにさ、男のくせに、はっきりおいいなさいよ、いいたいことがあるんなら」

いつの間にか前へ立ちはだかって、胸倉をとらんばかりのお銀だった。

「もしか。もしか、おらが姐御さんを、お嫁に貰いたいと思って、そのお嫁が、いつもおらにくっついて出て歩いたら、おら、御飯くわずにいなけりゃなるめえと、——そりゃ、まだお嫁でねえし、姐御さんが誰のお嫁になったって、おらに文句が、別に」

「もういいってば、そんなこと。厭《いや》な人ね」

姐御さんは真っ赤になって、急に男の体をうしろ向け、ちゃんと結んである帯をといてしめなおしてやり、洟紙《はながみ》は持ったか、手拭は、煙草《たばこ》入は、お小遣はあるのと、——この世話をやきすぎるのがまた、珠に瑕なのだ。

「あんまり、おそくなっちゃ厭ですよ」

「そんな心配はいらねえこった。おらは、どこへ行ったって、持てる男ではねえ」

「ふ、ふ、感心に知ってるのね。でも、あたしのような素《す》っ頓狂《とんきょう》が、どこにいないともかぎらないもの」

「まあ、気をつけて行ってめえります」

夢介は笑って、部屋を出ようとした。

「ちょっと、夢さん」

「用かね」

「あの、いつまでも宿屋住いも物入りがかさむばかりだから、体のあいているのを幸い、あたし今日一軒さがしてきますからね」

藪蛇《やぶへび》とはこのことか、全く見事な逆襲だった。しかもただ言葉の上のいやがらせでなく、お銀は本気なのだから恐い。

仕様がない、おらが負けるか、姐御があきらめてくれるか、江戸にいる間は当分根くらべだ。夢介はそう観念したので、まあ、よろしくお願いいたしますと、こんどはさからわず、馬食町三丁目の井筒屋を出た。

実は、道中でお銀に百両抜かれ、小出しの財布の方でいままでやってきたが、それが乏しくなった。お銀にいえばよろこんで小遣もくれるだろうし、宿賃も出しておくだろう。もともとそのつもりでついてきた、どうして早くこっちの財布が空にならないのだろうと、ふしぎでもあり、不平でもいるくらいだ。が、うっかりそんな賄《まかな》いをうけたらお銀はいよいよおかみさんぶらなければ承知しないだろうし、第一五体満足な人間が女に養われる、そんなことは男の恥だと信じている夢介である。

芝露月町《しばろげっちょう》に伊勢屋総兵衛という穀《こく》問屋がある。そこが家の取引き先で、親父から千両の為替《かわせ》がとどくことに約束してあった。今日はそこへ金を取りに行くので、そういう堅気《かたぎ》の商家へ、しかも初対面ではあり、いくら夢介が野放図でも、さすがにお銀のような恐い姐御はつれて行きかねたのだ。

ご意見無用

来てみると、成程伊勢屋は間口十二三間もある大きい店構えで、奉公人も、たくさんいる。店は忙しそうなので、遠慮して台所口へまわり、相州小田原在入生田村からきた者でごぜえます、旦那さまにお取次下さいと、手土産を出して下女にたのむと、すぐに奥座敷へ案内された。

「私がおたずねの伊勢屋総兵衛だが、お前さんは入生田の若旦那のお供さんかね」

座について、そう挨拶をした主人はもう年配の角張った顔が、なかなか頑固そうな人である。夢介は相かわらずごつごつの木綿物に小倉の帯という恰好だから間違えたのも無理はない。

「いいえ、おらが入生田村の夢介でごぜえます。この度はまた親父さまが、飛んだ御迷惑なことをおねげえしまして」

「へえ、あんたが夢介さん、こりゃどうもお見それしました」

お茶が出て、菓子が出て、わざわざ家内と伜《せがれ》総太郎を呼んで引きあわせてくれたが、まだどうも信じられない風である。

「失礼だが、この間お国から手紙が来て、伜がこんど江戸へ道楽で千両つかいに出る、よろしくたのむ、とあったんで、私はまたどんな道楽息子がくるのか、大体私は道楽は嫌いだ、来たら一つ、みっちり意見をしてやろうと待っていたんだが、――一体、江戸へは、いつ出てきなすった」

言葉の様子では、どんなしゃれた男がくるのかと思っていたらしい。あんまり身なりが粗末なんでおどろいたのだろう。そういえば、ここの伜の総太郎は渋いが金のかかった唐桟《とうざん》の対《つい》をきちんと着こなし、髷《まげ》の結い方やら、顔のみがき方、手の白さ、どこから見ても大家の若旦那で、この方がよっぽど道楽息子に見える。しかも、少しにやけてはいるが、なかなかいい男っぷりだ。これとくらべて考えていたのでは、おどろくのが当然である。

「江戸へついてから、十日ほどになります」

「で、もう道楽ははじめなすったか」

「へえ、百両ばかしつかいました」

「十日で百両――？」

　主人はおどろいて、

「一体、どんな道楽につかいなすったんだ、馬鹿〳〵しい」

「それが、その、やっぱりおもに女でごぜえます。なかなか面白うごぜえます」

　阿母《おっか》さんとも呼びたい品のいいおかみさんは、まあ、と呆れ、主人は困った人だ、と苦りきった顔をした。そして、乙にすました伜はわきを向いて、にやにや笑っている。

「駒形の鰌《どじょう》も、食ってみました。八百善の料理、大和田の鰻、上野の雁鍋《がんなべ》、魚河岸のすし、さすがにたまげるものばかしでごぜえましたが、おらにはやっぱり駒形の鰌が一番でごぜえました」

「女はどこが一番気に入りましたね、こつ（千住）でげすか」

　伜が冷かすように口を入れる。いいや、今んところおらんだでげす、と口真似をして答えてみようと思ったら、その前に主人が、馬鹿野郎と、伜を叱りつけた。

「夢介さん、お前さんの親が許しての道楽だ。意見がましいことは、なんにもいうまい。だが、私は道楽者は嫌いなんだから、お世辞にも家へ泊って行ってくれとはいいたくない。悪く思わないでもらいましょう」

「まあ、あなたいくらなんでも、それではあんまり御愛想が――」

おかみさんが気の毒そうに取りなそうとするのを、愛想のないのはおれの性分さ、と主人はむっつり座を立ってしまった。

「宅は昔からあれなので、ほんとに困るんですよ。気にかけないで下さいまし。けれどね夢介さん、親の身になれば、子供の道楽はやっぱり心配なものです。いいえ、男ですから、それは遊ぶのはかまいませんが、悪い女におぼれはしないか、飛んだ病気にかかりはしないかと、それが案じられるのです。あなたもよくお気をつけになって、ひととおりの江戸の遊びの様子がおわかりになったら、一日も早く故郷《くに》へ帰って、お父さんを安心させて下さいましね」

しみじみとした言葉である。いいおふくろさまだなあ、と夢介はうらやましかった。

「阿母さん、おら、悪い女にはだまされません。道楽してみてえと思った男の意地だから、どうか千両ほどつかわして下せえまし、それをつかったら、きっと故郷へけえります」

道楽が男の意地、しかもまじめくさってかしこまっているこの田舎者くさい若者を、どう判断していいのか、当惑しているらしいおかみさんから、夢介はとにかく百両出してもらって、伊勢屋を出た。帰る時にはさすがに内玄関に履物がまわしてあって、見送ってくれたおかみさんが、こんどからは玄関からきて下さい、出世前の人さまの息子さんを、台所口からおあげしたといわれましては、私が申し訳ありませんからと、これも行きとどいた挨拶だった。

凄い若旦那

「おい、夢介さん――こっちだ、こっちだ」

店の横手の路地を抜けて、表通りに出ると、先まわりをして待っていたらしい伊勢屋の伜総太郎が、物蔭から手招きをした。どこから見ても通人という、五分の隙もないしゃれた身なり身ぶりである。

「こりゃ、若旦那、お出かけでごぜえますかね」

「なあに、お前さんを待っていたのさ、どうでげす、小田原の道楽息子、辰巳《たつみ》の羽織はもうつまんで見やしたか」

「羽織って、あの着る羽織のことかね」

「あは、は、着る羽織とはうれしいね、とてものことに、寝る羽織といってもらいたかった」

「へえ、羽織を着て寝るのかね」

「なあんだ、お前さんほんとに知らないのか。そうでげしような、無理もない話だ、よろしい、それでは今日は拙《せつ》がひとつ、江戸前の遊びへおつれしやしょう」

若旦那は大いに得意で、したがって半分はこの田吾作《たごさく》を軽蔑しながら――それ辰巳とは深川のことで、ここの芸者は二枚証文と称し、芸も売れば枕にも侍《じ》す、その昔は男装羽織を着て、名も何次、何吉と男名だったが、今は羽織という名だけ残って、羽織は着ない。が、吉原の濃艶にくらべて、こっちは清妍侠骨《せいけんきょうこつ》、江戸っ子の遊びはなんといっても辰巳にかぎりやすと説明してくれた。

若旦那が上ったのは、五明楼とかいう二階から海が見晴らせる大きな茶屋だった。なじみと見えて、たちまち酒肴がならび美妓《びぎ》が集り、それがみんな若旦那若旦那と、総太郎を下へもおかない。夢介などあってなきがごとく、美妓が酌をしてくれるのさえ稀だが、しかし当の夢介は美酒に酔い、色彩ゆたかな美妓の香にむせび、陶然茫然《とうぜんぼうぜん》としてただもう満足だった。

「お供さんは、ひとり者がおかずを貰ったように、さっきから一人でにこにこしていなさるねえ」

若い妓がうまいことをいった。

「いつ田子の浦から出てきたんです」

梅次という、やや年増だが、この中では姐さん株らしい美人が、まじめな顔をして聞く。さっきから総太郎のそばをはなれず、たがいになんとなく小突いたり、小突かれたり、うれしい仲らしく、それを総太郎がこれ見よがしに夢介に見せつけていた女だ。

「おら田子の浦じゃない、小田原在入生田村の百姓でごぜえます」

どっと笑いくずれる声がおこった。梅次は総太郎の膝へ突っ伏して、身をもんでいるし、大出来大出来と、その肩を撫でながら若旦那は大よろこびだ。それさえにこにこして眺めている夢介である。

やがて総太郎が乙にかまえて、梅次の三味線で小唄を一つうたった。なかなかいい声である。いつ聞いてもいいねえと、妓たちは感心した。

「さあ、こんどは田子の浦さんの番よ」

梅次が三味線の膝をこっちへ向ける。

「おら、困る、うたえねえです」

夢介は当惑して、もじもじした。いいから、何かおやりよと、総太郎はうすら笑いをうかべる。卑怯ですよ。かくさないで、いい喉《のど》を聞かせて下さいよ。唄じゃ御器量はさがりやせんなど、美妓たちはそうすることが若旦那の御意《ぎょい》にかないそうなので、口々に責めたてた。

「おら、箱根の雲助唄しかしらねえです」

「あら、そんなのあたしの三味線にのるかねえ」

「いいやね、バチ（場違）ははじめから知れています。一つうかがわしてもらいやしょう」

通人というものは、とかく、人を冷笑して喜ぶものらしい。しかし、これはどうやらうたわずにすんだ。運よく女中が、お供さん、ちょつと顔をかして下さいと、呼びにきたからである。

「何か用かね」

「お帳場でおかみさんが、お目にかかりたいんですって」

どっしりと女相撲のように肥ったおかみさんだった。だが不恰好ではなく、それだけの、いろっぽさが出ているのは、さすがに色街のおかみである。

「お供さん、さっき若旦那にうかがったら、今日はあなたがお帳場をあずかってきたんですってね」

「おらが、――何かあずかったって？」

夢介にはちょっとのみこめない。

「おや、お前さん、若旦那のお金をあずかっているんじゃないの」

甚だ愛嬌のあるおかみの顔が、こうもかわるかとおどろくほど険しい目つきをした。

「お金を、――おらがかね」

「そうなんだよ。じゃ、また欺《だま》したのかしら、憎らしい。若旦那にはもう五十両からの貸があるんです。そりゃいくら大店《おおだな》の息子さんか知れないけど、こっちだって忙しいお金なんですから。さっきちょっと催促したら、紙入はお前さんにあずけてある、後で貰うがいいって、――なんでえ、畜生、いやに通人ぶりやがって、よくも図太い嘘を」

「わかったよ、おかみさん、わかりました。それなら、おらがたしかにあずかっている」

なんとも夢介は変な気持だった。どうも仕様がない、頑固な親父さまのようだから、若旦那も、金に困るんだろうと、そこは人の好い男である、さっき受取ってきた百両の中から、五十両だけおかみの前へならべた。

「いやですねえ、お前さんも人が悪い。あたしはまた詰《つま》んないことをいっちまって、顔から火が出るじゃありませんか」

おかみの凄いけんまくはけろりと消えて、けどねえお供さん、若旦那にそれとなくお耳へいれてあげた方がようござんすよ。梅次さんには悪い紐がついている、程よくしておくようにってね。急に親切らしく、意味ありげな言葉だった。

「へえ、どうもすみませんでごぜえます」

夢介は大きなおじぎをして早々に帳場を出た。

身の上話

凄いのはお銀姐御ばかりかと思ったら、どうして若旦那なんかもいい度胸だし、おかみもただのむじなではない。そしてあの梅次とかいう美人も、むじながああいうくらいだから、相当の古狐なのだろう。夢介はなんだか一人でおかしくなって歩いていたが、さて、どこで廊下を間違えたか、座敷の見当がつかなくなってしまった。

「あれ、困ったぞ、おらまた狐にばかされたかな」

もう黄昏《たそがれ》どきで、客のある座敷にはあかるい灯が入り、絃歌嬌声《げんかきようせい》わくがごとき廊下を、いそいで引返してみた。また曲角《まがりかど》を間違えたらしい、庭に面して、そこはひっそりと暗い小部屋がつづく廊下へ出て、さあわからねえと、小首をかしげたが、見るとそこの柱にもたれて、若いきれいな妓が一人、お座敷着の裾をひいてすらりと立っている。

「ちょっと物をうかがいてえだが」

ていねいにおじぎをしながら、おやと思った。妓は袖口でそっと涙を拭いてから、

「なんでござんす」

と、うかぬ顔を、こっちへ向けたのである。年ごろ十八九、といえば、この里ではそろそろ古狐になりかける方だが、これはぽったりとした面立の、どこかに一抹の淋しさがただようおとなしやかな美人だった。

「お前さま、泣いていたのかね」

こんな色里へ、仕合《しあわ》せな家の子が、身を沈めるはずはない。たずねてみれば、みんなそれぞれに何かの不幸を背負っていて、客の前ではできるだけあかるく賑《にぎや》かな顔をしてみせる。それが立派な狐になる修業の第一だ。とはわかってい

ても、現在目の前でしょんぼり泣いている女を見ては、冷淡に黙ってはすませない夢介であった。

「いいえ、かまわないんです」

女はそんなところを見られて、なんとなく、気恥ずかしそうだ。

「そうかね、お前さまがかまわねえのなら、それでもいいが、きれいな姐さんが泣いているのは、気になるもんだ」

夢介は正直である。どこか茫《ぼう》とした人のよさそうな、悪くいえば間の抜けた大きな顔を見ると、女はつい親しみを感じたらしい。

「兄さんは、田舎の方ですね」

「ああ、おらは田子の浦でげす」

「まあ、厭ですねえ。田舎の方と見ると、すぐ冷かしたがる、この土地の悪いくせなんです」

すまなそうに眉をひそめて、この妓はまだ心のやさしさを失っていないらしい。

「なあに、かまわねえさ。おらはどうせ自分のかえる座敷をまごついているようなバチなんだから」

「ああ廊下をお間違えなすったんですね。お帳場さんへきいておあげましょう」

「お前さまは親切だね。その親切な姐さんがなんで泣いていたのかね。誰かにいじめられたかね」

「いいえ、いいんです」

「田子の浦じゃ話になんないかね」

「あら、そんなこと。――じゃ兄さん、本当に聞いてくれますか」

そのすがりつかんばかりに、さっと輝いたきれいな目を見て、夢介はなんとなくうれしい気持になった。野心や物好きからではない、何か不幸な女の力になってやれる、その期待がゆたかなのだ。

「聞くとも」

「でも、立話じゃ、人に聞かれるの厭だし、このお座敷ちょっとかりましょう」

妓はいそいそと、目の前の暗い部屋の障子をあけた。そこは三畳の控えの間で、襖《ふすま》の向うはいわゆる枕席《ちんせき》になっているのだろう。その三畳の方へ向いあって坐って、まだ障子に外の黄昏のいろがほのあかるかった。こうして見る妓は、案外肌《き》理《め》こまやかに色白く、目鼻立も生々として、はじめは少し淋しげに見えたが、どうして身のこなしにあふれるようななまねかしさがただよう男好きのする女である。

「うれしいわ、兄さん」

それが膝を突きあわさんばかりに坐って、じっと目を見あげてくるのだ。

「うれしいかね、さあ話を聞くべえ」

これはまた人の好い顔をにこにこさせて、色気ぬきの、どこまでも妹にでも対するようなあたたかさだ。

「あたしたちなんかの話、どうせろくなことじゃありませんけど」

妓は色っぽくため息を一つついて、――あたしの家はこの近くの、洲崎村というところにある。本名はお浜、ここでは浜次と名乗っているが、家はどうせあたしが芸者になるくらいだから、貧乏している。阿父つぁんとは義理ある仲で、阿母さんがあたしをつれ子して、いまの阿父つぁんのところへ行ったのだが、その阿父つぁんはいつも、お浜を芸者なんかに売ってすまないと気に病んでいるほどいい人なのだ。それが不幸つづきの上に、こんど人の借金に判をついたばかりに、大切な商売道具の舟をとられてしまった。漁師が舟をとられては、その日から飯の食いあげだ。家にはまだ小さい、弟や妹が五人もいるし、日頃あんまり丈夫な方でない阿母さんは、それを気にして病みついてしまった。ということを今日まで浜次は知らずにいたのだという。

「十三になる弟が今日たずねてきて、それが一番上なんですが、姉ちゃん、おれ腹が空いたといきなりいうんです」

聞いてみると、今日まだなんにも食っていない、この頃はみんなそうなんだ、おれが蜆売《しじみう》りをして、次の妹が看病してそれでも阿父つぁんは、姉さんにそんなことをいうな、心配するからって、かたく止められていたんだけど小さい弟たちがあんまり可哀そうだから、今日は姉さんにそっと相談にきたんだと、涙ぐんでいたという。

「何故早く知らせてくれなかったのと、あたしは弟を叱って、あるだけの小遣を持たせて帰したんですが、本当は兄さん、あたし弟の肩を抱いて、いっしょに泣いたんです。あたしに無理な心配をさせまいとして、弟たちに口止めをしている阿父つぁんの気持もうれしいし、小さい弟や妹たちが心をあわせて、みんなで働いていてくれるのもいじらしい。気ままな体なら、すぐにも飛んで行ってやりたい。それにつけても、なんとかして阿父つぁんの舟を早く取りかえしてやらなければ、と思うと、つい涙が出てしまうんです」

「舟さえもどればいいのかね」

いい話だなあ、と夢介は感心した。世の中にはのんだくれの親父、強欲《ごうよく》なまま母、そんな好ましくない家庭の犠牲になって、身を売っている女が多いと聞く。それがこの妓の周囲には一人も悪人のいないのがうれしい。みんながみんなをかばいあって、不幸と闘っているのだ。

「ええ、舟さえあれば、その日のことには事かかないんです」

「そして、お前さんが家へ帰ってやれたら、さぞみんながよろこぶだろう」

「そんなこと、夢みたいな話ですけど、今日も弟が、おれうんと蜆を売って、きっと姉ちゃんをむかえにくるよ、小さい奴等が、どうして姉ちゃん、家にいっしょにいてくれねえのかなって、みんなでいうんだって、それを聞いてあたしもう、うれしいのか、悲しいのか」

お浜は声をふるわして、又しても袖口でそっと目頭を押えた。紅絹《もみ》の袖裏が目にしみる。

「見つけたぞ、浜次」

がらりと障子をあけて、ふいにどなった者がいる。あっと浜次は夢介の膝へくずれるように取りすがりながら、蒼くなった。水色羽二重《はぶたえ》の紋服を着ながしにした、年ごろ三十前後の侍が、左手に大刀を引っさげて突立っている。苦味走った仲々の好男子だ。

「ふうむ、浜次、こりゃ手前のいろか」

「いいえ、殿様、そんな――」

「黙れ、その恰好はなんだ」

　なるほど、いわれて見れば男にしっかり取りすがって、なんとなく膝のあたりがなまめかしくくずれているあやしい姿だ。

「それ見ろ、云訳が立つか。不埒《ふらち》な奴等だ。こら、そこの木偶《でく》の棒」

「おらでごぜえますか」

「手前のほかにゃ、ここに木偶の棒はいねえ。なんで手前は、身共が、金を出してあげておく芸者を、無断でかような暗い部屋へくわえこんで、こそこそいちゃついているんだ」

「飛んでもない、お武家さま、おらいちゃついてなんかいない。蜆を、蜆を売る話を――」

「たわけめ、蜆だか蛤《はまぐり》だか知らんが、無断で売ったり買ったり、怪《け》しからん。天下の旗本青山大膳によくも恥をかかせやがった。手前のような土百姓に、かような恥をかかされて、黙って引きさがったとあっては、江戸の旗本八万騎の名折れ、手討にいたすから、それへ直れ」

「いけません、殿様、そんな野暮な」

「いうな、退け。斬ってすてる。退かぬと、貴様もいっしょに打《ぶ》った斬るぞ」

酔ってでもいるのだろうか、それとも浜次に振られたか、青山大膳は、気ちがいじみて、いきなり刀を引きぬいた。

どぶ鼠

「待って下さい、殿さま」

浜次は、刃を振りあげた青山大膳の胸の中へ、夢中になって飛びこむなりむしゃぶりついた。

「密通だなんて、そんな、違います。これにはわけが、わけがあるんですから」

「云訳はきかぬ、退け、天下の旗本を虚仮《こけ》にした土百姓、身が成敗《せいばい》してくれるのだ」

「いけません、そんな乱暴――」

がんがんどなり立てる野太い声と、女の黄色い声と、しかも相手は人斬り庖丁を振りまわしている。怪我でもあっては、と夢介がはらはらしていると、いいあ

んばいに、

「大膳、どうした、抜刀とは穏かでないな」

つれらしい二人の男が、声を聞きつけて、飛び出してきた。

同時に駈けつけた女中も、

「あれ、どうなすったんですねえ、お歴々さま」

これはあまりにも場所柄知らずの大無粋《だいぶすい》に、ぎょっと青ざめてそこへ立ちすくむ。

「どうしたもこうしたもない、この土百姓めが不埒千万にも、身が座敷へ呼んでおく妓を、かような暗い部屋へくわえこみ無断でこそこそいちゃついていた。勘弁ならねえによって、いま成敗してくれるところだ」

「なにっ、こいつらが不義いたずらをしていたと？　——そいつは怪しからん。大膳、かまわねえから叩っ斬れ、こんな土百姓に目くらにされたとあっては、旗本八万騎の面目が立たねえ、手討にした上で、当家の主人にしかと掛合ってやる、叩っ斬ってしまえ」

止男《とめおとこ》になってくれるかと思いのほか、つれの方が、馬鹿も乱暴も一枚上のようだ。

「まあ、待って下さいまし、浜次さん、困るじゃありませんか、お前さんにも」

「いいえ、おたけ姐さん、これにはわけが――」

「どんなわけがあったたって、お座敷中によそのお客と出逢うなんて、お前さんが悪い」

おたけはさすがに年の功、如才なく浜次を一本きめつけておいて、すかさず夢介の方を向いた。さっきお帳場へ案内してくれた女中である。

「お供さんもお供さんですねえ。二階で若旦那が、どうしたんだろうって、心配して待っておいでなさるのに」

「なんだ、するとこの者は誰かの供できているのか」

「はい、芝露月町の伊勢屋の若旦那のお供さんです。はじめていらっしたんで、廊下をお間違えになった、――ね、そうなんでしょう。お供さん」

「そ、そのとおりでごぜえます。お女中さん」

夢介にとっては渡り船だ。いそいでおじぎをして、事情を聞いてもらおうと思ったが、相手は間延びのしている田舎者など、てんで眼中にない。

「こら女、しからばその伊勢屋の座敷へ案内しろ。いくらどぶ鼠でも、人の奉公人とあっては、主人に無断で手討にもできねえ。一応若旦那という奴に掛合ってつかわす。いいや、ここではもう云訳はなにもきかぬ。立て、どぶ鼠」

なるべくそうはさせたくないと、女中がしきりに取りなそうとしたが、そばからつれの二人が、黙れ、奉公人では相手にならん、掛合いは、主人にかぎると、口々にけしかけて、――あくどい悪旗本、どうせ金にしたい厭がらせ、とはわかっていても、こうなってはどうでも一度二階へ案内しなくてはおさまる相手ではない。それじゃせめて、そのお刀だけでもおさめて下さい、とたのんでみたが、

「ならん、話がつくまでは、武士が一度抜いた刀、そう簡単におさめられるか」

頑として承知しない大膳である。

なんとも哀れな恰好だった。夢介と浜次はつれの二人に襟がみをつかんで、引っ立てられ、全く猫にとられたどぶ鼠、おたけが先に立って、しんがりは抜身を引っさげた大膳である。皮肉にも夢介があんなにさがした座敷はすぐその真上の二階だった、いきなりそこへどかどかとこの一団が押しこんで行くと、なによりも大膳の抜身を見て、五六人いた芸者が、きゃあっと一かたまりに縮みあがってしまった。乙にかまえて、そのくせ梅次と人前もなくうじゃじゃけながら、悦にいっていた若旦那も、たちまちぎくんと棒をのんだように坐りなおって、顔色をかえる。

「芝露月町の伊勢屋の伜というのはお前か」

満座の中へ一緒に突っころばされた夢介と浜次を尻目にかけながら、大膳は立ったままで、ぐいと総太郎を睨みつけた。

「は、はい」

「身共は番町に邸をたまわる直参《じきさん》三百石青山大膳だ。見知りおけ。ついては、ただ今これなるどぶ鼠が、身が座敷へあげおく芸者を無断で下の座敷へくわえこみ、暗いを幸いちちくりあっていた。言語道断《ごんごどうだん》許しがたき振舞い、すでに手討にしようといたしたが、女中が飛んではいって、これはその方の供の者だという。奉公人とあっては勝手に成敗もできぬ。よって一応ことわりにきたのだが、こやつはたしかにその方の奉公人に違いあるまいな、どうだ」

女中がそれとなく若旦那のうしろへにじりよって、そっと袖をひいている。早く金を包んで、あやまってしまいなさいといっているらしい。それを見て見ないふりがしていられる大膳だから図太い。

が、若旦那はすっかりあがってしまったものと見え、

「と、とんでもございません、殿さま、それは、その男は、手前共の奉公人ではございません」

「なに、しからば貴様の供じゃないというのか」

「へえ、つれで、ただほんのつれでげす。それも、今日初めて逢いましたばかりで、田舎から道楽をしに出てきたが、まだ辰巳を知らない、それじゃ、どうせ私はこれから行くところだからと、ついでに案内してきてやりましたんで、決して、それほど深いわけのあるつれではございません」

きっぱりといい切るのを聞いて、大膳はちょっと当の違った顔をしたが、――夢介もこれは意外だった。

飲みっぷり

「困るじゃないか、夢介さん。私は飛んだ田舎者をつれてきてしまった。人さまの座敷の芸者をくわえこむなんて、この里じゃ一番みっともないことでげす。私の顔は丸つぶれだ。やっぱりお前さんにはこつ（千住）あたりの遊びが柄《がら》相応だった」

総太郎はこっちのわけを聞こうとはせず、一言取りなしてくれるでもない。ただ迷惑そうに冷淡な顔をして、頭から罵倒さえあびせかけるのだ。そういう白々しい顔を、夢介はぽかんと狐につままれたように眺めていたが——ああそうか、うっかりしたことをいうと、家へまで迷惑がかかる、それでわざと冷淡にかまえているのだなと、人が好いからたちまちそう思いなおした。

「悪うごぜえました。決しておらくわえこんだんではねえが、廊下を間違えて、ついこの里のことになれねえもんだから、蜆売りの話に身が入りすぎちまって、申し訳ねえことになりました」

「厭ですねえ、だから田子の浦は。いけ恥ずかしくて、顔から火が出るじゃありませんか。いい若旦那の面よごし、——また、くわえこまれる浜次さんも浜次さんだよ」

梅次がそばから聞えよがしに、意地の悪い眉を大袈裟にひそめて見せる。しょんぼりと消え入りたい風情で、顔さえあげられない浜次が、夢介には一しお哀れに見えた。

「いいや、この女が悪いのではごぜえません。おらが、おらがつい話しかけて——」

「黙れ、もういい、話しかけて、いいよってくどいて、ころがした。ちゃんとわかっている。——伊勢屋、それじゃこのどぶ鼠は、身が成敗いたしても、お前には別に文句はないのだな」

大膳が抜身で夢介をさしながら、いささか拍子抜けの態《てい》で、念を押す。

「は、はい、殿さまのお気がすまないというのでげしたら、手前は別に文句などと」

「そうですよ、若旦那。この人たちは勝手に蜆を売ったり、買ったり、身が入りすぎて、そんな飛ばっちりを持ちこまれたんでは、こっちこそいい迷惑、早くこの座敷を引きさがってもらいましょうよ、おもしろくもない」

梅次は自分の顔でもつぶされたように、ぷんぷんしながらまくし立てる。

「そうか。しからばなんとも仕方がねえ。こら、どぶ鼠立て」

「殿さま、おら、ほんとに蜆売りの話しかしねえです。売ったり買ったりはしたおぼえがごぜえません。それでもお手討でごぜえましょうか」

「べらんめえ、今さらなにを吐《ぬか》しやがる、いいから黙って立て」

「そんなら仕方がねえです。ちょっと、待っておくんなさい、お手間はとらせねえです」

夢介は大きな体を、きちんとかしこまって、いよいよそうと話がきまれば別にあわてることはない。ゆっくりと、気の毒な浜次の方へ向きなおった。

「姐さん、おら、田子の浦で、この里のおきてをよく知らねえもんだから、お前さまに飛んだ迷惑をかけやした。勘弁してもらいてえです」

「いいえ、あたしこそ、ついうっかりしちまって」

「なあに、姐さんにゃ咎《とが》はねえ。お前さまは女子のことだから、殿さまも、まさか斬るとはいわなかろう。それでな──」

内ふところへ手を入れて、もぞもぞやりながら、やがてさっきの余りの切餅二つ五十両、それを畳の上へおいた。一座の目が、おやというように、その思いがけない大金に吸いつけられる。

「姐さん、この金、お前さまにあげる」

「えっ──？　まあ兄さん、そんな、そんな」

浜次はびっくりして、思わず、金と男の顔とを見くらべた。

「遠慮しねえでもいいだ。姐さんはいい親御さんや姉弟《きょうだい》たちを持っていて、ほんとに仕合せ者だ。おら、うらやましい。だから、この金でな、一日も早く阿父つぁんの舟を取りもどして、なろうことなら、お前も、家へ帰ってやるがいい。小さい弟たちが、どんなによろこぶこったろう。みんなのうれしそうな顔が、おらには、見えるようだ。みんなして仲よく働いて下せえまし。なあに、みんなして働けば、貧乏神なんかすぐ逃げ出すとも、わかったかね、姐さん。わかったら、さ、これを持って、今夜はもう殿さまに暇貰って、早く家へ帰ってあげるこった」

「だって、兄さんお前――」

「いいや、おらのことはちっとも心配いらねえ。いいから早く立ちなさい」

「兄さん、じゃほんとにこのお金、あたしに下さるんですか」

どっちかといえば、間延びのした大きな顔だが、少しも邪気というものがなく、しみじみとしたものがあふれている。深い男の目差《まなざし》だった。

「いただきます、あたし」

うたれたように浜次はその金をとって、思わず押しいただいた。しゃんと坐りなおして、心から感謝している、そんな風に見える敬虔《けいけん》な姿だった。やがてその金を元のとこへおいて、

「梅次姐さん、すいませんけど、御酒を一杯御馳走して下さいな」

ふふんと、梅次はさげすむように鼻の先で笑って、外方《そっぽ》を向いた。

が、いいも悪いもない。浜次は勝手に盃洗《はいせん》の水をあけて、それへ自分でなみなみと酒をついだ。哀れとも見えたさっきまでのしおらしさは消えて、若々しいしなやかな体一杯になんとなく激しい敵意がみなぎっている。これも芸のうちだろ

うか、両手で盃洗をとって、赤い口唇をよせたかと見る間に、息もつかずまことにあざやかな飲みっぷりであった。

「どうも御馳走さま」

呆気《あっけ》にとられている人々には目もくれず、空になった盃洗をそこへもどして、一息、——夢介は又してもぽかんとしてしまった。

嘘とまこと

「ねえ、そこの通人の若旦那」

浜次はがくんと顔をあげて、目を据《す》える。

「お前さんは今、飛んだ田舎者をつれてきた、いい恥っさらし、この人は決して深いわけのあるつれではないとはっきりおっしゃいましたねえ」

「ああいいましたよ。それがどうしたというんでげす」

なにを小癪《こしゃく》なと、いいた気な若旦那の顔だった。

「そのお供でもない、いい恥っさらしの田舎者に、お前さんはなんでここの家の古い勘定まで五十両、黙って払わしたんです。ちゃんとここに証人のおたけ姐さんがいる。お前さんはさっきここのおかみさんに、若旦那、前のお勘定をいただかなければ、今日は遊ばせませんよと談じこまれて、いや、紙入は供の者にあずけてある、心配するなっていってましたっけね。まあ紙入をあずけたのは、本当にもしておきましょう。通人ともいわれる伊勢屋の若旦那が自分で案内してきた初めての田舎者に前の借金まで払わせる、そんな悪《あく》どい真似はまさかしやあしない。それはいいとしても、たった今日お友達になったって友達じゃありませんか。田舎者、恥っさらしと人をさげすむ口で、なんだって一言、これはまだ江戸なれない人なんだからと、詫びてやる気にはなれなかったんだ。そんなにお前さん、人斬り庖丁が恐いのかえ、男のくせに、態《ざま》あ見やがれ、赤くなったり、青くなったり、七面鳥のできそこないめ、手前こそ江戸っ子の恥さらし、義理も人情もない外道《げどう》じゃないか。文句があるならいってごらんよ」

いつの間にか、肩、胸、腰がしどけなくくずれかかって、伝法といおうか棄鉢といおうか、虹を吐くような派手な啖呵《たんか》だった。若旦那は外方を向いたり、煙草を吸ってみたり、黙殺という狡い態度に出たつもりだろうが、そわそわと居たたまらない様子が誰の目にも見えて、赤くなったり青くなったりは、けだし急所をついた痛い毒舌である。

「梅次姐さん、お前のいい人、悪くいって、ごめんなさいよ」

浜次はじろりとそっちへ目を向ける。年は梅次の方が三つ四つ上だろうが、どっちもそれぞれ一際他にまさる美貌と意地と芸とがそなわって、恐らく日ごろから事ごとに張りあっている仲なのだろう。

「先へあやまっておいて、ついでだから、ちょいとお耳に入れときますがねえ、通人だって田舎者だって、いっしょにくればお客じゃないか。お金がしぼれるから若旦那は大切にする、しぼれそうにもない田子の浦なんかたとえ斬られようと知ったことじゃない、それじゃいくら客をだますのが稼業《かぎょう》の大新地の二枚証文だって、あんまり薄情すぎやしないかえ。第一、お客さんをつかまえて、いけ恥ずかしい、顔から火が出るとは、なんという云草、聞いてるあたしの方がよっぽど顔から火が出そうだった。いい姐さん株のくせに、少しは考えて、口を利かないと、せっかくの御器量がさがりますすよ」

「ふ、ふ、お前こそ五十両拾って、急にのぼせあがったのかえ、あんまりきれいな口をお利きだと、あたしも黙っちゃいないよ」

白い目を据えて、凄《すさま》じく逆襲に出ようとするのを、

「おっと、そのことなら姐さんの口はかりない。しばらくおひけえなすって下さ

いましだ」

浜次は見事に引っぱずし、くるりと旗本たちの方へ向きなおった。

「ねえ大膳さん。ごらんの通りさ。あたしは寝がえりをうっちまった。悪くは思わないで下さいよ。そのかわり貰ったこの五十両の半分は、お前さんたちにわけてあげる。もうそんな人斬り庖丁なんかしまって、おとなしく下へ行って待っておいでなさいよ」

「無、無礼なことを、こやつ」

口ではいったが、大膳はあきらかに面くらったらしい。それをかくすように、いそいで嚇《かっ》と目をむいた。

「およしなさいよ、あたしにそんな恐い顔をしたって、本当にしやしない。ぐずぐずしていると、天下のお旗本さんといったところで、それも猿芝居だけれど、赤い顔をさせるのはちょっとお気の毒、だからことわったのさ。早く行かないと、あたしの兄さんに、みんなぶちまけてしまう」

「いかん、こやつは酒乱だ」

「ほ、ほ、こやつは酒乱、いわれちゃたまらん怨敵《おんてき》退散ひっこめひっこめ」

酒が体中の血をすっかり醸《かも》してきたのだろう。ゆらゆらと襟元も膝前もゆるんでみだれ勝ちに、あやうく白い肌がこぼれんばかり、浜次は散々に悪たれて、ぐいと夢介の膝を両手で押えつけた。燃えるような目である。

「兄さん、あたしはうれしい。あたしの嘘っぱちを真にうけて、兄さんは泣いてくれた。あたしだって、あたしだって、そんないい親や兄弟がいてくれたらと、こんな棄鉢な女でもたまには夢に描いてみることがあるんです。あの大の男が三人、不景気な顔をしているのを見ると、あたしが筋書を書いてやろうかって、あたしはこんなすれっからしで跳《はね》っかえりだから、お帳場でおかみさんの話を小耳にはさんできました。まさかそれが兄さんの自腹とは知らない。どうせ伊勢屋の通人ぶったのが、家から持出して女にまきあげられる金だ、少しゅすってやれと、それで、兄さんをだしにつかったんです」

「たまげたなあ、ふうむ。嘘だったんか、あれもこれも」

夢介はこんどこそ本当にぽかんとせざるを得なかった。可愛い顔をしていながら、これまた飛んでもない白狐だったのである。

「ごめんなさい。兄さんをだますなんて、あたしは罰あたり」

「がっかりしちまった、おら、なんだか」

夢介はぼんやりとため息をつく。

「厭、がっかりしちゃ厭だ。いい子になるから、あたしほんとにいい子になってみせるから、ね、兄さん、がっかりしないで」

激しく男の膝をゆすりながら、浜次の目から急に大粒の涙があふれたと見る間に、わあっと子供のように声をあげて泣き出して、いきなり首っ玉へむしゃぶりついてきた。

悪い紐

それからがまた大変だった。無論、偽旗本たちはいつの間にか消えていたし、若旦那も梅次も居たたまらず、とっくに姿をかくしている。座敷には女中のおたけと、おいてけぼりをくった芸者たちが三人、立つにも立てずといった顔で、寒そうに浜次の狂態を眺めていた。それと気がついた浜次は、

「そうだ、今夜は兄さん、あたしがこの五十両で、兄さんをきっとおもしろく遊ばせてあげる」

その思いつきが自分でもうれしかったか、急に他愛もなくはしゃぎ出して、おたけを軍師に、体のあいている芸者を片っぱしから呼び集めた。十四五人も集っ

たろうか、料理を出して、酒を出して、みんなで遊ぶ、ただし兄さんのよろこぶような隠し芸を出してくれという注文だ。一通り唄と踊りの表芸がすむと、物真似、声色、茶番、さては按摩の駈け落ち、乞食のお産などという珍芸が出だして次第に女たちも酔いはじめ、夢介を遊ばしているのか、自分たちがおもしろがっているのか、わからなくなってきた。

「おもしろい、兄さん」

「ああ、おもしろいな」

「たまにはあたしたちのような女狐《めぎつね》だって、こうやって裸になって遊びたいんですよ。苦労なんか忘れちまって」

夢介は、ただにこにこと、もうさっきのあくどい事件など、けろりと忘れているのんびりした顔つきである。

「うれしいわ、兄さんがそうやってよろこんでいてくれると」

浜次はいよいよ酔っぱらって、誰にも負けずにはしゃぎまわりながらも、時々夢介の顔色を見にくるのだけは忘れない。そして、座が白けないように、そうかといってあんまり乱れもしないように、それとなく神経を使っている。年は若いが、あれだけの芝居を平気でやってのけた悪たれ芸者、さすがにしっかりしたものだと、夢介はひそかに感心した。

「さあ。もう十分遊ばしてもらいました。お礼におらが箱根の雲助唄をうたって、お開きにしてもれえましょう」

夢介も酔ったのだ。――芽出た芽出たの若松さまよ、枝もしげれば葉もしげる。少しぶっきら棒だが、柄だけに幅のある声だった。鄙《ひな》びた哀調が、かえってこういう粋をきそう里では物珍しい。妓たちがやんやとよろこんで、皆で玄関まで送ってくれた。

「では、おやすみなせえまし」

お近いうちに、またどうぞ、口々に心から親しみをこめて送ってくれるのへ会釈して、玄関を出ようとすると、

「兄さん、待って、そこまであたし、送ってあげる」

なんとなく歯をくいしばっていた浜次が、いきなり褄《つま》をとるなり、跣足《はだし》でふらふら飛びおりてきた。

「あぶねえから、お前様酔っているし」

「あぶなかありません」

そのくせ腰がさだまらず、けころびそうになるのを、それ、あぶねえと腕を抱

えこむように助けて、暗い外へ出た。更けて、もう宵の口ほどのさわぎはないが、一晩中酔客美妓の送りむかえ、流し芸人、地廻り、使い走りなど紅燈のかげに人通りはたえない色街であった。今晩はあら、浜次さん、いい御機嫌などと、酔態さだまりなく男にぶらさがり、夜目にも白い跣足を見て、笑いながら声をかけて行く妓もある。

「それじゃ足が冷たかろう」

「いいんです、子供のとき年中跣足でした。あたし漁師の娘だもの」

「蜆も売ったかね」

酔っているから、夢介もつい口が軽い。

「知らない、意地わる」

もつれあいながら裏通りへ出て、大戸はおりているが八百屋の角、そこを入った路地の奥があたしの家だ、ちょっと寄って行ってくれと、浜次が駄々っ子のように腕をつかんで放さない、その前へ、暗い路地口からぬっと出てきて立ちはだかった男がある。

手拭を盗人《ぬすっと》かぶりにして、前のあわない、小粋《こいき》な着流しに、前むすびの細帯、右手をふところへ入れながら、こっちをのぞくように身構えたのは、匕首《あいくち》に手をかけているのだろう。

「浜次、――浜次だな、手前は」

「誰さ、お前は」

浜次は恐れ気もなく、男の腕にすがったまま、ふらふらと目をさだめていたが、

「ああ、梅次さんの七さん、何か御用？」

「手前よくも今夜、五明楼で梅次に、赤恥をかかしてくれた。礼をいうぜ」

「おやまあ、それはわざわざこのお忙しいのに」

「ふざけるねえ、その野郎はあの時の田子の浦だな」

「そうですよ。私の大切なお兄さん」

「ついでに、面へ焼をいれて、礼にしてやるから、そう思え」

「ふうんだ、男のくせにいろ女の仕返し、梅次さんも梅次さんなら、お前も余っぽど二本棒、当節は深川の船頭七も、大層成りさがったもんだねえ」

あぶないと、夢介は浜次をとっさにうしろへかばった。悪七が匕首をぬいたのだ。

「か、勘弁して下せえ、この姐さんは、酔っているで」

「なにを吐しやがる」

「いけねえ、お前さま。女子のいうことを本気にして、——かんべんして下せえってば」

「くそ、手前もいっしょだ」

いまにも猛然と飛びこんできそうな意気ごみなので、女を背に夢介は油断なくじりじりと、軒下の方へさがりながらなんとか喧嘩はしたくないと思った。ふと手にふれたのは、車を外して羽目板に立てかけてある八百屋の荷車である。無意識にそれをつかむなり、

「待って下せえ、お前さま、女子に、乱暴しちゃなんねえ」

まるで軽い板きれでも扱うように、ひょいと前へ突出して楯《たて》にとった。ちょうど車の長さだけの距離ができて、

「あっ、この野郎、なにをしやがる」

相手は夢中で向けられた車の尻を空いた片手でつかみ、ぐいと押し返したが、びくともしない。逆に、おら喧嘩は厭だ、かんべんして下せえと往来の方へ押し返しながら、その強力に思わず前のめりになった悪七の体を、すくうように引っかけ、あっという間に宙へ吊しあげた。悪七は梯子《はしご》乗りといった恰好で、あぶねえ、この野郎と車へしがみつき、初めてその途方もない男の力に青くなったよう

だ。

「かんべんして下せえ、お前さま」

夢介は悪七が宙乗りをして、手も、足も出ないでいる車を、そっと元のところへ持って行って立てかけるなり、

「さあ、いまの間に逃げるだ」

これもびっくりしている浜次を、片手で無造作に胸へ抱きあげ、一目散に暗い路地の中へ逃げこんだのである。

やきもち

翌朝、夢介はまだ日の出前に、ぼんやりと馬食町三丁目の井筒屋へ帰ってきた。あれから、浜次を家へ送って行って、くどきやしない、あたしの兄さんになって、どうしても今夜は泊って行ってくれと、駄々をこねてきかない酔っぱらいを、やっと蒲団の中へおしこみ、表へ飛び出したまではいいが、初めての土地で方角がわからない、どこをどう歩きまわったものか、とうとう途中で夜が明けてしまった。

姐御はまだ眠っているだろうからと、忍ぶようにそっと襖をあけたが、いけない、ちゃんと枕元の火鉢の前へ坐って、つんと横を向き乍《なが》ら、煙草を吸っている。鉄瓶には湯がたぎっているし、寝床は宵にしいたままらしいし、つまり、夜っぴて夢介の帰りを待っていたという姿だ。

「ただ今、けえりました」

すぐにぐっすりと一眠りしたかったのだが、どうも仕方がない、夢介は挨拶をして、もっそりと、火鉢の前へ坐った。お銀は返事もしないのだ。その意地の強い横顔を眺めながら、——はあてな、こりゃ、本当にきれいな女だったと、今さら目を見張った。深川でたくさんの芸者を見てきたばかりだが、中では梅次と浜次が立ちまさって見えた。が、こうしていまお銀を眺めていると、ふっくらとした面立、女盛りの肉附しなやかに、顔も姿もこの方が格段に美人なのである。夢介は別に器量好みではないが、上には上があるもんだと感心し、これが、肩書つきの凄い姐御でさえなければなあと、又しても考えさせられる。

「夢さん、お前、そんなにもあたしが嫌いなの」

そのお銀が煙管《きせる》をおいて、ふっとこっちを向いた。意外にも目に一杯涙をためている。

「たまげているんだよ、おら」

「――？」

「姐御さん、辰巳の羽織ってのを知ってるかね。着る羽織ではない。深川の芸者のことだ。おら人にさそわれて、昨夜そこへ道楽に行ってみたが、みんなきれいな羽織だと、そんときは見とれていた。けれど、帰ってきて、姐御さんを見ると、どうして、やっぱり姐御さんの方がよっぽどいい、向うが木綿の羽織なら姐御さんは羽二重かな。お世辞ではねえです」

　にっこり笑っている男の、太平楽の顔を見ているうちに、お銀は嚇となってきた。昨夜から散々待たされて、さては棄てられたのかと、あんなに気を揉まされた悲しさ、腹立たしさ、もう我慢ができない。

「口惜しいっ」

　思わず膝を膝へのりあげるように胸倉をとって、むちゃくちゃに小突きまわしていた。なんとまたその胸のびくともしないがっちりと逞《たくま》しい分厚さなのだろう。

「さ、おいいなさい、昨夜、あんたの相手に出た妓は誰？　どこの、なんて芸者なの、おいいなさいってば」

「おらの相手――？　みんなで芸者は十四五人もきたな」

「お恍《とぼ》けでない。その中でたった一人今朝まで二人っきりになった妓がいる。さ、おいいなさい。その妓の名を」

目の色も顔の色もかわっている。ああ、やきもちかと、気がついて、これが珠に瑕ではあるが、その心根を思うとやっぱり可哀そうになる。

「姐御。勘ちがいしちゃ困りますだ。おら、ただ羽織を見てきただけで、泊りはしねえ。九つ(十二時)前に大新地の五明楼というのを出たが、江戸なれねえから、酔ってはいたし、帰る道がわからなくて今朝になった。それだけのこった、それでもいけねえかね」

「ようござんす、あたし、これから五明楼へ行って、ちゃんときいてきますからね。あたしも元はあの土地の女だったんだもの、いまだって友だちはたくさん残っている、だまされやしませんからね」

「へえ、姐御さんがあすこの羽織、こりゃ初耳だ。やっぱり悪い紐がついていたのかね」

「なんですって」

「あすこの羽織にはたいてい悪い紐がついている。気をつけろって、おかみさんがいっていた。こんどはおらがやきもち妬かしてもらう番かな」

「馬鹿ばっかし」

惚れた弱味でお銀には怒り切れない。

「なんだってまた、それならそれで駕籠をひろってこないんです。帰る道もわからないくせに、一晩中歩いてる人がありますか。第一、そのさそった人が気が利かないじゃありませんか」

どうやら機嫌がなおったらしいので、夢介はほっとしながら、思わず欠伸《あくび》を一つすると、

「夢さん、欠伸なんかしたって、今日は寝かしやしませんからね。昨日あたしは一軒いい家を見つけて、ちゃんと約束をしてきました。引越をするんです、誰が寝かしてやるもんですか」

お銀はとどめをさすように、ぴしりと一本きめつけて、美しく睨みつけるのであった。

ちんぴら狼

新世帯

お銀はのぞみどおり、夢介と一軒家を持った。

新《あたら》シ橋の北詰、通称向柳原《むこうやなぎわら》といわれる神田佐久間町四丁目で、小商人《こあきんど》が軒をならべる裏通りから、魚辰という魚屋の角を横丁へはいった三軒目、もとは蔵前の大番頭の妾が住んでいたとかで、下が四間、二階が八畳一間、黒板塀をめぐらして門に見越しの松がのぞいているという、おあつらえむきのしゃれた構えだ。

「どうお、いい家でしょう」

お銀はすっかり気に入ってしまって、一人でよろこんでいる。なにしろ新世帯だから、一とおり必要な道具をそろえるだけでも、なかなか金と暇がかかる。それを、お銀は婆やを一人雇って、毎日買いあつめるのに当座は夢中だった。

水もしたたる大丸髷《おおまるまげ》にうす化粧、少し顔はきついが、ちょっと類のない器量の女が婆やをつれて買物に出て、帰りには、きっと婆やが大きな風呂敷づつみを持ち、後から簞笥、長火鉢、鏡台などというしかも豪華な新しい道具が車でつく。一体、あれは何様のお妾だろうと、近所の評判にならずにはいなかった。が、その後が悪い。婆やと、恐しく岩丈そうな下男まで用心棒についている、とふしぎがるのだ。相かわらずの木綿物で、体こそ大きいが、のっそりと田舎者まる出しの夢介は、到底、お銀の亭主には見られないらしい。

世間の奴等の眼は、なんて節穴《ふしあな》なんだろう。癪《しゃく》にさわるねと、お銀はおもしろくなかった。で、角の魚辰の若衆が初めて台所へ盤台《はんだい》をかつぎこんで、御用聞きにきた時、

「婆や、ちょっとうちの人に、すいませんが、お魚を見て下さい、おいしそうな鮪《まぐろ》があるんですけどって、旦那を呼んできて」

お銀は特に、うちの人と旦那に力をいれていいつけた。のっそり出てきた夢介は、

「姐御さん、おら百姓だから、魚はよくわからねえがね」

と、頭からやった。お銀が、うらめしそうに睨みつけたが、もう間にあわない。

以来近所では、姐御のおかみさん、姐御のおかみさんの家でとおってしまった。しかしあの田吾作《たごさく》旦那には勿体《もったい》ない女だなと、それでも夢介はどうやら旦那らしいということになったが、お銀はまだ不平で、

「あたしがどんな旦那を持とうと、大きなお世話じゃないか、ねえ、婆や、人間の値うちなんかなり振りできめられはしない」

せめて、婆やをつかまえて、欝憤《うっぷん》をもらしているのだった。

が、不平といえば、お銀には人知れず、もっと根本的な大きな煩悶があった。それは、毎晩ちゃんと奥の離れへ床を並べて寝て、婆やでさえ夫婦として少しも疑わない仲なのだが、夢介は相かわらず一向本当のおかみさんにしてくれないのである。せっかく一軒家を持っても、これでは全く意味がない。お銀は念入りに寝化粧を濃くして、友禅の長襦袢《ながじゅばん》にきかえ、時には何気なく思い出したという風に、その姿のまま枕元へ坐りこんで話しかけてみるのだが、夢介の寝つきのいいのは無類で、二つ三つ返辞したかと思うと、たちまち大鼾《おおいびき》をきかされてしまう。

「まるであたしは、毎晩鼾の番をしているみたい」

姐御は心からため息が出た。昔のおらんだお銀なら、黙って色じかけに出る手くだも度胸も持っていたのだが、今はそんなあばずれた真似をして、もし愛想を

つかされたらどうしよう、それが本気で心配になる弱い女にされてしまった。こんなはずじゃなかった、あたしはこののろ介を意地で色餓鬼《いろがき》におとして、途中でひらりと体をかわし、追いすがってくる奴を、ざまあ見やがれと笑ってやるつもりだったのに、あべこべになってしまったと、しみじみ情けなくなる時もあるが、自分で自分の心を、どうしようもないこの頃のお銀なのである。

「でも、まんざら嫌われていることもないようだから」

厭《いや》なものなら、一つ屋根の下に、こうして毎晩枕をならべて寝るはずはないと、それがいつかはうれしい日がと期待のもてる、せめてものたのみの綱で、また毎日の生き甲斐でもあった。

引越してから五日目、夢介は朝から、ちょっと出てくるといって、一人で出かけて行った。出ればきっと、何か間抜けな失敗をしてくる男、一つにはそれが心配で絶対に一人で出したくないのだが、婆やという他人の目がある手前、あんまりあけすけにやきもちを妬《や》きかねる。

「夢さん、あたしはお嫁だから、仕方なく我慢して留守番をするんですからね、今日は深川へ羽織なんか着に行くと承知しないから」

出がけにそっと胸倉をとってやると、

「羽織なんか着るより、おらには姐御さんの友禅の長襦袢の方がきれいでいい」

「知らない、毎晩鼾ばかり聞かしているくせに」

お銀はつい顔を赤くさせられて、夢介を送り出してからも、やっぱりちゃんと知っていてくれるのだと、しばらくたのしい胸のときめきが、おさまらなかった。

女客

その午《ひる》すこしすぎである。

「ごめん下さいまし」

江戸にはまだ知人というものがないので、誰もたずねてくるはずはない玄関へ、初めてなまめかしい女の声がおとずれた。あいにく婆やは近所へ使いに出た後なのでお銀は自分で立って行って、思わずおやと目を見張った。年ごろ十八九、どうやら一目で深川あたりの芸者とわかるあだっぽい女が、これもお銀を見て意外だったらしく、びっくりした目を、生々とまともに見つめている。それはまずお互いにどっちの方が美人だろうと、内心ひそかに相手のあらをさぐりあう、といった風な睨みあいだった。

「どなたです」

この妓はすこしはすっぱだ。それに、肌理《きめ》もあたしより荒くて、そばかすがある。お銀はたちまち自信ができたので、落着いて声をかけた。

「あたし、深川のお浜って者ですけど、こちらは夢介さんのお宅ですね」

「そうですよ」

「夢介さん、おいでになるでしょうか。この間五明楼で、五十両いただいた浜次だといっていただけばよく御存知なんですけど」

お銀はぎくりとした。五十両なんて大金を、ただの女にやるはずはない。畜生、あたしはやっぱりだまされていたのかしらと、現在その女が目の前にいるだけに、猛烈なやきもちがこみあげてきた。それをあやうく自制したのは相手の方が年が若い、かりそめにも自分はここのおかみさんだ。おかみさんらしく振舞わなくてはならないという自尊心があったからだ。

「あいにく、うちの人はいま出かけて留守なんですよ」

「あら、じゃ、やっぱりあなたは、夢介さんのおかみさんなんですか」

世にもがっかりしたような、お浜の顔である。ざまあ見やがれと思い、しかし、やっぱりおかみさんですか、とは、なんて云草をするあつかましい女だろうと、

腹にすえかね、

「どうしてなんです」

「あたし、あの、がっかりしちまいました。ごめんなさい。おかみさん。あたし、この間の晩、酔っぱらって、夢介さんに、抱いてもらったり、寝せつけてもらったり、散々駄々をこねちまって」

お浜はおかまいなしにのろけながら、うっとりとした目を伏せるのだ。お銀は、くらくらと目まいがしそうになって、あの男が、そんなことを、どうしよう、もう生かしちゃおかない、二人共と、その時はたしかにおらんだお銀の本性に返っていた。

「あたしねえ、おかみさん、はじめあの人、あんな田舎者でしょう、だから、あんな兄さんがほしい、親切で、やさしくて——でも、いい人にするには、なんだか土くさくて、そう思ったんです。そのうちに、一日たち、二日たち、ずいぶん考えたんですけど、兄さんじゃ、やっぱり物足らない、土くさくたって、田舎者だって、かまうもんか、あんな人のおかみさんになってみたい、少し物好きかも知れないけど、あののろまのところが、考えれば考えるほど好きになって、どうしてあの晩、ほんとに、おかみさんになっておかなかったんだろうと、それが口惜しい」

「おや、じゃお前さん、まだ別に肌は――」

「それだと、どんなにうれしいか知れないんですけど、ここにこんなきれいなおかみさんがいたんでは、兄さんがあんなにあっさりしてるの、やっと今わかりました。なんだか、あたし、急に腑ぬけになっちまったようで、ごめんなさい」

お浜は本当にくずれるように、玄関先へ腰かけてしまった。ああよかったと、なによりそれを安心すると、ざまあ見やがれと又しても優越を感じ、それにしてもこの妓は若いのになんという臆面なしのお俠《きゃん》なのだろうと、さすがの姐御もいささか煽られた形だ。

「お前さん、少し失礼じゃないかえ、ひとの大切な亭主をつかまえて、土くさいの、のろまのと」

「だって、あたし、そこがとても好きなんです。もう一度だけでいいから、酔っぱらって、あの兄さんの大きな胸に抱かれて、あまったれてみたい。姐さん――兄さんはとても姐さんに親切なんでしょうね」

「ほ、ほ、そりゃお前さん、夫婦ですもの」

大いに得意であったが、もしこれが鼾の番人でなかったならばなあと、その点相手とあまり変りのない目分が内心情けない。

「あたし、姐さんをちょいと殺しちまいたくなったな」

「そんなにお前さん、あの人にのぼせあがってしまったのかねえ。あんな人のおかみになるのは、あたしのような物好きばかりと思っていたのに」

「そうは行きません。なんなら姐さん、あたしに兄さんを譲ってくれないかしら、あたし、とても大切にしてみせるけど」

これはまた、ひとの家の玄関へ坐りこんで、どこまで野放図な女にできているのか、お銀は、全く呆れてしまった。

拙者の大金

そのころ——。

家の玄関で女二人が、奇妙な睨みあいをやっているとは知らず、夢介はのんびりと両国横山町の表通りを、家の方へ帰りかけていた。今朝はまた、芝露月町の伊勢屋へ、二度目の百両を取りに行ってきた帰りである。

伊勢屋では、頑固者の主人の総兵衛は夢介を毛嫌いしてあわず、おかみさんが出てきて百両わたしてくれたが、五日で百両は少しつかいすぎますね、やっぱり深川の方へおかよいですかと、心配そうな顔をしていた。

「総太郎さんも羽織でごぜえますか」

念のためにきいてみると、

「ええ、なんですか、夢介さんが、もう少しなれるまでつきあってくれというから、そんなことを申しまして、——御承知のとおり主人はああいう堅人《かたじん》ですし、夢介さんはまだ一人で遊べないんですかねえ、せめて、家をあけるのだけは、やめさせていただくといいんですけれど」

言葉は穏かだが、その底に心配と迷惑がこもって、うらみごとめいてくるのは争われない。総太郎はここでも自分をだしに使って、人のいいおふくろさまから、そっと金を引出しているのではあるまいか。夢介は、びっくりした。が、本当のことをいえば、余計この可哀そうなおふくろさまが心配するだろう。

「すいませんでごぜえました。おら、今日から決してもう深川へは行きません。こんどからは、どうか間違わねえで下せえまし」

固く誓いながら、一方では、念をおすようなことをいって、逃げるように伊勢屋を辞した。その足で、よっぽど深川へまわり、総太郎をさがし出して意見をしてやろうかと思ったが、どうも自分のいうことなど聞きそうもない若旦那である。重い気持で、足は自然と家の方へ向いているのだ。

　家といえば、家のことは、すっかりお銀の好きにまかせてなんにも口出しはしないことにしているが、とにかく相手は凄い肩書のある姐御である。それを一軒かりて当分は、いっしょに住むはめになったのだから、誤解のないよう一応は八丁堀の旦那の耳にいれておく方がいいかも知れぬ、そんなことを考えながら、ぼんやり歩いていると、――横山町はすぐ目の前に両国広小路をひかえて、いつも賑《にぎや》かな人通りだ、その人波が妙にゆれてそこだけ二つに分れたと見る間に、小さな旋風《つむじかぜ》のように走ってきた男がいきなりどすんと胸へ突きあたってきた。小さいと見たのは、まだ十四五の小柄な小僧だったからで、

「あぶねえな、お前さま」

　夢介は、思わずその肩を両手で押えつけていた。よければよけられる、が、よければ小僧の体が前に突んのめって行きそうだったからである。ところが意外だった。

「なにをしやがる、間抜けめ、放さねえのか、放せってば、こん畜生」

　小僧は狼のような目をむいてわめき、もがき、両手をふりまわして、殴りかか

ろうとさえする。が、夢介の力だから、つかまれた肩は釘抜きにはさまれたようなもので、びくともしない。夢介は夢介で、この滅茶苦茶にあばれまわる小さな狼を、つかみはつかんだが、ぽかんと呆れて眺めているのだ。そこへ駈けつけてきた国侍とも見える二人づれ、

「やあ、下郎よくつかまえた。その小僧をわたしてくれ、叩っ斬ってやる」

一人が血相をかえて刀の柄へ手をかけたのである。

「飛んでもない、お武家さま、まあ待って下せえまし」

夢介は二度びっくりして小僧をうしろへかばう。

「飛んでもなくはない。飛んでもないのはその小僧で、不埒《ふらち》にも拙者の大金を掏《す》りおって、勘弁まかりならん」

「大金を、――本当でごぜえますか、そりゃ」

「武士がいつわりを申すか。拙者が、ろくろっ首の絵看板を、――あっ、逃げた。大金が、大金を、こら、待て」

「まあ、待って下せえまし」

逃がしたわけではないが、うっかり手がゆるんだ隙に、無論あたりは一杯の人だかりだ、その人ごみの中へ狼少年はぱっともぐりこんで行く。あわてて追おう

とする国侍の前へ、夢介はとっさに大手をひろげていた。

「お詫び、おらが、小僧にかわって、お詫び」

「だめだ、逃げた、うぬ、拙者の大金を」

「お武家さま、落着いて下せえまし」

「黙れ、怪《け》しからん奴だ、うぬッ」

腹立ちまぎれに、武士の張手《はりて》がいきなり夢介の大きな横っ面へ飛んだ。

「いくら、いくらでごぜえましょう、その、その大金というのは」

殴られながらも、夢介は必死である。

「三両二分と二朱、貴様のために、国への江戸土産が、くそ、子供と家内が」

「いいえ、おらがきっと、お立てかえ、子供と家内、いいえ、御家内さまへ、お立てかえ」

いそいでふところへ手を入れた夢介は、紙入をつかみ出して、おや、思った。自分のものとは、まるっきり違う大きな革財布である。

「あっ、拙者の大金、——さては貴様、あの小僧とぐるだったのだな。許さん、此奴《こやつ》」

その財布を引ったくるのと、胸倉をつかむのと同時。近藤、自身番はないか、自身番は、と国侍は狂喜するような恰好で、つれへ大声でわめき立てた。弥次馬がげらげら笑っている。

いいがかり

夢介はなんと云訳をしても、国侍たちはきかない。猫につかまえられた鼠というあわれな姿で、夢介は襟がみをとられ、横山町の自身番へ引っ立てられることになった。弥次馬どもが、おもしろがってぞろぞろついてくる。

番屋には折りよく、顔見知りの定町廻《じょうまちまわ》り市村忠兵衛が立ちよっていて、町年寄、名主などの連中と雑談をしているところであった。

「なるほど、つまり三両二分と二朱の大金が入っている革財布が、この者のふところから出た、よってこの者は巾着切り小僧の仲間に違いない、かように申されるのだな」

「さようでござる。その上不埒千万にも此奴は、その小僧をわざと逃がしおったのだ」

「よく相わかった。八丁堀同心市村忠兵衛、しかとこの者をおあずかり申す。あなたがたもこれに懲りて、あまりろくろっ首娘の絵看板なぞに目をひかれんよう、気をつけてお引取りなさい」

「御忠言、千万かたじけない」

国侍二人は、意気揚々と引きあげて行った。

「どうした色男、お前また、だいぶ引っぱたかれたようだな、頬っぺたが真っ赤だぜ」

後で忠兵衛はぐっとくだけながら、みじめな夢介に笑いかけた。

「へえ、二つ三つ」

「よく引っぱたかれる色男だ。お銀が聞いたら、さぞまた口惜しがることだろう」

「ああ、そのことにつきまして、お届けしようと思っていたところでごぜえますが、こんど一軒かりましたでごぜえます」

「知っているよ。向柳原の、ありゃちょっと乙な家だ」

「へえ」

夢介はおどろいて、旦那の顔を見上げた。

「で、どうなんだ、あの方はまだおあずけか」

「へえ、寝化粧したり、長襦袢着たり、おらも若いから、時々は心から困ることがあるです」

「あは、は、負け惜しみがなくていいな。遠慮しないで、人助けだ、可愛がってやったらどうだ」

「まだいけねえようです。ひどいやきもち妬きで、そんな仲になったら、うっかりほかの女と口利いても、おら、ほんとに寝首かかれるかも知れねえです」

「なるほどな。そうかも知れないな。しかし、いまお前が突っ放すと、またぐれる。それも可哀そうだ」

「いいえぐれねえように、それだけは可愛がってやるつもりでごぜえます」

「まあ、そうしてやることだな。鬼女《きじょ》の深情《ふかなさけ》とでもいうか、飛んだ命がけだ。命がけと、いやあ、お前は一つ目の御前という代物《しろもの》の一味にだいぶ怨まれている、知っているか」

「知らねえです」

これは初耳だ。駒形の鰌屋《どじょうや》の武勇伝を思い出すと、夢介はいまでも顔が赤くなる。それにしても、さすがになんでもよく知っている八丁堀の旦那だ。

「別に恐れることもなかろうが、まあ、気をつけるに越したことはない」

「ありがとうごぜえます」

ただそれっきりで、旦那は忘れたように巾着切の件には一言もふれなかった。そして、町年寄たちのふしぎがっている顔は無視して、別れぎわに、用があったらいつでもたずねてこいと、今日も親切にしてくれた。

いい旦那だな、あんな、物わかりのいい人と話していると、心がたのしくなる、夢介は軽い気持になって両国広小路を横切り、浅草橋へかかろうとした。

「おい、あんちゃん。田舎のあんちゃん」

ふとうしろから呼ぶ者がある。さっきの狼小僧だった。

「やあ、お前さんか」

のんびりと笑いかけるのへ、小僧は相かわらず狼のような目を光らして、ちょいと顔をかしてくんなと、大人ぶった口を利く、おでこで、鼻が平べったく、もし笑ったら甚だ愛嬌のある顔になるだろうが、自分で精々凄がって精悍《せいかん》そうな体つきまで、相当の小悪党になりきっている。

「あんちゃん、さっき、お前のふところへあずけといた財布、けえしてくんな」

人通りのない郡代《ぐんだい》屋敷の裏へつれこんで、狼小僧はぐいと夢介の顔を見あげた。ちんぴらのくせに、頭から相手をのんでかかった不敵な面がまえである。

「あれはさっき、お武家さんに返したよ」

「お前、誰にことわって、そんな余計な真似をしたんだ」

「けど、ありゃ元々、あのお武家さんの財布じゃないのかね」

「ふざけるねえ、誰のものだって、一度掏ってしまやおれのものだ。掏摸《すり》は職《しょく》だぞ、盗人《ぬすっと》じゃねえや。そのおれのものを、手前はなんだって、あの三一《さんぴん》に黙ってけえしやがったんだ。承知できねえ。さ、ちゃんと元のとおりにしてここへ出せ」

全く理窟もなにもない無智の暴言だが、それよりおとなをおとなくさくも思わず、まかり間違えば匕首《あいくち》を相手の体へ叩っこもうと、ふところへ右手をいれて構えている獰猛《どうもう》さ、夢介はなんとなく身内が寒くなった。

「困ったな」

「困ることはねえじゃねえか、あんちゃん。お前の胴巻にゃ百両入っている。半分よこせとはいわねえ、さっきの財布のかわりに、三十両出しな。それで負けておこう。いやか、おうか、早くしねえと、お前のためにならねえぜ」

職を自慢するだけあって、こっちの胴巻の中まで見抜いている。

「仕様がない。じゃ、小僧さん、三十両出すよ。そのかわりちっと家へよってくれねえかね」

「なにを吐《ぬか》しやがる、そんな田舎者の甘い手になんかのるもんか」

「いいや、おらはまだ、こう見えても人をだましたりしたことはねえ男だ。あんまりお前さんが、子供のくせに度胸がいい、おら、その度胸の話を聞きてえと思ってね、御礼にゃなんでも好きなもの、うんと御馳走するがねえ」

「よし、それじゃここで三十両出しねえ。そしたら、行ってやる気になるかも知れねえや」

そんな抜目のないことをいう。

おどろいたことには、夢介がいうなりに三十両、小判でわたしてやると、狼小僧はすぐかたわらの大きな松の木を見あげて、おい、もういいぜ、と声をかけた。とたんにその繁った太い枝から、十二三と十ばかりのきたない小僧が二人、じゃ兄貴《あにい》、おりてもいいのか、と猿のように身軽に飛びおりてきた。小さい方は手製の吹矢を持っているし、上の方のはふところ一杯に用意していた礫《つぶて》をつかんでは捨てている。ちゃんと伏勢《ふくぜい》がかくしてあったのだ。舌をまかざるを得ない。

「おい、お前たちに、そら、一両ずつやるぜ、それから、このあんちゃんが、家へこい、なんでも好きなものをおごってやる、とおっしゃるんだ、お前たち行くか」

「行くよ、三太兄貴、おいらは鰻丼《うなぎどんぶり》が三つばかり御馳走になりたいね」

小さい方が、すっかり垢《あか》によごれているが、無邪気な顔をしていった。

「おいらは、三太兄貴が行けば行く」

大きい方はお人よしで、狼小僧のいうなり次第らしい。

大やきもち

途中、狼小僧は三太、次は松公、一番下は新坊というのだと、名前だけはわかった。が、親があるものやら、ないものやら、家はどこで、どうして三人がいっしょに組むようになったものやら、そんなまじめなことを聞けば、たちまちはぐらかされそうで、夢介にはまだ、こういう小僧たちの気心が全くわからない。だから用心して途中ではあたりさわりのない食物の話しかしなかった。なにが好きだとか、おらは田舎者だから、駒形の鰌が一番うまかったとか、ほんとに鰻丼が三つも食えるかとか、それさえ相手になるのは、無邪気な新坊だけで、狼の三太はふふんと鼻の先で意地悪く冷笑しているし、松公はうっかり話にのってきそうになりながら、その度に狼小僧の顔色をうかがって、はっとしたように口をつぐんでしまう。

なんとかしてまずこの小僧たちが、安心して口のきけるようにしてやることだ。夢介はそれをあれこれと考えながら、柳原堤から新シ橋をわたり、向柳原のいわゆる乙な構えの家まで小僧たちをひっぱってきた。

「さあみんな、ここがおらの家だ」

くぐりから三人を案内して、自分が先に玄関の格子をあけ、

「おうい、おかみさん、いま帰ったよ」

子供たちに、聞かせるために、夢介にしては珍しく、姐御をおかみさんと呼び、わざとおどけた声を奥へかけた。が、いけない。今日のお銀はすっかり常軌《じょうき》を逸していたのだ。

「夢さん、あたしは口惜しい」

走り出てくるなり、目を吊りあげていきなり男の胸倉をとったのである。

「この間、あんたは深川へ行って、散々恥をかかされたんですってね。相手は露月町の若旦那とかいうすっとこどっこいと、梅次とかいう狸芸者だっていうことじゃありませんか。なんだってお前さん、そんな奴等に馬鹿にされて五十両の勘

定まで払ったんですよ」

「待ってくれ、姐御さん」

「お聞きなさいってば。あたしは金なんか惜しくない。けど、田吾作だの、恥しらずだのと、ひとの大切な男を満座の中で、それが口惜しい。今日浜次って妓がたずねてきました。あんたは、あんたって人は、あんな妓に、のせられて、蜆《しじみ》売《う》りの話なんかを真にうけて、また五十両、おまけに、あの妓を抱いたり、寝かしつけたり、あたしは口惜しい」

「もういいよ、今日、今日は──」

「よかありません、なにが、今日はです。あたしは承知しない。あんたがあんまりのろまだから、あたしまで馬鹿にされるのです。あの妓が今日きて、なんといったと思います。兄さんじゃ我慢できない。がっかりしちまったから、おかみさんになりたい、それもこれもみんなあんたがのろまで、あんな妓に五十両だましとられて、その上、抱いたり、寝かしたり、──あんたは、あんたは、いつそんな親切をあたしに、口惜しい、あたしには鼾の番ばかしさせて」

「止めないか、姐御さん」

夢介は、すっかり持てあまして、──こんなこともまた珍しい、まるでお銀は気でも違ったように泣いてしゃべりつづけ、小突きまわし、むしゃぶりつき、止め度がないのだ。いかにのんびりしている夢介でも、そこまで口走られては、子供たちの手前、顔を赤くせずにはいられない。

「お客さまが、姐御、お客さまがあるんだ。みっともない、お客さまが、笑うでねえか」

しっかり押えつけて、耳もとへささやいてやると、

「ええ、お客さまが――？」

さすがに、お銀もぎくりとして、初めて玄関へ目をやった。奇妙な小僧が三人立って、おもしろそうにこっちを見て笑っている。

「まあ――」

「いいよ、おかみさん、もっとやれよ。おもしろいや」

うれしそうに声をかけたのは狼小僧の三太である。

「あは、は、そのあんちゃんは、全くのろまだぜ。さっきも横山町で、田舎者の三一に横っ面を殴られたんだ。おまけにおれにおどかされて、三十両とられて、御馳走してやるから家へこいといったぜ、こんな人のいいあんちゃんは珍しいや。もっと怒ってやれよ、おかみさん」

その人を食ったようなちんぴらの面がまえ、云草に、一度は顔を赤くしたお銀だが、急にむかっとして、

「なんだって、もう一度いってごらん、承知しないから」

「いけない、姐御さん、お客さんにむかって、おらの大切な、お客さん」

夢介がおどろいて取りなそうとしたが、間にあわなかった。

「何度でもいうぜ。そのあんちゃんはお人よしだというのさ。嬶《かかあ》に小突きまわされて、姐御さん姐御さんとあやまってやがら。そのまた嬶が、いい女のくせにやきもち妬きで、泣いたり引っ掻いたり、――おもしろかったなあ、みんな」

「うむ、けど、おいらはやきもちより鰻丼の方がいいな」

新坊はつまらなさそうに吹矢をいじりながらいう。

「駄目だよ。ここん家《ち》は嬶天下だから、やきもちしか出ねえとよ。さあ、行こうや。鰻丼はおれがおごってやらあ」

狼小僧が先立ちで、ぞろぞろと三人くぐりから出て行く。

「畜生、ちんぴらのくせに、おとなを、小馬鹿にするなんて」

飛び出して行きかねまじきお銀を抱きとめて、夢介は何んとも悲しい気持だった。せっかくあの不幸な小僧たちにうんと御馳走して、よろこばしてやりたい、

できれば世を僻《ひが》んで曲《まが》った悪の芽を、あたたかい心でつつんでこんな世界もあるんだと教えてやりたかったのに、今日のお銀はおとな気なく、めちゃくちゃに打ちこわしてしまった。どうにも、あきらめ切れない。

「姐御、おらのお客さま、粗末にすると、ほんとにお嫁にしねえぞ」

ぐいと、体をこっちへ向かせ、のぞきこんだ目に、真剣な、深い光があふれて、えっと、思わずたじろぐお銀の耳へ、

「もっとやさしい心になれ、おらは、器量より、心のやさしい女が好きだ」

きっぱりとささやいた。そして、急に押しのけ、玄関から跣足《はだし》で飛びおりる。

「もう一度、お客さまを呼んでくる、あやまってくれよ、おかみさん」

夢介は念を押して、くぐりからあたふたと表へ駈け出した。

振り返って、

「やさしい女、――お嫁」

お銀は茫然《ぼうぜん》と男の言葉を奥歯にかみしめながら、真青になってしまった。せっかくこれまでいいおかみさんになりかけていたのに、気がついてみると、泣いたり、わめいたり、今日の狂態は自分でもあんまり度外れである。あんな子供たちにまで笑われていたではないか。恥ずかしい、こんなことで、ほんとにあの人に

愛想をつかされてしまったら、どうしようと、それを思うと、もう居ても立ってもいられない。

「待って、夢さん。あたしも行く。お客さまにあやまります。きっとあやまるから、堪忍して」

我にもなく跣足で飛び出し、夢中で路地へ走り出るお銀であった。ぽろぽろと涙が、他愛なく頬へあふれてくる。

春駒太夫の恋

別嬪《べっぴん》さん

左衛門河岸から浅草橋通りへ出ようとする角の、天水桶の蔭から、ぼんやり大通りを眺めている小柄な小僧がいる。その後姿を見て、おや、と夢介は思った。ぼんやり立っているように見えて、実は何かに身がまえている。そんな風な体つきに見えたのと、それがどうやらこの間三十両まきあげられ、お銀がやきもちを妬《や》いている間に逃げられて、御馳走をしそこなってしまったちんぴら狼の三太兄《あに》貴《い》に似ているからだ。

三太なら、松公という小さな弟分がついているはずだがと思って、あたりを見まわして見たが、今日はどこにもいないようだ。

「はあてな、それにしてもこのちんぴら掏摸《すり》は、なにを狙っているんだろう」

と、見ているうちに、表通りを、鳶《とび》の者が二人づれで通り、後から六部《ろくぶ》が一人、番頭風の若い男とすれ違った。その番頭がちらっと見て、すれ違ってからまた振り返っていたのは、二十四五とも見える年増女で仮名文字を散らした紫縮緬《むらさきちりめん》の派手な着物に、黒縮緬の羽織をぞろりと着こなし、髪は豊かなつぶし島田、白い素足に黒塗りの下駄、裾《すそ》さばきに燃えるような緋縮緬を平気でちらつかせているあたり、品には乏しいがぱっと人目につく濃艶な女ぶり、恐らく両国にかかる小屋興行の中でも、何のなにがしと名を売った女太夫ではあるまいか。二十ばかりの若い女弟子を一人つれている。

ちんぴら狼は、やりすごして、ふらりとその後をつけ出した。と見て、夢介がそのまた後から、のっそりとつけて行く。

花が散ったばかりの春の、まだ午前《ひるまえ》、からりと晴れた日で、大通りは賑《にぎや》かな人通りだ。

夢介は、朝からお銀が買物に出たので、その留守を幸いにというわけではないが、久しぶりで駒形の鰌汁《どじょうじる》が恋しくなり、ぶらっと家を出てきた。あたしはねえ夢さん、どうしても、あんたが食べろというんなら、死んだ気になって、食べられないこともないけどあの鰌の丸煮だけは堪忍してもらいたいんです。姿を見ただけでも、寒気がするんですから。また、あんたって人は、なんだってあんな、ぬるっとした薄っ気味の悪い化物が、そんなに好きなんでしょうね、と情なさそうな顔をするお銀なのだ。それほど嫌いなものを、無理に食わしてよろこぶ悪趣味はない夢介なので、後で誤解のないよう、つまり、今日一人で出かけるのは、駒形へ鰌を食いに行くのだからと、婆やによくいいおいて、そうしておかないとまた胸倉をとりかねない姐御なので、念には念を入れて家を出てきた。

が、今ちんぴらが女の後をつけて行く方は浅草橋で駒形とは正反対の方角である。

なにも鰌は今日にかぎったわけでもないが、あのおでこのちんぴら狼が、女をつけてどんな真似をするか、その仕事ぶりをぜひ見たいという物好きな夢介でもない。そうだ、いっそこのちんぴらを鰌屋《どじょうや》へさそって、御馳走をして、悪事の方は、未然にふせいでやる、その方がよかろうと夢介は思った。

「兄貴さん、――三太兄貴さん」

ぽんと軽く、後から肩をたたくと、びっくと飛びあがるようにして振り返って、

「なんだ、お前はいつかの、田吾《たご》あんちゃんじゃねえか」

ちんぴら狼は、まずいところへ来やがったといわぬばかり、不機嫌な目を狼の

ように光らした。

「どこへ行くところだね」

「大きなお世話だよ」

「おら、この間はすまねえことをした」

「そうかい。あばよ」

三太狼は面倒くささそうにいって、さっさと歩き出す。一度狙った獲物、のがしてたまるもんかというように、不敵にも女の後を追うのだ。いっしょに肩をならべて足を早めながら、

「兄貴さんは、鰌は嫌いかね」

夢介はのんびり話しかける。

「ちぇッ、あばよっていってるじゃねえか。わかんねえのか」

「けど、駒形の鰌屋へ、おら、この間の埋合《うめあわ》せに、いっしょにつきあって――」

「厭《いや》なこった、鰌が食いたけりゃ、お前あのやきもち妬きの嬶《かかあ》といっしょに行きな」

そういいながら、ふっとあの時のことを思い出したのだろう。

「鰌屋でやきもち妬いて、胸倉をとられるのもおもしろいや。あは、は。田吾あ

んちゃんにゃ勿体《もったい》ないくらい、いい女だけどな」

「ああ、おらの嬶もいいが、あの前を歩いている女も別嬪さんだね」

隙《すか》さず夢介は気をひいてみる。

「へえ、あんちゃん隅におけねえな。どうでえ、おいらが一つ取りもってやろうか」

「ほんとかね、兄貴さん」

「ほんとうよ。そのかわり、ちっとばかし高いぜ。三十両に負けといてやらあ」

ちんぴらのくせにこの方がよっぽど隅におけないことをいい出す。

「三十両出すと、どうなるんだろうな」

夢介が前の女の後姿に見とれるようにすると、わかってるじゃねえかと、三太は、狡《ずる》そうに笑って、こいつほんとに物になるらしい、それなら女のふところを狙うより三十両の方がうまい汁だと、急に乗り気になったのだろう。

「ありゃあんちゃん、東両国にかかっている娘手品の人気者で、今評判の高葉屋春駒太夫なんだぜ。知ってるかい」

「そうか、手品を使う太夫さんか」

「手品ばかりじゃねえ。踊りも一番うめえんだ。顔はいいしよ、だから、みんなお駒ちゃん、お駒ちゃんといって、物にしてやろうと大騒ぎなんだが、しっかり者だから、なかなかうんといわねえんだ」

「じゃ、駄目だな、おら、こんな田吾作《たごさく》だから」

「なあにお前、そこが腕じゃねえか」

　おや、どこへ行くんだろうと、ちんぴら狼はちょっと目を見張る。春駒太夫のお駒ちゃんは、広小路を両国橋へ曲《まが》らず、真っ直ぐ横山町通りへ入って行くのだ。そうか、しゃれてやがる、お座敷がかかって、昼飯でも御馳走になりに行くんだろう。いいかいあんちゃん、おいらに三十両出しゃ、まず楽屋へ一両がとこ鮨でも通す。それから楽屋番に一分も握らして、楽屋へ通って、太夫に逢わしてやらあ、けど、あんまり長くいちゃいけねえ、邪魔をしねえようにあっさりと立って帰りに祝儀を五両もはずむ。そこでそっと晩飯に誘うんだ。先へ行って、そうだなあ、同朋町《どうぼうちょう》の『梅川』あたりがいいや、いい部屋をとっておいて、太夫に迎えの使いを出す。そこまではおれがうまく運んで、きっと太夫を引っぱり出して見せらあ。後は煮て食おうと、焼いて食おうと、あんちゃんの腕次第よ。

「どうでえ、男ならぽんと三十両出して見な、あれだけの太夫は、ちょっと柳橋にもねえぜ」

大の男を手玉にとるようなことをいって、おやと、またちんぴら狼は立止った。向うへ一杯人だかりがして、ざわめき立っている。その人だかりのうしろへ、お駒ちゃんの春駒太夫がふと立止っているのだ。何事だろうとこっちも近づいて見て、

「あれえ、こいつはおもしれえや。田吾あんちゃん、お前のおかみさんが喧嘩してるぜ」

三太はうれしそうに目を輝かして、夢介の袖をひいた。

女豹《めひょう》

横山町二丁目の上州屋久兵衛呉服店は、そのころ両国でも一番の老舗《しにせ》といわれ、朝から繁昌する店だ。その店先へ一つ目の御前と恐れられる顔大名大垣伝九郎が、例の茶羽二重《はぶたえ》の着流し姿で、貴公子然と入ってきて、この間駒形の鰌屋で夢介に投げ飛ばされた相撲あがりの岩ノ松音五郎と、その兄貴分、綽名《あだな》を鬼辰という暴れ者で、これは向島の三囲稲荷《みめぐりいなり》の境内にある力石を、五六十貫まで平気で差上げたという評判の力持だ。その他四五人の遊人ごろつきがお供という恰好で、中

に深川の悪船頭七五郎の顔も見える。総勢十人ばかり、いずれも人相のよくないものがずらりと並んだのだ。

「やいやい、一つ目の御前の御入来だ。座蒲団はどうしたんだ。早く煙草盆《たばこぼん》をさしあげねえか。丁稚《でっち》、丁稚、茶は玉露でねえと、御前は召しあがらねえぜ」

わめき立てたのは深川の悪七で、こんなのに店先をじろじろ睨まれては、呉服屋の客でたいてい女が多いから、とても居たたまらない。せっかくの買物に入ろうとした者も躊躇《ためら》ってしまう。この店がまえでは、少くとも十両、早く包んで出さないと、まずこの厄病神は御輿《みこし》をあげないだろう。

客たちはみんな買物を中途にして、あわてて立ってしまうし、番頭小僧たちは大いそぎでばたばたと出ている反物太物を片附けはじめた。中に一人だけ大丸髷《おおまるまげ》に結って歯をそめていないから囲い者か、何か水商売の女とも見えるすばらしい美人が、一向に立とうともせず、ゆっくりとかまえて男物と女物の品定めをしている。それがお銀だった。

お銀は駒形の時、人ごみの中から鮨屋をのぞいていたから、一つ目の御前を見るのは初めてではない。ふん、なんだえ物貰い奴《め》、誰が恐がってなんかやるもんか、と胸の中で冷笑しながら、わざと見向きもしないのだ。かえって、相手をしている中年の番頭の方が、落着かない様子でそわそわし出したのが可笑《おか》しくなる。

大垣伝九郎はもう一杯人だかりの表を、見るでもなく見ないでもなく、銀煙管《ぎんぎせる》で煙草を吹かしながら鷹揚《おうよう》に取り澄しているが、取巻き連中は、相手が水際立った年増女だけに、気になるし、目ざわりだし、全くこっちを無視しているのが小面憎くもあったのだろう。たまりかねたように、悪七、と鬼辰がお銀の方へ顎をしゃくって見せた。へい、とうなずいて、立上って、

「おう、姐さん、だいぶ御ゆっくりのようだね。なにを見立てているんだね」

のっそりとお銀の方へ進みよった。

「あの、好い人に着せる着物なんですけど、どんなのが似合うか迷っちまうんです。男がいいから、どんなのだっていいにはいいんだけど」

手に取った男物の柄から目を放さず、できるだけ甘ったるい声で、うっとりと、こんな芝居は役者以上のお銀で、悪七が当てられ気味に、苦い顔をして、

「そりゃそうでござんしょう。だから、どんなのでもさっさと買って、早く帰んねえ」

「ちょっと、すいませんけど兄さんこの柄、肩へかけて見て下さいよ」

「冗《じょ》、冗談いうねえ、お前、あすこにお出でなさる一つ目の御前を知らねえの

か」

「おや、まあ。だって、ちゃんと目は二つありますね。うちの人と、どっちがいい男かしら」

空《そら》っ恍《とぼ》けて、眺めるようにするのを見て、それでも小馬鹿にされているんだと気がつかないようなら、夢介の上を行く間抜けになる。

「ふざけるねえ、女だと思ってやさしく出りゃつけあがりやがって、いいかげんにして立たねえと、つまんで放り出すぜ、深川の悪七を知らねえか」

悪七はほりものの腕をぐいとまくりあげて、見得を切るように睨みつけた。

「ああ、お前さんなの、深川の梅次さんとかいう狐芸者に養ってもらって、ありがたがって、下ものまで洗ってる兄さんてのは」

「なんだと！――」

弥次馬がにたにたして、ざわめくのを見て、これは全く思いがけなかったらしい。

「ほ、ほ、ごめんなさい。あたし飛んだことを口走っちまって」

派手にあやまられて見ると、男として、いよいよ引込みのつかない悪七だ。

「女でなけりゃ、勘弁しねえんだが、まあいいや、さっさと帰れ。一つ目の御前のお目ざわりだ」

「そんなことはないでしょう。そりゃ一つ目の御前さまは千両箱をつんでお買物においでになったかどうか知りませんけれど、あたしだって、ただ物貰いにきた乞食じゃありません。ちゃんとお金を持って買物にきているんですもの、まじめな人間がおめざわりってことは、ないと思うんですがね」

そのとおりだよう、ひっこめひっこめ、下のもの洗い、と弥次馬の中から声をかけた奴があって、群集がげらげらと笑い出した。もう納らない。

「いったな、あま、もう勘弁しねえ」

目を歯もむいて、いきなりつかみかかろうとする奴、

「馬鹿！――」

お銀は、そこは業師だから、いつの間につかんでいたか、煙草盆の灰を一握り、ぱっと相手の悪相へ目つぶしに叩きつけておいて、水浅黄の裾さばきもあざやかに軽く、飛びのいた。わっと目を押えて立ちすくむ悪七、そこまではよかったが、とたんに、じりじりしていた仲間のごろつきが四人が、我さきにと立上った。

つい鼻っ先の、そんな騒ぎを馬耳東風《ばじとうふう》、横目にもかけず、一つ目の御前は、悠々と煙草を吹かしていられるのだからこれは相当な代物《しろもの》に違いない。

力くらべ

「あんちゃん、おかみさんがあぶねえぜ」

ちんぴら狼がからかうように、夢介の脇腹を小突いた。

「三太兄貴さん、ちょっと待っていておくれよ。さっきの話があるでね」

夢介も危険と見た。野性の女豹のような女、仕様のないお銀である。三四人のごろつき共が、手どりにしようと詰めよるのを、白い目を光らせて、右足を引いてひっそりと身がまえている腰から脚へ、なんとなくぴちぴちと張り切った筋肉の傍目《わきめ》にも美しい精悍《せいかん》さ、それより、剃刀《かみそり》でも持っているのではなかろうか、帯の間へ入れている柔軟な手の指の方が恐い。気が立っているから、手ごめにされれば無論斬るだろう、と見たから、ごろつき共も用心しているので、血を流させては、ただではすまないお銀の前身である。

ごめん下せえまし、少々通して下せえまし。夢介は弥次馬を掻きわけて、おや、この野郎、後から来やがって前へ出ようったって、そうはいかねえ、押すなってば、と何人かがのん気な憤慨をしている間に、やっと乱闘直前の店の前へ飛び出した。

「お銀、なにするだ」

この時はのんびり男も真剣になって、恐い目をしたに違いない。あっと、お銀がうろたえて、惚れた弱味だから、たちまち赤くなるのへ、逃げるんだと素早く目くばせをしておいて、

「皆の衆、勘弁してやって下せえまし」

くるりと、ごろつき共の方へ、立ちふさがるようにして、大きなおじぎをした。

「なんだ、なんだ手前は」

と、力んで強がった奴と、あっ、手前は、と知っていて顔色を変えた奴と、その間に、腰かけていた岩ノ松音五郎が、隣りの鬼辰に耳うちをしたので、

「みんな、ちょっとどけ」

鬼辰が野太い声をかけて、のそりと立上ってきた。六尺近い大男で、着物の前がよく合わず、黒々とした胸毛がのぞいている。古狙《ふるまないた》に目鼻を描いたような、浅黒い顔だ。

「おう、若いの、この間は岩ノ松が、御ていねいな挨拶を貰ったってな。その礼に一丁行こう。おれは鬼辰っていう者だ。支度をしねえ」

ぱっと双肌《もろはだ》ぬぎになる。五六十貫は平気で差すという江戸でも指折りの力持だ

から、ほかに能はなさそうだが体だけは岩のようだ。

「飛んでもごぜえません。おら、あれにかわってお詫びに出ましたんで、このとおりあやまります。どうか勘弁して下せえまし」

絶対に喧嘩は厭だし、二度と無用の力は出さないと観音さまに、おふくろさまに、この間も誓っている。夢介はもう一度膝まで両手をさげた。

「ならねえ。あれだか、これだか知らねえが、散々憎い悪態をついた女を逃せば、手前が相手だ。さあ、支度をしろ」

「そんな無理いわねえで、親方さん――」

「ええ、面倒くせえ」

鬼辰は短気に、いきなり右で夢介の胸倉をとり、あれ、勘弁して下せえ、と尻ごみをするのを、かまわず引きつけて、左の手が帯にかかった。とたんに、よいしょと、まことに造作もなく、夢介も男としては、決して小さい方ではないが、そいつを高々と、もう双差しにしていた、そのまま力に任せて投げ飛ばされれば、骨がくだけ、目、鼻、口から血を吹き出して即死する。

あっと、弥次馬の方が色を失って、次にくる悲惨な場面に目をそむけた。が、鬼辰は投げない。いや、投げられないのだ。ぐたりと差しあげられている夢介の両手が松の木のような鬼辰の右手をつかんでいるのだ。

「ううむ、こん畜生！――」

鬼辰は歯をくいしばって、呻《うめ》いた。夢介が両手をじわじわと締めつけているのである。青竹を捻《ね》じ切るだけの怪力がある夢介だ。不用意に胸、腹の方を差しあげたのが、鬼辰の不覚だった。右の手が締木にかかって、縛りあげられるようで、痛い。骨がくだけそうに、激痛は全身へひろがってくる。ううむと、我慢して、狙のような顔が歪み真っ青になって、脂汗《あぶら》がうく。

「痛えっあッ痛っ」

がくりと地に膝をついた。同時に、胸倉と帯をつかんでいた手がゆるんだので、夢介は、ひらりと前へ飛んで立った。

「勘弁して下せえまし、親方さん」

弥次馬には、夢介が切支丹の術でも使ったように見えたのかも知れない。ひっそりと目を見張ったまま、まだ体中を固くしている。

大垣伝九郎が、無言ですっと立上った。夢介の方は見向きもせず、白々とした面をして、相かわらず堂々たる引揚げぶりだ。ぞろぞろっと、一同が後にしたがったが鬼辰は岩ノ松に支えられて、よろよろと、右の手を左で痛そうに抱えながら、その恰好がいかにも哀れに小さく見えたので、はじめて弥次馬が、わあっと笑い出し、囃し立てた。

掏摸の秘訣

夢介が三太をつれて、同朋町《どうぼうちょう》の『梅川』という鰻屋へ上り、さあ、なんでもいいから好きなものを、どっさり食っておくれと、くつろいだ時である。

「あんちゃん、お前何か術を知っているのか」

ちんぴら狼はふしぎそうな顔をした。

「そんなもの、おら、知らないよ」

「だって、鬼辰の奴、どうしてさっき、あんなに青くなったんだ」

「急に、癪《しゃく》でもおこしたんだろう。おら、運がよかったんだ」

「そうかなあ」

三太は半信半疑だが、いつまでもそんなことにこだわっていない。小生意気にあぐらをかいて、にやにやと笑い出した。

「どうしたかね、兄貴さん」

「うむ。おれも忍術を使うんだ。これを見てくんな、田吾あんちゃん」

ふところから、ひょいと女持の赤い紙入を出して、夢介の膝の前へ放り出すのである。思わず手に取って見ると、ぷうんと匂袋の香が濃く中は空だろう、重味はない。

「それ、よかったら、あんちゃんに売ってもいいぜ。あんちゃんの好きな、春駒太夫の財布だ。いい匂いがするだろう」

「おどろいたなあ、兄貴さん、これ掏《す》ったんだね」

夢介はわけもなく、ただ目を見はっていた。

「掏ったよ、なんでもありやしねえ。ヅマ師じゃ日本一の女太夫だっていうから、おいら、一度やってみてえと狙っていたのよ。なんでもありやしねえ、赤ん坊の手を捻じるようなもんだ」

ちんぴら狼は獅子っ鼻をひくひくさせて、内心は有頂天のようである。

「そうかなあ。さすがに兄貴さんだな、どんな風にやったんだえ」

「わけなしさ、さっきあんちゃんが上州屋の前から、いそいで逃げ出したろう。弥次馬がみんな歩き出して、太夫も人にもまれてやがった。おいら、前から押されて行くふりをして、ちょいと、あすこへさわったんだ、女はあすこにかぎるんだぜ、あんちゃん。よくおぼえときな。日本一の太夫でも女は女さ。びくっとしやがった。ふ、ふ、それっきりの話さ、なんでもありやしねえ」

人のものを盗むのは罪悪などとは、てんで考えてもいないようなちんぴら狼の、いって見れば甚だ無邪気な顔なのだ、これは全く無智なのである。

「おどろいたなあ。中にいくら入っていたね」

「五両と二分二朱、なんかきっと買物に行くところだったんだな。割りに持ってやがった」

「この財布、いくらで売ってくれるね」

「そうよなあ、あんちゃんだから、一両に負けとこうか」

どうせ入物は捨てると聞いているのに、抜目のないちんぴらだ。

「けど、あんちゃん、お前そんなものを持って帰るとまたあのおかみさんに、胸倉とられるぜ」

「うむ、そりゃそうだけど」

「だから、春駒のことなんか、あきらめるんだね。悪いことはいわねえ、あのやきもちのおかみさんの方がよっぽどいい女じゃねえか」

意見をするようにいうのである。

「けど、お駒ちゃん太夫もいい女だ」

「田吾あんちゃんのくせに、慾が深えや」

「とにかく、これ売ってもらうべ」

夢介は、ふところを、もそもそやって、小判一枚出した。

「よし、売ったよ」

ちんぴらは小判をとって、しまって、

「あんちゃん、悪いことはいわねえから、好きなだけ匂いをかいでしまったら、神田川へでも棄てて帰りなよ。家へ持って帰ると、すぐおかみさんにみつけられるぜ」

妙に目を光らしていう。

「だめかなあ」

「だめだとも、お前のおかみさんただ者じゃねえや」

「へえ、どうしてだね」

「お前が、逃げ出すのを見て、でれっと見とれてやがんのよ、やきもち妬きだけに、惚れてやがんだな。よだれがたれそうで、見ちゃいられなかった」

人のいい夢介は、あるといえばある、女との秘密を、のぞかれたようで、なんとなく、ちんぴらの目がまぶしかった。

「おかみさん、お前がこっちへ逃げてきそうになるとおもしろかったぜ、顔を赤くして逃げ出しやがった。夢さん叱らないで、だとよ。ちぇッ、笑わしやがる。手前の方が、よっぽど嬶天下のくせに、――なあ、そうだろう、あんちゃん」

「うむ、まあ、そうだな」

「その隙に、おいら、ちょっと奥の手をつかって、あすこを狙ったのよ」

「へえェ」

さすがに夢介も、あいた口がふさがらない。

「ふ、ふ、女のくせに、びくともしなかったぜ、おいらの顔をちょいと見て、悪い子、といいながら、めっと、睨んで、すぐ笑いやがって、おいら、びっくりして逃げ出しちまった。ありゃ春駒太夫より大した代物だな」

そういう三太狼こそ、大した代物である。夢介はすっかり煽られ気味で、――しかし、どうやらこの小僧とだんだん友達になれそうなのが、大きな収穫だった。たらふく鰻で飯を食わせ、土産まで持たせて、こんどぜひ家へ遊びにきてくれ、その時は、二人の弟分もいっしょの方がいい、おかみさんには、もうやきもちを妬かないように、よくいい聞かせてあるから、こんどこそこの間の埋合せになんでも御馳走するから、と固く約束をして梅川を出た。

「じゃ、あんちゃん、御馳《ごち》になったな、礼はいわねえぜ。ついでに、やきもちさんに、ずい分、あすこを用心しなって、いっておいてくんな」

一足先へ出ると、ちんぴら狼はそんな憎まれ口を利いて、鼻の先で笑いながら、ぷいと風のように飛んで行ってしまった。夢介にはどうもまだ、ちんぴら小僧の性根はつかめないようである。

女護ガ島

間もなく夢介は、人の好い顔をして、両国橋を東へわたっていた。

やがて八つ下り、東両国の掛け小屋興行は今がかきいれの時刻で、軒並、花ぼんぼり、旗幟《はたのぼり》、さては笛、太鼓三味線に景気をそえて、いらはいいらはいの客引きの声も必死なら、どれへ入って残る春の日の半日の歓びを、堪能しつくそうかと、雑沓する客も血眼《ちまなこ》といっていい。

そのなかでも、春駒太夫を呼び物にしている高葉屋一座は、軽業、曲芸、手品、娘手踊りなどと色とりどりの芸人を揃え、しかもそれがほとんど娘ばかりというのに人気を集めて、早くも大入り客止めという景気のようだ。

夢介は別に娘の曲芸や手品を見る気はない。ただ春駒太夫に逢って、さっきちんぴら狼が掏った紙入を返してやりたいのだ。無論中身の五両二分と二朱は、自分が立てかえて入れてある。

「けれど、相手は芸人だ、ただ逢わしてくれでは曲がなかろう」

そこは義理がたい田舎者のことだから、一通り表の絵看板を見て引返し、さっきちんぴらがしゃべっていた手順で逢って見ようと思い立った。近くの鮨屋へ行って正直に鮨を一両高葉一座の春駒太夫にとどけてくれというと、鮨屋が目を丸くした。一つ十六文の鮨だから、一両では六百いくつになる。

いくら春駒太夫が大食いでも、いや、楽屋中で食ったって、そうは食い切れませんよ、と鮨屋の親爺が笑い出す。それじゃ、どのくらいあったらよかろうかと聞くと、一座がざっと三十人と見て、一人が十ずつ三百もあれば、それでも多すぎるくらいだという。

「それじゃ、ここへ、二分おいておくから、すまねえけんど、小田原の田吾作から、春駒太夫さんへと、どうかたのみます」

後で鮨屋の親爺が、大したのぼせ方だと、笑ったかも知れない。

鮨がとどいたとたんに、今日は、でもなかろうと、ゆっくりと東両国を一まわりして、夢介が一座の楽屋口をおとずれたのは、もう夕方近かった。楽屋番は片目の意地の悪そうな老人である。

「ほんの、おしるしでごぜえます、気を悪くしねえで下せえまし」

夢介は大きな体で、ていねいにおじぎをして、一分つつんだ紙包を老人に捧げた。こん畜生、年寄をからかいやがる、とでも思ったのだろう、ひったくるようにしていきなり紙包をあけて、本当に一分入っていたのでびっくりしたらしい。

「一体、お前さんは誰なんだえ」

「おら、さっき春駒太夫さんに、ほんの少しばかし鮨をとどけた、小田原在の田吾作でごぜえます」

「へえ、お前さんかえ、あんな紀文《きぶん》みてえなお大尽《だいじん》の真似をしたのは」

年寄はじろじろと、改めて夢介の野暮な身なりを見まわす。どうでごぜえましょう、ちょっとでいいから太夫さんに逢わしてもらえますめえか、とたのむと、

「そりゃ、案内はしてやるがね、くどこうたって駄目だよ、お大尽、あの娘は春駒でなくて、暴れ駒さ。といっても女だから、別に乱暴はしねえが、機嫌買いで、気難しくて、滅法口が悪い。もっとも気に入らねえ奴だと、その口もろくに利か

ねえんだ、つまり芸一本、男なんかに見向きもしない。というのは、まあ高葉屋の親方の娘だからそれですむんだが、そのかわり二十四になってもまだ男を知らない。一分くれたからお世辞に教えてあげるんだ、ならば手柄にくどいて見ろやいさ」

笑いもしないで、いいたいだけのことを勝手にしゃべって、これはどうやら太夫の自慢をしたところなのだろう、さあ、こう来なせえ、と先に立った。

狭い板張りの廊下が、歩く度にぎしぎしと鳴って、右手の葦簀《よしず》張りを筵《むしろ》と幕でおおった向うが舞台らしい、何かの口上につれて、静かな三味線が聞こえ、客はしいんと鳴りをしずめているようだ。左のこれも継ぎはぎだらけの幕で仕切った中は大部屋と見え、女たちがあけっ放しな冗談をいいあったり、憎まれ口をたたきあったりどっと笑う声の中には男のようなつぶれ声もまじって、なんとなく凄《すさま》じく、娘一座だから、安白粉と髪油をごっちゃにした女の匂いが、動物の体臭でも嗅《か》ぐように、むんむん鼻につく。総じて小屋掛け一座の楽屋裏は、猥雑《わいざつ》でうす汚く、継ぎはぎだらけでこれは大へんな女護ヶ島だと、夢介は思った。

その一番奥の入口に、春駒太夫さんへと白く染め抜いた水色縮緬ののれんが下っていた。先に立った年寄が、ひょいと顔を突込んで、

「ああ、菊ちゃん、太夫は舞台だな。さっきの鮨のお大尽が見えたからな、太夫の御機嫌がうかがいたいって、おっしゃるんだ。出がらしの番茶の一杯も出して、なあに、怒って帰るといいなすったら、それでもいいんだから、お前さんたち、もう鮨はげっぷの出るほど食いすぎてたくさんなんだろう」

げらげら笑う女の声がして、こういう種類の親爺の腹の中も、夢介にはちょいとわかりかねる。

「ありがとうごぜえました」

ていねいに頭を下げている中に親爺はもうさっさと引返して行ってしまった。

「ごめん下せえまし」

仕方がないから、夢介はのれんの外へ立って、改めて声をかけた。はい、と答えて顔を出したのは、菊ちゃんという女なのだろう。

「あらッ」

顔を見てびっくりしたらしい。さっき太夫のお供をしていた女弟子で、成程、上州屋での騒ぎを師匠といっしょに見ていたろうから、これは目を見張るのも無理はない。

「お邪魔さしてもらって、ようごぜえましょうか」

「さあ、どうぞお入り下さいまし」

菊ちゃんが首を引っこめたのれんをくぐって、中へ一足入った夢介は、あれえ、と自分の目を疑いたくなった。

玉の肌

春駒太夫の楽屋は、畳にすれば六畳ばかりの、天井のひくい部屋で、鏡台、衣裳つづら、手品の小道具などが雑然とおいてあり、友禅の厚い座蒲団、衣紋竹《えもんだけ》に通して一方にかけてある着物など、女くさい派手な色彩がいきなり目についた。その衣裳つづらの前に芝露月町の伊勢屋の若旦那総太郎が坐って、こっちを見ながらにやにや笑っている。

「あれえ、若旦那じゃございませんか」

日ごろ通人を気取っている若旦那が、どうしてこんな掛け小屋芸人などの楽屋へきているんだろうと、夢介はぽかんとしてしまった。

「へえェ、やっぱりお前さんでげすか、小田原在の田吾作だというから、はてなと思っていやしたが、なあるほどお前さんでなくちゃあの野暮はできない。太夫が馬じゃあるまいし鮨の山を見て、だいぶお冠《かんむり》でげしたぜ」

通人は相かわらず口に毒がある。

「あら、そんなことはありません、太夫さんはただ、こんなにたくさんって、いっただけじゃありませんか」

若い弟子のお菊ちゃんが、いそいで云訳をいったが、これはどうやら総太郎のいった方が本当のようだと、夢介はお菊ちゃんの顔色を読んだ。

「で、なんでげすか、お前さんやっぱり、あの鮨で切掛をつけて、あわよくばみやげ話に、ちょいと太夫をつまんでみようってんでげすか、どうも隅におけない人だね」

「それじゃ、若旦那もちょいと太夫さんをつまみにきていなさるんで、そうでごぜえましたか、おら、また珍しいところで出逢ったと思っていましたでげす」

それを真顔でいってのけたので、お菊が吹き出した。

「冗談じゃない、悪じゃれにも程があるよ、夢介さん、私はただ太夫とただ御飯を食べる約束があるから、待っているんだ。相かわらず困った人でげすな」

そこへどやどやと、春駒太夫のお駒が後見《こうけん》の女弟子二人をしたがえて、舞台から帰ってきた。紅白のかさねに金糸の縫のある紫の肩衣、袴、思いきり紅白粉の濃い汗ばんだ舞台顔も、若くて肌に張りがあるから、悪どい感じはなく、さすがに一枚看板といわれるだけにぱっと緋牡丹《ひぼたん》が咲いたようなあざやかさだ。それが、やや強い目でじろりと隅にいる男たちの方を睨んだが、愛想一ついわず、全く無視して、御苦労さま、と出迎えたお菊に、まず髪の簪《かんざし》を取ってわたし、立ったまま肩衣をはね、袴をぬぎ、するすると伊達巻を解いたかと思うと、あっという間に勇ましく着物をぬぎすて、下は緋縮緬の蹴出《けだし》一つ。

「いやに暑いんだね、今日は」

お菊の手から手拭をとって、太夫は、顔から真っ白な胸、脇の下、豊かな乳房のあたりまで、汗ばんだ玉の肌を乱暴に拭い出す、二人の女弟子もそれなので、狭い楽屋はたちまち、女いきれでむせかえるばかり、夢介はうろたえてどうにも目のやり場に困ってしまった。そして、なるほどこれじゃ若旦那が楽屋へきたがるわけだと、感心したのである。

「太夫さん、さっきお鮨をいただいた方です」

やがて派手な楽屋着にしごきを巻きつけ、くつろいで横坐りになった太夫の前へ茶を出しながら、お菊が耳うちをしたと見たから、夢介はもっそりと坐り直って、

「お初にお目にかかりますだ。おら、小田原在入生田村の百姓の伜《せがれ》で、夢介と

いう者でごぜえます」

ていねいに名乗りをあげ、大きなおじぎを一つした。

「あんた、さっき上州屋の前で、派手な芝居をしたわね。おもしろかったわ」

と口ではいいながら、じっと見すえるようにして、にこりともしない春駒太夫である。

「恥ずかしいことでごぜえます」

「お鮨をどっさり、ありがとう。でも、女の楽屋なんかへきて、裸になるところ見て、そんなにおもしろいかしら。稼業だから、あたしたち、楽屋へ入った時ぐらいは少し裸で気楽に休みたいのよ。気取っていると窮屈なんだもの」

なるほど、これは相当のじゃじゃ駒だが、いうことは正直で、甚だもっともである。

「悪いことしましたです。おら、用がすんだらすぐ帰りますで、かまわねえから、裸で休んでいて下せえまし」

「怒るわよ。そんなにいつまでも裸でいちゃ、風邪をひきます。変なことをいう人ねえ」

「まあ、太夫かんべんしてもらいましょう」

若旦那がにやにやしながら、横から口を出した。

「全くこの人は少し変り者でね、鮨の山でちょいと太夫をつまんで見たい、つまめるだろうと、安直《あんちょく》に考えてきたんだそうで、おもしろいお大尽でげす。ね、お菊ちゃん」

「おや、若旦那、まだいらしたんですか」

お駒は人を食った目をした。

「こりゃひどい。まだいらしたはないでしょう。今日は梅川をつきあってくれるはずだったでげしょう」

けろりとして笑っているのは、これもなかなか人を食った通人である。

意地ッ張り女

「夢介さんとかいいましたね。用ってなんです。あたしをつまむ用——？」

女たちが、くすくす笑い出した。

「これを、この紙入を、太夫さんに届けてえと思ってきましたです」

夢介はもそもそと、ふところから、女持ちの紙入を出して、そこへおいた。お

や、というようにお駒は手にとって、

「これ、さっき上州屋の前で、ちんぴら掏摸に掏られたあたしの財布だけれど、どうしてこれをあんたが——？」

ちんぴら狼に掏られたことをちゃんと知っていて、ふしぎそうな目を夢介に向ける。

「へえ、日本一のヅマ師の太夫でも、巾着切にふところを掏られることがあるのかねえ。こいつはおもしろい」

総太郎がうれしそうに、ぽんと膝を叩いてのり出した。

「なにがおもしろいんです、若旦那」

「なあに、こっちのことでげすがね、巾着切にふところが狙える太夫なら男嫌いの太夫を、男が狙って狙えないこともないはず、ちょいと、うれしくなってきたって話でげす」

若旦那の通人は、ちゃんとまた、一押し二押し三押しのこつも心得ているらしい。

「お気の毒さま、あたし男嫌いだなんて、そんなかたわじゃないんです。これでも女ですからね。——ね、夢介さん、この紙入、どうしてあんたの手に入ったんです」

「それじゃ太夫さんは、これ掏られたってこと、知っているんでごぜえますね」

「知ってるわ」

　夢介は拾ったことにしておくつもりだったが、知っているんでは仕様がないと思った。

「かんべんしてやって下せえまし。あの小僧さんは、紙入がほしくってすったんじゃない。日本一の太夫さんと腕くらべしたかった、そういっていましただ」

「じゃ、あんた、あのちんぴらと心安いの」

「心安いってほどではねえが、あの小僧さん、おらに、もし好きなら太夫さんを取持ってやる、三十両出しな、っていいますんで、――話だから怒らねえで下せえよ」

「怒ります、ひとを馬鹿にして。あんた、まさか三十両出しやしなかったんでしょうね」

「どうしようかと思いながら、浅草橋から上州屋の前まで行ってしめえました。それから、飯を食いながら相談すると、田吾あんちゃん、もう諦めな、お前のような田舎者じゃ、せっかく取持ってやっても、くどくことを知らねえだろう、そのかわりこの紙入をやる。おれは腕くらべに勝ったんだから、こんなものはいらねえ。あんちゃん、これ持って、鮨でも楽屋へとどけて、せめて顔だけでも拝んでくるといいやって、いわれたです。ありがとうごぜえました。おかげでおら、ようく顔を、正直にいうと、少しきまりが悪いが、見ねえふりして玉の肌まで、拝ましてもれえましたからその紙入は太夫さんにおけえし申します。これも白状すると、匂いはかがしてもれえましたが、中には手はつけません。どうぞ改めて見て下せえまし」

自分が阿呆になって、夢介はちんぴら三太の罪をかばっておく。疑わしそうにじろじろ顔を見ていたお駒が、

「せっかくだけど、これいりません。あんなちんぴらに一度掏られて、よごした紙入を返してもらったといわれちゃ、ヅマ師高葉屋春駒の名がすたります。厭なこった」

紅い口唇をぷっと尖らせながら、手にしていた紙入をいきなりそこへ投げ出した。体中が拗《す》ねて意地悪く、それが一層なまめかしい女に見せるのだから、さすが芸人である。

「太夫さん、そりゃ少し了簡違いだとおら思います」

夢介はおっとりと、両手を膝へ直した。

「どうして、どこが違うんです」

負けずにお駒が白い眼をする。

「ヅマ師は巾着切ではねえでしょう、これが舞台で掏られたんなら恥ってこともあるが、往来を歩いていれば、あたりまえの女子だ。変な真似までして、掏った巾着切は自慢にもならないが、女子だから、はっとしてつい掏られた、失礼だけれど、おら、太夫さんにもそんな女子らしいところがあるかと思って、一層好きになっているくれえです」

「知らない、厭な人ねえ」

お駒は睨んで、ちょっと赤くなったが、これは誰も知らないから、じゃじゃ駒が珍しく顔を赤くするなんてとみんなきょとんとしている。

「若旦那、このひとたちと一緒でよければ、今夜御飯つきあってもいいわ」

勝気だから、負けたとはいいたくないのだろう。紙入はそのままに、女たちの方を顎でさしながら、総太郎の方へ目を向けた。

「結構でげすとも、同朋町の梅川なんかはどうでげす」

「どこでもいいわ、そのかわりお酒たくさん飲みますからね」

「いよいようれしいねえ」

「支度して、後からすぐ行きますから、いい座敷取っといて下さいよ」

「本当だろうね、太夫、すっぽかしなんかは罪でげすぜ」

「舞台じゃ人の目をごまかすのが稼業《かぎょう》でも、楽屋じゃ女子の春駒ですからね、二枚舌はつかいません」

「しからば御意《ぎょい》のかわらぬうち——梅川だよ、太夫」

念を押して、総太郎は急にいそいそと立上り、じゃ夢介さん、またそのうちに逢いやしょう、というのもほんの口先だけ、日頃の気取り屋が、そそくさと楽屋を出て行った。よっぽどお駒の玉の肌に魅《み》せられていると見える。

「ふ、ふ、若旦那も十日ぶりで、やっと思いがかなったねえ」

女弟子たちが顔を見合せて笑っていた。

お吟味《ぎんみ》

「さあ、おらもお暇しますべ、太夫さん、長いことお邪魔しました」

やがて黄昏《たそがれ》である。総太郎が去ると、夢介も早々に改めて挨拶をした。

「いけない、まだ紙入の話がつかないじゃありませんか」

「あれ、まだ強情張るのかね」

「張るわ、せっかく来たんだから、もう一度玉の肌、見せてあげる、見ないふりなんかしないで、ついでにあの着物着せて」

立って、衣紋竹にかけた着物を目で教え、しごきを解いて、もうはらりと楽屋着をぬぎおとした。

「厭、早く着せてくれなくちゃ、風邪をひくじゃありませんか」

まぶしい玉の肌をくねらせて、じれて、さすがに両の乳房をそっと両手でかくす。

「おら、果報負《かほうま》けがしなけりゃいいが」

着物を取って、のっそりうしろから肩へかけてやりながら、そのくらいのしゃれっ気はある夢介である。若いお菊がぷっと吹き出していた。

「さあ、支度がよければ、みんな出かけようよ、夢介さん、その紙入持って、いっしょについていてきて」

「へえ、おらも行くのかね」

「玉の肌見せてあげたんだから、そのくらいの義理は返すもんよ」

「おらはかまわねえが、若旦那が変な顔しねえだろうか」

「かまやしない、あの人、はじめからのっぺりとした変な顔なんだもの」

四人の女たちに取りまかれて、せまい楽屋を出ると黄昏の東両国はもう群集もまばらになっていた。女たちの他愛ないおしゃべりを聞きながら、両国橋をわたって間もなく同朋町の梅川の門をくぐると、家には春の灯が入っている。妙な行きがかりで、今日は二度、梅川の客になる夢介である。

が、こんど通されたのは昼間の裏二階と違って、橋がかりをわたって行く奥まった離れだった。どこかにかくれ部屋でもありそうな贅沢な構えで、この座敷をとった若旦那の下心が読めそうな気がする、その若旦那は、女たちといっしょに入ってきた夢介の大きな顔を見ると、果して思った以上の厭な顔をして、

「あれ、夢介さん、お前なにを戸惑いしたんでげす」

と、露骨に呆れかえって見せた。

「いいえ、この人はあたしが引っぱってきたんです。ここでもう少しちんぴら掏摸の吟味をしてやろうと思って」

ここへお坐り、とお駒はわざと恐い顔をして、夢介を自分のそばの座蒲団へ引据《す》えた。その間に、床の間を背負った総太郎の両側へは、心得きっている海千山千の女弟子たちが、ぺしゃりと坐ってしまう。

「なるほどねえ、ちんぴら掏摸を使って、お駒ちゃんともあろう太夫の裸をのぞ

きにきた、こりゃただではすまされない。大体その人ときたら、そんな田舎者くさい物堅そうな風をしいて、この間も深川の若いあくたれ芸者を見事手玉にとって、場所もあろうに、その場でちょいと捻じ伏せたという性悪《しょうわる》ですからな。太夫、うっかり油断して甘く見くびって、あたら玉の肌を、飛んだ手ごめにされても知らないよ」

どうも若旦那の口には毒がありすぎるようだ。

「夢介さん、あたしを手玉にとってみない、ここで」

「そりゃ太夫さんの方が、本職だね。皿をお手玉にとったり、空の箱から傘を出したり、口から卵産んだり、お腹《はら》へ赤ん坊孕んだり、痛いッ――」

お駒がいきなり、膝をのりあげるように、両手で男の福々しい両の頬を、厭というほどつねりあげたのだ。なかなか放そうとしない。

「いつあたしが孕んだの、男もないのに」

「痛い、痛い。そこが手品だから――」

若旦那がつねってもらいたそうな顔をして睨んでいた。

はじめからこれだから、銚子がきて、酒がはずむと、お駒はよく飲んで一人ではしゃぎ、夢介にばかり悪ふざけをして、若旦那などは全く眼中になかった。その若旦那へは女弟子二人が両方から、べたべたとしなだれかかり、勿体ないほど濃厚に取りもたれているのだが、夢介ばかりを困らせているお駒に気がつくと、やっぱりおもしろくなかった。

「太夫、その人のちんぴら吟味ってのはどうなるんだね、そろそろすましてもらいたいもんでげすな」

とうとうたまりかねて、早く帰せといわぬばかりの厭味をいい出した。

「そのお指図には及びません、いま始まるところだから黙って見ていて下さい」

酔って、胸も膝もゆるみがちに、しどけなくなったお駒は、底意地の悪い眼をちかりと光らせたが、

「こら、菊、吟味の筋があるによって、この男をうしろ手に縛りあげろ」

ふらふらと立上り、自分のしごきを解いて、そこへ投げ出した。ほんとですか、太夫さん、と、おとなしいお菊が呆れるのへ、奉行は嘘はいわぬ、こうするのだ、とお駒はいきなり夢介に躍りかかって行った。

「ごめんなさえまし、太夫さん、おら、なにも縛られるような、そんな、悪いこと」

呆れて夢介がのがれようとするのを、黙れ、黙れ、とお駒は背中を膝で押えつ

け、本当にしごきで縛りあげてしまった。その縄尻をお菊にとらせて、自分は少し離れた脇息《きょうそく》へ、足を踏んばって男のように腰かける。

まるで駄々っ子だ。

なにが始まるのかと、さすがに一同は目を見はっているし、ちょうど銚子を運んできた女中は、おや、まあ、とびっくりして、笑いながらそこへ坐ってしまう。哀れにも悄けているのは夢介で、仕方がないから、悄然《しょうぜん》とそこへうなだれて見せる。

「これ、小田原在入生田村の百姓夢介、面をあげろ。その方今日、ちんぴら小僧をけしかけ、春駒太夫の紙入を掏りとらせし上、ぬけぬけとそれを楽屋へ届けにまいって、太夫の玉の肌をのぞき見した段、まことに不届である。あまつさえ、男もなき太夫が、手品で子供を孕んだといいふらせし罪、ことに許し難し、よって今日、市中引まわしの上、死罪獄門を申しつけるから、さよう心得ろ。ただし上の慈悲にて、いまわの際に、何か望みもあればいってみよ。かなえてつかわそう、どうじゃ」

恐れ入りました、と夢介は頭を下げ、

「いまわの際に、たった一つ、おら、鰻で飯が食いてえです」

「よしよし、かなえてつかわそう。お女中、御飯をすぐこれへ。——酒はどうじゃな」

「お酒はもうたくさんでごぜえます」

「黙れ、たくさんとあれば、拷問《ごうもん》にかけても、飲ませてつかわすぞ」

乱暴な奉行で、罪人の顔を押えつけて、盃を口にふくませ、お菊に鼻をつまませて、無理に酒を飲ませるのだ。女たちは手をたたいて、げらげら笑った。その上、女中が飯櫃《めしびつ》を運んでくると、自分が茶碗と箸を取って、子供にでもするように養ってやり、それをまた夢介が、のんびりと八杯までおかわりをしたのだから、若旦那はすっかり当てられてしまった。

春の闇

やっと飯がすむと、仕置場へまいるのだ、立て、といってお駒は縄尻を引っ立て、廊下へ出て橋がかりをわたると、しごきを解いて肩をならべてきた。

「夢さん、さっきの紙入持ってる」

「ああ、あずかっている」

「あれで勘定して、もう帰りましょう」

そうかと、夢介ははじめてお駒の心がのみこめ、これも強情な女だな、と感心した。

「黙っておいてけぼりにしちゃ、若旦那ががっかりするだろうに」

「かまやしないわ、あれだけ遊ばしてやったんだもの」

梅川を出ると夜はややたけて、同朋町から浅草橋へ、ほとんど人足の絶えた春の闇である。

「太夫さん、どこまで帰るんだね」

「茅町一丁目よ」

「そんなら門まで送って行くべ」

「ついでに、おぶってくれない、歩くの厭んなっちまった」

「あんまり悪ふざけしたからだ。さあ、おぶって行くべ」

誰にでも親切で、のんびりとできている邪気のない夢介である。正直に背中を向けたのでお駒はぴょんと飛びついた。がっしりと肩幅のひろい、それはまことにおぶわれ心地のいい背中である。

こんなとこ、姐御に見られたら、それこそ今夜は命がいくらあっても足りなか

ろうと、そこは人情で、夢介はふとお銀の顔を思い出しながら、

「太夫さん、眠ると風邪をひくぞ」

肩にぴったり顔を伏せて、黙りこんでいるお駒に声をかけた。

「ね、昼間のあの綺麗なひと、あんたのおかみさんなの」

そのお駒が、ふっと妙なことを聞き出した。

「まだおかみさんでねえけど、おかみさんに、なりたがって、おらを小突きまわしてる姐御だ」

夢介は正直である。

「あんた、あのひと好きなんでしょう」

「さあ、嫌いだっていえば嘘になるし、好きだっていえばおかみさんに、しなけりゃなんねえし、おら、返事に困るだ」

答もなく、五足六足歩いたと思うと、

「口惜しい、あたし」

ひっそりしていたお駒が、急に体中を、たぎらせるように、両手で夢介の喉《のど》をしめつけ、しがみついて、耳たぶへ噛みついた。その頸《くび》がまた逞《たくま》しく、そんなことでは貧乏ゆるぎもしない夢介だ。

「あ痛ッ、おらを、おらを殺す気かね、太夫さん」

「殺す。殺すわ、殺して、あたしも死ぬ」

ぬるぬると頸筋へ、涙がつたわって、夢介はくすぐったい。うるんだ春の星が甘ずっぱく笑っていた。

そのころ――。

婆やは先へ寝かせて、ぽつねんと一人、宵から夢介の帰りを待ちこがれていたお銀は、ことりと、くぐりのあく音に、もう目を輝かして小鳥のように立上っていた。今日は昼間、上州屋の店先で、飛んだ荒事《あらごと》を見つけられている。叱られるのが恐いから、いつものやきもちさえ出ず、

「お帰んなさい」

ただそわそわと、声も心も甘く、玄関の障子をあけた。

「こんばんは。えへ、へ、誰と間違えたんだえ、おかみさん」

これはまた思いがけないちんぴら小僧の三太が、人を小馬鹿にしたような顔つきをして突っ立っている。

「あら――」

と、呆れて、正直にがっかりした。が、この前このちんぴらを無愛想にしたと

いって、ひどくあの人に叱られている。

「よくきたわね。さあ、お上んなさいよ」

まん更空せじではなく、もうあの人も帰る時分だし、もてなしておけば、きっとよろこんでくれると、お銀は貞女らしく思いかえして、たちまち笑顔になった。

「あんちゃんの留守に上りこんで、間男《まおとこ》と間違えられちゃ厭だな」

三太はちんぴらのくせに、そんなませた憎まれ口を利きながら、茶の間へ通されて、ちょこなんとあぐらをかく。

「大丈夫よ。うちの人は神さまみたいな人なんだから」

お銀は茶の仕度をしながら、どこをほっつき歩いているんだろう、うちの神さまは、と悲しくなる。その耳へ、

「厭だぜ、よだれなんか流しちゃ。知らぬは嬶ばかりなりさ、おめでてえもんだ」

三太が聞えよがしに呟《つぶや》く。

「なにがおめでたいの」

「おかみさん、黙って一分出しな、おいら、いい話を売ってやるぜ、一分じゃ安いもんだ」

「買ってあげてもいいけど」

「前金にしてくんな、聞いちまった後で、そんな話ってけちをつけられちゃつまらねえ」

　抜け目のないちんぴら狼である。お銀は、どうせやらなくてはならない小遣だからと、笑いながら巾着から一分出してはいと三太のきたない掌にのせてやった。

「ありがてえ」

「話ってなあに」

「ちょっとしたおいろごとでね、なあに大したことでもねえんだが、ここの田吾あんちゃんが、今日ぜひ春駒太夫に逢ってみてえというんだ。知らねえかな、東両国の高葉屋一座で、一枚看板の娘ヅマ師さ。いい女だぜ。そりゃ、ここのおかみさんは特別だが、まあ両国一だろうな」

「うちの人、子供みたいなんだから、手品が珍しいんでしょう、きっと」

「それなら、表から入って手品を見物しそうなもんだが、おかみさんとこの神さまは、太夫の楽屋へ、入りこんでたぜ。あれで、あのあんちゃんは、なかなか女運がいいんだね。客のお座敷へなんかめったに出ない太夫を、どうくどいて引っぱり出したのか、夕方、梅川へつれこんだぜ、おやおや、とおいらもびっくりして、庭へ忍びこんでみた、そして、二度びっくりしちまった。離れなんだ。そりゃ取巻はいたけど、壁のうしろに、ちゃんと暗い部屋があらあね。そこは見えなかったが、おどろいたな、あんちゃん、酒を飲んで、太夫につねられたり、なめられたり、そりゃまあいいけど、しまいに太夫のしごきでうしろ手に縛られたんだ」

「どうして、縛られたんだろう、なんか、おいたをしたの」

お銀は嘘でもそんな話を聞かされると、腹が立ってくる性分だが、まさか子供の前でつんつんもできないから、やっと我慢している。

「甘いなあ、おかみさんは、しっかりしてくんなよ。太夫はあんちゃんを縛っておいて、自分で酒を飲ましたり、鰻で御飯をやしなってやったり、二人共うれしそうにでれでれと、見ちゃいられねえのよ。あんちゃん、よろこんで八杯も御飯食わしてもらったぜ。たいへんな子供もあったもんさ」

「いいのよ、あの人は無邪気なんだから」

「へえ、無邪気なのかね、あれで。そうかも知れねえな、二人で梅川を出ると、あんちゃんが、太夫、おんぶしてってやろうかっていうのよ。やっぱり無邪気なんだな、きっと。太夫がまた馬鹿に無邪気でよ、うれしいわっておんぶして、しがみついて、耳へ噛みついたり、――鼻をつまんだり、おいら、浅草橋んとこまで見ていて、あんまり馬鹿くさいから、こっちへきちまったが、あれから二人で、どこまで行ったかなあ、二人共無邪気なんだから、今夜は帰ってこねえかも知れねえぜ」

にやにや笑って顔を眺めているちんぴら悪党だ。

「あれえ、神さまが帰ってきたかな」

ことんとくぐりが鳴ったのである。

「おかみさん、聞いてみな、いまのこと嘘じゃねえんだから」

なんとなく蒼い顔をして、そそくさと、玄関へ立って行くお銀のうしろ姿へ、三太は、ぺろりと、赤い舌を出している。

子守唄

「やあ、三太兄貴さんか、よくきたな」

酒で赤い顔を、にこにこさせながら、灯の中へ坐った夢介を、その夢介の耳へ、お銀はそっと剃刀のような目を向けた。

たしかに噛まれた歯の跡がついている。きりきりっと胸へ差しこんでくる大きな火の玉を、ちんぴら小僧の前だから、一生懸命押えつける。

「お前さん、御飯は――」

「そうだなあ、そう腹も空いていねえから」

ぬけぬけと答える男の大きな顔を眺めて、口惜しいと思ったとたん、

「それゃあんちゃん、空かねえはずさ、鰻で八杯、春駒太夫にやしなってもらったんだもの」

人の悪いちんぴら小僧が、すっぱ抜いた。

「あれえ、兄貴さん、見ていたかね」

夢介は目をぱちくりやっている。

「ああ、すっかり見物しちまった。太夫、あんちゃんにずい分惚れてたね」

「そうだなあ、芸人さんだから、お芝居がうまいんだろうな」

「へえ、あれ芝居かねえ。芝居なら、お半長右衛門の道行ってやつだな。あんちゃんが太夫をおんぶして、太夫があんちゃんにしがみついて、どこまで行ってきたんだい、あんちゃん」

「酔ってるから、茅町の家まで送って行ってきたんだよ」

「ふうん」

にこにこしているあけっ放しの顔と、黙ってその顔を眺めているお銀の白い顔と、

「ちぇッ、おいら帰ろうっと」

ちんぴら三太はぷいと立上った。

「どうしたんだ、兄貴さん」

「つまらねえや、おかみさん今夜はちっともやきもち妬かねえんだもの。さいなら」

あっと呆気《あっけ》にとられているうちに、もう風のように玄関から飛び出して行く三太だった。格子がしまって、くぐりがあいて、ぱたんとしまるまで、じっと耳をすませていたお銀姐御が、

「夢さん、あんた、あんたって人は——」

一度に爆発して、胸倉をとろうか、引っかいてやろうか、と火のようになって体ごと胸の中へぶつかって行く、それをひょいと大きな手でうけとめて、赤ん坊でも抱き取るように、軽々と胸へ抱いて立上った夢介である。

「いい子だから、大きな声、出すでねえ。三太兄貴さんが聞いているぞ。な、いい子だから、このまんま、おとなしく寝んねするんだ。今夜は、おらが、国の子

守唄うたってやるべ」

それはお駒という駄々っ子をいうなりにおぶってやった夢介が、お銀にすまないような、可哀そうなような、そういう深い愛情をそのまま形に出した姿なので、お銀は座敷中を抱いて、やさしくゆすぶりまわられると、たちまち体中の力が他愛もなく抜けてしまい、男の厚い胸へ顔を伏せて、ただ悲しく、さめざめと泣きじゃくり出した。

お銀の復讐

はだかの弁天

夏のまだ明るい夕方だった。お銀は一風呂あびて汗を流して、内風呂だから誰に気兼ねもなく、そのまま派手な浴衣を脱ぎすてた薄べりの上で立膝をして、ちょっと涼んでいた。目は見るともなく、湯上りの匂うばかりのうす桜色した自分の肌を眺めて、むっちりと年増ざかりをみなぎらせて盛上っている乳房、ふっくらと鳩尾《みぞおち》から下腹へ、腰から脚へと妖《あや》しい曲線を描いて行く肉附、それは我ながらうっとりするようなしみ一つない美しさで、いままでこの肌に迷わない男は一人もなかった。それを、あの人だけは、いくらこっちが身も心も捧げつくして、だから時にはあけすけに一つ蚊帳の中で、しみじみため息をついて見せてやるのに、ちっとも可愛がってくれようとはしない。

「夢さん、切なくて、あたし」

「どうしたかね、姐御さん」

「ここなの、ここが苦しくて」

団扇のような手をつかんで、そっと胸乳《むなぢ》の下へ持って行っておしつけてやると、

「食いあわせでも悪かったかな、今夜、なに食ったたっけかな」

と、大まじめなのである。

「厭《いや》、あんたは。ここ心臓じゃありませんか。心臓に食べあわせなんてあるかしら」

「そいじゃ脚気かな」

空《そら》っ恍《とぼ》けて、それでも少しは、可哀そうになるのだろう。少しさすってやるべ、おとなしく寝るだ、と静かに二つ三つさすってくれて、おや、手がおもくなったなと思うと、もう大きな鼾《いびき》をかきはじめるのだ。あんな寝つきのいい人も珍しい。

しかし、お銀にはちゃんとわかっている。決して嫌われているのではないのだ。ただあたしのこの血の中に、まだなんとなく荒々しいものがあって、時々それが出る、それに前身が前身だから、もし子供でもできて、その血が子供につたわるようではと、のろまなようでいて考え深い人だから、それを心配しているのだ。

そして、そういうあたしを心では可哀そうに思い、いつかは本当の女らしくなるだろうと、その時を気長に待っていてくれる。

「うれしいわ、夢さん。あたし、きっと心からやさしい女になって見せる。それまで、棄てちゃ厭だから。棄てられるくらいなら、いっそあんたを殺して、あたしも死んじまう」

切なくなって、思わず両の手で乳房を押えながら、あっ、殺すなんて、そういう血が悪いんだ、どうしてあたしはこうなんだろう、とお銀は気がついて、つくづく情なくなってしまう。

「そうだ、この血は何か信心をしなければならないかも知れない。明日から観音さまへ跣足《はだし》まいりをしてみようかしら」

いいところへ気がついたと、急に目の前があかるくなったような、うれしくて、我にもなく観音さまの方角へ両手を合せながら、第一に、やきもちを慎むこと、第二、荒っぽいことはもう蚤《のみ》一匹でも殺さないこと、第三、言葉づかいをやさしくして、男のような悪態は絶対に口にしないこと、そして、早くいいおかみさんになって、あの人の赤ん坊が生めますように、と拝んでいるうちに、うっとりと胸が甘くしびれてきた。とたんに、がらりと風呂場の板戸が引きあけられたのである。

　夢介は夕飯までには帰るといって出て、留守だったし婆やにしては戸のあけ方が手荒すぎる。目をあけて見てびっくりした。思いもかけない大の男が二人、戸口へ折れ重なるようにして、さすがにこっちのまる裸に目を見はっている。この間の一つ目の御前の取巻きで、一人は深川の悪船頭七五郎、一人は相撲あがりの岩ノ松音五郎だ。

　なにしにきたんだろうと思うより先に、お銀はあっととっさに浴衣をとって膝に投げかけて、

「馬鹿、早く戸をおしめよ。あっけらかんと女の裸なんか眺めているでれ助があるかえ。目がつぶれるから」

　嚇《かっ》と強い目をして、睨みつけて、いま観音さまに誓ったばかりだが、つい荒っぽい悪態が口から飛び出す。

　が、そんなことで尻ごみするべらいの野郎共なら、人の家へ挨拶もなく押しこんできて、いきなり風呂場の戸などあけはしなかったろう。二人はちょっと顔を見合せて、うなずきあい、深川の悪七が先で、どかどかと踏んごんできた。

「あっ、な、なにをする」

「静かにしろい、この間の礼にきたんだ」

日ごろのお銀なら敏捷《びんしょう》な身のさばきで、むざとは勝手な真似はさせなかったろうが、まる裸では、女だから膝から手が放せないし、うっかり立つことも、あばれることもできない。

「卑怯《ひきょう》だ、こんなところへ、——畜生」

わずかに身もがきする間に、相撲あがりの岩ノ松が真っ白な両腕を捻《ね》じあげるように後へまわして力任せに押えつけて、その間に悪七が、濡れ手拭で猿ぐつわをかませ、そこに脱いでおいたお銀の派手なしごき、細紐で手足を縛りあげてしまった。ごろりと青い薄べりの上へ無造作《むぞうさ》にころがされたお銀の体は、世にも美しい光沢をたたえて、肉体の花ともいいたいまぶしいようななまめかしさが、たわわに乱れ咲くといった感じである。

「ふ、ふ、このままただ運んでしまうのは、なあ、兄貴勿体《もったい》ねえ気がするな」

悪七が見とれながら、ごくりと生唾《なまつば》をのんでいる。

「いけねえよ。七。一つ目の御前は凄い大将だからね。指一本でもつけてみろ、首が飛ぶぜ」

岩ノ松は大まじめだ、体の大きい割りに、これは気が小さいらしい。

「だって、勿体ねえや。黙ってりゃ、わかりやしねえや」

「いけねえってば、ぐずぐずしていて、あの土百姓でも帰ってきてみろ、大変じゃねえか、さあ行こう」

見せておくのは目の毒だというように、岩ノ松はお銀の体へ、ふんわりと浴衣をかけ、さっさと引っ抱えてしまった。

「ちぇッ」

先に立って、風呂場を出る広い肩幅を、悪七は蛇のように睨みつけていたが、仕方なく後からついて玄関へ出るとそこに駕籠が一挺横づけになっているのだ。ちゃんと夢介の留守を知って、何かたくらんできたのだろう。

吠える犬

一足違いのようにして、夢介はのんびりと家へ帰ってきた。

「いま帰りました」

格子をあけて、玄関へ上ったが、いつも走るようにして出迎えるはずのお銀の、足音さえしない。買物にでも出かけたかな、と思い、夫婦のようにして暮していればそこは人情で、夢さん、今日は珍らしく早いんですねと体中でよろこびながら、それでいて、どこかに女の匂いはしないかと、目、鼻がひそかに鋭くやきもちを妬《や》いている濃厚な姐御の顔がないと、やっぱりなんとなく物足らなくて淋しい。

「おらも、だんだん怪しくなってきたかな」

と、さらりと茶の間の襖《ふすま》をあけて、びっくりした。そこに、襷がけの婆さんが、手足を縛りあげられ、猿ぐつわまでされてころがされていたからである。

「婆やでねえか。どうしただ」

いそいで縄をといて、抱きおこしてやると、

「すいません、旦那さん」

婆やは真青な顔をして、何から話そうかというように、口唇をぴくぴく喘《あえ》がせている。

「どこも怪我しなかったかね。水、持ってきてやるべか」

「いいえ、私なんか。そんなどころじゃないんです。二人、大きな男がどかどかと、いきなり私を縛りあげて、それから、おかみさんがちょうどお風呂でしたがそこへ押しこんで、やっぱり縛って駕籠でつれて行っちまったんです」

「駕籠でかね」

「はい。声なんか立てる暇もないんです。一人の奴が帰りがけに、おれは深川の七五郎っていう、一つ目の御前の乾分《こぶん》だ、田吾作《たごさく》は知っているはずだから、帰ってきたら、よくおぼえていて、そういえ。一つ目の御前がこの間の礼をするんだ。同朋町の梅川で待っているからすぐ出向いてこい。おかみさんは先へつれて行く。くるのが恐ければこなくてもいい、そのかわり女は、おかみさんは、もう二度と返さないから、そう思えと」

「いつごろのことだね、それは」

「ついさっき、まだ同朋町へつくかつかないかの頃なんです」

「そうか、じゃ婆や、おらすぐ行って見てくる。婆やお前ほんとにどこもなんともないかね」

「いいえ、私は大丈夫ですから、早く、早くおかみさんを見てあげて下さいまし」

夢介は、そのまま家を出た、悪い奴に狙われたものである。こっちはほんの行きあわせたのが悪縁で、駒形の鰌《どじょう》屋《や》で一度、この間は横山町の上州屋で二度、一つ目の御前の仕事の邪魔をした恰好になっている。ことに、上州屋の時はお銀が派手な悪態をあびせかけていた。大垣伝九郎としては、顔にかかわることだろうし、今後の仕事の邪魔にもなる。そう思ってたくらんだ仕返しだろうが、こっちは無論そんな喧嘩を買う気はない。ただあやまって、金ですむことなら、幸い今日露月町の伊勢屋からとってきた百両が、手つかずにふところにある。これをみんなさし出しても、お銀の体を無事に貰ってこよう。まさかかたわにしようともいうまいから――。

夢介の肚《はら》はとっさにきまっていた。やがてすっかり日がかげって、江戸の町はこれから夕風が涼しくなる時分だった。

「ごめん下せえまし」

梅川の玄関へ立つと、走り出てきた年増の女中がこの間の春駒太夫の時の座敷で、顔をおぼえていたと見える。

「あ、夢介さんでしたね」

「へえ、小田原在の夢介でごぜえます。おらの女房が今日こちらへ御厄介になっていますそうで」

「おかみさんが――？」

「はい。一つ目の御前のお座敷だと聞いてきましただ」

「あっ、じゃあの裸のおかみさん」

女中がさっと顔色をかえた。

「あれ、おらのおかみさん裸かね」

「どうしましょう。大きな声ではいえませんが、悪い人たちで、家でも困っているんですよ」

「まあ仕方がない。案内してもらいますべ」

「大丈夫かしら、兄さん」

不安そうに女中が先に立って案内する後から、奥の広間へ行って見て、さすがの夢介もあっと目を見張った。

正面の床の間を背に大垣伝九郎が、例によって無表情な冷たい顔つきで悠然と膳の前におさまり、両側に浪人らしい奴が、二人、以下左右に力持ちの鬼辰、岩ノ松音五郎などというあばれ者たちが十人ばかり大あぐらをかいて、その座敷の真ん中に、裸とは聞いたがこれは一糸もまとわぬお銀が、手足を縛られ、猿ぐつわまでされたまま横坐りに引きすえられ、じっと観念の眼を閉じてうなだれている。がっくりと髷《まげ》のおちた首すじのあたりから胸へかけて蒼白になって、石のように体中をかたくしているのは、人一倍勝気な女だから、死ぬより辛い、こんな恥ずかしめをうけてもう命は捨てる覚悟だが、ただでは死なない、どうしたら相手を噛み殺せるかと、それればかりを必死になって呪《のろ》い狙っているのではあるまいか。そういう気がまえが、凄《すさま》じい殺気となって、張りつめた美しい肌から怪しく燃えあがっているように見える。

酌に呼ばれている芸者たちは、あまりの無残さに目をそむけ、といって逃げ出すわけにもゆかず、みんななんとなく蒼ざめているが、鬼のような男たちはこのまたとない美女の全裸に興じて、猥雑《わいざつ》な冗談を投げあいながら酒をくらっているようだ。

のっそりと顔を出した夢介は、やあ来たぞ、田吾作だと目ざとく見つけて、連中がひしめき立つ中を、のこのこと真っすぐお銀のそばへ進んで、

「やいやい、なにしやがるんだ。坐れ、坐らねえか」

末席の悪七がおどろいて、わめき立て、片膝立ちになる間に、見むきもせず、そばに落ちている浴衣をひろって、ひょいと、お銀の肩からかけてやった、見あげたお銀の目が、はっとうろたえるように深沈《しんちん》と燃えたが、夢介は一つうなずいて見せただけで、ゆっくりと末席へさがり、大きな体をかしこまって、

「お歴々さま、おそくなりまして、真《まこと》にすまねえでごぜえます。小田原の百姓、夢介といいます者で、おまねきにあずかり、まかり出ましてごぜえます」

別に悪びれもしなければ、意気ごんでもいない、のんびりとした挨拶だった。いわば敵の中へのりこんで、することが桁外《けたはず》れに落着いている上に、この挨拶だから、一座はちょっと呑まれた恰好だったが、

「ふざけるねえ。なんだって手前、あの女に着物をかけやがったんだ。誰の許しをうけて余計な真似をしやがんだ」

悪七が乗りかかった舟で、片膝立ちのまま噛みついてくる。

「別に、どなたのお許しもうけねえでごぜえますが、お歴々さまの前で、女の裸は、失礼でごぜえます。犬でねえから、人間の恥っさらしだと思って、着物をかけてやりました」

「ならねえ。こりゃ一つ目の御前のお指図で、仕置のために裸にしてあるんだ。早く元のとおり、着物をどけろ」

笠にかかってがなり立てる悪七の顔を、夢介は眺めてにやりと笑いながら、もう相手にならなかった。駄犬を相手にしても仕様がないし、片膝立ちの恰好だけ凄そうだが、この駄犬はただ吠えているだけで、決して飛びついてはこられないことを、ちゃんと知っているからだ。

小判で百両

「七五郎、もういい」

伝九郎の右にいる痩《や》せぎすな浪人者が悪七を制して、ぎろりと夢介を睨みすえた。妙に底光りのする眼が気ちがいじみて見えるのは、酒乱なのかも知れない。

「おい、土百姓、これはお前の女房か」

「へえ、おらの家内でごぜえます」

「この女は、この間横山町の上州屋で、一つ目の御前に悪口をついた。よって仕置のために、晒《さら》し物にしておいたので、なにも我々が好んで女の裸を酒の肴《さかな》にしているわけではない。相わかったか」

「へえ。よくわかりましてごぜえます」

「大体、この女といい、お前といい、なんで一つ目の御前に楯をつきたがるのだ。返答によってはそのまま座は立たせぬぜ。申して見ろ」

痩せぎすの浪人はそっと刀を引きつけながら、威丈高《いたけだか》になった。距離が遠いので、抜討というわけには行くまいが、酒乱だからこいつは本当に抜くかも知れないのである。

「飛んでもごぜえません。おら、土百姓でごぜえますから、決して楯をつくなどと、そんなことは、できるもんでごぜえません。ただ物のはずみで、そんな風に見えましたら、どうぞ御勘弁下せえまし。以後はきっとこの女めにもよく申し聞かせて、振り向いても見ねえようにさせますだ。――そこの女子衆、ちょっとすまねえがその盆を貸して下せえまし」

夢介は芸者に盆を運んでもらって、ふところからもぞもぞと切餅四つ、その封印の一つずつを切って、ざらざらと小判で百両、盆の上へ盛りあげた。その燦然《さんぜん》と輝く小判の山に、不意をつかれた一座は、ただあっと目を見張る。

「失礼でごぜえますが、ここに百両ごぜえます。これをお詫びのしるしに、一つ目の御前さまに差しあげますで、おらの大切な女房、勘弁してもらえれば、本当にありがたい仕合《しあわ》せでごぜえます」

夢介は盆を押しやるように、ていねいに頭を下げた。見ようによっては、全く歯がゆい。のろ介に見える恰好である。

「どうしましょう、御前」

痩せぎす浪人の眼からたちまち殺気が消えて、正直なものだ、そっと伝九郎におうかがいを立てるのだ。

「あんなに申すのですから、こんどだけは許してやりますかな」

その伝九郎は例によって、さっきからのこの騒ぎを見るでもなく、妓《おんな》に酌をさせて、むっつりと盃をあげていたが、同じように、承知するでもなくしないでもなく、わずかに一つ顎をしゃくった。その顎一つに集っていた取巻の目が、ほっと安心して浮々したようである。

「おい、土百姓、お許しが出た。今後はならんが、こんどだけは許してつかわす。その女をつれて帰れ」

「ありがとうごぜえます」

夢介はうれしそうに立上ると、さっさとお銀のそばへより、身動き一つせず、じっとうなだれたままの女の体を大切そうに、浴衣でつつみなおし、頰ずりしないばかりにして、ひょいと抱きあげた。

「では、お歴々さま、ごめん蒙《こうむ》りますでごぜえます」

呆気《あっけ》にとられている顔や、何かいいたげにあざ笑っている目には、もう見向きもせず、夢介はのっそりと廊下へ出て、黙ってついてきたさっきの女中に、どこか小部屋があいていたら貸してもらいたいとたのんだ。その小部屋の障子をしめ切って、はじめて手足のしごき、細帯をとき、猿ぐつわをとってやったのである。

やっと体が自由になったお銀は、手早く浴衣の前をあわせて、しごきをしめ、あられもない姿を晒したのが恥ずかしいというより口惜しいのだろう、ひっそりと背を向けて坐ったまま、あわれに歯をくいしばっているようだった。

「お銀、あんまり思いつめるでねえぞ」

夢介はいたわるように、一言いったきりで、そこではなにもいわなかった。

頼んでおいた駕籠がきて、それにお銀をのせて家へ帰ったのは、もう宵に近い黄昏《たそがれ》だったが、家へ帰っても、お銀は、なんとなく眼を血走らせて、思いつめている。

「姐御さん、詰《つま》らねえ考えおこすでねえぞ」

一つ蚊帳の中へ枕をならべてから、今夜のお銀は寝化粧も忘れて、いきなり背中を向けてしまったので、夢介はしみじみと話しかけた。

「女を裸にして、あんな真似するのは、人間ではねえ。あれはみんな気ちがいだ。いや気ちがいよりもっと悪い人間の屑《くず》だよ。おらが小判の封印切ってみせたら、あんなに吠えついていた犬が、怨みも意地も、けろりと忘れてすぐに尾をふっていたでねえか。乞食よりも見下げはてた根性だ。そりゃ姐御さんはあんな真似されて、死ぬほど辛かったろうが、相手が人間の屑の気ちがいじゃ仕様がねえ。災難だと思って、もうあきらめて、機嫌なおすがいいんだ」

　お銀はかたくなに返事をしなかった。いつも寝つきのいい夢介が、今夜はすぐに鼾もかかず、しばらくたってから、ぽつんといった。

「気晴しに、しばらく、湯治にでも行ってくべか。どうだね、姐御さん、あんまり意地になって、患いでもされると、おら、やきもち妬かれるより辛い思いしなけりゃなんね。大切なお嫁だもんな」

　お銀が急に顔をうずめたと思うと、薄い掛蒲団の肩のあたりが激しく揺れてすすり泣きの声がもれてきた。

「もういいから。な、もういいから」

　夢介はつと手をのばして、その肩のあたりをさすってやりながら、お銀が泣き寝入りに寝つくまで、やさしくさすりやめなかった。

仕返し

　四五日、夢介は外出をひかえた。お銀は、もう忘れたからと、翌朝からはつとめていつものように振舞うのだが、どこか物しずかで、あけっ放しでなくなったところが気になる。

「姐御さん、今日はおらが戸口のところで番していてやるから、ゆっくり風呂へ入るがいい。おらは決してのぞいて見たりはしねえから、大丈夫だ」

軽く冗談を持ちかけて見ても、夢さん、背中流してあげるから、いっしょにお風呂へ入らない、と平気でいっていたお銀が、このごろは、ただ深沈と目で笑って見せるだけで、妙に慎み深い。何か心にたくらむものがあるからだと、夢介は見るのである。

それに、顔色も冴えないようだし、ああいう執念深い女だから、やっぱりしばらく江戸を離れた方がいいかも知れない。いよいよ夢介がそう肚をきめた朝である。

「田吾あんちゃん、いるかえ」

ちんぴら狼の三太が、格子をあけて、飛びこんでくるなり、大きな声を出した。

「やあ、三太兄貴《あにい》さんか」

夢介はいそいで玄関へ出て、

「よくきたな、さあ、お上り」

「そうしちゃいられねんだ。おいら、聞いたぜ、あんちゃん」

狼は狡《ずる》そうに、にやにやと笑って見せる。

「なにを聞いたんだね、兄貴さん」

「お前のおかみさんの裸、凄くきれいなんだってね。まるで弁天さまのようだって評判だぜ」

このちんぴらには、時々顔を赤くさせられる。茶の間でお銀も赤くなっていることだろう。

「うむ、まあおかげさまで、――だから、おら大切にしているのさ」

「ちぇっ、朝っぱらから、のんびりとのろけている場合じゃねえぜ、あんちゃん」

「そうかね」

「あたりめえよ。お前の大切なおかみさんを、裸にした奴が、いま茅町の大黒屋の店先へ坐りこんだんだ。おいら、ちんぴらでも、あんな悪どい野郎は大嫌いだ。おおぜいで、女一人を裸で縛るなんて、男のすることじゃねえや。なあ、あんちゃん、そうだろう」

「うむ、そりゃそうだ」

「あんちゃん、一両出しなよ。おいら、助太刀をしてやるぜ。男ならお前、どうしてもここで仕返しをしなくちゃ弁天さまのおかみさんに対してもすまねえや。いいから、黙って一両出しな」

三太は抜目なく、ひょいと右手を出す。人を食ったちんぴら狼だ。

「そうか。じゃ、一両出すべ。まあ上っておくれ」

「なんだ、これからあんちゃん、支度しようってのか」

「いいや、おらは百姓だからな。仕返しだなんて、やくざさんたちの真似はできない。助太刀はいいんだ。けどせっかく兄貴さんが親切に教えてくれたんだから、一両はお礼に出すべ、――お銀、おらの紙入を取ってくれ」

が、返事がない。はてなと思って、茶の間をあけて見ると、いままでそこにいたお銀の姿がない。

「旦那さん」

と、婆やが台所から顔を出して、

「おかみさんはいま、台所からお出かけになりましたけれど」

いかにも不安そうな目だ。

「出かけた、お銀が――？」

しまったと夢介は思った。紙入をつかんで、玄関へとってかえして、

「兄貴さん、さあ、一両、おらをその大黒屋へ、案内たのみますだ」

「やるのか、あんちゃん、こいつはおもしれえや」

一両握って、どんぐり眼《まなこ》をさっと輝かし、躍りあがらんばかりの、騒動好きなちんぴら狼である。

その頃第六天社わきの大きな酒屋の前は朝っぱらから黒山のような人だかりだった。例の一つ目の御前が取巻きをつれて、ずらりと七八人、店先へ坐りこんでいるからである。すぐそこに番屋はあるのだが、そんなものを恐がる連中ではないし、また別に乱暴を働くわけではなく、ただ坐りこんでいるだけだから、番屋でもちょっと手のつけようがない。

弥次馬は、気の毒だなと思っているのが三分、何かはじまると面白いんだがと見ているのが七分。

「ごめん下さいまし。ちょっと通して下さいまし」

お銀は、そういう弥次馬の中を、たくみにすり抜けていた。後からきて、前へ出ようったって、そうは行くけえ。意地の悪い目をして振り返った男も、淡紅色《ときいろ》の手柄をかけた大丸髷、黒いうすものを素肌に着て、女盛りの白い肌が透いてみえるかとばかり、水際立ったお銀の年増ぶりをすぐ鼻の先に見ると、なんだ姐さんか、ついでに足を一つ踏んで行ってくんな、などと剽軽《ひょうきん》な奴もいてたちまち人垣の中へ押し出された。

二足三足、店の方へ進んで、すらりと立ったお銀の姿は、はじめから挑戦的で、目が剃刀《かみそり》のように光っている。おや、と弥次馬はその気配に好奇の目を見張ったが、無論店先に並んでいる連中がうっかりするはずはない。

「やあ、お銀だな、手前、性懲りもなく、なにしにきやがったんだ」

真っ先に立上って、吠えついたのは駄犬の悪七だった。

「ほ、ほ、物貰いの乞食たちが、よく並んだこと、みんなそれでも人間なみの着物を着ているから感心だよ」

「なんだと」

「そばへお寄りでない。臭いから、お寄りでないっていうのに」

甲高《かんだか》いお銀の声に、げらげらと笑い出した者がある。

「吐《ぬか》しゃがったな、こん畜生」

いきり立って、無造作に躍りかかろうと、悪七が大手をひろげた瞬間、お銀の手から白いものが一つ、さっと飛んだ。見事に眉間《みけん》にあたって砕けた。卵だ。いや卵の殻の中へ目つぶしを仕かけたやつらしく、砕けたとたんに、ぱっと粉が煙のように散って、わあッ、悪七は目を押え、がくんとそこへ両膝をついてうずくまってしまった。

「野郎、しゃれた真似を――」

馬鹿な奴である。目つぶしの卵は一つきりと思ったか、相撲あがりの岩ノ松が、つづいて二人ばかり、一度に飛び出してくるところを、さすがに前身はおらんだお銀、この四五日怨みに身を焼きつくしてきたのだから、まことにあざやかだった。三つの目つぶしが、つづけざまに白い尾をひいて、三人が三人共それを眉間にくらい、あっと両手で目を押えて、そこへすくみうずくまってしまう。

「さあ、こんどは誰の番。あたしの肌を見た奴は、みんな当分目くらにしてやるから、遠慮なく出ておいでよ」

お銀はもう手のつけようのない女豹《めひょう》にかえって、強い目を吊しあげている。

弥次馬はどよめき立って、のびあがりながら手に汗を握っている。

「おのれ、許さん」

痩せぎす浪人が、すっくと立上った。凄い目をすえてこれは十分腕に自信があるのだろう、右手に扇を取り、油断なく身がまえながら、つつッと迫ってくる。

「お気取りでない、乞食浪人のくせに」

憎しみをこめて、どこにそんなに持っているのか、又してもお銀の手から、発止と目つぶしが飛ぶ。さすがに一つはひょいと首を曲《ま》げてかわしたが、とたんに又一つこんどはかわす間がないから、右手の白扇で叩き落した。これもまことにあざやかだったが、卵が目の前で砕けて粉の煙が立ったと見ると、

「あっ」

ぎょっとしたように、痩せぎす浪人は棒立になり、目を押えて、顔を歪めてしまった。おらんだお銀といわれるだけあって、仕かけの薬に何か秘術があるのだろう。

と見る間に、一つ目の御前の大垣伝九郎は悠々と立上って、例のごとく引揚げはじめた。

「お待ちよ、乞食の御前、女にうしろを見せるのかえ、卑怯じゃありません？」

そうだ、卑怯だぞ、やれやれと、弥次馬はよろこんで騒ぎ出したが、伝九郎はもう振り返っても見ない。残る連中があわてて、倒れた奴を一人ずつ引っかかえるようにして、後を追って行く。

「畜生——」

お前があたしを裸にした張本人じゃないか、逃がしてたまるもんか、とお銀は

思ったのだが、女だから、まさか人ごみをかきわけてまで追うこともできない。それに人ごみの中で、もし目つぶしが外れて、人に迷惑がかかってはと中の薬が薬だけに、それも気になったのだ。

そして、ふと気がついて見ると、人垣の中にはもう自分だけが取りのこされて、みんなの目が自分一人に集っている。みんな面白半分の目だ。はっと恥ずかしくなり、お銀は夢中でその中へ逃げこんでしまった。

どこをどう歩いてきたか、お銀はやがてひっそりと明るい大川端を、悲しくうなだれて歩いていた。

「あんなことをしてしまって、胸は少し晴れたけれど、あたしはもう夢さんのところへは帰れない」

どうしてあたしの血は、こう荒っぽくできているんだろう。

せっかくやさしい女になろうと思って、観音さまへ跣足まいりをしようとする気にまでなってよろこんでいるのに、意地悪く、世間が、人の邪魔をするんだ、いや、夢さんがなぐさめてくれたように、相手は人間の屑なのだから我慢した方がいいのかも知れないけれど、それはあたしにはできないのだ。

「ごめんなさい、夢さん。この二三日あんたは、勿体ないほどあたしのことを心配してくれて、いつまでも背中をさすっていてくれたり、――あたし、うれしかった。死んだって忘れやしません」

それを思うと、ひとりでに、涙が出てくる。それにしても、お銀は一体どこへ行くつもりなのだろう。自分でもわからないのである。

縁むすび

男の愛情

お銀はあの日家出をしたきり、もう十日ばかり帰ってこない。

夢介がちんぴら狼の三太といっしょに、現場へ駈けつけた時には、たった今喧嘩がすんだところらしく、

「凄い度胸だったねえ、評判の顔大名を向うへまわして、派手な啖呵《たんか》を切りやがった。ぱっぱっと目つぶしの卵を投げつけた時にゃ、胸がすうっとしたぜ」

「第一、女っぷりがいいや。ありゃ、ただ者じゃねえな。ひらりと、こう飛びさがった身の軽さなんてものは――」

「嘘をつけ。手前のはちらりとこぼれた内股の白さに、よだれをたらしていたんだろう」

散って行く弥次馬の、とりどりの噂で、お銀がどんなことをやったか、たいていは読めた。

「あんちゃん、惜しいことをしたな。おいらちょっと、おかみさんの白い内股が拝見したかったね」

ちんぴら狼がそんな小生意気な口を利いて、にやにや笑っていたが、――いそいで家へ帰ってみると、お銀はまだ帰っていない。はてな、と思いながら夜まで待ったが、とうとう姿を見せなかった。

可哀そうに、と夢介は帰ってこられないお銀の心根を思って、しんみりしてしまった。決して、怒りはしないんだが、お銀は自分のしたことが恥ずかしくて、帰ってこられないのだろう。いや、あんな真似をしたのでは、もうとてもおかみさんにはなれないと、あきらめてしまったのかも知れない。

「おらが愛想なんかつかすものか。お前はほんとは人一倍情《じょう》の深い、正直な女子なのだ。その正直を世間がだましして踏みつけにしたから、お前は腹を立てて、あばずれてしまったのだ。おらにはよくわかっている」

そして、夢介はふと気がついた。おらが間違っていたかも知れぬ。おらはまだお前をおかみさんにしてやるとは、一度も口に出していわなかった。女だから、それをはっきりいってやらないと、安心ができない。だから、やきもちを妬《や》いたり、時々は野性にかえったり、どうしても落着いた女になり切れないのだ。

「そうだ、おらがついていてやらなくては、とても仕合《しあわ》せな女子にはなれない姐御さんなのだから、帰ってきたら、はっきりといってやるべ、故郷《くに》へかえる時は、きっと女房にしてつれて行くから、安心していい女子になれと――」

しかしそのお銀は、翌日一日中外出もしないで待っていたのに、やっぱり帰ってこなかった。

「困ったぞ、これは、なんだか、おらの方がやきもち妬きたくなってきた」

夢介は、どんなに自分が深くお銀を愛しているか、初めてわかったような気がした。どうも淋しくて、心配でたまらないのである。無論お銀がほかの男に心をうつす、そんなことはちっとも考えられないが、前身が前身だから、やけになって、また悪の道へでも逆もどりしたのではないか、ありそうなことなので、それが気になり出したのだ。

翌日から、夢介は心あたりを方々さがしまわることにした。運よくその手始めに、両国広小路で、ばったりちんぴら三太にめぐりあったので、

「兄貴《あにい》さん、おらのおかみさん見かけたら、すぐ帰ってくれ、おらが心配してい

ると、言づけてくれないかね」

と、たのみこんでおいた。

「あれ、あんちゃんおかみさんに逃げられたのか」

「いや、あんな喧嘩したんで、恥ずかしくって帰れないんだろうよ」

「そんな柄かなあ、あの気の強いおかみさんが恥ずかしがるって、どんな顔か見てえや、いいよ、あんちゃん、日頃世話になる恩がえしだ、おいらがすぐさがしてやろう。日当を一両出しな」

ちんぴら狼は相かわらず抜け目がない。

「そら、兄貴さん、一両だ。おかみさんをさがして、つれてきてくれたら、そうだな、お礼に十両やるべ」

「へえ、はずんだな、あんちゃん、無理はねえ、別嬪《べっぴん》だし、あんなにうまく大やきもちを妬いて見せる名人は、ちょいと珍しいからね。おいら、本気になってさがしてやるよ」

三太はぽんと一度、一両小判を抛《ほう》りあげて、器用に元の手でうけ止め、にやりと人を食った顔をして、駈け出して行った。

しかし、いまだにお銀はどこへかくれてしまったか、一向に消息が知れない。

夕立

　その日、夢介は芝露月町の伊勢屋へ、百両受取りに出向いた。

　例によって主人総兵衛は、夢介を毛嫌いして逢わず、やさしいおかみさんが奥座敷へ通して、百両出してきてくれた。

「夢介さん、これでおあずかりした千両のうち、四百両をおわたししたことになりますそうですね」

「はい、たしかにその通りでござえます」

「やっぱり毎日お道楽をなすっておいでですか」

「いいえ、このごろは、その暑いもんでござえますから、道楽の方は少しお休みにしているんです」

　まさかいろ女の行方をさがしているともいえない。この方が毎日よっぽど暑いと思いながら、

「総太郎さんはお元気でござえますか」

　あわてて話をそらした。

「おかげさまで、あれにもやっと好い嫁が見つかりましたので、今日もそちらへまいっているのかも知れません」

「あれ、それはお目出とうごぜえます」

これは初耳だ。それにしても、あの通人で、いかもの食いの若旦那が気に入るからには、相当器量がいい娘なのだろう。

「お嫁さまは、さぞおきれいな方でごぜえましょうな」

「ええ、深川佐賀町の俵屋というお米屋さんの娘さんで、お糸さんというのですが、あれもこん度はすっかり気に入ったようで。ほ、ほ、なんですか、毎日一度その娘さんの顔を見ないと、どうも気がすまないなどと、子供のようなことをいって、いいあんばいに、もう道楽はふっつり止んだようでございます」

うれしそうなおふくろさまの顔を見ながら、少しおかしいようだな、いくらなんでも毎日娘の顔を見に行くというのは変だ、とは思ったが、そりゃ結構なことで、と挨拶をしておくより仕様がない。

「夢介さんも一度、おついでがあったら見てやって下さい。それは可愛い娘さんですからね」

この分ではおふくろ様の方が、だいぶ気に入っているようだ。

「はい、それでは今日これから帰りにまわって、拝ましてもらいますべ」

「いいえ、あなた、なにもわざわざでなくてもいいんですから」

しかし、正直で健気《けなげ》な夢介は、ついでの時といってもそのうちに忘れてしまうと、あのやさしいおふくろさんをだましたようになって、申し訳ない、やっぱり今日のうちに約束を果しておいた方がいいと、伊勢屋を出てから思いなおした。

暑い日で、汗をかきながら、尾張町から永代橋《えいたいばし》へかかるころ、濃い夕立雲がぐんぐん青空を塗りつぶしはじめた。両国の方の空はもう墨を流したように真っ暗で、しきりに雷鳴がとどろいている。ばらばらと大粒の雨が白い道へはねかえったと見る間に、一度にざあっと滝のような雨脚だった。

「さあ困ったぞ」

佐賀町の方へ一散に走っていた夢介は、考えて見ると、別に近いところに駈け込む家のあてがあるわけではない。いっしょに走っていた人たちは、たちまちみんなどこかへ逃げこんでしまって、往来を駈けているのは自分一人だ。すぐ目の前へ強烈な火柱が立ったと見たとたんに、頭の上で、ばりばりと体中へひびけるような凄いやつが一つ鳴った。

「わッ、桑原《くわばら》、桑原——」

思わず頭をかかえて、気がついて見ると、夢介は行きあたりばったり、人の家の軒下へ駈けこんでいた。おかしなもので、一度軒下を借りたとなると、もうすっかり濡れてはいるのだが、ちょっと、雨の中へ出て行く気にはなれない。ぼんやり立って、凄《すさま》じい雨脚を眺めながらふと思い出すのは、やっぱりお銀のことだった。可哀そうに姐御さん今ごろ、この夕立にどこで濡れているかと、まさか迷子ではないのだから、五日も十日も宿なしでうろついているはずもないのだが、夢介の胸にはなんとなく人の軒を借りてしょんぼりしているお銀の姿しか思いうかばないのである。

「もし、あなた――」

ふいにそこの格子があいて、顔を出した女がある。かき合せた浴衣の襟がゆるんで、むっちりと白い胸がのぞけそうな仇っぽいおかみさんである。

「これはおかみさんでごぜえますか。黙って軒下をお借りしています」

夢介はていねいに大きくおじぎをした。

「いいえ、かまわないんですよ、そこは濡れますから、こっちへお入りなさいまし」

「御親切に、ありがとうごぜえます。なあに、もう濡れていますので、ここで結構でごぜえます」

「そんな、あなた、同じことじゃありませんか、あたしが薄情のようで、御近所から笑われますもの、どうぞお入りになって下さいまし」

そうまでいわれると、親切なおかみさんだなと思い、人の好い夢介には、それでもとはことわりきれなかった。

「そんなら、しばらく雨止《あまやみ》させてもれえます」

「さあ、どうぞ。——いいえ、そこだってこっちだってもう同じことじゃありませんか。お上りなさいましよ、いまお出花《でばな》でもいれますから」

「おら、それでは、あんまり——」

「かまわないんです。本当はあたしの方から、お人柄を見て、お願いするんです。雷さまが、あたし大嫌いで、あいにく阿母《おっか》さんが使いに出て留守だもんですから、一人でもう、恐くって恐くって——」

袖をつかまれて、夢介はとうとう長火鉢のある茶の間へ引きあげられてしまった。

地獄宿

ひどい雷がつづけざまに鳴っていた。女はほんとに雷嫌いらしく、茶をいれるどころか、夢介の横へぴったり体をすりよせて坐ったまま、天井ばかり気にして青くなっている。

困ったなあ、これは、と夢介は当惑してしまった。

雨戸をしめきった薄暗い部屋の中である。箪笥、茶箪笥、長火鉢なども安物でなく、壁の三味線かけに紫縮緬《むらさきちりめん》の袋をかけた三味線が三挺もかかっているあたり、どうもこの女は囲い者といった匂いがある。そういえば、水色の手絡《てがら》をかけた大丸髷《おおまるまげ》に結って、薄化粧をはき、肉附ゆたかなどこかゆるんだ体つき、手の指の白くしなやかなのは、あまり水仕事などはしないからだろう。それが、全く雷にばかり心をとられているように、横坐りになった膝からちらっと白い内股がこぼれているのにさえ気がつかず、ぴかりと光るたびに腕へしがみついて、ごろごろと鳴り終るまで、目をつぶって見たり、首をすくめるかと思うと、青い眉をひそめて、大きなため息をついて、いそいで耳を押えてみたり、――相手が恐がっているのに、まさか少しどいてくれともいえず、いやでも夢介はむせるような女の濃厚な肌いきれに悩殺されて、辛抱していなければならなかった。

いや、辛抱なら、お銀と一つ蚊帳の中に枕をならべていても、決して間違いはおこさない男だから心配はないが、こんなところをもし人にでも見られ旦那の耳へ入るようなことになっては、この女が迷惑するだろうと夢介はそれを気にするのだ。

「おかみさん、よっぽど雷が嫌いと見えるね」

「すいません、これだからあたし、夏は困るんです。あの音を聞いていると、胸が痛アくなってきて」

あえぎながら、邪慳に胸をかきむしるようにするのを見て、さあ大変だ、と夢介は思った。

このうえ、癪《しゃく》でもおこされたら、どう手のつけようもない。

「しっかりするんだ、おかみさん。今のうちに、熊《くま》の胆《い》でも――」

「いいえ、だめなんです、そんなもの」

「そうかね、困ったな。何か、いつもするおまじないのようなものはないのかね、草鞋《わらじ》を頭へのせるとか、薬鑵《やかん》なめるとか」

「ひどい人、ひとがこんなに苦しんでいるのに」

からかわれたとでも思ったのだろうか、女はうらめしげに身をもんで、胸もあらわに力一杯ゆたかな乳房を手で押えつけた。

「阿母さん、早く帰ってくれないかしら、あたし、仕方がないから、いつも阿母さんにしがみついて、しっかりと胸を抱いてもらうんです」

「そんなら、おら、すぐ阿母さんを呼んできてやるべ、どこへ行ったんだね」

「わかんないんです、それが」

あいにく稲妻が雨戸の隙から走って、部屋中が青白くなったと見たとたん、がらがらッと地をゆるがすような凄い雷鳴がとどろきわたった。

「あれッ」

女は悲鳴をあげて飛びあがり、体ごと夢介の膝へのしかかるように、夢中で首っ玉へしがみついた。

「抱いて、早く、早く胸を、恐いッ」

「こうかね」

「もっと力を、きゅっと――」

仕様がない、しっかりと胸を抱きしめてやると、女は呼吸を大きく肩ではずませて、見ると、もう恥も外聞もなかったのだろう、なまめかしい裾《すそ》を乱して、体を横抱きにされた形の両の脚が、膝の上まで白々とすべり出している。いささかこっちの方が気がひけるので、そっと片手を放し、なおしてやろうと裾へ手をのばした時、がらりと玄関二畳間との合《あい》の襖《ふすま》が、はげしい音を立てて引きあけられた。

三十四五のやくざとも見える目の鋭い男が、浴衣の胸からさらしの腹巻きをのぞかせて、ぬっとこっちを睨みながら、突ったっている。と見て、

「あっ、お前さん」

女は仰天したように、夢介の膝からすべり下り、いそいで乱れた裾をなおして、恥ずかしそうにそこへ突っ伏してしまう。

さあ飛んだことになったようだぞと、夢介はぽかんと男の顔を見あげながら、ちょっと言葉が出ない。

毒婦の肌

「おい、お前ひとの留守を狙って、おれの嬶《かかあ》とそこでなにをしていたんだね」

男はそろりと後の襖をしめきりながら、凄味のある声で低く出た。雷雨はまだ少しもおとろえを見せず、軒を滝のように雨が流れおちている。

「飛んでもねえことでごぜえます。おら、おら、雨宿りさせてもらつて――」

「ふん、結構な雨宿りだったね。ひとの嬶を抱いたり、なめたり」

「違えます。おら、決して、なめたりなどしたおぼえはねえ、おかみさんが雷の

おまじないだ、いつも阿母さんに抱かれるおまじないだというで」

「ありがとうよ。よく変なまじないをしてやってくれた。礼をいうぜ」

「いいや、変なおまじないは決してしねえです。ただおかみさんが、あんまり恐がるもんだから、ついその」

口下手な夢介は我ながらもどかしい。

「黙らねえか。おれは子供じゃねえんだ。女が裾をあけっ放しにして、男の首っ玉へしがみついて、男がその女を抱きながら、手前、おれの顔を見てそっと引っこめた手は、どこへやっていたんだ、態《ざま》ア見やがれ、赤くなりやがった。それを妙なところを現在亭主が見せつけられて、男として、黙ってすませると思いやがるのか。——やい、おたき、手前も手前だ。面をあげろ」

男はくるりと尻をまくって、そこへ大あぐらをかいた。ちらっと青い顔をあげた女は、

「お前さん、堪忍して、——あたしが、あたしが、つい、うっかりしてしまって、すいません」

口ごもるように半分でやめて、ここが大切なところだのに、又しても突っ伏してしまう。

「馬鹿野郎、亭主の面へ泥をぬりやがって、すいませんで事ァすむか。間男《まおとこ》は二つに重ねておいて、四つにするのが天下の御定法《ごじょうほう》だ。叩っ斬ってやるから、もう一度いまの恰好をやってみろ」

「ま、待って下せえまし。おら、全く間男だなんて、そんな大それた真似はしねえです。けれど、お前さまの留守に、おかみさんの親切に甘えて、雨宿りさせてもらったのは、おらの心得違いでごぜえました。あやまります。金ですむことではねえけれど、ここに五十両ありますだ。これで、清め酒なりと買って、どうか堪弁して下せえまし」

　夢介はいそいで胴巻の中から切餅二つ、五十両そこへ出して、両手をついた。さっきから見ていると、留守にして外から帰ってきたという亭主の着物が、どこも濡れていない。それに、格子のあく音もせず、今帰ったと声一つかけず、ちょうどうまい時、いきなり襖があいた。この家には玄関の二畳から二階へ上る階段があったから、男はたしかに二階にいたのだ、とすれば、女の持ちかけ方があまり大胆でうま過ぎた。どうやら美人局《つつもたせ》に引っかかったらしいと、おそまきながら気がついたからだ。

「ならねえ、ならねえ、清め酒とはなんだ。こう見えても深川の清吉は男だぞ。

手前なんかによごされた女、誰が二度と嬶にするもんか。あんまりなめたことをいうな」

「だから、おら、それは間違いだといく度もあやまっていますだ。おら、決しておかみさんをよごしたおぼえはねえです。それは後で、おかみさんの体、ゆっくり調べてもらえばすぐわかることでごぜえます」

その点だけは夢介、本当なのだから、うまいことをいって坐りなおした。

「なんだと、野郎。利いた風なことをいいやがる」

悪党はちょっと鼻白《はなじろ》んだように、突っ伏している女の方を見たが、

「畜生、人の嬶を散々おもちゃにしておきやがってもう勘弁できねえ。おたき、長脇差《どす》を持って来い。二階だ。ええ面倒くせえ、逃げると承知しねえぞ」

てれかくしにわめき立てながら、自分で立って、がらっと襖をあけて、どかどかと二階へ駈けあがる音がした。

「お前さん、すまないけど、早く逃げて、後はあたしがきっといいようにするから。お前さんがいると、うちの人は気ちがいじみているんだから、おさまらない」

女がひょいと顔をあげて、早口にいった。ぴかっと光って、ごろごろッと大きな雷が鳴ったが、別に首をすくめる様子はない。

「そんなら、たのみます。飛んだ迷惑かけて申し訳ねえだ」

夢介はのっそり立ちあがって、

「けれどおかみさん、後でお前さま、御亭主にひどい目にあうと気の毒だね」

心配そうな顔をしながら、思わず皮肉が出た。

「いいえ、いいんです。夫婦なんだもの、ゆっくり調べてもらえば、わかりますさ」

けろりとして答えるのだから、これはたしかに相当な毒婦なのだろう。

「では、いいようにたのみますべ」

夢介が玄関を出るまで、亭主はまだ長脇差をさがしているらしく、二階からおりてこなかった。

夢介は、夕立の町へ追出されて、頭から雨にうたれながら、五十両とは少し高い雨宿りだったが、しかしあの芝居はうまいものだなあ、と感心しないではいられない。いまだに、白々とした毒婦の肌が、目にちらついて放れなかった。

おのろけ

どうせ濡れてしまったが、まさか雨の中をいつまで歩いているわけにも行かない。見ると、永代橋の近くに縄のれんが目について、油障子に尾張屋と書いてある。

「居酒屋らしいな、おらもついでに清め酒を一杯やって行くべ」

油障子をあけて土間へ入ると、中はがらんとして、暗い板場の方から、いらっしゃあい、という小婢《こおんな》の声が聞こえた。入口で濡れた両方の袂をしぼり、手拭で頭から顔を拭きながら、空いた樽に腰をおろそうとすると、

「おい、夢介さん、こっちだこっちだ」

はて聞いたような声だと思ったら、奥の切落しになっている三畳ばかりの薄暗い座敷に、伊勢屋の通人総太郎が一人で飲んでいる。

「あれ、若旦那でごぜえますか」

通人がこんなあまり上等でもない居酒屋などへと、夢介はちょっと意外だったが、ああそうかとすぐ思い出した。佐賀町の娘さんの顔を見にきて、これも途中で降りこめられているのだろう。

「若旦那、この度はお目出とうごぜえます」

「はてね、藪から棒になんでげしょう」

「今日、おふくろさまからうかがいましたです。佐賀町の方と、なんですかお目

出たい話がきまりましたとかで」

　総太郎はにやにやしながら、持っていた盃をさした。

　珍しく上機嫌のようである。

「どうでげす。いろ男。その後春駒太夫の方は」

　そういえば、あの時同朋町の『梅川』で心ならずも、おいてけぼりを食わして以来の対面だったのだ。夢介は上り框《かまち》へ腰かけて、盃をほして、かえして、

「あの時は若旦那すまねえことをしたです」

　正直だから、ちょっと小さくなる。

「なあに、小屋者なんか、私はどうせ始めから面白半分だったんだから」

　なんでもないというような顔をして、

「しかし、ちょいときれいな玉の肌だったね。あれでもう少し品があると、私も黙っては引きさがらないんだが、どうでげす、あの娘は男みたいだから、あの方は案外つまらないんじゃないのかね」

　やっぱり気になるらしい。

「飛んでもない。その方はおらも知らねえです」

「さあ、どうですかねえ」

小婢が夢介の膳を運んできて、ここでようござんすかといって置いて行った。

「ところで、世の中はおもしろいね夢介さん。これは家へは内密《ないしょ》だが、私はひょんな年増に惚れられてしまってね、実は少し持てあましているのさ」

「あれ、若旦那はもう道楽はやめた、佐賀町の方がすっかり気に入っていると、おら、聞いてきたばかりだがね」

「佐賀町は佐賀町さ。黙っていたって親が貰ってくれるんだから心配することはないやね。それより夢介さん、ぜひその年増に逢ってもらいやしょう。はばかりながら春駒太夫なんか足許へも及ばない。まず深川へ出しても、ちょいとあれに及ぶのはないでしょうな」

総太郎は目尻をさげないばかりに、一人で悦に入っている。

「へえ、通人の若旦那がそんなにほめる女はどんな別嬪だろか」

「まあ、見りゃわかるよ。いま帰ってくるから」

「帰ってくる――？」

「実はここの家の女でね、いま風呂へ行って、髪結いへまわって、それがみんな私へ見せようっていう心意気なんだから、あんまりのぼせすぎるな、みっともないって叱ると、昼間客のいない時きてくれ、それも毎日でなくちゃ厭《いや》だなんて、冗談じゃない。全くのところ私も困ってしまってね」

　こりゃ大変なのぼせ方だ。すると、毎日佐賀町へ通うというのは、娘のところへではなく、その年増に逢いにくるのかと、夢介は呆れてしまった。

「若旦那、まさかその年増さん、悪い紐がついちゃいねえだろうね」

　自分がいま美人局にあって、五十両とられてきたばかりだから、夢介は念を押して見る気になった。

「なあに、悪い紐ってのは、まあ私だろうね、ここの店はその女が一枚看板で急に客がつき出したんだが、妙なもんで、私が紐だってことはすぐわかるんだね。もっとも、女が私を見る時は、顔色が違う、にっこりとこう情合《じょうあい》がこもってね、私はわざと、つんと澄していてやるんだが、――とても憎まれているそうだよ。それにしてももう帰ってくるころだな、いつまで磨きこんでいるんだろう」

　雷が遠くなったと思ったら、ぱっと明るい日が油障子にはねかえった。外で虹だ虹だ、という子供の声がする。

「若旦那、おら、ちょっと寄り道があるので、今日はこれでごめん蒙《こうむ》りますだ」

　ちょうど一本銚子はあいたし、待っていて人のいろ女など見たところで、仕様がない。いや、なんにでもつきあいのよかった夢介も、お銀に家出されて以来、この頃は夕方がなんとなく淋しく、人の相手をしているのが辛いのだ。

「まあいいじゃないか、夢介さん、もう帰ってくるから」

「でもごぜえましょうが、おら、また拝ましてもらいますべ」

「惜しいなあ。せっかくあれが磨きこんでくるのに、見せたいねえ、ぜひ」

総太郎は一人で夢中になっている。夢介は自分の勘定を払い、さっさと尾張屋を出てしまった。なるほど、東の空に、大きな虹がきれいにかかっていた。

「お銀――」

そっと小声で呼んでみる。懐しさがじいんと胸へこみあげてきて、人ののろけを散々聞かされた後だからだろうか、誰がなんといおうとも、姐御さんが一番きれいさ、と思い、ぼんやり永代橋をわたって行く夢介だった。

年増ぶり

運命というものは、時々皮肉ないたずらをするものである。夢介と一足ちがいに、尾張屋の縄のれんをくぐって、

「おきよちゃん、きれいな虹だよ」

と、奥へ声をかけた水々しい丸髷の女、濡れ手拭に糠袋《ぬかぶくろ》を持ちそえた、風呂戻りのお銀の水際立ったあで姿だった。

「お帰んなさい、姐さん」

小婢が板場から走り出て、手拭と糠袋をうけとる。

「えらい雷だったねえ」

奥から親爺が声をかけた。

「ただ今、小父《おじ》さん。おそくなっちまって」

「なあに。おきよに傘を持たせてやろうと思ったんだが、あの降りじゃ帰ってこられないと思ってね。どこに降りこめられていなすった」

「髪結さんで油を売っていて、それから風呂へまわりましたのさ」

小婢が持ってきてくれた紅襷《べにだすき》をかけ、赤い前かけをしめたお銀は、いくらか痩《や》せたようだが、湯ぼてりの爽かな香をみなぎらせて思わず見とれるような年増ぶりだ。尾張屋の親爺夫婦とは深川へ出ていた頃からの顔なじみで、どこへ行く当もないお銀は、あの日からここへ身をよせていた。何もしないでいると、夢介のことばかり考える。気をまぎらせに、店へ出て手伝ってやると、それがたちまち評判になって、場所柄夕方から夜更け迄、店が繁昌する。主人夫婦にとっては思わぬ福の神だった。

「えへん」

総太郎が座敷の方で空咳《せき》を一つした。

「おや、若旦那いらしてたんですか」

お銀はちらりと笑って見せただけで、まだそばへ行こうとはしない。ゆっくり鬢《びん》に櫛をいれている。

「御挨拶でげすな。約束を忘れるなんて罪でげすぜ」

若旦那の方はお銀を知らないが、お銀は、夢介から聞いて、伊勢屋の若旦那の名はよく知っていた。しかも、その総太郎が五明楼で、大切な夢介を田舎者あつかいにしたひどい仕打ちは浜次という妓《こ》からすっかり聞かされて、かんかんになっていたのだ。それがこんど妙なことからここで巡りあうことになり、おれはこんな居酒屋へくる客種とは違うよ、芝露月町の伊勢屋の若旦那さ、どうだえ、相手にとって不足はないだろうと、そこは一人よがりで、押しの強い男だから、そう名乗ったらおれに惚れない奴は嘘だというような顔つきで、おほんと乙に気取って見せたので、ようし、いまに見ろと、お銀はたちまち惚れたような、惚れないような、腕に撚《よ》りをかけて、復讐をたくらみはじめた。

「約束って若旦那、なんでござんしたかしら」

お銀は空《そら》っ恍《とぼ》けた顔をして、やっと総太郎のそばへ寄って行った。如才なく銚子を取りあげて、じろりと流し目を見せる。

「こりゃおどろいた。今夜は二人で、船でお月見としゃれる約束だったでげしょう。私はまたそのためのおめかしかとたのしみにしていたんでげすがねえ」

若旦那は見とれながら、情なさそうな顔をする。女が男と二人きりで屋根船へのるとなると、いろごとを承知したという意味にとっていいのだから、若旦那がちょっとがっかりするのも無理はない。

「ああ、そうでしたっけね。今夜は若旦那、雨の後だから、きっときれいなお月さまですよ」

お銀は又しても気を持たせるようなことをいう。

知らぬが仏

「今夜あたり、夕立の後だし、きっといい月でげすぜ。月に風情を待乳山《まつちやま》、あの辺までこぎのぼるのさ。まあ騙《だま》されたと思って、今夜はつきあってごらんよ」

通人若旦那は、押しの一手に出た。春駒太夫の時は、夢介などという飛んだ場違いの土百姓が余興に入って失敗したが、今までこの押しの一手で、ずい分女をくどきおとしている総太郎だ。たとえば、固くて歯がたたないという後家でも、押しを強くして通いつづければ、つい情にほだされて、どこか隙を見せるものだし、そこをすかさず強引につけこんで、頬の一つぐらい引っ叩かれても、勇気を出して一度自分のものにしてしまえば、後は女の方からうるさいほど機嫌をとってくるようになり、こんどは手を切るつもりで、五つや十張り飛ばしてやってもただ泣くばかりでなかなか諦めなくなる。女とはそんなものだ、と、ちゃんと自信がある若旦那だ。

ましで、いかもの食いで、惚れっぽい通人が、これまで百千となく見てきた、女の中でも、ちょっと類のないお銀の美貌だし、はじめから、触れれば落ちる、そんな風に見えているだけに、今夜こそと総太郎が奥の手を出すのも無理はない。

「船でお月見なんて、しゃれたもんでしょうねえ」

お銀は白い手で酌をしてやりながら、うっとりとした目をして見せる。

「しゃれたもんでげすとも。静かな艪の音を聞きながら。浅酌低唱簾《せんしゃくていしょうすだれ》ごしに見えるのは真昼のような青い月かげと、満々と流れる水と、時々魚がその水の上を銀色に光って跳《はね》あがる、まるで夢の世界でげすな。今夜あたりはたくさん船が出ていて、粋《いき》な音《ね》じめを聞かせてる。ぜひつれて行きたいねえ」

「行きたいけれど、二人っきりであたし、もし浮名でも立つと、お家の方へ悪うござんすもの」

「なんの、悪いことがあるもんか、お前さんとなら、私はたとえ勘当されても本望さ」

若旦那の目の色が変ってきた。

「本当かしら」

「本当だとも、誓紙《せいし》でも、血判でも、今ここでして見せやしょう」

なんとなく身ぶるいしながら、もし人目のある店でなければ膳を片よせ、いきなり肩を抱きそうな、人目と膳がうらめしい、それさえなければもう一息、といった熱い顔つきである。

「そういえば若旦那、いい喉《のど》なんですってね」

お銀は意地悪く、ひょいと話題をかわす。

「なあに、それほどでもないが、御意《ぎょい》なら船でゆっくり聞かせやすよ」

あくまで船にしがみついて、離れない若旦那だ。

「でも、あたし、口惜しいけど、三味線が駄目なんです」

「三味線のない唄も、また乙なもんでげす」

「そうかしら」

「膝枕で、つれづれなるままに、口三味線で聞く唄の一節なんてのは、うれしいもんでげすからね」

「あら、じゃあたしは聞く方ですから、若旦那の膝枕をかりなければなりませんね」

「貸しやすとも、船ならほかに人目はなし、膝枕で将門を一段聞かせやしょう」

おのぼせでない、お前なんかの膝枕を、かりるくらいなら、煙草《たばこ》箱の方がよっぽど安心で、気持がいい、とお銀は肚《はら》でおかしかったが、

「あたし、将門もうかがいたいし、船へのせていただこうかしら」

そっといろ目を使って、凄い殺し文句をつぶやいた。

「本当だね、お銀さん」

若旦那は、はっと腰をうかせて、気がついたように、おほんとおさまり、

「引きうけやしたよ、今夜は一つ江戸前の庖丁を取りよせて久しぶりで喉を聞かせやしょう。見そめて染めて恥ずかしや、自慢じゃないが、ずい分苦労して、そ

のかわり、そっくりだと師匠が折紙をつけやしたからね」

　ぐいと反り身になって見せる。

「そういえば若旦那、大新地の梅次さんていう、いい芸者衆を御存じなんですってね」

　何食わぬ顔のお銀だ。

「知ってるにゃ知ってるよ、たしか二三度呼んでやったことがある」

　嘘をおつき、図々しい、二三度どころか、このごろこそ少し秋風だが、以前は性悪《しょうわる》同士うまのあった深い仲でいつか私の大切な夢さんを、二人がかりでひどい目にあわせた、とちゃんと聞いている、そのうらみ骨髄に徹しているお銀なのだ。

「こうしましょうよ、若旦那。はじめから二人っきりで船へのるの、なんだか人に恥ずかしいし、梅次さんをいっしょにのせて、その糸で若旦那の唄を聞いて、いいかげんの時、梅次さんを帰せばいいでしょう。あたし、すぐ支度をして後から行きますから、あんた一足先へ美濃屋へ行って、船の用意をしておいて下さい。いいでしょう。若旦那」

　一瞬、総太郎は、世にもぽかんとした顔だったが、なんと思ったか、

「よし、わかった。じゃ、一足先へ行って待っているから、——騙すと、おれも男だよ。いいかえ」

念を押して、急に立ちあがった。どうも肚に一物ありそうな顔つきである。

悪魔のささやき

たとえば、肚に一物あろうが、二物あろうがそんなことにおどろくお銀ではない。どうせあの性の悪い若旦那のことだから、梅次など呼ぶはずはなく、なんとか、あたしを騙して船へのせ、押しの一手で手ごめにするくらいが関の山だろう。のったと見せかけて、どたんばで、逆に押えつけ、赤恥をかかしてやってもいいのだけれど、なんといっても、大切な夢さんの友達ではあるし、女だてらにそんな真似をして、もし夢さんにでも知れたら、それこそいよいよ愛想をつかされるだろう。だから、ここはただすっぽかしてじらすだけで勘弁しておくのだ。ありがたく思うがいい、とお銀はせせら笑っていた。

やがて黄昏《たそがれ》に近く、いつもならそろそろ店の客足のつく時分だったが、さっきの大夕立がたたってか、今はまだ誰も『尾張屋』ののれんをくぐる定連はなかった。

「今日はいやに暇だねえ、小父さん」

総太郎のよごれ物を下げて行って、弥吉に、声をかけると、

「なあに、これからでさ、夕立で、出足が狂ってるんだろう。そのかわり宵から目のまわるようになるさ」

「そうかしら」

「この分で、姐さんが一年家にいてくれりゃ、尾張屋はおかまをおこすんだがねえ」

親爺は向う鉢巻で、鰯《いわし》を作りながら、ちらっとお銀の丸髷姿を振り返っていた。

笑いながら店へ出て、一年もあたし、我慢できるかしら、とお銀はふと悲しくなる。自分から家出をして今日で十日、去るものは日々にうとしというから、だんだん忘れられるだろうと思ったのに、日ごとに夢介が恋しくなるのだ。ことに夕方が一番いけない。

あの人、どうしているだろう、今頃。きっとあたしのことを心配していてくれるだろうし、ごめんなさい、といって帰れば、やあ姐御さん、帰ったか、とあの大きな顔一杯に、邪気のない笑顔を見せて、きっとあたしを抱いてくれる。もうおとなしくするだ。お銀、と心のひろい人だから、それだけであの事は許してくれるに違いないのだけれどそれが帰れない、罪は許してはくれても、きっとおか

みさんにはしてくれないだろうとわかっているからだ、おかみさんになれない位なら、いっそこのまま別れていて、こがれ死してしまった方がましなのだ。

お銀はきりきりと胸が痛くなってきた。こがれ死するにしても、もう一度逢いたい、別の心がそう思って、矢も楯もたまらなくなるのである。

「どうしようかしら」

お銀はふらりとのれんをくぐって店の前へ立った。外はまだ明るく、夕立に埃《ほこり》を洗われた涼しい町筋を、往来の人々はたいてい家路へいそいでいるようである。職人衆、小商人《こあきんど》、番頭、丁稚《でっち》、そして、色街に近いところだから、使いに出た小粋《こいき》な女中たち、また浴衣がけの芸者らしい妓など、——みんな帰る家のある人たち、お銀はぼんやり眺めて立ちながら、やっぱりため息が出た。

「あれえ」

ひょいと前へ立止った小僧がある。下町一帯を縄張りのようにして、風のまにまに飛んで歩いているちんぴら狼の三太だった。

「なあんだ、おかみさんこんなとこにいたのか」

「あ、三太さん」

お銀はびっくりした。悪い小僧に見つかってしまった。この子はすぐあの人のところへ知らせるだろうし、とは思ったが今さら隠れるわけにも行かない。

「おめえ、どうして家へ帰らないんだい。夫婦喧嘩でもしたのか」

「そんなこともないけど、三太さん、お願いだからあたしがここにいること、当分あの人に内密にしておいて下さいね」

「そりゃまあ、物と相談によっちゃ、ずい分内密にもしておくがね」

三太は狡《ずる》そうに笑いながら、

「そうだ、おめえにちょいと話してやりてえことがあるんだけれど、どうしようかな」

と、急にどんぐり眼《まなこ》を光らすのである。

「話——？」

「うむ、田吾あんちゃんのことなんだがね、なあに、別れた人のことなんか、どうだっていい、聞きたくないっていうんなら、おいらはそれでもいいんだよ」

ちんぴらのくせに小生意気なことを、とお銀は思い、それにこの小悪党はよく嘘をつくしとも考えたが、そこは惚れた弱味でたった今も胸が切ないほど恋いこがれていた男のことだから、やっぱり聞かずにはいられなかった。

「三太さん、ちょっとこっちへきておくれ」

まさか店の前で立話もできないので、お銀は二三軒さきの質屋の倉の横へつれこみながら、黙って小判を一枚ちんぴら狼の手へ握らせた。

「すまねえな、おかみさん。おいら、なにも、こんなことをしてもらおうと思って、そういったわけじゃねえんだけど」

そのくせ、いそいで小判をふところへ捻《ね》じこみながら、

「おまけに、その話ってのが、あんまりいい話じゃねえんでね」

と、気の毒そうな顔をして見せる。

「じゃ、あの人、どこかかげんでも悪いの」

どきりと顔色のかわるお銀だ。

「違うよ、変なこと聞くけど、おかみさん、まだ田吾あんちゃんに惚れてるかい」

意地悪く、まじまじと顔を見つめられて、

「厭な子、そんなこと聞くもんじゃありません」

めっと睨んで、睨みきれず、お銀はほんのり赤くなる。

「あれ、やっぱり惚れてるんだね。そんならどうして家へ帰らねえんだろうな」

「そんなことより、一体どうしたの、うちの人が」

「だからよう、惚れてるんなら、おいら、早く家へ帰った方がいいと思うんだ」

「どうして」

「田吾あんちゃんは、あれで、なかなか女に持てるんだねえ。どこがいいのかなあ。おいら、ふしぎで仕様がねえんだ」

ああそうか、このちんぴら悪党は、またあたしを騙しておもしろがる気なのかも知れない、とお銀はやっと気がついて、

「そうねえ、あんなのろ助のどこがいいんだろう」

わざと涼しく笑って見せた。

「ところが、おいら、この間の晩遊びに行って、初めてそのわけがわかったよ」

「そうお」

「春駒太夫が遊びにきていて、ちょうど二人で一杯飲んでいるとこなのさ、差し向いでねえ」

ちんぴら狼はそろりと顔色をうかがう。きたな、と思うから、

「そうお」

お銀は澄した顔だ。

殺したい

「あんちゃんはいつものとおり、よくきたって、にこにこしてくれたけどお駒の奴、厭な顔をしやがんのよ。どうしてだと思う。おかみさん」

「さあ、どうしてだろう。あんたにまた、変ないたずらされて、ふところでも狙われると思ったんじゃない」

「ちぇッ、のん気なこといってらあ。そんなんじゃねえんだ。夢さん、あたしはおかみさんがいたから、今まで遠慮していたけれど、出て行ったおかみさんには、もう遠慮しませんからって、おいらが、いつまでも、帰らねえもんだから、我慢ができなくなって、とうとう始めやがった。だから、おいら、笑ってやったよ。お前がいくらのぼせたって、ここのおかみさんの方がよっぽどいい女だからなあってね。春駒の奴、口惜しがって、そりゃあたしは器量じゃかなわないけど、亭主をおいて出て行くような不貞腐《ふてくさ》れた真似はしない、見ていてごらんよ、これから一生懸命夢さんを大切にして、手品だってなんだってやって見せて、きっと夢さんがよろこんでくれるような、やさしいいいおかみさんになって見せるからって、大変なのぼせ方なんだ」

「ふ、ふ、うちの人なんていったの」

　お銀は鼻の先で笑って見せたが、どうしたんだろうそんな馬鹿げた話、とわかっていながら、胸の底の方が妙にもやもやとしてくるのだ。

「あれで春駒だって、いい女にゃいい女だからね、それに一度、あんちゃんは太夫をおぶってやって、耳へ噛みつかれたり、首っ玉へしがみつかれたり、あの時はまんざらでもなかったようだからな。なんだか知らねえが、お駒はその晩とうとう帰らなかったんじゃねえかなあ」

「まさか」

「だって、今朝おいらが、ちょいと寄ってみたら、まだいたもの」

「そうお」

「一両貰って、知らん顔しているのも悪いから、本当のことをいうけれど、お駒はもうおかみさんの浴衣かなんか寝巻きにして、桃色のしごきをだらしなくしめやがって、あんちゃんの大きな頭を膝枕させて、鼻毛を抜いてやってやがんのさ、いうことがいいんだぜ。前のおかみさんはだらしがないから、こんなに鼻毛をのばさせておくんだ。あたしは、鼻毛なんかのばさせておかない、だってよ。だから、おいら、あんちゃんに、いってやったんだ。あんちゃん、そんなとこお前、あのやきもち嬶に、ふ、ふ、怒りっこなしだぜ、あのやきもち妬きに見られたら、首が幾つあっても足りないぞ、というと、お駒が怒りやがって、そんなことさせるもんか、ここのおかみさんはもうあたしなんだから、前のひとなんかに指一本だって触らせるもんか、だとよ。あんちゃん、なんていわれても、にやにやと笑ってやがんのさ。つまりその、女になんていわれても、でれっとしてにやにや笑っているところが、あんちゃんのいいとこなんだな」

「あの人、子供みたいなんだから」

「全く子供さ。この人、夜になるとあたしのおっぱいばかりいじりたがって、くすぐったくて仕様がないって、春駒も笑っていたっけ。呆れた大きな子供さ。余計なお世話だけど惚れてるんならおかみさん、いつまでもあんちゃんを一人でほっぽり出しといちゃ駄目だぜ。なにしろ子供なんだからね。それじゃ、さいなら」

にやりと人を小馬鹿にしたように笑って、ちんぴら悪党はぷいと駆け出した。いつの間にか黄昏《たそが》れて、町にはもう灯が入っている。

「畜生——」

お銀は立ちつくしてしまった。嘘だ、と思う。あんなちんぴらに、誰が騙されるもんか、とじっと歯をくいしばるのだが、決してないとはいいきれないことなのである。第一、自分が家にいないのが悪いのだし、あの人はまた妙に女に好かれるたちなのである。それに、春駒太夫はたしかに一度あの人に惚れたことがあるのだ。小屋掛け芸人で、相当すれっからしのお俠《きゃん》だろうし、あたしがいないとわかれば、押しかけてもふしぎはない。いうこともすることも、まるで見えるようで、嘘にしてはあのちんぴら狼の話はあんまりこまかすぎはしないだろうか。鼻毛を抜いてやったり、あたしの着物に平気で手をかけたり、大道芸人のやりそうなことだ。口惜しいッ、と我慢していた胸の中の火の玉が、とうとう頭へのぼってきた。

そうだ、今夜ふいに踏みこんでやる。もし二人で、本当にいちゃついていたら、かまわない、あの人も、女も殺して思い知らせてやる。そりゃ、あたしが留守にしたのは悪いけれど別れていたって、あたしは片時だってあの人のことを考えていない時はありはしない。それだのにあの人は、いくら女の方から持ちかけられたからって、膝枕をしたり鼻毛を抜いてもらったり、いいえ、あたしにはちっともしてくれなかったくせに、そんな女のお乳までいじってよろこんでいるなんて、きたならしい、もう承知ができるものか、殺す前に、きっと一度あたしのお乳を口の中へ押しつけてやるから、おぼえているがいい。いや、そんなことぐらいで気がすむもんか。そうだ、とお銀は急に思いついた。

あのいかもの食いの馬鹿旦那は、春駒太夫に岡惚れして、この間までせっせと通っていたという話だ。あいつをつれて行って、春駒の膝へ突き飛ばしてやろう。みんなをならべておいて、思いっ切り悪態をついて、それから剃刀《かみそり》を突きつけてやる、どんな顔をするか、畜生、あたしはもう鬼なんだから、とお銀は目を吊しあげて、口惜しさに、わなわなと身ぶるいが出てきた。

腕くらべ

宵で、十五日の満月が、みなぎるような青い光を、大川一杯に降りそそいでいた。涼みをかねた屋根船が、美妓佳肴《びぎかこう》をのせ、或は気の合った風流の友達同士、上は向島、吾妻橋のあたりから、下に永代、品川の海までも、いく百となく流れただよい、浮かれて、賑《にぎや》かな絃歌《げんか》の声をあげているもの、爪弾きでひっそりと情緒をたのしんでいるもの、中にはわざと灯を消して、簾こしの月かげに蜜語《みつご》こまやかなるため息をひそめているかに思わせる心憎い船など、思い思いに行き交って行く。

そういう屋根船の一つに、お銀は若旦那と差し向いに、いわゆる江戸前の酒肴の膳をはさみながら、珍しく盃を手にしていた。船は今、浜町河岸あたりを、ゆるやかに両国橋の方へのぼっている。

総太郎はこの水際立った美人を、今宵とにかく船まで誘い出して、すっかり有頂天になっていた。しかも、差せば幾らでも盃をあけて、もうほんのりと目もとを染め、ゆたかな胸のあたり、くつろいで横坐りになった腰から膝へかけて、どことろんとゆるんだような、ともすれば、膝前さえ崩れこぼれるかとも見える風情を、舌なめずりせんばかりに見とれて、ぞくぞくしている若旦那だ。

「どうでげす、一つそろそろ喉を聞かせやしょうか」

これはぜひ聞かせておきたい総太郎である。

「おや、そういえば若旦那、どうして梅次さんを呼んでおいてくれなかったんです」

お銀は気がついたように若旦那を睨んだ。

「冗談じゃない、今さらそんな――。いろにはなまじつれは邪魔といいやしてね」

空っ恍けて、そろりとそんな探りを一本入れて見る。

「誰がいろなんです、若旦那」

「はあてね、さっき、今夜はあたしがいいところへ案内しよう、船の支度はいいかって、御意あそばしたのは、誰でしたっけね、忘れちゃいけやせん」

「ああそうそう、あたしそんなに酔ったかしら」

持っていた盃をさして、ちらっといろ目をつかい、若旦那をぞくりとよろこばせながら、いまに見ろ、と思うお銀である。

「なあに、安心して酔ってもらいたいねえ、ちゃんと介抱してやりたいのがついてるんだから」

「性悪はその手で、女をくどくんですってね。聞いてますよ、お前さんのいかもの食い」

あんまりいい気になられると、ついむかむかして、我慢がし切れない。

「飛んでもない。そりゃ世間の悪口でげしょう。いろ男はとかく憎がられるものさ、おほん」

「ようよう、いかもの食いのいろ男」

「冷やかしちゃいけやせん。どれ、一ついいところを聞かせやしょう」

「およしなさいよ悪酔いするといけないから」

「なに、それほど飲んじゃいやせん、大丈夫まだ声は立つはずでげす」

「およしってば、せっかくの肴《さかな》がくさるじゃないか」

怒って睨みつけると、

「ああれえ、お前は怒り上戸でげすか。いいねえ、その怒った目が千両、たんと駄々をこねてもらいやしょう。遠慮気兼ねは水くさい」

と、いよいよ自惚《うぬぼ》れる若旦那だ。横っ面を張り飛ばしてやりたくなったが、思いかえして、

「唄だけはたくさん、あたしは頭痛持ちなんだから」

と、お銀はやっと我慢した。

「惜しいなあ。これでも、師匠にほめられた喉でげすがねえ」

「まあ師匠だけにほめさせておくんですね」

「そうでげすかな。嫌いとあれば仕様がない。睦言《むつごと》の方にいたしやしょう」

いうことが、いちいち癪にさわってくるが、睦言と聞いて、お銀はふっと夢介を思い出した。今ごろ、もう春駒太夫と一つ蚊帳の中へ入って、灯を消して、さしこむ月かげを眺めながら、その睦言というのを交わしているのではないだろう

か。それとも、女はヅマ師だから、煙管《きせる》か何か使って、ちょいと小手先の芸を見せている、子供のような人だから、大きな顔を輝かして、ぽかんと口でもあけているか、畜生、あいつは手品でうまくひとの男を釣ってしまったに違いない、とお銀はまたしてもやきもちの火の玉が猛然とこみあげ、なんとなく目が吊りあがってきた。

「若旦那、お酌をして下さい」

ひょいと吸物椀《すいものわん》の蓋《ふた》をとってつきつける。

「へぇ、こいつは豪勢だ。うれしい心意気だねぇ」

よろこんで銚子を取りあげる若旦那は、早く酔いつぶれるのを待っているのだろう。誰がこんな酒なんかに酔うものか、と一息に飲みほして、

「一つあげましょう」

「思いざしというやつでげすな」

「いいえ、どっちが先に酔いつぶれるか、腕くらべ」

「酔いつぶれたら、どうなりやす」

「横っ面を張り飛ばしますのさ。胸がすっとするように」

「少し乱暴でげすな」

さすがに呆れて目を見張るのへ、

「ほ、ほ、手ごめにしたい若旦那と、どっちが乱暴かしら」

お銀はずばりといってのけて、大胆な目をすえた。いささか酔ってきたのである。そのどこか着くずれて、ゆらゆらと年増盛をたぎらせている凄艶《せいえん》ともいいたい体つきに、総太郎は思わず生唾《なまつば》を飲みこみながら、

「そ、それが承知なら、腕くらべ、いや飲みくらべ、ずんと気に入ったねえ」

と、とうとう本性をあらわした。もう一押しだ、と武者ぶるいが出た時、

「姐さん、着きましたよ」

惜しいかな、船は目的地に着いたらしい、船頭の声が外から叫んだ。

鼻毛しらべ

「どこへ行くんでげす」

船を新シ橋の袂へ待たせて、さっさと陸《おか》へ上るお銀の後から、総太郎は渋々とついて上った。

「黙ってついておいでなさいよ。行けばわかるから」

お銀は、もうしゃっきりしていた。総太郎どころではない。憎い女が自分の男を寝取っている家へ踏んごむのだ。畜生、殺してやるから、と半分は鬼になり、半分は女だから泣いている。

「なんだ、ここは神田佐久間町じゃないか」

足早なお銀の後を追って、のこのこついてくる若旦那がぼやいていたが、お銀はもう振り返っても見なかった。

宵をすぎた月かげのあかるい道である。四丁目の裏通りへ入って、魚辰の角を横丁へ曲《まが》った三軒目、十日ぶりで見る懐かしいわが家の門だったが、いよいよ、きたと思うと、さすがにお銀は胸がふるえる。

が、そっとくぐりへ手をかけて見て、それがあくと、後は夢中だった。猫のように足音を忍ばせ、そこは昔が昔だから、敏捷《びんしょう》で身が軽い、格子をあけると、物もいわず一気に玄関から茶の間へ走りこんだ。敵は奥の蚊帳の中だと思いこんでいるので、その二人が枕をならべている処へ、いきなり踏んごんでやるつもりでいたのである。

「あっ」

それが茶の間の襖をあけたとたん、思わず、棒立ちになってしまました。そこに夢介がのんびりと大あぐらをかいて、将棋をさしている。相手はもちろん狼の三太だ。

「あれ、お銀でねえか」

振り返った夢介の大きな顔が、子供のようにさっとよろこびに輝いて、にっこり見上げている。それを睨みつけて、血走った目を忙しく家中へくばり、突っ立ったまま女のにおいをかぎ出そうと、火の玉になっているお銀である。ごまかされるもんか、ちんぴらが先まわりして、いいつけ口をして、春駒を逃がしたに違いない。畜生、口惜しい。

「どうしたんだ、お銀。そんなおっかねえ顔して」

「夢さん――」

はっと気がついて、お銀は夢介の膝へ膝をのりあげるように胸倉をとり、じっと鼻毛を睨んだ。おや、たしかに二本ばかり鼻毛がのびている。今朝春駒太夫に抜いてもらったはずだのに、おかしいと思ったとたん、

「おいら、おっかねえから、帰ろうっと」

ちんぴら狼が駒を投出して、ぷいと立上った。

「三太さん、お前、お前――」

「あは、は、ゆっくり妬きなよ。十日ぶりじゃねえか。あんちゃんも心配してたんだぜ。さいなら」

うれしそうに笑いながら、玄関へ、逃げて行こうとして、あれえ、と立止った。そこに総太郎が、ぽかんと棒立ちになって、夢介と、その夢介の胸倉をつかんでいるお銀とを、睨んでいたのである。

「あ、こりゃ若旦那」

夢介がびっくりして声をかけた。

「ここは、ここは、お前さんの家かね」

「そうでごぜえます。さあ、入って下せえまし。――お銀。お客さまでねえか。いつまで甘ったれているだ」

そのお銀は、三太に騙されたのだとわかると、ほっと安心して、酔いが一度に出たか、体中がとろけるようで十日ぶりの恋しい男の胸の中である、思わず首っ玉へしがみついて、ぽろぽろ涙が流れてきた。

「あれ、どうしただよ、見っともない」

「じゃ、それは、そのひとはお前の――」

と、総太郎が世にも奇妙な顔をする。

「ごめんなせえまし、若旦那。おらの家内でごぜえますが、今夜は少しばかり酔っているで、飛んだとこお目にかけて、――お銀、若旦那に笑われるでねえかよ」

「知らない、そんな人――」

恥ずかしいというより、ただもう、うれしくて、このまま子供のように泣いて見たいお銀だった。

「若旦那、目の毒でげすよ。帰りやしょう」

三太が笑いながら、とんと総太郎の胸を突いた。

「なんだ、そうでげしたか」

ため息を一つついて、ふらふらとちんぴらに誘い出されて行く若旦那のうしろから、夢介は気の毒そうに声をかけた。

「ごめんなさえまし、若旦那。こんどは、おら、若旦那の尾張屋の好いひとってのに、きっと、逢わしてもらいますだ。勘弁して下せえまし、お銀は今夜少し酔っているもんだから――」

若旦那の女難

約束

「お銀姐御さん、おら、これからちょっと出かけてめえります」

すっかり秋めいてきた爽やかな或る朝、夢介はわざと恍《とぼ》けた顔をして、お銀にことわった。前のころだと、出かけると聞いただけで顔色がかわり、あたしもいっしょに行ってあげます、あんたはまだ江戸になれないんだから、と先に立って支度をしたがるお銀だった。が、このごろは、

「行ってらっしゃい、晩御飯までには、帰ってきて下さいね」

と、念を押すだけで、行く先さえ自分からはなるべく聞きたがらないように我慢している。つまり、早く好いおかみさんになりたいと一生懸命につとめているのだ。

というのは、あの家出して十日ぶりで帰ってきた夜、久しぶりに胸倉をとられて、夢介もうれしかったし、お銀もただのやきもちではなく、しまいに首っ玉へかじりついて、子供のように泣き出したほど、安心して、うれしかった。

「このまま、死んじまいたい、あたし」

お銀は本当にそう思った。なんの因果か、肩書つきの女になってしまって、血の中の荒々しい気性は、とても一通りではなおりそうもないし、やきもちだって、妬《や》く方の身になって見れば、決して道楽や酔狂で妬いているのではないのだ。自然に妬けてきて、妬くまいと思っても、じりじりとこの身が細るほど妬けてくる。本当に辛いのだ。こんなに辛い思いをしても、どうせおらんだお銀ではおかみさんになれそうもないし、そのくらいならこうして今首っ玉へしがみついて、うれしいと思っているうちに、死んじまいたい、とお銀は本当にそう思って夢介の大きな顔へ頬を押しつけて、心から泣いたのである。

「死ななくてもいいだよ。お銀」

夢介が肩をさすってくれながらいった。

「厭《いや》、死んじまう」

「姐御さんが死ぬと、おら、淋しかろう」

「嘘ばっかし」

「嘘でねえだ。おら、この十日、心配で、淋しくて、すっかり痩《や》せてしまった」

「そうかしら」

正直に、お銀は男の背中をさすって見て、岩のようなので、

「ちっとも痩せてなんかいないくせに」

と、また泣けてきた。

「そんなはずはねえ、おら、痩せるほど心配して、少しやきもち妬いただ」

「なんですって、夢さん」

聞き棄てにならないので、お銀は首っ玉を離れ、両手で肩を押えつけて、じっと男の顔を見つめた。

「姐御さんがもし、ほかの男のところへ行っちまったらと考えて、変な気がして、ああこれがやきもちかと、また変な気がして――」

「そんな、そんなあたしだと思ってるの、夢さん」

「だから、それがやきもちなんだから――」

「知らない、いくらやきもちだって、あたしが、ほかの男と、――口惜しい。そんなあたしじゃない。あんまりだ」

お銀は男の膝の上で、地団駄をふむように身をもがき出した。

「それでな、姐御さん、おら考えただ」

もそりと夢介がいうのである。

「勝手になんでもお考えなさいよ、ひとを馬鹿にして」

「おら、江戸で千両道楽したら、どうせ小田原在へ帰んなけりゃなんねえ」

「勝手にお帰んなさいよ、あたしは、どこへでもくっついて行きますからね」

「だからよ、小田原へ帰る時は、姐御さんをいっしょにつれて行って、親父さまに話をして、お嫁になってもらうべと考えただ」

「本当、夢さん」

どきりと心臓がとまったように、お銀は急に体中がかたくなってしまった。

「本当だとも。おら、姐御さんが好きだ」

「本当かしら」

「おら、嘘はいわねえ。だから、姐御さんもこれからはおらに、心配させねえで、いいお嫁になってもらいてえだ」

「死んでもいい、このまま」

お銀は又しても涙が滝のようにあふれてきて、茫《ぼう》と気が遠くなりそうで、大きな男の胸の中へ、くずれるように顔を埋めてしまった。

翌日から、お銀はすっかりおとなしくなってしまった。めったに外へも出たがらない、外へ出ると、自分ではいいお嫁になるつもりで慎んでいても、人から騒動を持ちかけられそうで怖いのだ、持前のやきもちも、じっと我慢している。

しかし、あんまり家にばかり閉じこもって、無理にやきもちを我慢していては、体にさわりはすまいかと、夢介は少し心配になるのだ。

「好い秋日和だし、おら、芝の露月町まで行ってくるんだが、姐御さんいっしょに行かないかね」

「露月町って、あの伊勢屋さんですか」

そういえば、あの通人の若旦那を、騙《だま》しっぱなしにしているお銀である。その話を後で夢介に白状して、案の定、もうそんな罪ないたずらするでねえ、と一本きめつけられているのだ。

「若旦那のお嫁の話、どうなったかと思ってね。進んでいるんなら、お祝もしなけりゃなんねえから」

「堅い家だっていうじゃありませんか。そんなところへあたしをつれてってもいいの、夢さん」

「かまわねえとも、姐御さんは、いまにおらのお嫁になるんだ。いまんところはまだ許婚《いいなずけ》で、おら、三つ違いの兄さんだと、いっておくべ」

「ふ、ふ、お相撲みたいな沢市《さわいち》さんね」

お銀はうれしいような、恥ずかしいような、お嫁といわれただけで、体中が甘くとろけてしまいそうな気持にされる。

「でも、よします、あたし。若旦那にも悪いもの」

「そうかね。無理に今行かなくてもいいけど、おら、一度はあやまっておく方がいいと思ってね。長いつきあいをしている家なんだから」

そういうところは律義な夢介である。お銀は、はっとして、

「そりゃ、あやまりますけど、お嫁になってからだっていいでしょう」

そういわれれば、なおさら行きにくい気がしてくるのだった。

身投げ娘

「そんなら、今日は田吾の沢市さん、一人で行ってくるべ」

夢介はお銀に玄関までおくられて、笑いながら家を出た。両国広小路まできて、

ふと思い出したのである。

伊勢屋のおふくろさまから、ぜひお嫁さんを一度見てやって下さいといわれていた。あの日わざわざ深川佐賀町へまわりながら、夕立にあって、おまけに美人局に引っかかり、とうとう娘の家へはまわれなかった。

今日はどうでも、お嫁さんになる娘の顔を見ておかないと、おふくろさまに悪い。そう思ったので、広小路の雑沓を抜け、両国橋をわたった。東両国には、この朔日《ついたち》からまた、春駒太夫一座がかかっている。が、これは寄らない方が無事だろう。玉の肌は悪くはないが、せっかく、やきもちを慎んでいるお銀に知れると、飛んだ罪を作るからである。

空も水もさわやかに澄んだ秋の大川端を歩いて、万年橋をわたると、牧野豊前守様の下屋敷へ突きあたる。塀にそって、再び大川端へ出ようとすると、右手に御舟蔵があって、この辺は大名屋敷の多いところだから、閑静で、あまり人通りはない。

「誰かきてくれよう」

突然行手のお舟蔵の蔭から、子供っぽい声が助けを求めた。見ると、川へ飛びこもうとする娘の帯を、小僧がうしろから必死につかんで、派手なお七帯がとけかけ、止められて娘は余計逆上したのだろう、裾《すそ》をみだして死物狂いに、ずるずると小づくりな小僧を引きずって行く。

「誰か、――早く、早く」

金切声に、やっと駈けつけた夢介は、

「無分別するでねえ」

大きな手をのばして、ひょいと娘の肩をつかんだ。

「放して、――放して下さいまし」

娘は目を血走らせて、駄々っ子のように、身もがきしたが、夢介の胸の中へかかえこまれては、もうどうしようもない。

「いけねえだ。な、気を落着けて、――よく考えれば、なにも死ぬことはねえだから、なんでも、おら、きっと、きっと相談にのってやるべ。人が見ると、笑われるだから」

一生懸命娘の背中をさすって、なだめてやると、人が見て笑う、その言葉に娘ははっとしたらしく、急に胸の中でおとなしくなって、しくしく泣き出した。

「ああ、びっくりした。あんちゃん、お前いいところへきてくれたな」

そばに立って、まだ息を切りながら、にやりと笑って見せたのは、意外にもちんぴら狼の三太である。

「やあ、兄貴《あにい》さんかね、よくまあ気がついて、止めてやってくれただ」

この悪たれ小僧が、こんな人助けをしてくれたかと思うと、夢介はとてもうれしかった。

「骨を折らせやがんのよう、おいら、なんだか様子が変なもんだから、後をつけてきたんだ。娘っ子でも、馬鹿にできねえ力があるもんだね、あんちゃん」

三太は獅子っ鼻をうごめかす。

「そりゃ死物狂いになれば、娘さんでも強くなるんだ。ほんとによく押えてくれて、礼をいいます。あぶねえところだった」

「じゃ、あんちゃん後はお前にまかせて、おいら、安心して行くぜ、おいら、子供だから、娘っ子の相談なんてのは聞いたってわからねえだろうからな。さいなら」

ぷいと万年橋の方へ駈け出した三太が、立止って、何か考えていたようだったが、急に駈け戻ってきた。

「あんちゃん、これ後で、その娘っ子さんに返しておいてくんな」

あれえ、と夢介は目を見張ってしまった。いかにも娘が持ちそうな、赤い紙入をさし出したからである。

「ふ、ふ、いつの間にかおいらのふところへ飛びこんでやがんのよう。そそっかしい紙入ったらありやしねえ」

にやりと、人を小馬鹿にしたような、いや、そんな仏心《ほとけごころ》を自分でちょっと照れたのかも知れない。首を一つすくめて見せて、ちんぴらは風のように飛んで行ってしまった。おおかた、例の急所をなでる手で娘の紙入を掏《す》ったが、どうも様子が可笑《おか》しいので、後をつけ、その娘が川へ身投げをしそうになったので、おどろいて助けた。人一人助けて見ると、仏心がついて、掏った紙入をそのまま持って行ってしまうのが、可哀そうになった、という順なのだろう。

「これ、お前さまのかね」

もういくらか落着いてきた娘に、赤い紙入を見せると、はい、と娘はうなずいて、これは今の騒ぎで落したとでも思ったのだろう、ぼんやりと、受取って、ふところへ入れる。

「さ、帯をしめなおして、人がくると可笑しいでな、下駄はどこへやったのかね」

その下駄は少し離れた柳の木の蔭に、ちゃんと、揃えてぬいであった。紅緒《べにお》のすがった、可愛い塗り下駄である。身なりもさっぱりとした銘仙物だし、結綿《ゆいわた》をかけた島田髷《しまだまげ》も初々しく、十七八でもあろうか、ぽったりとした器量よしで、相当な商家の箱入り娘に見える。どうして身投げなどする気になったのだろう。

「さあ、下駄をはくだ」

夢介は親切である。下駄を持ってきて、娘の足もとへしゃがんで、手拭でかわるがわる足の泥を払ってやるのだ。それをまるで放心したように、娘は夢介のなすに任せている。

飛んだ使者

「お前さまの家は、どこだね。送ってやるべ」

帯をなおし、衣紋をつくろい、髪に櫛が入ったので、夢介は改めてきいた。

「あたし、家へは帰りたくないんです」

娘は青い顔をして、うなだれてしまう。

「何か、阿父つぁんに叱られることでもあるのかね」

黙ってかむりを振って見せる。

「家へ帰らなかったら、阿母《おっか》さんが心配するだろうに」

「阿母さんはいないんです」

「ふうむ。阿母さんはいないのかね。それじゃ淋しいな。おらも、小さい時阿母さんに死なれちまって、男でもずい分淋しかった。お前さま、女だものな」

「阿母さんがいれば、あたし、こんな悲しい思いなんかしなくても——」

いそいで袂を顔へあてがう娘を見て、そうか、母のない娘か、と夢介は一層いじらしくなるのだ。

「悲しいことって、どうしたんだね、おらに話しても、わからねえことかね」

「お嫁に行けっていうんですもの」

「はあてね、そんならお目出たい話だと思うがな」

「あたし嫌いなんです、その人が」

「ああ、そうか、嫌いな人のところへ、阿父つぁんが、無理にやろうというのか」

「いいえ、たのむんです、あたしに。その家からお金を借りている義理があるし、先の阿父つぁんや阿母さんは、とてもいい人なんだからって、あたしに頭をさげるんですもの」

「お婿《むこ》さんが厭だっていうんだね」

「死ぬほど厭なんです、見るのも大嫌い」

「あばたでもあるのかな」

「あばたの方がよっぽどましなんです」

「そんな化物みたいなのかねえ。先方には、気の毒だけれど、それじゃ無理にいけともいえないな、話によったら、お前さまの命にかかわることだ。おらから一度親御さんにようく話してみてもいいだ。金ですむことなら、おらなんとか考えがつくかも知れねえ」

「ほんと、兄さん」

娘は、この田舎者らしい夢介の身なりを見なおして、ちょっと疑わしそうな目はしたが、人間はまじめそうでとにかく親切にしてくれるのがうれしかったのだろう。

「拝みます、あたし、助けると思って、兄さん、お嫁に行かないですむように、して下さいまし」

本当に手を合わせて見せるのである。

「よし、話してやるべ、安心するがいいだ。お婿さんにはちっとばかし気の毒するか知れねえけんど、死ぬほど厭なものなら、ほかのこととは違うでな」

「厭なんです。あんな通人ぶって、深川になじみの芸者がいたり、両国の女芸人に手を出したり、縄のれんの女なんかを追いかけたり、とても浮気なんですって。汚ならしい」

はあてな、と夢介は娘の顔を見なおした。話の様子が、どうもどこかの若旦那によく似ている。そうだ、ここは上ノ橋をわたれば、すぐ佐賀町である。

「お前さま、間違ったらあやまるけんど、もしや佐賀町の俵屋さんという米屋の娘さんではねえかね」

「まぁ、あたしは俵屋の娘糸ですけれど、あなたは誰方《どなた》でしょう」

さあ困ったぞ、と夢介は目を丸くしてしまった。人もあろうに、またあの若旦那の邪魔をしなければならない。それならそれで、なんとか、口の利きようもあったのに、第一、あんなに好い嫁だとよろこんでいたおふくろさまが、どんなにがっかりするかと思うと、それがなによりも辛くなる。

「おら、実はその芝の伊勢屋さんとは、前から懇意にしている者で、小田原在の夢介といいますだ」

「まあ、伊勢屋さんを御存じなんですか、それなら、きっとうまく話がつきますね」

お糸は顔を輝かして、正直にいそいそし出す。

「そりゃ、うまく話して見るけんど、伊勢屋のおふくろさまは、とてもやさしい好いおふくろさまだと思うがねえ」

「だって、あたし、おふくろさまのお嫁さんになるんじゃありませんもの」

「なるほどなあ」

なんとも当惑せざるを得ない。

「あら、あなた御迷惑なんですの」

娘は敏感である。

「迷惑ってこともねえけれど、総太郎さんとは友達だからねえ」

「それならなおのこと、よく総太郎さんを御存じのはずです。もしあたしがあなたの妹だったら、あなた、無理にあたしにあんな人のところへお嫁に行けって、すすめるかしら」

「なるほどねえ」

剣《つるぎ》の下はくぐっても、理屈の下はくぐれないというたとえがある。

「よくわかりました。すぐ、これから、伊勢屋さんへ行って、とにかく話をして見ます。だから、お前さまも短気をおこさねえで、おとなしく、家で返事を待っていてもらうべ」

それにしても、祝に行かなければならないと思って出てきた伊勢屋へ、まさか、破談の使者に立とうとは思いがけなかった。それとなく店の前まで送って行って、お糸に別れた夢介の足は重かった。

どうして若旦那はああ女に縁がないんだろう、と、ふしぎな気さえする。なんとも辛い役目だが、男が一旦引受けた以上、どうも仕様がない。とにかく若旦那がお糸をどう思っているか、すべてはそれを確めてからのことだと、夢介は勇気を出して、伊勢屋の内玄関へかかった。

今日はなるべくおふくろさまに逢いたくないから、出てきた下女に、若旦那は、と聞くと珍しく、在宅ですという、まずよかったと思い、しかし、この間のお銀のこともあるから、どんな顔をするかと、心配しながら、居間へ案内されると、

「よう、いろ男、どうでげすな」

そろそろ外出の支度をしていたらしい若旦那は、すっかりめかしこんで、大した元気のようだ。

「若旦那、この間は飛んだところをお目にかけて、すまねえことをいたしまし

た」

「いや、ひどい人だ、あれには拙《せつ》もちょいとおどろきやしたねえ。まさかお銀がお前さんのおかみさんだとは、神ならぬ身の、全く気がつきやせんでしたよ」

「すまねえでごぜえます」

「なあに、すまないのはこっちさ、知っていりゃ、なにも拙だってあんな罪な真似はしなかったんだが、お銀がなんにもいわないで、やいのやいのというもんだから、つい、拙だって女に恥をかかしては悪いと思いやしてね。——どうでげす、その後はうまくいってますかえ」

どうも可笑しい。これではお銀の方から若旦那をくどいたように聞える。しかし、意味ありげににやりと笑ったところを見ると、お銀はおれに惚れているから、後がうまくいかないだろう、といいたげである。夢介は、ぽかんとして、総太郎の顔を眺めてしまった。

「いや、あやまります。どういうものか、拙は年増に好かれるたちなんでげすな。いろ男の前だが、お銀さんばかりじゃないんだ。今日もそれでこれから出かけようってところなんでげすがね、お目にかけたいね。ぜひその年増を。水もしたたるいろ気ってのは、あんなのでげしょうな。若旦那、これが亭王に知れると、いくら甘い男でも、やっぱりただじゃすまない、あたしゃ本当に命がけなんだから、浮気をすると承知しませんよ、って膝につかまって、こう横目で睨んで――」

「ちょっと若旦那、その年増さんてのは、御亭主のあるおかみさんでござえますか」

「大きな声じゃいえないが、そうなんだ。なあに、甘い野郎だから、あたしがきっとうまく丸めておく、そんな心配は、決して若旦那にかけないからってね、利口な女だから、野郎の方へはちっとも心配ありやせん。忍ぶ恋路というやつでげす」

冗談ではない、と夢介は呆れてしまった。いくら甘い亭主でも、亭主があれば間男《まおとこ》である。

「ざっと、そんなわけでござんしてね、夢介さんにちょいとお目にかけてもいいんだが」

「飛んでもねえこってす、おら、そんないろ気のある年増さんを見ると、なんとなく身ぶるいが出るんです」

「へえ、そうかねえ、ああわかったお銀さんはあれでひどいやきもち妬きだから、胸倉をとられるのが怖いんでげすな」

「時にねえ若旦那、佐賀町のお糸さんとの話は、どうなっているんでごぜえます」

夢介は何気なく一本さぐりを入れてみた。

「そのことさ」

おほんと若旦那は一つ咳払《せきばら》いをして、

「今から女房なんか持っちゃ窮屈でげすからな。本当のところ、私は進まないんだが、あっちは生娘《きむすめ》なもんだから、どうしても私でなくちゃ厭だ、いっしょにしてくれなければ身投げをするって、駄々をこねているんだそうでげしてな、罪を作りたくないしねえ、私も困っているのさ」

と、当惑顔をして見せる。少し人は悪いがここだと思ったので、

「そんなことはごぜえません。若旦那がその気なら、本当のことをいうけれど、実はお糸さんも、まだ嫁になりたくねえ、お嫁は窮屈だし、若旦那は方々の女子からやいやいいわれている人だ、窮屈な思いをして、たくさんの女子衆かららまれるのは厭だ、と身投げをするほど心配していますだ。さっそく若旦那の気持を話して安心させてやるべ」

隙《すか》さず夢介が逆手をとったので、若旦那は世にも奇妙な顔をしたが、

「へえ、どうして夢介さん、お前、お糸を知っているんだえ」

と、なんとなく坐りなおす、おや、やっぱり未練があるのかな、と夢介は当惑しかけたが、ちょうどそこへ、

「若旦那、大変ですよ」

さっきの下女が顔色をかえて駈けこんできた。

毒婦

「うるさいね、静かにおしよ。女の子がそうどたばた廊下なんか駈けてくるもんじゃない。色消しでげすねえ」

総太郎が気難しい顔をして、下女を睨みつける。

「どうせあたしは色消しですよ。この間、お前とても色っぽいから好きだっていったくせに」

ぷっとふくれて、下女がそんな口を利く、おや、と思いながら、夢介はわざと通じないふりをして、外方《そっぽ》を向いていた。

「馬鹿、いいからあっちへ行っておいで」

「どうせあたしは馬鹿なんです。馬鹿だからだまされたんです。口惜しい」

これはいよいよ穏かでない。そういえば、器量こそよくないが、番茶も出花《でばな》という年頃で、なにより肉附きゆたかな肌白いのが、ちょっと目につく娘である。

「人の前で、仕様がないな。あっちへ行っていろというのに」

睨みつけて、もじもじして、さすがの若旦那も持てあまし気味だ。

「そんなに、ひとを邪魔にして、じゃ大旦那に取次いでもいいんですね、若旦那」

「なにを取次ぐんだ」

「深川の清吉さんとかいう、ならず者らしい男が、おかみさんのような好い女のひとを縛ってつれてきて、若旦那に逢いたい、もし若旦那が、いなければ、大旦那でもいいって、玄関へ坐り込んでしまったんです」

「なんだって――」

さっと若旦那の顔色が変った。

「お松、私は留守だといっておくれ、こうしちゃいられない」

そわそわと立ちかけて、坐って、

「さあ困った。私は殺されるかも知れない、お松、たのむから、草履をそっとこっちへまわしておくれ」

又しても立ちかけるのである。

「若旦那、じゃ、すぐ持ってきますから」

ただならぬ様子に、恋の弱味とでもいうのだろうか、下女のお松は、たちまち心配顔になって、こんどはいじらしく足音を忍ばせるように走って行った。

「どうかしなすったかね、若旦那」

夢介が空《そら》っ恍《とぼ》けた顔をあげる。

「困った、夢介さん。利口な女なんだけどね、どうしてわかっちまったんだろう」

「あの忍ぶ恋路とかってのが、御亭主に知れたんでごぜえますか」

「どうもそうらしいんだ。ほんとはね、まだどうしたって仲じゃない。昨日、俄雨で軒下へ駈けこんだら、そこの女房に引っぱりあげられちまって、女が今日はだめだけれど、明日は都合しておくから、きっともう一度逢ってくれなけりゃ厭だって、夢介さんの前だが、つねったり、しがみついたり、もう夢中なんだ。逢ってくれなければもう死んじまうというもんだから、つい、煙草《たばこ》入を約束のしるしにあずけてきたんだけど、そいつが、いけなかったようだ。きっと亭主に見つかってしまって、可哀そうに、私の名を白状するようでは、さぞあの女はひどく痛めつけられたことだろう」

まだそんなことをいって自惚《うぬぼ》れている。

「総太郎――」

人の好いおふくろさまが、青い顔をして、おろおろと入ってきた、夢介を見て、

「おや、いらっしゃいませ、ちっとも気がつきませんで」

と、如才なく挨拶はしたが、さすがに上の空である。

「どうしたんです、総太郎や。今阿父つぁんが出て挨拶をしていますけれど、深川の清吉さんとかいう人がきてこの女を若旦那に買ってもらいたいって、おかみさんを縛ってきたんですがねえ」

「断って下さい、阿母さん、そんなのなんでもないんだから」

「なんでもなければ、お前出て、ちゃんと挨拶してくれなくては、阿父つぁんが困っているじゃありませんか。いつまで、玄関へ坐っていられては、世間さまへも外聞が悪いし」

「留守だっていって下さいよ。困ったなあ」

「じゃお前、ほんとになんでもないのかえ、先さまは証拠だといって、お前の煙草入を持ってきているんだけれど」

「金を、いくらか、金をやればいいんだ」

「そりゃ、おぼえがあるんなら、お金は出しても仕方がありませんけれど、先さまは、千両が一文かけても帰らないというんですよ」

おふくろさまは世にも悲しげな顔である。

「困ったなあ」

若旦那はとうとう頭をかかえこんでしまった。

「おふくろさま、おらが話をつけてやりますべ」

見かねて、夢介はいった。

「本当かえ、夢介さん」

若旦那が思わず飛びつくような顔をする。

「そのかわり若旦那、これからは二度と、口はばったいことをいうようだけんど、おふくろさまに心配かけるような真似、慎んで下せえましよ」

ぴしりと釘を一本打ち込んでおいて夢介は立上った。

玄関へきて見ると、深川の清吉があぐらをかいて、凄みながら煙草を吸っていた。そばに大丸髷のおたきが、うしろ手に縛られて、ひっそりと、うなだれて、若旦那ではないが、水もしたたる色っぽい女房ぶりである。二人を前にして、伊勢屋総兵衛が例の苦い顔を、今日は一層苦り切って坐っていた。

「清吉さん、先日は厄介になりましたでごぜえます」

千両箱を一つかかえて、のっそり出て行った夢介が、坐りながらにっこり笑って見せると、じろりと清吉は見て、たしかに見おぼえがあるのだろう、ふんと鼻で笑った。

「お前さま、そのきれいなおかみさんを、千両で売りにきたんだそうだね。おらが買うべ。さあ、千両、受けとるがいいだ」

夢介は右の手へ千両箱をひょいとのせて、清吉の目の前へさし出した。九貫いくらと重さのある箱が、まるで菓子折のように軽く手の平にのっているのだ。

「なんだと――」

清吉は凄い目をむいたが、内心びっくりしたらしく、じっと千両箱と夢介の顔を見くらべたまま、さすがに手は出せなかった。

「千両では、このくらい綺麗なおかみさん、安い買物だ。小田原へつれて帰ってお女郎に売っても損はねえです」

にこにこ笑っている夢介だ。手の上の千両箱は捧げたまま貧乏ゆるぎ一つしない。呆れた力だ。

「それとも、物は相談だが、若旦那の煙草入、おらに五十両で売ってくれねえだろうか。若旦那も、この間のおらと同じで、別にそのおかみさんをよごしたおぼえはねえそうだし、そんなこと、おいらがいわなくても、おかみさんの方がよく知っているはずだものな」

「お前さん、負けておこうよ」

縛られている女房が、顔をあげてぬけぬけといった。

「五十両じゃちっとばかし安いけど、この人とは顔なじみだし、田舎のあんちゃんにしては話がわかるじゃないか。商売は見切りが肝腎だからねえ」

夢介を見て、にっこり笑ったあたり、水もしたたる色気がある上にこの方が亭主より役者も一枚上らしい。

悪くすると、お銀もこうなるのだ、と夢介は思いくらべて、姐御さんはもっと大切にしてやらなければと、しみじみ思うのであった。

仲人嘘をつく

胸倉

朝飯をすませて、一服つけながら、なんとなく夢介が考えこんでいる。

長火鉢を間にして、さしむかいに坐って、食後の茶をいれながら、こうしているところは誰が見たって、あたしはもう立派なおかみさんに見えるだろう。いや見えるだけじゃない、肌はまだふれないけれど、ちゃんと固い約束をかわして誰がなんといってもこの人のおかみさんはあたしなんだから、とお銀はしみじみ夢介の大きな顔を眺め、それとなく見とれて、体中がうっとりとうれしくなってしまうのだ。

でも、どうしてあたしはこんな田舎っぺの、もっそりした男に、死ぬほど惚れてしまったんだろう、と別の心で考える。どう見たってこの人は、役者のようないろ男とはいえない。大仏さまのような顔をして、大鼾《おおいびき》はかくし、御飯は給仕

をしていると呆れるほど、五杯でも八杯でも詰めこんで、

「いいかげんにしたらどう。腹も身のうちってことがありますよ」

と、心配してたしなめてやると、

「あれ、おらそんなに食ったかね」

けろりとして、考えている。

「八つもおかわりしたじゃありませんか。ちっともお腹にこたえないんですか」

「へえ、もう八つも食ったかね。ついうっかりしてたけんど、じゃ後二つだけ食って、十にしてお茶にすべ」

本当に色消しったらありやしない。

その上、お人好しで、いつも人にだまされてお金ばかりとられているし、なにをしてものろ介で、横っ面を張りとばされても、あれごめんなせえまし、おら、何か悪いことをしましたろうか、と、びっくりしてぽかんと相手の顔を眺めている。

いって見れば、全く大きな子供なのだ。そこが好きで好きでたまらないのだから仕様がない。とお銀は母親のようなやさしい目をして、又しても男の顔を眺め、おやおや、この人ったら目やにをつけている、今朝顔を洗ったのかしら、と白い

指がひとりでにそこへ行っていた。

「きたない人、目やになんかつけて」

大袈裟に顔をしかめて見せたが、その癖ちっともきたないとは思っていないのだから、我ながらよくこんなにだらしなく惚れてしまったものだと思う。

「ね、さっきから、なにをぼんやり、考えこんでいるんです」

「どうも、ちっとばかし、心配ごとがあるだ」

ぎくりとした。

「女のこと、夢さん」

もう絶対に妬《や》きません、と心に誓って、ずいぶんこの頃は慎んでいるのだが、深川の浜次だの、娘手品の春駒太夫だのという、世間には風がわりな女がいて、この人はそんな女にばかりよく惚れられるたちなのである。

「あれ、顔に書いてあるようなことをいうな、姐御さんは」

「じゃ、やっぱり女のことなんですね」

「こんどこそ、おらも本当に困っただ」

子供でもできたに違いない。それでなければ、こののんき気な人が、そんなに困るはずはないのだ。

「深川の浜次、それとも春駒太夫の方、どっちさ夢さん」

半分は泣き出したいお銀である。

「違うだ。素人の娘っ子だもんだから、身投げするといって騒いでいるだ」

長火鉢が邪魔になる、いいえ、あたしはおかみさんだから、我慢しなくちゃ、とは思ったが、その時はもう立って長火鉢をまわって、膝を男の膝へのりかけるように坐りながら、

「夢さん――」

血相をかえて胸倉をとっていた。久しぶりである。それだけに嚇《かっ》と血が頭へのぼってしまって、後は無我夢中だった。

「口惜しい」

「あれ、どうしただ、姐御さん」

「あんたは、素人娘なんかに手をつけて、憎らしい、どこの誰なんですよ。あたしは厭《いや》だ。承知できない、堕《おろ》してやるからいい。おいいなさい。どこの誰を、孕《はら》ましたんですよ。憎らしい、おいいなさいってば」

小突きまわして、睨みつけて、引っかいてやろうか、食いついてやろうかと思っているうちに、ぽろぽろ涙が出てきた。

「さあ、わかんねえ。誰が孕んだんだね、姐御さん。おらには、さっぱりわかんねえ」

「嘘おっしゃい。自分で孕ましといて、今さら、わかんないだなんて、そんな、そんな、誰がごまかされるもんですか、身重になって、袖でもかくせなくなったもんだから、身投げする、いっしょになってくれなけりゃ死ぬのと、あんたその素人娘におどかされたに違いありやしない、あたしは厭だ。あたしは別れるなんて、死んでも不承知ですからね。夢さん」

「あは、は、なあんだ、そりゃ姐御さん、勘違いだよ。その娘っ子、まだ孕みやしねえだ」

「じゃ、なぜ身投げするだの、死ぬだのって騒ぐんです、憎らしい」

「まあ、落着いて坐るがいいだ、その娘っ子、お嫁に行くの厭だっていうんで、おらの話ではねえだ」

「なんですって」

「露月町の若旦那のお嫁の話だよ。いくらなんでも、おらまだ自分のお嫁さんさえ孕ませねえのに、人のお嫁に手なんか出すもんかよ。姐御さんは気が早くっていけねえ」

「知らない」

それならそうと、なんだって、始めからいわないんだろう、話下手ったらありゃしない、とお銀はほっと安心して、さて夢中でつかんだ胸倉の手をどうしたものか、思わず顔が赤くなってしまった。

当惑顔

「けど、少しおかしいじゃありませんか。若旦那のお嫁さんのことでどうしてあんたがそんなに心配しなけりゃならないんでしょうね」

意地だから、胸倉の手だけは放したが、お銀はまだ膝を突きつけたまま、改めて詰めよるのである。

「それがね、おら、昨日大川端で身投げする娘っ子を押えたのさ」

本当はちんぴら狼の三太が押えて、引きずられているところへ行きあわせ、やっと留めて、なだめて、聞いてみると、意外にも若旦那と縁談のある佐賀町の俵屋の娘お糸だった。通人の若旦那はどうしても好きになれないというけれど、伊勢屋には義理があるので父親はぜひ嫁に行ってくれと叱るのではなくて、娘にたのむのだ。叱られるより辛い。切羽詰って、いっそ死ぬ気になったという。

「どうしてあの若旦那、ああ女子に嫌われるのかな、おら、困ってしまって、とにかく死ぬほど嫌いなもんなら仕様がないから、おらが一度なんとか話してみるからって、人の命にゃかえられねえから、その足で露月町へまわってみただ」

「まあ大変な役を引きうけてしまったんですね。でも、少ししっかりした娘さんなら、あの若旦那は好きになれないでしょうよ」

人の話だから、お銀はやっと落着いてきて、もっともらしい顔をした。

「それで、なんていうんです、伊勢屋さんでは」

「まず若旦那の気持を聞いて見なくちゃと思って、逢ってみると、いいあんばいに若旦那は年増さんに惚れられたとかで、その話で夢中なのさ」

「変ですね、あんな通人に、本気で惚れる物好きな女がいるかしら、またひとりよがりで、惚れられたと思ってるんじゃありませんか」

「気の毒だけんど、もっと悪い相手だった。話している中に、その年増さんが御亭主に縛られてきてね」

「なんですって」

「それがあの深川の、美人局《つつもたせ》の清吉夫婦なのだ」

「まあ、若旦那もあの女に引っかかったんですか」

「えらい騒ぎになってね、清吉はおかみさんを千両で買ってくれと、物堅い親父さまの前へ大あぐらをかいたんだ。仕様がない、おらは知ってのとおりの顔なじみだから、若旦那のかわりに挨拶に出て、まあ五十両で話をつけたが、後が大変なんだ。親父さま、怒ってしまって若旦那を勘当するっていうし、おふくろさまは泣いて騒ぐし、またおらが仲に立って、やっと若旦那の勘当だけは勘弁してもらったが、その時困った話が出ただ。つまり、いつまでも若旦那を一人でおくから身が納まらない、こんどこそ俵屋との縁談を、なんでもかんでも早くしてしまおうと、親父さまがいい出したのさ、折りが折りなんでまさかその縁談は待って下せえまし、娘っ子の方が死ぬほど若旦那を嫌っていますとは、おら、どうしてもいい出せねえものな」

「そんな話ってありますか、馬鹿〳〵しい」

お銀の強い目が、又しても、意地悪張りに光り出してきた。

「馬鹿〳〵しいって、おらがかね」

「あたりまえじゃありませんか、そんな美人局にひっかかって、でれでれと女ののろけなんかいっているでれ助に、人さまの大切な娘さんをお嫁に貰う値打が、どこにあるんです。ちゃんといってやりゃいいじゃありませんか、これこれで、先方の娘さんは、死ぬほど厭だといっていますから、この縁談はおよしなさいって」

「まあ、そういえばそんなもんだが、困ったことに、あの人の好いおふくろさまが、とてもこの縁談をよろこんでいなさるだ」

「だって、おふくろさんが貰うお嫁さんじゃないじゃありませんか」

「それはまあ、そうだけんど――」

「しっかりして下さいってば、男が一度立派に引き受けといて、口を利いてやらなかったら、男の恥だし、第一お糸さんが可哀そうじゃありませんか、さあ、これからすぐ伊勢屋さんへ行ってらっしゃい、行って、ちゃんと破談になるように、話をつけてきて下さい、どうしたのよ、夢さん、立たないんですか」

が、これは夢介、なんとも立ちにくい、立ちにくいから、今朝から考えこんでいたのだ。

「困ったな、おら。まとめる話なら、なんとでも話のしようはあるけんど、親御さんの前で、お宅の若旦那、先方の娘さんは好かねえようでごぜえますから、とはあんまり罪な話で、どうもいいにくいだ」

「だから、若旦那にぶつかればいいじゃありませんか。若旦那は年増さんに好かれるたちだから、と、よろこばしておいて、年増に好かれる男は、どうも生娘向きではない、お糸さんは気がすすまないようだし、そんなのを無理に貰ったって、うまく行くはずがないから、まあ御亭主のない年増さんにこんど惚れられるまで、縁談は気長にお待ちなさいって。物はいいようってことがあるじゃありませんか、しっかりして下さいよ」

お銀は、自分が行くわけではないから、勝手なことをいう。珍しく夢介が当惑顔をしているのがおもしろくて、半分はからかっているのだ。

「こんにちは――」

玄関の格子ががらりとあいて、おや、三太の声のようだと思っている中に、もうちんぴら狼が襖《ふすま》をあけて、風のように茶の間へ飛びこんできた。

「あれえ、あんちゃん朝っぱらからおかみさんに胸倉とられてらあ。こいつあ、ちょいと困ったたな」

その実、にたにた笑いながら、どんぐり眼《まなこ》を輝かして、こいつはいいところへ来たと、内心でおもしろがっている三太狼なのだ。

「違うだよ、兄貴《あにい》さん、おら、いまおかみさんに目の中のごみを取ってもらっているところさ」

「ふうむ、目の中のごみは舌の先でなめるとすぐとれるぜ、おかみさん、早くなめてやんなよ。おいらに遠慮はいらねえぜ」

もっともらしい顔をして、この小悪党はなかなかそんな手にはのらない。

「三太さん、いつまでも突っ立っていないで人の家へきたら、ちゃんと坐っておじぎをするもんよ」

お銀が今さら膝を突きあわしている夢介のそばを立つのはてれるので、わざとそのままめっと睨みつけた。

「おおおっかねえ。おかみさん今朝はよっぽど気が立ってるんだな。坐るよ、ほら、坐ったろう。そこで気の毒だけど、あんちゃん、今のうちにおかみさんの両手を押えときなよ」

「どうしてだね、兄貴さん」

「おいら、どうしてもあんちゃんに逢いてえっていう、若い女のひとをつれてきたんだ」

「へえ、誰だね」

意外そうな夢介の顔を、じろりと見て、女といえば女猫を膝へのせても気に入

らないお銀なのだ、もう嚇と胸へ火がついてくるのを、ちんぴら狼の前だから、さすがにじっと押えつけて、

「悪い人ね、お客さまならお客さまだとなぜ早くいわないの」

お銀は、何気なさそうに立上った。若い女ってどんな奴か、自分で見るのが一番早いと考えたからである。

女客の腹

「いらっしゃいまし」

玄関へ出て見て、なあんだ、とお銀は少し安心した。そこへ大きな風呂敷包みをおいて、しょんぼり立っている女客は、どう見ても、どこか町家の下女といった恰好で、顔も、よくいえば福相だが、俗にいえばお多福の部に入る。しかし、若い女には違いなかった。いや、鬼も十八のたとえで、肉づき豊かな肌が、案外肌理《きめ》こまやかに、白々として、お多福には違いないが、なんとなく愛嬌があって可愛いらしい面立である。一口にいえば男好きのする女、そういう初々しさと肌とを持っているので、決して油断はできないと思う。

「誰方《どなた》さまでござんしょう」

「あの、夢介さんのおかみさんでございますか」

女は、真っ赤になりながら、一生懸命な目をするのである。どうも穏かでない。

「そうでござんすよ。夢介の家内ですけれど、何かうちの人に御用なんですか」

負けるもんかと、お銀はその目を睨み返した。

「おいでででございましょうか、夢介さんは」

じれったい、いやに念なんか押して、早く用向きをいいやいいじゃないか、とつい声が尖ってくると、若い女はいよいよ赤くなって、

「私は、あの芝露月町の伊勢屋さんに、奉公している者で、女中のお松だといえば、夢介さん、よく御存じなんです。どうしても聞いていただきたいことがあって、――おかみさん、お願いです、どうか夢介さんに逢わして下さいまし」

なんとなく涙ぐんでさえいる。

お銀はぎょっとした。伊勢屋の女中だとすれば、無論夢介はよく知っているだろう、どんなことで、どんな仲にならないとはかぎらないし、と思いながら、目が自然に女の下腹へ行くと、お松は急に袖でかくすようにするのだ。かくしたって間にあわない、地腹よりなんとなく大きいと、お銀の目はちゃんと見てとって、

こんどこそ本当に顔色がかわってしまった。

「お前さん、あの、もしや——」

「はい」

おろおろして、お松はしっかりと両袖をあわせ、耳まで赤くなって、体中をすくめるようにうなだれてしまう。

お銀は目まいがしそうで、二の句がつげない。とうとうおしまいがきた、と思った。たまらなく情ない。

「お銀、いつまで玄関で、なにしているだ」

のそりと夢介が出てきた。

「お松さんでねえか。さあ、遠慮なく上るがいいだ」

「はい、ありがとうございます」

お松は、夢介の顔さえ見えないように、もじもじている。

「お銀、ちょっと——」

夢介は呼んで、わきの部屋へ入った。ふらふらとついてきた哀れなお銀の肩を両手で押えて、

「早合点するでねえだ、悪い癖だ」

と、耳もとへささやく。

「なに、なんていったの、夢さん」

「そんな青い顔をするでねえ。みっともない、おら、姐御さんをお嫁にすると、ちゃんといってあるでねえか。なんでそう一人でやきもきするだ」

「本当、あんた」

「安心するがいいだ。おらはお嫁よりほかに女は持たねえ男だ」

そういう男の深い眼差を見あげて、そうだった、この人は決してそんなだらしのない男ではなかった。とはっきり思い出して、自分の邪推が恥ずかしいより、こんなやきもち妬きの浅はかな女を、そんなにまでいたわってくれる大きな男心がうれしくて、

「夢さん――」

思わず泣声になりながら、男の胸にしがみついてしまったが、

「あんちゃん、おいらは用がすんだから、帰るぜ」

ちんぴら三太が、ひょいと襖の蔭から獅子ッ鼻の恍けた顔を出した。

「あれえ、つまんねえところを見ちまったな。えへ、へ、本当はやきもちのほうがおもろいんだけどなあ、まあいいや、こいつはおら見ないことにしといてやる

から、おかみさん、遠慮なく甘ったれなよ。じゃ、さいなら」

「兄貴さん、御苦労だったな。なんにもかまわなかったねえ」

「どういたしまして、甘茶でかっぽれでござんす。もうたくさんでござんす、さいならでござんす」

風のごとく飛んできて、風のごとく飛んで去る風来坊の三太である。

「悪い子、おとなを冷かしてばかし」

お銀は気恥ずかしそうに、やっと胸を離れた。

「さ、お客さんを案内するだ。何か心配ごとができたようだから、やさしくしてやってな」

そのまま茶の間の長火鉢の前へかえっていると、

「あなた、お待たせしましたねえ。あの子がくると、いたずらっ子で、いつも、家の中を引っかきまわすもんですから、ごめんなさいよ。さあ、上って下さいまし」

お銀が三太のせいにして、取り澄した挨拶をしていた。口は調法なものである。

惚れた慾目

「お松さん、どうしたのかね」夢介は、茶の間へきて、すすめる座蒲団さえ敷こうとせず、小さくなって坐っているお松に、気軽く声をかけた。

「はい」

お松はもじもじと、赤くなるばかりである。

「おらのおかみさんがいちゃ、話しにくいことかね」

「座を外した方がいいかしら」

茶をいれていたお銀が、いそいで、夢介の顔色をうかがう、なるべく立ちたくはないのだ。

「いいえ、あの、おかみさんにも、聞いていただいた方が――」

一生懸命な声である。

「総太郎さん、今日は家でおとなしくしていなさるだろうね」

それとなく夢介が水を向けてみた。昨日の様子で、ただの仲ではないと、ちゃんとわかっている。

「はい。あの、若旦那は佐賀町のお嬢さんを、本当にお嫁さんにする気なんでしょうか」

「さあ、おらはまだそのことで、若旦那と話したことはねえけんど、親御さんたちは乗気になっていなさるんじゃねえのかね」

「でも、若旦那は、そんなこと、ほかからは誰がなんといってもおかみさんは貰わないといったんです」

「つまり、お松さんに誓ったかね」

「ええ。まだ佐賀町の方の話がはじまる前、春時分のころなんです。ですから、私、こんな不器量だし、身分は違うし、どうせ後で棄てられるんですから、厭だといったんです。おれはそんな薄情男ではないって、若旦那、私を押えつけて、どうしても放さないんですもの」

　さすがに下を向いたままま、お松が真っ赤になって打明けはじめた。一度口がほごれると、そこは、うぶな生娘だからはじめからくわしく話さなければ、わかって貰えないとでも思ったのだろう。助からない、とお銀はそっと夢介の顔を見たが、これはまた自分が叱られてでもいるように、大きな体をきちんとかしこまって聞いている。

「私、女ですから、もし身重になると厭だからって、いったんですけど、おかみさんにしてやるから、いいじゃないか、おれはお前の、その福相が気に入ったんだ、おれは商人《あきんど》だから、福々しい女が好きだって、若旦那はとても本気なんですから、私、まさか声を立てられませんし、恥ずかしいし、つい気が遠くなってしまって——」

「その時だけなのかね、若旦那に可愛がられたのは」

「いいえ。あの、もうお前はおかみさんも同じなんだからって、とてもやさしくしてくれて、いつもその時はお部屋の御用をおいいつけになるんです」

厭な人、たいがいにしておけばいいのに。男って人のいろごとがそんなに聞きたいものなのかしら、とお銀は呆れてしまった。

「じゃ、お松さんは若旦那が嫌いじゃないんだね」

「ええ、好きなんです」

「で若旦那の方はどうなんだろう。このごろでも、その、時々やっぱり御用をいいつけなさるかね」

「それがあの、おれはお前が可愛いんだけど家で、どうしても俵屋さんの娘さんを貰えというし、お嬢さんが、貰ってくれなければ、身投げをしてしまうって、いっているとかで、若旦那は、昨日もあんなごたごたをおこすような、なんていいますか、どこへ行っても女に好かれるたちだものですから、私心配なんです」

なるほどねえ、たで食う虫も好き好き、惚れた慾目とは、よくいったものだ、よくよくだまされているんだよ、この娘は、と、お銀は生まじめなお松の顔を眺めて感心する。

「若旦那は、あれでなかなかやさしいところがあるだ」

「そうなんです。ですから、決して悪いようにはしない。けれど、佐賀町の方が話がつくまでは、お前が家にいては具合が悪い、もうそろそろお腹だって目につくようになるし、と昨夜おっしゃるんです」

「それじゃ、お松さんはもう身重になっているだね」

「ええ、来月が帯なんです」

お松は又しても真っ赤になる。

「そういえばいくらか目につくかねえ」

夢介はまじめくさって、お銀の顔を見た。

「大切にしなければねえ、ただの体じゃないんだから」

ぽったりしているお腹を見て、いつになったら自分もこんなになれるのかしら、とお銀はちょっとうらやましい。

「で、若旦那はなんといいなさるだね」

「当分家へ帰っていてくれ。仕送りはきっとしてやる。それでなければ、子供を堕すかどっちかだというんです。堕すなんて、そんな私、死んだって厭だ。といって私は姉さんが一人、下谷の車坂の方へ片附いていますが、子沢山で、狭い家ですから、とても厄介にはなれないし、帰る家がないんです。でも、若旦那はぜひそこへ行っていろ、この上親父さまにお前のことまで見つかると、それこそおれは勘当だ、お前が本当におれのことを思っているなら、とにかく一時身をかくしていてくれって、私の手を取って拝むんです。行くところはありませんけど、私、若旦那のためならどんな苦労でも我慢しようと思って、今朝、身のまわりのものだけ持って、伊勢屋さんを出てきました」

「黙って出てきたのかね」

「ええ、黙って出ろ。後のことはおれがいいように話しておくって、若旦那のいいつけなんです。でも、道々私考えて、心配になってきました。私はどんなに苦労をしてもいいんですけれど、もし若旦那が後で、どうしても佐賀町のひとを貰わなければならない義理になってしまったら、可哀そうにお腹の子はどうなるんだろう。それを思うと、私悲しくて、どうしたらいいか、誰も相談に乗ってくれるような身寄りはありませんし――」

お松はそっと涙を拭くのである。

騙《だま》されたんだ、とお銀は思った。あのいかもの食いで、手前勝手な若旦那に、本当に夫婦になる実意なんかあるもんか、第一、この娘にいっていることは嘘ばかしじゃないか、佐賀町の娘がいっしょにならなければ身投げをするだなんて、飛んでもない、と義憤をさえ感じて、夢介の方を見るとこれも浮かない顔をして、じっと考えこんでいる。

「ね、あんた、少しおかしかないかしら。子供ができたらおかみさんにする。おれは福相は好きだからって、ちゃんと約束をして、若旦那は度々お松さんにお部屋の御用をいいつけたんでしょう。それが、身重になったから、都合が悪い、身をかくしてくれ、家を出ろ、ってのは若旦那がどういう御了簡《ごりょうけん》なんでしょうね」

「おらにも、どうもわからねえだ」

「わからないってことはありません。ちゃんとわかってます。あの人は一体が浮気で薄情なんです。自分が好きな時は勝手に御用をいいつけるけれど、邪魔になり出すとうまいことをいって追い出す、そんなことってありますか。世間の男って、どうしてそう手前勝手なんでしょうね」

「いいえ、おかみさん、若旦那はけっして、そんな人じゃないんです。ただ大旦那が、とてもやかましい方だもんですから」

お松があわてて云訳をする。お銀はちょっと、ぽかんとして、

「そうかしら、だって、ちゃんと、夫婦約束をしたんでしょう。今さら身重になったからって、都合が悪い、出て行けじゃ、あんまり薄情すぎます。やかましい大旦那の前が、都合が悪ければ、いっそ二人で家を出るならともかく、あたしにはお松さんが騙されているとしか思えないんだけれど」

それとなく教えてやる気持だった。

「いいえ、若旦那はやさしい人なんです。お松、おれを怨んじゃいけないよ。おれは、こんなにお松が可愛いんだって、昨夜もあの頬を押しつけて、けれど世間には義理というものがある、しばらく辛抱しておくれって、お腹までさすってくれたんです」

かなわない、とお銀は二の句がつげなかったが、

「あの人が薄情だなんて、もしそれが本当なら、お腹の赤ん坊が一番可哀そうですもの、私、そんなことは考えたくないんです」

ひしとその子を抱きしめるように、両の袖を合せた姿に、慈母観音、そんな姿を見たような、女だから、ほっと胸をうたれずにはいられなかった。

「そう、そうでしたね。あたしがいいすぎました。ごめんなさい。なによりも赤ん坊のことを考えてやらなくちゃねえ」

「お銀、おら、ちょっと露月町へ行ってくんべ」

夢介がもそりと立上った。

「行ってくれる。あんた」

飛び立つように見あげた目に、一杯涙をためているお銀だ。

「うむ、大切にしてあげるがいいだ。――お松さん、家へ帰ったつもりでな、気楽にしてるがいい。おら、若旦那に逢って、その世間の義理というやつを、ようく相談してくるだから」

そういう夢介の目にもしみじみとしたものがあった。

後生楽《ごしょうらく》な顔

昨日の今日である、夢介が芝露月町の伊勢屋をたずねると、千両の美人局を追い払ってくれた上、伜《せがれ》総太郎の勘当騒ぎをあやうく仲裁してくれた恩人だから、おふくろさまは大よろこびで、おかげで伜も今日はおとなしく二階に引きこもっていてくれます、なにを御馳走しましょうね、と下へもおかない。

「これでねえ夢介さん、あの子が身がかたまって、早く孫でも抱けるようになったらどんなにうれしいかと私は思います。欲にはきりがありませんね——」

「なあに、おふくろさま、孫はすぐ抱けますだ。きっと福相な孫でごぜえますぞ」

いいおふくろさまだな、と思いながら、夢介は挨拶をして二階の総太郎の部屋へ上った。お松に散々御用をいいつけた居間でぼんやり肘枕をしていた若旦那が、

「よう、夢介さんでげすな。こいつあ福の神の御入来だ。よくきてくんなましたねえ」

うれしそうにむくりと起きあがるのである。今日はあまりよくもない夢介なのだ。

「若旦那、昨日はどうもお騒がせしましただ」

「皮肉をいっちゃいけません。人が悪いなお前さんも、けど、なんでげすな、あのおたきって女は、可哀そうでげすな、亭主が悪党で、殺されるかも知れないから、渋々引っぱられているんでげしょう。若旦那、あたしほど不幸な女はござん

せん。あたしは若旦那にめぐりあって、初めて女の生甲斐ってものを知ったんですよ、とねえ、夢介さんの前だが拙《せっ》の膝へこうしてしなだれてねえ、畜生、あれが本音なら、千両は安い」

「あれ、若旦那、うたた寝して、夢でも見ていなすったのかね」

「夢なんかじゃない、あの女はたしかに、拙に惚れていやす。しかし、亭主野郎があの悪党じゃ、あきらめるより仕様がない。どうでげす。福の神、一つ悪魔っ払いに久しぶりで、深川の羽織と洒落《しゃれ》やしょうか」

「外へ出てもいいのかね、若旦那」

「お前さんといっしょなら大丈夫さ。親父もおふくろも、すっかり、お前さんを信用しちまったんだ。いいお天気だし、ぜひ一つ引っぱり出してもらいたいもんでげすな」

　どうやら本気なのだから、この若旦那の神経も大したもんだ、と夢介は呆れざるを得ない。

「若旦那、おらは今日、お松さんのことで、相談にあがったです」

　夢介は単刀直入に切り出した。

「お松、――お松って、家のあのお多福のことでげすか」

「若旦那が夫婦約束をしたお松さんでごぜえます」

「へえ」

と、若旦那は妙な顔をして、

「冗談じゃない、拙が下女なんかと、夫婦約束だなんて、お前さんまで本当にするのは酷でげすな」

「けんど若旦那、この部屋でお前さま、度々お松さんに御用をいいつけたではねえのかね」

「へえ、あいつ、そんなことまでしゃべっちまったのかねえ」

「お多福は福相だから好きだって、大へん可愛いがってもらったと、お松さんよろこんでいたです。昨夜は、頬っぺたおっつけて、お腹までさすってやったそうでごぜえますね」

「冗、冗談だよ、夢介さん。私はただからかっただけさ。誰が本気で、そんな馬鹿〳〵しいこと」

「あれえ、じゃ若旦那、冗談にお前さま、お松さんを身重にしなすったのかね」

「そ、それで実は困っているのさ。私は始めから冗談のつもりだったんだが、あのお多福、うれしがって、いつの間にか孕んじまって、体裁が悪いやね」

「だから、追い出したのかね、若旦那」

「追い出したってわけじゃないが。親父にでもあの腹を見つけられると、また大騒動だからねえ」

「そんなことはねえと、おら思うです」

夢介は開きなおった。

「いくら初めは冗談にしろ、若旦那は憎くて、お松さんに度々御用いいつけたんではなかろ、お互いに情合《じょうあい》があればこそ、女は身ごもっただ。お腹ん中の子は、若旦那の子でねえか。その子を抱えて、お松さんが行く家もなくて、うろうろしているのは、自分の子が追い出されて、泣いているのも同じこった、とおら思うだ。若旦那は、自分の子が行くところがなくて、困って、身投げするのを、あれは冗談だといって見ていなさるかね」

「えっ、お松が身投げ、――本当かえ、夢介さん」

さすがに若旦那の顔色がさっとかわる。良心にとがめているから、そんな早合点をするので、決して心から薄情な男なのではない、と夢介は見てとったから、

「おらが押えただ。その時、お松さんがなんといったと思うね。おらが、なんて薄情な若旦那だろう、というと、いいえ、若旦那は、薄情じゃありません。そん

なことといってはお腹の坊やが可哀そうです。私は、若旦那を怨んで身投げしたんじゃない、行くところがなくて、乞食のように道端でお産をするのは、あんまり赤ん坊が、可哀そうだからいっそ死んでしまおう、と思ったのだというでねえか。おら、涙がこぼれました」

生れて初めての嘘だった。が、その嘘に、夢介は本当に涙がこぼれてきたのである。

「へえ、あのお松がねえ」

総太郎は何かぽかんとした面持である。

「若旦那、親父さまやおふくろさまには、おらからよく話をするだ。おらの妹として、子までできたことだし、お松さんをお嫁にしてやってもらえめえか」

「けど、家の下女なんかを、見っともないな」

「そんなことはねえだ。五代の将軍さまを生んだ桂祥院《けいしょういん》さまは、もと風呂場の下女だったというし、ないことじゃない、それにお松さんは、心がけのいい娘だ。きっとすぐ親御さんの気に入るようにもなるし、第一、誰よりも若旦那を大切にすると、おら思うです」

「そりゃお松は私に惚れ切っているんだからねえ」

「それがなにより大切なこった。顔は見あきることがあっても、心のまことはあきるもんではねえ」

「嫁にしてやろうかな、それに、夢介さんの前だけれど、あいつお多福のくせに、たった一つとてもいいところがあるんでねえ」

にやりと笑う若旦那の後生楽な顔を眺めて、ほっと安心しながら、これであっちもこっちも片附いた。少しくらいののろけは仕様がなかろうと、覚悟をきめて、

「そういえば、きれいな肌をしている娘でごぜえますねえ」

と、空《そら》っ恍《とぼ》ける夢介だった。

おしゃれ狂女

目出度い祝言

「人情って、妙なもんですねえ、夢さん」

初冬のよく晴れた午前《ひるまえ》、日あたりのいい縁側へ出て、なんとはつかず二人で日向ぼっこをしながら、お銀がしんみりした顔つきでふといい出した。昨夜、芝露月町の伊勢屋にお目出度があって、二人共夜おそく帰ってきたので、今朝はいつになく朝寝坊をして、いま朝飯がすんだところなのである。

夢介が妙な行きがかりから俠気《おとこぎ》を出して、まとめにかかった伊勢屋の若旦那総太郎と女中のお松との縁談は、いくらなんでも家の下女では、と、はじめおふくろさまが情ながって、なかなか承知しなかった。それを夢介が、いや下女のお松として嫁に貰ってくれとはいいません、おらの妹にして、立派に支度させて

貰ってもらいます、それに当人の若旦那も承知したのだから、と説いても、

「でもねえ夢さん、お松は家の下女だということを御近所でよく知っていますからねえ。お腹の子は本当に総太郎の子なんでしょうか」

と、そこは女で見栄があるから、しまいにはお腹の子までも疑うようなことをいい出すのだ。

「さあ、そこまでは、若旦那に聞いてもらわねえと、おらにはよくわかんねえことだが、お松さんの話では、おれは商人《あきんど》だからお前のお多福が気に入ったと、たいへんお松さんを可愛がって、昨夜も、お腹までなでてくれたといいますだ、まさか、おぼえがなければ、そんな真似はしなかろうと、おらは思うです」

「そういえば、お松はこのごろ、よく二階へ行きたがるし、総太郎を見る時の目が違っていました。きっとお松の方から持ちかけたに違いありません。つい油断していたのがいけませんでした」

おふくろさまはなんでもお松のせいにして、なんとなく口惜しそうである。

「けれどおふくろさま、お松さんは心がけのいい女子でごぜえます。たとえ若旦那が御承知でも、身分が身分だから御両親さまがお許しなかろう、それでは若旦那にお気の毒だから、私は黙って身をひくつもりだけれど、お腹の子を父《てて》なし子

にしていいだろうか、せっかく縁あって伊勢屋の初孫《ういまご》に生れてきながら、私が下女なばかりに、生れてくる子に苦労させせなければならない、いっそ今の中に遠いところへ行ってお腹の子といっしょに身投げでもしてしまった方がいいのではなかろうか、とおらに相談しますだ。自分のことはなんにもいわないで、若旦那とお腹の子供のことばかり心配している、おらはこれこそ本当に慈母観音のお姿だ、と死んだ阿母《おっか》さまのことを思い出して、涙がこぼれました、女子が子を持って、母親になると、世の中の母親ってものは誰でもおんなじでごぜえます。身分の上下、学問のあるなし、器量不器量の別なく、みんな慈母観音になって、子供のことだけしか考えない。またそれでなければ決しておらたちの世の中の子供は育たない、ありがたいもんだと、おら、こん度こそよくわかって、お松さんと阿母さまの心にしみじみと頭が下りましただ」

事実夢介は、これが自分の母親だったら、なんというだろう、きっと許してくれたのではなかろうかと、思わずほろりとしてしまったが、慈母観音、その一言はたしかに利いたらしい。それまでなにもいわず、苦り切って坐って、煙草《たばこ》ばかり吹かしていた親父の総兵衛が、

「夢介さん、よくいってくれた。総兵衛、たしかにお松を倅《せがれ》の嫁に貰いうけま

すから、今後共よろしくお願いいたします」

と、まず頭を下げた。

これで、とんとん拍子に話は進み、それならあまり花嫁のお腹が目立たない内にと、その日から十日目の昨夜、祝言の式をあげたのである。

その十日間、夢介もお銀も大多忙を極めた。いくら内輪だけの祝言にするという話でも、自分の妹として片附けるからには、一通りの支度はしてやらなければならない。しかも、

「ね、あんた、お目出度いんだから、できるだけ立派にしてやりましょうよ」

自分が一人ぼっちで、親も兄弟もない淋しい身の上のお銀だ。不幸なお松に、向うへいっても、これから先、なるべく下女という引け目やひがみをおこさせたくないと、わが身に思いくらべて、躍気《やっき》になり出したので、箪笥、長持、鏡台、晴着はいうに及ばず、四季の着物、髪の物から穿物《はきもの》まで、一式恥ずかしくないようにいちいち世話を焼いて、費用も百両の上を出たが、それだけのものをとにかく十日間に取り揃えたのだから、その苦労が大変だった。

「こんなにお世話になって、私、どうしたらいいでしょう、おかみさん」

お松は毎日家の中へ持ちこまれてくる、大袈裟にいえば道具や着物の山に取り

かこまれて、ただ茫然と目を見張るばかりだった。

「おかみさんじゃないでしょう、お松さん。あんたはもう夢介の妹なんですよ。そうして見れば、あたしはそれにつれそう嫂《あによめ》じゃありませんか。忘れちゃ困ります」

「すいません」

「あっちへ行っても、決して下女だなんて引け目をおこさないで下さいよ。そんな時には、いつも夢介という兄さんのことを思い出して、気をゆったりと持つんです。あんたが詰《つま》らない引け目やひがみなんかおこすと、お腹の子が卑屈になる。そう思って、しっかりしていなくちゃいけない」

お松はいそいで目を拭いていた。

そして、昨日すっかり花嫁姿になって、いよいよ家を出るという時には、

「兄さん、いろいろお世話になりまして、御恩は死んでも忘れません」

と、立派に挨拶ができ、

「姉さん、姉さんにはなんといっていいのか、私――」

心から胸が詰ったように、わっとお銀の膝へ泣き伏していた。

ここで夢介がちょっと困ったのは、お銀の立場である。伊勢屋でももう話には聞いて知っているだろうが、いって見ればまだ内縁関係といったようなお銀なの

だから、いくら夢介でも晴れの席へ、女房としてつれて行くわけには行かない。といって、こんどのことでお松に一番力を入れたのはお銀だし、身寄といっては下谷の姉夫婦しか持たないお松としても、女一生の大切な席で、本当のたのみになるのは、お銀だろう、つれて行かないわけには行かないのだ。そこで、ただなんということなく、お松の姉としてつれて行った。

そのお銀に手を取られて駕籠を出た白無垢晴れ姿の花嫁は、器量こそ美人とはいえないが、なによりもぽったりと色白なのが、七難を隠し、散々お銀に力をつけられて心にゆとりが出来たせいか、初々しい中にもしっとりした落着きが備って、可愛い福相が案外品よく、誰が見てももう決して元の女中のお松とは見えない。そして、これも今日は、紋附袴で神妙にかしこまっている花婿《はなむこ》総太郎と、型の如く三々九度の盃ごとがすみ、嫁舅姑《よめしゅうと》の固めの盃がすむと、

「お松――」

誰よりも先に花嫁の肩を抱いたのは、あんなに見栄を気にしていた母親の方だった。

「おかみさん、申し訳ございません」

その手に縋《すが》って、花嫁は花嫁で、身の不始末を心から恥じ入るしおらしい顔で

ある。

「なんのお前、さぞ苦労をおしだったろう」

「いいえ、御心配ばかりかけて、私――」

「もういいから、体を大切にしておくれよ」

「勿体《もったい》ない、阿母さん」

その少しも見栄というもののない真実にあふれた嫁姑の姿は、まことに美しく、見ていた列席の親戚中がしいんと目頭を熱くしていた。

それを今、お銀は思い出しているのである。

塀の上から

「あの分ならお松さん、思ったより仕合《しあわ》せになれるんじゃないかしら」

人ごとではなく、親身になって自分が気苦労をしてやったことだけに、今朝はことにお銀はうっとりした綺麗な目をしていた。別の意味では、とにかくおらんだお銀と肩書つきの凄い姐御が、こん度は心から不幸な女のために功徳《くどく》をほどこしたのだ。やっぱり、豊かな気持だったに違いない。

「あのおふくろさまはやさしいひとだし、お松はあのとおり気立てのいい娘だものな、きっと仕合せになれるだ」

夢介もほっと肩の重荷をおろした気持で、そういえば、あれ以来俵屋の娘お糸には逢う機会もなくすぎているが、これもちゃんと伊勢屋の方から、挨拶があったことだろうから、今ごろはさぞすっかり安心しているだろう、とほほ笑ましくなってくる。

「なに笑っているの、夢介さん」

男の一顰《びん》一笑も決して見のがさないお銀だ。

「なあに、世の中はふしぎなもんだと思うのさ。一方では、話がまとまってよろこび、一方では、話がこわれてよろこび、おらたちはその両方へ働いていただからね」

「そういえばそうですねえ。けど、あたしはただ一つ心配があるんです」

「どんな心配ごとだね」

「あたしたち、せっかく骨を折ってああしていっしょにしたけれど、通人さんのいかもの食い、うまくなおってくれるかしら。それでお松さんがまた苦労するようだと可哀そうですものね」

その点、一通りや二通りの若旦那ではないのだから、これはもっとも心配である。

「まるっきりないともいえねえだろうな。けんどおら思うだ、本当に惚れた女子の真実さえあれば、男の浮気はだんだんなおる。浮気はすぐあきがくるけんど、真実は決してあきるもんでねえだ」

「でも、世の中には悪女の深情《ふかなさけ》ってこともあるのでしょう」

いってしまってからはお銀はしいんと淋しくなってしまった。こんなに惚れ抜いて真実をつくしても、自分の真心はまだ通じない。お松のお目出度い祝言を見てきたばかりの昨夜の今朝だけに、お銀は遣瀬《やるせ》なく、いっそ浮気でもいいから、お松のように、早くこの人に、身重にしてもらったら、どんなにか安心だろう、とさえうらめしいのである。

「そういえば姐御さん、伊勢屋の親父さまが昨夜、こんどは夢さんの番だな、その時はおれがきっと、どんなにも骨を折るから、っていっていたっけな。大旦那もこん度の姐御さんの骨折りは、心からよろこんでいなさるようだ」

それは目出度い酒の席になってから、夢介とお銀が並んでいる前へきて、お銀の顔と見くらべながら、総兵衛旦那がそれとなく言外に味を持たせた言葉だったのだ。お銀もちゃんと聞いてはいる。

「ねえ、お故郷《くに》の阿父つぁん、もし、あたしのような女でも、あの、身重になって、つれて帰られたら、なんておいいなさるかしら」

お銀はその時のことを夢見るように、そっと夢介の膝へ手をおいて、もっとなぐさめてもらわなくては、今日はどうにも気がすまない。

「おらの親父さま、おらを江戸へ道楽しに出すくらいだから、さばけていなさるぞ」

夢介がにっこりとしてみせる。

「そうかしら。あたしもお松さんのように、早く身重になってみたい」

「いいだとも。いまに双児でも三つ児でも、好きなだけ身重になるがいいだ」

「知らない、あんたは。まじめな話だのに」

お銀が思わず男の大あぐらをゆすりながら、体中を甘くしかけた時、庭の塀へ路地から身軽に飛びつく気配と同時に、ひょいとちんぴら狼の三太が恍《とぼ》けた顔を出して、

「へえ、こいつはいい眺めすぎらあ。日向ぼっこで甘ァいとござい」

近所かまわず一矢を放って、するりと、塀の上へ馬乗りになる。

「悪い子」

びっくりして、お銀が赤くなりながら、めっと睨めつけた。

「おお怖《おっ》かねえ、姐御さんは睨みが利くからなあ」

にやにやしているのだから、全く手がつけられない。

「兄貴《あにい》さん、ここへおりてこないかね」

夢介が笑いながらいった。

「お邪魔でござんしょう」

「なあに、いいんだよ。他の人ではねえから」

その家の者あつかいが気に入ったらしい。

「それもそうだな」

するりと庭へ飛びおりて、のこのこ縁側へ寄ってきた。

「こんにちは、お久しぶりでござんす。姐御さんはいつ見ても、いい女ぶりでござんすねえ」

「生《なま》おいいでない」

「ちょいとやきもち妬《や》いて見せてくれよ、このごろはいつきても甘いところで、ちっとも面白くねえや」

「こいつめ」

お銀が飛びかかって行って、いきなり両手で、三太の顔をつねりあげた。

「あれえ、お門が違うよ」

　別にえげつない悪態もつかず、おとなしくつねられているところを見ると、この悪たれも少し甘くなってきたらしい。

「お銀、冗談していねえで、茶でも入れろや」

「今入れますよ、この子のには唐辛子を入れてやるからいい」

　棄てぜりふを残して、茶の間へ立って行くお銀のうしろから、

「姐御さんは、甘いとこ邪魔されて、口惜しがってんだな、あんちゃん」

　と、わざと聞えよがしに浴せかけておいて、

「時にあんちゃん、お安い御用だ、ちょっと五十両ばかし、ふところへ捻《ね》じこんで、そこまで顔を貸してくんな。あんちゃんを男にしてやるから」

　声をひそめて、にやりとするのである。

「五十両で男になれるのかね」

「なれるとも、若い女を一人助けて、御恩は一生忘れませんと、ありがたがられて、そんなのあんちゃん好きなんだろう。けど胸倉をとられるといけねえから、姐御には黙ってきた方がいいぜ、じゃおいら、一足先へ出て、表で待ってるよ」

　いうだけのことをいうと、もうさっさと塀に飛びついている三太だ。

「あら三ちゃん、せっかくお茶を入れてきたのに、もう帰るの」

茶盆を持って出てきたお銀が、呆れて声をかけた。

「帰りますでござんす、いそぎますでござんす」

「唐辛子なんて冗談よ、栄太楼の羊羹を切ったのにさ」

「甘いのはさっきのでたくさんでござんす、こんどはやきもちの方にしてもらいやすでござんす。さいならでござんす」

その声はもう塀の外を駈け出していた。

「悪い子、あんなことといって御近所へ恥ずかしいのに」

「いいでねえか。まんざら嘘のことでもねえだから」

「知らない、あんたまで、そんな」

男を睨んだ目がもう甘くなっているのだから、今日のお銀はとにかく機嫌がよかった。

お下屋敷

「ちょっと、おら、そこいら歩いてくるから」

夢介は、なんともつかずにお銀にいいおいて、玄関からすぐ家を出た。表通りへ出ると、ちゃんと、三太が待っている。

「あんちゃん、おかみさんに嗅《か》ぎつけられやしなかったろうな」

「大丈夫だよ」

「そんならいい。あんまりやきもち妬かしちゃ、女は可哀そうだ。あんちゃんのおかみさんとくると、本気なんだもんな」

相かわらず小生意気ではあるが、悪たれで、人の厭《いや》がることばかり喜んでやりたがっていたちんぴら狼がこんな気になるのも珍しい。それでもいくらか人間らしくなってくれたのだろうか。

「兄貴さんもすっかり男になっただね。この間は身投げ娘助けたし、そういえば、ほれ、十日ばかり前に兄貴さんに家へつれてきてもらった娘な、おかげで昨夜伊勢屋の若旦那と目出度く祝言の式をあげただ。おらからも礼をいいます」

歩きながら、改って大きな頭を下げる律義な夢介だ。

「止せやい、あんちゃん、往来の真ん中でてれるぜ」

三太はくすんと一つ獅子っ鼻を鳴らして、

「けどなんだな、あんちゃん、男ってやつは一度やってみると、変に癖になりやがるもんだな。どうも女の方から、やたらに引っかかってきたがるんだから、やり切れねえや」

と、目を光らす。

「へえ、女の方からやたらに引っかかってきたがるかね」

「うむ、やたらに引っかかってくるんだ。今日のなんかもそうなんだ。朝っぱらから、左衛門河岸《さえもんがし》の材木置場のとこに、うすぼんやり死神に取っつかれて立っている腰元がありやがんのよ。男だから、黙って素通りもできねえや。どぶんとやられてからじゃ厄介だし、姐ちゃん、つまんねえことはよしな。死んで花実が咲くもんか、って知ってるけえ。女は土左衛門になると青んぶくれになって、上を向いて明けっぴろげているんだぜ。尻が重いから、どうしてもそうなるんだ。あんまりいい恰好じゃねえや、って教えてやったのよ。考えて見ると、男ってやつは、お節介なやつさ」

「お節介でも、それで人が一人助かれば功徳になるだ」

「おいらもそう思ってね、だから、訳を聞いて見たんだ。御主人の金を五十両掏《す》られたんだとよ。間抜けったらありやしねえ、おいら、その野郎を知ってりゃ、掏り返して、本当の男になってやるんだが、その野郎がわからねえんだから、仕様がありやしねえ。けど、放っときゃどぶんだ。そうだ。こんな時あんちゃんを男にしてやるに限る、と思ったのよ。姐ちゃん、心配しなくてもいいぜ、この近所においらの懇意にしている夢介さんていう、小田原の大尽《だいじん》がいる。人間はちょいと田吾の方だが、あんちゃん、悪くとりっこなしだぜ、人間はちっとばかし甘いが、極くお人好しだからな、きっと五十両貸してくれるだろう。おいらが一つ話してみてやろう、と男のお節介をやったってわけなんだ。頼むぜ、なああんちゃん」

「どこにいなさるんだね、そのお腰元さんは」

「あれだよ。そら、あの新シ橋のところへ立って、まだ神田川を眺めてらあ。なあに、もう飛びこめるもんか、明けっぴろげて、仰向けに流れるんだっていってやったら、真っ赤になって身ぶるいしていたもの」

なるほど、橋の袂の柳の木の下に、紫矢絣《むらさきやがすり》を着て、帯をやの字にしめた若い腰元風の娘が、しょんぼりしたうしろ姿を見せている。ぱっと駈け出した三太が、

「姐ちゃん、お大尽をつれてきてやったぜ」

と、かまわず大きな声を出した。

びっくりして振り返った娘は、大股に近づく夢介をちらっと見て、さすがにも

じもじと赤い顔をした。十七八とも見える、ぽったりとした色白な娘で、どこか淋しい面立である。

「じゃあんちゃん、これからの男はおめえに譲ったぜ、さいなら」

やっぱりてれるのだろう、ちんぴら狼はにやりと笑って、あまり悪い気持ではないらしく、躍るような恰好で浅草橋の方へ駈け出した。

「失礼だが、お前さまはお金を掏られなすったそうでごぜえますね」

その腰元の前へ出て、誰にでも親切でていねいな夢介だ。

「はい」

腰元はどぎまぎしながら、ひっそりとうなだれてしまう。

「あの小僧さんから今話を聞いたが、御主人さまのお金だっていうことだが」

「申し訳ございません。私、どうすればいいかと思って、ぼんやりして歩いていたのが悪かったのでございます」

「なあに、力を落さねえがいいだ。江戸は生馬の目を抜くとこっていうから、気をつけて歩いていても、狙われれば仕方がねえだ。災難とあきらめなさるがいい」

「はい」

「五十両あればいいのかね」

「番町の御本家から受取りまして、お下屋敷へ帰るところだったのでございます」

「これ、お貸ししますべ。こんど度は落さねえように、内ふところへしっかり入れて行きなさるがいい」

夢介は無造作《むぞうさ》に切餅二つ五十両、ふところからつかみ出した。

「いいえ、そんな、そんな、見ず知らずのお方から、大金を、困ります、私」

「心配しねえがいいだ。大金には違いねえけんど、大切に費《つか》ってもらえば、誰が費っても同じ五十両、困っている時はお互いさまだものね」

茫然《ぼうぜん》としている娘の冷たい手へ、無理に五十両わたして、そのまま帰ろうとすると、

「いいえ、お願いでございます。助けると思って、それならいっしょにお屋敷へ行って下さいまし。それでないと、私、叱られます」

腰元はひしと夢介の袂に縋って放そうとしない。娘としては、五十両からの大金、黙って貰って行ってはすまないし、屋敷へかえって、訳を話して、叱られても困る。といって、掏られたことをいわずにいられるほど、世間ずれた心にもなれないのだろう。

「お屋敷はどこだね」

「向島の水神《すいじん》の森にお屋敷がございます」

それは大変だ、行って帰って三里の道は十分ある、と、つい当惑した色が顔に出たに違いない。

「いいえ、御迷惑は決しておかけしません。船でまいればすぐでございますから」

娘は必死の顔色である。

どうも仕様がない、乗りかかった船なのだ。それにただ金だけで人が助かると考えたのは、あまり虫の好い話だったと気がついたから、

「それじゃお屋敷まで送って行くべ。仏作って魂入れずでは、なんにもなんねえものな」

夢介はとうとう男をきめこんでしまった。

腰元のたのみ

柳橋から屋根船を仕立てさせて、大川をさかのぼり、蔵前から駒形、吾妻橋、

向島、そして梅若の墓があるので有名な木母寺《もくぼじ》のそばの水神の森までくるには、船でも相当の時間がかかった。その間中、腰元の口から聞いたのは、自分は菊といい、お下屋敷には御後室様《ごこうしつさま》が隠居されている。御本家は番町にあって、三千石取りの旗本だ、その本家へ使いにやられて、用人から五十両受取って帰る途中、浅草橋のあたりで若い職人態《てい》の男にぶつかられたが、それが掏摸《すり》だったらしい。

「お屋敷の名前は、向うへ行けばわかりますから、今は聞かないで下さいまし」

そんなことを一通り話しただけで、余程無口な性質らしく、お菊は無駄口は一口もしゃべらなかった。ただ時々ため息をついているのは、叱られるのが怖いのだろう。

「決して心配しなくてもいいだ。過《あやまち》ってことは誰にでもあることだからね。おらからよく訳を話してやるから――」

夢介は可哀そうになって、時々なぐさめてやった。

水神の森へ船がついたのは、もうとっくに午をすぎた時分で、そのかわり下屋敷はすぐ川べりにあった。屋敷内は相当広いらしい、森閑としている。内玄関からお菊に案内されて、一間へ通り、用人でも老女にでも逢ったら、一通り訳を話してすぐ帰るつもりだったが、さてなかなか誰も出てこない。

「おかしいな、こんなはずはねえと思うが――」

二時間ばかり待たされて、いくらのんびりしている夢介でも、いい加減しびれが切れてきた。第一、昼飯を食っていないので、腹が空いて仕方がない。

「なんだか狐に化かされたような気持だぞ」

家の中はひっそりとして、さっきから人の声一つしないのだ。が、そこは生来のんき者だから、別に腹も立てず、仕様がない、もう少し待って見て誰も出てこなかったら、黙って帰ろうと、馬鹿正直に行儀よく坐っていると、障子に明るい日ざしがやや斜になりかけるころ、やっと衣ずれの音がして、襖《ふすま》があいた。打掛を着た三十二三の、顔は少し強くて冷たいが、なかなか美人の中老さまである。どこかで見たことのあるような顔だ。紅色羽二重《はぶたえ》の裾《すそ》をあざやかにさばいて、品よく坐って、

「お待たせしましたね、相州小田原在の百姓夢介というのはそなたかえ」

なかなか権式《けんしき》が高い。

「はあ、おらその夢介でごぜえます」

「御後室さまがお目にかかると仰せられます。案内してつかわしましょう」

「飛んでもねえことでごぜえます。お菊さまというこちらのお腰元さまが、災難

にあいまして、お叱りがなければそれでおらの役目はすみますので、お中老さまから、よろしく申し上げて下せえまし」

「それはわかって居ります。とにかく御後室さまがお目にかかると仰せられているのですから、御辞退は失礼にあたりましょう。おうけしなければいけません」

まるで叱られているような感じだ。

「はあ、失礼にあたりますかねえ、おらお屋敷方の作法、土百姓でまるっきり知らねえもんだから、かえって、御無礼があっちゃなんねえと思うだが」

「その心配には及びません。お気楽なお方さまですから気兼なくついてくるがよい」

「そうでごぜえますか」

あまり気は進まなかったが、相手はかまわずすっと立上るので、仕方なく夢介も立った。恥ずかしいが、足がしびれてうまく歩けない。いそいで撫でながら、びっこをひいて我ながらおかしな恰好だった。長い廊下を二つ三つ曲《まが》って行く中に、その廊下の雨戸がすっかり閉めきってある一棟へ出て、あたりが急に暗くなった。その奥の障子に、ぼうっと灯かげのさしている座敷がある。

「あれがお居間ですから、遠慮なくお障子をあけて、中へ入って、お言葉をたまわってくるがよい。私はここで待っていてあげます」

「おら、一人で行くんでごぜえますか」

「そうです。一人でよこせという仰せです」

少し様子が変だな、とは思ったが、中老さまがそこへ立止ってしまったので、

「そんならちょっと御挨拶をしてきますべ」

夢介はおじぎをして、その灯のともっている居間の前へ進んだ。さすがに御後室さまの住んでいる屋敷らしく、その辺まで甘い香の匂いが漂ってくる。

「真っ平御免下せえよ」

恐る恐る障子をあけて、中を見て、なんとなくどきりとした、八畳ほどの立派な座敷の真ん中へ、御後室さまは酒肴の膳を前にして、きちんと坐っている。濡れ濡れとした切髪で、年ごろは中老さまと同じ三十二三でもあろうか、やや肥り肉の、品よく下ぶくれのしたたいい器量だが、厚化粧で口紅が濃く、紫羽二重の被布《ひ ふ》という姿が、いろっぽいというより、むしろ淫蕩《いんとう》な匂いが濃厚なのだ。

「おお吉弥《きちや》か、よう参ってくれました。遠慮なくこれへ進みますように」

見つめて、うれしげに、にっこり笑った目が、もうとろりと酔っている。

「いいえ、御後室さま、おら、夢介という百姓でごぜえます」

「ほ、ほ、性悪《しょうわる》な。そなたはまた妾をじらす気かえ。機嫌をなおして、早うここへ来やというに」

「飛んでもござえません、おら、困るでござえます」

「困ることは少しもない。どれ、そんなら妾が手を取ってあげましょう」

すっと立ってきて、媚態を作りながらそばへ坐って、膝へ、もたれかかるようにながし目を使う。

「吉弥、今夜はもう帰さぬぞえ」

体中に三十女の淫蕩な血が熟《う》れたぎっているようなむせっぽい肌の匂いである。昔話にある吉田御殿、いや、これはどうやら色気ちがいだ。常人ではないと気がついたとたん、さすがの夢介もぞっとしてしまった。中老さまはお気楽なお方さまといっていたが、なるほど、これ以上気楽な者は世の中にあるまい。

「しかし、それにしても、おらどうしてこんな目にあわされるのだろう」

ただの冗談ごとではないようである。はっと、気がついて、

「まあ、ちょっと待って下せえまし」

狂女を無理に押し放し、いそいでさっきの廊下まできて見ると、そこに待っているはずの中老さまの姿はなく、そこに五寸角の頑丈な格子戸がぴたりと閉め

切ってある。来る時は暗くてよくわからなかったが、これは前から座敷牢に拵《こしら》えてあるものだ。

「吉弥、妾をおいてどこへ行きます。そなたの好きに、帯も解こうし、なんでもする、機嫌なおして、もうどこへも行っては厭じゃ」

追ってきた狂女が、ひしと腕にすがりついてさめざめと泣き出すのだ。

「さあ困ったぞ」

これはたしかに、誰かに計られたことに違いない。夢介は途方にくれて、脇の下へ冷汗さえ感じてきた。耳を澄ましても、ひっそりしていて、他に物音一つ聞えないのが、陰々として、よけい化物屋敷じみる。

気になる夢

「お銀、――お銀」

呼ばれて、はっと目をさますと、夢介が、いつものこのんびりした夢介ではなく、しょんぼり枕元へかしこまっていた。そういえば声にもなんとなく張りがなく、たとえば遊びほうけた子供が時刻を外《はず》して帰り、親に叱られはせぬかと小さくなっている。そんな哀れっぽい姿なのである。

そうだ、この人は今日、朝家を出たっきり、寝るまで帰ってこなかった。どんなにあたしが待ちこがれていたか、たしか枕についたのは九つ（十二時）すぎだから、もう明け方に近いのではないだろうかと、お銀は思い出し、知らない、憎らしい、外方《そっぽ》を向いた。

「お銀、怒っているのかえ」

そんな甘い声を出したって、誰が返事なんかしてやるもんか、とぷんぷんしながら、やっぱり可哀そうになって、

「今までどこをうろついてたんですよ、夢さん、引っ掻いてやるから、じれったい」

思わず邪慳にその手をつかんで、床の中へ引きずりこみながら、おお冷たい、まるで氷のような体をして、と、ぞっとちぢみあがったとたん、こんどこそはっきりと我に返った。

「夢――」

お銀はぽかんとした気持で枕元をさがす。あまりにもまざまざと男の姿を見て、夢とは思えないのだ。が、枕をならべて敷いてある男の寝床を見ても、夢介はま

だ帰っていなかった。

「どうしたのかしら、本当に」

実は、寝るまではやきもちの虫が騒いで、一人でぷんぷん怒っていたお銀だが、今は妙に淋しい。いや、しょんぼりしていた夢の中の男が、そんな姿はまだ一度も見せたことがないだけに、ふっと気にさえなってくるのだ。

「やきもちはあたしの病気だから仕方がないけれど――」

本当は妬くことなんか少しもない安心な男なのである。ただいつまでも赤ん坊を生ませてくれないから、時々気がもめるだけで、ちゃんと固い夫婦約束はしてあるのだし、とても可愛がってはくれるし、正直にいえば、いつも手のとどくところにいて、手を出してくれるのを待っているあたしにさえ、鼾《いびき》ばかり聞かせている男なのだから、決して他の女と浮気などはするはずはない。

それに、帰らないのは、なにも女遊びとばかりは限らない。何か間違いでもあって、帰りたいにも帰れないのではないかしら、そこはお人好しで少しのんびりしすぎている人だから、この間のようについ詰らない美人局《つつもたせ》に引っかかったりするのだ。今のが正夢だとすれば、どうにもただ事ではない。誰か悪い奴にでもつかまって、苦しめられて、あんまり苦しいもんだから、苦しまぎれに、お銀、お銀と魂がひとりでにあたしのところへ救いを求めにきたのだ。人の魂などというものは、切羽詰るときっと日頃一番思っている者のところへ帰ってくるものなのである。だからあの人の魂も、夫婦は一身同体というから、正直にあたしのところへ帰ってきてくれたのに違いない。

「どうしよう、あの人が苦しんでいるのに、こんな安閑として寝ているどころじゃない」

　お銀は我にもなく床の上へ坐りなおった。いつも男心をひくようにと、寝化粧をして緋縮緬《ひぢりめん》の長儒絆の寝まきにしているお銀だが、今夜はそんな浮いた心のなまめかしささえ自分でうとましい。

「大金は持っているし、もしやあの人、もう死んでいるんじゃないかしら、鶴亀、鶴亀、なんだってそんな縁起でもないことを考え出すんだろう」

　あわてて打消しはしたが、夢の中で引きよせた男の体の冷たさ、それがはっきり肌身に残っているようで、ぞっと身ぶるいが出る。

「生きていて、夢さん。今夜だけは、少しぐらいお道楽してもいいから、死んじゃ厭だ」

　道楽されるのも辛いけれど、こんな怖いことを考えさせられるよりまし〻である。

きりきりと胸が痛んできて、居ても立ってもいられない。

「せっかく魂が出てきたくせに、どうして居どころぐらいいわないいんだろう、あの人の魂だから、魂までのんびりしているんだわ、じれったい」

お銀は目を吊りあげながら、何かに追い立てられるように、せかせかと外出の支度をしていた。畜生、どいつもこいつもみんな息の根を止めてやる。もしあの人が殺されているようなら、この世になんの未練もありやしない、あたしだって、おらんだお銀だから、きっと敵をさがし出して、一世一代の復讐をしてやるからおぼえておいで、と、だんだん凄い姐御に返りながら、一方では、夢さん待ってて下さいよ、すぐ後から追いつきますからね、勘の悪いあんた一人じゃ、とても鬼のいる冥土の旅なんか出来やしないんだから、ともう死んだものにきめて、ぽろぽろと涙がこぼれ、我ながら少し気が変になってくるのだ。

三太の話

夜が明けたら、すぐに、家を出ようと思っていたお銀だが、どこといって当があるわけではなし、それに明るいお日さまの顔を見ると、夜の怪しい悪夢も、夢なんだからといくらか気がしずまり、ことによると、お銀いま帰ったよと、案外涼しい顔をして、今にもひょっこり帰ってきそうな気もしてきた。それならそれで、今朝はなんにも文句はない。どうか無事な顔を見せてくれますようにと、お銀は明け方からの外出姿のまま、長火鉢へ炭を足しては鉄瓶をたぎらせ、左の肘《ひじ》を突いて重いこめかみを支えながら、ため息ばかりついていた。

「こんちは——」

がらりと玄関の格子があいたのは、まだ霜の消えない朝で、はっとお銀は腰の方が先にういたが、無論夢介の声ではなく、がっかりして、

「三ちゃんかえ、お入りなさい」

それでも愛想よく声はかけたが、正直に腰の方がそのまま坐ってしまった。立たなくても、ちんぴら狼なら気が向けば勝手に上ってくるし、気が向かなければ、わざわざ立って行っても、ふいと帰ってしまう風来坊なのである。

「へえ、姐御さんのおかみさん、朝っぱらから、おめかしで、馬鹿にきれいなんだなあ」

果してずかずか上ってきた三太は、襖をあけて、そこに突っ立って、にやにや笑いながら、さっそく何か嗅ぎ出そうとする狡《ずる》い目つきだ。

「昨日の羊羹とっといたから、坐ったらどう。そんなところに突っ立ってないで」

お銀は茶箪笥から、昨日の菓子鉢を出して、猫板の上においた。

「お見うけしたところ、あんちゃんは留守のようでござんすね、姐御さん」

「ええ、留守よ」

「留守って、ああわかった、姐御さんが、そんな辛気《しんき》くさい顔をしているところを見ると、昨夜から帰ってこないんだな」

「そうなの。だから心配してるところなの」

茶を入れながら、今朝のお銀は、あけっぱなしだ。しめた、というように三太が目を輝かして、そろりと長火鉢の前へ坐る。

「どうしたの、人の顔ばかしじろじろ見て」

「変だなあ、やきもちの角《つの》ってやつは、人間の目じゃどうしても見えないもんかな」

「ふ、ふ、三ちゃんにゃ見えないでしょうよ」

「へえ、じゃ誰に見えるんだえ」

「そうねえ、あたしの角を見てくれるのは、あの人だけ」

「ちぇっ、手放しでのろけてやがら。面白くねえ」

「はい、おのろけ賃――」

その小ましゃくれたちんぴらの鼻っ先へ、お銀は箸で挾んだ羊羹をひょいと突きつけた。

「お茶を遠慮なく召しあがれ」

「召しあがるさあ、けど姐御さん、この頃はあんちゃんに甘ったれるだけで、もうやきもちの方はやめたのかえ」

「そんなことないわ。あたしはやきもち妬きだから」

「だって、昨夜あんちゃんが帰ってこないのに、ちっともおっかねえ顔していないじゃないか」

「そうかしら」

「あんちゃん、あれでなかなか隅へおけねえんだぜ、知ってるかい」

「なにを――」

「新いろってやつができちまったんだぜ。嘘じゃねえぜ。おいら、昨日その新いろにたのまれたんだ。だから、わざと塀を乗り越えてそっとあんちゃんに教えてやろうと思ったら、あいにく姐御さんが甘ったれている最中なんで、ちょっとまごついちまったんだよ」

「本当、三ちゃん」

じっと見つめて、なんとなくお銀のきれいな目が生々とうるんでくる。

「本当さ。おいら嘘と塩辛は大嫌いでござんしてね。なにを隠そう。昨日左衛門河岸を通りかかると、そうだなあ、年頃十六七の、ぽったりとした人形のようなお腰元がぼんやり立っているんだ。まるで芝居に出てくるお軽勘平《かるかんぺい》のお軽さ、おいらが子供だもんだから安心したんだな、通りすぎようとすると、もうし、ときやがった。なんでえ、お腰元さん。あなた、あの、たしかにこの御近くとうかがってまいったのでございますけれど、もしや小田原在から出てきている夢介さんの仮住居を御存じではございませんでしょうか。真っ赤な顔をしやがった、嘘じゃねえぜ、本当なんだから」

「だから、あたし、一生懸命聞いているじゃありませんか。それからどうしたの」

事実お銀はさっきからじっと目を据《す》えているのだ。と見てとったちんぴらは、

「詰んねえな。こんないい話、ただってことはねえや。一分はずまねえかな。ここからがいいとこなんだぜ」

と、狡く笑って見せる。

「いいわ。はい、お話賃」

なんでもいいなり次第のお銀だ。

「すまねえな。じゃ、つづきを話すよ。おいら、いってやったのさ、夢介さんの家なら知ってるけど、お前さんは誰だえ。私はあの、夢介さんと同じ村の者で、今は小田原の殿さまのお屋敷へ御奉公に上っています。実はぜひお故郷のことで、夢介さんにそっと、お話しなければならないことがあるものですから、ってもじもじするんだ。そっとお故郷のお話だなんて、こいつ臭いな、とおいらすぐぴんと来ちまったんだ。わかってらあね、同じ村だっていうんだから、その同じ村で、あんちゃん、あれで田舎へ行きゃいろ男のほうだからね、盆踊りの晩かなんかに、ちゃかぽこ、ちゃかぽこ、ちゃっぽっぽって、桑畑かなんかへくわえこんだのさ。わかってらあな」

「三ちゃん、鳴物まで入れなくたっていいわ、それでそのお腰元さんに逢ったの」

「ああ逢ったよ。姐御さんにゃすまねえけど、おれがあんちゃんをつれてってやると、とてもよろこびやがって、あんちゃんの方も、まんざらじゃねえようだった。にこにこして、袂の蔭で、そっと手なんか握って、二人で、屋形船へのったぜ。それから先は、どんなことをしたか、おいら子供だからよく知らねえ」

「嘘じゃないんでしょうね。三ちゃん」

お銀が念を押す。

「嘘なもんか、一分貰って嘘をついちゃ仁王さまに踏んづけられらあ」

「じゃ、その船宿へ行けば、二人がどこへ行ったかわかるわね」

「行くのか、おかみさん、こいつあ面白くなった」

小生意気にピシャリとおでこを叩いて見せる。

「いいえ、それがほんとうなら、あたしが行っては悪い。三ちゃんに、そっと二人の行先を、調べてもらいたいの、実はね、あたし今朝方、厭な夢を見てしまったんです」

「へえ、どんな夢だえ」

「あの人があたしの枕元へ、しょんぼり坐って、お銀、お銀って呼ぶんです。まるで氷のような冷たい体をして、死んだ人の顔だったもんだから、正夢だったらどうしようと思って、胸が痛あくなってしまった、お金ならいくらでもあげるから、あの人が無事だったとたった一言、知りたいんです」

いっている中に、いつになくお銀は胸が迫ってきて、すうっと涙があふれてしまった。

「詰んねえ夢を見たんだなあ」

ちんぴら三太はなんとなく興冷め顔である。

「夢といってしまえばそれまでだけれど、いいえ、本当に夢ならこんなうれしいことはないんです。そのお腰元さまと、どんな仲だろうと、あたしは決してやきもちなんか妬かないから、あの人の無事なところ見てきて、そっと教えてもらいたいの、行ってくれる、三ちゃん」

「さいなら、——おれ、この一分返さあ」

ちんぴら狼は握っていた一分銀を、猫板の上へ投げ出して、ぷいと立上った。

「待って、三ちゃん、そんなら、今の話、嘘かえ」

「みんな嘘じゃねえや。いいよ、待ってな、畜生め、おれ夕方までに、きっとあんちゃんを探してきてやる。夕方またくらあ。さいなら」

怒ったような顔をして、三太は、もう風のように茶の間から玄関へ飛び出している。

おしゃれ狂女

その頃――。

水神の森の奇妙な下屋敷へつれこまれた夢介は、夜も昼も雨戸を閉め切った行《あん》燈《どん》の世界の座敷牢の中で、相かわらずおしゃれ狂女の飯事《ままごと》の相手をさせられていた。

たしかにこれは妖《あや》しくも、濃厚な飯事に違いない。狂女は吉弥と呼ぶ寵愛の男を失って気が狂った旗本大身の御後室さまででもあるのだろうか、始めから、夢介を吉弥と呼び、しとやかにまつわりついて離れないのである。昨日はしきりに酒をすすめられた。

「おら、酒は飲めねえでごぜえます」

夢介は固くことわると、

「そんなら妾が飲みます。酌をしてくれますかえ」

膝にもたれて、ながし目をして、盃を出す。狂女とわかったから、もう逆わず、酌をしてやると、うれしそうに飲んで、その盃をまたくれるという。

「さ、吉弥にとらせよう。今宵は遠慮なくすごすがよい」

「堪忍して下せえまし。おら、酒は飲めねえでごぜえます」

いくら夢介がのんびりしていても、得体の知れない座敷牢の中で、狂女を相手に酒を飲む気にはなれない。

「そなたはなにをそう拗《す》ねているのでしょう、妾の酌では気にいらぬのかえ」

「拗ねているのではござえません。それより、お前さまはどなたさまでごぜえますな」

それとなく、やさしく持ちかけてみた。

「ほ、ほ、性悪な、ここはそなたと二人きり故、なにも恐がることはないと、さっきからゆうているではありませんか。妾はもうそなたの女房も同じこと、どうなりと好きにするがよい」

とろんと美しい目を据えて、やっぱり正気ではない。他愛もなく夢の中の吉弥を相手に逢う瀬の首尾をよろこび、たわむれ、掻きくどいている中に、一本の銚子がつきかけ、それを一人で飲んだから、狂女は酔って夢介の膝へ突っ伏してしまった。

「お前さま、苦しくなったかね」

悪酔でもしたかと思って、そっとその背中を撫でていると、いい気なもので、ぐっすり眠っているのである。ほっとして、さあわからねえことになったぞ、と夢介は全く当惑してしまった。

これは、何者かが始めからたくらんだ仕事としか思えない。あの可愛い腰元が金を落したというのも嘘で、それはここへ自分を監禁する手段だったのだろう。さっきの中老さまもその一味だし、ちんぴら狼の三太は、あの腰元にうまく利用されたのだ。とすると、相手はよっぽどこっちの事情にくわしい奴に違いない。

一体目的は何なのだろう。金かしら、金ならその中には埒があくだろうから心配はないが、昔の吉田御殿のようにこの狂った御後室さまの生餌《いきえ》につかまえられたのだとすると、生きて再びこの座敷牢は出られないことになる。

「えらいことになったぞ」

さすがに夢介はぞっとして、狂女を静かに膝からおろし、そのまま行儀よく眠りこけているのを幸い、一通り部屋の中を調べて見た。調べるといっても十畳一間きりのことだから造作もない。正面は床の間と並んで一間の押入があり、押入の中には寝具、長持、鏡台などきちんと入れてある。一方は次の間へ行く襖で、襖の外は無論牢格子がはめてあった。南から西へ廻り縁になって、ここは牢格子の外側に雨戸が閉めてあり、西の縁の突きあたりに厠《かわや》がついている。厠の窓の格子越しに見える自然の雑木林になっていて、冬の日の暮れやすく、いつか寒々とした黄昏《たそがれ》の色にかわっていた。雑木林の向うは隅田川に違いない。その西の空にわずかに夕焼が赤く残っているのもわびしい。

「お銀――」

ふっと呼んでみて、夢介はじいんと胸が熱くなってしまった。ことによるともう生きては逢えないかも知れないと思うと、やっぱり一番いとしく懐かしい女である。

「とうとうおかみさんにしてやれなかったねえ」

午前にふらりと家を出たきりなのだ。さぞ今ごろはなんにも知らずに、やきもきして、じれて、ぷんぷん怒っているだろうと、そのつんとした白い顔を思いうかべ、可哀そうでたまらなくなる。

「吉弥、――吉弥」

いつまでそこに佇んでいたのだろう。ふっと狂女の呼び立てる声が悲しげに聞こえ、すり足で廊下を走ってくる気配がした。

「ああ、ここにおいでだったのかえ」

まあよかった。という顔をかくさず、にっこり媚びを含んで、手を取り、

「さあ、いっしょにお風呂へ入りましょうねえ」

しとやかに座敷へつれ戻すのである。

「へえ、お風呂でごぜえますか」

夢介にはどうも納得が行かない。

夜の世界の座敷へ帰って見ると、いつの間にか今までの膳は片附き、床の間に金蒔絵をした立派な手洗盥《てあらい》が出ていた。湯が入っている。はてな、と見ている中に、狂女はそっちを向いて静かに帯を解きはじめる。いく本か、下締めの細帯を解いている風だったが、やがて盥の前へしゃがんで、ふわりと下着ごといっしょに着物を脱ぎすてた。紅の花が散ったかとなまめかしい中に、女盛りの白々した狂女のゆたかな素肌が、白虹のような、妖しい光沢をたたえて、あっと夢介は目のやり場がない。

「見ては恥ずかしい――」

狂女はむっちりとはずむ胸乳《むなぢ》を押えて、ちょっと恥じらう風だったが、けろりと忘れたごとく、やがて手拭を湯でしぼっては、顔から襟、腕、胸と、余程癇《かん》性《しょう》と見えて体中を丹念に拭き始めた。

「そなたもお入り、洗ってあげるから、恥ずかしいかえ」

「いいえ、おら、どうも風邪気のようでごぜえますから」

「さっぱりするのにねえ」

　さっぱりどころか、この寒中、さぞ寒いだろうと思うのだが、狂女は一向に感じぬらしい。すっかり拭き終ると、その盥を違い棚の上へおいた。そこにあった鈴を鳴らすと、違い棚の向うの小窓があいて、白い手が、つとその盥を引取って行く。なるほど、あそこがすべての差入れ口だな、と夢介は初めて合点が行った。

　その間に狂女は裸のまま押入の前に行き、派手な長儒絆の寝まきを出して着て、しごきを前で結ぶ。こんどは鏡台に向って髪をなでつけ、それがすむと脱いだ衣類をすっかりたたんでみだれ箱に入れ、部屋の隅へおいて、蒲団を敷きはじめた。それが敷き終るまで、全くそばに人のいるのは忘れている風だったが、枕元を屏風でかこって、ちゃんと寝支度がととのうと、はじめて夢介の坐っているところへきて、にっこりあふれるような媚びを含みながら、じっと手を取るのである。

「おら、まだ眠くねえで、お前さま先に寝るがいいだ」

　いくら相手が狂女でも、これは夢介いささか赤くならざるを得ない。女はかむりを振って、手を引っ張る。夢介が同じようにかむりをふって動かないと、

「そなたは、そなたは妾を棄てる気かえ」

嚇《かっ》と燃えるような目になりながら、体中へたぎってくる男ほしさの情熱に身もだえして、まつわりつき、狂女だから今は見栄も恥もなく、執拗にからんでくる濃厚さ、熱い女の肌いきれと、その熟れ切った肉体のたわわに、妖しいなまめかしさに夢介もなんとなく心乱れ、恐しい色地獄、そう気がついたとたん、なやましい、煩悩を振り切るように、裾を乱した女の体を軽々と抱いて立ちあがり、

「お前さま、静かに眠るだ。おら、子守唄うたってやるべ」

ねんねんよう、おころりよう、と必死に口ずさみながら、ぐるぐると座敷中をまわりはじめた。

かつて幼かりし日、死んだおふくろさまの口から聞かされた懐かしくも聖《きよ》い子守唄である。繰り返し繰り返しうたいまわる中に、煩悩はいつしか次第に、しずまり、ほろりほろりと涙が流れてきた。悲しいのでもない。口惜しいのでもない。前世にどんな宿縁があるかは知らず、同じ座敷牢へ閉じこめられて、狂女を抱いて母の子守唄をうたう、抱いている狂女が他人のように思えなくなってくると同時に、哀れでたまらない気がしてくるのだ。

狂女は逞《たくま》しい胸の中へ抱かれ、しがみついて、しばらく身をもんでいたが、

耳に静かな子守唄を聞き、体中を軽くゆすられて、これもだんだん昂《たか》ぶっていたみだら心がしずまってきたのだろうか、やがて身もだえをやめ、放心したような目をあけて、まじまじと男の顔を眺めつづけているようだったが、その中に手足がぐったりとなって快い眠りにとけこんで行ったようだ。そっと寝床へ移してやっても知らずに、育ちを思わせるような品のいい顔をして、安らかな寝息を立てているのが、一層あわれ深かった。

こうして翌朝目がさめると、再び色地獄の飯事が繰り返されるのである。

迎えの駕籠

お銀は一日中、もしや夢介から何かのたよりはないか、もうちんぴらの三太が何か手がかりをつかんできてくれそうなものだと、心待ちにしながら、とうとう夕方を迎えてしまった。

「おかみさん、少しでも御飯をあがらないと体にさわりやしませんかね」

婆やが心配して、わざわざ海苔巻まで拵えてくれたが、どうしても喉《のど》へ通らない。

「いいのよ婆や、いまにあの人が帰ってきさえしたら、びっくりするほど食べてみせるんだから」

「本当にねえ。どうしたんでしょうね。こんなことは一度もなかったのに」

「きっとよっぽど気に入ったひとでも見つかったんだろうねえ、帰ってきたら、あたし、今日こそ、大やきもちを妬きますからね、笑っちゃ厭だよ、婆や」

おかみさんの大やきもちは、散々見ていて珍しくはないが、旦那が帰ってこないのにこんなおとなしい顔して冗談までいうお銀は珍らしい。それだけに今日のお銀の胸の中にはただのやきもちではなく心配の方が大きいのだ。

午をすぎてからは、もう夢介の無事に帰ってくる望みは絶えた。ただ待たれるのは三太のたよりばかりである。

悪たれ者というものは、妙な意地があって、夕方までにきっと知らせてみせると大きな口を利いたからには、きっと無理をしてもそれを果さなければ、二度とその人の前へ顔が出せなくなるものなのだ。お銀も前身が前身だから、今日のちんぴら狼の約束は、信用してもいいと勘で感じていた。

無論三太の口から出任せは、話を聞いているうちに、お銀にはすぐわかった。しかし、昨日お軽のような腰元かどうかは知らないが、あの人を呼び出して、どこかの腰元に逢わしたのは本当なのだろう、そして、二人で屋根船に乗りこんだという。これも本当だ。そこを見ていたから、三太はその船宿へ走って、船の行く先を聞きに行ったのだ。

それがいまだに帰らないとすれば、船のついた先はわかったが、それから先の手がかりがつかめないに違いない。

「一人で苦労しているより、早く帰ってきてくれた方がいいんだけれど」

初めから本当の話をくわしく聞かせてくれれば、また探しようもあるのにと思う。とにかくこれは容易なことではなくなってきたと思うにつけても、一刻一刻が骨身を削られる思いのお銀だった。そして、その夕方、がらがらと格子があいた時、そのあけ方で、三太じゃないとすぐわかったほど、お銀の勘は鋭く昂ぶっていた。

「おかみさん、あのなんです。若党さん風の人が見えてこれを――」

取次に出た婆やが、なんとなく不安そうに、大袈裟な定紋《じょうもん》つきの文箱《ふばこ》を捧げてきた。

「そうお」

受取って、あの人のことだと思い、凶か吉か、きりきりっと胸は引きしまりはしたが、顔色一つ変えず、落着いて文箱をひらくお銀である。

「都合により夢介の生命をお預りおき候、迎えの駕籠にて神妙にお越しあれば、対面いたすべく、委細はその節御相談申上候、呉々《くれぐれ》も神妙のこととお忘れあるべからず」

文面は至極簡単で、一つ目の社中一同とあり、宛名はお銀どのとなっている。

そうか、やっぱり一つ目の乞食大名、大垣伝九郎の仕事か、とわかって見れば、畜生、厭味な真似をおしでない。呉々も神妙のことだなんて、そんなにこの間の目つぶしが恐いのかえ、と今はびくともしないおらんだお銀だ。

それにしても、あの人が生きていてくれてよかった。生きてさえいてくれれば、たとえあたしの命をかけたって、きっと助け出さずにおくものか。夢さん、待ってて下さい、もう少しの辛抱だから、とお銀はそれまで我にもなく心の中で拝んでいた観音さまに、思わず合掌せずにはいられなかった。

「婆や、ちょっと出かけてきますからね」

「身仕度は明け方からすっかり出来ているのである。気軽に立上ると、

「おかみさん、いいんですか、本当に」

声をひそめて顔色をかえる婆やだ。

「心配しなくてもいいよ。火の元だけは用心して下さいね」

すらりと裾をさばいて玄関へ出る。

「お使い、御苦労さま、すぐまいりますからつれて行って下さいまし」

待っていた一癖ありげな若党が、さばさばとしたお銀の顔をちらっと眺め、

「承知しました。お供いたします」

と、鄭重《ていちょう》に頭を下げた。

「駕籠は表ですか」

「はい」

下駄をはいて表へ出たが、そこにも駕籠はない。若党がずんずん神田川の方へ歩くので、お銀は二度とは聞かず、澄して肩をならべて行った。夕方から江戸名物の空っ風が出て、お銀のなまめかしい裾を吹きまくる。

「風になりましたねえ」

「はあ」

「火事が恐いこと」

町駕籠ではなく、立派な黒塗の駕籠が、もう寒々と黄昏れてきた新シ橋の袂の柳の木の下におりていた。六尺が二人、傍にうずくまっていたが、こっちの足音

を聞きつけて、ぬっと立上る、それもあまり人相のいい方とはいえない。

「これですか」

「はあ」

「ごめんなさいよ」

お銀はためらう色もなく、六尺のあけてくれた扉口から駕籠へ乗りこむ。扉が閉ってごとりと錠をおろしたようだ。

「ふん、あまりひとを甘くお見でない」

元のおらんだお銀にかえれば、天下になにも恐いもののない女だ。あたしの恐いのはただ首ったけ惚れた夢さんだけ、そう思って、ふと胸が熱くなったとき、駕籠が静かに地を離れた。ごうっと空っ風が鳴っている。

体しらべ

お銀をのせた悪党共の駕籠は、途中で日が暮れて、長い間空っ風に吹きまくられながら進んで行く。どこへつれて行く気だろうと、思わないこともなかったが、ちゃんと覚悟をきめてのった駕籠だし、その行きついた先は夢介が待っていてくれる。そう考えると、どこへでもつれて行けという気持で、無論相手は悪どい一つ目の連中だから、どんな目にあわされるかわかったものではないが、そのかわり、されただけのことはきっと仕返しをしてやると、体を投げ出しているお銀なのだ。駕籠は始めの中、やたらに町角を曲《まが》っていたようだ。方向をくらますつもりだったのだろう。その中に長い橋をわたって大川端へ出たようだ。風あたりがひどくなって、坐っている膝のあたりから寒さが、しんしんと身にしみてきた。

「のろまだねえ。いつまでふらふら歩いてるんだ。いいかげん風邪をひいちまうじゃないか」

じれったいのをやっと我慢している中に、どうやら駕籠は森の中へ入ったらしく、ごうッと梢《こずえ》の鳴り騒ぐのが耳につき出し、しばらくすると、とんと地におりた。

「お着き」

若党がどなっておいて、駕籠の前へきてことりと錠を外し、黙って扉をあけておじぎをした。

見ると、駕籠はどこかの武家屋敷の大きな玄関の式台へ横づけになっている。

「御苦労さん、寒かったでしょう」

悪びれもせず、お銀がすらりと式台へ出て立つと、正面の衝立《ついたて》の端に、十六七の腰元が一人ぼんぼりを持って出迎えている。

はてな、三太の話では、あの人は、誰か若い腰元にさそわれて船へのったといっていたが、この腰元じゃないかしら、とお銀はどうもそんな気がして、どう話のいとぐちをのっけてやろうかと考えている中に、玄関わきの使者待ち間へ案内され、腰元はなんとなく逃げるように、いそいでおじぎをして退ってしまった。

「やあお銀、よく出てきたな」

それと入れ違いに、どかどかと押し入るように面憎い顔を見せたのは、深川の悪七と相撲あがりの岩ノ松音五郎、そのうしろへ大刀を手にした、猪崎《いのざき》と呼ばれる剣客浪人がのそりと立つ。三人共この前第六天でお銀の痛烈な卵の目つぶしをくらい、一と月あまりも目が痛んで、ひどく不自由をさせられた連中だった。

「ほ、ほ、誰方《どなた》さまもお揃いで今晩は、あんまりよくも出てきたわけじゃありませんが、あたしの大切なあの人が御厄介になっているというもんですから、ちょいと御挨拶にうかがいましたのさ」

にっこり笑って、心にくいほど大丸髷《おおまるまげ》が色っぽい水際立った年増ぶりのお銀が、人前もなく体つきまでとろんとさせながらのろけてみせるのである。

「そうだとも、手前がおとなしくしねえと、今夜はあの田吾作《たごさく》の命がなくなるんだ。わかっているだろうな」

悪七がいまいましげに睨みつけた。

「わかってますとも、兄さんの目は蜆《しじみ》っ貝みたいだけど、よく睨みが利くんでねえ。おお恐い」

「なにを吐《ぬか》しやがる。一通り体を調べるからおとなしくしろよ」

「ほ、ほ、今日は目つぶしも何も持ってやしないから大丈夫、けどあの目つぶしは割によく利いたでしょう。兄さん」

けろりとしているお銀だ。

「余計な舌をたたくねえ。――おい、岩ノ松」

悪七が顎をしゃくって合図をすると、うなずいて、音五郎はお銀のうしろへまわり、両手をつかんで押えつけた。その間に悪七が前から、ふところ、帯の間、背中と、この前ですっかりこりているから至極念入りにさぐりまわる。

「いいかげんにして下さいよ、くすぐったいから」

「黙ってろい。猪崎さん、針一本持ってないようですぜ」

「その髪の簪《かんざし》を取りあげておけ」

さすがに猪崎は用心深い、いざという時の女の最後の武器まで取上げて、やっと二人の荒くれ男が手を放すと、お銀はけがらわしいものでも払うように、ふっふっと体中を吹いて、両手でも払い、

「すいませんけど、あたしは癇性でね、あの人にはなにをされたってうれしいけれど、他の男だと寒気がするんですよ。変な体なんですね」

と、又しても当てつける。

「それで、あの人はどこにお邪魔しているんでしょう」

「よし、見せてやるから、いっしょにこい。へたに野暮な声を立てると承知しねえぞ」

逢わせるといわず見せてやるからというからには、やっぱりどこかに監禁されているのだ。が、もう死んだのではないかとさえあんなに辛かった恋しい男に、とにかく二日ぶりで生きて逢えるのだと思うと、うれしいような、悲しいようなさすがに胸がわくわくせずにはいられないお銀である。

それにしても、これはなんという奇怪《きっかい》な化物屋敷なのだろう。ちゃんとした腰元が出てくるかと思うと、柄の悪い悪党たちが我がもの顔に振舞っているようだし、今いくつか廊下を曲っていくどの座敷も真っ暗で、全く人気がないのだ。し

いんとした埃《ほこり》くさい廊下の外には、深い森をゆるがしてくる空っ風が、ごうッと雨戸を打ってきて、先に立つ悪七がかざして行くぼんぼりの光さえ、なんとなく暗くはためいて無気味である。と、どこからともなく、子守唄の声が聞こえてきて、お銀ははっと聞き耳を立てた。

ねんねんよう、おころりよ
坊やのお守りは、どこへ行た

哀調をおびた男の声で、心からうたっているさびた声にも調子にも、たしかに聞きおぼえがある。それはこの春、春駒太夫のことでひどいやきもちを妬いて、自分でもどうしていいか、わからず、無茶苦茶になって男に飛びついて行った時、あの人がはじめて自分をひょいと抱きあげ、駄々こねるでねえ。おとなしく寝るだ、と座敷中をうたってまわってくれた子守唄だから忘れもしない、あの時は、馬鹿〳〵しいような気恥ずかしいような、妙な気持だったが、いつまでもそれを繰り返してくれる男の愛情がやがて自然と胸へ溶けこんでくるあたたかさに、しまいには心なごみ、ただうれしくて、泣きながら本当に眠ってしまったのである。その同じ子守唄を、あの人はこんな化物屋敷で一体誰のためにうたっているのだろう。

「おい、黙ってよく見ておきな」

悪七が立止ったのは、どうやら座敷牢の前らしく、頑丈な牢格子が天井まで組んである裏廊下で、ちょうど円窓があるあたり、その牢格子が物を出し入れできるだけに切抜いてある。悪七はそこから手を入れて、そっと、円窓と障子を三寸ばかりあけて、のぞいて見ろというように顎をしゃくった。

夢介の子守唄はたしかにそこから聞えてくる。人情だから、いそいで中をのぞいて見たお銀は、あっと目を見はり思わず牢格子を握りしめずにはいられなかった。中は八畳ほどの座敷で、真ん中に贅沢な絹布《けんぷ》の寝床がとってあり、そのまわりを大きな夢介が緋縮緬の長襦袢をきた派手な切髪の女に首っ玉へしがみつかれ、裾を乱したなんとなく淫蕩な感じの女の体をしっかり横抱きにして、子守唄をうたいながらのそのそと歩きまわっているのである。

あの時の自分の恰好もこんなだったろうと思われるだけに、口惜しい、とお銀は目がくらみそうな気持だった。ひとが痩《や》せ細るほど心配しているのに、こんなところでいい気になって、切髪の女とふざけた真似をしている、恥ずかしげもなくあんな大きなお尻をして、甘ったれて抱かれている奴も奴だし、それをまたよろこんで抱いて、のろまげな唄をうたっているあの人の気も知れない。

憎らしい、どうしてやったら気がすむだろう。飛びこんで行って、横っ面を引っ叩いてやろうか、と歯がみをしながら、ふっとお銀は気がついた。

ここは座敷牢である。いくらのんびりした性分でも、牢の中で平気でいろごとをしてふざけていられるだろうか。一体あの女は何者なのだろう。どうして座敷牢なんかへ押しこめられているんだろう。落着かなくちゃいけないと思いながら、子守唄をうたっている男の顔をじっと見つめて、世にも悲しそうな、いや、悲しいといっては当らない、そうだ、相手を気の毒だと思ったあの人がよくして見せる慈悲の顔なのだ、間が抜けているとも見える子供っぽい真剣な顔で、そういえば無器用な子守唄を一生懸命うたっている。この声は、あの時も、あたしの妖しく燃え狂う胸の火をやさしくしずめてくれたが、今もそれを祈っているような、一点の邪念もない憐みにみちた声ではないか。

「夢さん」

たまらなくなって、お銀は夢中で残る障子を引きあけてしまった。ほっと立

止った夢介が、びっくりしたように目を見はって、

「ああ、お銀――」

懐かしさにつかつかとこっちへ寄ってきた。

「夢さん、きっとあたしが助けて――」

といいかけた時、やいやい、と悪七があわててお銀の帯をつかんで引き戻そうとしたし、同時に抱かれていた女がむっくりと顔をあげて、目を妙に吊りあげて、

「吉弥はやらぬ、誰じゃ、そなたは」

と、こっちを睨みつけながら、力一杯夢介の首っ玉をしめつけた。

「夢さん――」

「心配するでねえぞ、お銀。おとなしく家へ帰って待っているだ」

しっかりとした声を耳に聞きながら、お銀はその時はもう岩ノ松と悪七に両方から無理に手を取られて、ずるずると廊下を引っ立てられ、ぼんぼりをわたされた猪崎が後の障子を邪慳にしめ切って、むっつりとついてくる。

「どうでえ、おもしろかったか」

「おもしろいのはこれからさ」

争っても無駄だと思ったから、煮えかかる胸をお銀はじっと歯をくいしばって、

すぐにもがくのを止めた。

「そうだともよ。おもしろいのはこれからよ。御後室さまは色気ちがいでお出であそばすからな、生餌がねえと暴れ出していけねえんだ。気の毒だがあの牛みたいな間抜け野郎も、さんざん生血を吸われてお陀仏だろう」

　せせら笑って見せる悪七だ。お陀仏は大袈裟な厭がらせだとしても、相手はどうやら身分のあるらしい屋敷だけに、外聞があるから、そんな秘密を見せておいて、そうあっさり帰せるはずはない。

　畜生、なんの罪もないあの人を騙《だま》してつれてきて、座敷牢などへ押しこめ、しかもひどい色地獄で苦しめる、こんな冷酷なことがまたとあるだろうか、もうそっちがいくら無事で帰ってくれといっても、誰がおとなしくなんか帰ってやるもんか、いまに見ていろ、とお銀はすっかり火の玉になってしまったのである。

　それにしても、あの人は、なんという立派な男なのだろう、あれほど人にひどい目にあわされながら、まだ色気ちがいを憐れんで、ああして子守唄をうたいながら、やさしく面倒を見てやっている、まるで仏さまの心だ。

（夢さん、あたしはもう生きてあんたのおかみさんになれないかも知れないけれど、死んだって、あんただけはきっと、きっと、助けてあげますからね）

いわば自分が跳《はね》っかえりで、荒くれ者を相手に目つぶしなんか投げた、その飛ばっちりをうけて、こんな災難をうけた夢介である。どうしても助け出さなければ、申し訳ないお銀でもあるのだ。

難題

いくつか、暗い廊下を曲って、座敷牢のあるところからだいぶ離れたな、と見当をつけている中に、急に明るく灯のともった座敷の前へ出た。

「やい、いま見てきた亭主の命が助けてえと思ったら、なんでも神妙にいうことを聞くんだぞ」

悪七が立止って、念を押した。

「それより仕様がないもの」

お銀がおとなしく答えると、岩ノ松が障子をあけ、

「さあ、入れ」

悪七がどすんと、いきなりお銀の背中を乱暴に突き飛ばした。

「あぶないじゃないか」

お銀は座敷へよろめき入って、膝をつき、じろりと中を見まわす。十五六畳程の小広間で、正面の床の間を背に、一つ目の御前大垣伝九郎が、相かわらずむっつりと冷たい顔をして座につき、顔見知りの鬼辰や浪人者など男ばかり十二三人、左右に行儀よく並んで、酒盛りの最中だ。酒の肴《さかな》にお銀をみんなで悪どいなぶり物にして、この間の仕返しをしようというのだろう。

「へい御前、お銀のあまをつれてまいりやした」

深川の悪七が末席へついて、得意そうにおじぎをした。伝九郎は例によってわずかにうなずいただけだが、一座の酒に燃えた目が、一度この女の全裸のすばらしい玉の肌を見て知っているだけに、ざわめき立って無遠慮にじろじろと体中に集ってくる。

「誰方さまもお揃いで、今晩は」

お銀は膝前をなおして、坐りなおって、改めてわざとていねいにおじぎをした。ずば抜けた器量なのだから、男ばかりの中で、それは全く目もさめるような、鮮かな年増ぶりで、今夜は内心怒って火のように燃えているので、涼しい目も、赤い口唇も、すんなりとした体つきまで、生々とみなぎるような気魄《きはく》をたたえている。

「深川の兄さん、一服吸いたいんだから、ちょいと煙草入を貸して下さいよ」

お銀は気軽に手を出した。

「御前、ようござんすか」

伝九郎が又しても鷹揚《おうよう》にうなずくのを見て、

「お許しが出た。それ、貸してやらあ」

悪七は坐ったまま煙草入を投げてよこす。

「ついでにお安い御用、その煙草盆《たばこぼん》を投げておくれな。まさか畳の上へ吸殻《すいがら》を落しちゃ悪うござんすからね」

「煙草盆が投げられるけえ。無精しねえで、手前で立って取りにこい」

「ふ、ふ、案外兄さんは邪慳なんだね。黙って、色気ちがいのお守りをしてやっている人もあるのに、男なんてものは、もっと女に親切にするもんだよ。威張って見せなくたって、男は女より強いものにきまっているんですからね。——そうでしょう、皆さん」

お銀は笑いながら、煙管《きせる》を取りあげて、器用に煙草をつめている。

「ついでだから、取ってやれよ、七。手間のかかることでもねえやな」

兄貴分の鬼辰が横から口を出す。

「ちぇッ、厄介なあまだ」

立つまでもなく、悪七は前の煙草盆を、ぐいと押してよこす。

「すいませんね」

お銀は懐紙を出して、丹念に煙管の吸口をぬぐい、一服うまそうに吸って、

「さて、いずれを見ても山家育ち、誰と浮気をして見ようかしら」

にっこり笑って、人を食ったお銀だ。

「やいやい、御託《ごたく》もたいがいにしろい、手前を遊ばせるために呼んだんじゃねえや」

「ほ、ほ、よく吠える七さんだ。ここ深川は犬の名所だったかしら」

「ぶん殴るぞ、こん畜生」

「ぶん殴らなくたって、兄さんのお強いのはよくわかってますよ。それで、どうしたらあたしの亭主を助けてくれるっていう筋書なんです」

「御前、あっしから話してやってもようござんすか」

又してもおうかがいを立てる悪七だ。伝九郎が外方を向いたままうなずく。えへん、と悪七は一つ咳払《せきばら》いをして、

「お銀、ありがたく思えよ。本当なら、一つ目の御前に楯をついた憎い奴、二人

共お陀仏にして、大川へ投げこんでしまってもそれまでなんだが、それも少し可哀そうだ。それより、手前はちょいとお面がいいから、まず御前の枕のおとぎをさせて、亭主の命だけは助けてやろうってことになったんだ。なんと有難え話じゃねえか」

「本当ですか」

「本当よう、お前が、うんと承知なら、その証拠にここで右の乳へ伝九郎さま命と墨を入れて、すぐ亭主は座敷牢から出してやる。もっとも御後室さまのことが世間へ知れちゃ困るから、亭主野郎にゃよく口止めをして、一言でもしゃべったら、お前の命をとるといい聞かせる寸法だ。もし、お前が厭だというなら仕様がねえ。亭主は生涯座敷牢で生餌にして、お前の方はおれたちでいいようにおもちゃにした上、可哀そうだが大川の底へ行ってもらうのよ。どっちにするかよく考えて返事をしねえ」

　煙草を吹かしながら聞いていたお銀が、さすがに力なくうなだれてしまった。どうやらほっとため息をついている。

「さあ、どっちにするんだ。早く返事をしねえか」

いいたい話

「まあ、待って下さい。いまよく考えろって、お前さんいったばかりじゃないか」

「そりゃまあそうだけれど、そんなに考えなくたって、どっちが得だかすぐわかることじゃねえかね」

「ねえ、じゃこうして下さい。うちの人をここへ呼んで、あたしからもよくいい聞かせるし、いっそ諦めがいいように、うちの人の前で胸へ墨をいれてやって下さい」

　お銀が哀願するようにいい出す。

「だからよう、先へ墨を入れてから、出してやるといってるじゃねえか。あの野郎は馬鹿力があるから、変な真似をされても厄介だからな」

「だって、墨を入れられて、伝九郎さま命になってから、うちの人を助けるといったのは嘘だ、と、いわれたら、あたしの立つ瀬がないじゃありませんか」

「そ、そんなことをいうもんか、一つ目の御前はこれでも元は立派なお旗本だ。御親戚にこんな大きなお下屋敷を持っている家があるくらいじゃねえか」

「おや、ここは一つ目の御前の親類の家なんですか」

「そうよ。その御前さまのお妾にしてやろうっていうんだ。ありがたく思いねえ」

「じゃ、たった一言御前にいわせて下さい」

「いうことがあるなら、なんでも早くいうがいいやな」

悪七も聞いていた連中も、女め、とうとう兜《かぶと》を脱いで、せめても亭主の命乞いをするんだな、と思ったろう。そんな油断し切った顔つきだった。

「ちょいと、その正面に坐っているのっぺりとした物貰いの大道乞食、あんまりいい気になって、ひとを甘くお見でない」

お銀の態度ががらりとかわって、なんとなく右手が大一番の丸髷へかかる。おやと一同が呆気《あっけ》にとられている間に、

「揃いも揃って頭の悪い奴ばかりだねえ、あたしがうっかりその手にのったら、どうせ生かしてはこの屋敷を出せない二人、さんざん体をなぐさんだ上、態《ざま》あみやがれと赤い舌が出したかったんだろう。やっぱり乞食は乞食だけの知恵しか出ないと見えるんだね。あんまり悪どい真似をすると、憚《はばか》りながらおらんだお銀は女でも、お前さんたちよりちょいと江戸前の意地を持っているのさ。この前の目つぶしより、もっと熱いお灸を据えられない中に、早くあやまったらどうなん

だえ」

「あま、吐しやがったな」

自分が応対していただけに、嚇となった悪七が躍りかかろうとした時には、素早く髪から髷型を抜き取っていたお銀だ。

「蛆虫《うじむし》め、なにを騒ぐのさ。これでも食らえ」

ちぎった髷型の一端を煙草盆の火へあてると、それが口火になっているのか、しゅッと火花が迸《ほとばし》るやつを、いきなり飛びこんできた悪七の鼻っ先へ向けた。

びっくりして、

「熱つつつ」

と横っ飛びに尻餅をつく悪七、同時に立上っていた岩ノ松も、鬼辰も、あっと立ちすくんでしまった。その足元へ、

「どいつもこいつも焦熱地獄へおちるがいい」

と、焼玉《やきだま》を投げ出した。それがまた鼠花火のように猛烈な火の粉を吹いて、座敷中を走りまわる物凄さ、しかも手早く三つまで放り出したので、わあっと総立ちになった悪党共は、

「消せ、消せ、蒲団で押えろ」

と、わめく者、熱い、と悲鳴をあげる者、その間にお銀はするりと座敷を脱け出して、暗い廊下を走っていた。

「夢さん、——夢さん」

口惜しまぎれに焼玉を投げ出したのはいいが、屋敷中へ火がまわらない中に、早く牢格子を破って、夢介を救い出さなければならないのである。

走っている中に、だん、だん、だん、と焼玉が三つ破裂する音を聞いたから、火はもう完全に襖障子へ移ったに違いない。この風ではたちまち火は燃えひろがるだろう。

「夢さん——」

夢中になって一つの廊下へ曲ったとたん、あっ、どすんと誰かにぶつかって、あやうくその胸へがっしりと抱き支えられた。

「お銀でねえか」

「まあ、夢さん、どうして、どうして」

どうしてあの牢が脱け出せたか、解せぬながらも、ひしと首っ玉へしがみついて、頬ずりしながら、気が遠くなりそうなお銀だ。

「おら、三太兄貴さんに助けてもらっただが、姐御さんはどうしたんだね」

「火事、火事なんです」

「火事が出たのかね」

「早く、早く逃げなくちゃ、夢さん」

はっと気がついて、いきなり、手を取って駈け出そうとするのを、

「あわてるでねえ、お銀」

夢介は落着いて、その肩を抱き止めた。火事だ、火事だ、という声が聞こえて、もうぷんと焦げくさい煙が廊下を這ってくるのである。

「兄貴さん――」

「おいらここにいるぞ。火事だってな、あんちゃん。おもしれえや。天罰でござんすからね」

うれしがっているような三太の声だ。

「兄貴さん、すまねえがお銀をつれて、一足先へ、向島の方へ逃げていてくれないかね」

「あんちゃんは、どうするんだえ」

「おら、あの気違いさんを庭へ出して行ってやるべ。もし誰も気がつかねえと、可哀そうに、焼け死んでしまうでな」

しんみりとした声音を聞いて、お銀は頭から水を浴びせられたように、しいんとなってしまった。

「合点でござんす。お引きうけ申したでござんす」

「お銀、風がひどいから、気をつけて行くだぞ」

「あい」

思わずお銀はくすんと一つすすりあげて、

「甘ったれるでねえぞ、おかみさん」

と、ちんぴら狼に冷かされてしまった。

近くで、けたたましく半鐘が鳴り出している。

肌ぬくもり

「おいら、約束だからね、だからあんちゃんを助けに行ったのさ」

お銀とつれ立って、向島堤へ走りながら、ちんぴら狼の三太はいうのである。

はるか、後になった水神の森のあたり、もう火の粉が真っ赤に夜空を焦している。

「本当のことをいうと、おいら、おかみさんが駕籠にのせられるのを見て、そっと後をつけたんだ。だから、あんまり自慢にゃならないね。それから、あの腰元が、門のくぐりを閉めにきたところをつかまえてね、悪いことはできねえや。おいら、あんちゃんのいるところへつれて行け、つれて行かなけりゃ、元はといえばお前が悪いんだから、お前を殺しておれも死ぬと、五寸釘をつきつけたんだ。話を聞いてみると、あの腰元もいいつけられたから仕方なくやったんだけど、悪いことをしたと思って、心がとがめて仕様がなかったんだとよ」

「いいつけたのは、やっぱり大垣伝九郎なの」

「うむ。あのお下屋敷をあずかって、色気ちがいの御後室さまの面倒をみている中老さまってのが、伝九郎の姉さんだそうだ。あそこへは本家から滅多に誰も来ないし、それで半分は悪党の巣になったんだとさ。可哀そうに、あの娘はそれが厭で暇を取ろうとしたんだが、その度に伝九郎たちが殺すとおどかすもんだから、仕方なかったんだね。あんちゃんは偉い人だって、お腰元さん、すっかり感心していたよ。あんちゃんの子守唄を聞いていると、それが夜でも昼でもなんだかから、本当に涙がこぼれたとさ。あっ、いけねえ、おかみさんやきもち妬きだったっけな」

「いいえ、今夜はもう妬かないから大夫夫」

なんとなく元気のないお銀だ。

「妬いたっていいやね、妬かれるあんちゃんの方だって、まんざらでもねえだろう」

「そりゃ、あの人、あたしの外には女のない人なんだもの」

「ちぇッ、すぐそれだ。かなわねえでござんす」

「それで、よく座敷牢の鍵が手に入ったわね」

「手には入らねえでござんす。お腰元さんも、困ったわ、といったでござんす。おいらは案内だけしてもらえば、困らねえでござんす。五寸釘を持ってきたのは、そのためでござんす」

「三ちゃん、うちの人を助けてくれて本当にありがとう」

お銀はつと並んでいる三太の冷たい手を握りしめた。

「おいらをくどいたって駄目でござんす」

「くどくんじゃないの、あたしが前は悪い女だったから、こんなことというんだけれど、その五寸釘をねえ、これから決してよくないことに使うておくれでない。あたしにはもう人事《ひとごと》のように思えないんだ。たのむわ。本当に」

「あばよでござんす」

いきなり三太がその手を振り切って駈け出した。やがて牛ノ御前のあたりである。

「三ちゃん――」

「おかみさん、その辺であんちゃんを待ってな。風が寒いから気をつけるんだぞ」

そのままどんどん吾妻橋の方へ駈け去って行く。

立止って、お銀はほっとため息をついた。おとなしくしていても、あの人は、三太が助けてくれたかも知れないのに、女だてらに、あたしは又しても焼玉なんか使ってしまった。一つ間違えば、あの気ちがいの御後室さまばかりか、大切な男まで焼き殺してしまうところだったかも知れない、夢さんにあわせる顔がないと、いっそ隅田川へ飛びこんでしまいたいお銀なのである。

その隅田川は、目の前に、黒々として、吹きまくる北風に波騒いでいる。

「お銀、なにぼんやりしているだ」

肩をたたかれて、はっと気がつくと、いつの間にか夢介が後へきて立っている。

「早かったんですね。あんた。あの気違いさん、どうした」

「助け出して、庭でうろうろしている中老さまに渡してきたよ。よろこんでいたっけ、けど、なんだな、あの化物屋敷が焼けるなんて、三太ではないが、たしかに天罰だな」

「そうかしら」

「どうしただ。急に勢《いきおい》のない顔をして」

「なんだかあたし、くたびれちまって」

「そんならいいけど、風邪でもひくと大事だからな。ようし誰も見ていねえから、駕籠のあるところまで、おら、おぶって行ってやるべ」

「だって――」

「恥ずかしがらなくてもいいだ。おら、気ちがいさんばかりお守りして暮したんで、なんだか、馬鹿におらのお嫁さんおぶってみたくなっただ」

笑いながら向けてくれる夢介の大きな肩へ、やっぱり両手をかけてしまって、がっしりと体をすくいあげられ、うれしいし、たのもしいし、

「厭だ、死んでも別れるなんて」

ひしと肩へしがみつくのを、

「いいだとも、死んだら一つ棺へ入るべ」

夢介も懐かしいお銀の体温をいとしく背中に感じながら、足もと軽く、さっさと大股に歩き出すのであった。

鎌いたち

口唇祝言

「お銀、おら近い中に小田原へ帰ろうと思うが、どんなもんだろうな」

まだ朝の中の明るい縁側で、お銀と日向ぼっこをしていた夢介が、藪から棒にいい出した。

「本当、夢さん」

お銀はぎくりとしたように目を見はって、身に引け目があるから、別れ話じゃないかしら、とたちまち頬から血の気がひく。

「どうしたんだね、姐御さん。田舎者になるの、そんなに厭《いや》かね」

「厭だなんて、そんな、そんな、そんな――」

憎らしい人、とお銀は思う。本当は、夢介が故郷《くに》へ帰る時は夫婦になるといううれしい約束があって、それを女の生甲斐に、どうかして人なみないいお嫁になりたいと、今日までどんなに苦労してきたか知れないのである。

「じゃ、いっしょに帰るべ」

「だってあたし、あんまり出しぬけで、夢じゃないかしら」

「目をあいているんだから、夢ってことはなかろ」

夢介の穏かな目が、深沈と感情をたたえながら微笑《わら》っているのだ。やっぱり嘘《き》ではないらしい。と思ったとたん、急にうれしいような、恐いような、お銀は生娘《むすめ》のように激しい動悸さえしてきた。

「どうして、どうして夢さん、そんなに突然小田原へ帰る気になったのかしら」

それがわからない中は、まだ安心のできないお銀である。

「なあに、おら江戸へ千両だけ道楽しに出てきたが、道楽ってもんはこんなものかと、もうたいていわかったような気がするだ、それに、姐御さんのようないいお嫁は見つかったし、なんだか急に故郷へ帰りたくなったのさ」

「本当かしら――」

そういうお銀の顔は世にも美しくとろんとして、これがおらんだお銀という、一つ間違えば飛んでもない夜叉《やしゃ》にも鬼神にもなる肩書つきの女とはどうしても思えない。

考えて見ると、縁というものはふしぎなものだと夢介は思う。親父さまに、千両だけ江戸で道楽をさせてくれとたのむと、親父さまも風変りだから、よかろう、若い者には道楽も修業の中だから行ってこい、金は芝露月町の伊勢屋総兵衛さんが取引先だから、そこへ送っておいてやる、と許され、とりあえず百両持って夢介が小田原在入生田村を立ってきたのはこの春だった。途中大磯の宿でこの女に声をかけられ、くさいなとすぐに気はついたが、こういうたぐいの女がどんな風に人の胴巻を抜くものか、それを見ておくのも道楽の中だと思ったから、いわれるままに程ケ谷の宿へいっしょに泊った。そして見事にその夜百両抜かれてしまったが、女というものは妙なものである。男がどうしても色仕掛にのらないとなると、自分の美貌を無視されたような気がして、意地になったのだろう。

それからずっと、つきまとって、佐久間町のこの家へいっしょに住むようになり、はじめは意地で女房気取りだったのが、だんだん本気になってとうとう命まで投げ出してきた。男だから、命がけで実意を見せられればやっぱり可愛くならずにはいられない。それに、いっしょに住んで気心が知れてみれば、この女だって根からのあばずれではなく、冷たい世間がいつかこの女に悪の道を教えてしまったのだと思うにつけても、いま惚れた男に裏切られたら、再び悪へ逆戻りをして、一生不幸な女で終る、と不憫《ふびん》さも手伝って、まだ一度も肌はふれないが、故郷へ帰る時はきっと夫婦と、固い約束をしてしまったのだ。

「故郷へ帰ればおら百姓だが、姐御さん辛抱できるかね」

「あたし、きっといいおかみさんになります」

「けど、ふしぎなもんだな。姐御さんのような江戸前の別嬪《べっぴん》さんが、どうしておらのようなこんな田吾作《たごさく》なんかに惚れたんだろう」

夢介は今さらのようにお銀の顔を眺める。それはまんざらお世辞ではなく、毎日見なれた顔ながら、この明るい日差しの中にあって、肌はあくまで白々と輝くような年増盛りの光沢をたたえ、生々と鈴を張った目、少し意地悪そうにきっと結んだ朱い口唇、これで恐い肩書さえなければ、全く勿体《もったい》ないような美人なのだ。

「迷惑なんでしょう、夢さん」

ふっとその鈴を張った美人の目が、光り出した。何か気に入らないことがあると、たちまち妖《あや》しく光り出す目なのである。

「なにがだね」

「惚《とぼ》けたって駄目。あんたはあたしのような女に惚れられて、本当は迷惑してるんでしょう。ちゃんとわかってるんです」

「あれえ、もう夫婦喧嘩をやるんかね。喧嘩っ早いお嫁だな」

「恍けちゃ厭だったら、本当のことをおいいなさいよ。迷惑なら迷惑、別れたいなら別れてくれって」

もうむきになって、ぐいと膝のそばへにじり寄ってくる姐御だ。そして、返事次第ではその器用でしなやかな指が、いきなり胸倉をつかみにくるか、太股《ふともも》を狙って白鳥のごとくつねりにくるのだから油断ができない。

「おら別れたくねえだよ」

「本気ですね。夢さん。騙《だま》すと承知しないから」

「本気だとも、おら、本気で姐御さんが好きだ、可愛いと思っているだ」

「じゃ、何故突然小田原へ帰るなんていい出したの、あたしが厭になって、別れたくなったもんだから、それで逃出す気なんでしょう」

「そんな馬鹿なことを考えるもんでねえだ」

「どうせあたしは馬鹿なんです。馬鹿だから、あんたに棄てられたら、死んじまう気でいるんです。憎らしい、お帰んなさいよ、勝手に一人でどこへでも」

「あれえ、じゃ姐御さんは小田原へ帰るの、厭なんかね」

「知らない」

急にお銀はしょぼんとうなだれてしまった。

「お銀――」

夢介はそっとその肩を抱きよせて、

「お前、故郷の親父さまが恐いのかね」

と、いじらしく顔をのぞきこむ、なんとなくべそをかいて、返事をしないお銀だ。

「心配するでねえ、おらの親父さまは、話のわかった人だ。心配しねえで、おらに任せておくがいいだ」

「だって、旧家だっていうし」

「いいや、たとえばな、誰がなんといったって、おらはお前をきっとお嫁にするんだ。もう昔のことなんかにこだわることはねえ、お前は今はいい心の女で、世の中で誰よりもおらのことを思っていてくれる女だってことは、おらが一番よく知っているんだ」

「うれしいわ」

「本当はな、小田原へ帰るの、なにもそう急ぐことはねえが、いつまでも江戸にいると、大垣伝九郎なんていう人騒せな変り者がいたり、いろんなことがあって、その度に、せっかくお前がいいおかみさんになろうと苦労しているのに、飛んでもない騒動ばかり持上りたがる。お前が可哀そうだし、もしもお前に間違いがあってからでは、いくら後悔しても追っつかねえと、おらそれが心配になってきてな、いっそ早く田舎へ帰って、静かに暮す方が姐御さんも落着けるんじゃないかと、この間中から考えていたことなんだ」

「すみません」

そんなに自分のことを思っていてくれるのかと思うと、お銀はつい泣けてくる。

「あたしはどうして、どうして時々あんなに気が荒くなるんだか、自分でも恐い」

「心配しなくてもいいだ。気が荒くなった時は、おらいくらでも姐御さんの尻にしかれてやるべ」

「またそんな――。まじめな話だのに、憎らしい」

思わず手の方が、つねりいい男の分厚い頬っぺたへ走っている。

「痛いッ」

つねらせておいて、夢介の逞《たくま》しい腕が、いつになくお銀の両肩をぐいと抱きよせた。

「おらのお嫁――」

じっと目を見つめて笑いながら、大きな顔が急に顔へのしかかるように、はじめて愛情の口唇が口唇へおおいかぶさってくる。はっとお銀は身を固くして、こんな昼間だのに、人に見られると恥ずかしいと思ったが、あまりにも激しい男の口唇に体中の血がいつか甘くしびれゆるんで、ぐったりと目があいていられなくなってしまった。

辻占い

「どうか、あたしの取り越し苦労であってくれますように」

それから間もなく、お銀は賑《にぎや》かな蔵前通を雷門の方へいそいでいた。目はなんにも見ようとせず、何か一生懸命に思いつめている顔つきだ。

ついさっきまでは、男と女が口唇をあわせれば、もう肌を許しあったも同じことだし、とうとうあたし夢さんのおかかみさんになれた、と幸福で胸が一杯のお銀だった。それはどんなに長い間、嘘のおかみさんで、枕は並べていながら、味気ない鼾《いびき》ばかり聞かされ情けなくなって、これでも女の端くれだのにと、そっとため息をついたことだったろう。それが、身にしみているから、

「ねえ、あたしもう鼾の番だけじゃ厭だから」

恥ずかしかったけれど、目をつぶっていってやると、

「そんなら今夜から、寝言もいうべ」

あの人ったら憎らしい。そんなことをいって、なんだかくすぐったいと思ったら、いつの間にかひとの乳房を黙ってつかんで、うれしそうな顔をしているのである。

「厭だわ。またこの間のように、三太さんにのぞかれると恥ずかしいもの」

「かまわねえだよ。これおらのもんだもの」

が、急にその愛撫の手をやめて、

「お銀、おらちょっと露月町の伊勢屋さんへいってくる」

と、まじめな顔になるのである。

「どうして、夢さん」

「お松も仕合《しあわ》せでいるかどうか、見てきてやりてえだ」

「厭な人、お乳いじっていて思い出したの」

可笑《おか》しくなって、つい笑ってしまったが、自分が仕合せの時、人の仕合せが気になる、子供っぽいといえば子供のようだけど、なんというられしい情《じょう》のある人だろうと気がついて、ぐんと胸が熱くなってしまった。

「じゃ、行ってらっしゃいよ。お松さんきっとよろこぶわよ」

「うむ、姐御さんにも早く、おらの赤ん坊を生んでもらうべな」

そして、夢介を送り出してしまってから、お銀は急に心配になり出したのである。人はあんまり幸福すぎると、とかく魔がさすものだという、一番気にかかるのは、やっぱり小田原の親父さまのことだった。話のわかる人だから大丈夫だ、とあの人はいっていたけれど、果してこんな肩書つきの女を、伜《せがれ》の嫁に許してくれるだろうか。

もし親父さまが、不承知だといったら、あの人はどうする気だろう。いや、あの人はさっき、誰がなんといってもきっと夫婦になる、といい切っていた。ちゃんとそう肚《はら》がきまったから、お天道さまの前でしっかりとあたしを抱いてくれたので、嘘やうれしがらせのいえる男じゃない。

「こんな、こんな女を、ありがとう夢さん」

お銀はまだ体中に残っているような男の大きな愛情を噛みしめて、今になってぽろぽろと涙が流れてきたが、それだけに、もし親父さまが不承知で、勘当ということにでもなったらどうしよう。あたしのために、そんなことをさせていいのだろうか。

「厭だ、死んだって別れるなんて」

そうは思う。しかし、心から夢さんを愛しているならその可愛い男をしばらくでも不孝者にして、苦しませてはならないのである。

「どうしてもすぐ、小田原へ帰らなければいけないのかしら」

苦しまぎれにお銀はそんなことまで考えて、居ても立ってもいられない不安に、きりきりと胸が痛み出して、観音さま、と思わず手を合せて、そうだ、浅草の観音さまへおまいりをして、自分で自分を占ってみよう、と思い立ったのだ。家を出て、おまいりして帰るまで、途中なんにも厭なことがおこらなければ、二人はきっと夫婦になれる。もし夫婦になれないようなら、何か厭なことがある。そう心にきめて、家を出てきたお銀だった。

「南無大慈大悲の観音さま、一年に一度のお銀の我儘《わがまま》を、どうぞ許して下さいまし」

苦しい時の神だのみ、しかも手前勝手とよく知っているだけに、お銀は顔をあげて歩くのが恐い。こんなことならいっそ出てこなければよかった。と思い、何度途中から引返そうとしたか、知れなかった。

それでもどうにか無事に観音堂へついて、ほっとして、どうしたのだろう、奥深い御あかしの前に立つと、罪深い体だから、夫婦にして下さいとはどうしても祈れなかった。

「あたしは、あたしはどうなってもかまいません。どうかあの人を仕合せにしてやって下さいまし、夢さんのためなら、この場であたしの命を差しあげてもかまいません」

拝んでいる中にただ泣けてきて、人が見たら、可笑しいだろうとは思ったが、御仏《みほとけ》の前が去りがたく、合掌したまま泣けるだけ泣いてしまった。涙に洗われた胸の中へ、いつかあの人の大きな顔があらわれて、無邪気に笑いかけている。そうだ、あたしはこんなにあの人のことを思っているのだ。もうそれだけでいい、後のことは何事も観音さまにお任せしておこう、とやっと少し気持が落着いてきて、合掌を解いた。もう一度ていねいにおじぎをして、涙を拭いて、なんとなく清々しい、暗い御堂から正面の廻廊へ出たとたん、ぽんと背後から肩を叩いた者がある。

「あら、三ちゃん」

ちんぴら狼の三太が恍けた顔をして、にやにや笑っているのだ。

「さっきからここにいたの」

「そうでござんす。見ていたんでござんす。姐御さん、あんちゃんと喧嘩したのかえ」

ころだから、

が一目で見わたせる高い廻廊の上だし、あたりに参詣人の上り下りが絶えないと

人さし指で角《つの》を生やして見せて、にやりとする。賑かな境内から仲見世の雑踏

「一生懸命泣いていたじゃねえか、あ、わかった、またこれだね」

「どうして」

「厭、三ちゃんは」

お銀はあわてて睨んで、思わず顔が赤くなってしまった。

「すみませんでござんす。ちょっと顔を貸してもらいてえでござんす」

三太も人目に気がついたらしく、さっさと東の廻廊へまわって行く。そこは

聖天門《しょうてんもん》に向っていて、いくらか静かだった。

「厭だなあ、こんな高いところで晒《さら》しものになるの」

「大丈夫だよ、まさかおいらが姐御さんをくどいているとは、誰も見ないからね」

「生《なま》おいいでない、なんの用なの」

「男の顔が立たねえんだから、黙って十両貸してくんなよ」

ぬけぬけと右の手を突きつけるのである。

「そりゃ貸してあげないこともないけど、十両だなんて大金、なんにつかうの」

「ちぇッ、今いったばかりじゃねえか、黙って貸してくんな」

「まさか、悪いことにつかうんじゃないでしょうね。それだけを心配するのよ」

「女郎買いに行くのさ。悪けりゃ貸してくんなくてもいいや。職《しょく》を働きゃ、十両ばかしなんでもありやしねえ」

悪たれて、人を小馬鹿にしたように外方《そっぽ》を向いて見せる。貸してくれなけりゃ巾着切を働いてやるとおどすのだ。おどかすくらいだから職の方はやめているとわかるし、この顔は何か思いつめて、小悪党だから素直に出ることができず、わざと悪たれているのだ。つまり甘ったれているのである。

そう思ったから、お銀は壁の方を向いて、内ふところの胴着の中から十両取り出して、

「さあ、お金——。お女郎買いに行っておいでな」

にっと耳許へ笑いながら、素早く三太の手へ握らせてやると、その顔をちらっと見上げて、真剣な目が何かいいたそうに光ったが、

「やっぱり姐御さんは話せるでござんす。あんちゃんが、だっこしてくれるはずでござんす」

「ああ——」

「さいならでござんす」

いきなり欄干《らんかん》からひらりと、身軽に飛びおりて、振り返ってにっこりして、たちまち聖天門から走り去ってしまった。

「だからあたしが、厭だっていったのに」

お銀は真っ赤になりながら、さっきのあれをのぞかれていたような気がして、しばらくぼんやりしていたが、考えて見るとそんなはずはない、礼がわりの口から出任せだったのだとやっと気がつき、ほっとして、こんどは赤くなった自分の人の好さが可笑しくなってしまった。

「厭だなあ。男に惚れると、こんなに甘くなるものかしら」

でもうれしい。今の辻占《つじうら》は決して悪くないし、急に希望が胸にあふれてきて、早く夢介のところへ帰りたくなるのだから、正直なものである。

因果ばなし

相かわらず、人と人とが、肩を擦れあわせて歩いている繁昌な仲見世を通り抜けながら、お銀はもううなだれてはいなかった。いい辻占にすっかり重い胸が晴れて、これなら無事に家まで帰れそうな気がするのである。観音さまへおまいりにきて、本当によかったと思う。

「そういえばついうっかりして、三太には小田原へ帰ることを話さずにしまったけど、もう一度逢えるかしら」

二人で帰ると聞いたら、あの子も親身になってくれる者を持たない子なのだから、どんなに淋しがるだろう。ふ。ふ。お女郎買いだなんて、あたしを小馬鹿にして、――仕様がない悪たれ小僧だが、今は弟のような気がしている三太である。あの子の気持は、夢さんやあたしでなければ汲んでやれない、そう思うと、お銀はつい、しんみりせずにはいられなかった。

「おや――」

ふと気がついてみると、人ごみをいいことに、さっきから自分の右肩へ肩をならべて、放れようとしない奴がある。そこは、昔が昔だから、くさい奴、はたく気かしら、とすぐぴんときて、それとなく横目をつかって見ながら、さすがの、お銀がさっと顔色を変えてしまった。

「あ？　鎌いたちの仙助――」

唐桟《とうざん》の対《つい》を着流して、ちょっと見ると商家の旦那といった堅気《かたぎ》な身なり、年ごろ三十七八のどこといって取り得のない平凡な顔つきだが、見そこなうはずはない。こいつたしかに江戸と大坂の間、東海道を股にかけて歩く大泥棒で、鎌いたちと人に恐れられている仙助だ。

ひどく残忍な上に神出鬼没で、たたき（強盗）、むすめあらし（土蔵破り）、追剝《おいはぎ》、悪いことは何んでもやるが仲間にさえ決して素顔を見せたことはなく、うっかり見た奴はきっと殺される。白昼人通りのある町の中で、旋風《つむじかぜ》のように相手の心臓を一突きに仆《たお》して、しかもその手際を誰にも見せないところから、鎌いたちという恐しい綽名《あだな》がついた男だ。

お銀がこの鎌いたちと道づれになったのは三年前、東海道薩埵峠《さったとうげ》を西へ上りの道だった。無論それが鎌いたちの仙助と知っていたわけではなく、ふところが重い、たしかに百両の鴨と見たから、こっちから話しかけて行ったのである。

相手は別に要心する風もなく、無駄話をしながら峠を七分ほどのぼった林の中、前後に人気のないところで、いきなり右の手くびをぎゅっと握ってきた。

「おい、お前はただの女じゃねえな」

言葉つきまでがらりと変って、蛇のような冷たい目が光っている。

「ほ、ほ、あんな冗談を――」

「しらばっくれちゃいけねえ、歩きっぷりでもすぐわからあ」

「そうでございすかねえ」

取られた手をそのままに、向い合って立止って、お銀はまだ平気で笑っていた。

「どうだ、おれの女房になるか」

「お前さんは誰——」

「女房が承知なら名乗ってやる。厭なら黙って別れろ。仲間同士ではいいたきっこしたって仕様がねえ」

相手があんまり高飛車なので、つむじ曲《まが》りだから、ぐっと癪《しゃく》にさわって、よし、からかってやれとお銀は思った。

「名を聞いて、好いたらしいと思ったら、女房になるかも知れないわ」

「そのかわり、名乗ってから厭だというと、ここでお前を殺すぜ、おれはそういう男だ」

「逃げやしませんよ」

「そうか。おれは鎌いたちの仙助だ」

ああこれが評判の鎌いたちか、と恐いものなしにあばずれていた最中のおらんだお銀だから、その時は別に恐しいとも思わなかった。いやむしろ、黙って顔を見て笑っていると、その鎌いたちの冷酷な目に、急にむらむらと男心が燃えあがってきたのがはっきりわかったので、なあんだ、そこいらにざらにころがっているさかりのついた若い衆とちっとも違いやしない、とすっかり軽蔑してしまったくらいだ。

「女房にしたぜ」

鎌いたちはつかんでいた手を、ぐいと引きよせるのである。

「厭だわ。こんなところで、あたし夜鷹じゃないんだもの」

わざと甘い鼻声になって、男の目を見つめてやると、さすがに照れたのだろう、

「ふ、ふ、いい度胸だ。可愛いがってやるぜ。名はなんていうんだ」

「おらんだお銀」

「お銀か、じゃそろそろ出かけるかな」

もう女房にしたつもりで、手を引いて歩き出す。ふん、二本棒め、誰がお前なんかに可愛いがらせてやるもんか、いまにびっくりするな、お銀は可笑しかった。

そして、峠茶屋へ休んだ時、わざと奥座敷を借りて、そこでなびくように見せかけ、銚子をとって酌をして、親分〳〵と程よく甘ったれながら、おらんだ渡りの眠り薬を一服盛ってしまったのである。

「ふ、ふ、鎌いたちの親分、お前さんの負けだよ。まあゆっくり夢でも可愛がっておやんなさいよ」

見事に胴巻の百両を引抜いて、さっさと峠を元の道へ引返してしまったのである。

あれから三年、当座はそれでも少し要心はしたが、その後鎌いたちはどこへ行ったか、噂も聞かず顔も見ず、今ではそんなことさえけろりと忘れていたお銀なのだ。

恐しい声

「今日という日に、意地悪く鎌いたちにめぐり逢うなんて――」

お銀は世にも情なかった。いや、今はすっかり堅気になって、夢介という、可愛い良人まであるだけに、魂が凍るほど恐い。いっそ、この男の例の手で、黙ってずぶりとやられてしまった方がましだった、とさえ思う。

無論鎌いたちがそれをやらなかったのは、もっと残酷なたくらみがあるからに違いないのだ。どうしよう。

それにしても、ここでこんな奴に逢うようでは、辻占は一番悪い大凶に変ったのだ。お銀の幸福は、一瞬にして消え去ったのである。誰も恨むことはない、みんな身から出た錆《さび》で、あたしはとても堅気になれない星の下に生れてきているのだろう。

「勘忍して、夢さん」

お銀は泣きたくなってしまった。そして、畜生、誰が泣くもんか、と口唇を噛みしめる。たった今あたしは観音さまに、あの人のためにならら即座に命をさし上げますと拝んできたばかりじゃないか。闘ってやるんだ。どんなに鎌いたちが恐しい奴でも、元のおらんだお銀になれば、なんでもありゃしない。

「堪忍して、夢さん」

又しても涙が、ぐぐッとこみあげそうになって、思わず、乳房へ手をやってい た。それはついさっき、おらのものだ、と夢介が大きな手でうれしそうにおもちゃにしていた女の命どころなのだ。そうよ、死んだってこれはあんたのもの、あたしの目の黒いうちは、きっと誰にもさわらせやしませんからね、とお銀ははかなく夢介のおもかげを追っている。

賑かな仲見世通りを抜けて、並木町へかかってきた。鎌いたちはつれのような顔をして澄して肩をならべている。畜生、誰がこっちから話しかけてなんかやるもんか、と強情だからお銀も口は利かない。通りすがりの男の目が、みんな、その水際立ったお銀の丸髷《まるまげ》姿を眺めていた。

「お銀、久しぶりだったな」

鎌いたちが散々じらしておいて、憎らしいほど、冷静な口を切ったのは、やがて駒形へかかろうとするところであった。

「そうでしたね」

お銀も至極冷淡である。

「どこかその辺で一杯やろうかね」

「折角ですけれど、亭主が家で待ってるもんですから」

「ふうむ」

二足三足歩いてから、ゆっくり、

「お前の亭主はおれのはずだよ」

ずばりといい切る鎌いたちだ。

「ふ、ふ、夢みたいな話――」

隙《すか》さず笑ってやったが、やっぱり忘れていない、この男はあたしの体に執念があるから、いきなり殺せなかったのだ、とお銀はぞっとせずにはいられない。

しばらく黙って歩いてから、

「お前はおれの女房さ」

念を押すように鎌いたちはにやりと笑った。

「厭ですねえ、そんな冗談をいっちゃ」

「今の男に惚れているのかえ」

「ええ首ったけ。あたしもう可愛いくて可愛いくて」

「今までの間夫《まぶ》は大目に見てやるよ。おれも鎌いたちだからね」

「いいえ、間夫なんかしたくないんです。これでもあたし、貞女なんですから」

「それならなお結構、今夜九つ（十二時）までに支度をして、両国の御旅所《おたびしょ》の前の石置場へおいで」

「なにしに行くんです」

「馬鹿だな、亭主にそんなことを聞くもんじゃない。九つまでと刻《とき》を切ったのは、おれの人情だと思いなさい」

今の男に別れてこいというのだろう。

「お気の毒さま、どうもそんな気になれないんです。亭主は一人でたくさん」

お銀はきっぱりと刎《は》ねつけた。

「そうだろうとも。じゃ。夜九つ、両国の石置場だよ」

「間夫なんか厭ですってば」

「わかっているよ。そんなに迷惑なら間夫を片附けてやろう」

「なんですって」

「夢介によくいって聞かせるんだね。あたしの亭主は恐い男だからと」

もう一度蛇のような目がにやりと笑って、

「じゃ、九つだよ」

鎌いたちはくるりと、踵《きびす》をかえした。

「あっ、知っていたんだ、夢さんを——」

思わず立ち止ったお銀は、じっとりと脇の下へ冷汗をかいて、目の前が真っ暗になってしまった。

親子の縁

飛んだ病気

「御免下せえまし」

夢介は途中で手土産を拵《こしら》えて、芝露月町の伊勢屋の内玄関をおとずれた。近い中にお銀をつれて小田原へ帰ろうと肚《はら》がきまって見ると、一番気になるのはやっぱり、この間自分の妹ということにしてここの若旦那総太郎のもとへ嫁入りさせたお松のことである。もとは下女で若旦那の手がつき身重になったから仕方なく嫁になおされたという事情はあるし、若旦那は気まぐれで、相当いかもの食いの方だから、果してうまく行っているかどうか。

「御免下せえまし」

「はい」

走り出てくるようなお松の返事がして、静かに障子があいた。

「まあ、兄さん――」

初々しい丸髷《まるまげ》に結って、眉を落し、かねをつけて、馬子にも衣裳髪かたちというが、見違えるように落着きをました若女房ぶりのお松が、さっとうれしげに顔を輝かす。

「お松、眉を落したね」

「ええ、阿母《おっか》さんがあの、もうただの体ではないから、早い方がいいって――」

さすがに面はゆげに頬をそめる。

「結構だとも。よく似合うだ」

目を細くしながら、この分ならうまく行っているだろうと、夢介もうれしい。

「さあ、上って下さいまし、兄さん」

「上らせてもらうべ。総太郎さんはいなさるかえ」

「いますけれど、なんですかさっきから急に頭が重いって、二階へ上ったっきり、蒲団をかぶっているんです」

ふっと声をひそめるお松だ。

「ふうむ。風邪でもひいたかな」

「あたしも心配ですから、熱があるんじゃないんですか、薬を持ってきましょうかって、何度も聞くんですけれど、その度に、うるさい、下へ行ってろって、怒るばかりで――」

これは穏かではない。よろこぶのは少し早すぎたかな、と夢介は眉をひそめて、

「いつもそうなんかね、お松。総太郎さんはずっと怒ってばかりいるんかね」

心配だし、責任があるから、玄関の間へ立ったまま きいてみた。

「いいえ、いつもじゃありません」

「あれから総太郎さん、家をあけたことあるかね」

「一度もありません」

「じゃ、若旦那はやっぱり、おれの子だから可愛いって、時々今でもお腹さすってくれることあるかね」

「ええ、毎晩なでてくれますわ」

お松が又しても赤くなったところを見ると、いつもは仲がよくて、機嫌が悪くなったのはついさっきからということになりそうだ。

「おら、とにかく二階へ見舞いに行って見るからな、おふくろ様には後ほど御挨拶申しますと、つたえておいてもらいてえだ」

「そうして見て下さい。阿母さんも心配しているんです」

お松は先に立って、夢介を二階へ案内する。なるほど若旦那は子供のように、頭から蒲団をかぶって寝ているのだ。

「あなた、小田原の兄さんが見えました」

「若旦那、どこかあんばいが悪いのかね」

夢介がお松の出してくれた座蒲団に坐りながら声をかけると、

「やあ、夢介さんか」

総太郎は蒲団からそっと青い顔を出した。

「風邪でも引きなすったのかね」

「そんな生やさしい病気じゃないのさ」

「だからあなた、あたしがさっきからお医者さまをおよびしましょうかって、あんなに心配してるのに――」

お松がおろおろして枕元へ坐りこもうとする。

「いいから、お前は下へいって、折角兄さんがきたんじゃないか。早く酒の支度でもしてきなさい」

「そんな、あなた、病人がお酒だなんて」

「うるさいねえお前、いうことをきかないと怒るよ私は」

睨みつけられて、はい、とお松はたちまち小さくなり、兄さん御ゆっくりと挨拶をして、おとなしく下へおりて行く。ちょいといじらしい姿だ。

「どうでげす、夢さん、いい女房でげしょう素直でね」

病人の若旦那がむくりと床の上に起きなおって、にやにや笑い出す。

「あれえ、若旦那大丈夫かね」

熱が脳へ上ったんじゃないかと、夢介はびっくりした。

「夢介さんの前だが、お松だけは全く拾い物でげしたね。これで拙《せっ》も散々道楽しやしたがね、あんな肌の女も珍しい。顔だってあのくらい福相で、愛嬌があって、おっとりとしていると、見あきがこない。いや、見ている中にだんだん可愛いくなるから不思議でげすな。世の中には美人でも、ずい分貧相で、冷たくて、すぐ鼻についてくる女があるもんだが、そんなのにくらべるとお松の方がよっぽど女らしい。第一、お松のすることがなにからなにまで本気でげすからな、金でころぶ女たちなんかとは情合《じょうあい》が違いやす」

「結構でごぜえますだ」

夢介はすっかり、当てられて、無論決して悪い気はしないが、なんとなくお銀が恋しくなるから正直なものである。

「ところがねえ旦那、これも身から出た錆《さび》で仕様がないが、ちょいと困ったことができてしまったのさ」

総太郎が急にしょんぼりとなる。

「どんなことだね、若旦那」

「旦那はそれ、深川の梅次っていう芸者を知っているはずだ」

「ああ、あの七五郎とかいう悪い紐がついている女かね」

「あの時分は拙も遊びがおもしろい盛りでげすからね、口約束じゃあったが、ついその梅次と夫婦約束をしたことがあるんだ。あっちじゃそれを真にうけていたんだね。今になって、どうして他から嫁をとった、私は騙《だま》されて口惜しい、ぜひ今夜逢いにきてくれ。逢いにきてくんなければ、兄の七五郎といっしょに明日お店へ押しかけて行って、話をつけてもらうからそう思ってくれって、さっき店へ手紙を持たせてよこしたのさ。考えて見ると、あの梅次って女は稼業《かぎょう》を放れて、拙には夢中でげしたからな」

なるほど、そんな心配で急に蒲団をかぶって寝てしまったのか、と夢介は内心その若旦那育ちらしい小心さがおかしくもある。

「しかし、家へなんか押しかけて来られちゃ、それこそ事だ。お松が流産なんかしちゃ、可哀そうですからな。どうだろう夢介さん、お前さんがついていてくれりゃ安心だ。両親だって、お松だって心配しないで出してくれるから、二人でそっとこれから深川へ出かけよう、梅次を呼んであっさり騒いで、その場で梅次によく話して聞かせて、三十なり五十なり手切金をやる。これなら八方うまく納ると思うんだがね」

　無論その遊びの費用から、三十なり五十なりの手切金まで例によって夢介のふところが当てなのだろう。そうと当がついたから、夢介の顔を見て急に元気になったのだ。

「若旦那はまだ梅次って妓《こ》に未練があるのかね」

「なあに、もう未練なんありゃあしない。ただその心根が不憫《ふびん》なだけなんだ」

「それが本当なら、逢わねえ方がいいと思うだ。手切金の話なら、おらが一人で行って、なんとかうまく片附けてやるべ」

　そうしてやらなければ、お松が可哀そうである。

「そうかね。拙が逢うのはかえって罪でげすかな。梅次には可哀そうだが、じゃ、そうしてもらうかな」

ちょっと惜しそうな顔をして見せるのだから、どこまで本気なのか、この若旦那の神経も大したものだ。

姐御さんの十両

間もなく夢介は下へおりて、おふくろ様に挨拶をして、今日はわきへ少し用があって寄り道をしますからと断り、預けてあるうちから百両だけ金を出してもらって伊勢屋を出た。

「兄さん、うちの人の病気、なんでしょう。お酒を飲んでもいいんですか」

玄関の外まで送ってきたお松が、心配そうに聞くのだ。

「なあに、病気はおらがなおしてやったから、心配ねえだ。かえってお酒は少しぐらい薬になるべ」

「そうでしょうか」

「お松、お前体を大事にして、風邪をひくでねえぞ」

「はい、あの、家へ帰ったら、嫂《ねえ》さんによろしくいって下さいまし。お松は仕合《しあわ》せですからって」

「うむ、そういってお銀をよろこばしてやるべ」

お松が仕合せになれることなら、どんな廻り道も、金を出して人に頭を下げなければならない損な役まわりも、決して苦にはしない夢介である。

その足で汐止橋から三十間堀ぞいに永代へ出て、深川の色街へ入ったのは、冬の日の暮れやすく、やがて寒々と黄昏《たそが》れて、街には灯がまたたいていた。

梅次の家は大新地横丁と聞いてきたので、二三度人にたずね、ごたごたと置屋の並んでいる路地をやっと探しあてて入ると、

「あれえ、珍しいな、あんちゃん」

ふいに前へきて立った者がいる。思いもかけないちんぴら狼の三太だ。

「やあ、兄貴《あにい》さん」

「ちぇっ、兄貴さんじゃねえや。あんちゃん、お前こんなとこへ、なにしにきたんだえ」

妙に突っかかるような目を光らかす。

「うむ、少し人にたのまれたことがあるんだ」

「どうだかわかるもんか。それでなけりゃ、姐御さんがあんなに泣いてるはずはねえからな」

「あれえ、お銀が泣いていたのかね」

これは夢介もちょっと意外だ。

「こっちへ来てくんな」

ちんぴら小僧と、人並よりずっと大きい田舎者が、路地の真ん中で睨みあっていては人目につくし、邪魔にもなる。出入りの派手な妓《おんな》がみんな見てよけて通るので、三太は夢介の手をつかみ、路地の突き当りの堀割の方へつれてきた。

「姐御さん、さっき観音さまへおまいりして泣いていたぜ、あんちゃん、柄にもなく道楽を始めたんか。止せやい。あんちゃんにゃ勿体《もったい》ねえようなきれいな嬶《かかあ》を持ってやがる癖に、罪な真似をするねえ」

「違うだよ、兄貴さん。おら用があって、大新地の梅次姐さんていう芸者の家をたずねるだ」

「梅次、――あの悪七の情婦《いろおんな》の梅次かえ、あんちゃん」

三太は何かきょとんとしたように顔を見つめる。

「うむ。その家を知ってるかね」

「知ってるとも、おいら今、梅次のとこへ暴れこんでやろうかと思っていところよ」

「へえ、そりゃまたどうしてだね」

こん度は夢介がきょとんとする番だ。

「なんだか変なことになりやがったな。おいらの方から白状しようかあんちゃん」

「聞かせてくれるかね」

「聞かせやすでござんす。本当はおいら今日観音さままでうまく姐御をつかまえてね、十両ゆすったんだ。あのやきもち嬶、話がわかるなあんちゃん。黙って臍《へそ》くりを十両貸してくれたぜ。おいらだってちょいと恩に被らあな。だから、あんちゃんが道楽するようなら、今夜はひとつ邪魔してやろうと思ったのよ」

「お銀はどうして泣いていたんだろうな」

やっぱり気にかかる夢介だ。

「えへ、へ、心配になってきたかあんちゃん、いいとこあるな。観音さまを拝んで、しくしく泣いてたのは本当なんだけど、こっちも忙しい体でござんしてね。そこまで聞いてる暇はなかった。すいませんでござんす」

「まあ、いいだ。で、兄貴さんはどうして梅次姐さんの家へ暴れこむんだね」

「悪七の奴があんまり悪どい真似をしやがるからさ。おいらの知っている鍋焼うどん屋の親爺に、六兵衛っていう爺さんいるんだ。のんだくれ爺だけれど、親切でね、おいらの顔を見ると、やい宿なし、うどんを食っていかねえかって、ただで食わしてくれるのよ」

その六兵衛が四五日前、どこかの賭場へ誘いこまれて、酔っていたもんだから、つい深川の悪七から十両借りてしまったのだという。のんだくれで、その日暮しの六兵衛爺などに、ただで悪七が十両などという大金を廻すはずはない、爺さんには今年十六になるお米という孫娘が一人ある。器量よしなので、こいつをどこかへ売り飛ばして、一儲《ひともう》けしようとたくらんだのだ。

だから、翌日さっそく浅草誓願寺《せいがんじ》裏の六兵衛の長屋へ押しかけてきて、三日の中に十両返せ。賭場の金にゃ証文はねえが、そのかわり首がかかっているんだからな。金ができなけりゃ、首のかわりに娘をつれて行くからそう思いねえ、と念を押して帰ったのだという。

「おいら、その話を今朝になって、お米ちゃんから聞いたんだ。三ちゃん、あたしは地獄へ売られたって、お爺さんのためなら仕様がないけれど、あたしが行っちまうとお爺さん一人になってしまう。誰も面倒を見てくれる身寄りはないし、あんなにのんだくれだけれど、本当は可哀そうなお爺さんなんだから、たのむわよって、泣かれちまったんだ」

三太はぷいと暗い堀割の方を向いてしまった。風はないが、しいんと底冷えのする星月夜だった。

「くそ食いやがれ。今になって泣きっ面したたって始まるけえ。おいら、啖呵《たんか》を切って、突っ走ったんでござんす。なあにね、あんちゃんの前だが、ちょいと職《しょく》を働きゃ十両ぐらいなんでもねえでござんす。けれど、今からいい鴨を見つけていたんじゃ間に合わねえ。お安い御用だ、こんな時にゃあんちゃんの金をつかうにかぎると思いやしてね、佐久間町へ飛んで行ったんでござんす。あんちゃんは留守で、姐御さんは観音さまだとわかった。おいらまた観音さまへ突っ走ったでござんす。やっと十両姐御さんから借りて、誓願寺裏へ飛んで行ったら、もうお米は悪七につれて行かれた後で、六爺の奴、ぽかんと家の真ん中へあぐらをかいて、ぽろぽろ涙をこぼししてやがんのよ」

お爺さん、ぼんやりしてたって、お米ちゃんは帰ってこねえぜ。おいらがいつも話す小田原の夢介お大尽《だいじん》から十両都合してもらってきた。いっしょに深川の悪七の家へ乗りこもう、そういって三太はすぐに六兵衛爺をつれて、大新地横丁の梅次の家へ駈けつけたのだという。

「おいら、格子の外で待っていたんだ。悪七って野郎は太え悪党でござんす。お前の家へ行った時なら十両で勘弁するが、娘を家へつれてきちまってからでは手間賃がいる。駕籠代だってかかっていらあ。利息やなにやかやで、五両に負けておこう、十五両出せと吐《ぬか》しやがるんだ。なんと爺さんが泣いてたのんでも承知しやがらねえ。畜生、承知しなけりゃしねえで、こっちにも覚悟があらあ。なああんちゃん」

「じゃ兄貴さん、お爺さんはまだ梅次姐さんの家にいなさるんだね」

「いなさるでござんす。額を畳へこすりつけてたのんでいなさるでござんす。娘は二階へ押しこめられて、泣いていなさるんでござんす」

「おらが行って見るべ。ほかにも用があるが、兄貴さん、その家へ案内してくれないかね」

珍らしく底光りのする夢介の細い目だった。

掛けあい

「あら、お前さんは――」

三太を表に待たせておいて、夢介が玄関から案内を乞うと、これからお座敷へでも出るところか、梅次が派手な裾《すそ》をひいて立ってきて、顔を見るなり、見おぼえがあったのだろう。ぎくりとしたようだ。

「お晩でごぜえます。姐さんにはこの春のころ、たしか一度お目にかかっていますだが、おら小田原在の百姓夢介でごぜえます。今日は芝露月町の伊勢屋の若旦那の代理で、お邪魔にあがりましただ」

「まあ、若旦那の代理で、——あんさん、どうしようねえ」

悪たれ芸者の梅次も、折りが折りだから、相手、噂に聞いている夢介では一人で計らいかねたらしく、茶の間の悪七の方へそこに立ったまま聞いた。行儀の悪い女である。

「伊勢屋の代理ならかまわねえ、上ってもらいな」

男だから悪七はさすがに図太い。

「そんなら御免下せえまし」

夢介も遠慮なく上って茶の間へ通った。長火鉢の前に、これまで一つ目の御前の取巻きとして、度々敵味方の立場でにんてん顔をあわせてきた深川の悪七が黒襟のかかった派手な半纏《はんてん》を着て、どっかりとあぐらをかいていた。こうして見ると、渋い面構えのちょいと凄味の利く男ぶりだ。

その傍へ梅次が坐って、澄しこんで煙管《きせる》を取りあげる。これもなかなか美人で、稼業柄水際立った化粧ぶりだが、今日若旦那の総太郎が珍しく名言を吐いていたとおり、これはどこか冷たくて、意地が悪く、少しもうるおいというものが感じられない方の美人で、なるほどこれならお多福でもお松の方が余っ程女らしい。

その茶の間の片隅に、古びた半纏股引《ももひき》姿の六十ばかりの爺さんが、石のように固くなってうなだれているのが、ひどく寒気《さむげ》である。三太がいっていた六兵衛爺さんに違いない。

「夢介さん、飛んだ対面だな。用ってのはなんだえ」

悪七がにやりと薄ら笑いをうかべる。

「さっそくでごぜえますが、今日こちらさんから伊勢屋さんの方へお手紙がありましたそうで、その件について、どれくらい手切金を出したらいいんでごぜえましょうか」

「なんだと――」

「へえ、こちらの梅次姐さんと、うちの若旦那と手を切ってもらうには、いくらぐらいお金を差上げたらいいんでごぜえましょう」

味も素気もなく平気で面と向って繰り返す夢介だ。

「やいやい、冗談も休み休みいえ、誰が手切金をよこせといった。おれたちはゆすりじゃねえぞ。散々夫婦約束をしときやがって、いくら客と芸者にもしろ、一言の断りもなくほかから嫁を貰うなんて、あんまり勝手すぎらあ。一体梅次をどうしてくれるんだ。若旦那と固い約束があるばかりに、今まで折角いい旦那がいくらもあったのに、みんな断ってきたんじゃねえか。この始末はどうつけてくれるつもりなんだ」

「それが本当なら、すまねえこってごぜえます。五十両出しますべ、それで勘弁してもらって、そのかわりにこれからは折角いい旦那を取って下せえまし」

なんだか頭から小馬鹿にされているような口ぶりだ。悪七は嚇《かっ》となって、

「こん畜生、あんまりなめたことを吐しやがると、ただじゃすまねえぞ。ようし、もう承知できねえ、そっちがそんな了簡《りょうけん》なら、こっちにも覚悟があらあ、なあお梅、こうなったらなんでもかんでも若旦那の嫁にしてもらおうじゃねえか。――やい、田吾作《たごさく》、伊勢屋へ帰って若旦那にそういっておけ、明日の朝、こいつをつれて行って店先へ坐りこんで、嫁にしてくれるまでは死んでも動きませんとな」

と、凄んで見せる。

「それには及ばねえこってごぜえますだ」

「そっちは及ばなくても、こっちは押しかけるんだ」

「わかんねえもんだな。梅次姐さんは、本当にあの若旦那の嫁御になりてえほど惚れているんかね」

「あたりめえよ。それをたのしみに今日まで待ち暮していたんじゃねえか」

「よくわかりましただ。そんなら明日とはいわず、今夜からおらが梅次姐さんを家へあずかって行くべ」

「なんだと、——手前んところへつれて行って、お梅をどうしようというんだ」

「芸者の梅次姐さんじゃ、御近所さまの手前大店《おおだな》の嫁御にゃできねえだ。一旦おらが預かって行って、おらの妹ということにして、立派に嫁入りさせるだ。そのかわり七五郎さんとは兄妹の縁も間夫《まぶ》の縁も、今夜かぎりきっぱり切ってもらいますべ」

ぬけぬけとしていい切る夢介だ。

「こん畜生、ふざけたことを——」

片膝立ちになっては見たものの、夢介の凄い底抜力は度々見せられてよく知っているから、さすがに悪七も手は出しかねる。と見て取って、

「梅次姐さん、お前さまから兄さんによくたのんで下せえまし、騙した若旦那は

さぞ憎かろうが、ここでお前さまが無理を通すと、たくさんの人が泣きを見るようになる。そんなとこを汲んでもらって、どうかよろしくたのみますだ」

夢介は隙《すか》さず大きなおじぎを一つした。

「七さん、五十両で負けて置きよ」

梅次がこっちの顔は見ず、ふてくされたようにいい出した。

「だってお前、たった五十両じゃ――」

片膝立てた手前、すぐにはうんといいかねる悪七だ。

「いいじゃないか。一文にもならないよりましさ。折角出てきたんだから、ここは一つ田舎のお大尽に花を持たせておやりな、功徳《くどく》にならあね」

「おい、お大尽、五十両に負けとくとさ。金をおいてさっさと帰りな」

「ありがとうごぜえます。そこでもう一つ、ついでにたのみがありますだ」

夢介はそういっておいてからさっきのまま顔一つあげようとしない哀れな年寄りの方を向いた。

「失礼でごぜえますが、浅草誓願寺裏の六兵衛さんでごぜえましたね」

「は、はい」

六兵衛がびっくりしたように、おどおど顔をあげた。

「おら、三太さんの知合いで、小田原の夢介といいますだ。七五郎さんに賭場で借りた金はたしか十両でごぜえましたね」

「は、はい」

「七五郎さん、おらが利息の五両払いますべ、ついでに娘さんをお年寄に渡してやってもらえねえでごぜえましょうか。たのみますだ」

夢介は真正面からじっと悪七の目を見すえる。口は穏かだが、なんとなく奥底の知れない大きな面魂だ。

「よし、せっかくの大尽の口利きだ、利息は十両、一文も負からねえよ。それでよかったら手を打ってやろう」

悪七もなかなか抜目がない。

「ありがとうごぜえます。手を打ちますべ」

夢介が内ふところへ手を入れて、二十五両づつみを二つ出してそこへおき、もう一つ出してぶつりと封印を切った時、

「お爺ちゃん」

二階からそっとおりてきて、襖《ふすま》の蔭からでも聞いていたのだろうか、十五六とも見える桃割《ももわれ》の娘がいきなりはずむように駈けこんできて六兵衛の膝にすがり

ついた。

「あ、お米、すまなかった。か、かんべんしてくれ、お爺ちゃんが、お爺ちゃんが悪かった」

その肩をしっかり抱いて、人前もなくううッと、手放しで泣き出す六兵衛だ。

小判を数えている夢介の手がかすかにふるえて、ほろりと涙がこぼれ散る。

お銀は泣く

「浮世の義理は辛うござんす」

ちんぴら三太は鼻唄をうたいながら、暗い夜の街を駈け出していた。

夢介が六兵衛爺さんとお米をつれて無事に梅次の家を出たのを見かけ、うれしかったから余っぽど飛び出して行って声をかけように思ったが、それができない。出て行って、爺さんやお米ちゃんに礼をいわれたり、ありがたがられたりするのが厭《いや》なのだ。礼なんてものは口に出していうのも、いわれるのも照れくさい三太である。

夢介は大新地横丁を出ながらも、しきりに三太を探しているようだったが、とうとう三太は出て行かなかった。どうせ親切なあんちゃんのことだから、おいらがいなければ自分で二人を浅草まで送って行くだろう。そうだ、そのかわりおいらはやきもち嬶に御注進と出かけよう。とにかく十両という大金を清く貸してくれたんだから、そのくらいの義理はある、と三太は気がついたのである。

「さいならでござんす。おいら御注進でござんす」

気がつくといっしょに、三太はもう駈け出していた。夢介がお爺さんとお米をいたわりながら、のっそりのっそり歩いていた後姿が瞼《まぶた》に残ってあたたかい。

「あんちゃんは大層大馬鹿でござんす」

大きな図体をして、悪七や梅次におじぎばかりして、しかもいいなり放題に六十両という小判を取りあげられたのを、三太は台所へ忍びこんで、障子の穴からすっかりのぞいて見ていたのだ、面憎いのは悪七である、ずしりと重味のある金を手にのせて見て、まさか贋金《にせがね》はまじっちゃねえだろうな、と吐して、にやりと笑いやがった。畜生、その中に一度はきっと手前のふところを狙ってやるからおぼえてろ。

「ふん、六兵衛爺さん、今夜はいやにしょぼんとしてたぜ。からだらしがねえよ」

少し飲んでいると、大きな江戸前の啖呵を切って、臍曲《へそまが》りで、世の中で恐いのはお米の小言だけといった風なおもしろい親爺だ、さすがに今夜は手も足も出なかったようだ。娘の肩を抱いて、うれし泣きに泣いていた姿が、まだ目にちらついている。

「まあいいや。今夜は爺と孫娘《まご》が枕をならべて安心して寝られるだろう」

人のことでもうれしくなる。足をゆるめて一息ついていた三太は、またとっと駈け出した。

「浮世の義理でござんす。おいらは御注進でござんす」

両国へ出て、浅草橋をわたって、左衛門河岸へ折れて、さて今夜はおかみさん姐御をなんといって担《かつ》いでやろうかなと考える三太だ。

「この頃おかみさん、前ほど妬《や》かなくなったからな」

けど、昼間観音さまではたしかに涙を拭いていた。あんちゃんの口ぶりでは夫婦喧嘩をしたようでもないし、どうしたんだろう。懐かしい夢介の家の前へ出た。三太が大威張りで出入りができるのはこの家だけである。

「お晩でごぜえます」

がらりと格子をあけて、夢介の口真似が出る。

「誰方《どなた》――。三ちゃん？」

「へえ、三ちゃんでごぜえます。上りますでごぜえます」

遠慮なく上って、茶の間の襖をあけると、長火鉢の前に坐っているお銀の顔がいつになく蒼ざめているようで、強いて笑顔を見せたが、なんとなく尖った目の光だ。

あれえ、こいつはおもしろいや、今夜は大やきもちだぞ、と三太は急にうれしくなってきた。

「姐御さん、おいら、さっき借りた十両だけおいらん買ってきたのでござんす」

「そうお、おもしろかった」

「おもしろかったでごぜえます。けど、悪いことはできねえもんでごぜえます。廊下でばったりあんちゃんに逢っちまったのさ、えへへ」

お銀は黙って俯《うつむ》いて、指で火鉢のふちを撫でている。蒼白い富士額だ。いまににょきりと角《つの》が生えそうだ。いよいようれしい。

「おいら、叱ってやったのよ、姐御さんに十両借りた義理があるからね。義理は辛うござんすさ。あんちゃん、お前なんだってこんなところへきたんだ。田吾には勿体ねえいい嬶を持っているくせに、浮気もたいがいにしねえな。姐御さんが浅草の観音さまへおまいりして、泣いていたぜって、いってやると、それでもあんちゃんいいとこあるな、本当にお銀、泣いていたかねって、べそをかいたぜ。きっと姐御さんに胸倉とられるのを考えて、恐しくなったんだな。――あれえ」

俯いていたお銀が、つと赤い袖口を見せて、そっと涙を拭いたのである。そら来た、と思ったから、

「厭だぜ、姐御さん、もうやきもち妬いてんのか、涙なんか拭いて」

「ふ、ふ、生《なま》おいいでない」

濡れた目をして睨んだお銀の顔が、淋しげに頬笑みながら、何かうれいに沈んでいるようだ。どうもいつもとはだいぶ様子が違う。

黒頭巾の客

「姐御さん、今夜は余っぽどどうかしているんだな」

いくらからかっても、お銀がいつものように乗ってこないので、ちんぴら狼の三太は呆れて詰《つま》らなそうだ。

が、今夜のお銀はそれどころではない。鎌いたちの仙助という恐しい男に、九つ（十二時）を合図に両国の石置場までこい、と呼出しをかけられている。行く

のは、仙助に負けて女房になるということだし、行かなければ、きっと何か祟りが夢介にくるだろう。

——いざとなれば、あたしだっておらんだお銀だ、鎌いたちなんかに負けてたまるもんか。

——勝気だから、そうは思う、今夜石置場へ行って、鎌いたちをやっつけるか、自分が殺されるか、おらんだお銀なら後へひきはしない。そのかわり勝っても負けても、もう二度と夢さんのところへは帰ってこられなくなるのだ。

人の運命なんて、どうしてこんなに皮肉なものなのだろう。やっとあたしの真心が通じて、小田原へつれて帰ると、あの人がいい出し、故郷《くに》の阿父つぁんが許してくれるかしらと心配したら、おら誰がなんといってもお銀が好きだと初めてしっかり抱いて口唇まで吸ってくれたのは、たった今朝のことなのだ。あたし本当にうれしくて、このまま死んでしまいたいとさえ思った。そして、なんだかあんまり果報すぎる、何か思いもかけない悲しいことが起るんじゃないかしらと気にしていたら、案の定これなのである。一体どうしたらいいのかしら、あたしはやっぱりあの人のおかみさんになれないように生れついているのかも知れない。

「あのねえ、三ちゃん——」

我ながら沈みこんだ声が出る。

「なんでござんす、おかみさん」

わざと恍《とぼ》けた顔をして見せる三太だ。

「本当はあたしたちね、こん度小田原へ帰ろうかって相談していたところなの」

「ふうむ、結構でござんすね」

「それが急に駄目になってしまったのさ」

「さいでござんすかね」

ああそうか、この子は臍を曲げている。肉親のない子だから、置いて行かれるのは淋しいのだと気がついた。

「帰る時はぜひ三ちゃんもつれて行くんだって、うちの人たのしみにしていたよ」

と、お銀がそれとなくいい足した。

「おいら田舎なんか真っ平でござんす、この職は江戸にかぎるんだ」

「またそんなことをいう、どうせあたしは残るんだから、そんなに自棄《やけ》になっちゃ駄目よ」

「へえ。夫婦別れすんのかい」

妙に底意地の悪い顔だ。一度ひねくれ出したら、なかなか素直になれない性分らしい。元は自分もそうだったのだから、その本心の淋しさはわかりすぎるほどよくわかっているお銀である。

「そんなことになるかも知れないわ」

「止せやい。それで姐御さん今夜は変なんだな。ちぇッ、夫婦喧嘩なんか犬も食わねえや」

「喧嘩じゃない、仲はとてもいいんだけれどその仲を裂こうって悪党が出てきて、おれの女房にならなけりゃ、うちの人を殺すっていうんだもの」

お銀はやっぱりため息が出る。

「こいつあおもしろいや。それであんちゃんの方が恐くなって、別れようっていうんかい」

「そうじゃない、あの人はまだ知らないんです。今日観音さまで三ちゃんに別れてから持上った話なの」

「ふうむ。じゃ姐御さんがその悪党の方もまんざらじゃねえから、あんちゃんを殺すのも可哀そうだし、ここいらで一つ馬を牛に乗りかえてみようってのかい」

「承知しないから、三ちゃん、誰が馬で誰が牛なのさ」

「そうよなあ、そりゃどうしてもあんちゃんの方が牛だろう。ありゃたしかにのっそり牛だもんな」

「お気の毒さま、あたしはなんの因果か、あののっそり牛が可愛いくて可愛いくて仕様がないんですからね」

「えへ、へ、争われねえもんでござんす。のっそり牛の嬶アがよだれを流してらあ。馬鹿におもしろくなりやがったぞ」

「なにがおもしろいのさ」

「こん度は姐御さん、焼玉《やきだま》か、卵の目つぶしか、どっちにするんだえ、おいら助太刀してやるぜ」

「それがねえ——」

お銀は又しても急にしょぼんとなって、

「あたしがそんな真似をすると、うちの人がとても厭がるもんだから」

「ああそうか、それで姐御さん、あんちゃんの帰りを待ってんのか」

「本当をいえばそうなの、今夜の九つに返事をしろっていうし、あたしどうしていいかわからなくなってしまった」

「その悪党ってのは、そんなに恐しいのかい」

「鎌いたちの仙助といってね、恐しい人殺しなの」

「ふうむ、鎌いたちか。そいつはちょいと、おどろいたな。まだ人に顔を見せたことがない奴だっていうけれど、くどかれるくらいだから、じゃ姐御さんは某奴《そいつ》の顔を知ってるんだね」

ちんぴら狼といわれるだけに、そういう方にはよく知恵のまわる三太だ。

「知ってるわ。昔ならあたし、ちっとも恐くなんかありゃしないけど」

「あんちゃんに惚れているから急に恐くなったのかい。いいとこあるんだな。お銀姐御も」

「三ちゃんだから本当のこというけれど、あたしあの人と今さら別れるくらいなら死んじまいます」

「あれえ、目の色が変ってきたぜ。さいならでござんす。おいら、牛《うし》あんちゃんを呼んできてやらあ。のんびり牛だから、また六兵衛爺さんと話しこんでいるといけねえからね」

「あら、あの人、じゃ吉原にいるんじゃなかったの」

「あっ、いけねえ。さいならでござんす。浮世の義理でござんす」

首をすくめてひょいと立上った三太は、玄関の間の襖へ手をかけようとして、あっと飛びのいた。こっちが襖をあける前に向うからするりと音もなくあいて、

そこに立っていたのは風よけ頭巾を目深《まぶか》にかぶった、どこか商家の旦那とも見えるがっしりとした男で、

「小僧、お前はそこに坐ってな」

三太に部屋の隅を顎でしゃくって見せながら、自分はうしろざまに後の襖をしめて、お銀と差し向いの長火鉢の前へ、すっと坐ってしまった。

――あっ、鎌いたち。

頭巾の中の剃刀《かみそり》のような目に射すくめられて、三太は直感でそう思いながら、ぞっと背筋が寒くなる。

「九つにはまだ間がありませんか」

さすがにお銀姐御だ、咎《とが》め立てるようにいって、恐れげもなく男の目を見すえている。

「少し早いのは承知できたのさ。一人じゃお前が出にくいだろう、おれから夢介によく訳を話してやろうと思ってきたんだが、留守のようだね」

悠々と腰の煙草《たばこ》入を抜きながら、鎌いたちは頭巾の中でにやりと笑ったようである。

「うちの人帰ってきたら、気ちがいだと思ってびっくりするでしょうね」

口では負けていないお銀だが、まさか家へまで押しかけてこようとは思いもつかなかったし、こんなところへなにも知らずにあの人が帰ってきたら、どんなことになるんだろうと、気が気ではなくなってきた。といって、こうなっては所詮ただでは帰らない鎌いたちなのである。

くだまき上戸

その頃――。

両国の『梅川』で気の毒な六兵衛とお米に夕飯を馳走した人の好い夢介は、ぐでんぐでんに酔ってしまった六兵衛を背負って梅川を出なければならない羽目になっていた。

「私もう酒は止めます。酒さえ飲まなければ、こんなひどい目にも逢わずにすんだんでございますから」

深川から道々、何度もそういって後悔をしていた六兵衛爺さんだが、料理といっしょに一本ついてきた銚子を、寒い時だから一本ぐらいは体があたたまって薬になるから、とすすめて見ると、根が好きらしくたちまち相好をくずして、いいえ、酒は止めますから、とは決していわなかった。

「お爺ちゃん、もう御飯いただいたらどう――」

お米がそう心配し出した時分には、この二三日の心労から救われてほっとしたのと、空っ腹のせいもあったのだろう、ころりと酔ってしまって、

「べらんめえ、あっしゃこれでも江戸っ子だ、ねえ旦那、世の中にあんな汚ねえ野郎はありやしねえ、あんまり憎いことを吐しやがるから、いっそ叩っ殺してやろうかと考えていたのよ、なあに、年は取ってもべらんめえ、あんな汚ねえ虫けら野郎なんかにゃまだ負けるもんか。若い時あっしゃね、これでも草相撲じゃ三役だったんだ、本郷の六兵衛っていや、下町一帯を押しまわして鳴らしたもんさ、本当ですぜ、そういや、旦那の体はまた馬鹿に立派だねえ、この体じゃどうしても大関だ。ね、そうだろう、旦那」

と、いい御機嫌になってきた。

「その強い大関が、なんだって悪七なんかに頭を下げたんだね、あっしゃ気に入らないね。借りた金はまあ仕様がねえや、けどもよう、六十両という大金を耳を揃えてならべた揚句、大関が頭を下げることはねえや。あっしゃ口惜しいよ、馬鹿に口惜しいや」

「お爺ちゃん、厭だったら」

お米が困ったように、はらはらしながら悲しい顔をする。

「なんだ、お米か。あ、わかってるに、お爺ちゃんが悪い。ちゃんとわかってるんだ、旦那は全く神さまさ、お爺ちゃんは本当に助かった。神さま旦那の前だから正直にぶちまけるんだが、旦那、この娘は可哀そうな奴でしてね、実は父《てて》なし子なんでさ」

「お爺ちゃんてば――」

「なあに、お米、旦那は神さまじゃねえか、みんな聞いといてもらおうや。あっしの一人娘が、お光ってあまでしたがね、親の在金《ありがね》をさらって、地まわりのごろつきと駈け落ちをしやがって、そのためにまあ、あっしも自棄になって親の代からの蕎麦屋をつぶしちまったんだが、それでもお光だけ満足に暮していりゃ、文句はねえとね、親馬鹿ちゃんりんでさ。罰あたりだから、そうは神さまが許さねえ、生れたばかりのこの娘を抱えて、男に棄てられて行くところがねえもんだから、乞食みたいになって親んとこへ帰ってきやがった、どうせ罰あたりだから、すぐに死にましたがね、この娘にゃなんの罪はねえ、罪はねえのに親の因果で苦労するかと思うと、あっしゃ不憫で不憫でどうしても人手にかけられねえ、やっとまあこれだけに育てておいて、その大切なお米を博奕《ばくち》であぶなく人に奪られるところだった。ありがとうござんす、あっしゃ焼きがまわってしまったんだ。年ですねえ、もしどうしても今夜、お米が取り戻せなかったら、あっしゃ大川へ身を投げて死ぬ気でござんした」

「もういいってば、お爺ちゃん」

とうとうお米がしくしくと泣き出してしまった。身なりこそ貧しいが、少しも貧に染ったところの見えぬおとなしそうないい娘である。

さて勘定をすませて帰るとなると、草相撲の三役の足も腰も、ふらふらになっていて、満足に歩けそうもない。

「あぶないから、その辺までおらがおぶって行くべ」

夢介が梅川の玄関から背負って出ると、

「すまねえな、旦那。けど、お世辞じゃねえが、大関だけあって旦那の背中は大きいねえ。このくらいがっしりした肩幅だと、おんぶされても安心で気兼ねがいらねえや」

と、六兵衛爺さんはいい気なもんである。本当ですね、お爺さん、と夢介とは大抵顔見知りの梅川の女中がみんなくすくす笑いながら送っていた。

外は寒くて暗い星空だった。まだ小半丁も歩かない中に、爺さんはおぶわれ心地のいい背中で軽い鼾《いびき》さえかいている。長い年月不憫な孫娘を男手一つで育てあげるために、精根をつくして苦労してきた気の毒な年寄を、少しの間でも自分の肩の上で安心して眠らせてやれるのだと思うと、夢介はなんとなくゆたかな気持だった。

「お米さん――」

「はい」

爺さんの草履を持って、うなだれ勝ちについてきたお米がそばへ寄ってきた。

「おらの家な、ついそこの佐久間町にあるだ。寒いから、下谷まで帰ってお爺ちゃんが風邪引くといけねえ。今夜は二人でおらの家へ泊っておいで」

「はい。でも、そんなに、そんなに御心配かけては申し訳ないんですもの」

「なあに、そんな遠慮はいらねえだよ。おら三太兄貴さんとは兄弟分の約束しているだ。あっちが兄貴分だ。おらお人好しの弟分さ」

「三ちゃんにも、こん度はすっかりお世話になっちまって――」

「あの兄貴さんも不仕合せな兄貴さんだもんな、それをお爺ちゃんやお米さんが、いつも親切にしてくれる、人間はみんなお互いっこのようなもんさ」

「あたし、どうしたら旦那にこの御恩返しできるかしら」

「そんなことは無理に考えねえでもいいだ。お米さんは親切だから、人に親切にされる、それでいいだよ」

浅草橋から左衛門河岸へ入って、間もなく佐久間町だが、そこには思いもかけない鬼が待っていようとは、全く知らない夢介である。

男と男

「お銀、今帰ったでごぜえます」

夢介はお米に格子をあけてもらって、玄関へ立ちながら、明るく茶の間の方へ声をかけた。

「お帰んなさい」

返事はあったが、いつものようにすぐ立ってくる気配はない。あれえ、帰りがおそかったんで、おらが嫁っ子また臍が曲ったかな、と思いながら、

「お客さまおつれ申したでごぜえます」

夢介は六兵衛爺さんをおぶったまま、かまわず茶の間の襖をあけた。おや、と

びっくりする。ここにも頭巾をかぶった妙な客が一人あって、部屋の片隅には三太が目を尖らせて坐っているし、お銀はその客と長火鉢を中に差し向いになりながら、なんとなく蒼ざめた必死の目を見あげてくるのだ。

「あれえ、お客さまかえ、お銀」

「すいません、立たないで」

「いいだとも、おらのお客さま少し酔っているで、そんなら奥へ案内するべ、お米さんもいっしょにくるがいいだ」

夢介は小さくなっているお米をうながしながら奥の間へきた。

押入から夜具を出させて、まだ鼾をかいている太平楽の六兵衛をそこへ寝かせて、

「お米さん、おらあっちの客にちょっと挨拶してくるから、待っていておくれ」

と、気の毒そうな顔をした。

「いいえ、あたしたちはいいんですけれど、三ちゃんもきていましたね」

ただ事ではない、とお米の目にもわかったのだろう、不安そうにするのを、

「そうだ、いま兄貴さんを相手によこすべ」

夢介はなぐさめるようにいって、奥の間を立った。

とにかくただ事ではない、とはいくらのっそり牛でもわかっているが、しかしまた大抵な事ではあんまりあくせくしない得な性分である。もそりと茶の間へ戻ってきて、自分のいつもの席には妙な頭巾の男が横柄に坐りこんで煙草を吹かしているので、末席へ坐りながら、

「お晩でごぜえます。ただ今は失礼しましただ。お銀、誰方さまだね」

夢介は穏かな目をお銀に向けた。

「気ちがいなんです、この人」

いいようがないのと、恋しい男の顔を見てやっぱり安心したのとで、目を吊りあげながらつい口走っているお銀だ。

「なにいうだ、お銀、そんな失礼なことというもんではねえ。――お客さま、ご免下せえまし、家内は嚇となると、時々こんなことがあるんで困りますだ。どうぞ勘弁して下せえまし」

「いいよ、おれはお銀のいうとおり、ことによると気ちがいかも知れねえ」

鎌いたちはぽんと煙管をはたいて、煙草入にしまった。

「夢介さん、なにを隠そう、おらあ浮世の裏街道を行く鎌いたちの仙助っていう盗人《ぬすっと》だ。名前ぐらいは聞いたことがあるだろう」

「さあ、おらまだ世間が狭くて、その方にはあんまりつきあいがごぜえませんから」

「そうでもあるめえ。この女はおらんだお銀という盗人仲間だ。お前この女とよろしくつきあってるようじゃねえか」

「あ、そうでごぜえました。うっかりしていましただ。けれど、うっかりしてるくれえでごぜえますから、お銀は足を洗って、いい女になってから、おらが惚れて女房にしただ」

少しも悪びれずに、にこりとする夢介だ。

「そいつがおれは気に入らねえから、今夜お前に掛合いにきたんだ」

「掛合いっていうと、どんなことでごぜえましょう」

「このお銀はおれと三年前に、東海道薩埵峠で夫婦になるという固い口約束があったんだ。して見りゃおれの女房同然のお銀を、お前は誰にことわって嬶にしたんだ。と今さらそんな野暮を振りまわしたって仕様がねえ、どっちから惚れてくどいたか知らねえが、惚れたから夫婦になったんだろう。それはそれで水に流してやらあ。が、流せねえのは三年前の夫婦約束だ。事もあろうに、この女は亭主のおれにおらんだ渡りの眠り薬を一服盛って、胴巻まではたいて逃げやがった。

黙って見のがしておいたんじゃ男の顔が立たねえから、今夜改めて受取りにきたんだ。本当なら黙ってつれて行ってもいいんだが、それも男らしくねえと思ったから、わざわざお前の帰りを待っていたのよ。どうだ、渡してくれるだろうな、夢さん」

男がともかく自分の恥までさらけ出しての掛合いだ。これはただではすまないと思いながら、

「本当かね、お銀、お前、そんなことがあったんかね」

と、夢介は呆かんとした顔をお銀に向ける。

「だから、だからこの人は気ちがいだっていったじゃありませんか」

なんといわれても云訳の立たないお銀だ。ただ夢介に愛想をつかされるのが恐い。

「厭だ、棄てちゃ厭だ。棄てないで、夢さん。お願いだから」

もう恥も見栄もない、お銀は嚇となって身もだえしながら居ざり寄って、男の逞《たくま》しい首っ玉へしがみついてしまった。

「なにも、泣かなくたっていいだ。子供じゃあるめえし」

その肩を抱いて、静かに撫でさすってやりながら、

「仙助さん、お前さまこの女に惚れていなさるんだね」

夢介が二本棒といった野放図な恰好で、妙なことを聞く。

「そいつあ大きにお節介だろうぜ」

苦い顔の鎌いたちである。

「お節介かも知れねえけれど、お銀はこんなにおらに惚れているだ。嘘でおらにかじりついているんじゃねえのは、お前さまの見ていなさるとおりだ」

「だから、どうしろっていうんだね」

「金は、その時奪った胴巻の金は、おらがそっくりお返しして、おらも両手ついてあやまります。おらでなけりゃ、誰もこのお銀を仕合せにしてやれる男はねえだ。どうか勘弁してやって下せえまし。お銀、お前も両手をついて、仙助さんにあやまるだ」

いやいやをして、放れようとしないお銀を、夢介は無理に引き放して坐らせようとする。

「ならねえ、そんなことで誰が勘弁するもんか。ふん、手前も余っぽど大甘野郎だぜ」

「へえ、おら大甘野郎でごぜえます。だから――」

「置きやがれ。あんまりふざけたことを吐すと、腕ずくでもおらあ、そのあまをつれて帰るぜ」

　頭巾の中の目がぎらぎらと殺気立ってくる、嚇となると、いつ匕首《あいくち》を引抜きざまに躍りかかるかわからない残忍な鎌いたちだ。見ていた三太が冷やりとして、思わず首をすくめた。

「親分さんはお銀をつれて行って、どうしようって肚でござえますかね」

「男の意地だから、一度は女房にする。あきたら女郎に叩き売ってやるから、手前未練があるんなら、それから金で買い戻しゃいいだろう。後のことは文句はいわねえよ」

「それゃおら、考え違いだと思いますだ。男は一人でも世の中の人の仕合せを考えてやるのが、本当の意地というもんだ。ことに弱い女はいじめるもんではねえ、おらたちはみんなおふくろ様のお乳飲んで、育ってきただからね、そのおふくろ様に免じて、どうか勘弁してやって下せえまし」

「おい、もう文句は聞きあきた。ちょいと外へ出てくれ」

「へえ」

「それとも黙ってお銀を渡すか」

「せっかくでござえますけど、おらの女房は渡せません」

きっぱりといい切る夢介だ。

「よし、柳原土手で勝負をきめよう。支度をしねえ」

「支度はいらねえだ、そんならどこへでもお供しますべ」

睨みつけて、ぬっと立上る鎌いたちと同時に、夢介ものっそりと立つ。

「夢さん――」

さっと目を血走らせて袖をつかんだお銀が、

「あたしも、あたしもいっしょに行く」

どうやらおらんだお銀になりかけたようだ。

「なにいうだ、男は男同士、その荒い気を早くなおさねえと、いつまでもいいお嫁にはなれねえぞ、お銀」

いつになく夢介の目が男らしくきらりと光る。

柳原土手

夢介は鎌いたちの仙助と肩をならべて、新シ橋をわたった。やがて九つに近い片割れ月が、郡代《ぐんだい》屋敷の森の上あたりから氷のような寒い光を投げかけていて、それでなくてさえ、夜は物騒な柳原土手だから、もう人通りなどがあろうはずはなかった。

その柳原土手へこれから命のやりとりに行く二人だが、そうして肩をならべて歩いているところは、ちょっと夜道のつれとしか見えない。

——この野郎、田舎者のくせにおれを甘く見ていやがるのかな。

鎌いたちは夢介があんまり平気な顔をしているので、歩きながら、意外でもあり面憎くもなって、いまに見ろ、おれがどんなに凄い男かその時になって吠面《ほえづら》かくなよと、一層残忍な気持を駆り立てられてくる。

が、事実夢介はたとえどんな兇賊であろうと、別に少しも恐いとは思っていないのだ。腕に自信があるというより今は可愛いお銀のためにどうしても闘わなければならないとすれば、男らしく闘うまでだと、野太く肚をすえているのである。

「おい、この辺でいいだろう」

むっつり歩いていた鎌いたちが、急に立止った。神田川にそってやや郡代屋敷の方へ歩いた大柳のあたりである。月かげは冴えているが、ここなら柳の蔭になって、対岸から見とおされる心配はない。

「やるかね」

もそりと立った夢介は、相かわらず柔和な顔色を少しも変えなかった。

「支度をしねえか」

「おら、別に支度はいらねえ」

「そうか、遠慮はしねえぞ」

頭巾の中の鎌いたちの目が冷酷にせせら笑って、ぎらりとふところの匕首を抜いた。殺人鬼ともいわれる男だから、両手で柄を握りしめ、ぐいと胸元へ引きつけた必殺の構えで、切尖《きっさき》はぴたりと敵の鳩尾《みぞおち》を狙っている。この手でいく人かの命を奪っているのだろう、勝ちほこった全身からぞっとするような殺気がみなぎり立っている。

ついにくるところまできたのだ。が、六尺ばかり離れて立った夢介は、まだ人事のようにぽかんと鎌いたちの方を眺めながら、なんの敵意もなければ、恐怖らしいかげさえうかべていない。

「畜生――」

鎌いたちは低く呻《うめ》いた。敵意でもいい、恐怖ならなお文句なしだ、相手に感情の動揺さえあれば、それにつけこんで一気に殺到して行けるが、これは全く気合が違う。強いのか弱いのか見当がつかないのだ。人の命は平気で狙うが、自分の命は惜しいのが悪党の常で、こう八方破れに落着かれていると疑心暗鬼を生じ、ちょっと手出しがしにくい、ただ兇悪な目をぎらぎらさせているばかりだ。

どこか遠い下町を火の番の拍子木がまわっている。

「喧嘩はやめねえかね」

夢介がふっとのんびりした声を出した。

「くそッ――」

その声がいかにも木偶《でく》の棒のように聞えたので、こいつ見かけ倒しだと感じたとたん、鎌いたちは急に強くなってたっと地を蹴っていた。

「あぶねえ」

体ごと火のように突っかかってきた匕首の手を、もそりとは見えてもいざとなれば心得のある夢介だがら、とっさに身をかわして流れる利《き》き腕をぐいとつかみ止めた。はっとして、素早くその手を振切ろうとしたが、例の底なし力である。まるで万力にでもかけられたように、びくとも動かない。

「うぬッ放せ」

「放したらお前さま、またおらを突く気じゃねえかね」

「知れたことよ」

口では強がって見たが、全く恐しい力だ。今にも骨がくだけそうな激痛が全身を走って、鎌いたちは思わず仰反《のけぞ》るように脂汗《あぶら》をうかべながら歯を食いしばり、ぽろりと匕首を落してしまった。

「喧嘩はもうよすべ」

それと見た人の好い夢介は、つかんでいた手をあっさり放した。

「おら、まだ死にたくねえだ」

「なにを吐しやがる。甘く見て後悔するなよ」

さすがに痛む手をさすってはいるが、太々しく睨みつけて、決して負けた顔はしない鎌いたちだ。

「そういわねえで、勘弁してやってくれねえだろうかね、お銀は本当におらに惚れているだ。自惚《うぬぼ》れるわけではねえが、おらより他にお銀を仕合せにしてやれる男はねえです。厭がるものを無理につれて行くのは罪というもんだ。男のすることではねえ」

「だから、おれが女郎に叩き売った後で、身請《みうけ》するなりつれ出すなりして、精々仕合せにしてやるがいいや」

あくまでせせら笑いながら、足元へ落ちている匕首を拾って懐中の鞘へおさめる。腕ずくではかなわないと、それだけは早くも諦めたのだろう。

「じゃ、どうしてもお銀は勘弁してやってもらえねえのだろうか」

「厭だといったらどうするね」

「どうもしねえだ。おら勘弁してもらえるまであやまります」

「結構だね。そこへ土下座して、額を地に擦りつけて、百まで数えて見な」

「そうしたら許してもらえるかね」

「考えて見てやろうよ」

ふふふと鼻の先で笑っているような信用のできない顔つきだが、男が土下座する、そこまで真実を見せたら、この悪党のひねくれた根性がひょっと人間らしくなってくれないとはかぎらないし、何事もお銀のためなんだから、――夢介はそう考えたので、大きな体をいわれるままに土下座した。凍《こご》えついた寒夜の地の冷たさが、両の掌から額からしんしんとしみついてくる。

――おや、この間抜け野郎。

鎌いたちは呆れたらしい。月の中へ蟇《がま》のように平《へい》つくばった思いがけない恰好を、じろっと見おろして、一度はそろりとふところの匕首をさぐりかけたようだが、急に何かうなずいて、二足三足後へさがり、くるりと背を向けて風のように新シ橋の方へ走り去る。

三太とお米

——罪障消滅《ざいしょうしょうめつ》、南無観世音大菩薩《なむかんぜおんだいぼさつ》、お銀の罪障を消滅させて下せえまし。

夢介は鎌いたちに土下座しているのだとは思わなかった。どうかして深い罪障からお銀を救ってやりたい、鎌いたちの蛇のような執念から解きほどいてやりたい、ただその一心のほかはなんの邪念もなかった。無論鎌いたちに置きざりを食って、一人で柳原土手の月におじぎをしているのだなどとは、全く気がつかない馬鹿正直な夢介である。

「夢さん——」

いつの間に忍んできていたのか、土手下からお銀が飛びつくように駈けよって、いきなり夢介の大きな肩に抱きついた。

「なにしてるんですよう、夢さん」

「あれ、お銀でねえか」

夢介はびっくりしたような顔をあげて、

「鎌いたちの親分さんはどこへ行ったろう」

と、きょとんとあたりを見まわしている。なんとも歯がゆいばかりの間の抜けた顔つきだ。

「もうとっくに行っちまっているのに、あんたって人はどうしてそうお人好しなんだろう。あんな奴のいうことを真にうけて、子供じゃあるまいし、なにも土下座までしなくたっていいじゃありませんか」

眉を吊りあげながら、お銀はひどく昂奮しているようである。

「お客さまを置いて、姐御さんはどうしてこんなところへ出てきたんだね」

「心配であたし、とても家になんかじっとしていられやしません」

「そんなに心配しなくてもいいだ」

「いいってことがありますか。もしあたしがこなかったら、あんたはあんな奴に騙されて、いつまで土下座していたかわかったもんじゃないんです。――口惜しい、あたし」

なんとなく目が血走っているお銀だ。

「なにがそんなに口惜しいんだね」

「あんたに、あんたに土下座なんかさせるくらいならあたし、あんな奴殺しちまう」

「そんな了簡は起すもんじゃねえ。おら、なにもあの男に土下座していたわけではねえだ。観音さまに頭を下げていただ」

「なんですって――」

「おらのお嫁、せっかくいいおかみさんになりたがっているのに、なんのかんのと地獄の鬼が邪魔にくる、可哀そうだもんな、おらが土下座して、大慈大悲の観音さまがお嫁を守って下さるんなら、おら明日の朝までも土下座するだ。おら鬼なんかちっとも恐がっちゃいねえし、また騙すの騙されたのと、そんな小さな了簡は決して持っちゃいねえだ」

　澄んだ目が穏かに微笑さえしている。その大地にゆったりと坐った姿が、全身に月光をあびて、輝くようにも見えたので、お銀ははっと胸をうたれながら、思わず目を見張った。

「いいお嫁になるんだぞ、お銀。おらがついているから、なにも心配することはねえだ」

　大きな慈悲の手をしみじみと肩におかれて、

「夢さん――」

　お銀はうれしい、たのもしいし、昼間からの胸のつかかえが一度に軽くなったような気がして、子供のように手放しで泣き出しながら男にしがみついて行った。

「さ、もう帰るべ。風邪を引くといけねえからな」

そのお銀を助け起して、裾の泥を払ってやり、

「お月さまに笑われるかも知れねえが、お嫁だからごめん蒙《こうむ》ってな、お銀、そらおんぶするだ」

と、自分から肩を向けて、もう他愛もない二本棒になり切っている夢介だ。

その頃――。

夢介の家の茶の間では、出かけにお銀から留守番をたのまれてしまったちんぴら三太が、奥からそっと出てきたお米と長火鉢を間にして、声をひそめながら話しあっていた。

「そんな恐しい鎌いたちにつれ出されて、夢介兄さん大丈夫かしら」

恩人のことだし、今まで逢った人のうちで一番親切で心の立派な人と尊敬しているだけに、三太から一通り話を聞かされたお米は、心配でたまらなかった。

「大丈夫さ。兄貴はあれで怒ると強いんだぜ。大八車を平気で振りまわすんだ、まあ底なし力ってんだろうな」

その実、まだ一度も夢介のそんな力は見たことのない三太だから、これも内心

は不安でたまらない。

「けど、あの野郎も殺しの名人だっていうからな」

「そんなこといっちゃ厭だわ。あのおかみさんだって強いんでしょう」

「強いとも。卵の目つぶしだって、焼玉だって使えるんだ。兄貴の胸倉をつかんで振りまわす時なんざ、凄いからな」

「あら、あんな綺麗なおかみさんが、そんなことするのかしら」

「つまりやきもちってやつだな。面白いぜ、あの大きい田吾あんちゃんが、めちゃめちゃにのされちまうんだからな」

「それだけ情《じょう》が深いんだわ。夢介兄さんのような男は誰にも好かれるから、おかみさんだってきっと心配なのね」

もっともらしい顔をする十六娘である。

「へえ、じゃお米ちゃんも兄貴に惚れちまったのかえ、今日逢ったばかりで、馬鹿に気が早いんだな」

「打《ぶ》つわよ、三ちゃん」

お米は睨みつけて、赤くなりながら、

「でも、夢介兄さんのような人なら、惚れたっていいと思うわ。ちっとも恩人ぶった顔をしないのよ、お爺ちゃんがあんなにくだをまいたのに、厭な顔一つしないで、おぶって家へつれてきてくれるなんて、あたし心ん中で拝んで泣いちまったわ」

目に一杯涙をためている。

「お米ちゃん、そいつを姐御さんの前でいってみな、凄く面白いことになるぜ」

臍曲りだから、三太はつい冷かさずにはいられない。

「三ちゃんにもこん度は、すっかり恩になっちまったわね。忘れないわ。あたしきっと、もし三ちゃんの役に立つ時があったら、どんなことでもするわよ。三ちゃんもあたしも、不仕合せな孤児《みなしご》なんですものね。本当に姉弟《きょうだい》になったつもりで、お互いに力になりっこしましょうね」

本当のことをいわれると、三太もじいんと胸にこたえてくる、だから本当のことはいいたくない三太だ。どこかで犬がけたたましく吠え立てたのが耳についた。

「あれ、犬が吠えてやがらあ、あの犬も孤児で、兄弟がほしいんかな」

「遅いわねえ、夢介兄さん」

「さいでござんす、おいらちょっと様子を見てくるかな」

「そうしてくれない、三ちゃん。なんだかあたし心配だわ、あんなに犬が吠えるんだもの」

「よし来た。ついでにおいら、吠えるんじゃねえ、お米ちゃんが心配するからって、よく犬に意見してきてやらあ」

三太が笑いながら中腰になったとたん、目の前にある襖がするりとあいた。

「あっ——」

黒頭巾の鎌いたちである。

兇賊の涙

鎌いたちがここへくるからには、当然夢介に何か間違いがあったと、思うよりほかはないから、三太もお米もさっと顔色をかえてしまった。

「小僧、動くんじゃねえぞ」

鎌いたちはすっと長火鉢のわきへきて立って、二人を見おろした。ちんぴら狼の三太がどう口惜しがっても、段が違うから、無気味な鎌いたちに睨みすえられては身動き一つできない。

「お銀はどこへ行った」

「知らねえよ」

「本当のことをいわねえと、ためにならねえぞ」

「このあんちゃんはどうなったんだえ、小父《おじ》さん」

「余計なことをいうな」

「じゃ、黙ってるよ」

三太はわざと口を堅くつぐんで見せる。

「お銀はいねえのか」

三太は答えない。

「娘、お銀は家にはいないのか」

「姐さんにどんな御用があるんでしょう」

ふるえてはいるが、お米もただでは返事をしない気でいる。

「畜生、それじゃ後を追って出かけやがったんだな」

呟《つぶや》くようにいって、さすがに鎌いたちは察しが早い。表の気配に耳を澄しながらどうしようかとちょっと考える風だったが、大胆にも長火鉢の横へ坐りこんだ。

「静かにしろよ」

冷たい目で二人を見くらべながら、煙草入を出して、一服つける。

「小父さんは、小父さんは、もしや兄さんを――」

ぎろりと睨みつけられて、お米はみんなまでいえなかった。なんともいえない寒々としたものが、二人を圧倒するのである。

ことりとくぐりのあく音がした。

はっとして、お米と三太が顔を見合せている中に、鎌いたちは煙草入を手早くしまう。

「あれお銀、お前あけっ放しで飛び出したんかね」

のんびりした夢介の声が玄関で聞こえる。

「そんなことありません。どうしたんでしょうね」

「さあ、どうだかな。おらのことばかり心配して、夢中で飛び出して、閉め忘れたんさ。そうに違えねえだ」

「厭だ、からかっちゃ。もうおろして」

お銀の甘ったるい鼻声から察するに、夢介はまだお銀をおぶっているらしい。

「そらきた、こん度は下駄を脱いで上るだぞ、お銀」

「厭だってば、そんなことばかし――」

そして、もつれるように茶の間の襖をあけた夢介もお銀も、あっと息をのんでしまった。鎌いたちが、しかもとっさにお米の胸倉をとって引きつけ、その喉《のど》へ匕首を突きつけて二人を迎えたのである。

「あれえ、勘忍して、小父さん」

びっくりしてお米は恐怖の金切り声をあげたが、あまりの恐しさに二声とは立てられない。

「夢介、さいころの目は逆になったぜ」

「卑怯《ひきょう》だ。男のくせに、そんな――」

お銀が真っ青になって叫ぶ。鎌いたちは冷酷ににやりと笑っただけで、

「どうだ夢介、お銀を素直に渡すか」

と、女は相手にしない。

「まあ、待って下せえまし、早まったことをしちゃなんねえだ」

大事な人質を取られていては、手も足も出ない夢介である。

「よし、おれは早まらねえから、お銀の手を後手に縛れ」

「縛ってどうするだね」

「黙って縛りゃいいんだ」

縛りたくはない。が、人の娘を殺しては、それこそ申し訳ないのだ。

「お銀――」

切羽詰って、夢介はお銀の肩をつかみながら、悲しげに顔を見つめる。

「すまねえが、縛られてくれ。――な、お銀」

「縛らないで下さい」

突然お米が叫んだ。鎌いたちが喉をしめつける様にして、切尖を近づける。

「手前は黙ってろ」

「殺して下さい、小父さん。あたしは今日一度死ぬところだったんです。それを、それを助けてくれた恩人に、御迷惑はかけたくありません。小父さん、あたしを殺して姐さんを助けてくれるんなら、あたしの命をあげます。ひと思いに突いて下さい」

乙女心の一筋で、そうと覚悟のきまったお米は、静かにいって目を閉じた。その瞼からすっと涙があふれ出て、

「お爺ちゃん、長生して――」

それが死んで行く身の、せめてもの心残りなのだろう。

「夢さん、あたしを縛って――」

お銀がたまらなくなったように、手を後へまわしながら背を向けた。

がらりと廊下の障子があいて、

「お米、どうしたんだ。なにを泣いているんだ。――あっ」

六兵衛がよろめきながながら、一目様子を見るなりぎょっと棒立ちになった。

「誰だ、手前は誰だ。誰にことわっておれの大事な孫を、そ、そんな目にあわせやがんだ」

まださめ切らない酒の力で、嚇と空威張りにわめき立てたが、鎌いたちが無言で匕首をお米の喉へ取りなおして見せると、

「いけねえ、助けてくれ。親方、お願いだ、このとおりだ」

へなへなとそこへ坐って両手をついてしまった。

「な、親方、お願いだ。親方はなんにも知らねえから、そんな真似が平気でできるんだがおれの身にもなってみておくんなさい、この娘は可哀そうな父なし子なんだ。男なんてものは勝手なものよ。人の大事な娘をおもちゃにしやがって、娘が孕《はら》んだとなると、まるで犬か猫のように棄てやがった。おれは腹が立って、お光のあま叩っ殺してくれようかと思ったが、生れてくる腹の子になんの罪があるんだ。なあ親方。おれはそう思って我慢したんだ。お光は罰があたりやがって、

産後が悪くて死んじまったが、おれは涙一つこぼしてやらなかったぜ。本当の話だ」

その癖、だらしなく洟《はな》をすすりあげて、握り拳《こぶし》で目をこすっている六兵衛だ。鎌いたちは知らん顔をして外方《そっぽ》を向いている。

「そのかわりおれは、生れたそのお米を水っ子の時からふところへ入れてよ、貰い乳をして歩いて、おれはその娘のためにゃどんな苦労も苦労にゃしなかった。なあ親方、そのお米は因果な親たちを持ったばかりに、人なみに親父の顔もおふくろの顔も知らねえ可哀そうな娘なんだ。それだけにおれに取っちゃ不憫が深いや。どういうもんか、この娘がまたお爺ちゃん思いでこんなのんだくれの爺に孝行してくれるんでさ。お米を殺されるくらいなら、おれが死んだ方がましだ。ねえ親方、こうしようじゃねえか、いっそおれを殺しておくんなさい。手前で勝手に死ねってんなら、そうだ、おれはここで首をくって見せるから、どうかお米だけは勘弁してやっておくんなさい。――旦那、旦那も一つ親方にたのんでおくんなさい。たのみます。このとおりだ」

六兵衛はぽろぽろ涙をこぼしながら、あっちへもこっちへも白毛頭をこすりつける。

「夢さん、あたしを縛って下さいってば」

お銀が泣きながら、背中を押しつける。ふいに鎌いたちがお米を突っ放して立上った。はっと一同の目がおどろいている中に、匕首をふところへおさめ、あけっ放しの襖から、風のように音もなく去って行く。

「どうしたのかしら」

お銀は呆れ、夢介もぽかんと後姿を見送っている。

「あっ、親方、勘弁しておくんなさるか。ありがとう。拝みます。お米、よかったなあ」

思わず娘に飛びついて行く六兵衛だ。が、お米はじっと体を固くしてうなだれたきりだ。

「どうしたんだよう、お米。しっかりしてくれなくちゃいけねえやな」

「お爺ちゃん――」

お米が真っ青な顔をあげた。

「なんだ、どうしたんだ」

「あの人、いまの人、あたしの顔を見て、なんだか、涙をためて」

「なんだって」

「お米、お米ってたしかに呼んだわ」

「――」

ぎょっとしたように六兵衛がお米の顔を見つめる。

「阿父つぁんじゃないかしら」

ふらふらとお米が立上った。

「ば、ばかなことをいうねえ」

「いいえ、あたし、あたし、もう一度あの人に逢ってくる」

狂ったように玄関の方へ走り出すお米だ。

「ま、待ってくれお米」

泳ぐように六兵衛が後を追い、なんと思ったか三太がそれにつづく。

「阿父つぁん――」

お米の心死な声が、もう門の外から聞えた。

顔を見合せて、立ちつくしている夢介とお銀だ。

わからず屋

延びるお床入《とこい》り

「お銀、おら浅草へ行って、ちょっと六兵衛さんの様子を見てきてやるべと思うが、どんなもんだろうか」

翌朝、夢介はおそい朝飯をすますと、お銀に相談した。

婆やは昨日の朝、娘のところへ急用があって帰ったまま、まだ帰ってこない。だから今朝の御飯ごしらえは、お銀が早く起きて、といっても昨日のごたごたでつい朝寝坊をして稼人《かせぎにん》のある家ではとっくに後片附の終った時分に起き出したのだが、それでも寒い思いをして、珍しく自分の手で心をこめていそいそと拵《こしら》えたものなのである。そのことについては、なんにもいってくれない夢介だ。

「夢さん、今朝の御飯の味はどうだったんです」

なんだか不平で、お銀はちょいと白い目をしないではいられない。

「ああそうだった。大変結構なあんばいでごぜえました」

夢介は笑いながら、大袈裟に頭を下げて見せる。

「おみおつけは――」

「とても結構でごぜえました」

「本当なんですね。婆やがいない間は、これから毎日こうなんですよ。ようござんすか」

「おら人間が甘くできてるせいか、姐御さんの甘味噌のおみおつけの方が口にあうようでごぜえます」

「知らない」

わざとぷっとふくれては見せたが、お世辞にもせよ一度ほめてもらえば、それで気のすむお銀である。

「ついでに糠味噌もほめてやるべ――」

「おあいにくさま、これは婆やが買っておいてくれたお沢庵です」

「道理で塩《しょ》っぱくて、しなびているだ」

「馬鹿ばっかし。ふやけているお沢庵なんて、気の抜けたわさびと同じで、売物になりもしません」

「なあに、そんなのはまた福神漬屋が安く買って、醤油で煮て、福神漬にするだ」

「へえ、福神漬ってそんなんですか」

お銀はからかわれたような顔つきである。

「ところで、六兵衛さんのことだがね――」

昨夜、鎌いたちの後を追ってお米が飛び出し、その孫娘の後を六兵衛が追い、それをまたちんぴら狼の三太が追って出たっきり、どうしたのか三人共いつまで待っても帰ってこなかった。何か間違いがあったんじゃないでしょうか、とお銀はしきりに気を揉んでいたが、そうじゃないだろう。間違いがあれば三人の中、誰かが引返してくる。あんまり深追いをして遠くなりすぎたんで、そのまま浅草へ帰ってしまったんだろう、と夢介は答えておいた。

それから奥の座敷へいつものように寝床を二つ並べて寝る時、律義な夢介はきちんと床の上へ坐っていった。

「お銀、おらたちはもう御夫婦になったも同じこったが、人の道だから、お床入りだけは小田原へ帰って、親父さまに盃さしてもらってからにすべな」

「あたしはどっちでも、もう夢さん次第なんだから」

お銀はちょっと顔を赤らめただけで、至極神妙だった。男の深い愛情はわかりすぎるほどわかっているのだし、今日は思いがけない鎌いたちのことがあって、痛い古疵《ふるきず》に散々苛《さいな》まれたばかりである。しかもその古疵へは二度とふれないように話を避けて一言も口にせず、そんなことはもう許しているのだというしるしに、黙って抱きよせて口唇を合せ、

「そんならおかみさん、お休みなせえまし」

と、笑いながら枕についた。

とたんにいつもの大鼾《おおいびき》だったので、厭《いや》だあ、夢さんは、とお銀は呆れながらも、心になんのわだかまりもないからこんなにすぐ鼾がかけるのだと、しみじみとその邪心のない大きな寝顔を眺めながら、うれしくて、つい枕紙を濡らさずにはいられなかったのである。

「六兵衛さんがどうしたんです」

その昨夜のつづきだから、お銀はまだ神妙のつづきである。

「おら、寝てからいろいろ考えただ」

「嘘ばっかし、すぐ大鼾をかいていたじゃありませんか」

「あれえ、そうだったかね」

おぼえがあるから夢介は二の句が、つげない。

「いいからお話しなさいよ。鼾をかきながらなにを考えたんです」

「六兵衛さんはもう年だからな、鍋焼うどんは無理だど思うだ。それにあの娘さんは十六だというし、本当ならどこか固い大店《おおだな》へあずけて、女一通りの行儀を見習わせるのがいいだがあの分ではお爺ちゃんが手放せねえだろう。いっそ六兵衛さんに、何か孫娘と二人でできるような小商《こあきない》でも世話してやったらと、おら考えただが、どんなもんだろうな」

「そうですねえ。けどあのお爺ちゃん、相当のんだくれのようだから、すぐ飲みつぶしてしまうんじゃないかしら」

お銀はそれが心配である。

「なあに、もし飲みつぶしたらまたその時のことにして、あの娘さん、なんだか可哀そうな生れつきのようだから、できればお松のように、いいお婿《むこ》さま貰ってやりてえものだ」

「そうでしたね。お米ちゃんのことを考えてやらなければいけませんでしたね」

鎌いたちに匕首《あいくち》を突きつけられて、恩人に迷惑はかけられないから、あたしを殺して下さいと目をつぶった昨夜のいじらしい姿が、素直な心根が、はっきりと思い出される。

「けど、鎌いたちの仙助は本当にあの娘の父なんでしょうか」

女だから、やっぱりそれが気になる。

「お銀、それだけは二度と口にするのはよすべ」

たしなめられて、はっとした。お銀にしても古疵にふれられるのは痛い。ましてなんにも知らずにいた十六娘が自分の父は世間から鬼のように恐れ憎まれている兇賊だとわかったら、どんな気がするだろう。ああそうか、ことによるとそれを恥じて、あの娘は二度とここへ引返せなかったのではなかろうか、とやっとわかったような気がするお銀だ。

「夢さん、早く浅草へ行って見てあげて下さい。ぜひ力になって、あたしたちがしばらく手伝ってもいいから、何か商いをさがしてやりましようよ」

「そうすべ。そのかわり姐御さん、小田原へ帰るの少し延びるかも知れねえから、おらたちのお床入りもそれだけ延びるだぞ」

「知らない。そんなことというと、なんだかあたしばっかりお床入りをいそいでいるようじゃありませんか」

いってしまってから、本当はあたしの方がそうしてもらわない中は安心ができないのだと気がついて、お銀は真っ赤になってしまった。

「厭だったら、顔を見ちゃ」

「あれえ、急にどうしただね」

夢介はまだわからない顔つきである。

やけ酒

昂奮していたようだから、無論昨夜はなにも聞かなかったし、夢介はこれからも鎌いたちのことはなるべく口にしないつもりでいる。が、出がけにお銀が自分でいっていた。

「夢さん、観音さまの前を通ったら、あたしのかわりによくお礼をいっておいて下さいね」

「どうしてだね」

「あたし昨日、あんたが出て行くとすぐ、観音さまへお参りに出かけたんです。

その道で、行って帰るまでに厭なことにあわなければきっと夫婦になれると、自分で辻占いをきめたんです」

「ああそうか。三太の話では、姐御さん観音さまのお堂の上で泣いていたというでねえか」

「ええ本当はあたし、夫婦にして下さいって拝むつもりだったんですけど、いざとなるとどうしてもそんな我儘《わがまま》がいえなくなってしまって、こんな体ですから、あたしはどうなってもかまいません。あの人を幸福にしてくれますようにって、拝んでいました。そしたらつい涙がこぼれちまったんです」

その帰り道で、人もあろうに一番厭な鎌いたちに出会って、あんな脅迫をうけてしまったのだという。

「わかっただよ。おら姐御さんのかわりに、よく御礼申上げてきてやるべ」

だから、夢介は家を出ると真っ直ぐ浅草の観音さまに参詣して、心からお銀のために祈ってやった。

――南無観世音大菩薩、お銀はだんだん女らしくなってめえりました。この上とも罪障《ざいしょう》を消滅させてやって下せえまし。

そして、今日はもう一人祈ってやりたい者がいる。

たまえ。

——二つには、哀れな宿命を持って生れたお米に、なにとぞ深いお慈悲を垂れ

六兵衛の住居はそこから近い誓願寺裏の長屋だと聞いている。その辺へ行って聞いて見ると、ああ、あの呑んだくれ爺さんの家だね、とすぐ教えてくれた。来て見ると、ひどい貧乏長屋の一軒で、軒下にここだといわぬばかりに鍋焼うどんの荷が片よせてある。玄関もなにもないから、台所口に並んだ障子の前へ立って、

「ごめん下せえまし。六兵衛さんのお宅はこちらでごぜえましょうか」

と、声をかけて見ると、

「誰だえ、六兵衛さんのお宅ってほどのお屋敷じゃねえから、かしこまった仁義なんかいらねえよ、遠慮なくあけてくんな」

と、甚だ威勢のいい返事である。

「おら、昨夜お目にかかった夢介でごぜえます」

障子をあけて見て、二度びっくりした。道具らしいものはなんにもない四畳半の真ん中へ七輪を出して、その前へ大あぐらをかいた六兵衛爺さんが、目刺を焼きながら茶碗酒をあおっている。片隅にお米が目を泣きはらしてしょんぼりと坐っているのだ。

「やあ大将か。よく来たなあ、さあ上ってくんな。ずっと上ってくんな。といったってこれっきりのところだがね」

「ごめん下せえまし」

煙にまかれながら上って、後の障子をしめると、お米が悲しげな顔を恥ずかしそうにして、ていねいにおじぎをする。

「お米さん、どうかしたんかね」

「まあいいやな」

と、六兵衛が引取って、

「家へ上るなり娘に目をつけちゃいけねえよ。そいつあ女衒《ぜげん》か女たらしのすることった。男は男が相手でなくっちゃいけねえ」

と、一本極めつけられてしまった。

「気のつかねえことをしました。勘弁して下せえまし」

「まあ一杯飲みねえ。小言はいうべし、酒は買うべしだ。なあ大将、そうだろう」

そこにあった湯呑を突きつけて、貧乏徳利を取上げるのである。

「いただきますでござえます」

夢介は決して逆らわない。

「ところで旦那、おれは今も考えていたんだがね、昨日深川の悪七にやった六十両は、どう考えても勿体《もったい》ないねえ。おれは金が惜しくっていうんじゃねえよ。そりゃ旦那は田舎でどんなお大尽《だいじん》かは知らねえが、その金はお前さんが汗水たらして稼いだ金じゃねえだろう。お前さんの阿父つぁんか、お祖父さんか、どっち道誰かが一生懸命働いて遺しておいてくれた金なんだ。金の本当のありがた味は、稼いだ人間でなくちゃわからねえ。金のありがた味を知っている人間でなくちゃ、本当に生きた金はつかえねえもんだ。お前さんなんざまだあんな大金をぱっぱっとつかう柄じゃない。おれにいわせりゃ、ちっとばかし生意気だぜ。ああいう時は、同じ出すにしてもよ、値切れるだけ値切ってやるもんだ。どうも悪党にただで取られる金じゃねえか。べらんめえ、あっちのいい値どおりに出してやる大べら棒があるもんか」

「尤《もっと》もでごぜえます。これからはきっと気をつけますだ」

まるで叱られにきたようなものだ。お米がはらはらしながら、小さくなって石のようにうなだれている。

「そうだとも、これからはよく気をつけなくちゃいけねえ。まあいいや、ぐいと一杯やんな。小言はいうべし、酒は買うべしだ」

その酒ももう残り少ないようである。

「時に、昨夜はあれから無事に真っ直帰ったんでござえましょうね」

夢介はそれとなく切り出して見た。

「当りめえよ。あんな寒い空っ風の吹く晩に、いつまでうろうろしているもんか、野良犬じゃあるめえし」

「御尤もでござえます」

「おれあ叱りつけてやったんだ。べらんめえ、あんな太え野郎がお米の父親だなんて、飛んでもねえ話だ。そんなどこの馬の骨だかわからねえような野郎を、なにも夢中になって追いかけることはねえっていうのに、この女はめそめそ泣きやがって、いいえ、たとえどんな人でも阿父つぁんならもう一度逢いたいといいやがる。馬鹿、お爺ちゃんはな、あんな奴を阿父つぁんと呼ばせるために、これまで苦労してお前を大きくしたんじゃねえぞ、べらんめえ、たとえだよ、ひょっとあれが本当の父親でも、娘を散々おもちゃにして棄てたような人でなし、お爺ちゃんの目の黒い中は、誰がなんてったって阿父つぁんとは呼ばせねえ。とおれはいい切ってやったのさ、なあ大将、そうだろう。おれのいうことに間違いはねえだろう。そしたらあの女、今朝になって、お爺ちゃん、あたしを善光寺へやって下さい。尼になりたい、といいやがる。なんで尼になんかなるんだと聞くと、阿父つぁんの罪ほろぼし、一つはあたしのために死んだ阿母《おっか》さんの菩提のため、――畜生め、そうなったら、お爺ちゃんはどうなるんだ、いいや、おれはどうなってもいいや、べらんめえ、もうそう長い娑婆《しゃば》じゃなしよ、どうなったってかまわねえが、おれはお米を尼なんかにするために、十六にまでしたんじゃねえ」

お米がわっと泣きながら突っ伏した。六兵衛はあふれる涙を横なぐりにして、

「なあ親方、よくいって聞かしてやっておくんなさい。父親でもねえ野郎のために、なんの罪ほろぼしだ。なにも、なにも自分で自分の世間を狭くすることはありやしねえ。なあ親方、お米はおれの孫だ。おれはのんだくれの六兵衛だが、まだ曲《まが》ったことは一度もしたおぼえはねえんだ。そのおれの孫がよ、どうして世間を恥ずかしがらなくちゃならねえんだ。なあ大将」

と、ひとりで強がって、一生懸命涙をかくそうとする。

「どうだろうな、お爺ちゃん、今日一日おらにお米さんを貸してもらえねえでごぜえましょうか。おらお米さんと二人きりでゆっくりと納得の行くように話して

見るだ」

夢介が目をしばたたきながら、さっき女衒といわれたばかりだから、恐る恐るたのむように切り出して見る。

「旦那、たのみます。おれの手にゃ負えねえ、旦那からよくいい聞かせてやっておくんなさい。こいつは、こいつは可哀そうな娘でござんす。どうか叱らねえで、いく日かかってもかまわねえから、よく話してやっておくんなさい、この通りだ」

急にへたへたとそこへ両手をついて、洟水《はなみず》をすすりあげる六兵衛だ。強がってはいたが、孫娘いじらしさに、すっかり持てあまして、朝から自棄酒《やけ》をあおっていたのだろう、これもまた世にも不幸な年寄りなのであった。

入れ違い

お銀は夢介を出してやってから、つくねんといつまでも長火鉢の前に坐って、物思いに耽《ふけ》っていた。同じ物思いにしても、昨夜と違って、なんという甘い、そしてたのしい物思いなのだろう。——厭だあ、あの人はお床入りだなんて、思い出しても頰がほてる。そりゃ晴れてお床入りができたら、どんなにたのしいか知れないけれど、あたしは何も急ぎはしない。いや小田原へ帰るのはどうしても恐い気がするのだ。もしや帰って、あの人の阿父つぁんに生木《なまき》を裂かれるようになるくらいなら、お床入りはしなくてもいいから、いつまでもこうしてここに二人で暮していた方がましなのだ。

——悪女の深情《ふかなさけ》ってのは、こんなのかも知れない。あの人はきっと迷惑なのかも知れないけど。

その迷惑も、今では決して迷惑でないことを知っている。あの人は抱いて口唇を吸ってくれたり、あたしの乳房をおもちゃにしたり、いいえ、あたしのためには昨夜土下座までしてくれたではないか、心から可愛くなければ、あんな真似はできるはずがないのだ。

——うれしいわ、夢さん。

思っただけでも胸がじいんとしてきて、我ながらとろけそうな顔つきになったのがわかる。でも、誰も見ているわけじゃないし、とそのままとろけっ放しにしていると、

「今日は、あんちゃんいるかえ」

がらっと格子があいたと思うと、ちんぴら狼の三太が例によって、もう旋風《つむじかぜ》のように飛びこんできた。

「あいにく留守よ」

「へえ、それにしちゃ姐御さん、にやにやしてるねえ、ああわかった、思い出し笑いってやつでござんすね。御馳走さまだなあ」

「利かないわよ。生《なま》ばかりいってないで、そこへ坐ったらどうなの。お行儀の悪い子ねえ」

「もう子じゃござんせん。これでも吉原へ行けばおいらんが、主さん、きなんしたか、って長火鉢の前へちゃんと厚い座蒲団をお直しになる兄哥《あにい》でさ」

三太はちょこなんと長火鉢の前へあぐらをかいて見せた。

「そういえば三ちゃん、あれからお米ちゃんは、どうしたの。待っていたんだけど、誰も帰ってこなかったのね」

「あんちゃんとおかみさんが、でれっとなりっこしている顔なんか見ちゃ気の毒でござんすからね」

「どうしてあんたはそう憎まれたいんだろうねえ」

「憎まれ盛りなんでござんしょう」

悪たれてはいるが、このごろ三太には暗いかげがなくなったようである。

「本当は昨夜、あれからちょいと可哀そうだったんだぜ」

「鎌いたちに追いつけたの」

「駄目さ。そんな間抜けな鎌いたちじゃねえからね、それをお米ちゃんが、阿父つぁん、阿父つぁんって呼びながら、どこまでもうろうろと探して行くんだ。六兵衛爺さんがしまいには怒っちまって、往来の真ん中で抱き止めて、お米、気でも違ったんか、なんであんな奴を阿父つぁんだなんて呼びやがるんだ、とどなりつけたのさ」

「お米ちゃん、どうしたの」

「もう一度逢いたい。たしかにあれは阿父つぁんに違いありませんて、泣いていたっけ。お米、詰《つま》らねえことをいうと承知しねえぞ、あれがもし本当の阿父つぁんだったら、世間さまになんていうんだ、第一、今夜助けてもらった旦那やおかみさんに、顔向けができねえことになるじゃねえかって、爺さんが叱ると、急にしょげちまって、それっきり二人共口を利かなくなっちまった。おいら見ちゃいられなかった」

「可哀そうにねえ」

暗い街を爺と孫娘が、とぼとぼと帰って行く姿が目に見えるようで、お銀は思わず目がうるんでくる。

「そりゃ自分の親ときまれば、誰だって逢いたくなるのが当りまえです」

「おいら、親なんかにゃちっとも逢いたくねえな」

三太はちらりと意地の悪い目を光らせたが、

「なまじ親なんてわかるから尼になりたくなるんさ」

と、変なことをいう。

「誰が尼になるの」

「お米ちゃんだよ。おいら心配になるから、今朝ちょっと家へ行ってみたんだ。お米ちゃんは親の罪ほろぼしに、尼になりたいって泣いているし、あんな野郎はお前の親じゃねえって六兵衛爺さんは自棄酒を飲んで怒ってるし、手がつけられねえ、こんな時にゃのんびりしているあんちゃんを呼んでくるに限ると思ってね、実は飛んできたのさ。どこへ行ったんだえ。あんちゃんは」

「そりゃちょうどよかったわね、虫が知らしたのかしらあの人心配になるから様子を見てくるって、ついさっき六兵衛さんとこへ出かけたところなの」

「へえ、気が早いんだな、あんちゃんは」

といったが、臍《へそ》曲りの三太だから、先まわりをされたような気がして、妙に面白くない。

「女のことっていうと、厭にあんちゃん親切になるんだからな。けど、もう間にあわねえかも知れねえな」

「どうして――」

「あの分じゃお米ちゃん、きっと家出をしてらあ」

「まさか――」

ないことではないので、お銀がなんとなく顔色を変えた時、玄関の格子があいて、

「ごめん下せえまし。夢介さんのお宅はこちらでごぜえましょうか」

と、おとなう声がした。

「あれえ、あんちゃんだぜ、姐御さん。また姐御さんをからかってうれしがろうってんだ。ようし、その手は桑名の焼蛤《やきはまぐり》でござんす」

三太が素早く立って、足音を忍ばせながら襖際《ふすま》へ忍び寄った。

「ごめん下せえまし。お留守でごぜえますか」

「ばあ――」

いきなり襖をあけて、赤んべえをして見せた三太が、あっといって飛び退いた。

「おかみさん、大変だぜ」

と、首を縮めている。

国の頑固爺

「いらっしゃいまし」

お銀は三太にかわって、いそいで玄関へ出て三つ指をついた。土間に突っ立っているのは、もう六十がらみとも見える頑丈そうな田舎の親爺で、あまり新しくない木綿物の裾《すそ》っ端折《ばしょ》り、浅黄の股引《ももひき》、草鞋《わらじ》穿き、どう見ても百姓爺が江戸見物といった恰好である。

「ここは小田原在から出ている夢介さんの家だろうか」

「そうでござんすけれど、あなた様はどなた様でございましょう」

「わしは小田原からきた下男の嘉平だと、若旦那に取次いで下せえまし」

お銀はどきりとした。小田原からどんな用があってきたのだろう、ひょっとすると親父さまのいいつけであんまり江戸の滞在が長くなるものだから、夢さんを迎えにきたのではあるまいかと、始終そのことが胸にあるだけに青くならずにはいられない。

「まあ、お見それいたしました。あいにくただ今ちょっと出かけていますけれど、すぐ戻りましょうから、どうぞ上って下さいまし」

「あれ、若旦那、留守かね」

「はい、でもじきに帰ると思いますから」

「失礼だけんども、お前さま若旦那の留守番かね」

じろじろと頑固そうな目を見据《す》えてくる。

「いいえ、留守番というわけでもございませんけれど――」

さすがに女房ですと自分の口からいいかねるお銀だ。

「そうかね。わし田舎者で、歯に衣被《きぬき》せねえ方だから、腹立ってもらっちゃ困るだが、なんでも若旦那にはお銀とかいう性の悪い女がくっついて、おかみさん気取りでいるって聞いてきただ。本当のことだろうか」

もう駄目だとお銀は思ったとたん、畜生、負けるものか、こうなったなら意地でも夢さんは帰さないから、と持前の利かぬ気が頭をもたげてきた。

「そのお銀というのはあたしなんです」

「やっぱりお前さまか。面はいいし、丸髷《まるまげ》だし、多分そうでねえかなと見ていたが、よくねえ了簡《りょうけん》だぞ」

「なにがよくない了簡なんです」

「若旦那騙《だま》して、おかみさんになろうったってそううまく行くもんでねえ」

「まあ、厭ですねえ、爺やさん。そんな玄関先へ立ったままで、いきなり叱られてるみたいじゃありませんか。今お洗足《すすぎ》を取りますから、とにかく上って下さいまし」

わざとにっこりして見せたが、頑固爺はそんな手にのりそうもない。

「お世辞つかったって駄目だ。わし道理の通らねえ中は上らねえだ」

「爺やさんは江戸見物に出てきたんでしょう」

「馬鹿いうもんでねえ。この忙しい年の暮にそんなのん気な暇はねえだ。若旦那の身持がよくねえって、御親類さま方があんまりうるさくいうもんで、わし様子見ながら、みっちり意見しに出てきただ」

「いいえ、身持が悪いだなんて、あたしというものがちゃんとついているんですもの、そんなことはさせませんせん」

「そのあたしが第一気に入らねえだ」

「困りましたねえ」

「こっちの方がもっと困っているだ。わし歯に衣は被せねえぞ。お前さまは若旦那に惚れたんでなくて、若旦那の金に惚れたんだろう。それでなくてお前さまのようないい女があんな田舎者にくっついているわけはねえ」

お銀はむっとしたが、こんなわからず屋をつかまえて怒ったって仕様がないと思い直し、

「はばかりさま、そんなんじゃありません、といったところで、色恋のことは爺やさんなんかにはわからないでしょうね。どうせ爺やさんたちはあたしたちの生木を裂きにきたんでしょうから、いっそ夢さんを勘当して下さいまし、そして、あの人が国を出る時持ってきて、芝の伊勢屋さんにあずけてある千両、いくら使って、いまいくら残っているかあたしは知りませんけれど、みんな持って帰って下さい。本当のことをいえば、あたしは夢さんがお金持ちの倅《せがれ》だというのが、一番心配で気に入らなかったんです。お願いしますよ。ああさっぱりした」

と、涼しい顔をして見せて、本当に胸がすうっとした感じである。

「そっちはさっぱりしても、こっちはそうはいかねえだ。若旦那はたった一人しかねえ大切な後取り息子だから、滅多に勘当できるもんでねえ。お前さまそこをちゃんと附けこんでいるんだろう、恐ろしい女だ」

「金持って、どうしてそう疑い深いんでしょうねえ、可哀そうに。そんな余計な心配をしないで、国へ帰ったらうるさい御親類さま方と相談して、早くいい御養子をおとりなさいまし」

「そんなことお前さま一人できめて、若旦那が承知するかね」

「承知しますとも。あの人の方があたしなんかより、もっと慾がないんです。男は裸一貫、なまじ金なんか邪魔だって、国から持ってきた千両も、大抵人助けのためにつかっちまったくらいなんです」

これだけは半分本当だから、お銀も威張っていえる。

「仕様のねえ若旦那だ。親の金つかって、なにが人助けだ。そんな世間知らずだから、お前さまのような女に騙されて、いい気になって金を撒《ま》き散らしてよろこんでいるのだ。みっちり意見してやんなけりゃなんねえ」

頑固爺はいよいよ苦い顔つきだ。

「無駄でしょうよ、およしなさいまし。あの人は仏性《ほとけしょう》なんですから、自分の着ているものを脱いでも、困った人は助けたいんです」

「そんなのは仏性ではねえ、貧乏性っていうだ。人の世話ばかり焼いていて、いまに自分が乞食になるのを知らねえでいるだ」

「憎らしい、──出て行って下さい。あたしの目の黒い中は、誰が夢さんを乞食になんかするもんですか。縁起でもない」

お銀は嚇《かっ》となって、とうとう嘉平を睨みつけてしまった。

「そうは行かねえだ。若旦那に逢ってみっちり意見してやんねえことには、わしの役目がすまねえからね。洗足を取ってもらうべか」

つむじ曲りが今さらになって、ぬけぬけとそんなことをいい出す。

「勘当した人に意見なんかいらないじゃありませんか。はばかりながら夢さんのことはお銀が引きうけましたから、安心して帰って下さいまし」

つんと澄してやる。いい気持だ。

「本当にお前さま、若旦那が勘当されてもいいんか」

「どうぞ勘当して下さいまし。あの人もさばさばしたしたって、大よろこびでござんしょう」

「出たらめ吐《ぬか》すでねえ、父子《おやこ》の仲へひび入らしてよろこぶなんて、全くお前さまは呆れた毒婦だ」

あっとお銀はたじろぎかけたが、こうなれば意地ずくで後へは退けない。

「あたしが毒婦なら、お前さんは夫婦の中を裂こうとするやきもち鬼です。早く角《つの》をお出しなさいよ」

「なんて口の減らねえあまだろ」

「お前さんこそなんて頑固な鬼かしら」

「年寄つかまえてそんな悪態つくと、いまに罰があたるぞ」

ぶるぶる口唇をふるわして怒っている年寄を見ると、お銀は急に悲しくなってしまった。

「あたしだって、阿父つぁんみたいなお年寄をつかまえて、なにも、なにも悪態なんかつきたくありません。ひとがひとがせっかく夢さんの情にすがって、いい女になろうと思っているのに、あんまりです」

「虫のいいことをいうもんでねえ、そんな毒婦の涙なんかに騙されねえぞ」

「帰って下さい。ここはあたしの家です」

「帰らなくってよ。親旦那にみんないいつけて、若旦那は勘当してもらうだから、そう思うがいいだ」

「ほ、ほ、どうもありがとうございます、お赤飯をたいて待っていますわ」

「その口を忘れるでねえぞ」

嘉平爺はさも憎げに目玉を剝《む》いて睨みつけて、ぷいと玄関を出て行ってしまった。

娘ごころ

朴訥《ぼくとつ》そうな年寄が肩を怒らせて出て行く後姿を見送ってしまうと、お銀は張りつめていた気がゆるんで、遣瀬《やるせ》なさにどっと涙があふれてきた。

——すいません、爺やさん。

みんな自分の前身が悪いのである。おらんだお銀と肩書のある女、それが国許へ知れれば当然こうなるだろうと考えて日ごろから心配していたことなのだ。とうとう悲しい日がきてしまった。堅苦しい親類中がなんのかんのとうるさくいうので、物わかりのいい親父さまもつい聞きかね、あの爺やに様子を見によこしたに違いない。そうはよくわかっていたが、頭から金が目あてで夢さんを騙しているんだろうといわれては、どうにも我慢ができなかった。いや、たとえおとなしく云訳をしたところで、弁解すればするほど、疑われるにきまっている。

——厭だ。どんなことがあったって、夢さんだけは誰にも奪られたくない。

正直にいって、国の親父さまには申し訳ないけれど、いっそ勘当して貰った方が、お銀としてはどんなに安心か知れないのである。

まう。

が、無理に我儘を通して、律義そうな爺やをあんなに怒らせて追い返してしまったと思うと、お銀はやっぱり切なくて、つい泣かずにはいられなくなってしまう。

「あれえどうかしたのかえ姐御さん」

茶の間からちんぴら三太がひょいと顔を出して、ふしぎそうに目を丸くした。

「今の喧嘩は勝ちじゃねえか、なにが悲しいんだろうな」

「聞いてたの、三ちゃん」

「すっかり聞いてたよ、馬鹿にしてやがら、金に惚れたんだろうって、あの爺なんにも知りやがらねえで、姐御さんがあんちゃんにどんなにでれんと目尻を下げているか、実物を見せてやりてえや。ふざけやがって」

「仕様がないわ、あたしが悪いんだから」

「悪い事なんかあるもんか、こっちが折角親切にお上んなさいっていうのに、道理の通らねえ中は上らねえだとよ。そんなら始めからこなけりゃいいじゃねえか。おまけに毒婦だの、悪い了簡だのと、手前勝手なことばかり吐しやがって、おいら金持は大嫌いだ。姐御さん、心配しなくたっていいぜ、おいらあんちゃんにいってやらあ、勘当されてがっかりするようじゃ男じゃねえや。なあ、そうだろう、姐御さん」

「そうねえ」

「そうだともよ。男は親の金なんか当にするもんじゃねえや、手前で働いて食うのが本当よ。おいらあんちゃんといっしょに働いてやるぜ、その方が小田原なんかへ帰るより、余っ程おもしろいや」

ああそうか、この子も夢さんを小田原へ奪られるのが厭なんだ、と気がついて、お銀はじいんと胸が熱くなってくる。

「三ちゃん、いっしょにあの人を励ましてやりましょうよ」

「さいでござんす。手鍋さげてもでござんす。ついでに目尻を下げて、涎《よだれ》をたらして、てえッ、おいらお手伝いでござんすから、後を向いて、目をつぶって、我慢しますでござんす」

「打《ぶ》つわよ」

「お門違いでござんしょ」

「いいわ、みんなで勝手にあたしをおなぶんなさいよ」

「どういたしまして、あんちゃんが可愛がってくれるでござんす。そうだ、おいらあんちゃんを呼んできてやろう」

三太は玄関へ飛び出して、草履を突っかけた。

「いいのよ三ちゃん、わざわざ呼んでこなくても」

「その遠慮にゃ及ばねえでござんす。さいなら」

思い出すと、風のように素っ飛んで行かなくては気のすまない三太だ。

お銀は長火鉢の前へもどって、炭箱を引きよせた。なんとなく胸が重い。あんな大きな口を利いてしまったんだから、意地でも伊勢屋さんのお金は当にできない。

金はあたしだってまだ百両くらいは持っているけれど、その金を食いつぶしてしまわない中に、何か商売を始めなければならない。こうなればあたしはなんだってするけれど、あの人はなんていうだろう。いや、一人で勝手に勘当を承知してしまって、あの人怒りはしないだろうか。

——そうだ、あの人にとっては大切なことなんだもの、きっと怒るに違いない。

今さらのようにお銀は恐くなってきて、身ぶるいが出てきた。そんな考えのない女では末が思いやられる。おらのお嫁にはできねえだ、ともし開きなおられたら、どう弁解のしようもないことだし、今となってあの人に見限られるくらいなら、いっそ死んでしまった方がましなくらいである。

――飛んでもないことをしてしまった。

あたしはどうしても人並なおかみさんにはなれない女にできているのかも知れない、とお銀はしみじみ自分の不甲斐なさが情なくなってしまった。

午後からまた風になったらしく、ごとごとと戸障子の鳴っているのが、世にも果敢《はか》ない。

「姐御さん、ただ今けえりました」

格子があいて、機嫌のいい夢介の声がする。お銀ははっとして、悪夢からさめたように飛び出して行った。

「お帰んなさい。寒かったでしょう」

「寒かったでごぜえます。あれえ、姐御さん泣いたような目してるだね」

目ざとく見つけられて、どきりとしたが、

「なんでもないんです。途中で三ちゃんに逢いませんでしたか」

お銀はいそいで話をそらす。

「兄貴《あにい》さんきていたんかね」

「ええ。お米ちゃんが尼になりたいっていっているから、心配してあんたを迎えにきたんですって。ちょうど六兵衛さんの家へ出向いたところだっていったら、今まで遊んで行ってくれたんです」

「そりゃ姐御さん、淋しくなくて結構でごぜえました」

にっこりしながら長火鉢の前へ坐って、人から見れば二本棒としか見えない甘い夢介である。

こんなにやさしい心づかいをしていてくれるのに、と思うと、今日のことはどんな風に切り出したものか、どうにも話しづらくて、お銀はそわそわと茶を入れながら、

「それでお米ちゃん、どうなったんです」

と、又してもわき道へ逃げてしまった。

「お爺ちゃんもお米ちゃんも、気の毒な人たちさ」

夢介は大きな手で茶飲み茶腕を取りながら、しんみりとした顔をする。

「おらお爺ちゃんに断ってな、お米ちゃんを家へつれてきて、女は女同士姐御さんからよく話してやってもらうべと思って、いっしょに家をつれて出ただ」

「あら、そんならどうして家へつれてこなかったんです」

「それがよ、途中で道々、お米ちゃん尼になりてえっていう心持はよくわかるが、それじゃお爺ちゃんが少し可哀そうじゃないだろうかって、話しながらきた

だ。お爺ちゃんは取る年で、どうせ先へ逝《い》かなくちゃならない人だ。いって見れば、そんなに長い世の中の人じゃない。おら誰が悪いっていうんじゃねえが、お米ちゃんの阿母さんのことで、散々苦労したあいうお爺ちゃんだから、そりゃ口じゃ悪くいっていなさる。けど父娘だもんな、腹ん中じゃ不幸な死方をした娘が不憫《ふびん》で可哀そうで、いまだに忘れられない。その子のお米ちゃんだから、余計可愛いくって、こんどこそ仕合《しあわ》せにしてやりてえ、おふくろの二の舞いはさせたくねえと、一生懸命になっていなさるだ。わかるだろう、お米ちゃんて聞くと、わかりますって、涙を拭いていているだ」

「あの子、素直ですね」

「うむ。その素直に育ったのも、半分はお爺ちゃんという肉親がいてくれたからさ。おらいってやったのさ。お米ちゃんは自分ほど不幸な者はないって思うか知れねえけど、三太兄貴さんには親も兄弟もない。おらの家のお銀もやっぱりそうだった。一人ぼっちで、どんなに辛い思いしてきたかわからねえが、それでもみんなああして辛抱しているだ。それから思えば、お米ちゃんにはまだお爺ちゃんという人がついている。そのお爺ちゃんを一人残して自分だけ尼になったら、それこそ先のないお爺ちゃんが一番気の毒じゃないかねっていうと、兄さん、あたし帰ります、って急に立止るんだ」

「あら、どうしたんでしょう」

「ちょうど駒形まできた時だったが、おらもびっくりすると、お爺ちゃん、あんなに酔っていたから、きっとうたた寝しています。風邪を引くと心配だから、ここから帰らせて下さいっていうんさ」

「厭だあ、夢さんは、あたしまで泣きたくなっちまった」

お銀がいそいで袖口を目に当てる。

「おらもうれしかった。そんならお米ちゃん、尼になるのを思い止ってくれるんだね、って聞くと、あたしが悪かったんです。帰って、お爺ちゃんにあやまって、いつまでもいつまでも長生してもらいますって、いじらしいことをいう。それがいいだ、おらも及ばずながら、きっと力になってやるだ。そんなら家まで送ってやるべ、って長屋の門まで送ってやっただ」

「どうして家まで行ってやらなかったんです」

「なあに、帰る道でお爺ちゃんはもう年だから、何かお米ちゃんにできる店をやったらどうだろうなって、相談してみたんさ。お米ちゃん考えていたっけが、兄さん、あたしお爺ちゃんにかわって、鍋焼うどん屋をしちゃいけないでしょうか、っていい出すんだ。おら、胸が痛くなっただ」

「無理だわ、夜の商売だし、第一娘にあんな荷が担いで歩けるもんですか」

「おらもそれが心配になっただが、お米ちゃんのは別に考えがあるのさ」

「どんな考えなんでしょう」

「夜の商売だから、ひょっとしたら阿父つぁんにもう一度逢えないだろうか、そんなことはお爺ちゃんにもおらたちにも相談ができないが、きっとそれが目あてなんだろうよ。つまり親が探したいんだね」

「まあ――」

「だからおら、そのことはよく考えておくから、まだお爺ちゃんにはいわねえがいい。今夜、お爺ちゃんのお酒がさめたら、二人でおいらの家へ泊りがけで遊びにこないかね。その時相談すべ、っていい聞かせて、わざと家へは寄らねえで帰ってきたのさ。こんなこと口にするのはよくねえが、鎌いたちがもし本当の阿父つぁんで、そんないじらしい娘の気持聞いたら、どんな気がするだろうと思ってな、おらまでなんだか急に国の親父さまに逢いたくなっちまった。いくつになっても、親ってもんはいいもんだからな」

　子供のように目を輝かしている夢介を見て、あっとお銀はうなだれたっきり顔があげられなくなってしまった。

じっとりと腋の下へ冷汗が流れてくる。

浮世の風

「あは、は、悪いことをいったかな、お銀は親の味知らなかっただね」

気がついて詫びるようにいう夢介だ。

「けんど、小田原へ帰れば、姐御さんにもこん度は親父さまができるだ。おらの親父さま、嫁いじめするようなわからず屋ではねえから、真心でぶつかってみるがいいだ。――あれ、どうしただ、お銀」

そのお銀が真っ青な顔をあげたのである。

「夢さん、もしあたしたちが勘当されたらどうする」

「なにいうだ。そんな余計なこと考えるもんではねえ」

「いいえ、聞かして下さい。もしあたしのような女と夫婦になるなら勘当すると、親父さんが怒ったらどうするつもり」

「おらの親父さま、そんなわからず屋ではねえだ」

夢介は笑っていて、相手になろうとしない。

「そりゃ、国の阿父つぁんはわかった方でも、旧家だというし、きっと御親類中が承知しません」

「おら、御親類中のためにお嫁貰うでねえもの」

「だって、御親類中はあたしが毒婦で夢さんに惚れているんじゃない、金に惚れているんだ、といっているんです。口惜しい、あたし」

「さあ、わかんねえ」

「だからあたし、いっそ勘当して下さいっていってやりました。あの人だって本当はお金持は迷惑なんです。国から持ってきた千両は、みんな人助けのためにつかってしまったくらいですって、啖呵《たんか》を切ってやると、親の金つかって、なにが人助けだ、勘当されたら乞食にでもなるかって、憎らしい顔をするんだもの」

「誰が憎らしい顔したんだね」

「下男の嘉平だっていってました」

「あれえ、それじゃ爺やが出てきたんかね」

夢介の呆れた顔を見たとたん、お銀はああもう駄目だと思い、嚇と逆上しながら、

「勘忍して、夢さん。棄てちゃ厭だ。死んじまう。棄てちゃ厭だ」

いつの間にか男のそばへいざり寄って、首っ玉へしがみついて、目を血走らせていた。

「気をしずめるだ、お銀」

濃厚な脂粉の香を抱きしめるようにして、夢介はとにかくお銀の肩をやさしく撫でてやった。

「いって下さい。きっと棄てないって一言、お願い、夢さん」

「なにいうだ、おら姐御さんを棄てるなんて、まだいったおぼえはねえだ」

「でも、恐い――」

「まあ静かに話して見ろよ。おらにはどうもよくわかんねえ」

「それが恐いんだもの、棄てないっていって下さいってば」

「棄てやしねえだよ、姐御さんはおらの可愛いお嫁でねえか。まだお床入りはしねえけど、夫婦ってものは二世の深い縁があるだ」

「うれしいッ」

頬を頬へ押しあてたまま、子供のように泣き出すお銀だった。

「爺やはいつきたんだね」

「つい、さっきなんです」

お銀はまだ男の首っ玉を離れようとしない。

「それで、今どこへ行っているんだね」

夢介はまだお銀の背中を撫でてやっている。

「知りません。あたしが喧嘩して追い出しちまったんです」

「あれまあ、もう喧嘩したんかね」

「あんまり憎らしいんですもの」

「あれは頑固で、歯に衣被せぬからな」

「被せなすぎるんです。自分で散々ひとのことを毒婦だの、悪い了簡だのって悪態をついておいて、年寄に悪態をつく、本当に勘当されてもいいんかってかんかんに怒るんだもの、かまいません、いくら残ってるか知らないけれど、うちの人が伊勢屋さんにあずけておいたお金も、みんな持って帰って下さい。早くさばさばするように、こっちじゃお赤飯たいて待ってますって、いってやったんです」

「えらいことといっただねえ。それじゃ爺やも怒ったろう」

「すいません。本当は、本当はあたし、阿父つぁんみたいな年寄に悪態ついて、怒らせると、悲しくって、あたしは泣いちまったんです」

お銀は又しても激しくむせび入る。一つには夢介の大きな胸の中へ抱かれて、ほっと安心して、――安心して見るとやっぱり何かすごすごと帰って行った年寄に、心から申し訳なくなってくるのだ。

「爺やは、親父さまの使いで出てきたといっていたかね」

夢介が穏かに聞く。

「いいえ、御親類中があんまりうるさいから、あんたに意見しに出てきたんだっていっていました」

「そうかね。まあ、いいだ。姐御さん涙拭けや。またお客さまでもくるとあわてなけりゃなんねえだ」

そうだ、こんなところを三太にでも見られたら、それこそ赤い顔をさせられなければならない、と気がついて、お銀は自分の涙でよごした男の頬っぺたを、そっと袂で拭いてやった。

「ねえ、もし勘当されたって、あたしきっと働いて見せるから、我慢して下さいね」

「なあに、心配いらねえだ。おら姐御さんさえいいお嫁になってくれれば、当分勘当されてもかまわねえだよ」

「お銀、おらたちはまだまだ苦労が足りねえ、もっとうんと二人で苦労するだ。そして、どんなに苦労しても、きっと姐御さんはおらのいい嫁になんなけりゃいけねえぞ」

「本当、夢さん――」

しみじみと愛情のこもった目差《まなざし》を向けられて、

「夢さん、あたし、あたしもう死んでもいい」

お銀は身を投げ出すように、もう一度男の膝へしがみつかずにはいられなかった。ごうッと空っ風が戸障子を鳴らしながら、いつか寒々とした夕暮れが忍びよろうとしている。

鍋焼うどん

火の玉

「姐御さん、またちょいと出かけてめえります」

寒い夕方がくると、夢介は今日もわざとおどけたように、ぴょこんとお銀におじぎをした。これで四日目で、しかも帰りは毎晩きっと九つ（十二時）過ぎになるのだから、いくらこの頃はすっかりやきもちを慎んでいるお銀でも、これは気にしないわけに行かない。

「夢さん、帰りはまた九つ過ぎなんですか」

お銀の目がきらりと光った。

「そうなるべと思いますだ。けんど、なるべく気をつけて、早く帰ってめえります」

夢介はなんとなくお銀の顔を見ないようにしている。それがいよいよ癪《しゃく》にさわるお銀なのだ。

「男らしくちゃんとこっちをお向きなさいってば」

「へえ。姐御さん、その長煙管《ながぎせる》は下におくことにすべ」

「なんですって――」

「気の立っている時は、時のはずみってことがあるだ。煙草《たばこ》のむんなら、おらの煙管貸してやるべ」

「夢さん――」と、お銀はうらめしげに顔を眺めて、

「あんたは、あんたはそんなあたしだと思っているんですか」

いくらなんでも亭主を煙管でうつなんて、そんな大それたことはしやあしない、まだそんな気の荒い女に見えるから、心から打解けられないで、他におとなしい女でもいるとつい通って見たくなるんだろうと、そっと持っていた長煙管を放し乍《なが》ら、遺瀬《やるせ》ない溜息が出てしまった。

「あれえお銀、急にしぼんでしまって、どうしただね」

「いいから、もう行って下さいってば。お金は持っているんですか」

この間小田原の頑固爺やに、こっちから勘当してくれと啖呵《たんか》を切っているから、もう露月町の伊勢屋のお金は当にできない。これからはできるだけ生活《くらし》を切り詰

めて早く小商いでもしなくてはと考えていた矢先、男の道楽が始ったのだ。毎日夕方から出かけて、九つ過ぎに帰ってくるとすれば、吉原通いのほかはない。それでも帰ってくることは毎晩帰ってきてくれるんだし、相手が商売女で、地娘でないのがまだましだと、お銀は急に思いなおしたのである。

「なあに、おらの道楽は金なんかかからねえだよ」

「いいえ、遊びなんてそんなもんじゃない。男なんだから、あんまりけちけちした真似はしないで下さいねえ」

「おら別にけちけちはしねえだ、なるべくどっさりつけてやるようにしているだ。それでねえと可愛いがられねえもんな」

花魁《おいらん》なんかにそんなに可愛いがられたいのかしら、と思うとお銀はやっぱり悲しい。

「じゃ、あんまり可愛いがられないから、あんた毎晩帰ってくるんですか」

「ところがおかしなもんで、これでなかなかそうでもねえだよ」

「そんなら、たまには泊ってきたくなりそうなもんじゃありませんか」

「飛んでもねえこってごぜえます。そんな真似したら一ぺんに風邪引いてしまうし、第一おらがいくら頑丈でもそうは体がつづかねえだ」

「厭《いや》らしい、もうたくさん、いいからさっさとお出かけなさいよ」

潔癖なお銀は青い眉をひそめて、一度置いた長煙管がなんとなく口惜しくなる。

「そんなら行ってめえります」

夢介は大きな体をいそいそさせながら、平気でのそりと立上るのだ。

「夢さん、あんたあたしを一人でおいて出かけるのが、そんなにうれしいの」

胸倉をとって引据《す》えてやりたいのを、やっと我慢して、とうとうお銀は涙声になってしまった。

「すまねえなお銀、こんな道楽はそう長いことではねえ。淋しかろうけんど、もうしばらくの間だから辛抱するだ」

夢介はちょいと気の毒そうな顔をして、それだけやさしい心があるなら一晩ぐらい、じゃ、今夜は家にいてやるべといってくれても罰はあたらないのに、やっぱりさっさと玄関を出て行ってしまった。

「もう厭だ、あたしは――」

そのがっちりした肩幅がくぐりの外へ消えたとたん、お銀は我慢に我慢をしていた世話女房心が爆発して、体中がやきもちの火の玉になってしまったのである。

婆やが娘のところへ行っているので、自分が出かければ家は留守になる。泥棒が入るかも知れない。かまうもんかなんでも持って行くがいい。それより、あたしにとっては命より大切な男が寝とられようとしているんだものとお銀は、いきなり簞笥へ飛びつくようにして、紫縮緬《むらさきちりめん》のお高祖頭巾《こそずきん》を取出して口にくわえ、黒縮緬の羽織を引っかけ、引出をしめて、玄関へ走りながら頭巾をかぶる、下駄を突っかけてくぐりから表へ飛出すまで、ほんのあっという間の早業で、しかも耳につくような物音はあまり立てない。往来へ出た時は、もうどこか粋筋《いきすじ》の女が用達に出たという恰好で、軽く両袖を胸のあたりで合せながら、しなしなと歩いているのだからさすがはおらんだお銀である。

出刃庖丁

——一体、あたしはどうするつもりなんだろう。

五六間先をのそりのそりと歩いて行く夢介の後を追いながら、もう黄昏《たそがれ》近い茅町通りへ出て、お銀はなんだか胸が重くなってきた。あの人をこんなに夢中にさせるのは、どんな女か見てやりたい、いや、本当のことをいえば、あの人が、でれりと鼻毛をのばしていい気になっているところへ、火の玉のように踏んごんで行って、思い切りなにもかも引っ掻きまわしてやりたい衝動に馳られて嚇《かっ》と飛び出してきたのだが、寒い風に吹かれていくらか気がしずまってくると、まさかそんな気ちがいじみた真似もできないのだ。

——いっそまだ夢さんが気がつかないのを幸い、ここから黙って引返そうかしら。

が、それもたまらなく淋しいし、一番いいのは、夢さん、今夜だけあたしといっしょに帰って下さい、と頼んでここからいっしょに引返してもらうことだが、意地があるからそんなことも厭だ。第一、あの人がうんと穏かにうなずいてくればいいけど、おらやっぱり可愛がってもらいに行くべ、なんてもしいわれたとしたら、それこそこの賑《にぎや》かな暮の街の真ん中で、どうしても胸倉をとらなければおさまらないようなことになりそうだ。

——こんなことなら出てこなければよかった。

後悔しながら、いつの間にか蔵前をすぎ、諏訪町へ出て、日は全く暮れてしまった。そうだ、ここまできたんだから、せめて観音さまへおまいりして帰ろうと、これも未練があるからの口実で、まさかこんな物騒なやきもちが背中にくっついているとは夢にも知らないのだろう、のそりのそりとなにを考えながら歩いているのか、後一つ振り返って見ようとしない夢介を追って、とうとう並木町から雷門の前へ出てきた。

——おや。

吉原へ通うはずなら観音さまの境内を抜けるか、花川戸へかかるはずだのに、夢介はふらりと広小路の方へ曲《まが》った。

——あの人、どこへ行く気なんだろう。

そして、ぎょっと思いあたったのである。誓願寺裏の長屋に鍋焼うどん屋の六兵衛爺さんがいる。孫娘のお米はちょいと可愛いぽったりとした十六娘だし、そうだ、吉原ではなくて、そのお米のところへ可愛がりに通うのではないかしら。そういえば、六兵衛爺さんは宵の口から稼業《かぎょう》に出かけて、帰りは九つ過ぎときまっている。その間中家にはお米一人しかいないことになるし、おらの道楽は金なんかかからねえだよとあの人はさっきいっていたがなるほど爺さんの留守にお米とちちくりあっている分には、金なんかそうかかるはずはない。しかも、六兵衛爺さんにかくれて逢曳《あいびき》しているとすれば、どうしても泊るわけには行かない、と考えてくると、なにもかもぴったり符合《ふごう》するではないか。

——口惜しい。

と、お銀は思わず夢介の後姿を睨みつけてしまった。ひとには長い間、いまだに鼾《いびき》ばかり聞かせているくせに、あんな小娘とすぐ打解けるなんて、夢さんもあんまりだ。いや、商売女ならまだ我慢のしようもあるけれど、あんな小娘に男を寝とられたんではもう勘弁できない。一体どっちから手を出したんだろう。厭だ、どっちからだってそんなことかまうもんか、殺してやる。そうだ、二人でいい気になって枕をならべているところへ踏んごんで行って、二人共殺してやる。

目を血走らせて歩いていたお銀が、ふっと立止った。東本願寺へ突当って右へ折れた夢介が、間もなく荒物屋の横丁の路地へのっそりと消えて行ったからである。その路地の奥がたしかに六兵衛爺さんの家である。もう間違いはない。

――憎らしい、いまにどうするか見ているがいい。

じっと暗い路地を睨んでいたお銀は、つかつかと荒物屋の店の前へ行って立った。

「今晩は――」

「いらっしゃいまし。なにを差しあげましょう」

奥から三十五六のおしゃべり好きらしい女房がすぐ立ってきた。

「あの、合鴨《あいがも》を貰って困っているんですけれど、お宅に出刃はありませんかしら」

とっさにこんな嘘が出るのだから、我ながらたのもしい。

「上物はありませんけれど、こんなんではどうでしょうねえ」

刃渡り五寸ほどの駄物ではあるが、これだって喉《のど》を一突きにすれば、二人ぐらい十分殺せそうだ。後でこの出刃で人殺しがあったと聞いたら、このおかみさんがびっくりして腰を抜かすだろうな、とそんなことを考えながら、

「そうそう、たしかにこの裏の長屋でしたね、鍋焼うどんの六兵衛爺さんの家は――」

と、お銀はなれたものである。

「そうですよ。お知合いなんですか」

「ええ、ちょいと。お爺さんもう今夜は商いに出てしまったでしょうね」

「いいえ、それがねえあなた、三四日前から風邪を引きこんだとかで、寝ているそうですよ」

はてな、それでは少し話が違う。

「じゃ、鍋焼うどんは休んでいるんですか」

「それがねえ、あなた、世の中には親切な人がいるもんですね、あの爺さん、あれでなかなか強情っ張りですから、こんな風邪ぐらいで商売は休んでいられねえって、熱があるのに孫娘のお米ちゃんを困らせていたんです。そこへちょうど

神田の方から、なんでもこの間お米ちゃんが悪い奴に売られそこなったのを助けてくれた人なんだそうですがね、その人が見舞いにきて、それならおれが爺さんの病気のなおるまでかわってうどん屋をしてやろうって、別に親戚でもなんでもないんですよ、あなた、しかも小田原の方のお金持の息子で、お金で助けるならなんでもないんですけれど、それは六兵衛さんが承知しないんです。少し変ったお爺さんですからね、金がほしいんじゃねえ、おれのようなのんだくれのうどんでも、それを待っていてくれるお客さまに休んじゃすまねえとごねるもんだから、その人がとうとう屋台を担《かつ》いで出てくれることになったんです。お金持の息子があなた、変っているといえばこれも少し変っているのかも知れませんけど、ただじゃできないって、近所でもみんな感心しているんです。珍しい話じゃございませんか」

全く感心しているようにしゃべり立てるおかみさんの話を聞いて、ああそうか、と初めてのみこめたが、まだ油断はできない。

「じゃきっと、その人お米ちゃんのお婿《むこ》さんにでもなりたいんじゃありませんか。お米ちゃんは器量よしだって話だから」

「飛んでもない。そりゃ近所でもそんな噂がまんざらないでもありませんでしたがね、その人には家にとても美人で、しっかりしたおかみさんがあって、そのおかみさんも心のやさしいひとだけれど、その人はそれに輪をかけたおかみさん思いなんだって、これはお米ちゃんが自分でいったんだから間違いありません」

　ごめんなさい、夢さん。その心のやさしいはずのおかみさんが、物ごとをよくたしかめもしないで、こんな出刃庖丁を買う気になっている。あたしはなんという浅はかな恐しい女なんだろうと、お銀はいきなり投出すように、手の出刃をそこへおいた。

「おや、この出刃ではお間に合いませんか。なんならもう一まわり大きいのもありますけれど――」

「いいえ、もう出刃はよしましょう。あたしには合鴨は割けそうもない。恐いから、早くしまって下さいまし」

　頭巾の中で眉をひそめて、急に身ぶるいが出るお銀だったが、さすがにそれではまるで冷かしに寄ったことになると気がついて、

「あの、そのかわりその軽石を、三つばかり下さいまし」

　と、目についた軽石の箱を指さした。

「軽石は三つですか」

女房が妙な顔をする。出刃が急に軽石に変って、しかも三つというのだから、これはおどろいたに違いない。

「いいえ、あたしは冷性《ひえしょう》だもんだから、これをかわるがわる焼いておいて、抱いて寝ることにしているんです」

涼しい顔をしたのはいいが、

「おや、そうですかえ。それじゃなるべく大ぶりの方がいいんでしょう」

と、おかげで大きな握飯ぐらいの軽石を三つ買わされてしまった。

――でも、命がけの出刃庖丁が軽石三つにかわったんだもの、こんなうれしいことはない。と、お銀は身も心も軽く、いそいで荒物屋の店先を逃出し、思わず軽石の袋包を抱きしめながら、四五軒先の暗い軒下へ立止った。

なんだか恥ずかしいから、怪しまれやしなかったかしらと、荒物屋の方を振返って見ると、その横丁の路地から今、鍋焼うどんの屋台の赤い行燈《あんどん》がふらりと往来へ出てきたところだ。

「あっ、夢さんだ」

お銀は一瞬どきりとして、目を見はってしまった。

とも知らず、夢介はこの寒空に羽織をぬいでじんじん端折《はしょ》り、紺の股引《ももひき》に草鞋《わらじ》がけ、手拭の頬かむり、すっかり鍋焼うどん屋になり切って、のそりのそりとお銀の前を通り抜け広小路の方へ歩いて行く。

「厭だあ、夢さんは――」

物好きにも程があると思い、いや、もしもこうでもしなければ本当に暮して行けない身分になったら、どんなにみじめだろうと、今は勘当の身のそんなことまで思いあわされ、いじらしいような可笑《おか》しいような、お銀はくすくす笑いながら涙がこぼれてきて仕様がなくなった。

それにしても、なんというひどい勘違いをしてしまったのだろう。こういう寒い道楽では、一晩中歩いていては風邪もひくだろうし、どんな頑丈な体でもそうはつづかないはずである。でも女道楽でなくて本当によかった、とお銀は夢介の後姿を拝みたいような気持で、軽石を抱きながらついて行く。

うどん屋

――なんだか変だと思ったら、あの人まだ一度も、鍋焼うどんって呼んでいないんだ、恥ずかしいのかしら。

お正月までもう五六日という暮の押迫った広小路だから、この辺はまだ用ありげな人たちがみんな寒そうにせかせかと歩いている。その往来の真ん中を、夢介は黙ってのそのそと歩いているだけだ。これではいつまでたっても商売になりそうもない。

仕様のない人、あたしがかわりにどなってやろうかしら。

そこは人情だから、稼業となればなんとかして一杯でも余計にうどんを売らせてやりたい、と気を揉んでいる中に夢介は雷門のそばの柳の木のあたりへ屋台をおろした。とたんに仲見世の裏からばたばたと駈け出してきた者がある。

「今夜も寒くなるぜ、あんちゃん」

行燈のぼんやりした灯の中へ、恍けた顔をぬっと出したのは、ちんぴら狼の三太である。

「やあ、兄貴《あにい》さんか。いますぐ拵《こしら》えますだ」

夢介はにっこりして、七厘の下をばたばたと煽ぎ出す。火の粉だけが一人前にぱちぱちと飛び散る。うどんの玉を取り出して、細長い揚ざるに入れ、沸《たぎ》った湯に手加減でひたして丼へあけ、汁をかけて、青いものと蒲鉾の薄く切ったやつをのせ、海苔を一枚うえにおいて、

「へえ、お待ち遠さま」

と、三太に渡す。あんまり器用な手つきではなく、それだけに当人は一生懸命で、見ているお銀は手伝ってやりたくて、思わず手がむずむずする。

「あんちゃん、すっかり馴れちまったなあ。これならちょいといけるぜ」

三太はふうふう熱いうどんを吹いて、するするとすすりこみながら、そんな小生意気なことをいう。

「ありがとうごぜえます」

大きなおじぎをした夢介は、こんどはそばを出して濛々《もうもう》と湯気の立つ釜の中へばらばらと撒《ま》く。それを長い箸でかきまわしてざるで掬《すく》いあげ、丼へあけて汁をかけ、

「へえ、おかわり」

と、また三太に渡す。

「うむ、こいつはちょうど茹《ゆ》でぐあいだ、第一、六兵衛爺さんの汁がうまいからね」

するすると甘そうにすすっている中に、商売というものはふしぎなものだ。一人がうまそうに食っていると、ちょうど時分どきではあり、その匂いに誘われる

ように、二人三人と客が立ちはじめた。

そうなると夢介はいよいよ一生懸命で、それがまたお銀にはいよいよもそもそしているように見えて、

「じれったいねえ、本当に」

思わず地団駄を踏みながら、何度飛び出して行きかけたか知れない。

が、気がついてびっくりしたのは、三太がいつの間にか洗いの方へまわり、空いた丼を洗ったり、七厘の下を煽いだり、客から代を貰ったり、その間には、

「鍋焼うどん」

と、近所を触れまわって注文を取ってくる。うどんが出来上ると、小まめに盆の上へのせて出前に出る。

「あんちゃん、そばが二つに、うどんが一つ、山盛りにして、汁だくさんでたのむよ」

と、うれしそうに下働きをつとめているのだ。

「ありがとう、三ちゃん」

お銀はじいんと胸が熱くなってしまって、こん度家へきたらなにを御馳走してやろうかしら、と寒いのを忘れて立ちつくしていた。

「ああわかったわ、夢さん」

そして、やっと思い出したのである。この間夢介はしみじみと、それは小田原の頑固爺をお銀が玄関から追い返した夜、枕についてから寝物語に、

「お銀、おら少し間違っていたかも知れねえな」

と、いい出した。

「なにが間違っていたの、夢さん」

お前と夫婦約束をしたのが間違いだった、そういわれるのではないかと、すぐそこへ気のまわるお銀だから、血相をかえずにはいられない。

「おら別に、金で人を助けていい気持になっているわけではねえが、今日は六兵衛爺さんにも、自分で働いたことがねえから無駄な金ばかりつかうといわれてきただ。聞けば爺やも、親の金でなにが人助けだといっていたってな。たしかにそうかも知れねえ。金ってものをおら、そんなにありがてえものだとは思わねえけんど、やっぱり自分で働いて見なけりゃ、本当の金の値打はわからねえもんかも知れねえだ」

「そうかも知れませんねえ」

ほっとして、なあんだそんなことだったのかと、その時は別に気にもとめずに

いたが、こん度のうどん屋はきっとそれなのだ。働いて得る金の値打を知り、同時に金で助けるのばかりが人助けではないと気がついたのと、その二つを身を以て試すつもりでかかった仕事に違いない。

目頭が熱くなるにつけても、うっかり出刃庖丁を買おうとまでした自分が、お銀は恥ずかしくてたまらなくなる。

「観音さま、どうかお慈悲で、あたしをおとなしい善いおかみさんにして下さいまし」

思わず程近い御堂の空へ向って、両手を合せるお銀だ。

ただ食い折助

屋台の前では、後から後からと立った客がようやくすんで、こんな稼業には潮どきというものがあるか、ちょいと客足が絶えた。三太は出前の丼を取りに行ったと見えて、姿を見せない。夢介はしゃがみこんで、何かごとごとと洗い物をしているようだ。

「うどん屋、早いとこそばを二つくんな」

ふらりと通りかかった折助体の男が二人、ぬっと行燈の前に立止った。

「へえ」

夢介がのっそり立上って、七厘に炭を足し、釜をかけて、ばたばたと煽ぎ出す。

「寒くって仕様がねえ、酒はねえか」

「へえ、お酒は御法度《ごはっと》でごぜえます」

「なんだと――」

「大道でお酒を売るのは禁じられていますだ」

「ちぇッ、手前はまだ藤四郎だな」

「へえ」

「お関所にだって裏道のある世の中だ。御法度の表道ばかり通る馬鹿があるもんか、そういう時は、お酒はございませんけれど、お茶ならありますといって、お酒を湯呑茶碗に入れて出すもんだ。よくおぼえときねえ」

「ありがとうごぜえます」

その間に夢介はそばを二つ拵えて、

「お待ち遠さま」

と、二人の前へ出す。

折助は丼を取るなり、箸で中のそばを大づかみに持上げ、ふうっと一つ吹いておいて、するするとすすりこむ。

「うどん屋、少しぬるいぜ、こいつは」

「そりゃ気のつかねえことをしました」

「うんと熱くして、おかわりだ。こんなぬるいのは江戸っ子の食うそばじゃねえ」

「第一、汁がうすいな兄貴」

つれが負けずに、まずそうな顔をする。

「だしが悪いんだ。食えやしねえ」

そのくせ二人共、するすると瞬く間に汁まで平げてしまった。

「かわりはまだか、うどん屋」

「もうすぐでごぜえます」

「そばなんてものは、こう間をおいて食わされたんじゃ、前のが腹ん中でいいかげんふやけてしまうじゃねえか。藤四郎は仕様がねえな」

「へえ、お待ち遠さまでごぜえます」

渡された丼をうけ取って、ふうっと吹いて、一口食って、

「まずいなあ、うどん屋、どうしてお前んとこのはもっと熱くできねえんだ」

と、しかめ面をする。

「全くぬるいや。飛んでもねえうどん屋へ引っかかってしまったぜ」

口小言をいいながら、二人共しきりに箸でそばを揉んで冷めるのを待っている。

「まだぬるうごぜえましたかね」

夢介は決して逆《さか》らわない。

――どうしてああじれったい人なんだろう。ぬるいかぬるくないか、すぐ口の中へ入れて見ろって、啖呵を切ってやりゃいいのにさ。

見ているお銀は口惜しくってたまらない。

「こいつはまずくって、どうにも我慢できねえ」

「勿体《もったい》ねえから無理に口ん中へ押しこんだものの、おらあ兄弟、胸がむかついてきたぜ」

「食わなけりゃよかったな」

ペッペッと折助は唾を吐いて、

「いくらだ、うどん屋」

と、空いた丼を屋台の上へ投げ出す。

「へえ、一杯十六文でごぜえますから、四つでお二人さまで六十四文になりますだ」

「そうか。おれたちは本所の南部様の部屋の者だ、勘定は後で取りにきてくんな」

「へえ」

「あばよ、行こうぜ、兄弟」

まことに鮮かな食い倒しぶりである。さっさと吾妻橋の方へ行きかけるのを、夢介はぽかんと眺めている。

――畜生、田舎者だと思って馬鹿にしやがって。

お銀は承知できない。歯がみをしながら、そっと屋台のうしろを遠まわりにすり抜けて、二人の後を追って行く。

「うまく行ったな、兄弟」

「あは、は、度胆を抜かれてやがった、野郎田舎者だな」

「おおかた水のみ百姓の伜《せがれ》かなんかで、一旗あげるつもりで江戸へ出てきたんだろう。馬鹿な野郎よ、生馬の目を抜く江戸で、田吾作《たごさく》になにができるもんか」

「けど、あのそば案外うまかったな」

「それでただときているんだから、こてえられねえや」

「当り前よ、変にごたくなんかこねやがったら、ただ食いだけじゃすまねえ。横っ面を張り飛ばして、屋台を引っくりけえしてやろうと思っていたんだ」

「あは、は、おれたちにかかっちゃかなわねえや」

やがて吾妻橋の上である。

「もし、食い逃げの兄さん」

お銀がぴんと張りのある声をかけた。

「なんだと――」

振り返って見ると、夜目にもすらりとしたお高祖頭巾の女が、川風に裾《すそ》を吹かれながら立っている。

「誰だ、お前は――」

「今お前さんにただ食いをされた田吾作うどん屋の女房さ」

「ふうん、その女房がなんの用だえ」

いささか呆れながら、折助共は人を食った顔をする。

「さっきの勘定をお出し、といったところで、お前さんたちは素寒貧《すかんぴん》なんだろう」

「だからどうだっていうんだ」

「二人共揃いも揃ってまずい面だねえ、そばへなんか寄っておくれでない、くさいから」

「吐《ぬか》しやがったな、あま」

「口があるからなんでもいえますのさ。うちの人の拵えたそば、熱くてうまかったようだが、あれは本当はお前さんたちみたいな下人《げにん》に食べさせるそばじゃないんだけれど、うちの人が南無大悲観世音さまのおおせつけで、わざとああいう風をして、七日の間衆生済度《しゅじょうさいど》のために安く振舞っているのさ、お前さんたち、早く土下座をしてあやまってしまわないと、今夜の中に血を吐いて死んでも知らないよ」

若い女のくせに、恐れ気もなくこうしゃっきりとのべ立てられて見ると、なんとなく薄気味悪くもあったのだろう。二人はちょいと顔を見あわせていたが、そこはすぐ命知らずになれる奴等だし、しかも二人だ。

「なにを吐しやがる」

「かまわねえ、兄弟、観音さまの尻をまくって見ようじゃねえか」

たちまちくそ度胸を据えて、それに相手はいい女だから損はないと、両方からつかみかかろうとする。

「くさいから、そばへお寄りでないってば」

じりじりと後へ退るお銀だ、逃げるようなら、恐がることはない。

「やっつけろ」

「それッ」

先につかまえた方が勝ちだといわぬばかりに、いきおいこんで飛びかかろうとする二人の眉間《みけん》へ、

「罰当りめ」

ぱっ、ぱっ、とお銀の手から白い礫《つぶて》が二つつづけて飛んだ。実はさっきの軽石である。

「わあッ」

「やられた」

軽石でも力一杯真《ま》眉間を狙われてはたまらない。二人共目がくらんで、どすんとそこへ大きな尻餅をつく。

「おほ、ほ、口惜しかったらお前たち、いつでも観音さまの御堂へ仕返しにおいで。こんどは本当に目をつぶしてあげるからね」

胸がすうっとしたお銀は、そのますたすたと雷門の方へ引きかえす。夢さん、まだいてくれるかしら、急にそれが心配になりながら——。

炬燵の中

どんよりと朝から曇った底冷えのする日、今日はいつもより早く夕方がきた。もうそろそろ夢介が道楽に出かける時分である。

それを昨日まではてっきり吉原の遊女狂《おんなぐる》いだと思い込んで、お銀は我慢ができないほどひとりでやきもちを妬《や》いてしまったが、道楽は道楽でも、風邪をひいて寝こんでいる誓願寺裏の六兵衛爺さんにかわって、鍋焼うどんの夜商いに出かけるのだとわかったので、今日のお銀はすっかり落着いて、置炬燵《おきごたつ》へ入って、さっきから針仕事を出している。が、人間というものは、ことに女というものは、余っぽど苦労性にできているものと見える。あんなに心配した女道楽ではなかったのだから、もう安心してもよさそうなものだのに、こん度は夢介がどうしてそんなことをいまだにあたしに隠して、毎日さも申し訳なさそうに出て行くのだろうと、そんなことがしきりに気になり出すのだ。

――悪いことじゃあるまいし、寒い思いをして人助けに行くんだもの、なにもあたしに隠すことなんかなさそうなもんだけどねえ。

それを隠すには、きっと隠さなければならないだけの訳があるに違いない。夢さんは小田原の大尽《だいじん》の息子で育ったんだから、やっぱり鍋焼うどん屋なんて稼業が恥ずかしくて、あたしにいえないのかしら。それとも、自分が恥ずかしいのではなくて、あたしが厭がるとでも考えて用心しているのだろうか。いや、どっちも違うようだ。この世の中で亭主が女房にいいづらいことといえば、大抵女に関係したことである。

――そうだ、どうしてもこのことの裡《うら》には女がひそんでいるに違いない。とすれば、お米ちゃんのほかにはないじゃないか。

それは、まるで自分で自分のやきもちを掘り起して行くようなものだ。とまんざら気のつかないお銀ではないのだが、一度そこへ考えが行ってしまうと、とことんまで妬いてしまわないとどうにも胸がおさまらないお銀なのだから仕様がない。

つまり、六兵衛爺さんを助けると見せかけて、その実はお米ちゃんに野心のある鍋焼うどん屋だから、気が咎《とが》めてあたしには内密《ないしょ》にしておきたいんではないかしら、とどうやらやっとやきもちの火種を見つけて、お銀は差し向いに炬燵にあたっている夢介の大きな顔をじろりと見る。

　その夢介はもうそろそろ出かけなくてはならない時刻だから、なんとなくもそもそと坐って見たり、あぐらを直したり。しきりにこっちの顔色をうかがいながら落着かないようである。

「夢さん、そんなにもそもそしちゃ炬燵が寒いじゃありませんか」

　思わず意地の悪い目になる。

「そんならおら、すまねえけんど、またそろそろ出かけさせてもらいますべ」

　夢介が小さくなって、申し訳なさそうにいい出す。まるで切掛《きっかけ》をつけてやったようなものだ。

「なんですって、夢さん」

「おら出かけさせてもらうだから、姐御さん、一人でゆっくり炬燵にあたるがいいだ」

「あんたって継《まま》っ子育ちなの」

「どうしてだね」

「それじゃまるであたしが追い出すみたいじゃありませんか。どうしてあんた、男のくせにそうひねくれたがるんでしょうね」

お銀はとっさにうまい理窟をこね出す。

「おら、別にひねくれるわけではねえが、もうそろそろ出かける時分がきているだ」

「そろそろ出かける時分だなんて、誰がそんなことときめたんですよう」

「なあに、そろそろで姐御さんに気に入らなければ、いそいで出かけてもいいだ」

「夢さん、あんたそんなにあたしの側にいるのが厭なんですか」

さっと顔色のかわるお銀だ。

「困ったなあ。――姐御さん、おら少し抱いてやるべか」

「そんなお世辞使ったって、誰が乗るものですか。さあ、今日はちゃんと聞かせてもらいます。あんた毎晩野良猫のように、一体どこへ出かけるんです」

それをはっきりと当人の口から白状させなくては、どうにも胸がおさまらない。

「おらの道楽は、昨日もいうとおり、ちっとも金のかからねえ道楽だから、そんな心配しなくてもいいだ」

そりゃ稼ぎに行くんだもの、金がかかるどころか、金の儲かる道楽だとはわかっている。

「だから、だからどこへ行くんですよう」

「熱くて寒いとこへ行くだ」

「なんですって——」

「あは、は、おらの道楽は熱くて寒い、変な道楽だ」

夢介はのんびりと笑っている。

火のそばの商売だから熱い、それを大道でやるのだから寒い、それならいいけれど、お米に熱くなってやっている稼業だから熱い、そうとれないこともないじゃないか。

「夢さん、たとえば女に熱くなって寒い道を通いつづける、それだって熱くて寒い道楽ですね」

「ああそうか、なるほど考えようはあるもんだな」

感心したように目を丸くして、

「おら、まるでお煎餅《せんべい》みたいな男にできているだね」

と、また変なことをいい出す。

「どうしてさ」

「年中焼かれてばかりいるだ」

「知らない。なんといったって、今日は行く先をいわなければ出しませんから
「困ったなあ。おら決して浮気はしねえだから、もうしばらく大目に見てやって下せえまし。たのむだ、姐御さん」

「あんたはそんなに熱くて寒いところが好きなんですかねえ」

「別に好きってわけでもねえが、おらのようなぼんやりしている人間には、いい学問になるだ」

はっとした。そういう気持でなければ、いくら人助けでもあんな真似は常人ではできない。お米を引合いに出すなんて、それは炬燵の中でのんびりと遊んでいる女の勝手ないたずら心だ、と元々根もないことを自分でやきもちの火種にして、かんかんになっていたお銀なのだから、気がついて見ると全くおとなげない。

「いいわ、浮気をしないんなら出してあげますから、勝手にさっさとお出かけなさいよ」

わざとつんと拗《す》ねたような顔をして見せる。

「すまねえこってごぜえます。おら姐御さんのような弁天さまに思われて、年中

煎餅のように焼かれどおしの果報者だもの、とても浮気なんてする気にはなれねえだ」

「厭だったら、そんな歯の浮くようなお世辞。あたしはそんなお煎餅みたいな生やさしいこんがりとは違うんですからね。ちゃんと性根にすえておいて下さいよ」

「へえ、わかっていますでごぜえます。そんならごめん下せえまし」

夢介は炬燵を出て、大きなおじぎを一つした。このまま行かれてしまうのはなんだか淋しい。つづいて立上りながら、

「夢さん、忘れちまったの」

と、お銀が不平そうに顔を睨んだ。

「あれえ、おらなにを忘れたろ」

「厭だあ。だからあんたのは口ばかりだっていうんです」

うらめしそうな、というより、とろんと絡みついてくるような目の色を見て、

「ああ、おら姐御さんを抱いてやるべといったようだけど、それかね」

と、夢介はすぐに思い出したようだ。

「知らない。そんな大きな声を出して」

さすがに恥ずかしいからぽっとさくら色になって、我にもなく背を向けるのを、

つと夢介の大きな左手が追うように腋の下から胸へまわって、右手がお尻へかかったと思う間に、例の底なし力だから、もう軽々と赤ん坊でも抱くようにお銀の体を抱きあげていた。

「おらのやきもち妬きのお銀——」

とたんに火のような愛情が男の胸に沸ってきたらしく、息が詰るほど抱きしめられて、

「髪が、髪がこわれるから」

喘《あえ》ぐようにいうお銀の口唇は、男の激しい口唇におおいふさがれてしまった。うれしい、とお銀は全身がしびれるように甘く、うっとりと息苦しい。

そのまま夢介はお銀を玄関まで抱いて行って、

「そんなら姐御さん、留守をたのみますだ」

と、そっとそこへおろした。

「風邪をひかないで下さいよ。夢さん」

「おら熱いやきもちふところへ入れているだから、大丈夫でごぜえます」

「また、そんな憎らしい——、引っ掻いてやるから」

どうしてもおとなしいおかみさんにはなり切れないお銀である。

頭巾の男

春駒太夫

——どうしようかしら。

夢介を送り出して、ぼんやり炬燵へ帰ってきたお銀は、ちょいと考えこんでしまった。男の行く先も、そして火のような愛情を持っていてくれるうれしい心も、今ははっきりわかっているのだから、それは少しも心配はないが、こうして一人になってみると、なんだかひどく淋しいようなたよりないような、ちっとも落着いた気持になれない。

——どこへでも、旦那さんの後を追いかけて行きたがるおかみさんなんてあるかしら。

そう思って、自分ではおかみさんらしく落着こうとするのだけれど、魂の方がふわふわと体から抜けて行きたがるんだから、なんとも仕様がない。

それに年の瀬が押迫って、夜の街はことに物騒だし、あの人はああいうお人好しな性分だから、どこでまた昨夜のような食逃げ折助にぶつかるかわかったものではない。いや、ただの食逃げならなんの稼業《かぎょう》にでもよくあり勝ちな疵《きず》の中と、まあ我慢してすませないこともないが、もし追剝《おいはぎ》か辻斬り強盗にでも狙われたらどうなるだろう。馬鹿っ堅いあの人のことだから、六兵衛爺さんの商売道具をこわされては大変だと、その方にばかり気を取られてまごまごしている中に、大怪我をしないともかぎらないではないか。

――そうだ、やっぱりあたしがついて見ていてやらなくては、心配で、とても一人では放っておけない人なのだ。

やっとそう肚《はら》がきまると、お銀は急に魂を取戻した人間のように生々とよみがえって、てきぱきと火の始末をし出す。帯をきりっと締めなおして、羽織をひっかけ、お高祖頭巾《こそずきん》をかぶり、すっかり身支度ができると、念入りに戸締りをしていそいそと家を出た。

街はやがて黄昏《たそがれ》近い夕暮で、暮だからいそぎ足の人が、みんな寒そうにせかせかと歩いている。

お銀は夢介の歩く道順をよく知っているので、今日は別にいそぐ必要はなかった。風はないが雪もよいの日で、寒いことはひどく寒い。が、人助けのために稼業に出る夢介の、そのまた蔭にまわって誰にも知れないように男の手助けをするのだと思うと、心はあたたかくたのしい。それに、こんな寒い晩こそきっとあの人のうどんはよく売れるだろうと、もうそんなことまで気になるのだから、女というものは全くつれ添う亭主次第のものである。

蔵前通から諏訪町へ出て、駒形を通り、並木町へ出るころ、冬の日はとっぷりと暮れてきた。並木町の突当りが雷門で、そこが夢介のうどん屋の振出しになるのだから、今夜はわざわざ誓願寺裏まで足を運ぶまでもなく、遠くから観音さまへ手を合せて拝んで、その辺をぶらぶらしながら夢介のくるのを待っていることにした。

「同じ手口の奴が、つづけざまにこれで三人目だとよ」

まだ人足の絶えない広小路で、前を行く仕事帰りらしい二人づれの職人の話声が、ふとお銀の耳をとらえた。同じ手口という言葉が、身におぼえがあるだけに、なんとなくぞっと神経にこたえたのである。

「ふうむ、変な話だなあ、真っ昼間人通りのある往来で人殺しをやって、誰がやったんだかわからねえなんて、そんな器用な真似ができるもんかな」

「だからよう、たしかもう三年ばかし前になるが、ひところ鎌いたちの仙助って野郎が江戸中を荒しまわったことがあるんだ。その野郎のはやっぱり真っ昼間、すれちがいざま胸を一突きにして、紙入を抜いて、さっさと行ってしまう。後に人が倒れているんで、どうしたんだろう、大変だ、人殺しだと大騒ぎになる時分には、もうその野郎はどこへ行ったか、一体どんな男だったか、誰にもわからなかったっていうんだ。凄いのなんのって、一時江戸の町は金を持って歩けねえってふるえ上ったもんだが、たぶんその鎌いたちがまた帰ってきたんだろうって話よ」

「じゃ、その鎌いたちってのは、まだつかまらずにいたのか」

「そりゃお前、つかまりっこあるもんか、誰も顔を見た奴がねえんだからな。こん度のもそれと同じ手口で、一人は下谷の黒門町、一人は浅草の天王橋のそば、今日のはついそこの車坂、三人共みんな掛取り帰りの大店《おおだな》の番頭さんだとよ」

「おれにゃどうもまだ呑みこめねえな。人通りのある往来の真ん中で、しかも真っ昼間人が殺されるのに、誰もその野郎の顔を見たものがねえなんて――」

職人づれは花川戸の方へ曲《まが》って行くので、お銀はそこから引返した。その鎌いたちが江戸へ帰ってきていることはたしかにこの目で見ているお銀だし、それがまた兇悪な仕事を始めたかと思うと、ぞっと身ぶるいをせずにはいられない。

——もしこんな話をお米ちゃんが聞いたら、あの娘は自分の阿父つぁんだと思いこんでいるようだし、どんなことになるんだろう。

いや、お米どころか自分も、自分につながる夢さんも、鎌いたちからは深い怨みをうけている。いつどこで、どんな風に怨みの匕首《あいくち》を胸へ突刺されないとはかぎらないのだ。

——やっぱり出てきてよかった。あの人なんかに殺されてたまるもんか。

そうも考えて、こん度はむらむらと敵愾心《てきがいしん》に燃えてくるお銀である。

気もそぞろに雷門の前まで引返すと、ちょうど夢介が昨夜の柳の下あたりで店をはじめたばかりで、今ちんぴら狼の三太が、小生意気な恰好をしながら、大威張りで、お初をするするとすすりこんでいるところである。

——夢さん、御苦労さま。

この寒空にじんじん端折《はしょ》り、頬かむり、慣れない手つきでばたばたと七厘の下を煽いでいる愛《いと》しい男の姿を見ると、お銀はついじいんと胸が熱くなって、頭を下げずにはいられない。

月並に当り矢を描いた屋台行燈《あんどん》のうすぼんやりした灯の前を、寒そうな人足が絶えず流れて行くが、ふとその光の中へ目のさめるような若い女の顔が浮き上った。房々とした島田髷《しまだまげ》、ふっくらと大まかな目鼻立、鈴を張ったような意地の強い目。

――あっ、春駒太夫だ。

この春一度夢介が両国の小屋の楽屋をたずねて、同朋町の『梅川』へ誘われて、三太の話ではお奉行ごっこをして、あの人がこの春駒太夫に縛られ、うれしがって御飯を三杯も四杯も養ってもらっていたということだった。そのころは、いや今だってそうだけれど、今よりもっとやきもちの妬《や》きたい盛りだったのだから、散々胸倉をとったあげく、二三日たって東両国の小屋へそっと春駒太夫の手品を観に行ったことがある。口惜しまぎれだからその時は、手品も踊りもへたくそだ、ただ若くて少し顔がいいもんだから甘い男たちがあんなに騒ぐんだ、と無理にけちをつけてきたが、あれ以来いまだに江戸の人気が落ちず、この秋からは奥山でずっと興行をつづけているくらいだから、無論決してそんなへたくそな芸ではない。

その春駒太夫が女弟子を一人したがえて、小屋がけ芸人のくせにとても気位が高くて、どんな客でも酒の座敷へは出ない。まだ男知らずだという評判もあるくらいで、なるほどつんと澄しながら一度は行燈の前を行き過ぎようとしたが、ふ

と頰かむりの夢介の方を見て、おやという面持で立止った。そして、つかつかと屋台のそばへ寄るなり、

「兄さんじゃないかしら――」

嚇《かっ》と燃えるような目が、お銀には確かにそう見えたのだから仕様がない、はっしと夢介の顔を見つめたものである。

「あれえ、お駒ちゃんでねえか」

びっくりしたように顔をあげて、なんと懐かしそうな夢介の声だったろう。

あっとお銀は棒立になりながら、そのお駒ちゃんと叫んだ夢介の声をただならず耳に焼きつけ、喘《あえ》ぐように息をのんでしまった。

「どうしたのよう、兄さん」

じろりと様子を見てとったお駒の顔が、一瞬世にも悲しげな色をたたえる。

「おら三四日前から、こんな商売始めただ。太夫さん熱いそばを一杯食べて見ねえかね」

なんて間抜けな人なんだろう。人気稼業の若い娘芸人に、こんな大道で二八そばを食べろなんて、断られて恥をかくにきまってるじゃないか、とお銀が見ている中に、

「食べるわ、拵《こしら》えて下さい」

呆れたことには、お駒は二つ返事なのだ。

人一倍気位の高い女だというのに、これは明かに好意以上のものを男によせる女の心中立てとわかるから、お銀の胸はいよいよ穏かでない。ところが、心穏かならざる者が、他にも一人いたらしい。

「そんなら、おら腕に撚りかけてうまいそば拵えてやるべ」

夢介がいかにもうれしそうに、これもお銀の目にはそう見えたのだから仕様がない。いそいそと支度にかかろうとした時、

「太夫、およしよ。なにもそんなまずい屋台のそばなんか食わなくたって、そばが食いたけりゃ更科《さらしな》へでも藪《やぶ》へでもお供しようじゃないか」

恐らく春駒太夫の尻を追いまわしている道楽息子なのだろう。女弟子と肩をならべていた大店の若旦那とも見えるのっぺりとした若い男が、眉をひそめながら白い手でお駒の肩を叩いた。

「おらのそば、まずくねえです。そんならお前さまもためしに一杯食って見て下せえまし」

ばたばたと七厘の下を煽ぎながら、夢介がすすめる。

「おことわりするねえ、いくらうまくたって大道のものは、まるで埃《ほこり》を食うようなものだからね」

「おらなるべく埃は入れねえように気をつけていますだ」

やあ春駒太夫だ、お駒ちゃんがそばを食うんだとよ、と土地の人気者だから二人立ち、三人集っていた弥次馬がげらげらと笑い出す。

「いくら気をつけたって、埃は目に見えないからね。第一そばなんてものは江戸前のものさ、だんべえ言葉ののびたそばなんか食えたもんじゃありません」

「おらのそばは口を利かねえから、田舎もんか江戸前か、食って見なけりゃわからねえでごぜえます」

「折角だけれど、まああたしはよそう、汁の中へ油虫や鼠の糞《ふん》なんか入っていた日にゃ、とても助かったもんじゃないからね」

若旦那の厭《いや》がらせはいよいよ露骨になってきたようだ。

若旦那

「花ちゃん、お前おそばは厭かえ」

つんと外方《そっぽ》を向いていたお駒が、若旦那を無視して女弟子の方を振り返った。

「いただきます」

いただかなければ後が怖い、と女弟子は太夫の顔色を読んでいる。

「太夫、本当にいただく気かえ。人気芸人があんまり上品な真似とはいえないよ。物好きだね」

「どうせあたしは下品な小屋掛け芸人だもの、恥ずかしかったら若旦那、かまわず先へ行って下さいまし」

お駒はぴしゃりといってのけた。

「兄さん、二つ拵えて下さいね」

どうしたらこうも声が変えられるものか、と呆れるほどやわらかい声だ。

「いいとも、今すぐ拵えてやるべ」

夢介は沸《たぎ》った釜へばらばらとそばを撒《ま》き入れた。

「まるで大道の埃を食うようなものだがねえ。馬も通るし、犬は小便をするし」

若旦那はまだ毒舌をやめない。これも相当な人物だ。

「当り矢、おれにもその埃そばを一つ作ってくんな」

弥次馬の中からおもしろがって声をかけた奴がある。

「ありがとうごぜえます。おらなるべく埃は入れぬようにしますだ」

「なあに、かまわねえ。埃をだしにしてもいいから、おれにも一つ熱いのをくんな」

「へえ、ただ今――」

「こっちへもたのむよ。もしもし、埃のおっかない若旦那、お前さんそばを食わねえんなら、邪魔だからちょいと場所をあけてもらいたいねえ」

「そうだ、そうだ。あっちへ行って小便でもしてもらおうじゃねえか」

その実春駒太夫のそばで、肩をならべてそばが食って見たい物好きが多いんだから、若旦那はとうとう後へ押出されてしまった。

「さあ太夫さん、できたぞ」

「ありがと――、すいませんけど、こっちへ下さいな」

さすがに女だから、屋台で立食いもできかねたのだろう、春駒太夫はつと後の柳の蔭へ行ってしゃがんだ。女弟子がそれにならう。

「熱いから舌焼かねえようにするだ」

丼を盆にのせて運んで行った夢介が笑いながらいうと、お駒はうなずいて、何かいいたげな目をしたが、人前だからといいかねた風情である。

人気というものは妙なものだ。そこに春駒太夫が女弟子としゃがんでそばを食っているというだけで、その晩はそばやうどんが飛ぶように売れて行く。夢介も手伝いの三太も一時はてんてこ舞いの形だ。

「三ちゃん、ちょいと――」

その三太を、やっとそばを食べおえたお駒が柳の下から手招きしながら呼んだ。

「へえい。――太夫さんはおいらを知ってるのかい」

三太が飛んできて目を丸くする。

「知ってるわ、あたしこの春、両国であんたに負けたことあるんだもの」

その時三太に掏《す》られた紙入が縁になって、夢介が初めて楽屋をたずねてくれたのだから、お駒には忘れられない三太である。

「あれえ、詰《つま》んねえことおぼえてるんだな」

少しも悪意のないお駒の目の色を見て、三太は頭を掻いて見せる。

「兄さんね、ここから毎晩どっちの方へまわるの」

「真っ直ぐ浅草橋へ出て、佐久間町を抜けて、黒門町へ出るよ」

「寒いのに大変ね。はい、これお代。――忙しそうだから、兄さんには挨拶しないで行きますからね」

空いた丼といっしょに小粒を一つ盆の上へのせて、春駒太夫は柳の下を離れた。

「毎度ありがとうございー―」

その後姿へ恍《とぼ》けたおじぎをして見せる三太だ。忙しい夢介は少しも気がつかない。が、お銀は決して見のがさなかった。とはいっても、その時のお銀の関心は、むしろお駒のつれの若旦那にあったのである。お駒に対して、やきもちが妬けないこともなかったけれど、それよりあの人のそばに、埃だの、油虫だの鼠の糞のと、客が取巻いている前で散々毒づかれたのが口惜しい。

――畜生、こうと知ったら、今日も軽石を買ってくるんだったのに。

胸がむかむかして仕様がない。

その中に若旦那は弥次馬に押し出されたので、ようし、先へ帰るようだったら後をつけて、女には甘そうな奴だからどこかへ誘いこんで、そこで思い切り赤恥をかかせてやろう、と見ていると、その男は余っぽど春駒太夫に未練があると見えて、屋台のまわりは離れたが、ぶらぶらとその辺を歩きまわりながら、一人で帰ろうとする様子はない。

――はてな。

ふと気がついた、その男の態度が、誰も見ていないと思ってうっかり出たのだろうが、どうも腑におちない。ふところ手をした体つきにもどこかくずれた鋭いものがあるし、時々あたりを見まわす目が、何か警戒するような、とても大店の若旦那などがやる恰好ではないのである。

――ああ此奴《こやつ》は食わせものだ。

前身があるだけに、お銀にはすぐぴんときた。なるほど、だからあんな毒舌が人前で平気でつけるわけだ。気の弱い若旦那にできる芸当ではないと今さら思い当る。

その怪しげな若旦那が、春駒太夫が柳の下を離れると、急に若旦那らしくなって、ふらりとそばへ寄って行ったのである。

「太夫、おそばはうまかったかえ」

ちょいと聞くと、全く二本棒とも思える甘ったるい猫撫で声だ。

「おや、若旦那、まだお待ちになっていたんですか」

女弟子がそんな口を利くくらいだから、日ごろから馬鹿になり切っているのだろう。

「待っているとも、私は百夜も通う深草の少将さ。百日の間はきっと太夫を家まで送って見せます。そうしたらいくらか私の心ってものがわかってもらえるだろうからね」

ぬけぬけとそんな歯の浮くようなことをならべながら、お駒が相手にしないものだから、女弟子と肩をならべて歩き出す若旦那だ。

お銀はその奇怪《きっかい》さに釣られて、つい三人の後をつけている。一つには夢介のまわる道順はわかっている安心があるからでもある。

「でも、若旦那はどうしてあんなにうどん屋さんの悪口をいったんでしょうね」

「あのうどん屋は、何か太夫の親戚筋にあたる家の伜《せがれ》ででもあるのかえ」

「馬鹿らしい、別にそんなんじゃないけれど」

「太夫も物好きだねえ。どうしてあんな汚ならしいそばが食べたいんだろうね。田舎者は無神経だから、手洟《てばな》なんかかんだ手で平気で商いをするものさ。第一大道のものは不潔だから、もし太夫が病気にでもなると困ると思って、私はそれを心配するんだ」

なんの遺恨があるのか、また始まったようである。からころと下駄を鳴しながら、黙って歩いていたお駒がふと振り返った。

「花ちゃん、若旦那といっしょに一足先に大増《だいます》へ行っておくれよ。あたしは後からすぐ行くから」

「本当かえ、太夫」

まるで飛び上らんばかりの若旦那だ。お駒はもう返事をしない。

「若旦那、行きましょうよ」

「本当かねえ、花ちゃん」

「太夫さんはそんな疑り深いの嫌いなんだってさ」

「やれやれ、これでやっと長い間の思いがかなった。太夫、それじゃ一足先へ行っているから、騙《だま》すと恨むよ。いいかえ」

もう駒形へかかろうとするあたりで、この辺までくるとさすがに人足も薄く、そろそろ大戸をおろした店が多いから、町筋は暗い。

哀しい恋

忙しいことも忙しかったが、夢介は蓋《ふた》あけに思わぬ商いをして、やっと後片附もすんだので、

「さあ、兄貴《あにい》さん行くべ」

と、荷を担《かつ》ぎあげた。

「なあべ焼きうどん――」

呼声は三太の役である。

「あんちゃん、太夫のおかげで今夜は早仕舞いができそうだな」

「うむ、だいぶ荷が軽くなった」

「けど、あの若旦那って奴は全く厭な野郎だったね。おいら余っぽど頭から水を打掛けてやろうかと思ったぜ」

「商人《あきんど》は腹を立てちゃいけねえだよ」

「だって、油虫だの、鼠の糞だのは少し悪どいや。あれじゃ折角うまいそばもまずくなるからなあ。今夜はまあ春駒太夫っていう色なおしがあったから売れたけれど、あん畜生、こん度面を出しやがったら、おいら闇討を食わしてやる」

「そんな乱暴しちゃいけねえだ」

並木町へかかって、三太が思い出したように、なあべ焼うどん、と呼ぶ。これもすっかり板について、寒空によくひびく声だ。

「あんちゃん――」

「なんだね」

「姐御さんの前じゃいえねえけど、お駒ちゃんな、余っぽどあんちゃんにはほの字だぜ」

肩をすくめて、くすり笑う。

「そんなこというもんでねえだ」

「おいらに隠すのかねえ、あんちゃん、水くせえな。おいらちゃんと証拠ってやつを握ってるんだぜ」

甚だ穏かでないことをいう。

「あれえ、どんな証拠だね」

「この春あんちゃんは同朋町の『梅川』の帰りに、太夫をおんぶしてやったでござんす。おいら見ていたでござんす——なあべ焼うどん」

夢介は呆気《あっけ》にとられて、ちょいと返事ができない。たしかにそれに違いないのである。あの時春駒太夫は、あんたにおかみさんがなければ、あたし——、と言葉はたったそれだけだったが、肩にしがみついてさめざめと泣き出した。浅草橋から猿屋町まで、相当長い道だったが、いつまでもいつまでも背で子供のように泣きじゃくって、兄さん、もうここでおろして、といったのは天王町の角だった。

「ここから一人で帰れっかね」

「帰れるわ。兄さん、当分顔を見せてくれちゃ厭だ。——さよなら」

背中をすべりおりると、背中へそういっただけで、お駒は猿屋町の方へ一散に駈け出してしまった。星がおぼろに潤んでいる春の闇夜であった。

「けどあんちゃん、心配しなくたっていいぜ。おいら今夜のことは姐御さんに黙っていてやるよ」

「そうだな。姐御さんすぐおらの胸倉をとるもんな」

「今夜のなんかそんなんですむもんか。もし姐御さんが見ていたら、きっと屋台を引っくり返すだろうと、おいら思うぜ。――なあべ焼うどん」

まさかそこまで非常識な真似もしなかろうが、こんな稼業をするといえば、顔色をかえて止めるだろうし、強《た》って納得させても、それならあたしもいっしょについて歩くと、強情を張りかねないお銀だ。しかしお銀のような気の荒い女には、とてもこんな商売は辛抱しきれない。すぐに客と喧嘩を始めるだろうし、やきもちも妬きたくなるだろう。だから三太にもこれだけは堅く口止めがしてあるので、それというのも毎晩床をならべて寝ながら、いつまでも本当のお嫁にしてやらないでいるせいだ。考えて見れば罪な話である。

――年でも明けたら、どうしても一度小田原へつれて帰って、本当のお嫁にしてやるべ。

小田原からこん度嘉平爺やが出てきたところを見ると、誰から知れたか国許でもお銀との仲が評判になって、親類中がうるさいのだろう。まさかあの話のわかった親父さまが様子を見てこいなどというはずはないから、爺やが自分で気を揉んで出てきたのに違いない。国へ帰ってよくわけを話せば、なにもかも一度に片附いてしまうことだ。その点は少しも心配していない夢介である。

「そういやあんちゃん、鎌いたちの話を聞いたかえ」

三太が思い出したように、急に声をひそめた。

「鎌いたちがどうかしたかね」

ぎくりとする夢介だ。

「今日車坂で真っ昼間、どこかの番頭がやられたんだとよ。なんでもこの四五日の中に、黒門町で一人、天王橋のところで一人、三人同じ手口なんで、この芸当は鎌いたちでなくちゃできない、きっとまた鎌いたちが江戸へあらわれたんだろうって、大変な評判なんだ」

「本当かね、それは——」

「おいら見たわけじゃねえから、本当かって聞かれても困らあ」

なるほどそうには違いないが、それが本当だとすると、いや、噂だけでも困ったことだ。

「兄貴さん、お米ちゃんには聞かせたくねえ噂だね」

「おいらも、それを心配しているんだ」

実は六兵衛爺さんに代って、なれない鍋焼うどん屋をやっているのも、一つには爺さんが少しよくなったら、しばらくお米をつれて歩いてやろう、もし鎌いたちの仙助が本当にお米の父親なら、お米が考えているとおり或いは顔を見にくるかも知れない。たとえばそれが無駄に終っても、あれほどお米は思いこんでいるのだから、一度やらせて見なければ気がすむまい、そう考えたからのことだった。が、その仙助がまたそんな兇悪な仕事を始めたとすれば、娘のことなど少しも考えていないか、或いは全然親娘ではないのか、どっちにしても再会の望だけは絶えたことになる。

それはまあ仕方がないとして、お米がどんなひどい打撃をうけるか、それが可哀そうである。

——もう仕方がねえだ。よく納得の行くように話して聞かせて、これもいっしょに小田原へ引取ることにすべ。

なんとなく担いでいる荷が重くなる夢介だ。

「なあべ焼うどん——」

三太がやけに大きな声を出す。

「兄さん――」

そこの暗い路地口から走り寄って、つと肩をならべた女がある。春駒太夫である。

「やあ、お駒ちゃんか」

「歩きながら話しましょう」

「一人かね」

「ええ」

気を利かせたつもりだろう、三太がいきなり前へ駈け出して、なあべ焼うどん、と呼んだ。

「兄さん、どうしてこんな商売始めたの」

怒っているような声だ。ああそれが心配になって、わざわざ一人でこんなところに待っていたんだな、と気がついたので、

「なあに、これおらの道楽だ」

と、夢介はできるだけ明るく答えた。

「本当――」

信じられないような顔である。

「おら嘘はいわねえだ」

「それならいいんだけれど」

まだ納得した声ではない。

「おかみさん、お変りないんでしょうね」

「おかげで変りねえです」

「よく、あのおかみさんがこんな道楽、黙って見ているんですね」

「お銀には内密《ないしょ》にしているだ。こんなこと知れたら、どえらいことになるべ」

「あら、内密なの――」

と目を見はって、

「そうなんでしょうねえ、それでなくちゃ変だもの」

どうやら少し呑みこめてきたらしい。

「でもお道楽でよかった、あたしさっきはずい分心配しちゃったわ」

寒げに両袖を胸のところで合せて、なんとなくうなだれながら、いつの間にかぴったりと肩をよせている。

「久しぶりだったね。お駒ちゃん、いつも評判聞いて、おらよろこんでいるだ」

「春の時分から見ると、少し痩《や》せたんでねえかな、それだけおとなになったんかな」

「ありがとう」

「苦労が多いからだわ」

「そうかなあ、苦労のねえ人間なんてなかろうけんど。おらにできることなら、その苦労の半分ぐらいいつでもしょってやるべ」

「――――」

「おら道楽でこんな屋台さえ担いで歩くだから、お駒ちゃんの苦労ぐらいしょったって、なんでもねえだ」

「厭だ、そんなこといっちゃ」

いきなり男の腕を鷲つかみにつかんで、そっと放して、口唇を噛みながら外方を向いてしまうお駒だ、あれえ、余計なことをいってしまった、と夢介もすぐ気がつく。

「なあべ焼うどん――」

暗い町筋を三太の声が根気よく流して行く。

「あたし、あたし、三ちゃんがうらやましい」

外方を向いたままいそいで涙を拭ったようである。諏訪町へかかって、いつもならこの辺からまたぽつぽつ客のある時分だ。

「ねえ、兄さん」

「なんだね」

「お道楽もいいけど、あんまり物好きな真似して、おかみさんに心配させちゃ罪だわよ」

「うむ」

「あたしでさえ、さっきはもしなんだったら、相談にのってと、心配したくらいなんだもの、おかみさんの身になったら、どんな気持がするか、少しは考えてあげなくちゃ」

「なあに、こんな道楽はたぶんあと二三日で、もうやめることになるべ」

「でも、お道楽でほんによかった、この寒空にと思うと、あたしさっきは泣きたくなっちまったんだもの」

しみじみといって、お駒の手が又しても男の腕につかまりたくなる。

「うどん屋ア」

行燈の前へ、ぬっと職人態《てい》の頰かむりの男が立止った。

「へえ」

「熱くして一杯くんな」

「毎度ありがとうごぜえます」

夢介は道端へ荷をおろした。諏訪神社の前あたりである。

「寒いなあ」

と、客はいって、まだ立去りかねるように夢介のそばへぼんやり立っている春駒太夫の水際立った器量をじろじろ眺めている。

太夫そば

——まあ、憎らしい。

春駒太夫が一人になって待っていて、まるで自分の男のように夢介と肩をならべたとたん、お銀は嚇と全身の血が頭へのぼってしまった。どうもさっきから思わせぶりな顔ばかりすると、気になっていたのである。人前もなくとろんとした目つきをして、兄さん、兄さんと甘ったるい声で厭らしい、あの目はたしかに男好きな浮気女のする目つきだった。きっと夢さんをたらしこもうと、わざわざ一人になってあんなところに待っていたに違いない。

一体、あの娘は夢さんのどこがいいんだろう。あんな田舎っぺで、牛みたいにもそもそしていて、ちっともいい男なんかじゃないじゃないか。そりゃあたしは別で、あたしにはそのもそもそした頑丈な顔がかえって男らしく見えてたまらなく好きなんだけれど、あの娘のはそうじゃあるまい、きっと田舎の財産が目あてなんだ。

――おあいにくさま。それだったらいい加減にあきらめた方がいいよ。あの人はもうさばさばと勘当されちまったんですからね。

あれ、あの娘は図々しい。夢さんの腕なんかつかんで、肩をすりよせて、おや、涙を拭いたね。そんな空涙なんかに騙されるもんか。どんなくどき方をしているんだろう。話声が聞き取れないのが口惜しい。なんだってまた夢さんは、あんな女狐《めぎつね》に腕をつかまれてよろこんでいるんだろう、突き飛ばしてやればいいのにさ。

――いっそ飛び出して行って、めちゃくちゃに引っかきまわしてやろうかしら。

お銀は我慢ができなくなって、そっと往来中を見まわした。いくらなんでも女だから、人目のあるところではやっぱり気が引けるのだ。

まだ宵をすぎたばかりで、さすがに季節だから、寒い晩だのに町筋にはちらほらと人足が絶えない。

「はてな――」

その町筋の向う側を、手拭を盗人《ぬすっと》かぶりにした男が、ぶらぶらと歩いてくる。遠眼の利くお銀には、その男の顔がどうもうどん屋の方を向いているように思える。

――あっ、さっきの食わせものの若旦那だ。

そういえばちゃんと羽織を着ているようだし、そうか、春駒太夫のことが気になって、うまく女弟子を騙して、こっそり後をつけているんだな。とすれば、あんな風なただの仲には見えない女の姿を見せつけられて、きっとあの男もやきもきしているに違いない。

そこは人情で、これは油断できないと、お銀の目は半分その怪しい男の方へ奪われて行く。

屋台が止った。客が一人立ったからである。

それを機《しお》にお駒は別れて行くかと思ったら、どういたしまして、まだでれりと夢介の側を放れずに突立っている。妙なものだ、その若い女の顔に釣られたか、たちまち四五人の客が集ってきた。

——まあ、

なんて図々しい女なんだろう。いつの間にか夢介を手伝って、できた丼を盆にうけ、箸をそえ、客に配って、何か世辞をいいながら、うれしそうに働き出したのである。畜生、それはあたしのすることじゃないか、余計な真似をおしでない、とお銀は飛び出していってどなりつけてやりたい。

第一夢さんが悪いんだ。のろまなもんだから、客が四五人立てこむともうもさもさして、あれでは誰だって手を出したくなる。客は評判の娘芸人が、ぞろりとした身なりで手伝い出したので、うれしがって冗談をいいながら、二杯も三杯もおかわりを注文しているようだ。

「まあ、兄さんは余っぽどおそば好きなんですね、食べ方でわかりますわ」

とかなんとかいわれると、男なんて、馬鹿なもんだから、

「おれはそばさえありゃ、飯なんかいらないねえ、お前んとこのは案外食えらあ。かわりをこさえてくんな」

なんてことになるんだろう。

馬鹿だねえ、みんな競争のようにそばの早食いをやっている。

「あら、熱いでしょう。よくそんなに早く食べられますねえ」

「べらんめえ、そばを噛んで食うなあ田舎者よ、かわりをくんな」

恐らくそんなところに違いない。夢介はてんてこ舞いをしているし、三太は手伝いのお株を取られて、にやにや笑いながらおもしろそうに突っ立って見ている。

――おや、あの若旦那の恰好。

と、その実お銀も妬いたり見張ったり、なかなか忙しい。怪しい盗人かぶりの若旦那は、向う側の人家の軒下の天水桶の蔭へ、腕組をしてしゃがみこんで、まるで泥棒猫が魚でも狙っているように、じいっとお駒の方を睨んでいるのだ。これも妬けて妬けて仕様がないんだろう。

無理もない。だんだんいい気になったお駒は、代を受け取っておじぎをしたり、空いた丼を洗って拭いてしまったり、まるでおかみさんのように働き出したのだ。その合間〳〵に何か夢介に話しかける時の甘ったるい顔つき、それは全く男に惚れ切った表情で、舞台裏よりも数段と生々した下町娘の仇っぽさが匂いこぼれている。

やがて客が去ったので、夢介は再び荷を担ぎあげた。

「なあべ焼きうどん」

三太が呼びながら駈け出す。

お駒は前よりずっと打解けた様子を後姿に見せて、夢介と肩をならべた。

もし怪しい若旦那がつけていさえしなければ、こんど度こそ飛んで行って、いきなり二人の間へ入ってやりたいお銀だが、今はそれを我慢しておくより仕様がない。

——そのかわり今夜家へ帰ったら、もうあたし承知しないから。

黒船町を抜けて、蔵前通へ出ると片側町になる。この辺はずらり札差の大店が大戸をおろしているから、町筋は真っ暗だ。更けてきた夜の寒さが大川に近いだけに一層身にしみる。

散々気を揉ませたお駒だが、天王橋を渡って天王町の角までくると、ふと立止った。

「——さよなら、兄さん」

「帰るかね。暗いから気をつけてね」

「ありがと——。三ちゃん、さよなら」

「さよならでござんす」

三太が遠くから答える。

「じゃお休み。風邪引くでねえぞ」

「兄さんも気をつけてね」
案外あっさり別れて、屋台行燈がゆらゆらと行きすぎる。しばらく見送ってい
たお駒が、急に寒そうに両袖を合せながら、からころと猿屋町の方へ歩き出した。
お銀の目はじっと怪しい若旦那から放れない。その若旦那はあたりを見まわし
て、はらりと盗人かぶりの手拭を解いた。手早く四つに折ってふところにしまっ
て、衣紋をなおすとたちまち全身から敏捷《びんしょう》そうな殺気を消して、すたすたとお
駒の後を追う。
「太夫、——太夫」
「あら、若旦那……」
「若旦那じゃござんせん。ひどうげすな、太夫は」
すっと肩をならべて行った。お駒の後姿が見るみる底意地悪くなって、決して
若旦那の肩を体へふれさせない。夢介の時のあの甘ったれた様子とはまるで違う
のだから現金なものである。
「全く太夫はひどうげすよ。人を大増へ追っ払っておいて、鍋焼うどんのお手伝
いとは恐れ入りやしたねえ。あのうどん屋さんは、その実はすし屋の惟盛《これもり》さまっ
ていうようなお方なんでげすか」

「そんなんじゃありません」

「なるほど。そんなんじゃありませんけれども、ただの仲じゃござんせんね。太夫がお手ずから、丼を洗ってやるんでげすからな。私はいまに、もうお月さまも寝やしゃんしたぞえ、なんてやり出すんじゃないかと、はらはらさせられちまった」

「おあいにくさま、あの人にはちゃんと立派なおかみさんがついてるんです。あたしはただ兄さんのように尊敬してるだけだわ」

「なあるほど。尊敬でげすかな。つまり尊敬うどんでげすな。尊敬陳者酷寒《のぶればこっかん》のみぎり、鍋焼うどんは体があたたまり女の冷性《ひえしょう》をふせぎ、――ああ太夫は冷性なんで、それで尊敬うどんが好きなんでげすな」

「さよなら、若旦那。家で湯たんぽが待ってますから、もうお休みなさい」

春駒太夫は叩きつけるようにいって、いきなり会所の暗い横丁へ駈けこんで行ってしまった。一瞬ぽかんと立止った若旦那は、

「さよなら、お休みなさい、湯たんぽでげすかな。へい、よくわかりましたでげす。さよなら、湯たんぽ、お休みなさいか。いまに湯たんぽなんか邪魔っけだわ、っていうようにして見せらあ。湯たんぽ、さよならお休みとね」

にやりと笑いながら、池田内匠頭《たくみのかみ》の屋敷にそって、ぶらぶら松浦様の方へ歩き出す。

「畜生、そうだ――」

その足がふいに早くなったので、どうしようかしら、と迷っていたお銀は何かどきりとして、つい誘われるように後を追い出す。

弱い稼業

茅町の第六天社の横へ屋台をおろして、ここは柳橋という色街が近いから、いつもよく商いのある場所で、七八つほど売れると、今夜はそばもうどんも残り少くなってきた。

「兄貴さん、この分だと今夜は下谷の方へまわらねえでも、真っ直ぐ帰れそうだぞ」

夢介は残りを調べながら三太に話しかけた。いつもより商いになったと思うと、やっぱりうれしいいし、帰って六兵衛爺さんに重い財布を渡して、御苦労だったね、旦那、と年寄のよろこぶ顔を見られるのがまたたのしい。

「馬鹿に景気がよかったな、あんちゃん、やっぱり春駒太夫のおかげだぜ」

釜のふちで手をあったためながら、三太もうれしそうである。

「うむ、こんど来たら太夫にはただでそば食わしてやるべ」

「来るともよ、明日の晩もきっとくらあ。おいら賭をしてもいいぜ。太夫はどうしてもあんちゃんにほの字でござあいとくらあ」

「そんなら明日はおつゆを山盛りにしてやるべかな」

「そのおつゆだけど、さっきそばを五杯食った奴がいたろう、あんちゃん。あの野郎おもしろかったぜ。太夫が、兄さんはおそば好きのようですね、ってにっこり笑ったんだ。そうしたら調子づきやがって、太夫は千里眼もやるのかえ、とかなんとか、景気よく五杯もおかわりしやがった。あの野郎、きっと今ごろ家に帰ってがぶがぶ水を飲んでるぜ」

「兄貴さん、お客さんの悪口はよすべ」

商売冥利《みょうり》は忘れない夢介だ。

「さいでござんす。けど、女は得だなあ。ちょいと声をかけただけで、そばが二杯も三杯も余計売れるんだ。いっそ手品なんかやめて、太夫も鍋焼うどん屋になった方が儲かるんじゃねえかなあ」

「こん度すすめてやるべかな」

「あんちゃんといっしょなら、うれしいわって、きっというぜ。ああいけねえや、罪でござんすからね。第一あんちゃん、それこそ姐御さんに絞め殺されちまうかも知れねえや。世の中は思うようになりやせん」

三太が小生意気に、首をすくめてくすりと笑う。

「さあ、そろそろ帰るべかな」

夢介が荷を片附けかけた時、向側の代地の方から三四人、賭場の帰りであろうか。ごろつきらしい人相のよくないのがぞろぞろ出てきて、当り矢の行燈を見つけると、いそいでこっちへやってきた。

「おい、そばを四つ、早いとこたのむぜ」

「毎度ありがとうございます」

夢介はいそいで七厘の下を煽ぎ出す。

「寒いな、うどん屋」

一人がふところ手をしながらいった。

「へえ、お寒いこってごぜえます」

「おれのせいじゃねえや」

ふふんと鼻の先で笑って、どうもあんまりいい客ではなさそうだ。

「よさねえか、留」

中でも兄貴分らしい真眉間《まみけん》に刀疵《きず》のある奴が、さすがににじろりと睨んでいた。

「へえ、お待ち遠さまでござえました」

こんなのはよく難癖をつけたがるから、気をつけてそばを四つ拵えて出した。

「かわりを拵えといてくんな」

手に手に丼を取って、立ったりしゃがんだり、するするとそばを食い出したが、一番先に食い終った刀疵の兄哥が、ひょいと丼を行燈の灯の前へ出して見て、

「おい、うどん屋」

ぎろりと凄い目を向けた。

「へえ」

「こりゃなんだ。ここに浮いてるなあ、なんてもんだよ」

丼をぬっと突きつけるのである。見るとつゆの中に小さなみみずが一匹浮いていろのだ。そんなものが丼の中へ入るはずはないし、たとえ入っていたにしても、みみずが器用に後に残るとは考えられないから、無論刀疵が後からわざと入れたものに違いない。

「こりゃどうもすいませんでごぜえました」

ただ食いだな、とすぐ読めたから、夢介はていねいに頭を下げる。

「なにを——」

「まことにすまねえこってごぜえます」

どうした、なんだなんだ、と口々にいって後の三人がよってきて、

「あれえ兄貴、みみずじゃねえか。ひでえもんを食わしやがったな」

と、素《す》っ頓狂《とんきょう》な声を出す奴、

「こいつあいけねえや、胸くそが悪くなってきやがった」

ぺっぺっと大袈裟に唾を吐き出す奴。

丁度その頃、——お銀は怪しい若旦那が松浦様の大部屋に立つ賭場へ入りこむのを見て、なあんだ、そうか、とがっかりして、あんな賭場へ入りこむようじゃいよいよ堅気《かたぎ》の若旦那なんかじゃない、と思いながら元きた道を引返した。天王橋際へ出て、夢介は浅草橋から下谷の方へまわるとわかっているので、小走りに追いかけて、第六天社のあたりに赤い行燈が見える。

——ああ、あそこにいる。

反対側を軒下づたいに近づいて見て、ぎょっとした、どうやら四人のごろつき

共に囲まれて、何か因縁《いんねん》をつけられているところらしい。

何気なくあたりを見まわすと、まだ掛取りにでも廻っているのか、あっちにもこっちにも数人の人立ちがして、みんな遠くからそっちをうかがっているようだ。

おや、と思った。いまたしかに松浦様の大部屋へ入って行ったはずの怪しい若旦那が、例の盗人かぶりをして向う軒下へふらりと立っているではないか。しかも、じいっとごろつき共の様子を眺めている。

――畜生、彼奴《あいつ》の仕事じゃないかしら――。

そこは敏感なお銀だから、又しても嚇と体中が熱くなってしまった。

「うどん屋、手前んとこじゃこんなみみずをだしに使うのか」

わめき立てる声ががんがんひびいてくる。

「そんなことはごぜえません。なんかの間違えでございますだ。勘弁して下せえまし」

夢介はていねいにおじぎこそしているが、怖じ恐れているような風は少しも見えぬ、その落着いた顔つきを見て、やっぱりあたしの夢さんだわ、とお銀はたのもしいし、うれしいし、――それだけに相手は小癪《こしゃく》にさわるのだろう。

「この野郎、こんなものを人に食わせやがって、ただの勘弁ですむか、もし腹でも下したらどうするんだ」

「重々申し訳ねえこってごぜえますだ、みみずは医者が風邪の薬に使うくらいだから、決して腹など下る心配はごぜえません」

どこかでくすくす笑う声がする。

「なんだと、こん畜生。いくら風邪の薬だって、そばのだしに使われてたまるもんか。さあ、どうしてくれるんだ」

「どうでごぜえましょう、親方さん、口なおしにもう一つそばを食べて貰って、代はいりませんだ。それで勘弁して下せえまし」

「ふざけるねえ。みみずの入ったそばなんか厭なこった。どうしてくれるんだよう、うどん屋」

「おらたちは弱い夜商《よるあきな》いをしていますだ。そんな無理いわねえで下せえまし」

「なんだと――」

「親方さん、そのみみずはまだ赤いようでごぜえますね」

そばといっしょに茹でたみみずなら、もっと白くなっているはずだ、あんまり悪どすぎるので後からお前さんが入れたんだろうと、穏かに素《す》っ破《ぱ》抜《ぬ》くような口ぶりだ。

あら、夢さんが珍らしく喧嘩を買う気かしらと、お銀が目を見はっている中に、

「吐《ぬか》しやがったな、太え野郎だ、これでも食いやがれ」

果して刀疵が乱暴にも、いきなり持っていた丼を夢介目がけて力一杯叩きつけた。

「やるのか、兄貴。それ、やっちまえ」

後の三人も投げなければ損だというように丼を投げつけたので、無論かわすことは苦もなくかわしたが、夢介もつゆまではかわしきれず、後へ素っ飛んだ丼が、がらんがしゃがしゃと、寒夜に鋭く砕け散る。その音に殺気立った刀疵が、

「この野郎――」

と、夢介の胸倉をとって、ぽかぽかと殴りながら、引きずり倒そうとした。

ぽかぽかと殴られはしたが、底なし力だから、夢介は胸倉へ掛った刀疵の左手をつかんで、貧乏ゆるぎもしない。

「あ痛てッ――」

急に殴っていた奴が悲鳴をあげた、と見て、

「たたんじまえ」

と、後の三人が匕首を抜いて、横から二人、後から一人――。

——畜生、なにをするんだ。

お銀はもう我慢ができない。軽石がほしいと地団駄をふみながら、夢中で石をさがそうとしたが、

「おや——」

びっくりして棒立になってしまった。

どこからか、ふらりとあらわれた風よけ頭巾の男が、いまにも夢介の背中へ躍りかかろうとした奴の襟髪をぐいとつかんで、

「あっ」

と、振り返る弱腰を、力任せに蹴りつけた。他愛なくよろけて行って、そいつがどすんと突んのめる間に、

「野郎——」

一人がそれと気がついて、だっと匕首を突っかける。ひょいとかわしておいて、此奴も一蹴りだった。

夢介はと見ると、手をつかまれて仰反《のけぞ》るようにもがいている奴を楯にしながら、残る一人の匕首を悠々とふせいでいるので、もう大丈夫と見たのだろう、頭巾の男はふらりと第六天社の蔭へ姿を消して行く。

たしかに見たことのある体恰好だが、と目を見張りながら、はっと思い出した。

「あっ、鎌いたち——」

お銀は茫然《ぼうぜん》と立ちつくしてしまう。

お銀の決意

喧嘩わかれ

今日も夕方になると、夢介はなんとなくお銀の顔色をうかがいながら、もそもそと落着かなくなってきた。そんなに鍋焼うどんの夜商いに出るのがうれしいのかしら、と思い、また自分には内密《ないしょ》にしているだけに、お銀はつい情なくなる。

「夢さん、春駒太夫って娘がいましたっけねえ」

お銀はわざと置炬燵の上へ茶道具を運んで、ゆっくりと茶をいれながら、思い出したような顔をして切り出した。

「ああ娘手品の春駒太夫かね」

昨夜逢って散々いちゃついていたくせに、けろりとした顔の夢介である。

「綺麗な娘でしたけれど、今どこにかかっているかしら」

「浅草の奥山に出ているって話だ。姐御さん見に行くかね」

「つれてってくれる、夢さん」

「いいとも、いつでもつれてってやるべ」

　これでは喧嘩にならない。

「でも止すわ、あたし、あんたがお駒ちゃん見惚《みと》れて、でれっと涎《よだれ》なんか流すと厭《いや》になっちまうもの」

「そんなことはねえだ。お世辞ではねえけんど、春駒太夫より姐御さんの方がもっと別嬪《べっぴん》さんだもんな」

　うっとりと顔を眺められて、まんざら嘘ではない男の気持はわかりすぎるくらいわかっているだけに、

「誰が本当にするもんですか、そんなうれしがらせ」

　お銀はつんとすまし見せながら、ひとりでに頬がさくら色になる。

「いや、うれしがらせではねえだ。おらまた姐御さんを抱いてやるべかな」

「そんなうまいことをいって、そろそろまた熱くて寒いお道楽へ出かけたいんでしょう」

「やっぱり姐御さんは江戸っ子だから察しがいいだ」

「知らない、どうしてあんたそう人が悪くなったんでしょうね」

その実今夜も春駒太夫に逢うのがたのしみで、こんなに浮々しているのではないかしらと、お銀はつい気がまわしたくなる。

「あれえ、おらそんなに人が悪くなったかね」

「いいからたんとあたしを馬鹿になさいよ、憎らしい」

「さあわかんねえ。おらいつ姐御さんを馬鹿にしたろうな」

「じゃ、うかがいますけれど、本当はあんたこのごろどこへお道楽に行くんです」

「心配しなくてもいいだ、どうせおらのことだから、あんまり気の利いた道楽はできねえです。もう少したったら、なにもかも白状すべ」

「そら御覧なさいな。あんたは、あんたはあたしを馬鹿にしてるから本当のことがいえないんでしょう。夫婦の仲なんて、そんな水くさいもんじゃない。お嫁にするだの好きだのって、あんたのは口先ばかりなんです。本当は、本当はあたしなんかより、お駒ちゃんの方が好きなのに違いないんです。そうなんでしょう、夢さん」

いっている中に我ながら妙に気が昂《たかぶ》ってきて、昨夜の道行をちゃんと見ているから、思わず口に出てしまった。

「あれえ、姐御さんはおらの後をつけたんではねえのかね」

夢介がびっくりしたように、ぽかんと目を見張る。

「どうしようとあたしの勝手じゃありませんか、死ぬほど惚れている男が、どこでどんな真似をしているか、知らずに放っておけるほどあたしは後生楽《ごしょうらく》な女になれないんです」

こうなればお銀も意地で、後へは退けない。

「なんだ、そうだったのか。そんなら姐御さん、風邪引くといけねえだから、今夜は着物たくさん着て、あったかくしてくるがいいだ」

少しもこだわろうとしない夢介だ。

「おあいにくさま。今夜はもうたくさんです。お駒ちゃんとでれでれするところなんか、誰がわざわざ見たいもんですか」

「姐御さんは詰《つま》らないところばかり見ているだね」

「なんですって、夢さん」

「おらうどん屋だから、まさか若い女には商いしねえともいえねえもんな」

「商いはかまわないけど、なにも商いの手伝いまでしてもらわなくたっていいでしょう。厭らしいったらありゃしない」

「あれも商いの愛嬌だもんな、ひと様の親切は無にしねえがいいだ。姐御さんのようにそうぷんぷん怒ってばかりいちゃ、とても商人《あきんど》のおかみさんにはなれそうもねえな」

「だからお駒ちゃんをおかみさんにしてやればいいじゃありませんか、若いし、綺麗だし、芸はあるし、その方があんただってうれしいでしょう」

今日のお銀はすっかり臍《へそ》が曲《まが》ってしまって、半分泣声になりながら、どうしても盾《たて》を衝かずにはいられない。

「姐御さん、今日は余っぽど虫の居どころが悪いようだね」

夢介は当惑したように苦笑している。

「あんたこそ鍋焼うどん屋だなんてどうしてそんな物好きな真似をしなくちゃいられないんですよう」

「これがおらの道楽さ。だからおら、姐御さんに隠しておこうと思っただ」

「そんなお道楽、あたしもう厭だ、お願いだから今日かぎり止めて下さい」

「我儘《わがまま》いってはいけねえだ。おら親父さまの許しを得て、千両だけ江戸へ道楽をしにきたことは、姐御さんもよく知っているはずでねえか」

「じゃ、こんなに、こんなにあたしがたのんでも、やっぱり出かけるんですか」

意地で口に出してしまったが、さすがにお銀の顔からさっと血の気がひく。

「そう思い詰めるもんではねえ。抱いてやるべえかな、お銀」

「厭だったら、そんなこと。男ならはっきりと返事をして下さい」

「仕様のない駄々っ子お嫁だな。そんなら今夜帰ってきて男の返事をしてやるべ。それまで一人でゆっくり、観音さまに自分の心持を聞いておくがいいだ」

穏かに苦笑しながら、それが男の返事でもあるかのように、夢介はもそりと立上る。

「夢さん」

お銀はいつにない夢介のきっぱりとした態度に、はっと腰を浮かせたが、あやまるのは厭だし、これ以上自分には男を引きとめる力がないとわかると、急に口唇を噛みしめて石のように固くなってしまった。静かに格子をあけて出て行く男の強さが、たまらなく憎らしい。

喧嘩相手を失った家の中は、急にがらんとして、深い夕暮が身にしみる。

――とうとう棄てられてしまった。

そう思うと、切なさがどっと胸へ押しよせてきて、お銀は世の中が真っ暗になったような気持である。あんな小屋掛け芸人の春駒太夫になんか夢中になって、夫婦約束までしたあたしを棄てるなんてあんまりだ。あの人はあたしに倦《あ》きがきたもんだから、あんなにあっさりと出て行ったに違いない。

——可哀そうな、お銀。

お銀は小娘のように泣けてくる。

今夜はきっと晴れて春駒太夫といっしょに往来を流しながら、お駒ちゃん、おらお銀と別れてきただ、とあの人はいうだろう、本当、夢さん、とあの跳《はね》っかえりのお駒のことだから、往来も家の中もみさかいもなく、べたべたと男の腕にぶらさがって行く。

「おら、嘘はいわねえだ、お銀もいいけど、ひどくやきもち妬《や》きで、強情で、気が荒くて、すぐ卵の目つぶしだの焼玉《やきだま》だのと物騒なもんを振りまわしたがるから、おら怖いだ」

「いいわ、夢さん。あたしがこれからやさしいおかみさんになってあげる、いっしょになってくれるでしょう」

「そうだなあ。お駒ちゃんはうどん屋の手伝いしてくれるし、親切だし、おら好きだな」

「うれしい。ねえ、あたしの家へちょいと寄って行って下さいよ。これからあんたの家になるんですもの、いいでしょう」

「そんなら寄らせてもらうべかな」

呑気《のんき》だから、あの人はいい気になって、春駒太夫の家へ鍋焼うどんの屋台を担《かつ》ぎこむに違いない、お駒は手品師だから、それっきりあの人をうまく丸めこんで、もう二度と家から出さないのではないだろうか。

――こうしちゃいられない。

お銀は目を血走らせて、思わず立上った。今さらあの人をお駒などに寝取られるくらいなら、いっそ自分の手で殺してしまった方がましである。

そして、ふと気がついた。自分の手で殺さないまでも、お駒には怪しい若旦那がつきまとっている。昨夜第六天社のそばで四人のならず者に夢さんを袋叩きにさせようとたくらんだのも、あの若旦那が金でたのんだことに違いないのだ。それを知らずに、うっかりいい気になってお駒の家へ誘いこまれようものなら、こん度こそあの執念深い悪党若旦那に命を狙《ねら》われるだろう。

――だから、だからあたしがついていてやらなくては、なんにも一人ではできないくせに。

お銀はもう手早く帯を締めなおしていた。そういえば昨夜夢さんを蔭から助けて、黙って姿を消した風よけ頭巾の男はたしかに鎌いたちだった。鎌いたちはこの頃また続けざまに人殺しを始めているというし、それなら一番先に奪りたいのは夢さんの命のはずだのに、これはいったどういうわけなのだろう。

あれを思いこれを考えると、今夜はどうしても何かもっと悪いことがおこりそうな気がして、憎らしいけれどお銀はやっぱり一人では放っておけない。そのかわり、もし今夜も春駒太夫が出てきていちゃつくようだったら、もう承知できない。二人共その場で殺してやるからいいと、お銀は決心の臍《ほぞ》をかためながら、がたぴしと戸に当り散らすように締りをして、いつものお高祖頭巾《こそずきん》をかぶるなり家を飛び出した。

外は今日も寒々とした年の瀬の黄昏《たそがれ》である。

厄病神

今日も雷門の前で稼業《かぎょう》の蓋《ふた》あけをした夢介は、お銀のことはもう忘れるともなく忘れていた。あのやきもちは持って生れた性分なのだから、そう簡単にはなおらない、まあ小田原脇へでも帰って、本当の夫婦にでもなれば、それから少しずつ落着いてきて、根は利口な女だし散々苦労もしてきているのだから、おらには勿体《もったい》ないようないいおかみさんになってくれるだろうと、その点はちっとも心配していない夢介である。

――けれど、後をつけられているとは気がつかなかったな。

それも考えて見れば、お銀なら当然やりそうなことで、死ぬほど惚れた男が毎晩きまって出かけるとすれば、どこでなにをしているか一度は見とどけておきたくなるだろう。それだけ情《じょう》が深いのだと、夢介は決して悪い気持ではない。今日はつい口喧嘩になったまま出てきてしまったが、今ごろはさぞ後悔して、一人でしょぼんとしていることだろう。可哀そうに、帰ったら今夜はゆっくり抱いて、寝るまで子守唄をうたって歩いてやるべ。

「あんちゃん、昨夜は丼を四つばかり損しちまったな」

吉例のお初のそばをすすりこみながら、ちんぴら狼の三太が思い出したようにいう。

「あれも稼業の疵《きず》でな、まあ屋台を引っくり返されなかっただけ見つけもんだった」

「こちとら利の細い商売だのに、ひどいことをしやがる。あれじゃいくらお駒ちゃんに儲けさせてもらったって、ふいとこだもんな」

「だから、商人は腹を立てちゃなんねえだ。今夜は気をつけることにすべ」

「いくらこっちが気をつけたって、相手が悪いんだから仕様がねえや。あんな奴等はうんとひどい目にあわしてやる方がいいと、おいらは思うんだけどな」

三太はどうにも不服そうである。

「三ちゃん、今晩は。なに怒ってんの」

張りのある声がして、行燈《あんどん》の灯の中へ春駒太夫が少し恥ずかしそうな、あでやかな笑顔を見せて立止った。

「やあ、福の神がきた」

三太がうれしそうに丼をおいて、

「おいら、きっと今夜もきてくれるだろうと思っていたんだ。今晩は、太夫さん」

と、正直にていねいなおじぎをする。が、いけない。

「福の神か。なるほど太夫は福の神でげすな」

ぬっと後から顔を出したのは、厄病神のような例の若旦那である。

「さようなら、若旦那。若旦那は屋台のそばなんかお嫌いなんでしょう」

お駒が底意地悪く、露骨に冷たい顔をする。

「お嫌いでげすな。私はどういうものか鼠の糞《ふん》が入っていそうな気がして、大道物は虫が好きやせん。こういう不潔なものを、どうしてお上で許しておくんだろうと、不思議でたまらないねえ」

「厄病神のあんちゃん、さいならでござんすとさ。天から水が降ってこねえ中に、さっさとお通んなすって」

三太が憎らしげに睨みつける。

「子供は黙っておいで」

厄病神はあっさりと片附けて、

「うどん屋、そばを熱くして、なるべく鼠の糞の入っていないところを、早く二つ拵《こしら》えてもらいたいね」

と、なに食わぬ顔つきだ。今夜は女弟子はついていないのに、二つとは可笑《おか》しい。

「へえ、一つは誰方《どなた》が召上りますんで」

「知れたこと、客は太夫と私だろう、私が召上りますよ」

「ああつきあいでごぜえますか」

「そうげすよ。惚れた太夫が好きで召上るものなら、死んだ気で私も食って見ようという心中立てさ」

けろりとしていってのけるのだから、これはたしかに相当以上の若旦那だ。

さすがに福の神は争われない。やあ春駒太夫だ、太夫がそばの曲食いをして見せるんだとよ、と客が二人立ち三人立ちしてきたので、お駒はにっこりと笑って会釈をしながら、屋台の後へまわってしゃがんでしまった。若旦那もその尻を追って、今夜は厄病神のように放れようとしない。

「太夫さん、そこで食うかね」

二つ拵えたそばを盆にのせながら、夢介が聞く。

「お邪魔でもここでいただくわ、兄さん」

娘芸人が大道の人の一杯見ている前でそばを食う。あんまり見せたくない図だけれど、そうすれば夢介の屋台へ客がつくと思うから、これこそ春駒太夫がひそかに慕う男への哀しい心中立てなのである。

「こりゃいけやせん。拙《まず》い汁だねえ、どうも」

丼をうけ取った厄病神は、一口そばへ箸をつけて、顔をしかめながら臆面もなくやり出した。お駒は外方《そっぽ》を向いてつつましくそばをすすりながら聞かない振りをしている。

「こいつは大弱りだ。太夫も物好きでげすな、どうしてこんな拙いそばが好きなんでげしょうな」

厄病神はさも拙そうに箸で丼の中のそばを掻きまわしている。

「うどん屋、お前んとこのそばは、お世辞じゃねえがうめえな」

妙なもので、一人が意地になってやり返してくれる。

「ありがとうごぜえます。皆さんがそういってくれますで、稼業に張合いがごぜえます」

「そうだろうとも。おれは江戸に育って、日に一度はそばを食わねえと腹の虫がおさまらねえ男だが、お前んところのはたしかに食えらあ。太夫はどう思うね」

屋台越しにその男が声をかけてきた。

「あたしも兄さんのおそばはおいしいと思います」

めったに客とは口を利きたがらない意地の強いお駒だが、ついにっこりせずにはいられない。

「そうだろうとも。さすがに太夫も江戸っ子だ。――うどん屋、かわりを一つたのむぜ」

「ああ拙い。どう我慢してもこのそばだけは喉《のど》へ通りやせん。早く犬でもきてくれるといいんだがな。それともこんな拙いそばは犬も食わないかな」

厄病神の若旦那は丼を掻きまわしながら、まだ悪態をやめない。

「可哀そうに、あの若い男はキ印らしゅうござんすね」

もう誰も相手にする客はなく、夢介も忙しいからそんなものに構っている暇はなかった。お駒はきれいに食べ終った丼を自分で洗い始めて、それをいい機《しお》にいつの間にかまた昨夜のように夢介の手伝いを始めた。

福の神の御利益は覿面《てきめん》である、ぞろりとした娘芸人の袖口からもれる緋の長儒絆、白々としたなまめかしい腕に目をひかれて、後から後からと客が立てこみ、

「さあ、あんまり遅くならねえ中に、こん度はおらたちが福の神さまを天王橋まで送って行くべ」

と、やっと夢介が屋台を担ぎあげたのは、やがて宵すぎごろで、荷もすっかり軽くなっていた。

「福の神だなんて厭だあ、兄さんは」

いそいそとうれしそうに肩をよせてくるお駒である。

「そうでげすとも。福の神ってのはお多福ってことでげすからね、これは太夫が怒るのも当りまえでげす」

根《こん》よく待っていた厄病神が、そのたのしい道行につと肩をならべてくるのだから助らない。

「あら、若旦那、まだいたんですか」

お駒は真ん中へ挾《はさ》まれて、若旦那の肩へふれるのは厭だから、いよいよ夢介の方へ身をよせる。

「まだいたかはひどうげすな、百夜の間太夫を家まで送ると、私はちゃんと太夫に約束しておいたはずだ。少しぐらい私の切ない心意気を察してくれたっていいでげしょう」

なあべ焼うどん、とすぐ後から三太が大きな声でどなっておいて、とっとと前へ駈け出して行った。

「兄さん、あたしこん度奥山が楽《らく》になったら、上方《かみがた》へ立つかも知れないわ」

ため息をつきながら、厄病神は無視することにして、お駒はそっと夢介の腕へつかまる。

「そりゃ大変だ。そりゃいつのことでげす、太夫」

厄病神は夢介に口を利かせようとしない。

「兄さんのうどん屋さんのお手伝いができるのも、明日一日かも知れない」

「なんか込み入った事情があるんかね、お駒ちゃん」

「金なら私がいくらでも積む、春駒太夫のいない江戸の正月なんてない。私は絶対に反対でげす」

うるさくて仕様がない。

「おらのうどん屋も明日一日でおしまいになりそうだが、お駒ちゃんさえよかったら、おら相談に乗ってやるべ。遠慮しねえがいいだ」

「余計なお節介でげすな。太夫には私という後楯がちゃんとついているんだ」

「嫌い、若旦那は――」

とうとうお駒はたまりかねて、ばたばたと後へ逃げ出し反対側から夢介の肩へならんだ。

「嫌いでげすかな。これは情ない。なあに、私にも足はあるんだから」

いきなり若旦那が前へ駈け抜けて反対側へ追いかける、と見てお駒は後から又しても元のところへ逃げ出した。

匕首《あいくち》

根気よく時々そんな鬼ごっこをしながら、碌《ろく》にまとまった話もできず、いつか蔵前通を抜けて天王橋へかかってしまった。お駒はもうさっきから口を利かない。そのかわり夢介のあいた腕へつかまって、そこから哀しい思慕の情がほのぼのと伝ってくる。恐らく上方へ行くというのは、若旦那の執拗な横恋慕が恐いのではなく、その哀しい思慕の情をあきらめたいのではないだろうか、夢介にはどうもそんな風に思える。

が、これだけはどうしてやりようもないので、橋を渡ってしまえばさようならをするんだからと、なすがままに任せてこれも口は利かない夢介だ。

「うどん屋――」

天王橋を渡り切ると、ふいに呼止められた。今夜は珍しく雷門以来初めての客なので、

「へえ、ありがとうございます」

夢介がいそいで荷をおろすと、

「客じゃねえ。お前に少し文句があるんだ」

行燈の前へぬっと立ったのは、縞物《しまもの》の対《つい》に長脇差、どこかの親分とも見えるげじげじ眉のでっぷり肥った大男である。声といっしょに物蔭から、乾分《こぶん》らしい奴が五六人出てきたが、その中に昨夜のみみずのならず者がまじっているのを目ざとく見かけて、夢介はああそうかとすぐ気がついた。

「親分さん、どんな御用でごぜえましょうか」

「おれは福井町の鎌五郎って者だが、お前は昨夜家の若い者にみみずの入ったそばを売ってくれたんだってな」

「飛んでもねえことでごぜえます」

「飛んでもねえのはお前の方だ。このそばにゃみみずが入っているといったら、風邪の薬になりますとせせら笑って四人を相手に見事叩きつけてくれたそうだ。ありがとうよ。礼をいうぜ」

鎌五郎が半分脅迫しているような厭味なおじぎをする。

「違いますだ、親分さん」

夢介は当惑したような顔つきだ。

「どう違うんだね」

「昨夜のみみずはどこから入ったか知らねえけど、おらよくあやまりました。口なおしにみみずの入らねえのを拵えるから、それを食って勘弁して下せえまし。お代はいりませんて、たのみましたです」

「それから――」

「ならねえ、とその人は怒って、丼をおらに叩きつけたです。そしたら、みみずの入っていねえ後の三人の御身内衆まで、こんな汚ねえものは食えねえと、みんなでおらに丼を投げつけたです」

「それから――」

「その上みんなでおらを殴ろうとしたで、おらあぶねえからただよけただけでごぜえます。決して手向いしたんではねえです。どうか勘弁して下せえまし」

「つまりお前は家の若い奴等の方が悪い、とこういいてえんだな」

「いいえ、おらどっちがよくてどっちが悪いとはいいたくねえです」

「ふざけるねえ。どっちも悪くねえものが喧嘩になるか。第一手前は、一体誰に渡りをつけてこの大道で商売をしているんだ。それからまず聞こうじゃねえか」

「別に誰方にも渡りなどというものはつけねえですが、そういうことがあるんでごぜえましょうか」

夢介は意外そうな顔をする。

「この野郎、そんなことがあるかとはなんだ。この天王橋から浅草橋までの間は福井町の鎌五郎の縄張り内ときめてあるんだ。そのおれの縄張り内を渡りもつけないで荒した上、おれの身内に乱暴まで働くとは、いい度胸だ。今夜はおれが挨拶をしてやるから、すぐに支度をしろ」

おどし半分だろうが、鎌五郎は笠にかかって長脇差の柄に手をかけるのである。

「まあ待って下せえまし、その渡りというのは、どうすればつくもんでごぜえましょう」

「ふうむ。すると手前、おれに渡りがつけてえというのか」

「へえ」

「よし、それじゃ今夜の売上を財布ごと出して、昨夜は御身内衆に飛んだ失礼をいたしました。どうか御勘弁下さいと、そこへ土下座をしろ」

これこそ全く無理難題というやつだ、とは思ったが、こういう無法者を取締るために江戸には奉行所というものがある。夜とはいえ、もうあっちにもこっちにも人立ちがしているのだから、どっちが無理かは一同の目が見ているはずだ、ここで暴力を使えば、また明日も暴力にたよらなければならない、と夢介は考えな

おして、

「わかりましたでごぜえます。それなら売上を財布ごと差上げて、土下座しますべ。どうか勘弁して下せえまし」

と、ふところから今夜の売上の重い小銭の財布を出して、おとなしくそこへ両膝を突いた。

「厭だあ兄さん、そんなこと――」

見ていた春駒太夫が突然金切声をあげて飛びついてこようとするのを、

「待った、太夫、女の出る幕じゃない」

厄病神の若旦那がすかさず肩をつかんで引きとめる。

「放して――」

泣き声をあげてもがく方をじろりと尻目にかけた鎌五郎が、

「ふん、お前、案外色男だな、受取りがわりにこれでも食え」

財布を取った上、無法にもいきなり下駄ばきの右足がたっと夢介の肩先を蹴倒してきた。別に相手が恐くて土下座をしたわけではないから、そこは油断なくはっと身をかわしたとたん、

「馬鹿ッ、失礼な真似をおしでない」

暗い軒下から跳っかえるような張りのある声といっしょに、ひらりと躍り出したお高祖頭巾の女が、夜目にもあざやかにさっと右手を振った、流星のように飛んだ白いものが、鎌五郎の真眉間《まみけん》に発矢《はっし》とあたって砕ける。

「わあッ」

目を押えて、どすんと、尻餅をつく鎌五郎だ。

「やあお銀、なにするだ」

びっくりして夢介がとめようとしたが間にあわない。

「女《あま》、やりやがったな」

「畜生、たたんじまえ」

相手を女と見くびって、つかみかかろうとした二三人が、

「わあッ」

いずれもつづけざまに卵の目つぶしをくらって、がくんとそこへ膝を突いてしまう。

「さあ、お次は誰だえ。弱い商人をいじめて、追剝《おいはぎ》みたいな真似をする奴は、当分目くらにしてやるから遠慮なく出ておいでよ。こないのかえ、こなければこっちから行くからね」

「お銀、馬鹿な真似をするでねえ」

夢介はやっと背後からお銀を抱きとめた。

「放して、夢さん、あたしはもう我慢できない」

昨夜から憎い憎いと思っていた奴等だから、お銀は一度嚇《かっ》となると、これくらいではまだ胸がおさまらない。

「あんちゃん、大変だ――」

ぎょっとしてそっちを見た夢介もお銀も、くずれるように地へ倒れ落ちて行く春駒太夫と、そこからぱっと鳥が飛立つように駈け去る黒い影を見とめた。たしかに厄病神の若旦那だ、とびっくりしているうちに、

「鎌いたち、御用だ」

行く手の横合から、矢のように組みついた者がある。が、どうかわしたか、黒い影はひらりと横へ飛び抜けて、そのまま猿屋町の横丁へ姿を消して行く。

一度よろめいた捕手も、たちまち立ちなおって後を追いながら、そっちの方から、ぴりぴり、ぴりぴり、と呼子の笛を吹き立てるのが無気味に聞えてきた。ほんのあっという間のできごとだ。

「夢さん――」

「うむ」

どっちからともなく、夢介とお銀は春駒太夫の倒れている方へ駈け出す。

「お駒ちゃん、しっかりするだ」

夢介が俯《うつぶ》せになっているお駒の肩へ手をかけて、そっと抱きおこした。

「す、すいません、兄さん」

右の脇腹をしっかり押えた指の間から血が吹き出して、真っ青な顔だが、お駒は案外しっかりしているようだ。

「兄さんの、おかみさんでしたね。申し訳ありません」

「いいえ、あたしが悪かった。厭な奴だと思って、あんなに気をつけていたのに、ついならず者の方へ気を取られちまって、夢さん、これで早く傷口を縛ってあげて——」

素早くするすると帯を解いているお銀だ。

「しっかりするだぞ、お駒ちゃん。すぐに医者へつれて行くでな」

夢介が励しながら、男の力でそれをしっかりと傷口へ巻きつけてやる。

「畜生、——厄病神の畜生め」

三太が口惜しそうに罵りながら、

「お駒ちゃん、死んじゃ厭だぜ。大丈夫だな。ね、大丈夫だろう、お駒ちゃん」

急に思い出したように顔をのぞきこんで泣声になる。その憎い厄病神を追いまわしているのだろう、猿屋町の方からしきりに呼子が鳴りかわしている。思わぬ騒動にならず者たちはいつの間にかみんな姿を消して、遠まきにした人立が一かたまりずつこっちを眺めながら、何か寒々とささやきあっていた。

暗い路地

手おいの春駒太夫を夢介が背負い、お銀がつきそって、猿屋町の会所裏《かいしょうら》の家へ運びこむと、思いもかけぬ変事に女弟子たちも男衆も、一度に顔色をかえて総立ちになった。目の前に書入れの正月をひかえて、高葉屋一座は春駒太夫一人の人気で持っているようなものだから無理はない。すぐに医者を呼びに走る者、一座の誰彼に急を告げに駈け出す者、誰も高声を立てる者はないが、家中ごったがえすような大騒動である。

「夢さん」

草鞋《わらじ》がけだから遠慮している夢介のところへ、奥までお駒について入ったお銀が間もなく引き返してきてそっと呼んだ。

「どんなあんばいだね、お銀」

「あのとおり気丈夫から、まだしっかりしてますけど、お医者さんが来て、なんていいますかねえ」

眉をひそめて、肩のあたりどこかうす寒げなお銀である。

「そうだな。おらたちがここにいたって、なんの足しにもなるめえが、邪魔にならねえようにして、お医者さまの容体《ようだい》だけは聞いて帰ることにすべな、お銀」

夢介は相談するような口振りだ。日ごろがそうだから、自然と場所柄お銀のやきもちを警戒する気になるのだろう。

「あんたはぜひそうしてあげて下さいまし。あたし、家が留守だし、ほかに少し気になることもあるので、一足先に帰らせてもらいます」

「なにが気になるだね」

「厭、そんな顔をしちゃ、まさかいくらあたしだって、今夜は大丈夫なんですってば」

お銀はあかるく笑って見せて、

「本当はね、今夜はお米ちゃんも後をつけていたようなんです」

と、耳もとへ口をよせた。

「お米ちゃんが――」

これは夢介もちょっと意外である。が、六兵衛さんの風邪はもうほとんどなおっているし、実の父親がそっと逢いにきてくれるかも知れないという娘心から、鍋焼うどん屋をやりたいといいだしたのはお米なのだ。夢介も明日の晩あたり、念晴《ねんばら》しに一度つれて歩いてやろうかとさえ考えていたくらいだから、娘の一途さで、これはありそうなことなのである。

「姐御さん、お米ちゃんと口を利いたんかね」

「いいえ、邪魔をしちゃ可哀そうだと思って、そっとしておいたんです。それがこんなことになっちまって、あたし心配だから、行って見て、もしまだうろついているようだったら、よく訳を話して、家まで送りとどけてやろうと思うんです」

「そうか、そんならたのみます、おらもお医者さまの容体がわかったら、すぐに荷を担いで帰るから、なんなら六兵衛爺さんの家で待っているがいいだ」

「じゃ、あたしお駒ちゃんには挨拶しないで行きますから、後をたのみます」

お銀はいそいで下駄を突っかけようとして踏み外したらしく、思わず夢介の方へよろめいた。

「あぶねえぞ、お銀」

とっさに夢介が胸でがっしり抱きとめてくれる。

「すいません」

「足はどうもしなかったかね」

「大丈夫です。夢さん、寒いから風邪を引かないようにして下さいね」

「うむ。おらより姐御さんこそ途中気をつけて行くがいい。きっと六兵衛さんの家で待っているだぞ」

「ええ」

お銀は何気なく逞《たくま》しい男の胸をのがれ、家の者に気づかれないようにそっと外へ出た。その真暗い路地を小走りに曲り角まできて振り返り、

「夢さん、さようなら」

と呟《つぶや》いたとたん、我慢に我慢をしていた涙がどっとあふれてしまった。お米を家へ送ってやりたいといったのは本当だが、自分は二度と愛の巣には帰れない。こんどこそ本当に別れる時がきたと、さっきから悲しい覚悟をきめていたお銀なのだ。

鎌五郎一味のならず者たちに目つぶしを食わした時までは、まだ夢中だった。いや、第一そんな目つぶしを用意する気になったときからもう心が狂い出していたのである。

あの焼玉を使って、水神《すいじん》の森の下屋敷を焼いて以来、これっきりでこん度こそ荒っぽいことはもうしません、生れかわったようにおとなしい女になって、きっといいおかみさんになります。と堅く自分の胸で誓っていたのに、昨夜第六天社の前でならず者たちの憎い乱暴を見かけ、それがどうやらお駒につきまとっている怪しい若旦那の差金だとわかった時から、いつの間にかその誓いをけろりと忘れて、荒っぽいおらんだお銀の本性にかえっていた。そんなこともあるだろうと心配したから、きっと夢さんは鍋焼うどんの道楽をあたしに教えたくなかったに違いない。

——あたしの血は生れつき狂っているのかも知れない。

そう気がついてぞっとしたのは、春駒太夫を抱き起して、兄さんのおかみさんですね、といわれた時だった。あたしさえ目つぶしなんか使わなければ、お駒もこんな目にあわされないですんだのではないだろうか。悪党若旦那はあたしの暴れだしたのを見て、鎌五郎とはぐるなのだから、これは自分の身があぶないと思い、どうせ手に入らない女ならと、急に殺意を起こしたのだろう。

——飛んだことをしてしまった。

と、申し訳ないし、又してもこんな乱暴を働いてしまって、やさしい女になろうと誓いながら、これまで三度もその誓いを破っている。さぞこの人は心で当惑しているだろうと思うと、お銀は恥ずかしくて夢介の顔が見られない。いや自分で自分の女らしくない血に愛想がつきて、もう生きているのが恐しいような気さえしてきたのだ。

そして、半分は夢中で女弟子たちに手伝い、お駒を奥の座敷へ寝かしてやると、お駒は青い顔をしながら、うつろな目でなんとなくあたりを見まわすのだった。

「どうしたの、お駒ちゃん」

「いいえ、いいんです」

かたく目をつむったのを見て、はっとした。お駒は夢介の顔を求めているらしい。

——そうだ、いっそこの娘に夢さんをゆずって、あたしは死んでしまおう。

その時お銀の心ははっきりときまったのだ。

「夢さんも、お駒ちゃんも、仕合《しあわ》せに暮して下さい」

暗い道を一足ずつ、二人のいる家から遠ざかりながら、お銀は悲しく口の中で祈っていた。今はもうなんにも考えたくない。今日までこんな悪い女を、春の海のような心でいたわり励してくれた男の大きな愛情が、ただうれしい。どうしてもやさしいおかみさんになれそうもない自分なら、この上迷惑をかけて愛想をつかされる日がくるより、いまの中にあたたかい夢さんのおもかげを抱いて死んでしまった方が余っぽどましである。

――でもあの人子供みたいなんだから、あたしが死んじまったら、そんなこともうけろりと忘れてお駒ちゃんを抱いて子守唄をうたって遊ぶんじゃないかしら。ありありとそんな姿が目にうかんできて、厭だあ、それだけは、胸が熱くなりかけ、これがあたしのやきもちなんだ。死ぬまでやきもちを妬くなんて、どうしてこうあたしは業《ごう》が深いんだろう、とお銀はしみじみ悲しくなる。

「あま――」

旋風《つみじかぜ》のように横丁の路地から飛び出して、ふいに体ごとぶつかってきた奴がある。凄《すさま》じい殺気に、思わず冷やりとしたときには、そこはおらんだお銀の敏《びん》捷《しょう》さで本能的に身をかわしていたが、全く油断し切っていたときだったからつい足許が乱れ、我にもなくばったりそこへよろめき倒れていた。

「畜生――」

踏みとまって身がまえた男の手に、無気味な匕首がきらりと光っている。あっ、悪党若旦那だ。すぐに躍りかかってこないのは、お銀がとっさに卵の目つぶしをつかんでいるからで、

――お出でよ、目くらにしてやるから。

鬼女《きじょ》になりかけたお銀は、はっと気がついた。これを投げては夢さんに叱られる、死んでも二度と叱られるのは厭だ、と思ったとたん、全身の気合が抜けてしまった。

悪党だから、それを見のがすはずはない、凶暴な目をぎらぎらさせながら、一気に突っかかろうとする出端《でばな》、

「人殺しッ、――強盗だあ」

そこの路地口から鋭く叫んだ者があった。それは恐怖の絶叫ではなく、相手の気勢をくじく威嚇《いかく》の一喝だ。

効果は覿面で、あっと悪党若旦那はそっちへ気を取られる。その隙にひらりと飛び起きたお銀は、一散に天王橋の方へ駈け出していた。いまの路地口の助太刀は、たしかに風よけ頭巾の昨夜と同じ鎌いたちの仙助だった、と瞼《まぶた》に残しなが

ら――。

さっきの捕手たちがまだ近所に忍んでいたのだろう、たちまち呼子の笛が寒天にひびき、

「鎌いたち御用だ」

「神妙にしろ」

と、いう声が乱れた足音といっしょに、物々しく七曲りの方へ走り去って行く。

臍曲り

表通りへ出ると、行燈の灯は消えているが、夢介の荷がさっきのまま天王橋のそばにおいてある。その蔭に立ってひそひそと話している二つの黒い影、一人は荷の番をしている三太で、一人はお米と見たから、お銀は走りよって、

「三ちゃん、御苦労さま――、お米ちゃんもきていたのね」

と、あかるく声をかけた。

「ああ、おかみさん姐御か」

滅多に感情を素直にあらわしたがらない三太は、にやりと笑って、そんな憎ま

れ口を利いたが、

「今晩は」

お米はこんなところにいるのを恥じるように、いそいでおじぎをする。

「太夫は大丈夫かね、おかみさん」

「しっかりしているし、傷は急所をよけているようだから、多分大丈失だと思うの」

「畜生、厭な野郎だとおいら始めから思っていたんだが、まさかあの野郎がこのごろ江戸を荒している鎌いたちだとは思わなかった。さすがにお上は目が高いや。今もお米ちゃんに話していたんだけど、さっきここを捕手といっしょに通った奴の中に、たしかに雷門であんちゃやんのそばを食った奴がまじってたんだぜ。岡っ引に違えねえや。こいつ臭いってんで、紐がついていたのを、若旦那の野郎気がつかねえで、お駒ちゃんに鼻毛をのばしてやがったんだ。甘い野郎だよ」

なんでも知っているというのが、ちょいと得意そうな三太である。

「お駒ちゃんも飛んだ者に見こまれちまったもんねえ」

ちんぴらが臍を曲げないように、お銀は真顔で相槌をうつ。

「全く厭な野郎よう。おもしろかったぜ、太夫はあんちゃんと話がしてえんだ。

それをあの野郎、やきもちを妬きやがって、あれえ、いけねえや、おいらなんの話をしようと思っていたんだっけな」

気がついて、急に三太が空《そら》っ恍《とぼ》ける。

「歩きながら、ゆっくり思い出すんですね。お米ちゃん、うちの人がね風邪をひくといけないから、あたしにあんたを家まで送って行けっていうんだけどいっしょに帰らない」

お銀がそれとなく切出す。

「へえ、あんちゃん、今夜お米ちゃんがついてきたこと、知ってんのかい」

さすがに意外だったらしい。

「そうらしいわ」

「おどろいたなあ。おいらでさえここで声をかけられるまで気がつかなかったのに、だからあんちゃんは隅におけねえっていうんだ」

「さあ、出かけましょう。三ちゃん送ってってくれるわね」

「だって荷があるじゃねえか」

「いいのよ。それはうちの人が、お駒ちゃんの容体をお医者さんに聞いたらすぐ、後から担いでくることになっているんだから」

お銀はお米をうながすようにして、肩をならべながら歩き出した。

「すいません」

おとなしくうなだれて、いかにも淋しげなお米だ、それをどこかその辺の暗い物蔭から、風よけ頭巾の仙助がじっと見送っているような気はしたが、お銀は決して振り返ってみるような真似はしなかった。

「つまり、おいらは奴さんてわけだな」

お銀を中にして、三太が右へならぶ。もうほとんど人通りの絶えた暗い大通りで、風はないがしんしんと底冷えのする夜更けだった。

「女ばかりじゃ物騒なんだもの、だから三ちゃんをたのむのよ」

「おだてっこなしでござんす。おかみさん姐御の目つぶしにはかなわねえでござんす」

「それをいいっこなし。顔から火が出るから」

そのために死のうとまで覚悟しなければならない悲しいお銀だった。

「さいでござんすかね。おいら胸がすっとしたけどなあ。どうしていけねえんだろうなあ」

「女はあんなことするもんじゃない。あたしは悪い女なんです。あたしさえあんな余計な真似をしなければ、お駒ちゃんだって刺されずにすんだかもしれないんです。どうしてあたしはこう気が荒いのか、きっと死なななきゃなおらないのね」

「へえ、姐御さんそれで今夜、あんちゃんに叱られたのかい」

三太が思わず顔をのぞきこんだほど、それは沈んだお銀の声だった。

「まだ叱られはしないけれど、叱られるのがあたりまえでしょうよ」

「そんなことあるもんか。あの時姐御さんが飛び出さなけりゃ、あんちゃんは鎌五郎の奴に、下駄で蹴飛ばされていたじゃねえか。第一、どうしてあんちゃんはああのろまなんだろうな。おいら馬鹿くさくて見ちゃいられねえや、なにも鎌五郎なんかのいうことを真にうけて土下座までしなくたっていいじゃねえか。強い奴には乞食みたいにぺこぺこして、おかみさんにばかり威張って叱りつけたって、男の自慢にゃならねえと思うな」

「三ちゃん、兄さんの悪口をいっちゃ厭――」

お米が怒ったように、ぴしりとたしなめた。

「へえ、さいでござんすかえ」

一瞬ぽかんとしたようだが、臍曲りだから三太は急に意地になったらしい。

「おいら悪口をいったんじゃござんせん。のろまだからのろまだと、本当のことをいいましたんで、へえ——、今夜の売上をみんなよこせ、と鎌五郎におどかされて、そんなら差上げますでござえますと、大きな図体をして乞食みたいに土下座をして」

「厭だったら、三ちゃん」

「さいでござんすかねえ、お米ちゃんは余っぽど田吾あんちゃんが好きなんだなあ。ああそいで今夜あんちゃんの後を追っかけてきたんだな。よくわかったでござんす。大きな角《つの》でござんす。おっかないでござんす。あばよでござんす」

悪たれ三太は両手の人差指で角を拵えて見せながら、ふいと横丁へ駈けこんでしまった。諏訪町のあたりである。

傷つきやすい十六娘は、ふっと袂を顔へ持って行く。

「お米ちゃん。気にしない方がいいわ」

お銀はその肩へ手をおいて、かばうようにして歩きつづけた。

「三ちゃんは悪い子じゃない、ただ悪たれているんです。親なしっ子ってものは、みんなああなんです。人にふみつけにされまい、馬鹿にされまいと、鼻っ端ばかり強くなって、そのくせ一人になると蔭で泣いている。あたしもそうだった」

お米がしゃくりあげるのを聞いて、お銀の目にも涙があふれてきた。

「阿父つぁんも阿母《おっか》さんも、兄弟も知らない、女の子が、世の中からいじめられて育てばどうなるか、いいわけじゃないけれど、あたしは肩書つきの女にまでなっちまった。三ちゃんのもそれなんです。あたしゃ三ちゃんにくらべれば、お米ちゃんにはまだお爺ちゃんというものがついている、どんなに仕合せかしれやしない。——あたしが、なにをいいたいのか、わかる、お米ちゃん」

お米は、はっきりとうなずいて見せた。

「お爺ちゃんに心配をかけちゃいけないわ。親なしっ子はお米ちゃん一人じゃないんだもの、どうにもならないことは、神さまにお任せしておかなくちゃねえ」

「御心配ばかりかけて、すみません」

「いいのよ、そんなこと、三ちゃんだって今ごろはもう後悔しているでしょうよ、お爺ちゃんとお米ちゃんだけがやさしくしてくれるのを、よく承知しているんだもの、こん度逢ったらなんにもいわずに笑った顔を見せてやって下さいね」

「そうします。あたしだって、三ちゃんの親切はよくわかっているんですもの」

「不仕合せ者は不仕合せ者同士、仲よくして、力になりあって、不仕合せなんて忘れましょうよ。及ばずながら、ああしてうちの人だってついているんだもの。のろまだけれど、親切なことはこの上もなく親切な人なんです」

「あたし、あたし、神さまみたいだと、いつも手を合せています、本当です」

お米が一生懸命にいう。

「そうね、ずい分のんびりしすぎている神さまだけど」

大きな鼾《いびき》をかく神さま、お銀を抱いてやるべかと、ひとを抱いて子守唄をうたってくれるのが好きな神さま、時々はおっぱいをいじってよろこんでいる神さま、思い出すと懐かしくて、胸がじいんと痛くなる。そして、その神さまがせっかくお嫁にしてやるべといってくれるのに、あたしはとうとういいお嫁になれずにしまった。

「おかみさん、姉さんといわしてもらっていいかしら」

「さあ、あたしはお米ちゃんの姉さんになれるようないい女かしら」

「あたしだって、あたしだって誰の子だかわかりはしません」

お銀ははっとした。

「それをいっちゃいけない。あたしが悪かった。よろこんでお米ちゃんの姉さんになりますとも、いい姉さんになって本当の姉妹より仲よくしましょうね」

「姉さん――」

不仕合せな子は人なつこく、犇《ひし》と胸へすがりついてしゃくりあげるのを、

「お米ちゃん」

いじらしくその肩を抱きしめてやりながら、このよろこびも束の間に消える自分の命かと、お銀もつい泣かずにはいられなかった。

すぐそこの金竜山の鐘が四つ（十時）を打ち出している。

生神さま

お銀はいま、世にもしょんぼりと吾妻橋の上に立っている。目は、寒々と星かげをうつして黒々と潮の盛りあがっている足許の隅田川を見おろし、耳は、しいんと更けわたる夜のささやきに澄んでいた。

「お駒ちゃんのことも気になるし、今夜はお爺ちゃんに逢わずに帰りますからね」

誓願寺裏の路地口までお米を送って別れた、お銀の足は、死場所を求めて、いつかこの橋の上へきていたのだった。

両岸の灯はほとんど消えて、空も橋も水も地獄のように暗い。はるか駒形あたりに御仏《みほとけ》の燈明《とうみょう》のように、ぽつんと一つ灯のまたたいているのは、駒形堂の常夜燈でもあろうか。

「夢さん、あたし死にます」

もう涙は出なかった。悪い女だから死ぬ、そんな素直な気持になれたのも、この世であの人に逢って、あの人のあたたかい愛情でねじけた心をあたためられ、女の幸福というものをしみじみと知ったからだ。あたしがいてはあの人のためにならないのである。あたしはあの人のために、誰よりも、なによりも好きで好きでたまらない夢さんの仕合せのために死ぬんだもの、うれしいとさえ思う。

「こんなあたしを、親に勘当されてまで可愛がってくれて、死んだって御恩は忘れません」

「なにいうだ、お銀、おらこそ姐御さんに惚れているだ。だからいいお嫁になるだ」

そういいたげな顔が、はっきりと瞼にうかぶ。

「あたし、いいお嫁になりたいんだけど、業が深いから駄目なんです」

「そんなことあるもんか、それは姐御さんばかりが悪いんではねえ、世間も悪いんだ、せっかく姐御さんがいいお嫁になろうと思っているのにみんなで邪魔をするんだもんな、早く小田原へ帰るべ」

「それがあたし恐いんです。もし小田原へ帰っても、この荒い気性がなおらなかったら、それこそあんたに愛想つかされてしまうもの」

「つまらない取り越し苦労はするもんでねえだ。抱いてやるべかな、姐御さん」

きっとそういってくれるだろうと思うと、うれしくて、すぐにも飛んで帰りたくなるお銀だ。

「いいえ、やっぱりあたし死にます。お駒ちゃんがあんなことになったのもあたしのせいだし、あたし目をつぶってあんたに抱いてもらっているうれしい気持になりながら、川の中へ飛びこみます」

「なにを、ひとり言いっているんだね」

ふいに後で、思いがけない本当の人間の声がしたので、お銀はびっくりして振り返った。

「死神と甘ったれていちゃいけねえ」

にやりと笑ったのは、いつの間に忍びよっていたのか、風よけ頭巾の鎌いたちの仙助だった。お銀は呆れて急には口も利けない。

「死にてえのはおかみさんだけじゃねえ、おれなんかの方が余っぽど死んで見てえな」

それをぬっと立って、ふところ手をしたままいうのだ、この方がひどく死神くさい無気味な声である。

「死ぬんなら、別のところへ行って下さいまし、心中と間違えられると迷惑ですからね」

お銀はようやく正気づいてきた。

「心配しなさんな、おれは死にやしねえ」

「いいえ、別に人さまのことなんか心配しやしません」

「ふ、ふ、相変らず気が強いな」

あ、そうだっけ、これがあたしの悪いところだと気がつき、お銀は思わず赤くなってしまった。

「この気の強いのがあたしの業なんです。だから死んじまうんです」

「業は死んだって消えねえよ。おれなんかも死んじまった方が余っぽど楽だと思うんだが、その業が子供にかかっちゃ可哀そうだ。自分の業はできるだけこの世でつぐなっておいてやろうと思ってな」

その気持はすぐぴんとくるお銀だ。

「おかげで、あたしには子供がないから」

「お前の方ではそう思っても、はたでお前をおふくろか姉のようにたよりにしている子がいたらどうするんだ、辛くてもお前がこの世で業をつぐなってやらねえと、そのためにがっかりして、三太もお米も、お前の業をつがねえとも限らねえ」

「そうかしら」

「鬼のおれが人に意見も可笑しいが、まんざら悪縁というやつがない仲でもねえから、まあ、問わず語りだ。おれは二度と江戸の地は踏まねえ。坊主にでもなって、おれを極楽へやってくれなんて、そんな虫のいいことは考えやしねえが、せめて子供だけは地獄へやりたくない、それだけのつぐないはきっとやるつもりだ。金をと思ったが、それもやめた。別に不浄な金じゃねえが、おれなんかの金は子供になんの役にも立たねえ、子供のことは人の情にすがって、おれのような人間は親でねえ方が一番子供の仕合せなんだ。おれは今夜、うれしい子供の姿を拝んで歩いたから、もう思い残すことはねえ、世の中には生きた神さまもいると、その姿もちゃんとこの目で見たから、それも安心だ。ただおれが江戸から姿を消せばいいんだ」

仙助はすっと一歩退った。

「おかみさん、死神にさそわれちゃいけねえ。死ぬ命があったら、いくら生神さまに甘ったれてもいいから、そのかわり、不仕合せな子供たちにも甘ったれさせてやってくんな」

いいながら仙助は本所詰の方へまた一歩退った。

「たのみます、おかみさん」

ふっと両手を合せて拝んで、くるりと背を見せ、そのまま足早に橋をわたって行く。

「馬鹿におしでない、ひとまで神さまあつかいになんかして――」

お銀は闇に消え去る仙助の後姿を茫然《ぼうぜん》と見おくりながら、口では強がってみたが、他愛もなく涙が流れてきて、我ながらどうしていいかわからなくなってしまった。

切ない心

そのころ――。
夢介は医者の療治を終った春駒太夫の枕許へ、もそりとかしこまっていた。傷は悪党若旦那が心臓を一突きにきたのを、気配でとっさに身をかわしたから幸い急所はよけたが、左の脇の下を四針も縫ったほどで、それは決して軽い傷ではなかった。

「まだ寒い時分でよかった。夏はとかく傷口が膿みたがるな、まあこれで熱さえ出なければ、もう心配はない。なるべく静かにしていなければいかんぞ」

そういって帰った医者の言葉に、家中の者はほっと愁眉《しゅうび》をひらいたが、療治の間中夢介の手にしがみついて、気丈にも呻《うめ》き声一つたてずに我慢しとおしたお駒は、さすがにぐったりと疲れが出たらしく、うとうとしかけては無理に目をあけて夢介の顔を見た。

「眠れないかね、お駒ちゃん」

「眠くないんだもの、あたし」

帰られたくない、その気持はよくわかっているが、おら帰らねえから、ぐっすり一眠りするがいいだ、とはいえない夢介だし、帰っちゃ厭だ、とも無理はいえないお駒である。

「兄さん、明日の晩も商いに出るの」

「うむ、まだ二三日は出なけりゃなんねえだろうから、ここ通ったら、明日はうまいうどんをとどけてやるべかな」

「あいつ、鼠の糞が入っているだなんて、憎らしい奴ってありゃしない」

「大難が小難ですんだだから、もうそんなことは忘れるがいいだ」

「だって憎らしいんですもの」

何かいっていなければ気のすまないように話しかけていたお駒の目に、ふっと涙がうかんできた。

「兄さん、傷がなおったらあたし、やっぱり上方に行くわ」

切ない恋、それを痛いほど胸へ感じながら、

「それは傷がなおってから考えることにして、少し眠るがいいだ。あんまり口を利いちゃ、傷によくねえもんな」

と、なだめるようにいい聞かせて、夢介は手拭でそっと涙を拭いてやる。

「あたし、ちっとも眠くないんですってば」

しかし、その強情はそう長くつづかなかった。やっとおしゃべりがやまったなと思ったら、いつの間にか長い睫《まつげ》を合せて、軽い寝息を立てていたのである。出血がひどかったせいか、急に窶《やつ》れが目立つ蒼い顔だった。

ふと襖《ふすま》の外へ立って、顔見知りの楽屋番の親爺が手まねきする。静かに立っていくと、

「鍋焼うどんのお大尽《だいじん》、玄関で三太とかいう坊っちゃんが、小田原のあんちゃん

に顔を貸してくんなって、待ってるよ」

と、相変らずこの親爺は人を食っている。

「ありがとうごぜえます」

礼をいいながら見ると、心配して大勢集っている一座の者の中に、いつも、お駒の供をしている女弟子のお菊がいる。

「お菊ちゃん、まことにすまねえが、お盆を一つお借りしてえだ」

夢介はそうたのんで、もそりと部屋の隅へ坐った。

「こんなのでようござんすか、兄さん」

お菊が持ってきてくれた盆の上へ、夢介はふところから二十五両包を二つ出してのせ、

「出先のこって、裸で失礼でごぜえますが、ほんのお見舞いのしるしでごぜえます。太夫さんが目がさめたら、取次いでおいて下せえまし」

と、ていねいにお菊の前へ出す。

「あら、どうしよう、お爺さん」

思いがけない大金なので、お菊は当惑したように、まだそこに突立っている親爺の顔を見上げた。

「へえ、さすがに腐っても鯛だな、いいや、邪魔になるもんじゃねえから、遠慮なく貰っときな」

どこに本音があるのか、全く妙な親爺である。

「そうして下せえまし、いずれまた明日お見舞いにめえりますだが、どうか太夫さんのことはよろしくたのみますだ」

飛んだ災難といってしまえばそれまでだが、その災難に全然責任はないとはいえないだけに、つくすだけのことはつくしてやりたい夢介なのだ。

「兄さん、本当にまた明日きてくれますね」

玄関まで送ってきたお菊が、これはよく師匠の気持を知っているらしく、念を押していた。

「おら腐っても鯛の方だから、嘘はいわねえです」

夢介はわざと軽くうけて表へ出た。

外で口笛を吹きながら待っている三太が、口笛をやめながら肩をならべた。むっつりとして、なんとなく不機嫌のようである。

「どうかしたかね、兄貴《あにい》さん」

暗い路地を抜けてから、夢介は聞いてみた。三太は返事をしない。

「今夜はもう商いはやめて、帰ることにすべな」

　表通りへ出て、ここでさっきお駒が災難にあったのだと思うと、それがほんのあっという間のできごとだっただけに、夢介の胸は重かった。人間の運命などというものはわからないものだ。あんなにたのしそうに、といったらまた怒るかもしれないが、とにかくいそいそとうどん屋の手伝いをしていてくれた丈夫なお駒が、今は怪我人になって蒼い顔して眠っている。やっぱりおらが悪かったのかも知れねえ。お銀がいうとおり、そんな物好きはやめるこったと、始めにもっと強くことわっておけば、こんなことにならなかったろう。おらがなまじ甘い顔をしていたばっかりに可哀そうなことをしてしまった。

「あんちゃん、お前さっきおかみさんを叱ったろう」

　荷を担いで、寒々として大通りを戻り始めると、三太が突然食ってかかるように切り出した。

「お銀をかね」

「あたりきさ、太夫はあんちゃんのおかみさんじゃねえもんな」

　三太の臍はひどく曲っているようだ。

「おら、別に叱りはしねえがな」

「じゃ、これから叱ろうと考えてたのか」

「なにを叱るんだな」

「目つぶしのことじゃねえか」

あ、そうか、夢介はやっと思い出した。

「お前叱ろうと思ってるんだろう、あんちゃん」

「叱りはしねえが、おらのおかみさん、跳っかえりで困ったもんだ」

「困ることなんかあるもんか。あんちゃんがのろまでもそもそしてるから、姐御さんが一人でやきもきするんじゃねえか。つまり、情が深いってやっよ」

時々そんなませた口を利きたがる三太である。

「そうかも知れねえな、だからのろまのおらには、ちょうどいいおかみさんかも知れねえな、兄貴さん」

「あれえ、これはてこへんだぞ」

「なにがてこへんだね」

「あんちゃんがおかみさんを叱らねえとすると、姐御さんどうしてあんなにしょげていたんだろうな」

「ふうむ、おらのおかみさん、しょげていたかね」

どきりとする夢介だ。

「まさか、お駒ちゃんは大怪我をしているんだからな、あんちゃんがいくら親切に看病してやったって、そんなことやきもちを妬くはずはねえや」

「そうだとも、お銀は何かいったかね」

「あっ、わかった。大変だぞ、あんちゃん」

三太が素《す》っ頓狂《とんきょう》な声を出す。

「そんなに大変かね」

「こいつは大変だ。あたしがあんな乱暴な真似さえしなければ、お駒ちゃんも怪我をしないですんだかも知れない、あたしは悪い女だってしょげていたんだ。あんちゃん、姐御さんは死ぬ気かも知れねえぞ」

「ふうむ、そこへ気がつけば、ちっとばかし偉いおかみさんだな」

「落着いてちゃいけねえや。この前だって姐御さん、一つ目の御前に目つぶし投げて、家出したことがあるじゃねえか。あん時あんちゃん、金はいくらでも出すから、早く探してきてくれって、おいらに泣っ面してたのんだくせに、もし身投げでもしちまったらどうするんだえ」

「そんなことはあるめ。お銀はちゃんと六兵衛爺さんのとこで、おらの帰るのを待ってるさ」

「そうかなあ、よし、おいら一っ走り行って見てくらあ、お米と口喧嘩しちまったから、ちょっとぐれ的は悪いけど姐御の命にはかえられねえもんな」

「あれ、兄貴さん、なんでお米ちゃんと喧嘩しただね」

「さいならでござんす、おいら行ってめえりますでござんす」

三太はもう旋風のように、駒形の路地へ素っ飛んで行ってしまった。

仲直り

――そうか、お米坊と喧嘩をしたんで、さっきは兄貴さんあんなに機嫌が悪かったんだな。

夢介は一人でおかしくなりながら、ひっそりと暗い並木町へかかる。それにしても、お銀がしょげていたというが、ひょっと間違った了簡をおこしてくれなければいいが、と気にかかる。

勝気だから、もし自分のために春駒太夫があんなことになったと考えつけば、死ね気にならないとは限らないのである。

あの荒っぽいのは困るが、持って生れた気性だし、また世の中がともすれば敵に見えたがる育ちなのだから、これは気長になおして行くより仕様があるまい。それに、鍋焼うどんを始める時、なまじっかかくしてやったのも悪かった。心はもう夫婦なのだから、これこれだと打明けて相談してかかれば、この頃のお銀ならきっとおとなしく家で留守をしていたことだろう。妙にかくし立てしたから、半分はやきもちも手伝って、毎晩後がつけたくなったのだ。

——無理はない。おら、これからなんでも相談してやるからな。不了簡はおこすでねえぞ、お銀。

そういえば、別れ際になんとなく沈んでいたようなのを思い合わされて、やっぱり無事な顔を一目見なければ安心のできない夢介だ。思わず足が早くなりかかると、

「夢介さん——」

後からすっと肩をならべて、それは今では匂いでもすぐわかるお銀だった。

「あれえ、どうしただ、お銀」

びっくりして、しかし今の今まで心配していたところだから、無事な顔を見て、夢介は急にあかるくなったような気持である。

「三太兄貴さんがよ、姐御さん沈んでいたというもんだから、おらまた身投げでもされては大変だと思ってな、えらく気を揉んでいたとこだ」

「勘弁してくれる、夢さん――」

お銀はひっそりと両袖をだきながら、うなだれた顔をあげようとしない。

「勘弁て、なんのこったね」

「あたし、あたし、どんなに打《ぶ》たれても叩かれても、二度と男みたいな真似はしません」

「それがいいだ、そこへ気がついてくれれば、おらなにもいうことはねえだ」

「すいません」

くすんとお銀が一つ洟《はな》をすする。

「なにも泣くことはねえだ。おら、荷さえ担いでいなければ、褒美《ほうび》に一つ抱いて子守唄をうたって歩いてやるだがね」

「あたしねえ、夢さん」

お銀は、いつものように冗談口に乗ってこようともしない。

「なんだね、改って――」

「本当は今、吾妻橋の上から身投げをしようとしたんです」

「あぶねえ真似するんでねえ」

「真似じゃないんです。本当に飛び込む気だったんです」

「おらに相談しないでかね」

「厭だあ、あんたは――」

思わずどすんと体をぶつけてしまって、そのびくともしない逞しさに、お銀はやっぱり生きていてよかったよろこびをしみじみと感じさせられた。

「夫婦の中に、かくしごとがあってはなんねえだ」

「だから、話そうとしてるんじゃありませんか。誰があたしを助けてくれたと思う、夢さん」

「ふうむ。あぶねえところだったな。その留めてくれた親切な人のとこへ、おら、明日さっそく礼に行くべ」

「いいえ、向うでは礼心に、あたしを叱って、それから拝んで行きました」

「さあ、わかんねえ」

「鎌いたちの仙助なんです」

これは夢介もちょっと意外だった。

「不仕合せな子供たちをたのむ。死んだって業は消えるもんじゃないから、その死んだつもりの命で、三ちゃんやお米ちゃんの力になってくれ。それもせめて子供たちは極楽へやってやりたいから、そのためにこれから坊さんになってつぐないをする。二度と江戸へは帰らないって――」

「ふうむ」

「お金をと思ったけど、そんなものは子供になんの力もない。ただ人の情にすがるばかりだって、二度もあたしを拝んだんです」

「お米ちゃんが救ったんだな、お銀」

「ええ、今夜は一晩中、子供の姿を拝んで歩いていたんだって」

こん度は夢介が洟をすすって、大きな握り拳《こぶし》で涙を横なぐりにした。

「お銀」

その手でお銀の冷たい手をしっかりと握って、

「いいお嫁になって、子供たちの力になってやるだ」

「あい」

もうなにもいうことはなかった。黙って手を取りあったまま歩いて、その心のあたたかさに、お銀が時々洟をすすりあげる。ひっそりとした二人きりの暗い道だった。

雷門を広小路の方へ曲ったとたん、ばたばたと向うから駈け出してきた二人づれが、

「あれえ」

と、立止った。お米と三太である。

「なあんだ。人にばかし心配させて、身投げした姐御さんが、あんちゃんに手をひかれてらあ」

「また、三ちゃんは――」

お米にたしなめられて、

「おいら帰ろうっと、見ちゃいられねえでござんす。――さいなら」

どうやら、二人も仲直りをしたらしい。おどけて素っ飛んで行く三太の声が闇にあかるかった。

そば屋開店

梅日和ともいいたい一日、六兵衛爺さんは浅草誓願寺横丁の角へ小田原屋というささやかながら小ぎれいなそば屋を開店した。いうまでもなく夢介とお銀が、

お米のためにと考えて骨を折ったのである。

「そんなことしてもらっちゃ、この極道《ごくどう》親爺が冥利《みょうり》につきる。金のかかることだし、せっかくだが、おれは一生鍋焼うどん屋でたくさんだ」

頑固な六兵衛爺さんは始めなかなか承知しなかったが、お銀も鎌いたちの仙助のことがあるので、こんどは熱心に足を運び、

「お爺ちゃん、そんな手前勝手ってありますか。あたしたちはお米ちゃんを親身の妹だと思えばこそ、先のことまで心配しているのに、どうしてもお爺ちゃんが厭だと強情を張るんなら仕様がない、お米ちゃんも今年もう十七だし今日からでも家へ引取って、いつでも嫁入りができるように、及ばずながらあたしたちが面倒を見さしてもらいますからね、そう思って下さい」

と、最後に開きなおって一本きめつけたので、とうとう兜《かぶと》をぬいだのである。

そして、そう話がきまるとその日から、家をさがしたり、大工を入れて店構えをなおしたり、商売道具一式をそろえたり、この一と月あまりというもの、夢介もお銀もまるで自分たちがそば屋を始めでもするように、六兵衛爺さんといっしょに飛びまわったので、正月は夢の間にすぎてしまった。

「おかげといいお天気だな、姐御さん」

開店当日、食いもの屋は午《ひる》ごろからの商売だから、手伝いかたがた様子を見にお銀と肩をならべて家を出た夢介はからりと晴れた早春の青空を見あげながら、うれしそうに話しかけた。

「これで五遍目かしら、何度いったら気がすむの、夢さん」

たしなめるお銀も、今日は紅襷《べにだすき》をかけてお米といっしょに働いてやるつもりだから、念入に身じまいをして、自慢の大丸髷《おおまるまげ》も水々しく、至極あかるい顔だ。

「おら何遍でもいうだ。お天気さえよければ、人がおおぜい出て歩くべ、出て歩けば腹が空くから、きっとそばが食いたくなるだ。全く今日はありがてえそば日和でごぜえます」

「でも、おそばばかり食べたい人もないだろうし、なんだかあたしは心配で仕様がない」

せっかく開店はしても、もしがらんと手をあけているようでは、お爺さんもお米ちゃんもさぞ張合いがないだろうと、お銀はただそれが気になるのである。

「そんな心配はいらねえだ。正直にうまくて安いそばを食ってもらえば、その中にお客はだんだんついてくるとも」

夢介にしても、開店したその日から客足がつくとは考えられなかった。

が、お天気だからと夢介がいったとおり、人出で賑《にぎわ》う浅草広小路を抜けて誓願寺横丁の小田原屋の前へ出た二人は、思わずあれえと目を見張った。店の前に、昨日まではなかった酒樽と醤油樽とが杉形《すぎなり》に積みあげられて景気をそえ、酒樽の飾りの方には『小田原屋さんへ、新門辰五郎』という祝札がついているし、醤油樽を積みあげた方には同じく『小田原屋さんへ、相模屋政五郎』と出ている。ずい分派手な飾り物の上に、贈り主が一人は土地の新門、一人は土州様お出入りの元締で、二人共当時江戸で俠名《きょうめい》をうたわれている大きな顔だから、こんな小さなそば屋へ、豪勢なもんだな、と人立ちがするほど目につく。

「どうしたんでしょうね、夢さん。昨日帰るまではそんな話もなかったのに」

お銀が呆れて夢介の袂をひいた。

「さあ、おらにも見当がつかねえだ」

小田原屋と書いた真新しい油障子をあけて店へ入ると、もう客が七八人立てこんで、中には座敷へ上りこんで、銚子までつけているのさえある。

「あ、姉さんおいでなさいまし」

紅い帯に紅襷、結綿《ゆいわた》のかかった島田髷も初々しく、頰をさくら色に上気させて忙しく働いていたお米が、顔を見るなりうれしげにはずんだ声を出した。

「おめでとう、お米ちゃん。今日はもっと早く手伝いにくるんだったね」

思いがけない繁昌ぶりに、お銀も嚇とうれしくなってしまったのだろう、もう袂から用意してきた紅襷を出してさっさと掛け始める。

「おや、お前はこの間うち、雷門のとこへ出ていたうどん屋と違うか」

上り框《かまち》へ片あぐらを組んで盛りそばを食っていた二人づれの職人の片一方が、お銀の後から釜場へ入ろうとする夢介の顔を見て、思いだしたように素っ頓狂な顔をあげた。

「へえ、毎度ありがとうごぜえます」

夢介は如才なく大きなおじぎをする。

「今日はお前、ばかに気取ったなりをしてるじゃねえか、ああ、わかった、客に化けて、ここんちのそばの秘伝を盗みにきたんだな」

江戸の職人は皐月《さつき》の鯉の吹流しで、ざっくばらんだからおもしろい。

「違いますだ、ここはおらの伯父貴の家でごぜえます」

「なんだ、親類か。じゃ手伝いって寸法か」

「へえ、これから御ひいきに願いますだ」

「うむ。今も兄弟と話していたんだ。ここんちのそばはいけるってね。ひいきにしてやるぜ」

「ありがとうございます。伯父貴は親の代からのそば屋でございますから、腕はたしかでございます」

「二代そば屋だな、そいつは強気《ごうき》だ。強気っていや、今のいい女はうどん屋のおかみさんかえ」

「へえ、お銀といいますだ」

「どこで拾ってきたんだ。お前にゃ勿体ねえようなかみさんだな」

「ありがとうございます。みんながそういってくれますだ」

客の間からどっと賑《にぎや》かな笑声が上った。釜場へ入ってくると、

「厭だあ、このひとは、なにも御ていねいに女房の名前まで教えなくたっていいじゃありませんか」

と、お銀に睨まれてしまった。

「お爺ちゃん、おめでとうございます」

「やあ、兄さんか、二代そば屋は強気なもんだろう、ざっとこんなもんさ」

釜場に頑張っている向う鉢巻の六兵衛が、威勢のいい啖呵《たんか》を切りながら、外方を向いていそいでうれし涙を横なぐりにしている。

「表へ立派な飾り物ができているだね」

「ああ、そのことさ。親爺にもなにがなんだかさっぱりわけがわからねえ。今朝早く新門の若い者だっていう若衆が五六人で押しかけてきて、いずれ後ほど頭がうかがいますが、今日はおめでとうございます。お店開きに新門からほんの心ばかりの祝物でございます。といってね、店の前へあんな飾り物をして、さっさと帰ってしまった。どう考えても、おれは新門の頭にも、相模屋の元締にも、あんなことをしてもらうわけがねえ、実はお前さんでもきたら何かわかるんじゃないかと思ってね、心待ちにしていたところさ」

「さあ、わかんねえ、おらにも心当りはなんにもねえだ」

「やあ、あんちゃんきたのか、少し出前を手伝ってもらいてえね。こう忙しくちゃ、おいら一人じゃ手がまわらねえ」

そこへ、これも朝から手伝いにきているちんぴら三太が店から風のように飛びこんできた。

「御苦労さんだな、兄貴さん」

「御苦労さんだとも。こう大繁昌じゃ小僧は体が持たねえや。——やあ、姐御さん今日はばかにおめかしで別嬪なんだなあ」

しかし、お銀はただめっと目と口唇で叱っただけで、

「お爺ちゃん、かけ三つおかわり」

と注文を通しながら、出来あがった盛りを膳に取って忙しそうに店へ出て行く。ちょうど時分どきへかかってきて、客は入れかわり立ちかわり、釜が間にあわないほど立てこみ出したので、六兵衛も夢介も、しばらく積み樽の詮議どころではなくなってきた。

三太は出前を担いで駈け出す。お銀とお米とは絶えず、いらっしゃい、毎度ありがとうございます、を繰り返しながら、店と釜場の間を織るように往来する。夢介は帳場をあずかって釣り銭の出し入れに忙しい。そんな最中に、

「繁昌で結構だね」

十徳姿のどっしりと落着いた老人が、店から釜場へひょいと顔を出した。見ると、去年の春駒形の鰌屋《どじょうや》でいっしょになったことがある相政の隠居幸右衛門老人である。

「こりゃ御隠居さん、お久しぶりでごぜえます」

「やっぱりきていたね、夢介さん」

「それじゃ御隠居さん、前の飾り物は御隠居さんがお世話下すったんでごぜえま

すね」

はっと思いあたる夢介だ。

祝いの宴

「なあに、おれがしたというわけじゃねえが、これには少しわけがあってね」

「とにかくまあ御隠居さん、狭いところでごぜえますが、店は立てこんでいるので、こっちへお上りになって下せえまし」

「そうかえ。じゃ、上って祝いそばを一つ御馳走になるかな、こっちが六兵衛さんだね。いや、忙しい最中だ、挨拶は後にして、かまわないからお客さんを待たせないように仕事をつづけておくれ」

六兵衛がいそいで鉢巻を取ろうとするのを、如才なくとめて、隠居は気軽に六畳の帳場へ上ってきた。

「いらっしゃいまし」

お銀が気を利かせて、すぐに座蒲団を運んできた。

「このひとが夢介さんのおかみさんかえ」

「へえ、お銀といいますだ」

「不束者《ふつつかもの》でございますから、どうぞよろしくお願いいたします」

「いや、ちゃんと聞いているよ。おかみさんは貞女でなかなか勇しい姐御だそうだね。少しやきもち妬くって話だが本当かな」

なんでもよく知っているらしく笑っているので、お銀はこの隠居から晴れておかみさんあつかいにされるのがうれしいような恥ずかしいような、小娘のように赤くなりながら、小さくならずにはいられなかった。

「いいえ、御隠居さん、このごろはあんまり胸倉もとらねえし、おとなしくて、とてもいいおかみさんになりましただ」

夢介は相かわらず手放しで正直である。

「あは、は、夢介さんはいいおかみさんを持って仕合せさ。おかみさんもこんな立派な男を御亭主に持ってうれしいだろう。違うかね」

「違わねえです、御隠居さん。おらのような田舎者には全く過ぎた女房でごぜえます」

「厭だ、夢さんは――」

お銀はとうとう逃げ出してしまった。

「おいでなさいまし」

お米がかわって、銚子に焼のりをそえた膳を運んでくる。

「お米ちゃんだね」

「はい。この度はいろいろお世話になりまして――」

一生懸命なところが、ひどくいじらしい。

「なあに、隠居はなんにもしたわけじゃないが、こんなにいいお店ができて、こうして店開き早々から繁昌するというのは、みんなお米ちゃんのお爺ちゃん孝行のおかげさ。誰が見ていなくたって、お天道様は見通しだからね。ああそうか、お酌をしてくれるのか。ありがとうよ」

隠居はうれしそうに酌をしてもらって、

「この酒はきっとうまいだろう」

と、夢介が盃を取るのを待っている。

「それでは、おらもお相伴《しょうばん》させてもらいますべ」

「目出たいな、夢介さん」

「ありがとうごぜえます。なら、小田原屋さんが末長く繁昌するようにと祝って」

老人と夢介が晴々と初盃を飲みほすのを見て、

「みんな、みんな兄さんのおかげです」

と、お米はいそいで袖口を目にあてた。そこから見える釜前で、背中を見せながらせっせと働いている六兵衛が、しきりに洟をすすっている。

「なんにしても、目出たいことだ。お米坊、お店が忙しいようだから、こっちはかまわないでおくれ」

「はい、どうぞ御ゆっくりなすって下さいまし」

「ありがとうよ」

お米はおじぎをして店へ出て行く。

「しかし、久しぶりだったねえ、夢介さん」

「本当に御無沙汰して申し訳ごぜえません。一度あの時の御礼にと思いながら、つい道楽の方が忙しいもんで」

「そのようだね。隠居はどことなくお前さんの道楽というのを耳にしてね、当節おもしろい道楽者だ、その中にはまた逢えるだろうとたのしみにしていたのさ」

そして、こん度の道楽は、新門辰五郎の方から耳に入ったのだという。新門は春駒太夫が大怪我をしたと聞いて、奥山になじみのある芸人のことだから、代理の者を再三見舞いにやった。その春駒太夫の口から夢介の鍋焼うどん屋のことが知れ、事のついでにこのそば屋ができるということもわかってきた。恐らくこれは三太が度々春駒太夫を見舞に行っていたから、その口から知れたものなのだろう。

新門はかねて隠居から夢介の名は聞かされている。その夢介の俠気で地内に住む年寄と孫娘が救われるのだ。どうだろう爺《とっ》つぁん、いわば自分たちの浅草へ孝行娘の徳でうれしいそば屋が一軒できるんだから、一つ景気をつけてやりたいと思うんだが、と新門から相談をかけられた。まことに目出たい話だ。それじゃというので、老人はもう隠居のことだから、倅《せがれ》の相政の名でよろこんで一役買って出たのだという。

「そんなわけでな、今日は後から新門もちょいと顔を出すはずだから、夢介さんから一言礼をいっておいてもらいたいね」

「ありがてえことでごぜえます。けれど御隠居さん、そんなになにもかも御隠居さんのお耳に入っているところから見ても、ひとってものは悪いことはできねえもんでごぜえますね」

こん度のことなど、自分たちのほかには誰知るまいと思っていたのに、夢介は今さらのようにその感が深い。

「全くさ。お天道さまは見通しだとはうまいことをいったもんだ。その後お前さんが深川でどんな道楽をしたか。一つ目の顔大名とどういういきさつがあったか、さてはおかみさんがどんなに惚れていて、どのくらいのやきもちを妬くか、いつということなしに、どこからか耳に入ってくるものな。もっともこの年寄がお前さんの人柄に惚れていて、よく人に噂をしたがるせいもあるんだろうが、それにしても世間というものは広いようで案外狭いもんさ。こん度のことじゃ、お前さんよりもおかみさんの方がお米坊のためにひどく一生懸命だって聞いているが、本当かね」

「へえ、そんなことまで知れているんでござえますかね」

事実そのとおりで、こん度のことだけはあたしに任せておいて下さいと、金の方も一切お銀のふところから出ているくらいだから、夢介はただ目を丸くするばかりだ。

「うれしい話さ。聖人さまの言葉に、徳孤《とくこ》ならずってことがあるそうだが、女はやっぱりつれそう亭主によるものかね。――やあ、お銀姐御がきたぞ、姐御さん、隠居の盃を一つうけておくれ」

老人は上機嫌で、新しい銚子を持ってきたお銀に盃をさす。

「ありがとうございます」

それを神妙に坐ってうけるお銀だ。

「いや、今も亭主にうれしい話だっていっていたところだが、こん度のことはおかみさんが骨を折ってくれたんだってね。隠居からもお礼いわしてもらいます。ありがとうよ」

「まあ、あたしどうしたらいいでしょう」

老人に酌をされて、赤くなっているお銀は、これが一つ間違えば卵の目つぶしを投げる鉄火な女とはどうしても思えない。

「兄さん、なんですか今若いお武家さんが見えて、兄さんにお目にかかりたい、九段といえばわかると、おっしゃるんですけれど」

お米が店から取次いできた。

「九段――」

「夢介うじ、わしだよ」

間ののれんからひょいと顔をだしたのは、九段の斎藤新太郎だった。

「こりゃまあ、若先生」

夢介が江戸へ出てくる時高輪の長門屋で初めて逢って、札の辻で別れて以来二度目の対面である。

「ほう、相模屋の御隠居もまいっておられるな」

「若先生も、祝いそばを食べにきておくんなすったか」

「うむ。八丁堀の市村から話を聞いたもんだから、そんなうれしいそばなら食い逃がせないと存じてな」

「あは、は、それじゃお客さまだ。どうぞまあ、ずっとお上んなすって」

隠居がさっそく座蒲団をなおす。

「お銀姐御、おめでとう。祝いそばもさることながら、貴公はとうとう日本一のいろ男をくどき落したそうだな」

お銀はまた一人敵がふえた形である。しかも新太郎は、おらんだお銀がそもそも夢介を狙った始めからのいきさつをよく知っているのだから、一番強敵である。

「若先生、あんまりずばずば物をおっしゃると、承知しませんから」

「そのとおりでごぜえます。お銀は若先生も知ってのとおり、気の弱い女でごぜえますから、あんまりいじめねえで下せえまし」

夢介が笑いながら新太郎に盃をさして、お銀をかばう。

「ほう、姐御はそんなに気が弱くなったかねえ。そういえば、貴公は、毎晩姐御を抱いて子守唄をうたって寝かせつけるという話だが本当かね」

新太郎は定町廻《じょうまちまわ》りの市村忠兵衛旦那から種が出ているらしいから、とてもかくしきれない。

「毎晩ではごぜえません。おらの道楽がすぎて、姐御さんの機嫌の悪い時だけでごぜえます」

夢介はいつでも正直だ。

「なるほど、その手ですっかり姐御の気を弱くしてしまったんだな」

「若先生、あなたさまはわざわざ今日、夫婦の仲へ水をさしにいらっしゃったんですか」

お銀は赤くなりながらも、躍起になって開きなおる。

「いや、さようではございません。姐御がどうしてこんなによきおかみさんになったか、後学のため秘伝をうかがいにまかり出たのでござって、――無駄言はさておき今日は夢介うじ御夫婦の肝煎りで、この浅草に名物そば屋が一軒できた、お日柄もよろしく、新太郎心から各位におよろこび申上げる。まことにお目出とう、特にこの度は姐御どのが骨を折られたと聞いて、姐御とは特別昵懇《じっこん》のそれがし、ついでながらこの席をかりて衷心から姐御に感謝します。どうもありがとう」

冗談だと思っている中に、いきなり正面を切って大きなおじぎをされ、それは決して冗談ではなく、暗にお前のような世を拗《す》ねた女がよくここまで人間らしくなれたと、誰も彼も心からよろこんで見ていてくれるのだとは、お銀にもよくわかるから、

「厭ですねえ、そんな、そんな――、若先生は」

と、すっかりどぎまぎしてしまって、なんだか涙が出そうになるし、お銀は又しても座にいたたまれなくなってしまった。

「ふうむ、夢介さんは姐御を子守唄で手なずけたのかねえ。これは初耳だ」

逃出すお銀のうしろから、明るい隠居の笑い声が追ってくる。

夢介酔う

新門辰五郎が小田原屋へ顔を見せたのはそれから間もなくで時分どきをすぎた店はやや客も間遠になったころであった。

その新門は意外にも、すっかり旅支度の春駒太夫をつれて入ってきた。

「出かけようとしているところへ、こん度上方へ行く太夫が暇乞いの挨拶にきた

もんだから、ここはまんざら縁のない仲じゃない、いっしょに行かねえかって誘うと、実はあたしもこれからお祝いかたがたお別れにまわるつもりだったっていうんでね」

一通りお互いの挨拶がすんでから、新門はそういってお駒を一同に引きあわせた。

「皆さん、今日はおめでとうございます」

お駒は草鞋をぬがず、土間へ立ったまま小腰をかがめて、ていねいに上り框へ両手を仕えた。多少面やつれはしたが、幸い傷は順調になおって、もうすっかり元気になっているお駒だ。

「飛んだ災難だったそうだが、まあ大難が小難ですんでよかったね」

隠居が一同にかわって挨拶を返す。ありがとうございます、と受けてから、

「兄さん、お目出とうございます」

と、お駒は改めて夢介に笑顔を向ける。

「もう旅をしてもいいんかね。お医者さんによく聞いてみたんかね」

傷がなおったので、近い中に上方へ立つとは知っていたが、今日旅立つとは全く不意討だった。しかし、その不意討の裡《うち》に哀しい心づかいがあるのだとは、誰

よりも夢介が一番よく知っている。

「ええ、もう大丈夫なんです。それに、途中箱根でしばらく湯治をして行こうかと思っているもんですから」

「それがいいだ。決して無理をしちゃなんねえぞ」

「太夫がいなくなると、奥山の客も当分淋しくなるだろう」

隠居が年寄役で、餞《はなむけ》の言葉をおくりながら、別れの盃をさす。そこへお銀が祝い物のそばを膳にのせて運んできた。

「お駒ちゃん、立祝《たちいわい》に一つあがって行って下さい」

「いただきます。姐さんにはずい分お世話になってしまって、御恩は一生忘れません」

「なんですねえ、改って。江戸へ帰ってくれれば、またすぐ逢えるんじゃありませんか。けど、水がわりだけは気をつけて下さいよ。大厄の後の体ですからね」

「気をつけます。姐さんもどうぞお達者で」

「姐御は心配ないな。口が達者なうちは拙者がきっと引受ける」

「また若先生は——」

お銀に睨まれて、武骨な新太郎が無邪気に首をすくめたから、思わず和やかな笑い声が流れる。

「それでは、表に駕籠が待たせてありますので、これで失礼させていただきます。誰方さまもごめん下さいまし」

心づくしの祝いそばに一箸つけて、箸をおいた春駒太夫は、やがてにこやかに立上って別れの挨拶をのべた。

「もう行くかね。そんならせめて門口まで見送ってやるべ」

「では一つ、みんなのお手を拝借しようかね」

隠居の音頭取りで、一同にお米と六兵衛まで加わり、しゃんしゃんしゃんと手締めに目出たく首途《かどで》を祝われた春駒太夫はありがとうございます、とそこは芸人だから泣顔は見せず表へ出て、待たせておいた駕籠にのった。

同じ吉日ながら、一方に開店のよろこびがあれば、一方に別離の悲しみがある、これが世の中というものだろうか。

とんと駕籠が上った時、つかつかと近づいて行った夢介が、黙って紙入を出して、それごと垂の間からお駒の膝の上へのせてやる。お駒がどんな顔をしたか、見送る者の心がほのぼのとあたたかくなる間に、駕籠はとっとと歩き出す。新門をはじめ、珍しい顔がそろっているから、往来の者がみんな立止って見ていた。

春駒太夫の駕籠が見えなくなると、まず忙しい新門が挨拶をして別れ、つづいて新太郎が去り、最後に隠居が、

「お米坊、いまに隠居がきっといいお婿《むこ》さんを世話してやるからな」

と、お米坊をからかいながら、明るい顔をして帰って行った。

入れかわりに、深川の暴れ芸者浜次が、どこから聞いたか夢介の顔なじみの芸者ばかり五六人引っぱって、どやどやと乗りこんできた。

「兄さん、おめでとう。今日は観音さまをかこつけに、お祝いにきましたよ」

「あれえ、誰から聞いたね」

「悪事千里を走るっていいますからね。春駒太夫とのいきさつまで、もう深川へは筒抜けなんです。憎らしい。そうと早く知ったら、あたしたちも毎晩兄さんの鍋焼うどんを食べに通うんだったのにって、地団駄を踏んで見たところで後の祭でしょう。だから、今日はその敵討に、どうしても兄さんにもう一度あの時の箱根の雲助唄をうたわせてやろうって相談して、みんなで押しかけてきたんです」

店の座敷一杯に、花を撒《ま》きちらしたように坐りこんで、そば屋も料理屋も見さかいがないのだから大変だ。

「皆さん、おいでなさいまし。毎度ありがとうございます」

そこへお銀が気を利かせて、今日は店の客なのだから、お米といっしょにさっそく銚子を運んで出る。

「あら、おかみさん、いつぞやはどうもお邪魔いたしました」

自分でわざわざ家まで乗りこんで行って、兄さんをあたしにゆずってくれないかしら、と臆面もなく掛けあえる浜次だから、少しも悪びれない。

「どういたしまして、どうぞゆっくりして行って下さいまし」

「おかみさん、御心配でしょう。春駒太夫なんていう風変りな娘が飛び出したりして」

「いいえ、そのことなら、うちの人は木仏金仏《きぶつかねぶつ》の方ですから、ちっとも心配ないんです」

お銀は落着いて笑っていられるのが、我ながらおかみさんらしくてうれしかった。

「口惜しいねえ。どうかして夢さんをやわらかくする工夫はないものかしら」

「酢を飲ませるといいのさ。兄さんは図体が大きいから五升ぐらい飲ませないと効かないかしら」

「まさか角兵衛獅子じゃあるまいし」

「じゃ、なめくじはどうなの」

「馬鹿だねえ、あれは蛇をとかす薬じゃないか」

他愛もなくきゃっきゃっと笑いこけて、派手で賑かで騒々しいところへ、ふらりと芝の伊勢屋の総太郎が入ってきた。

「やあ、これはこれはおそろいでげすな」

「おやまあ若旦那、おかめばかりですいませんねえ」

「いや、おかめもこのくらいそろえばお見事でげすな」

「いいましたね。若旦那はおかめのお嫁さんを貰ってからすっかり堅くなっちまったんですってね」

「そのとおり——、おかめは徳用でげすな、親切で、やさしくて、情が深くて、第一間男《まおとこ》される心配がない」

祝いにきたのか、遊びにきたのか飲むだけ飲んで、騒ぐだけ騒いで、この一団が引揚げたのはもう夕方だった。

そして、宵からはのれんをおろして、六兵衛が長屋の連中を招いた席へも夢介は坐らせられたので、その夜はおそくお銀につれられて小田原屋を出た時には、珍しく足許がふらふらするほど酔っている夢介だった。

「歩ける、夢さん、駕籠をたのみましょうか」

しっかりと腕へ抱えこむようにして、お銀が心配する。

「大丈夫、鉄《かね》の脇差でごぜえますだ」

「ふ、ふ、そんなふらふらする鉄の脇差ってあるかしら」

「ありがとうごぜえます。夢介は今日とても、うれしくて、ふらふらと酔っぱらったでごぜえます。どうぞ勘弁して下せえまし」

「誰も怒ってやしないじゃありませんか」

「そうかね、本当かね、姐御さん、怒っちゃいねえかね」

「どうしてさ、夢さん」

「どうしてって、おら酔っぱらいでごぜえますからね、今日はうれしくて、こんなに酔っぱらったでごぜえます。誰方さまも、どうか勘弁して下せえまし」

まことに他愛のない夢介だ。更けてほとんど人通りのない並木通りを、惚れた男の初めての酔態を、介抱しながら歩くお銀も、今夜は心ゆたかでたのしい。

「お銀、若旦那もえらくなっただね」

「どうしてです」

「店では女たちと、あんな馬鹿になっていたけど、中途で帳場へきてお爺ちゃんに挨拶した時には、ちゃんと両手をついて、祝儀を出して、この度はお目出とうございますって、ていねいにおじぎをしていたぞ」

「あたりまえじゃありませんか。それというのも、お松さんというぃぉかみさんがついているからです。あの娘はあれで、なかなかしっかり者なんですからね」

「そうでござえます。しっかりしたおかみさんでござえます。おらもお銀姐御というしっかりしたおかみさんが、こうやってついていてくれるから安心でござえます」

「安心して、眠っちまっちゃ駄目ですよ、夢さん。そうよりかかってきちゃ、重くて仕様がありやしない」

「すまねえこってござえます。おら今日はうれしくて、酔っぱらったでござえます。そうだお銀、おらこん度おかみさんを少し抱いて歩いてやるべ」

なにを思い出したか、急に夢介がしゃっきりと往来の真ん中へ立止ったのである。

お銀夢介

躍る天水桶

「駄目ですよう。抱いて歩いてやるったって、そんなに酔っているんだもの、あぶないじゃありませんか」

駄々っ子のように暗い往来の真ん中へ立ちはだかって、ふらふらしている夢介を見あげながら、お銀はなにをいい出すんだろうといいた気に目で笑った。

「遠慮はいらねえだよ、姐御さん」

夢介はお銀の肩をつかまえて放さない。

「いいから、お歩きなさいってば、いくら夜道だって人が見たら可笑《おか》しいもの」

「ちっとも可笑しくねえだ、おらが姐御さんを抱いて子守唄をうたうの、もうみんな知ってるもんな。かまわねえから、うんとうらやましがらせてやるべ」

「ころぶとあぶないからさ」

「なあに、おら大丈夫ころばねえだ」

酔っているから夢介はかまわず、両手でひょいとお銀を抱きあげて、もうさっさと歩き出した。

「厭《いや》だなあ」

しかしお銀はいそいで左手を男の首へからませながら、あんまり厭でもなさそうな甘い声である。少しもあぶなげのない底抜け力だし、夜更けの暗い道で人目に気兼ねはいらないし、逞《たくま》しい胸へ抱かれてゆらゆらと揺られて行く、まるで夢のようだ。

「楽かね、姐御さん」

「誰かこやしないかしら」

「誰がきたってかまわねえさ。おらのお嫁、今日は一日中よく働いてくたびれているから、その褒美《ほうび》に楽をさせてやるだ。眠たければ眠ってもいいぞ、お銀」

歩きながらうれしそうに抱きしめて、急に頬ずりする夢介だ。酒に感情が波立っているらしく、いつもよりすることがいささか荒っぽい。

「髪がこわれるから――」

「こわれてもいいだよ」

「胸が、胸が苦しくて」

しっかりと抱いている男の手が、脇の下からまわって、なんとなく乳房の上を押えつけている。苦しいとは嘘で、その圧力がそのまま男の愛情であるかのように、お銀は幸福で胸が切ないほどはずんでくるのだ。

「おら今夜は酔っぱらいでごぜえますからね、誰方《どなた》さまも勘弁して下せえまし」

夢介は一人で浮々しながら、又してもふざけるようにぐいと抱きすくめて、口唇を押しつけてくる。

「ねえ、お駒ちゃん今ごろ、どこへ泊っているかしら」

自分が仕合《しあわ》せだと思うにつけても、お銀はふっと今日別れぎわの淋しそうだった春駒太夫の姿を思いうかべずにはいられない。

「太夫さんも傷がなおったし、お米坊のお婿《むこ》さんもみんなが心配してくれるし、お銀姐御さんはいいお嫁になれそうだし、今日は本当にお目出たい日でごぜえます」

口先だけじゃないかしら、とそっと男の顔色へ目を光らせかけて、いや、そんなことを疑いたくなるだけ、あたしはまだ罪が深いんだとお銀は気がつき、

「そうね、お目出たい日にはみんなでよろこんで、悲しい人には早く仕合せがくるように、それさえ忘れなければいいんだわ」

と、半分は自分にいい聞かせながら、妙に泣きたくなってくる。

「お銀、子守唄うたってやるべかな」

夢介はなにもかも忘れているようだ。そして、小声でたのしそうに箱根の雲助唄を口ずさみ始める。

「目出た目出たの、若松さまよ――」

諏訪町通から蔵前へ、全く人通りの絶えた二人きりの往来だった。今は黙って鄙《ひな》びた街道唄を聞いている中に、お銀はかつての日魂のよりどころもなく、一人で強がって、旅から旅をあばずれて歩いていた自分の哀れな姿が思い出され、甘い涙にさそわれて、

「夢さん、棄てちゃ厭だ」

とうとう男の胸へしがみついてしまった。

が、そのお銀が、ぎょっと顔をあげた。

ひたひたと殺気を含んだような数人の足音が耳についたからである。

「あれえ、なんか用かね」

夢介がお銀を抱いたまま、のそりと立止った。やがて天王橋の近くで、手拭を盗人《ぬすっと》かぶりにしたごろつき風の男が五六人、闇に黒々と往来をふさいで行く手へ立ちはだかったのだ。

「やい、天下の往来をなんだそのざまは」

先頭の長脇差をさしている奴が、憎々しげに顎をしゃくって睨みつける。

「これ、おらの大切なお嫁でごぜえます。親方さん、妬《や》かねえで通して下せえまし」

「ふざけるねえ。誰が妬くもんか」

「あれえ、間違ったかな。おら今夜少し酔っぱらっていますで、間違ったら勘弁してもらうべ」

夢介は平気で、お銀をおろそうとしない。

「やいやい、その女をおろさねえか」

「なあに、おらまだくたびれねえです」

「いいから、おろせといったらおろせ」

「おろすとどうなるんだね」

「その女にちっとばかし用があるんだ。黙ってこっちへ渡してもらおう」

わしますだ」

「おことわりしますべ。おらのお嫁、気が弱いから、少し荒い真似すると目をま

「この野郎、おとなしく出りゃおれたちをなめる気だな」

長脇差は凄むように、ぐいと一足踏み出した。夢介は遠慮なく一足さがって、

「飛んでもねえこった。おら決して親方さんなんかなめたくねえだ」

と、けろりとして笑っている。

「やい、田吾作《たごさく》、へたに強情を張ると、命がねえぞ。おれたちは伊達や酔狂でここに網を張っていたんじゃねえ。さあ、その女を素直にこっちへ渡すか、どうだ」

「お銀、ここでしばらくおとなしくしているだ」

なんとなく人家の軒下まで追い詰められてきた夢介は、そこの大きな天水桶の上へひょいとお銀を腰かけさせておいて、それを背でかばうようにならず者たちの方へ向きなおった。

「間違ったら勘弁してもらいますべ、お前さまは福井町の鎌五郎親分でごぜえますね」

「その鎌五郎ならどうしようっていうんだ」

さすがに人の家の前だから、鎌五郎の声は低い。

「親方さん、この間はお銀が手荒い真似してすみませんでごぜえました。あの時はちっとばかり気が立っていたもんで、その後はすっかりおとなしくなりましただ。どうぞ勘弁してやって下せえまし」

夢介は両手を膝までさげて、ていねいにおじぎをした。

「ならねえ。女のくせに目つぶしなんか使いやがって、後で聞きゃ、その女はただのあまじゃねえんだってな。そうとわかって黙って引っこんでいちゃ男の顔が立たねえ、今夜はどうでも引っ担いで行って、その綺麗な面へ焼《やき》を入れてやらなけりゃ承知できねえんだ。怪我をしたくなかったら、おとなしくどけ」

悪党の意地とでもいうのだろうか、こっちをおらんだお銀と承知の上で、鎌五郎は妙な理窟をこねながら殺気立っている。

天水桶に腰かけさせられたお銀は、目の前に敵を見ると、ついおらんだお銀の本性が出る。ふうんだ、間抜けだねえ、散々目つぶしを食った後で威張ったって、誰がおどろいてやるもんか、引っ担いで行けたら、引っ担いで行ってごらんよ、と素早く髪の銀簪《かんざし》を抜いて逆手に取りながら、あっ、これがいけないんだ。あたしはもういいおかみさんになったんだから、と気がつき、あわてて簪を髪へ戻す。

「親方さん、そんなことはいわねえで、今お銀にあやまらせるだから——、なあ、お銀、早く親方さんにあやまってしまうがいいだ。あやまってくれるな」

「あやまります」

お銀はひらりと天水桶から身軽に飛びおりてしまった。こんな荒っぽい真似をしないで、夢さんに抱いておろしてもらうんだった、と後悔したが間にあわない。

「親方さん、もう決して生意気な真似は慎みますから、この間のことは、どうぞ堪忍して下さいまし」

「ならねえ、前へ出ろ、あま」

笠にかかって詰めよる鎌五郎だ。

「おお恐い。夢さん、助けてえ」

つい馬鹿らしくなって、お銀は茶化すように夢介の背中へかくれて見せた。

「吐《ぬか》しやがったな。おい、かまわねえからあまを引っさらえ」

「合点だ」

お先っ走りが二人ばかり、今夜は目つぶしを持っていないと見て安心したのだろう、躍りこんできて夢介を掻きのけようとした。

「乱暴してはいけねえだ」

その二人の胸をどんと突き放したのだが、酔っているからうっかり手に力が入って、

「わあッ」

というと二人共、まるで跳飛《はね》ばされたように後ざまによろめき飛んで、味方の中へ他愛もなく尻餅をついてしまった。

「やりやがったな、野郎」

「面倒だ、やっちまえ」

残る三人がてんでに匕首《あいくち》を抜いて、襲いかかろうとする。近づけては怪我をすると見たとたん、夢介の手がとっさに大きな天水桶の縁にかかって、一石も入っているだろうと思われる水を、いきなりどっと三人の足許へぶちまけた。

「わっ、畜生」

半身濡れ鼠になって横っ飛に逃げる奴、足をさらわれて突んのめって、頭から水をかぶる奴。

「うむッ」

嚇《かっ》となった鎌五郎は狂気のように長脇差を振りかぶった。

「あぶねえだ、親方」

踏んごもうとする足許へ、こんどは力一杯天水桶をころがしてやる。

「わあっ」

重い天水桶は容赦もなく鎌五郎を仰向けに引っくり返して、その上をころげ抜け、起き上ろうとする乾分《こぶん》たちをまた押し倒して、ごろごろと広い往来の真ん中にころがって行く。

「さあ、逃げるだ、お銀」

その間に夢介はお銀の手を取って、どんどん天王橋の方へ駈け出していた。全くあっという間の勝負だったのである。

朝の喜劇

翌朝、目をさました夢介は、まだ体中に酒が残っているようで、ひどく頭が重かったが、なんだか夢の中で飛んだいたずらをしたような気がして、ああ天水桶をころがしたぞ、とたちまち思い出した。いや、それだけじゃない。実はそれよりもっと大変ないたずらをしていた。あれから家へ帰って、散々お銀をからかったり困らせたりして、一人でよろこんでいる中に、とうとう本当のお嫁にしてしまったのである。

——さあ、困ったぞ。

無論好きで夫婦になる気でいたのだから、その点は別に後悔はしない。が、一度小田原へ帰って、ちゃんと親父さまの許しを得てからと、かたく心にきめ、お銀にもそういい聞かせてあるだけに、酒にうかされてしまったのが、男としてなんとも恥じ入る。

——おら昨夜はたしかにけだものになっていた。

かえって、心のどこかであばずれだときめてかかっていたお銀の方が、いざとなると当惑したように体中を固くして、まるで生娘《きむすめ》のように美しかったのが、白々と目に残っている。

「お銀、おらのお嫁になるの、厭なんか」

けだものは吠えた。抱きすくめられて、小さくなっているお銀が、胸の中で喘《あえ》ぎながらかむりを振る。

「そんなら、おらのお嫁にしてやるべ。お嫁ってもんは、おとなしくいうこと聞くんだぞ」

けだものは有頂天になって吠え狂いながら、どうしてもお嫁の真っ白な肌をあらわに引き剝がなければ承知できなかった。

――困ったなあ。

そんなことが次から次へと思い出されて夢介はなんとも引っこみがつかない感じだ。今さら頭から蒲団をかぶってみたが追っつかない。

廊下に耳なれた足音がして、やあ、来たぞと首をすくめている中に、さらりと障子があいた。

「まあ、大変な寝相ねえ。まだ眠っているのかしら」

そっと枕許へ坐って、頭からかぶっている蒲団をなおしながら――。

「あら、起きてるじゃありませんか」

「――ぐう、ぐう」

「厭な人。目がさめたんなら、早く御飯にしてくれなくちゃ、いつまでも片附かなくて」

お銀はもう念入りに朝化粧をして、しっとりと落着いている。

「お早うごぜえます。姐御さん」

綺麗に取り澄していると、やっぱりからかってみたくなる夢介だ。

「起きて下さいってば」

「頭が重くって、起きられねえだ」

「あんなに酔っぱらうんですもの。二日酔いしたんでしょ」

眉をひそめながら、冷たい手を額へあててくれる。

「少し揉んでみましょうか」

「おら昨夜、どこかの天水桶ころがしたっけね」

「ええ」

「ころがしっ放しにして逃げてきたけど、悪いいたずらしたもんだ。後で行って、よくあやまってくべ」

「そうですね。あの時は仕様がなかったけれど、やっぱりあやまってきた方がいいわ」

「それから、姐御さんに悪いいたずらしたようだっけな」

「厭、そんなこといっちゃ」

見るみるお銀の顔が赤くなって、いそいで男の目へ蓋《ふた》する。

「おら酔っぱらっていたで、勘弁してやって下せえまし」

「じゃ、夢さんは、夢さんは昨夜のこと――」

さすがに後が口に出ず、真剣な息づかいだ。

「違うだよ、お銀。おら酔っぱらったから、冗談でお嫁にしたんでは決してねえだ。好きだからお嫁にしたんだけど、ただ酔っぱらって、けだものみたいにお嫁にしてしまったの、すまなかったと後悔――」

「厭、厭、もういわないで」

その口までふさいで、押えつけて、

「なにされたって、あたし、あたしはお嫁さんだもの――きっと、いいおかみさんになるから、棄てないで」

と、耳許へ哀願しながら、犇《ひし》と頬をすりよせ、あれえ、なにが生ぬるいんだろうと思ったら、いつの間にかお銀がひっそりと泣いていたのだ。

「なあ、お銀、おらたち一度小田原へ帰るべ」

その背中をさすってやりながら、夢介が思い立ったようにいった。

「どうして、夢さん」

お銀がはっと、濡れた顔をあげる。

「おら、親父さんに黙ってお嫁を貰っては申し訳ねえし、姐御さんだって、天下晴れておらのお嫁になった方がうれしかろ。どうだね」

「そりゃその方がうれしいけど、今帰ったら、お米ちゃんやお松つぁんががっかりしやしないかしら」

　たしかにそれもあるが、それよりお銀は前身があるだけに、国の親父さまに逢うのが恐いのだ。旧家だというし、田舎の人は物堅いから、そんな女は伜《せがれ》の嫁にするわけにはいかねえ、と叱られるようなことがあったらどうしたらいいだろうと、今に始ったことじゃない、前からそれが瘦《や》せるほど苦労の種になって仕様がなかったのだ。

「ねえ、どうしても帰らなけりゃいけないの」

「うむ。お床入《とこい》りの方が先になっちまったけど、やっぱり一度親父さまに高砂を謡ってもらわなけりゃ、きまりがつかねえもんな」

「そうかしら、あたしは高砂やなんかより、あんたの雲助唄でたくさんなんだけど」

「そうもいかねえさ。おらたちばかりよろこんでいねえで親父さまにもよろこんでもらうべ」

「よろこんでくれるかしら、こんなお嫁」

「よろこんでくれるとも」

至極あっさりそういわれると、本気なのかしらと、お銀は一層心配になる。

「ねえ、もし、もしそんな女、伜のお嫁にできないっていわれたら、どうするの夢さん」

「どうもしねえだよ、もし、もし親父さんが不承知でも、承知するまで待つのさ。おらのお嫁はお銀のほかにねえもんな。おら本当にお銀が好きなんだから、これだけは親父さまにも勘弁してもらいますべ」

「本当、夢さん」

「本当だとも、そのかわりなお銀、もし、もしお前が悪いお嫁になると、おら刈《かる》萱《かや》さんみたいに、坊主になって、高野山へのぼってしまわなけりゃなんねえ。いいか、おらが刈萱さんになっちまうと、いくらやきもちを妬きたぐても、もう手がとどかねえからな」

「厭だあ、そんなこといっちゃ」

「厭でも仕様がねえさ。高野山は女人禁制《にょにんきんせい》だもんな」

「かまうもんか、あたしはどこへだってついて行ってやる」

お銀は情なくなって、いきなり上から男の首っ玉へしがみついてしまった。

「あれえ、高野山は女人禁制だっていうのに」

「誰が、誰がそんなことをきめたんです」

「弘法大師という偉い坊さんがきめたのさ」

「そんな、そんな薄情な坊さん追い出してやるからいい」

「そうはいかねえだ。そんなことすれば、罰が当って目がつぶれちまうだ」

「目がつぶれたって、足があります」

「その足は石にされちまうだ」

「そんなことしたら、女の一念で食いついてやるからいい」

「痛いッ、そりゃおらの耳だよ、姐御さん」

口惜しがって、お銀は耳へ噛みついて放れない。いや、口惜しいというより、もし夢さんが本当に坊さんになるようなことがあったら、どんなに悲しいだろうと、自分が恐しくて、放れられないのだ。

「あやまるだ。もう決して石にしねえから、放して下せえまし」

「坊さんになっちゃ厭だから」

「たいていならねえです」

「厭、厭、あんたを坊さんにするくらいなら、あたし死んじまう」

「困ったなあ。姐御さんが死んだら、それこそおら悲しくて、どうしても坊さんになりたくなるもんな」

「どうしてあんた、そう意地が悪いのよう。あたし泣くから」

そして、本当に小娘のように泣き出すお銀を、しっかりと抱いてやっている中に、又しても平気でけだものになってしまったのだから、夫婦の世界は別のようだと、夢介は我ながら不思議な気がしてきた。

吉か凶か

「とにかく、おら昨夜の家へ行って、天水桶を引っくり返しっ放しにしてきたお詫びをしてくべ」

朝飯がすむとすぐ、そういって出かけた夢介を玄関まで送り出し、長火鉢の前へ戻ったお銀は、うれしいような、不安なような、女ってどうしてこう苦労性にできているんだろうと、ため息をつかずにはいられなかった。

あんなに望んでいた男の真実を、こんな風に簡単に体へうけられようとは、全く夢のようである。それだけに、本当をいえば、昨夜はなんとなく恐かった。自分はどうされたって、好きな男のすることだからかまわないけれど、後で酒の上だったと後悔されたらどうしよう、それが心配で、後生楽《ごしょうらく》にも散々自分をおもちゃにしたあげく、平気で高鼾《たかいびき》をかき始めた男の胸へ、いつまでも縋《すが》りついていたのを、あの人は少しも知らないだろう。

だから今朝、ふいにあやまられた時は、本当にどきりとしてしまった。男というものは、女の体を知ってしまうと急に情熱が冷めて、そこで好き嫌いの区別がはっきりつくものなのだ。

が、あの人はやっぱり、そんな薄情な男ではなかった。むしろお銀もまた、一度許しあった夫婦の間というものはこんなにも他愛なく情熱に狂えるものかと、今朝初めて経験させられて、女だからひどく恥ずかしかった。いや、ひどくとはいいすぎで、至極自然のことのように満ち足りた気持だったという方が本当だ。そして、その後でけろりとして小田原へ帰る話がまじめに繰りかえされたのである。

「お銀、明日立つべかな」

「明日――。この家はどうするの」

「このままにして、大家《おおや》さんにたのんで行くべ」

あの人も、ことによると親父さまは許してくれないかも知れぬと覚悟していて、

もし許されなかったらここへ帰ってくる気だとは、聞かなくてもわかっているので、

「あたしはどっちでも、もうあんた次第なんですから」

と、お銀は乱れた髪をなおしながら、素直に答えていた。

事実、今となっては何事も男を信じてまかせ切って、そのいうなりに生きて行くよりどうしようもないお銀なのだが、そういう大きな男の愛情を、まだ体中にまつわりついて消えないほのかな今朝の体臭といっしょに、こうして一人でしみじみ噛みしめていると、それではあんまり申し訳ないような女としての反省が、静かに胸へうずいてくるのだ。

――愛《いと》しい男が、親に勘当されるのを、あたしは黙って見ていられるだろうか。

いや、黙って見ていていいのだろうか。

そんなこと、とてもできやしない、と思う。できないとすれば、自分から身をひくより仕様がないじゃないか、あたしさえ我慢すれば、なにもかもうまくおさまるんだもの。

――いいわ、夢さん、もしその時がきたら、あたしはそっと身をひいてあげる。あんたを親不孝者になんか、決してしやしない。

それが女の真実だと思うと、お銀は涙をこぼしながら、あたしはきっとそうして見せると、心に誓わずにはいられなかった。

――でもあの人、あたしが急に身をかくしたら、坊さんになるなんて騒ぎ出すんじゃないかしら。

それとも、たいていはならねえです、などと空《そら》っ恍《とぼ》けて平気で他からお嫁でも貰ってしまったらそれこそあたしの立つ瀬がありゃしない。

「厭だなあ、どうしてあたしはこう気苦労が絶えないんだろう」

思わず辛気《しんき》くさいため息が出た時、がらりと玄関の格子があいた。そのあけ方で、ああ三ちゃんだ、と思う間もなく、ちんぴら三太ががらっぴしゃと手当り次第に戸障子をあけてしめて、もう風のように飛びこんできた。

「いけない子ねえ。人の家へくる時は、もっと静かに入ってくるものよ」

お銀が笑いながら睨みつける。

「じゃ、盗人《ぬすっと》のように音を立てねえで入ってきてもいいかえ」

相かわらず負けずぎらいの三太だ。

「そんなのもいけないけれど――」

お銀はなんとなく頬が赤くなる。そんな真似をされて、もし見つかっては恥ずかしい本当の夫婦に、昨夜からなっている二人なのだ。

「あれえ、姐御さん赤くなったぜ。安心してくんな。おいらの方が顔負けしちゃ困るから、その時は咳払《せきばら》いをするでござんす」

「生《なま》おいいでない」

「あんちゃんいねえな。どこかへ出かけたのかえ」

「ええ。ちょっと蔵前まで行ったんだから、もう帰ってくるわ」

「ふうむ。またあんちゃん、蔵前へ新色《しんいろ》でもこさえたのかな」

三太は小生意気な顔をして、わざと外方《そっぽ》を向く。

「大丈夫よ。うちの人は堅いんだから」

今日から本当にうちの人といえるんだから、お銀はうれしくて、つい甘ったるい声になりたがる。

「どうだかわかるもんか。どうしてあんちゃん、ああ女に惚れられるんだろうな」

「きっと親切だからでしょう」

「その親切が罪つくりなんだな。お駒ちゃん昨日、駕籠ん中で泣いていたっけ」

「お駒ちゃんが――」

たぶんそうだろうと思っていただけに、ぎくりとするお銀だ。

「おいら日本橋まで送って行ったんだけど、お駒ちゃん大切そうにあんちゃんに貰った紙入を抱いて、何度もあたしの夢さんて、頬ずりしていたぜ」

「そうお――」

「あたしはどうしても夢さんが忘れられない、だとよ。今夜はこの紙入を抱いて寝るんだ、とよ」

「そうお――」

「あんちゃんも、別れぎわに紙入をやるくらいだから、まんざらじゃねえんだろうな、きっと」

「そうねえ」

「おいら、お駒ちゃんからあんちゃんに大変な言伝《ことづて》をたのまれちまったんだ。とても大変な言伝なんだけど、たのまれりゃ仕様がねえもんな。あんちゃん、早く帰ってこねえかな」

「もうすぐ帰ってくるから、待っていてやって下さいね」

お銀はお茶を入れて、お茶菓子を出して、落着き払っている。

「姐御さん、もうやきもちはやめたのかえ」

「やめたわ」

「やめなけりゃいいのになあ」

「どうして」

「たまには前のようにあんちゃんの胸倉をとって見せてくれなくちゃ、詰《つま》らねえや」

「悪い子ねえ、小田原へつれて行ってやらないから」

「あれえ、小田原へ帰るのか、あんちゃんは」

目をぱちくりさせて、こん度は三太の方がびっくりしたようだ。

「明日立つことになっているのよ」

「明日――。姐御さんも行っちまうのかえ」

「ええ。三ちゃんもつれて行くって、うちの人はいっているのよ」

この子だけはまだ宿なしでいる。ぜひそうしてやりたいと思うお銀だ。この子も自分と同じように、あの人がついていてやらなければ、また悪の道へ戻ってしまうだろう。

「おいらどうしようかな」

「お百姓は厭なの」

「姐御さんも肥《こえ》たご担《かつ》ぐのかえ」

「担ぐわ。うちの人といっしょなら」

「ちぇっ、のろけてらあ。どうせ臭い仲でござんす。おいら帰ろうっと」

「駄目よ。帰っちゃ、いまうちの人が帰ってくるじゃありませんか。お駒ちゃんの大変な言伝もあるんでしょ」

「もう詰らねえや。さいならでござんす」

ぷいと出て行こうとするのを、あわてて玄関まで追いかけて行って、

「お待ちなさいってば――」

その片意地な肩をつかまえた時、くぐりがあいて、ぬっと白毛頭が入ってきた。

「あっ――」

お銀はその顔を一目見て、思わず息をのむ。小田原の爺や嘉平なのだ。

「三ちゃん、いい子だから奥で待っててて――」

「誰だえ、あの爺い」

「うちの人の田舎の爺やさんなの」

ただならぬお銀の顔色を見てとって、三太はするりと茶の間へ消えて行った。

「ごめんなせえよ」

その間に嘉平は格子をあけて、相かわらず怒ったようにもそりと玄関へ入ってきた。前に一度喧嘩別れをしているだけに、お銀は恐い。いや恐いというより、田舎からまたどんな用を持ってきたか、いずれいい話でないにきまっているのだから、不安に胸がふるえる。

「お出でなさいまし」

しかし、前と違って、今日は身も心も夢介のおかみさんになり切っているのだから、落着かなくちゃいけないと、とっさに覚悟をきめて、お銀はしとやかにそこへ両手をつかえた。

嫌な話

「若旦那はいなさるかね」

玄関の土間に立った嘉平爺やは、むっつりとした顔つきだ。

「ちょいと今出かけていますけれど、すぐ帰ってくるでしょうから、どうぞお上り下さいまし」

今日はどんなに意地悪く出られてもきっとおかみさんらしく振舞って、悪態などは決してつかないつもりだから、お銀はひどく愛想がいい。

「そうもしちゃいられねえだ」

嘉平はじろりとお銀の顔を見ながら、呟《つぶや》くようにいう。この間のお銀なら、そんならお暇の時にでもまたお出でなさいまし、とあっさり喧嘩腰になるところだろうが、

「でも、せっかくお出でになったのに、すぐ戻るでしょうから」

と、落着いて挨拶をしてみると、我ながらおかみさんらしくなったような気がしてきてたのもしい。

「それじゃここで、しばらく邪魔させてもらうべ」

なんと思ったか、嘉平は玄関先へもそりと腰をおろしてしまった。

お銀はいそいで座蒲団を運び、かまわないでくれというのを聞き流して、お茶をいれに行く。茶の間へ寝そべって頬杖を突いていた三太が、そういうお銀をおもしろそうに目でからかっていた。

「爺やさんは、あれからずっと江戸だったんですか」

どうせ憎まれている女だから素直な返事はしてくれないだろうとは思ったが、

一人で放っておくわけにも行かないから、お銀はそこへ坐って話しかけた。

「ずっとこっちにいて、お前さまの様子を見てただ」

これは意外な返事である。

「まあどうしよう。あたし何か悪いことしたかしら」

さすがにどきりとして、なによりそれが気になるお銀だ。

「若旦那にも困ったもんだ」

「どうしてでしょう」

「夜泣きうどんの真似やったり、昨夜はまた喧嘩して、天水桶をころがしたり、あんまり物好きすぎるでねえか」

するといい気になって往来を抱かれて歩いたのまで見られていたことになる。

「すいません、あたし――」

「いや、お前さまを咎《とが》めるわけではねえ。けど、ああ物好きではあぶなくて、江戸へおいておけねえだ。わしが見たのだけでも、もう三度も喧嘩してるだ。みんな自分からしたことではねえ。と云訳するかしれねえが、どっちからしても、しかけられても、喧嘩のあぶねえことに変りはなかろ。つまりは自分が物好きだから、どうしても敵ができるだ。長く江戸においても、間違いがおこってからでは間にあわねえら、わし今日はなんでも小田原へつれて帰る気で、意見しにやってきただ」

　一徹に思い詰めているらしいのが、顔色でもよくわかる。

「あの人、もう勘当されているんじゃなかったのかしら」

「そうは行かねえだ。一人息子だもんな」

　だって、この間は勘当してやるといったじゃありませんか、と今さら言葉尻を取って見たところで仕様のない話だし、お銀はとうとうくるところへきてしまったような不安に蒼ざめながら、黙ってうなだれてしまった。できれば後の話は聞かずに、耳をふさいで逃げ出したい。

「ああいう物好きな若旦那の嫁には、お前さまのような変った女がちょうど似合いかも知れねえ。一通り世間は渡ってきているようだし、意地が強いから、好きな男のためならどんな辛抱もする気でいるだろう。正直にいうと、わし感心していることもあるだ」

　まんざらお世辞でもなさそうなので、後が恐いと思っていると、果して、

「けどな、田舎者は物堅いで、そりゃ大旦那さまは一人息子のことだから、承知しねえこともなかろうが、御親類中が難しかろうと思うだ。下手すると、なんの

かんのと、気の弱い女ならいじめ殺されねえともかぎらねえだ」

と、太い眉をひそめて見せるのだ。

馬鹿らしい、いくら御親類中さまだって、そんな田舎っぺなんかにあたしが負けるもんか、とお銀は肚《はら》の中でせせら笑いたくなったのが、つい顔色に出たか、

「もっとも、お前さまの気性では、御親類中を向うにまわして、目つぶしぶつけてまわるかも知れねえだな」

嘉平はそんな皮肉を口にして、にやりと苦笑いをうかべた。

「まさか、そんな馬鹿な真似もしませんけれど、どんな無理をいわれたって、あたしさえ辛抱していれば、いつか無理の方が引っ込むんじゃないかしら」

「そりゃ理窟をいえば、まあそんなもんだが、田舎では嫁の里の家柄というのが、ひどくやかましくてな、少し身分が違ってもすぐ嫁いびりの種にしたがるだ、お前さまにはそのいびられる種があんまりありすぎるで、お前さまは辛抱しても、御親類中からいびりつけられては、それを聞いている大旦那や若旦那の方がどうにもたまらなくなるべ。わしそれが心配でなんねえだ」

「――――」

それをいわれると一言もないお銀だ。

「わし赤ん坊の時からおぶって育てたで、若旦那は自分の子のように可愛いだ。手前勝手のようだが、その若旦那がなんでお前さまのような女が好きになったか、情ねえだ。いっそお前さまが悪い女なら、どんな憎まれ者になっても生木裂《なまきさ》いて見せるだが、今のお前さまはいじらしくて、それもできねえ。どうしていいか、わし全く途方にくれているです」

しんみりとした顔つきになって、悪くとれば、人をおだてて、別れてくれという謎をかけているとしか思えない。

「爺やさん、あたし死んだって、あの人とは別れませんからね」

そんな泣き落しになんかかかってたまるもんかと、お銀も今は必死である。

「そうだろうとも、無理はねえ。わしの口からはとてもそんな罪なことはいえねえだ。若旦那も勘当された方がいいと考えているんではなかろうか」

「そんなことありません。あの人は明日、あたしをつれて小田原へ立つといっているんです」

「ふうむ、明日ねえ」

これはちょいと意外だったらしい。

「大旦那のお許しをうけに行くんだといっているんですけれど、この家はそのままにして行くといいますから、もし御親類中がうるさかったら、また江戸へ帰ってくる気じゃないんでしょうか」

「そうかね、それはいい考えかも知れねえな」

案外簡単にうなずかれてみると、お銀はやっぱり不安になる。

「ねえ爺やさん、大旦那はあの人が江戸で暮すの、許してくれるでしょうかね」

「そりゃたった一人の伜だもんな、お前さまに奪われて、別々に遠く離れて暮すとなったら、肚ん中ではさぞ歎くべ。けど、よく物のわかった人だから、自分の辛いのはいくらも我慢して、黙ってくれるだ。もしそうなったら、その深い親の恩を決して忘れてはなんねえぞ」

「忘れません、あたし」

「そんならいいだ。そうと話がわかったらわし今日は若旦那に逢わずに帰るべ。どうせ明日は小田原へお供するようになると思うで、帰ったら若旦那によろしくいっておいてもらいてえだ」

嘉平は急にもっそりと立上る。

「爺やさんはどこへ泊っているんです」

「芝の伊勢屋さんに厄介になっていますだ。じゃまた明日お目にかかりますべ」

爺やはていねいにおじぎをして、玄関を出て行った。その後姿が気のせいか妙に沈みこんで見えるのはどうしたことだろう。

女の悲しみ

「姐御さん、ほんとに明日小田原へ立つんか」

お銀が茶の間の長火鉢の前へかえると、縁側へ出て日向ぼっこをしていた三太が、外方を向いたまま不機嫌そうに聞いた。

「ええ」

お銀もなんとなく重い気持で、火鉢の縁へ肘をついてその手で額をささえてしまった。

御親類中なんかどう鯱《しゃっちょこ》立《だ》ちしたって、恐くもおかしくもない、と思う。けれど、そのために父一人子一人のあの人を、父子別々に暮らさせなければならないとしたら、あたし一人のためにそんなことをさせて、女の道が立つだろうか。

あたしさえ身をひけば、なにもかも丸くおさまる、そういわぬばかりの爺やの口ぶりだった。無論爺やはどうか別れてくれと、あたしにいいたいのだろう。

——厭だ、別れるなんて。

お銀は胸が一杯になってくる。別れるくらいなら死んじまう方がましだ。いっそ死んじまおうかしら。死ぬことなんか、なんでもありやしない。

が、一度吾妻橋から身投げをしようとして、鎌いたちの仙助に助けられているお銀なのだ。死ぬ命を生きて、どうか可哀そうなお米や三太の力になってやってくれ、とくれぐれもたのまれているお銀なのだ。第一あたしが死んだら、あの人は高野山へのぼって坊さんになるかも知れないと、今朝話していたばかりである。あの人あんなに情《じょう》が深いんだから、本当に坊さんになってしまうかも知れない。

——うれしいわ、夢さん。

じいんと胸が熱くなってきて、それだのに別れなければならないなんて、なんて因果な二人なのだろうと、あやうく涙がこぼれそうになる。

あの人を坊さんにしないで別れるには、あの人の嫌いなことをして愛想をつかされるか、こっちから愛想づかしをいって怒らせるか、どっちかなのだ。

——愛想づかしだなんて、そんなこととてもあたしにはいえそうもない。

でも、別れる方があの人の身のためだというのなら死んだ気でそれを口にしなければならないのである。

「三ちゃん、あたし小田原へ行かないかも知れないわ」

　お銀は思い悩みながら、ふと淋しい顔をあげた。

「へえ、御親類中が恐くなったんか」

　三太が顔色をうかがうようにして冷かす。

「それもあるけど、考えてみると、肥たご担ぐなんて、あたしにできそうもないもの」

「そいつはおいらもあんまり感心しねえな、あんちゃんにもすすめてみなよ。田舎より江戸の方が余っぽどおもしろいじゃねえか」

「そうも行かないでしょう。あの人には田舎に阿父つぁんがあるんだもの」

「ふうん、じゃ、あんちゃんが田舎へ帰って、姐御さんがこっちへ残るとなると、夫婦別れってことになるんか」

「そんなことになるかも知れないわ」

「厭にあっさりしてやがるんだなあ」

　三太は小生意気なあぐらをかいて、何か腑に落ちない顔つきである。

「ああわかった、姐御さん今朝、何かあんちゃんと夫婦喧嘩やったんだな。犬も食わねえぜ」

「まさか――三ちゃん、二人でどこかへお午《ひる》を食べに行こうか。くさくさして仕様がない」

こん度あの人が帰ってくれれば、厭でも心にもない愛想づかしを口にしなければならないんだと思うと、お銀は居ても立しらふってもいられない気持だし、白面《しらふ》ではとてもいえそうもない。

「せっかくでござんすが、おいら遠慮してえな。間男《まおとこ》と間違えられて、あんちゃんのあの糞力《くそぢから》でぶん殴られた日にゃ、頭が三角になっちまうからな」

「生《なま》いわないで、いっしょにおいでな。なんでも好きなものおごってあげるから」

「どうせ御馳走になるんなら、おいらうないな丼がいいな」

ちんぴらはうっかり食い気に釣られて乗ってくる。

「じゃ、同朋町の梅川にしようか」

お銀は鏡台に向って、ちょいと顔を直しながら、今朝の顔とはまるっきり変っている悲しい顔を見て、我ながら重いため息が出る。

「留守へあんちゃんが帰ってくると、可哀そうだぜ、姐御さん」

「大丈夫よ、あの人のん気だから。一度外へ出ると家へ帰るの忘れちまうんだから」

「そこがあんちゃんのいいとこで、姐御さんが惚れたとこで、うまくやってやがるとこでござんす。そうだ、あんちゃんには帰りに鰻の折を土産にしてやろう」

つれ立って家を出ながら、三太は一人でうれしそうである。今日も外はすっかり春めいたいいお天気だ。

神田川にそって左衛門河岸から浅草橋通りへ出ると、そこに一杯の人立がしている。そんなところは見のがしっこのない三太だから、風のように駈け抜けて行って、人垣を掻きわけるように中を一目のぞきこむなり、さっと舞いもどってきた。

「姐御さん、たいへんだぜ。さっきの田舎の爺が般若竹《はんにゃたけ》に小突きまわされて、青くなってらあ。般若とくると悪どいからなあ」

「なんなの、その般若竹っていうのは」

「自慢にもならねえ巾着切でござんす」

そんなものに嘉平爺やがどうしてつかまったんだろうと眉をひそめながら、棄ててもおけないので行って見ると、素っ裸になった褌一本の三十がらみの小いきな男が、なるほど爺やの胸倉をつかんで邪慳に小突きまわしているのだ。

その背中一杯に毒々しい般若のほりものが春の日をあびて、見るからに凄《すさま》じい。

「さあ、この野郎、どうしてくれるんだよう。人さまの前で、巾着切だなんて男の面に泥を塗りやがって、どこへおれが手前の財布を掏《す》ったっていうんだ。こうして素っ裸になったって、財布のさの字も出てこねえじゃねえか、この大騙《かた》り爺め」

「勘弁して下せえまし。わしたしかにお前さまが掏ったと思ったで、その手をつかんで大きな声出しただが、どうも不思議でなんねえ」

若い力に小突きまわされて、髪を乱しながらも、爺やはまだ解せない顔つきである。

察するに嘉平はここまできて、般若竹に財布を掏られ、しっかり者だからはっと気がついてその腕をつかみながら巾着切だあ、と大声をあげたのだろう。

たちまち弥次馬がたかってくる。

その時はたしかに掏った財布は般若竹のふところにあったに違いないから、竹も相当狼狽したろう。

が、その弥次馬の中に相棒か友だちがいて、とっさに般若竹のふところから爺やの財布を抜いて行ってくれた。

そうやって仲間同士急場を助けあうのが彼等の仁義でもあり、常套《じょうとう》手段でもあるのだ。

相棒はなに食わぬ顔をして弥次馬の中へまぎれこみ、そこからふところは預ったよ、と般若に目で相図をする。

竹は急に強くなって、手前がそんなに疑うんなら、裸になってやる。もしそれでも財布が出なかったらどうするんだ、と力み出す。

嘉平の方はそんなからくりがあるとは気がつかないから、現に掏った腕をしっかり押えていることではあり、奪ったものが出ねえという法はねえだ、さあ裸になって見せてもらうべ、と一歩もひかないで、般若竹が素っ裸になったという段取りなのだろう。

「ふざけるねえ、こん畜生。なにが不思議でなんねえんだ。雪や氷でできている財布じゃあるめえし、おれのふところで消えるはずはねえよ。始めっから奪ったおぼえのねえもんだから、裸になっても出てこねえんだ。おれのような神さまみたいにきれいな男を、人前で巾着切呼ばわりしゃあがって、さあ、どうしてくれるんだよう」

「わし、どうも不思議でなんねえ」

「おや、こん畜生、まだそんなことを吐しやがる」

ぽかりと般若竹の拳骨が嘉平の頭へ飛んだ。

「乱暴してはいけねえだ」

「乱暴もくそもあるもんか」

又してもぽかりとやる。

放っておけば散々殴られたり蹴られたりして、可哀そうだとか、年寄だからとかいう手かげんなど微塵《みじん》も持ちあわせていない悪党のことだから、面白半分にしまいには半殺しの目にあわせるのが落だ。

「もし、兄さん――」

見かねてお銀は人垣の中へ進んで行った。

「兄さんはお強いんですねえ」

「なんだと――」

見ると水際立った大丸髷《おおまるまげ》の年増女が、こんな場所へ恐れげもなく、にっこり笑いながら立っているので、般若竹もちょいと気をのまれたようである。

「誰だ、お前は」

「兄さんとおんなじように、神さまみたいな女です」

「ふざけちゃいけねえ。なんの用があってこんなところへ出しゃばってきたんだ」

「まあ、そのお年寄の胸倉を放してあげて下さいまし。いつまでも背中の般若を日に晒《さら》しておくと、せっかくの般若が風邪をひきます」

お銀は大道に落ちている男の着物をひろって埃《ほこり》をさばいて、ふわりと背中へ投げかけてやった。

「紐《ひも》は御自分で拾っておしめなさいまし、お手々があるんですからね」

まるで子供あつかいだ。弥次馬がみんなにやにや笑っている。

「お前、この爺にかわって、おれに詫びごとをしようっていうんだな」

それでも般若竹は自分で帯を拾ってしめながら、なんとなくお銀の顔色を睨んでいる。

いくら引っ叩いてもあんまりおもしろくない田舎爺を相手にするより、この素晴しい美人に、なんとか因縁《いんねん》がつけられれば、それこそ掘出し物と、たちまち悪党らしい胸算用を立てているのだろう。

「兄さんは強いばかりでなくて、話もよくわかるんですねえ」

「おだてるねえ。おれはこの爺に巾着切呼ばわりをされて男の面へ泥を塗られているんだ。知ってるんだろうな」

「よく知っています。そのお顔の泥を洗ってあげればいいでしょう」

「あたりめえよ。どう洗ってくれようっていうんだ」

「さあ、どこへ行って盥を借りましょうねえ。同朋町の梅川へでも行きましょうか」

「おもしろい。どこへでも行ってやるが、洗い方が気に入らねえと、ただじゃすまねえぜ。はっきり念を押しておくぜ」

ぐいと凄んで見せるのを、笑って受け流して、

「爺やさん、飛んだ災難でしたね。別に怪我はしませんでしたか」

と、お銀はそこにぽかんと突立っている嘉平に声をかけた。

「わし、わしはいいだが、お前さま大丈夫かね」

嘉平は正直に心配そうな顔をする。

「そんな心配はいいんです。――三ちゃん、爺やさんをそこまで送ってあげて下さいね」

「合点だよ」

こくりとうなずいた三太も、相手が相手だけに不安そうな目つきである。平気

なのはお銀一人で、

「さあ兄さん、出かけましょうか」

にっこり振り返って見せながら、裾《すそ》さばきもあざやかに歩き出す。

それはどこから見ても目のさめるような年増ぶりで、後につづく般若竹は、こん畜生、狐に化かされたんじゃねえかな、と思わず生唾《なまつば》を一つのみこまずにはいられなかった。

自惚《うぬぼ》れ般若

お銀は義理にせまられて、恋しい夢介とどうしても別れなければならなくなってしまった。今まではどうかしていいおかみさんになろうと思えばこそ、とかく昔のおらんだお銀になりたがるのを、一生懸命慎もうと骨を折ってきたけれど、その夢さんに自分から愛想をつかされるように仕向けなければならないときまれば、たとえ相手が般若だろうと鍾馗《しょうき》だろうと、そんなものを恐がるような女ではない。

だから、いまに見ろと、肚の中でせせら笑いながら、憎々しい般若竹をさそって、両国同朋町の『梅川』へ上り、女中が案内するままに奥の離れへ通って、平気で酒肴をいいつけた。

そういうお銀の肚の底が、どうも般若竹にはよく呑みこめない。一体このすばらしい年増は何者なのだろう。堅気《かたぎ》らしくよそおってはいるが、無論素人女にこんな仇っぽさはない。深川あたりの芸者がわざと堅気をよそおって遊びに出たのか、いや、それにしちゃだいぶ紙入が重いや。ちょいと小当りに当って見たところでも、五十両はたしかに呑んでやがる。芸者なんかじゃ滅多にそんな大金をふところにして、遊びに出られるもんじゃねえ。おれの目に狂いがなけりゃこいつはきっと大金持の囲い者だろう。

その囲い者が、なんだっておれなんかをこんなところへ引っ張りこみやがったんだろう。しかも、あんなにおれが悪たれているのをちゃんと見てやがって、着物まで拾ってかけてくれたじゃねえか。

そうか、このあまは余っぽど跳っかえりにできているんだな、あの度胸から見ても、そうに違いねえ、おとなしい旦那じゃ、どうも食い足りねえんだ。どこかに火遊びの相手になってくれるような、威勢のいい兄さんはいねえものか探している矢先、おれというちょいと気の利いた小悪党にぶつかりやがった。素っ裸になって啖呵《たんか》を切っている歯切れといい、きびきびした小取りまわしといい、この人なら旦那があったたってそんなことにはびくびくしないだろうし、本当にたのもしそうだよ。と思ったとたん、ぞくりときやがったに違いねえ。

――畜生、運が向いてきやがったぞ。だが、なんだぜ竹、ここで甘い顔を見せちゃいけねえぜ。相手は飛んだ跳っかえりなんだ。手前なんかなんだ。少しぐらい面がよくたって、そんなのにおどろくんじゃねえや。こっちは女なんかにゃ、もう倦《あ》き〳〵しているんだ、ってな渋い顔をして、ぽんぽんやっつけて、女に散々機嫌を取らせるようにすりゃ、じゃ、どうすれば気に入るのさ、竹さんと、しまいには女の方からじれて火のようになってくるんだ。

――ふ。ふ、据《す》え膳てやつだ、うまくやってやがる。けど、いい女だなあ、わざと澄して庭なんか見てやがる。けど、どうでえ、あの横顔のすっきりとした造作は、ふるいつきてえような女っぷりだな。それに、ふだん贅沢をしてやがるもんだから、むっちりと脂《あぶら》の乗り切った肌をしてやがる。吉原中を探したって、こんなに磨きのかかった女はちょいとねえぜ、畜生。いつまで黙ってやがんだろうな、ああ、そうか、こっちの切掛《きっかけ》を待ってやがんだな。気が利かないよ、この人は、と肚ん中でじれているのかも知れねえ。じゃ、そろそろ切掛をつけてやろうかな。

「おい、さっきから庭ばかり眺めてるじゃねえか。庭に何かおっこちているのか」

しまった、おっこちているのは少し下司《げす》だったな、気がついたが、もう間にあわない。

「すっかり春らしくなりましたねえ」

ちぇッ、間が悪いもんだから、まだ気取ってやがる。ここが肝腎なとこだぞ竹。

「やいやい、春なんかどうなったって、おれの知ったことじゃねえや、一体、さっきの話はどうつけてくれるんだ」

「おや、なんでしたっけね、兄さん」

お銀がやっと向きなおる。

「ふざけるねえ。おれはさっきあの爺に、男の面へ泥を塗られているんだぜ、その話をつけるって手前がいうから、いっしょにこんなとこへきてやったんじゃねえか。なにも鰻が食いたくなってついてきたんじゃねえや」

ちょうど女中が銚子と膳を運んできて、そこへ並べ、

「あの、鰻は召しあがらないんでございますか」

と、帰りがけに、そっとお銀の顔を見る。

「いいえ、いいんですよ。持ってきて下さいな」

お銀は女中を去らせて、

「そら、ごらんなさいな。兄さんが大きな声を出すもんだから、女中さんがまごつくじゃありませんか」

と、にっこりしながら盃をさす。

「地声だから仕様がねえや」

般若竹は盃をうけて、酌をさせながら、畜生、器用な手つきをしゃあがると、白い二の腕からこぼれる長襦袢の色がたまらない。ぐいと飲みほして、

「お前も一つつきあいねえ」

その盃を突きつけてみた。

「あたしは駄目なんだけど」

素直にうけて酌をさせて、その盃は膳の上におき、杯洗《はいせん》から新しい盃をとって、

「御返杯――」

と、きた、色目を使ってやがる。さてはおれの盃だから、後でそっと持って帰ろうって気だな、と般若竹は自惚れたくなる。

「で、お前、さっきの話はどうつけてくれるんだよう」

「兄さん、二人っきりで、ほかに聞いている人がないからいうんだけど――」

そらきゃあがったと、ついにやりとなりたがるのを無理に我慢して睨みつけると、

「気を悪くするかしら」

と、女は又しても色目を使う。

「いってみな、聞かなくちゃわからねえ」

「じゃ、いうけれど、お前さん職《しょく》の人だろう」

「なんだと――」

「この方さ」

お銀は笑いながら、人さし指を鼻の先で曲《ま》げて見せた。

「冗談いうねえ」

「かくさなくったっていいじゃないか。さっきお前、あたしのふところを当っていたもの」

「なあんだ、じゃ、そういうお前も――」

「いいえ、あたしはこう見えても神さまみたいに綺麗な体さ、泥を塗っておくれでない」

色っぽく笑われて見ると、般若竹はどう取っていいのか、やっぱりわからなくなる。

「白を切るぜ」

「お前さんじゃあるまいし、あの爺やさんの財布を掏った。手をつかまれて、巾着切りだとどなられたのはいつもの兄さんらしくござんせんでしたねえ。冷やりとしたでしょう。運よくお仲間がいて、すぐにふところを預かってくれたから、よかったようなものの、そうでなければ、ああ器用に裸にはなれないところだったんじゃないかしら」

「だから、どうだってんだ」

こうなると凄んで見せるよりほかに能のない般若竹だ。

「ただそれだけの話なんです。お顔の泥が落ちたら、一杯飲んで綺麗に別れましょうねえ兄さん」

お銀は涼しい顔をして銚子を取りあげる。

「ただそれだけか」

どうも話が違う。あたりはやわらかいが、こっちが当にしていた色気の気ぶりさえなさそうなので、般若竹は思わず馬鹿な顔をして、聞いて見ずにはいられなかった。

「ええ、ただそれだけ――、もっともここのお勘足は兄さんのお世話にはなりません」

「ふざけるねえ」

　がっかりしたとたんに、無暗に腹が立ってきて、つい大きな声になった。

「手前、それですむと思っているのか。あんまり甘く見るねえ」

「別に甘くなんか見やしません、兄さんのお顔はもともと辛そうな顔なんですもの。上にこすの字がつくといったらお気を悪くなさるかしら」

「なんだと、こすの字、こす辛そう――あっ、こん畜生もう承知できねえ」

「そんなに気を悪くしちゃ厭ですねえ。本気なんですもの兄さん、鏡見せてあげましょうか」

　お銀はさばさばとして、大胆にも笑っている。大の男がここまで馬鹿にされて怒らなければ、怒らない方が余っぽどどうかしている。

「ふん、おれがおとなしくしていりゃいい気になりやがって――やい、兄さんの本当にこす辛いところが見てえんだな」

「そんなことござんせん」

「うるせえや、こうなりゃおれも男だ。命までとはいわねえが、手前の体を一度は貰ってやらなくちゃ承知できねえ。下手に騒ぐと命がねえぞ」

般若竹は本当にその気になったらしく、きらりと匕首を抜いて、畳へ突き刺した。

「おお恐い。そんな犬みたいな真似をすると、声を立てますよ」

が、一度煩悩に狂った野獣には、恥も外聞もない。

「なにを吐しやがる」

押えこんで口さえふさいでしまえばこっちのものだと、醜い目をぎらぎらさせながら、膳を片よせるなり油断し切っているお銀の肩へ、豹《ひょう》のようにつかみかかってきた。

「あれえ」

その声より早く、油断していると見せていたお銀の手が膳の盃を取っていて、さっと中の酒を般若竹の目へ打《ぶ》っかけていた。

「わッ、畜生――」

もう少しというところで、がくんと一度膝を突いた野獣は、目に入った酒を夢中で片手なぐりにして、猛然と惜しい獲物を追おうと両手を泳がせたが、いけない、お銀は今打っかけた盃の酒に、さっきから刺身についてきたわさびを念入り

にとかしこんでおいたので、それが焼きつくように目にしみこんだから、

「ううッ、痛えッ」

野獣は思わず目を押えて、もう一度がくんと膝をつく。

「助けてえ、——誰かきて下さい」

「うぬッ」

あきらめ切れない執念の鬼は、その声をたよりに、だっと体ごとつかみかかって行く、わずかにその手が着物にふれたと思ったとたん、

「馬鹿ッ」

厭っというほど肩先を突き飛ばされて、どすんと尻餅をついた。

叱られる

その馬鹿ッという声が、どうも男なのでひょいと痛い目を無理にあけて見た般若竹は、ぎょっと体がすくんでしまった。縁側に立っているのは、たしかに八丁堀の定町廻り同心、市村忠兵衛だ。人もあろうに、飛んだところを一番恐い旦那に見つかってしまったのである。

「竹、手前その匕首で誰を殺す気だ」

「へえ」

「へえじゃねえ、人殺しは軽くて遠島、重けりゃ磔《はりつけ》だぞ」

「と、飛んでもござんせん、冗談に、女が、女が恐がるのがおもしろくて、ついふざけていましたんで、お見のがしを、どうぞお見のがしを旦那、願いますでござんす」

「嘘じゃあるめえな」

「へえ」

「人のものを掏ったところを女に見られたから、その女を騙《だま》してこんなところへつれこみ、口留めのつもりで女を手ごめにしておく、そういうおどしの匕首じゃねえと、手前はいうのか」

「へえ、そ、そんな大それたもんじゃ、毛頭《もうとう》ござんせん」

般若竹はぽろぽろわさびの涙をこぼしながら、冷汗をかいている。

「そうか、しばらく待っていろ。――お銀」

忠兵衛は、縁側まで逃げて、そこに両手をついているお銀の方へ、じろりと目を移した。

「どうして、この男と、こんな場所へきたんだ」

「はい、子供の時分、同じ長屋にいまして、久しぶりで今日道で出逢いましたものでございますから」

ちょいと苦しい云訳である。

「その幼なじみが、なんだって匕首なんか振りまわしたんだ」

「これも昔、ままごとの席を、竹さんがおもしろがって、おもちゃの刀で、おどかしにきたことがあったと、そんな話につい身が入りすぎまして――」

「助けてえ、と人を呼んだのも、つい話に身が入りすぎての芝居か」

「飛んだ人騒がせになりまして、重々恐れ入りましてございます」

「その言葉に間違いがなけりゃ、こん度のところは大目に見ておこう、しかし、お前にはたしか立派な亭主があるはずだな、お銀」

「はい」

「はいじゃねえ、亭主のある女が、たとい幼なじみでも、ほかの男と二人っきりでこんなところへくるのは、不心得とは思わねえか」

「お恥ずかしゅうございます」

お銀は赤くなって、頭が上らない。

「あんまり亭主を粗末にすると、市村にも考えがあるぜ、以後は慎め、きっと叱りおくぞ」

「申し訳ございません」

「もういい、早く帰れ」

「はい」

ていねいにおじぎをして立上ったお銀は、どうしても忠兵衛の顔が見られなかった。嘘とわかっていても、その嘘を通してくれる、あたしを夢介の女房と知っているから、情をかけて叱ってくれたのだ。ありがたいと思うにつけても、その情が胸にしみて、涙がこぼれそうになる。

帳場へ寄って、勘定をすませ、ふらふらと外へ出ると、

「あれえ、姐御さん――」

ひょっこりとちんぴら三太が前へ立った。

「早かったじゃねえか、あの野郎もうすんだんかえ」

「待っててくれたの、三ちゃん」

お銀は思わず三太の肩をつかんでしまった。

「厭だなあ、往来の真ん中で、くどかれてるみたいでみっともねえや」

並んで柳橋をわたり、神田川にそってのぼりながら、

「三ちゃん、爺やさんは――」

と、お銀が思い出して聞く。

「ああ、御親類中の親爺が、心配してやがんのよう、お爺さんどこへ帰るんだえ、って聞いたら、わしはいいだ、おかみさんあんな悪い奴をつれて行って、大丈夫だろうかって、動こうとしねえんだ。だから、おいらいってやったよ、大丈夫さ、ただの姐御さんとは違わあ、お爺さんは知らねえだろうけれど、一つ目の御前っていう江戸でも評判の悪旗本が、取巻きの親分とおおぜいでとぐろを巻いている本陣へ平気で乗りこんで行って、びっくりするような啖呵を切って、なにおッと悪党野郎が総立ちになる足許へ、これでも喰らえと焼玉《やきだま》を投げつけて、あんちゃんを助け出したことさえあるんだ。あんな巾着切りなんか小指の先ではじき飛ばして、涼しい顔をしてすぐ帰ってくらあな、心配することなんかあるもんかってね」

「生おいいでない」

そういう三太が、やっぱり心配して『梅川』の近所をうろうろしていたのかと思うと、お銀は堪らなくいじらしくなる。

「厭だなあ、そんなことといっちゃ、あの爺やさん物堅いから、大変な女だと、びっくりしていたでしょう」

「かまうもんか。こっちだって少しおどかしておかなくちゃ、あの親爺、御親類中ばかり恐がりやがっておもしろくねえや。でも、さっきは感心に、わしどうも気になるだから、若旦那の家へ行って待っている、おかみさんが出てきたら、そう言伝をたのみてえだと、いっていたぜ」

「じゃ爺やさん、また家へ引返したのね」

「うむ、きっと引返したと思うんだ、けどあの野郎、よくこんなにあっさり姐御さんを放したなあ。また卵の手品を使ったんかえ」

「今日はそんなもの持ってやしないもの」

しかし、それに似たものを使っているんだから、あんまり自慢にはならない。

「三ちゃん、市村の旦那を知ってる」

「知ってるよ。あんちゃんをひいきにしてくれる旦那だもんな」

「その旦那が、ちょうどお昼をつかいにきていて、あの男を叱ってくれたのよ」

「ふうむ、そいつはうまく行きやがったな。いくら般若竹でもあの旦那に睨まれちゃ、般若がひょっとこにちぢみあがっても間にあわねえや畜生、態《ざま》ァ見やがれ」

三太はうれしそうに、足許の石をたっと神田川へ蹴こんだ。

「姐御さん、おいらに小遣くれよ。うな丼を食いそこなっちまったんじゃねえか」

もう浅草橋の近くである。三太がそんなことをいって甘えられるのは、夢介とお銀だけなのだ。

「すまなかったわね、せっかくつれ出しといて」

お銀は手早く二分銀を一つ握らせて、

「爺やさんが待っているんじゃ、あたしは家へ帰らなけりゃないし、うな丼はまたこん度にしようね」

「さいなら——あんちゃんによろしくいってくんな」

三太はもう茅町の方へ駈け出しながら、ひょいと立止った。

「姐御さんは明日、小田原へ帰らねえっていったね」

「帰らないわ、あたしはお留守番よ」

「じゃ、また逢おうぜ、あばよ」

安心したようににっこりと笑って、三太は風のように素っ飛んで行く。

美人お女中

好色旦那

　夢介が昨夜天水桶を引っくり返した家は、蔵前片町の大和屋九郎右衛門という札差《ふださし》の店で、大きな天水桶はもうちゃんと元のところへ据《すわ》り、水が一杯くみこんであった。

　夢介は恐縮して薄暗い土間へ入って行き、出てきた番頭に、

「昨夜、お店の天水桶を引っくり返した者でごぜえます、少し祝いごとがあっての帰りで、酔っていたところへ悪い奴につかまって喧嘩を売られたもんでごぜえますからついあんな真似をして、黙って逃げましただ。今朝目がさめて見て、とんだことしたと気がついたもんでごぜえますから、さっそくお詫びにあがりました。決して悪気があってやったわけではごぜえませんで、どうか勘弁して下せえ

まし」

と、正直に事情を話して、できるだけていねいなおじぎをした。

「ああ、昨夜の喧嘩はお前さんか」

まだ若い、小才の利きそうな番頭は、この図体の大きい見るからに馬鹿正直そうな田舎者の顔を、呆れて眺めていたが、

「ちょっと待ってもらいましょう。主人がなんといいますか、うかがってまいりますから」

と、いくらか横柄に、さっさと奥へ入って行った、間もなく出てきて、

「主人九郎右衛門がお目にかかって、直接挨拶をするそうです。こっちへ上って下さい」

と、なんとなく物々しい返事だ。

別に天水桶を持って行ったとか、こわしたとか、そんな悪どいいたずらをしたわけではなし、黙っていればそれですんでしまう。しかし、それでは自分の気がすまないから一言詫びにきたので、ああそうですか、酔っていたのでは誰しもあり勝ちのことで、まあ今後はどうか気をつけて下さい。精精そのくらいのことですむと考えていた夢介だが、主人が直接挨拶をするから上れというのは少し大袈

裟だ、そうは思ったが、上れといわれれば、こっちは詫びにきたのだから上るより仕様がない。

――余っぽど癇癪《かんしゃく》持《も》ちの主人かも知れねえな、それとも運悪く、機嫌の悪いところへでもぶつかったか、えらいことになったぞ。夢介はちょっと当惑しながら、若い番頭について、店から奥へ案内されて行った。さすがに大店《おおだな》らしくなかなか広い家で、主人はずっと奥まった贅沢な座敷に、よく手入れの行きとどいた庭の障子を明け放して、煙草《たばこ》をのみながら待っていた。主人は見たところ、まだ五十前の年輩で、すっかり肉のついたいかにも旦那然とした立派な人柄だが、太い眉を絶えずよせているあたり、どこか神経質で、機嫌買いのところがありそうだ。

「昨夜の方をおつれいたしました」

「そうかえ、お前はあっちへ行っていてもいいよ」

九郎右衛門は番頭を去らせて、ゆったり煙草をのんでいる。こっちへお入り、ともいわないから、夢介は仕方なく廊下へ坐って主人が何かいうのを待っていた。

主人は主人で、夢介の方から何かいうのを待っているのかも知れないが、そんな余計な気をつかうほど、小利口には育っていない夢介だ。黙って坐らせておけば、半日でも一日でも平気でもそりと坐っている。自分は自分で勝手なことを考えているから、ちっとも退屈はしない。

——この旦那は、したい放題なことをして、我儘《わがまま》に育ってきたんだな、だから、気位が高くて、お山の大将で、世間知らずで、機嫌買いで、そのくせ酸いも甘いも知りつくして、世の中で一番話のわかる男はおれだと、自惚《うぬぼ》れているに違いねえだ。気の毒なもんだな。

一通りそんなことを考えてしまってあきると、ふっと自分の腕の中で、ぴちぴち歓喜にふるえていたお銀の、世にも美しい肌を思い出して、胸が甘くなる。

——あれえ、これはいけねえだ、いくら頭の中のことは人に見えなくても、こんなことを旦那の前で考えては失礼というもんだ。お銀のことだけはよすべ。

そんなことを考えなくても、たのしいことはいくらもある。昨夜小田原屋の開店祝いに集ってくれた人たちのこと、そしてちょっぴり哀しい春駒太夫との別れ——。

「お前さんは、唖《おし》なのかえ」

とうとうしびれを切らして、旦那がぽんと煙草を叩いた。

「よいお天気でございます」

夢介はにっこり笑って、

「落語《おとしばなし》の睨みっ返しってのは、考えてみるとおもしろい話でごぜえますね」

ちょうど旦那の煙草の吹し具合がそんな風だったので、思わず口に出してしまった。

「お前さんかえ、昨夜家の天水桶を引っくり返したってのは」

旦那は太い眉をよせて、にこりともしない。

「へい、つい酒に酔っていましたで、申し訳ねえことをしました。勘弁して下せえまし」

「田舎者だねえ、お前さんは」

「そのとおりでごぜえます。相州小田原在の百姓夢介といいますんで――」

「そうだろうな、始終野良仕事でもしていなけりゃ、あんな馬鹿力は出ません。あれを元のとおりにするのに、今朝出入の鳶《とび》の者が三人がかりだったということだ」

「お恥ずかしいこってごぜえます」

「江戸へは見物に出てきたのかえ」

「へえ、親共にたのんで、ちっとばかり道楽の修業をさせてもらいに出てきましたでござえます」

「ふうむ、それで、どんな道楽をやったね」

道楽にかけては、江戸のどこへ行っても大九の旦那で通っている大通人を以て任じている主人だから、小田原の百姓の小伜《せがれ》が道楽の修業だなんて、小生意気な口をたたくと、頭から馬鹿にした口ぶりだ。

「深川の羽織ってのを見せてもらいました。それから駒形の鰌《どじょう》も食わせてもらいましたし、美人局《つつもたせ》だの、鍋焼うどん屋だの、ずい分ためになる道楽をさせてもらって、五百両ばかりもかかったでござえますかね」

にこにことたのしそうな夢介の顔を見て、

「ちょいと待っておくれよ、深川の羽織と駒形の鰌はわからないこともないが、その美人局だの、鍋焼うどんだのっていうのは、どんな道楽なんだね」

と、これは大通人の旦那にも見当がつかないらしい、しかも、百姓の小伜が五百両もつかったというからには、相当おもしろい遊びに違いないと思うにつけても、そこは人一倍好色な旦那だから、急に食指が動いてきたようだ。

「まあ、こっちへお入り、そこじゃ話が遠いよ」

ふらふら問答

金持などというものは手前勝手なもんである。自分が何か聞きたくなると、初めて女中を呼んで、茶をいれさせた。そうでもなければ、退屈しのぎにこの田舎者を好きなだけからかって、追い返す気だったのだろう。

「夢介さんとかいったねえ。まずその美人局の道楽ってのから、聞かせてもらおうかね。どんなことをして遊ぶんだね」

九郎右衛門はそんな遊びがあるものと誤解しているらしい。

「いいえ、別に遊びではねえです。おらがうまく美人局に引っかかったという話でごぜえます」

「なあんだ、お前さんが本当に引っかけられた話か」

それならよくある話で、大して珍しくもないという顔をしたが、

「ついでだから、まあ聞きましょう。どんな美人局に引っかけられたんだね」

と、急にまた気がかわったようだ。

「あんまり自慢にはならねえです」

「そりゃ自慢にゃなるまいが、いいから話してごらんよ」

人が困ったような顔をすると、この旦那はぜひ聞きたくなる物好きな性分でもあるらしい。

「去年永代でおら、夕立にあったことがあるんです。あんまり雷さまがひどいで、佐賀町の或る家の軒下を借りていると、きれいなおかみさんが顔を出して、こっちへ上って雨止《あまやみ》するがいいと、親切にいってくれますだ」

「つまり、その親切が手なんだな」

「そうなんでごぜえます」

「家へ上って見ると誰もいないで、座敷に蚊帳が吊ってあったんだろう。大抵道具立てはきまったもんだ」

旦那が得意そうに先まわりをする。

「いいえ、蚊帳は吊ってなかったです」

「じゃあ質へでも入れて、あいにく手許になかったんだろう。蚊帳がなくても、雨戸が半分しまっているから家の中は暗い。雷がなる度に女が恐がってお前さんの方へ体をよせてくる。それがあんまりいい女だもんだから、お前さんもついふらふらとなって、女の肩へ手をかけた」

「お言葉ではござえますが、おら別にふらふらとはしなかったです」

話だからどっちでもいいようなものの、ふらふらとなったのではこっちにも半分罪があることになるから、夢介は一応訂正しておいた。

「じゃあ女の肩へ手はかけなかったのかえ」

「肩へ手はかけねえですが、癪がおこりそうだから抱いてくれといったです」

「抱いてやったのかえ、それが」

「いつもおふくろさまにそうしてもらうだというもんだから、仕様がなかったです」

「なるほどねえ。女を抱いてやったとたんに、ふらふらとなったわけだな」

旦那はどうしても一度ふらふらとならなければ承知できないらしい。

「違いますだ。ふらふらとなるどころではねえです。おかみさんは夢中でしがみついてくるし、こんなところもし人に見られたら間違いの元だと、おら心配してみたが、まさか突っ放すわけにはいかねえ、困っているところを、がらりと襖《ふすま》をあけられたです」

「ちょっと待っておくれ。私は少しでも間違ったことは嫌いなたちでねえ。そんなにいい女にしがみつかれながら、お前さんはどうしてもふらふらとしなかったといい張るんかね。負け惜しみをいうもんじゃない」

「あいにくと、おらどんないい女にしがみつかれても、滅多にふらふらとしねえたちでごぜえます」

お銀にくどかれてさえ、昨夜までは決してふらふらとならなかった夢介だから、それを別に自慢にする気はないが正直に答えたまでだ。

「よろしい、お前さんがどうしてもそういい張るならそうしておくが、きっとお前さんはどんな美人にしがみつかれてもふらふらとはしないたちなんだね」

旦那は少し意地になってきたようだ。

「へえ、おら女には堅い男でごぜえます」

「まさかかたわじゃないんだろうな」

「おらにいわせれば、女さえ見ればふらふらとなりたがる方が、色気ちがいというんじゃねえでごぜえましょうか」

「たいそう立派な口をお利きだねえ、まあいいから先を聞きましょうよ。がらりと襖があいて出てきたのは無論男だろうね」

「へえ、女の亭主でごぜえました」

「おれの女房をどうするんだと、恐い顔をしたんだろう。女がびっくりして跳《はね》おきる」

よく先まわりをしたがる旦那だ。

「いいえ、寝ていたわけでねえから、ただ膝から滑《すべ》りおりただけでごぜえます」

「たいした変りはありませんよ。とにかくしがみついていたんだからね。それでいくら出せというんだね」

「ああこりゃ美人局にかかったと、おらすぐわかりましただ。あんなに雷さまを恐がっていた女が、もうどんな大きなのが鳴っても、平気でおらの顔を見ていますだ。だから、おらの方から五十両出して、これで清め酒買って勘弁して下せえましと、あやまってしまったのです。御亭主はひとの女房をよごしておいて、清め酒とはなんだ、と威張っているから、おらおかしくなつて、よごしたかよごさねえか、後でおかみさんの体ゆっくり調べてもらえばわかりますだ。といって表へ出たです」

「しかし、たったそれだけで五十両はちょっと高すぎるねえ」

「なあに、物は考えようで、美人局なんてものは見ようと思って見られるもんではねえし、これも道楽の中だと思って、五十両くれてやったです。けど、全く毒婦にしておくのは惜しいような、いい女でごぜえました」

「だからさ、そんないい女にしがみつかれて、ふらふらとならなかった、ていうのが私にはどうもわからないねえ」

旦那はまだふらふらに固執している。この旦那はそんな時ならふらふらとなりたがる方なのかも知れない。と思うと夢介はなんとかおかしくなりながら、

「飛んだ長話になってお邪魔しましただ。おらこれで帰らせてもらっても、かまわねえでごぜえましょうか」

改めておうかがいを立ててみた。

「お前さんは物堅い男のようだね」

真顔になって旦那が聞く。

「へえ、おらこれでも正直者でごぜえます」

「そこを見こんで、ぜひ一つたのみたいことがあるんだ。聞いてくれるかえ」

こっちには天水桶をおもちゃにした弱味もあるし、堅いのを見こんで、といわれてみると、夢介も厭《いや》だとはいえなかった。

「おらにできることなら。たのまれますべ」

「それはありがたいな、こうしておくれ。ここでは話がしにくいから、今戸に私の寮がある。今戸八幡の前を少し先へ行った右で、すぐわかります。今夜六つ半

(七時)ごろまでにそこへ私をたずねてきておくれ、その時ゆっくり話をしよう」

なんだか難しそうなことになってきた。

「おらができそうなことでごぜえましょうかね。旦那」

「できるとも。ぜひお前さんのような人がほしかったのだ。じゃ六つ半だよ、御苦労だったね。はい、さようなら」

自分のいいたいだけいってしまうと、もう帰れという。ひどく勝手な旦那だ。

「ごめん下せえまし」

夢介はていねいにおじぎをして立上った。

観音様の顔

物好きな旦那に長々と引きとめられて、夢介がやっと蔵前の大和屋を出たのは、もう午《ひる》に間もなかった。

――困ったことになったぞ。どんな用だが知らねえけど、ことによると明日は小田原へ立てねえかも知れねえな。

もっとも、ぜひ明日立たなければならないという旅でもない。その時は、またお銀とも相談して、その時のことにしようと肚《はら》をきめながら、相変らず賑《にぎや》かな大通りを茅町までくると、ふっと向側から仔犬のように駈け出した者がある。おや、ちんぴら三太だな、と見ている中にたちまち人や車の間をくぐり抜けてきて、ひょいと前へ立った。

「大変だぜ、あんちゃん、今までどこをうろついていたんだ」

「おやあ、兄貴《あにい》さんか。どうかしたんかね」

「どうかしたかどころじゃねえや。姐御さん死ぬかも知れねえぜ」

「あれえ、癪でもおこしたか」

「そんな病気の話なんかじゃねえんだ。じれってえな」

「まあ、歩きながら話すべ」

こんな往来中で死ぬの生きるのと、穏かでない立話をしていると、すぐに人立ちがしそうなので、夢介は三太をさそって歩き出した。

「いやに落着いてるんだな、あんちゃん」

それが少しおもしろくなかったらしい。

「あんちゃんの留守に、田舎の爺やってのがきたんだぜ、知ってるかえ」

「ふうむ。爺やがきたんかね」

「きたとも。なんだか知らねえが、ひどく横柄な親爺で、やたらに御親類中を振りまわして、姐御さんをおどしたんだ。明日小田原へ帰ることになっていたんだってな、あんちゃん」

「そういうことにしていたんだがね。都合で少し延びるかも知れねえだ」

「いっそ、都合でやめちまいなよ。姐御さんは、そんなに御親類中がやかましいんでは、帰りたくねえっていってるぜ」

「そうかね」

「あれえ、まだ落着いてるな。知らねえんだな、あんちゃんは」

横目でじろりと睨んで、なんとなく大袈裟な顔つきだ。

「何かあるんかね」

「何かどころか、本当に爺やが帰るとすぐ、黙って家を飛び出したんだ。どうも様子がおかしいから、おいらそっと後をつけて行くと、いきなり神田川へ飛びこもうとするじゃねえか。びっくりするのなんのって、おかげでおいら青くなっちまった」

「ふうむそんなことがあったんかね」

夢介がちょいとたまげた顔をして見せる。

「嘘じゃねえぜ。本当のことなんだから、おいらがもう一足おそけりゃ、神田川へどぶんよ。やっとうしろから抱きとめて、おとなのくせに馬鹿な真似をしちゃいけねえや、って無理に家へつれて帰って、そういってやったんだ。姐御さん、どうせ死ぬんなら一度あんちゃんに相談してからにしな。あんちゃんはああいう親切な男だから、話によっちゃ、そんならおらもいっしょに死んでやるべっていってくれるかも知れねえや、ってね。おいらのいうこと、間違ってねえだろう、あんちゃん」

「そのとおりだ、よく兄貴さん押えてくれたな」

「うむ、おいら日ごろあんちゃんや姐御さんには世話になってるからな、御恩がえしはこんな時だと思ったんだ。それであんちゃん、いくらお札にくれるんだえ」

けろりとして手を突き出す三太だ。

「そうだな、おらも日ごろ兄貴さんには世話になっているから、二分出すべかな」

「たった二分か、やっぱり気前は姐御――、おっといけねえ、負けとくよ、あんちゃん」

夢介が笑いながら二分金をひとつ出して、掌へのせてやる。

「ありがてえ。これで一両二分に――、おっと。どうして今日は、こんなにひとりごとがいいてえんだろうな。けれどあんちゃん、家へ帰って姐御さんを叱りつけちゃいけねえぜ」

これだけは真面目な目つきのようだ。

「叱らねえだとも」

「きっとだよ。叱っちゃ可哀そうだもんな。じゃ、さいなら」

三太はうれしそうに蔵前の方へ飛んで行ってしまった。

まさか身投げなどは思い立つはずもなかろうが、本当に爺やがきていったとすれば、何か気になるようなことをいって帰ったのは事実だろう。それでなくてさえ国の親父さまや親類のことをひどく心配しているお銀なのだ。早く帰ってやるべと、そこは人情で、夢介の足は自然早くなっていた。

「ただ今帰りました」

玄関の格子をあけて奥へ行くと、

「お帰りなさい」

返事と足音がいっしょでお銀がすぐ玄関へ出迎えた。

「ずい分ゆっくりだったんですねえ」

悄気《しょげ》こんでいるだろうとばかり思ってきたのに、お銀の顔は案外明るい。

「おかしなふらふら旦那につかまっちまったもんだから、――嘉平がきたんだってね、姐御さん」

茶の間へ通りながら、夢介な何気なさそうに切出した。

「あら、道で出逢ったんですか」

なんとなくお銀の顔が赤くなる。

「じゃ身投げってのも本当かな」

「誰が身投げをしたんですか？」

「あわてなくもいいだ。嘉平には逢わねえが、道で三太兄貴さんに出逢ったら、大変だ、姐御さんが身投げした、といきなりおどかされてしまってね」

「まあ、仕様がない子ねえ」

お銀はしっとりと落着いて、茶の支度にかかる。これが一つ臍《へそ》を曲《ま》げると、猛烈な啖呵《たんか》といっしょに目つぶしを投げつける女豹《めひょう》とは思えない。物静かな水際立ったおかみさんぶりだ。

「なんであたしが身投げをしたというんです」

「爺やが帰るとすぐ家を飛び出して、もう少しのところで神田川へどぶんだった。

やっと押えて、家へつれて行ってやったから、お礼にいくら出すというだ。二分やって別れてきたが、嘉平はなにしにきたんだね」

「もういいんです。そんなこと」

お銀は笑っている。

「よくはねえだ。亭主に内密《ないしょ》ごと拵《こしら》えるもんではねえ」

もういいんですなどと気取られると、やっぱり気になる夢介だ。

「あたし、市村の旦那に叱られちまったんです」

「市村の旦那って、八丁堀の旦那かね」

「ええ、亭主を粗末にすると承知しないって」

「さあ、わからねえ。そんなら市村の旦那も家へきたんかね」

「いいえ、あたし三ちゃんをつれて、梅川へお午を食べに出かけたんです」

「ああそうか、そりゃよかったな」

夢介はにこにこしながら、少しも疑おうとしない。そういう穏かな顔を見ている中に、お銀の目へふっと涙の露がたまってきた。

「あれえ、どうしたんだね姐御さん」

「あたし、つまらないことを考えてしまって、もう少しで飛んだことになるところでした」

お銀は恥ずかしそうに笑いながら涙を拭いて、今朝からのことをありのまま話してしまった。

「——旦那に叱られて帰る途中、三ちゃんに別れてから、やっと気がつきました。たとえどんな目に逢ったって、これからどんな風になったって、あたしは夢さんのいいおかみさんになることだけ考えて、観音さまにおすがりしていればいいんだ。それでも世間が許してくれなければ、それも仕方がない。あたしはあの世で本当に夫婦になれるように、一生懸命この世でいいことをしておこう、そう考えたら、急に胸が明るくなって、家へ帰ると爺やさんが心配して待っていてくれました。般若竹の方は八丁堀の旦那がちゃんと裁きをつけてくれたからと話して、あたしはもう決して、お国の親御さんや御親類中に迷惑をかけるようなことはしません。何事も観音さまのおっしゃるとおりにして、もしあの人と別れた方がよければ、いつでも別れて、あの世をたのしみに暮しますと打明けたんです。爺やさんもよくわかってくれて、明日国へ帰ったら、おらにも考えがあるからと、いってくれました」

そうか、お銀の顔が観音さまのように明るいのは、一つの悟りがひらけたからだ、と夢介はじいんと胸にひびくものがある。

「けど、よかったなあお銀、八丁堀の旦那がいなければ、今ごろまだ無事にすまなかったかも知れねえだ」

「すいません。これからきっと慎みます」

「そうだとも、亭主を粗末にしてはいけねえだ。八丁堀の旦那はいいことをおっしゃる、どこかのふらふら好きな旦那とは、やっぱり違うな」

「そのふらふら旦那って、なんなんです夢さん」

こんど度は夢介が一部始終《いちぶしじゅう》を話す番である。

今戸の寮

その夜、正直な夢介は約束の六つ半（七時）という時刻をたがえずに、今戸の大和屋の寮をたずねた。

出がけにお銀が心配して、

「夢さん、本当に気をつけて下さいよ。そういう金持の旦那なんていうものは、金にあかしてどんな思い切ったいたずらをするかわからないんだから」

と、くれぐれも注意していた。お銀にいわせれば、今日逢ったばかりの人間に、大店の旦那ともあろう人が、わざわざ寮へまで呼んで話さなければならないような、そんな大切な用をたのむはずはない。事のおこりはこっちが天水桶を引っくり返したのに始まるんだから、旦那はいたずらで仕返しをしてやろうと考えているのだ、というのである。

「半分はあんたを田舎者だと思って、甘く見ているんです」

いつものお銀なら、大切な亭主をそんな金持なんかのおもちゃにされてたまるもんか、あたしもいっしょに行きます、といい張って卵の目つぶしぐらい用意しなければおかないところだろうが、今日は観音さまの心になったばかりだから、自分から出しゃばることだけは慎んだようである。

「そんなに心配しなくもいいだ。おら人に馬鹿にされつけているから、大抵なことはおどろかねえし、これで案外地金は利口者にできているだからね。一年前にはお銀姐御というとても利口な女でさえ、おらを馬鹿にしたばっかりに、今じゃ死ぬの生きるのと――」

「もうたくさん――。馬鹿ばっかし」

本当のことだからお銀も赤くなって、じゃ、行ってらっしゃいと、くぐりの外まで送り出してくれた。

花川戸から山の宿へ出て、今戸橋をわたると、町は急に暗く田舎めいてくる。この辺から橋場へかけては、都鳥で知られた隅田川の東にそって、寮の多いところである。今戸八幡を通りすぎて小半丁ほど行った右手の、門の中から柳がのぞいている家だと聞いていたので、大和屋の寮はすぐわかった。七日月《なぬかづき》ほどの月かげをたよりに玄関の前へ立ったが、家の中はしいんとして灯かげ一つ漏れてこない。仮りにも客を呼んでおいて、どうしたことだろう。それとも門違いをしたのかなと審《いぶか》りながら、

「ごめん下せえまし」

夢介は格子をあけて、奥へ声をかけて見た。

「はい」

どこか遠いあたりで返事があったようである。ややしばらく待たされて、ぼんぼりのかげが障子の向うへ映り出し、それがだんだん近づいてきた。

「おいでなさいまし」

障子があいてそこへ両手をついたのは、二十二三のびっくりするような美人である。身なりは物堅い町家の女中風だが、どこか垢《あか》抜けのした仇っぽさがつつみ

切れないのは、前身は水商売の女だろう。

「ここは蔵前の大和屋さんの寮でごぜえますか」

夢介は念のために聞いてみた。

「はい。大和屋の寮でございますけれど、あなたさまは誰方《どなた》でございましょう」

女中は鈴を張ったような目をあげる。

「おら、今朝旦那と約束のある夢介っていう田舎者でごぜえます。旦那にそう取次いで下せえまし」

「はい」

返事はしたが、ぽかんとこっちの顔を見上げて、すぐには立とうともしない。

「あの、旦那と何かお約束のある方なのでございますね」

「そうでございます。たのみたいことがあるから、今夜六つ半までに今戸の寮へきてくれといわれましたので、出向いてめえりました」

「では、どうぞお上り下さいまし」

なんだか様子が変だ。

「旦那はまだおいでにならねえのでごぜえますか」

「ええ。でもお約束があるのでしたら、間もなくお見えになりましょう。どうぞお上りになってお待ち下さいまし」

　それにしても、前から話を通じておかないのは、どういうわけだろう。ああいう気まぐれな旦那だから、何かほかの用でもできて、けろりと忘れてしまったのだろうか。けろりと忘れるくらいなら、無論大した用ではないのだから、なにも上って待っていなければならない義理はない。

「失礼だけど、旦那からそんな話はなんにもなかったようだね」

「うかがっていませんけれど、すぐ使いを走らせますから、どうぞ――」

「なあに、それには及ばねえだ。おら、また出直してきますべ」

「困ります。あたし――」

　女中はさっと顔色をかえるのだ。

「あれえ、どうしてだね」

「お約束のお客さまをおかえしすると、後で旦那にとても叱られるんでございます」

「それじゃ、こんなことが度々あるんかね」

「ええ、旦那はお忙しいもんですから、――でもお約束があればきっと後からまいります。いつもそうなんですから、すいませんけれど、あたしを可哀そうだと思召《おぼしめ》して、どうぞお上り下さいまし」

「そうかね。そんなら少し待たせてもらいますべ」

どうせ無駄だ、迎えが行っても、何かほかに面白いことがあれば、我儘な旦那のことだから、明日またきてくれるように、と言伝《ことづて》が返ってくるくらいが関の山だ。そうは思ったが、人の好い夢介だから女中に哀願されてみると、すげなく振切って帰ることもできなかった。

いそいそと先に立って案内する女の後について、廊下を二つほど曲《まが》って通されたのは、茶の間らしい長火鉢のある六畳の座敷である。

「失礼ですけれど、あたしの部屋でしばらく我慢して下さいまし」

女はそういいながら、そこに置いてあったかなり大きい風呂敷包みを、いそいそ押入へしまった。調度もなかなか立派だし、なんとなく女の匂いがしみこんでいるような、小綺麗な部屋である。

それにしても、今通ってきたどの部屋も真っ暗で、ここだけに灯がついているのはどうしたことだろう。しかも大きな屋敷内はひっそりとして、全く人の気配は感じられないのだ。

「お前さまのほかに、誰もいないようだね」

夢介は長火鉢の前へ坐らせられながら、それとなくあたりに耳を澄した。

「ええ」

女は手まめに火鉢へ炭を足している。

「ここの寮はいつもお前さま一人で留守番しているんかね」

「いいえ、いつもは女中が三人と、爺や夫婦がいるんです」

「こんなことといったら、お前さま気悪くするか知れねえけれど、お前さまはもしや旦那のおもい者ではねえのかね」

この器量といい、部屋の調度といい、上の着物は木綿物だが、袖口からちらちらこぼれる長襦袢の袖口はたしかに緋縮緬《ひぢりめん》だ。どうしても妾としか思えない。

「あら、そんなんじゃありません」

女はちらっと色っぽい目をあげて睨んで、ほんのり顔を赤くした。

「本当にお部屋さまではねえのかね」

「厭ですわ、疑っちゃ」

「疑うわけではねえけれど、もしお妾さまだと、誰もいない家の中でお前さまと二人っきりでは悪いだ」

まさかあの旦那が美人局もやるまいけれど、それに似たいたずらをされないとはかぎらないから、わざと露骨に念を押したのだ。

「いいんです。あたしはそんなんじゃないんだから。でも、お客さまは御迷惑かしら」

「迷惑ではねえです」

「本当――」

「おらお客さまだから、案内されたところに坐っているより仕様がねえだ」

「厭な人」

うらめしそうに打《ぶ》つ真似をして、どうも穏かではない。

「ちょいとおうかがいしますだが、お前さま一人で、誰が蔵前へ使いに行くだか」

「お使いには誰もやりません。やっても無駄なんです」

「どうしてだね」

「ごめんなさいね。あんたを騙《だま》して――。本当は旦那は、今日の夕方、中風がおこって倒れてしまったんですって」

「本当かね」

こん度は夢介が目を丸くしてしまった。

旦那の幽霊

「なんですか旦那は夕方、お風呂から上ると間もなく、ううむといってお倒れになって、それっきり正気にかえらずに、ぐうぐう眠りつづけているんですって。ことによると、もうこのままになるかも知れないからお目にかかりたいものは今の中にお目にかかっておく方がいいって、番頭さんからお使いがきたもんですから、みんなびっくりして出かけて行きました」

女はさもたいへんそうに、きれいな眉をひそめて見せる。

それが本当なら、今朝まであんなに丈夫そうで物好きには違いないが、人のふらふら問答なんかに妙な意地を張りたいだけの元気があったのに、人の寿命というものは全くわからないものである。

「それはまあ、お気の毒なこった。じゃ、お前さまもこれから蔵前へ出かけるんかね」

「いいえ、あたしは留守番なんです。ついこの間奉公にあがったばかりで、本家の様子はちっともわからないもんですから」

「そうかね。なんにしてもそれは大変なこった」

大変ではあるが、そうとわかって見ればいつまでここにいても仕様がない夢介である。それをまたこの新米《しんまい》の美人女中は、なんのつもりで自分の部屋などへ案内したのだろう。

「お女中さん、そんなわけならなおのこと、おらここにいても仕方がねえだ。さっそくだが、これでお暇しますべ」

「あら、そんなのってありません」

女はあわてながら、急にうらめしそうな顔をした。

「どうしてだね。おら旦那が用があるというからきたんで、その旦那が病気でこられねえというのに、いつまでいてもしようがねえだ」

「じゃ、あんたは男のくせに、こんな淋しい家へあたし一人置いて帰るっていうんですか、あんたはそんな不人情な人なんですか」

「たまげたなあ。おらが帰ると不人情になるんかね」

夢介は呆れてしまった。たいへんなところへ不人情を持出したものである。そんな理窟はないはずだが、理窟があろうとなかろうと女は本気のようで、なんとなく血相さえ変えているのだから始末が悪い。

「あたし、今ここを逃げ出そうかと思っていたところなんです」

「逃げ出す――」

「あんたお化を見たことがありますか」

「お化って、あの草木も眠る丑満《うしみつ》どき、うらめしやあと、髪を振り乱して出る幽霊のことかね」

「そんな嘘のお化じゃないんです。人の生霊《しょうりょう》だの死霊《しりょう》だのは、ぼんやりした人には見えないけれど、あたしにはよくわかるんです」

「おらはそのぼんやりした方の組だから駄目だ」

「大和屋の旦那はもうすぐ息を引取るんです」

「あれえ、どうしてそんなことがわかるだね」

「人は死ぬ時、魂が方々へ暇乞いにまわるもんなんです。ここはもと旦那の可愛いがっていたお妾さんがいた寮だとかで、旦那の魂はもうさっきからここへきてうろうろしているようなんです」

女は自分でいっておきながら、ぞっとしたように聞き耳を立てて中腰になる。

「あ、また廊下を歩いてるわ。恐い」

そのまま泳ぐように、白い内股がこぼれそうになるのさえ夢中で、いきなり夢介の首っ玉へしがみついてきた。年増ざかりの濃厚な脂粉の香がむらがり漂い、思ったより肉附ゆたかな美人である。

「幽霊の足音が聞こえるんかね」

あの深川の美人局の時は雷だったが、今夜のは旦那の幽霊である。ここでふらふらとなるかならないかが今朝旦那とだいぶもめたのだ。旦那は中気になってもそれを気にしていて、幽霊になってまで試しにきたのだろうか。

「恐い――。助けて下さい」

「おかしいな、おらにはなんにも聞えねえけどな」

「いいえ、旦那は、旦那はきっとあたしをつれにきたんです」

女は膝の上で身もがきしながら、必死にしがみついて放れない。

「さあ、わかんねえ、幽霊がどうしてお前さまをつれにくるんだね」

「あたしが、あたしがどうしても旦那のいうことをきかなかったもんだから、とり殺しにくるんです。お願いだから、しっかり抱いて下さい。恐い、助けて――」

「おらが抱いていてやれば、幽霊は手を出さねえのかね」

「男に抱いてもらえば、あきらめるんです。もっともっと強く抱いて――」

「困ったなあ。おらお前さまを抱いてやったら、幽霊にうらまれねえだろうか」

「うらまれたって、あんたは男じゃありませんか」

「そういえばそんなもんだが、じゃ、仕様がねえ、人の命にはかえられねえから抱いてやるべ。——もし旦那の幽霊さま、間違わねえで下せえまし。おら、お前さまの思いをかけたお女中さまを、こうやって抱いているんだが、決してふらふらとなって抱きついたんではねえだ。お女中さまが助けてくれというので、人助けのために抱いているだ。こんなことといって、気悪くしてもらっては困るだが、いくら思いをかけた女でも、幽霊になってしまってはもうどうしようもねえだ。あんまりいつまでもふらふら迷っていねえで、いいかげんにして早く蔵前の中気の方へ帰って下せえまし。どうかたのみますだ」

女があんまり恐がるので、女には幽霊が見えるのかも知れない、本当に旦那の幽霊がその辺にふらふらしているしていないの論は別にして、人の好い夢介のことだから、女の気やすめのために抱いてやったのだ。しかし、誰もいない家の中で、黙って体温が通うほど女を抱きしめているのはやっぱり気がひける。幽霊がそこにいることにして、夢介は正直に自分の気持をいって聞かせたのだが——そういいながら、なんとなくぎょっとした。

「ううむ」

たしかに襖越しの次の間から、かすかに呻《うめ》き声が聞えさらさらと畳を歩きまわる人の気配が耳についたのだ。

「あれ、いま隣で何か音がしなかっかね」

「恐い――。旦那の幽霊が、手が出せないもんだからきっと口惜しがって、うなっているんです。南無阿弥陀仏。南無阿弥陀仏。放さないで、お願いだから」

女は夢中になって、なめらかな頬を夢介の頬へぴたりとくっつけてしまった。が、一度鋭くなった夢介の神経は、どうしても次の間に人の気配を惑じるのだ。

「旦那は余っぽど口惜しがっているようだぞ」

「早く、早くこれはおれの女だといってやって下さい。夫婦だとことわってしまって下さい」

「幽霊がそんなことで、うまく騙されるだろうか」

「騙すんじゃないんです。本当に夫婦になってくれなくちゃ駄目なんです。それでなくちゃあたしはとり殺されちまう。ね、今夜だけでいいんだから、本当のおかみさんにして下さい」

女は胸をはずませながら、いきなり口唇を口唇へ押しつけてこようとする。正気の沙汰ではない。さあたいへんだと、夢介は逃げるに逃げ切れず、あやうく口唇をつかまえられようとしたとたん、ずうっと間の襖があいた。

「あっ」

さては幽霊め、とうとう我慢しかねて出てきたなと見ると、それは旦那の幽霊ではなく、豆しぼりの手拭を盗人《ぬすっと》かぶりにしたやくざ風の強盗が二人、長脇差《どす》を突きつけながらぬっとあらわれたのだ。

「やいやい、へたに声なんか立てると、二人共命がねえぞ」

さあわからない。これも仕組まれた芝居なのだろうか、それとも本物の強盗なのだろうか。夢介はただ目を見張るばかりだ。

強盗の正体

「まあ」

女もさすがに意外だったらしく、まだ夢介にしがみついたいまま、呆気《あっけ》にとられている。そのしどけなく乱れた痴態《ちたい》をじろじろ見まわしながら、

「いいかげんに離れねえか、ふざけやがって」

と一人が、苦々しげにいった。

どうやらこれは本物の強盗らしいと見たので、夢介はわざと女を放そうとはせず、

「笑わねえで下せえまし、おらたち、なにも物好きでこんな恰好しているんではねえだ。お前さまたちいまそこで、ここの家の旦那の幽霊にあわなかったろうか」

と、まじめな顔をして聞いた。

「なんだと——」

「ここの家の旦那が今夜幽霊になって、このお女中さんをとり殺しにきているだ。うっかり放すと命がねえというから、こうして一生懸命抱いていてやるです」

「ふん、相かわらず恍《とぼ》けてやがる。その幽霊なら、そこの襖からたしかにのぞいているところを、おれたちがいま退治してやったから、安心してもう離れてもいいや」

相かわらず恍けてやがる、とはうっかり口に出た言葉だろうが、こっちを知っている奴に違いない。そうは思ったが夢介は顔色にも出さず、

「ありがとうございます。時にお前さまたちは、なにしにここへきた幽霊さまでございますね」

と改めて盗人かぶりの中をのぞきこむようにした。

「やいやい、怪我がしたくなかったら、手前は黙ってろ」

強盗たちはちょいちょいと顔をそむけるようにして、

「おい、女、今日大和屋から預かった紙入はどこにしまってあるんだ。あり金をみんなここへ出しちまいねえ」

さすがに男の膝からすべりおりて、ぴったり腕にすがりつどすいている女の方へ、ぐいと長脇差を突きつけた。やっとわかった。どうやらそいつは深川の悪船頭七五郎らしい。そしてもう一人の方、さっきから襖際に立って、黙ってあたりへ気をくばっているのは、あの美人局の時の亭王清吉のようだ。

「あれえ、お前さまたちは強盗の幽霊さまかね」

「黙らねえか、こん畜生。いつまで寝ごとをいってやがるんだ」

悪七の長脇差が、へたに動いたら一突きというように夢介の胸へ向いた。

「寝ごとではねえです。おらにはどうしてもお前さまたちが幽霊にしか見えねえだ、どうでごぜえましょう幽霊の強盗さま、おらここに五十両持っていますだ。お女中が恐がっているで、これだけ持っておとなしく消えてもらうわけには行きますめえか」

夢介はいそいで胴巻の中から、ずしりと重い二十五両包を二つ出して、右の手と左の手に持って見せた。冗談のように笑っているか、いざという時の目つぶしの用意だ。こう武器を持ってしまえば、相手の腕はたいていは知れているし、少しも恐れることはない。

「手前、その五十両をくれるっていうのか」

「へえ。おら人間の強盗ならあんまり恐くねえが、幽霊さまは恐いだ。これ目つぶしにぶつけても、幽霊では手ごたえがねえかも知れねえでね」

「やいやい、詰《つま》らねえ真似をすると承知しねえぞ。幽霊にそんな目つぶしなんか役に立つもんか。なあ、兄弟」

夢介の怪力でそんなものを叩きつけられたら、たいてい気絶してしまう。悪七強盗はじりじりと尻ごみしながら、清吉強盗と目で相談している。

「よし、消えてなくなってやるから、早くそれを出せ」

「ありがとうごぜえます。いまこれをそっちへころがすで、どうか次の間までさがって、そのおっかねえ刀を鞘にしまって下せえまし」

「嘘じゃねえだろうな」

「飛んでもごぜえません。嘘をつくとお閻魔《えんま》さまに舌を抜かれるだ。お閻魔さまは幽霊さまの大親分でごぜえますからね」

「ふざけるねえ」

それでも五十両ほしいと見えて、幽霊強盗は次の間へさがり、長脇差を鞘へおさめた。そして、夢介が金包をころがしてやると、二人で一つずつ素早く拾いとり、

「たしかに受け取ったぜ。今日はこれで消えてやるからありがたく思いねえ」

にやりと笑って廊下へ消えて行った。なれていると見えて、もう二人共足音一つ立てない。

「恐い――」

こん度こそ真っ蒼になった女が、本当にふるえながらしがみついてきだ。

「なあに、もう幽霊は消えたから心配ねえだ。それより旦那の幽霊はどうなったかな」

たしかにううむという呻き声を聞いているのである。

夢介はいそいで次の間へ立って見た。そこは八畳の座敷で、暗い押入の前に誰か縛られてころがされている。人の気配にくるりとこっちへ寝がえりを打ったのは、生きている証拠だ。

「あっ、旦那――」

恐々いっしょについてきて、のぞきこんでいた女が、びっくりしたように走り

寄った。

「あれえ、それが中気の旦那の幽霊かね」

夢介が呆れている間に、

「庄造、おもと、早くきておくれ。旦那が大変なんだから、みんな早くきて——」

女は金切声をあげて叫び出した。

今まで空家のようにひっそりしていた家の中のどこからか、

「はあい」

という返事が聞えて、どかどかと廊下を走ってくる音がする。二人や三人ではない。

「さすがに大和屋の旦那の幽霊でごぜえますね。おおぜい家来をつれてきているだ。そんならまあ、中気は静かにしておく方がいいっていうで、おらこれで失礼しますだ」

夢介はていねいにおじぎをして、その座敷を出た。

廊下で二人ばかり女中に突当って、突き飛ばされたが家来の幽霊共は、誰も夢介などもう眼中になかったようである。

千両みやげ

旦那の行方

「大和屋さんの御用はなんだったんです」

その夜思ったより早く帰ってきた夢介を、心で安心して長火鉢の前へ迎えたお銀は、いそいそと茶をいれながら聞いた。

「いや、それがなお銀、今夜は手のこんだおもしれえ芝居を見せてもれえました。さすがは蔵前の大通人、おら本当にびっくりのしどおしだったです」

夢介はにこにこと笑っている。

「厭《いや》だなあ夢さんは、また散々通人旦那に笑われてきたんじゃない」

どうもそうとしか思えないお銀だ。

「そんなのん気な芝居ではなかっただ。なにしろおらが今戸の寮をたずねて行くと、とても別嬪《べっぴん》の年増のお女中さんが出てきてね、もっとも姐御さんよりは少し別嬪ではねえが、旦那はいるかねえって聞くと旦那はいねえという返事だ」

「馬鹿〳〵しい、たぶんそんなことだろうと思った。すぐ帰ってきたんでしょう。夢さんは」

「それがね、実はこれこれできたっていうと、そのお女中さんがいうには、そんなら旦那はきっと後からくるに違いない。とにかく上って待っていてくれ。使いを出してみるからっていうだ」

「まさか上りやしなかったんでしょうね」

「おらもわざわざ使いには及ばねえとことわっただが、後で叱られるから、あたしが可哀そうだと思って、とにかく上ってくれとたのむだ」

「もうたくさん――」

お銀はなんとなく胸がじりじりしてきた。それが通人旦那の手で、わざとこの人をそんないい女と二人きりにしておいて、ふらふらになるかならないかをためそうというに違いない。そんなあぶない話を聞かされて、はらはらさせられるのは厭なのだ。

「どうしてあんたって人は、そう人が好いんでしょうねえ。部屋へ上って行ったら、急にその女がいちゃいちゃし出したっていうんでしょう、厭らしい」

「いや、そのいちゃいちゃはもうちっと後だったんです」

「あら、その前にまだ手くだがあったんですか」

「お女中さんがいうには――」

「なにも女中なんかにいちいちおの字をつけなくたっていいじゃありませんか」

だんだん目が光ってくるお銀だ。

「そうかね。そんならおの字はよすべ。その女中さんがいうには、嘘をついて本当にすまないが、実は旦那は今日の夕方中気で倒れた。みんな死水を取りに行って、自分一人留守番をしているのだが、自分は生前旦那のいうことをきかなかったもんだから、さっきから旦那の幽霊がうらみにきている。恐くて仕様がないから、いま逃げ出そうとしていたところだ。どうかしばらくいっしょにここにいてみてくれというだ。とたんにううむと隣の部屋から呻《うめ》き声がするでねえか」

「それが手ですってば、馬鹿〳〵しい。その女がきゃっといって、あんたにしがみついたんでしょう」

「あれえ、姐御さんよくわかるなあ」

「あんたがいい気になって、その背中なんか撫でてやっているところへ、旦那が襖《ふすま》をあけて出てきたんです。いい恥っさらしだわ」

「そこが少し違うだ」

「どう違うんです」

「出てきたのは二人組の強盗でね、いきなりおらに長脇差《どす》を突きつけただ」

「あら、それなんのつもりなんでしょ」

「なんのつもりって、強盗は金がほしいにきまっているだ。その女中さんに、今夜大和屋からあずかった紙入れを出せってね、女中さんにも刀を突きつけたで、蒼くなってふるえあがった」

「どうしたんです、それから――」

お銀は話が変になってきたので、思わず目を見張る。

「おら強盗に聞いて見たのさ。お前さまたちも幽霊の強盗かねってね、強盗が怒って、恍《とぼ》けたことを吐《ぬか》すなっていうから、別に恍けるわけではねえけれど、ここには今夜旦那の幽霊がきているはずだが、お前さま見かけなかったかねって、また聞いて見た」

「なんといったの、そしたら」

「旦那の幽霊なら、いま隣で襖からこっちをのぞいていたから、喉《のど》をしめて縛ってしまったというだ」

「まあ、じゃ二人は本当の強盗だったんですね」

「そうだとも、おら仕様がねえから、強盗に五十両やって帰ってもらってね、次の間見たら押入れの前になるほど誰か縛ってころがされている。女中さん、びっくりしてね、あら旦那、と金切声をあげ、庄造、おもと、早くきておくれ、旦那が大変だよって騒ぎ出したで、改めて旦那の恥ずかしがる顔を見るのも気の毒だから、そのまま黙ってきただ。通人の旦那の芝居は、やっぱり手がこんでいるだね」

　話をおしまいまで聞いてみれば、なにもじりじりすることはなかった。それどころか、そんな目にあわされてものんびりと笑い話にして、少しもこだわらない太っ肚《ぱら》な男の顔を見ていると、さすがだわとお銀はついとろんとなるほどうれしくなっている。

「でも、よかったわねえ、夢さん」

「なにがだね」

「だって、お金持の通人のところへ呼ばれて行った田舎の土百姓が、かえって強盗に五十両やってくるなんて、いい気味じゃないの。なんだかあたし胸がすうっとしちまったわ」

「そういえば、その二人の強盗な、どうも一人は深川の悪七、もう一人はあの美人局《つつもたせ》の清吉のようだった。あの連中はやっぱり悪いことから足が洗えねえでいると見えるね」

「じゃ、二人の方もびっくりしていたでしょう」

「そんな風だったよ」

「厭な悪縁ねえ。何かまた、妙にからんでこなけりゃいいけど」

こっちは五十両くれてやったと思えばそれですむけれど、向うは強盗の正体を見破られている、気が咎《とが》め、いっそ後腐れないように殺しちまえなどと、大それたことを考えかねない奴等だ。とお銀は気をまわして、

「鶴亀、鶴亀――」

いそいで自分の肩を手で払っていた。

しかし、人の禍《わざわい》というものはどこからくるかわからない。

翌朝お銀が新婚二日目のおそい朝飯の後片附をしていると、

「ごめん下さいまし――」

玄関の格子があいて、人のおとなう改まった声が聞こえた。

出て行って見ると、もう五十がらみの、物堅い中にもどこか垢抜《あか》けのした大番頭といった身なりの男が立っていた。

「こちら様は小田原の夢介さんのお宅でございましょうな」

大番頭は取次に出たお銀があんまり仇っぽい美人すぎるので、それとなく目を見はっているようである。

「はい、夢介の宅でございますけれど――」

「失礼ですが、おかみさんでございますか」

馬鹿におしでない、丸髷《まるまげ》を結って出てくればおかみさんにきまってるじゃないか。これでも昨日からはもうちゃんと体までおかみさんなんだから、お銀はかちんときて、

「あなたは誰方《どなた》さんでございましょう」

と、あべこべに聞いてやった。

「申しおくれましてございます。手前は蔵前の札差大和屋九郎右衛門の番頭喜助と申しますが、夢介さんはおいででございましょうか」

ことによるとそうではないかと見ていたお銀だから、

「おや、これはお見それ申上げました。昨夜はまたうちの人が、今戸の寮へお招きをいただきまして、旦那から御ていねいなおもてなしをうけましたそうで、故郷《くに》へいい土産ができたと、なんですか帰ってまいって、一人でよろこんでいます。本当にありがとうございました」

と笑顔で皮肉をあびせかける。夢介にはでれりと飴のように甘くなってしまったお銀だが、ほかの男は男くさくも思っていない、これだけは性分だから、まだなかなかなおりそうもない姐御だ。

「まことにどうも恐れ入りましたことで、お詫びは夢介さんにお目にかかりまして、改めて申上げます。実はその旦那のことでおうかがいいたしたのでございますが――」

「おや、旦那がどうかしたのでございますか」

お銀は用件を聞かなければ上げないつもりだ。多少嬶《かかあ》天下になりたがる素質も十分そなえているようだ。

「はい、昨夜から旦那の行方が知れませんので、心配いたしております」

これは意外なことになってきた。道理で番頭の顔にうれいの色が濃い。

脅迫状

とにかく上ってもらって話を聞くと、これまた意外な事件が持上っていた。

昨夜夢介が黙って今戸の寮を出てきた後で、妾のおきぬが旦那の猿ぐつわを取って見ると、それは旦那ではなくて料理人の定吉だったという。

おきぬは二度びっくりして、それでは旦那はどこにいるんだろうと、家中を探してみたが、どこにも見あたらぬ。もともと昨夜の芝居は、こっちで考えていたとおり、大和屋の旦那がどうしてもあの田舎者を一度ふらふらにして、際どいところでそれ見たことかと、自分が顔を出して茶番の幕をおろし、後は賑《にぎや》かな酒もりの席にして、みんなで夢介をからかってやろうと、芸者や料理人まで呼んで支度をしていた。そのくらいだから夕方から寮へ出向いた旦那は一人でうれしがって指図をしていた。思いがけない強盗が入って、せっかく仕組んだ茶番はお流れになったが、旦那が黙って家へ帰ってしまうはずはない。しかし、念のためというので、すぐに下男が蔵前の店へ走った。無論旦那は帰っていず、大番頭の喜助が寮へ駈けつけ、もう一度家中を探すやら、心あたりの料亭色街へ人を走らせるやら、できるだけの手はつくして見たが、やっぱり旦那はどこにもいなかった。
するど、旦那は自分の意志で寮を出たのではなく誰かに誘拐されたのではないかということになり、不安の一夜を明すと、今朝になって妙な手紙が寮へ舞いこんだ。

「これでございます。どうぞ御らんなすって下さい」

喜助がふところから一通の封書を取出して、夢介に渡した。見ると、表書は達者な筆で大和屋様と書いてあるが裏に署名はない。中は半紙一枚に、

一、出入り旗本一同の希望により大和屋九郎右衛門の命あずかり申し候

一、同人の命入用に候わば、夢介という小田原在の百姓を相たのみ，同人情婦お銀と二人に五百両持参いたさせ、今夜四つ（十時）までに根岸の御行《おぎょう》の松まで差し向けること、金子《きんす》と引きかえに九郎右衛門を相渡すべく候

一、右の条奉行所などへ訴え、或は他人に漏して騒ぎ立て候えば、即座に九郎右衛門の命はなきものと知るべく念のため申し添えおき候也

一つ目社中

大和屋留守中　御中

と書き流してある。

「あれえ、お銀、これは一つ目の御前の手紙だ」

夢介はびっくりして、手紙をお銀に渡した。それにしても大変な脅迫状が舞いこんだものである。

「すると、夢介さんは一つ目の御前というのを知っていなさるかねえ」

喜助は心配そうに聞く。

「別につきあいはねえが、よく知っていますだ」

去年の秋、水神《すいじん》の森でおしゃれ狂女の下屋敷を焼いて以来、事件が大袈裟になるのを恐れたか、しばらく姿を消していた大垣伝九郎が、またそろそろいたずらを始め出したと見える。

手紙の始めに、出入り旗本一同の希望により、とあるのは札差は公儀から旗本の禄米をあずかり、これをその年の米相場と合せて金にしたり米にしたりして旗本へ渡すのが稼業《かぎょう》だ。だから、貧乏旗本は大抵札差から翌年の分、翌々年の分まで前借りをしたがる。それに対して大和屋は不親切で、怨みを買っているぞ、とおどかしているのだろう。

昨夜の二人組の強盗の一人は伝九郎の乾分《こぶん》になっている深川の悪七だから、この脅迫状に夢介の名を使ったのもうなずけないことはない。

「ねえ、伝九郎の奴、またあたしたちを呼出して、仕返しをする気なのかしら」

お銀は客の前を忘れて、もう強い目が生々と燃えかけてくるのだ。あぶないと見たから、

「そんなこともなかろうけんど――」

と、夢介が口を濁す。

「だって、そんならなにも、あたしまで呼び出すことはないじゃありませんか。あの野郎はあんたよりあたしの方を憎らしがっているんだから、きっとそうに違いないんです」

「心配しなくてもいいだよ、もし使いに行くようになっても、おら一人で行くことにさしてもらうから」

「なにいってるんですよ。そんなあぶないところへ、あんた一人でやれますか。あの野郎はあたしでなくちゃ駄目なんです。かまうもんか、こん度こそ引っつかまえて、二度と化けて出られないように、小っぴどい目にあわせてやるから」

そういう時のお銀は、水を吸いあげた緋牡丹のように、妖《あや》しい美しさをたたえみなぎらせてくる。大番頭が呆気《あっけ》にとられて、ぽかんと口をあけて眺めていた。

「番頭さん、つかぬことを聞くようだが、昨夜料理人の定吉さんは、なんだっておきぬさんの部屋なんかのぞいていたんだろうかね」

夢介が思い出したように聞く。

「いいえ、あれはあそこでのぞいていたのではなくて、なんでも厠《かわや》から出たところをいきなり当身を食わされ、気がついて見たら、あそこに縛られてころがされていたんだということです」

「すると、旦那をさらって行ったのは、どうもあの強盗たちということになりそうだが、あんな重い旦那をどこからつれて行ったんかなあ」

「裏の川の桟橋へ出る木戸の鍵が外されていましたんで、そこから船でさらって行ったんじゃないか、ということになりますが、それははっきりしたことは申せません」

「お上へはまだ届け出していねえのでごぜえますか」

「飛んでもございません。旦那のお命は五百両にはかえられませんので、この手紙のことは、実はまだ店へも知らせてないのです」

「なるほど、それはそうでごぜえましょうね。それで今夜おらにこの五百両を、根岸の御行の松までとどけてくれ、とでもいいなさるんかね」

「旦那の物好きから飛んだことになりました、夢介さんには重々で申上げにくいんですが、どうでございましょう、もう一度だけ御足労を願えませんでしょうか、店の者一同にかわりまして、手前からおたのみ由上げます」

番頭は改めてそこへ両手をつくのだ。

「足を運ぶのはおら何処でもかまわねえが、相手が一つ目の御前だからね、素直に旦那を渡してくれるかどうか、——いっそ、そっとお上へ相談してみてはどんなもんでごぜえましょう」

いつになく夢介は煮え切らない口ぶりである。

「いいえ、そんな真似をして、もしものことがあっては、それこそ旦那の命にかかわります。たとえ無駄になりましても、一度はこの手紙のとおりにしてみたいと思いますんで」

縋《すが》るような番頭の目つきだ。

「夢さん、たとえ無駄になっても、番頭さんはそれでいいとおいいなさるんですから、お引きうけしたらどうなの」

お銀がそばからしきりにすすめる。

「そうだなあ、そんならやって見ることにするかな」

「ぜひどうかお願いいたします」

どうやら夢介がうなずいたので、番頭はまたもや御意《ぎょい》のかわらぬ中とでも思ったか、五百両はすぐおとどけしますからとおじぎをして、早々に帰って行った。

「夢さん、今夜はなんったって、あたしあんたといっしょに行きますからね」

玄関まで番頭を送り出したお銀は、茶の間へかえるなり膝を突きあわせるように坐っていた。

「そりゃ行きたければ行ってもいいがね、おらこれもどうも旦那の芝居ではねえかと思うだ」

夢介がにこりと笑いながら、意外なことをいい出す。

ぷんぷん浪人

「夢さん、どうしてこれが旦那の芝居かも知れないの」

お銀は大和屋の大番頭喜助がそこへおいて行った一つ目の脅迫状を、もう一度手にとって見ながら、訳がわからないという顔つきである。

「あの通人の旦那は、あれでなかなか負け惜しみが強そうだから、せっかく昨夜おらをなぶってやろうと思ったのに飛んだ邪魔が入ってなぶりそこなった。おまけに自分が縛られたもんだから、口惜しくなったんではねえかと思うだ」

そういえば昨夜、ちょうどあの時本当の強盗が入ってきたというのも、考えてみればおかしな話だと、夢介は気がついた。

「じゃ、旦那は一つ目の連中にさらわれたんじゃないっていうんですか」

「おら、どうも本当にできねえな、あの時隣の座敷に旦那がいたんなら話がわかるが、強盗が料理人を縛って、なんのためにわざわざ隣の座敷まで運んできたんかな。もっと変なのは、旦那を縛って行って、こんな手紙をよこすのが目的で、一つ目の御前があの二人をよこしたんなら、行きがけの駄賃におらから五十両奪って行くなんて、そんなあぶねえ真似はしなかろうと思うだ」

「それもそうねえ」

「お銀、いま帰った大和屋の大番頭さんな、堅気《かたぎ》な風はしているが、どこか垢抜けがしていなかったかね。おらの目には芸人さん、たいこもち、そんなところがあるように思えたがね」

「そういえば、大どこの番頭さんにしては腰が低すぎたようだけれど、――じゃ、旦那はあたしたちをこんな手紙で引っぱり出して、どうしようっていうのかしら」

「行って見なけりゃわかんねえけど、別に悪気があるわけではなかろ。昨夜の芝居をしくじっているので、ただ呼んで御馳走したんでは曲がなさすぎる。ちょいと二人をおどかしておいてから、改めて昨夜の礼をいおうというのさ、暇な金持旦那の考えそうなこった」

夢介には大体筋書が読めたような気がしたが、

「ふうんだ、誰がおどろいてなんかやるもんか。もし本当にそうだったら、うんと甘いところを見せつけてやるからいい」

と、お銀はまだ半信半疑ながら、すっかり大和屋に反感さえ持ってしまったようだ。

とにかく、その日の午《ひる》すぎに約束どおり大和屋から五百両の金がとどいたので、人の好い夢介はその夜時刻を見はからって、お銀をつれ、騙《だま》されるのを覚悟でわざわざ根岸の御行の松まで出かけて行った。

根岸は音無川という小川にそって、うしろに上野の山の森を背負った、前は金杉新田の田圃《たんぼ》が広々とひらけた閑静の地で、金持の寮の多いところである。梅は咲いたが、桜にはまだ早い時候で、夜はまだ肌寒かった。無論いま時分こんな淋しいところを通る者はほとんどない。

「お銀、少し時刻が早すぎたかな」

四つを相図に誰かここへ迎えにくるはずだが、有名な御行の松が黒々と星空へ枝をひろげているだけで、まだ誰もきていないようである。

「馬鹿らしい、四つを打ち出しても誰もこないようだったら、さっさと帰ってしまいましょうよ」

お銀はあんまり機嫌がよくないようだ。

「くたびれたんかね、姐御さん」

「くたびれやしないけれど、騙されるんだと思うと、あんまりいい気持がしないんだもの」

「少し抱いてやるべかな」

「だって、一つ目小僧なんかに見られたら、恥ずかしいもの」

誰も見ていなければ抱かれる気でいるらしいお銀だ。

「かまわねえさ、誰が見ていたって、おらたちは御夫婦だもんね。他人のおかみさんを抱くわけではねえです」

「そうかしら」

ついお銀の声が甘ったるくなった時、

「おい、こらッ」

松の蔭からぬっと出てきた者がある。浪人者風の男だ。

「お晩でごぜえます」

たぶんそうだろうと見ていた夢介だから、いそいでていねいにおじぎをした。

「貴様、小田原在の夢介だな」

「さようでごぜえます」

「かりそめにも不動尊の前で、女なんか抱く奴があるか怪《け》しからん奴だ」

「間違わねえで下せえまし。これおらのおかみさんでごぜえます」

「馬鹿、女房でも女は女だ」

「あのすいませんけれど――」

お銀は黙っていられない。

「うちの人をそんなに馬鹿呼ばわりしないで下さいまし。こう見えても、とても親切で知恵もどっさりあるんですから」

「馬鹿ッ」

「あら、また馬鹿ですか、お武家さまは一体誰方さまなんです」

「貴様たちを迎えにきた者だ」

「じゃ、一つ目さんのお使いですか」

「そうだ。黙ってついてこい」

浪人者は小橋を渡って、小川にそいながら、梅屋敷の方へさっさと歩き出す。

「ねえ、あんた」

「なんだね姐御さん」

「厭だあ、姐御さんだなんて——もうあたし、おかみさんなんだもの」

「ああそうか。なんだね、お銀」

「行きは我慢するけれど、帰りはきっとおぶって下さいね」

「いいとも。その方がおらも背中があったかくて歩きいいだ」

「不動さんの前だって、おろしちゃ厭だから」

「黙って歩け」

浪入者が振り返ってどなりつけた。

「おお恐い。これ内密話《ないしょばなし》だったのに、——ねえ、あんた」

お銀が夢介の顔を見てにやりと笑う。もうよせ、と夢介は目でとめた。大和屋の通人旦那が芝居でよこした男ならこうぷんぷんするはずはない。少し様子がおかしいようだと気がついたからである。

浪人者は間もなく橋を渡って正面にある古風な門のくぐりをあけて、

「入れ」

といった。二人を先へ入れておいて、後をしめ、式台つきの玄関までなかなか林が深い。

廊下から座敷へ案内されて、夢介もお銀もあっと目を見張ってしまった。

正面に一つ目の御前大垣伝九郎が例のとおり冷たい表情で大将らしく座をかまえ、左右に用心棒の浪人者が二人、後はならず者たちの相撲上りの岩ノ松、鬼辰、深川の悪七、美人局の清吉など十二三人、たいてい顔見知りの奴ばかりが、いずれも贅沢な膳を前へおいて、大あぐらで酒を飲んでいる。この一座と顔をあわせるのも久しぶりだが、もっとおどろいたことには、次の間には大和屋九郎右衛門をはじめ、妾のおきぬ、今日夢介の家をたずねてきた大番頭の喜助、芸者らしいのが四人、下男下女、さてはこの寮の留守番とも思われる年寄夫婦まで合せてこれも十二三人、みんな後手に縛られて悄然と坐っているのだ。

こんな念の入った芝居があるだろうか。

いや、芝居ではあるまい。ここは大和屋の根岸の寮で通人旦那が芝居の筋書を書き、料理の用意までしておいたところへ、どこからどう知れたか本物の大垣伝九郎が取巻きをつれて乗りこんできて、家中の者を縛りあげた、たしかにそんな恰好だと見ている中に、

「御前、つれてまいりました」

迎えにきた浪人者がここへ坐って、伝九郎の方へ挨拶した。

「御苦労――。座につきなさい」

伝九郎にかわって答えたのは、猪崎という用心棒だ。はっと頭をさげて、その男は鬼辰の上座の空いた席へつく。すぐに銚子を取り上げたのは料理人風の中年の男で、これだけは自分の膳がないようだから、たぶん昨夜通人旦那のかわりに縛られていたという板前の定吉だろう。この男まで縛ってしまっては一つ目の社中も酒が飲めないから縄だけは許して、そのかわり追っ使っているのだろう。鋼

「やいやい、なにをぼんやり口をあけて眺めてやがんだ、早く御前に挨拶をしねえか」

たちまち噛みついてきたのは深川の悪七である。なるほどそういわれて見ると、夢介はお銀といっしょに末座の真ん中へ見世物のように坐らされて、ぽかんとあたりを眺めていたのだ。

「あれえ、うっかりしていましただ。皆さん、お晩でごぜえます、大和屋の旦那お晩でごぜえます」

特に九郎右衛門には念入りにおじぎをする夢介だ。縛られている大和屋は、じろり夢介の方を見て、うなずいて、さすがに旦那だけは怒ってはいるようだが、弱った顔はしていない。

五百両の芝居

「お銀、手前はつんぼなのか。それとも唖《おし》か」

つんと澄して外方《そっぽ》を向いてそれが昨日今日やっと夢介と思いがかなってひどく色っぽさをました大丸髷のお銀だから、つい悪七もからんで見たくなったのだろう。

「おや、うちの人が挨拶をしたんだからいいと思ったんですが、あたしもしなければいけないんですか」

「あたりめえよ、挨拶をこみですます奴があるもんか」

「ほ、ほ、七さんはお堅いこと、こんなことだけはねえ。――みなさん、今晩は、ずいぶんお久しぶりでござんすねえ。去年の暮、たしか水神の森の気ちがい屋敷で焼玉《やきだま》がころげまわった時以来でしたかしら。あの時は飛んだ失礼をいたしました。それでもよくまあみなさん御無事で、本当にお目出とうございます。そういえば、あの色気ちがいの御後室さまはその後どうなさいましたろう」

「黙らねえか、あま」

「あら、こん度は黙るんですか。まだ半分しか挨拶はすまないのに」

「ふざけるねえ。挨拶はただおじぎをすればいいんだ」

「右や左の旦那さまといってですか。おお厭だ、それじゃまるで乞食みたいじゃありませんか。七さんじゃあるまいし」

「なんだと、こん畜生――」

となって悪七が片膝立ちになったので、

「臭いからそばへお寄りでない。――あれえ、助けてえ、あんた」

お銀はわざと金切声をあげて、夢介の大きな背中へ貼りついて見せる。一つ目の連中は毎度のことだから苦笑いしているが、縛られている大和屋側の者たちは、びっくりして、思い切ったお銀の悪ふざけぶりを眺めている。

「七、控えろ」

猪崎浪人が苦い顔をして、悪七を叱った。

「へえ。――後でおぼえていろ、あま」

とめられたのがいい幸いで、うっかり飛びかかると、どんな荒っぽい手品を使うかわからないお銀なのだ。

「夢介、大和屋の身のしろ金五百両、持参したろうな」

猪崎が改めて切出す。

「へえ、持参したでごぜえます」

「その折り一つ目社中から出したという手紙といっしょに、五百両これへ出せ」

言葉が変だから、夢介ははっと気がつき、

「あの手紙は、人目にふれるといけねえと思って焼いてしまったでごぜえます」

と、嘘をついた。

「どうしましょう、御前」

ちらっと伝九郎の方老見て、大垣が鷹揚《おうよう》にうなずくと、

「惜しい証拠を焼いてしまったな。止むを得ぬ。金だけ出せ」

と、しかつめらしい顔をする猪崎浪人だ。見こまれたが因果で、五百両は仕方がないとしても、手紙があればそれを種に、もうひとゆすりする気だったのかも

知れぬ。

「少しおうかがいしてえだが、この人たちはどういうわけでごぜえましょうか」

夢介は縛られている人たちの方を見ながら、一応きいてみた。

「どうもこうもない。大和屋九郎右衛門が今夜、勿体《もったい》なくも一つ目の御前の名を騙《かた》って、お前から五百両捲き上げるということが、幸い事前にこっちの耳へ入った。怪しからん儀だから、さっそく当家へのりこみ、このとおり、一同を縛り上げて、お前たちのくるのを待っていたのだ。即ちお前が持参した金子五百両は、名を騙った不埒《ふらち》料として一つ目の御前がお取上げになるから、左様心得ろ」

なんだかわかったようなわからないような妙な理窟である。

「大和屋の旦那――」

夢介は静かに九郎右衛門の方を向いた。

「いまお聞きなすった通りでごぜえますが、おらが持参の五百両、一つ目さまに差上げてもいいでごぜえましょうか」

「いいようにしておくれ。私はどうせ手も足も出ない達磨《だるま》なんだから」

旦那はすっかりあきらめているようである。

「定さん、そのお盆をかしてもらいてえだ」

「へえ」

板前の定吉が取ってくれた盆の上へ、夢介は胴巻の中から二十五両包みを二十取出して杉形《すぎなり》につみあげ、

「さて、お側衆さんがたに聞くだが、この金を差上げましたら、一つ目さまは今夜無事にここをお引取り下さるでごぜえましょうか」

と、念を押した。

「無論、不埒金さえおさめれば、御前はこんなところに用はない」

「そんなら定さん、御苦労ついでに、これを一つ目さまにあげて下せえまし」

定吉が五百両の盆を、重そうに大垣の前へ運んで行くと、伝九郎はわずかにうなずいただけで、自分では手をつけない、両側の用心棒が十ずつふところへ入れるのを見て、すっと座を立った。

「お帰りだ。みんな立て」

取巻きが一せいに立って、ぞろぞろと後からついて行く。

「立派ですねえ、夢さん、まるで乞食大名のようじゃありませんか」

お銀が聞こえよがしに感心して見せる。

「お銀、悪態つくでねえ」

夢介がいそいでたしなめたが間にあわなかった。

珍しく伝九郎が、じろりとお銀の方へ冷たい棄て目をくれて行く。

「せっかくひとがほめているのに、厭だあ、夢さんは」

お銀は体をくねらせながら、もう伝九郎など目の中にないようである。

一人取り残された定吉が呆れてぽかんとこっちを眺めていた。

「定さん、早く旦那の縄を解いてあげるがいいだ」

「へえ」

はっと気がついて、定吉は大和屋のそばへ飛んで行く、次はおきぬ、それから大番頭の喜助、そのころになってやっと人心地のついてきた女たちが、ああ恐かった、本当にどうなることかとびっくりしちまって、などひそひそ話が出はじめた。

「夢介さん、あの手紙を大垣に見せたのはお前さんじゃないかね」

旦那は手が自由になると、煙草盆《たばこぼん》を引きよせてさっそく一服つけながら、妙に底意地の悪い目をするのだ。

ああ負け惜しみだな、と夢介はすぐ気がついたから、

「いいえ、おらではねえです。おらこのとおり、いまもこの手紙を、一つ目さま

に渡さなかったくれえです」

と、おとなしくふところから脅迫状を出して、旦那の前へ返してやった。

「すると仙八、お前だな」

「そりゃお情ない、旦那。忠義者の仙八が、なんでそんな不埒な真似を、飛んだお目がね違いでげす」

大番頭喜助が額をたたいて、たちまちたいこもちの仙八に早がわりをした。

「しかし、夢介さんかお前か、それでなければ私のほかに、この筋書は、――ああ、板前の定吉がいた。定吉、定吉」

その定吉がいつの間にか座敷から姿を消していた。

「はてな、あの芝居を考え出したのは、定吉だったじゃないか」

大和屋の旦那は世にも奇妙な顔をした。

それでわかった。定吉が一つ目の一味だとすれば昨夜の強盗の悪七と清吉も、ちゃんと定吉としめしあわせていて、あんなうまい機会をつかんだのだ、と夢介はやっとわかったような気がしたが、今さら余計なことだから口に出してはいわなかった。

「夢さん、そろそろお暇しましょうか」

ちょうどいいところで、お銀が切り出してくれた。

「そうだな、お暇すべ」

「まあいいじゃあないか、夢介さん」

旦那があわててとめようとしたが、すっかり臍《へそ》の曲《まが》っているお銀だから承知しない。

「いいえ、旦那、もう五百両のおもしろい大芝居を拝見させてもらったんですから、たくさんでござんす。あんまり長居をして、大切なうちの人が濡《ぬ》れ衣《ぎぬ》なんかきる役にされると、つれそう女房は気が揉めて、――ほ、ほ、ごめんなさい、旦那、これから帰り道は、うちの人と二人っきりで、たのしいお芝居をして行きます」

「へえ、どんな芝居だね」

物好きなふらふら旦那だから、つい乗せられてしまった。

「お半長右衛門の道行なんです。あたしがうちの人におんぶして、神田までずいぶん花道が長いでしょう。お半がこの人の耳を引っ張ったり、喉をくすぐったり、なにしろお半はまだ十四なんですものねえ、――ほ、ほ、みなさん真っ平ごめん下さいまし」

夢介の袂をつかんで、無理に立たせて、あわよくば人前もなく、そこからもうおぶさって行きそうなお銀だ。

それがまた年増盛りの水際立った女ぶりだから、旦那はぽかんとして、夢介がうらやましそうな顔である。

「お銀、さあおんぶしてやるべかな」

外へ出ると、夢介は笑いながらいった。御行の松へ出るまで、この辺は片側は田圃《たんぼ》道だから、暗くて淋しい。

「まだいいの」

お銀の返事はなんとなく神妙である。

「どうかしたんかね、姐御さん」

「あたし、いけなかったかしら」

「なにがだえ」

「ちっとも今夜はおかみさんらしくなかったんだもの、ごめんなさいね」

利かぬ気だから、相手の出ようでつい地は出るが、それをすぐまたこうして反省するほど、お銀は女らしくなってきたのだ。

「今夜は仕方がねえさ」

「そのかわり、そのかわり、もうきっといいおかみさんになるわ」

「そんなに後悔しねえでもいいだ。さあ、おぶってやるべ」

いじらしくなって、わざと明るくお銀の方へ背中を向けた夢介が、はっとそのまま、お銀をかばって後ずさりをした。

ちょうど小橋をわたって、御行の松へさしかかったところで、その物蔭から二人、三人、ばらばらと行く手の闇へ飛び出してきた奴があるのだ。

銃声一発

「どなた様でごぜえましょうか」

夢介は闇をすかして見るようにして声をかけてみた。

「おれは一つ目社中の猪崎だ」

その猪崎浪人ばかりではなく、前に四人、境内に五六人、恐らく大垣伝九郎をはじめとして今夜の人数がそっくり揃ってここに待伏せしているらしいのは、どういうつもりがあるのだろう。

「ああ猪崎さまでごぜえましたか。さっきは失礼いたしました。こんなところで、どうかなすったんでごぜえますか」

「別にどうもしねえ。貴様たちのくるのを待っていたんだ」

「あれえ、なんか御用でごぜえましょうか」

「用があるから待っていたのよ。さっきおれたちが大和屋の寮を引きあげる時、貴様の女房お銀が一つ目の御前になんと悪態ついたかおぼえているか」

「さあ、ついうっかりしていましただが、もし失礼なことがごぜえましたら、どうか勘弁してやって下せえまし」

「ならん。お銀の悪態は今夜にはじまったことじゃねえが、御前をつかまえて乞食の物貰いのと、言語道断《ごんごどうだん》の奴、もう勘弁ならんによって、今夜はお銀をつれてまいり、二度と左様な口が利けねえように、御前がみっちり仕置をなさる。怪我がしたくなかったら、お銀をおとなしく渡すがいい。相わかったか」

そんなことをうっかり相わかってはたまらない。お銀が大垣伝九郎を憎むのは、一度満座の中で素っ裸にされた怨みがあるからで、水神の森の気ちがい屋敷の時には、自分を座敷牢へ押しこめておいて、それを囮《おとり》にお銀を手ごめにしようとたくらんだことさえあるのだ。

「そんな無理はいわねえで、勘弁して下せえまし」

「なに、無理だと――。なにが無理だ」

「猪崎さまはもし、お前の女房を仕置するんだからわたせ、と誰かにいわれたら、へえ、かしこまりましたと、すぐおとなしく相わかるでごぜえましょうか」

「おれには女房はない」

「それはまあ不自由なことでごぜえましょう。早くおかみさんを持ってごらんなせえまし。とても可愛くなって、そんな無理は決していえなくなりますだ」

「馬鹿、余計な舌をたたくな」

「そんならこうしますべ。お銀にここでようくあやまらせて、これからは二度と悪態をつかねえように誓わせますで、それで許してもらうわけには行きますすめえか」

「ならんといったらならん。御前がお待ちかねだ。早くお銀を出せ」

人数を笠に、あくまでも横車を押そうとする面構えが、いかにも憎い。しかも柄に手をかけておどかし半分、猪崎浪人がぐいと一足前へ出たので夢介のうしろでじりじりしていたお銀が、

「いいかげんにおしよ、馬鹿」

嚇《かっ》となって、手にしていた得意の卵の目つぶしを、その真眉間《まみけん》に叩きつけてし

まった。

「いけねえだ、お銀」

一つ目の連中がここに待っていて、こんな真似をするからには、何か相当の用意がある。迂闊《うかつ》に手出しはできないと見ていた夢介だから、あわててとめようとしたが、もう間にあわない。

「わあッ」

まともに目つぶしをくらった猪崎浪人が、両手で目を押えながらがくんと膝を突いたのが切掛《きっかけ》で、

「それ、やっちまえ」

「お銀を引っさらえ」

前の三人は夢介へ、境内の人数はお銀へ、一度にだっと殺到した。

「お銀、おらのそばを離れるでねえぞ」

もう仕様がない、夢介は前から匕首《あいくち》をきらめかして突っかかる深川の清吉の利《きき》腕《うで》をつかみとめながら、お銀に注意した。

清吉は夢介の怪力を知らないから、いきおいよく真っ先に飛び出したので、利腕をつかまれたとたん、骨がくだけそうな激痛に全身の力が抜けてぽろりと匕首

を取りおとし、真っ青になって痛いという声さえ出ない。

「ううむ」

しぼり出すような呻き声といっしょに、爪足立ててのけ反りもがくだけだ。

その間にお銀は、あい、と返事だけは素直だったが、今は始めから一つ目社中の偽せ脅迫状で家を出てきたのだから、いざという時の用意だけはちゃんとしてきている。境内からばらばらと飛び出してくる奴等へ、目つぶしの卵が三つ四つ、あざやかに飛び散って、瞬くまに三人までは倒したが、なおも残る二人が性懲《しょうこ》りもなくつかみかかろうと追ってくるので、

「あれえ、人殺しい。追剝《おいはぎ》ですよう」

画白半分に金切り声をあげながら飛びのいて、その二人へ目つぶしを叩きつけたとたん、
だーん。

ただ一人境内に残っていた大垣伝九郎の手から、短筒が火を吐いた。

「あっ」

ばったり倒れたのは夢介である。

「夢さん――」

ぎょっとして棒立ちになるお銀の背後から、さっと躍りかかって羽掻《はが》いじめにしたのは、今まで物蔭から、その時を待っていた悪七だ。

「放して、――放して」

「なにを吐しやがる。こうなりゃもうこっちのものだ」

大の男に力一杯組みつかれたのでは、さすがにお銀もどうしようもない。いや、自分のことより撃たれた夢介の生死が嚇と頭へのぼって、

「畜生っ、お放しってば――。夢さん、しっかりして、夢さん」

半狂乱のお銀が、ずるずると悪七を引きずる。その狂態を冷やかに見ていた伝九郎が、短筒をふところへおさめて、俯伏せに倒れている夢介のそばへよりながら、悠々と抜刀した。

お銀の見ている前で、最後のとどめを刺す気なのだろう。

「待って、待っておくれ、大垣さん」

とどめを刺されてしまっては、助かる怪我人でも殺してしまわなければならない。

「お願い、お願いだから、大垣さん、たった一目――」

身も世もなくもがき叫ぶお銀には目もくれず、伝九郎は勝ち誇ったように、い

きなり夢介の体を足蹴にした。その足で肩のあたりをぐいと踏んまえようとした時、もそりと夢介の手が伸びて伝九郎の足首をつかむ。

「あっ」

愕然として、伝九郎はうろたえながら切先を突き立てようとしたが、それより早く激痛が全身へ走って、次の瞬間にはどっと尻餅をつきながら、うーむと気を失っていた。

こん度は悪七がぎょっとする番だった。思わず手がゆるんだから、するりとその手の中を抜けたお銀が、

「畜生――」

たった一発残った目つぶしを、腹立ちまぎれに厭というほど真眉間へ叩きつけた。

「わあッ」

今の今まで憎まれ口を利いていた奴が、もろくもがぐんと双膝をついてしまう。

「夢さん――」

まだ倒れたままの夢介の体へ、夢中でおおいかぶさって行こうとすると、

「お銀か、逃げるだ」

むくりと起き上った夢介が、そのお銀の体を中途で抱きとめ引っかかえるように立上るなり、一散に車坂の方へ走り出した。

春の星

考えて見ると、一つ目社中で無事に残ったのは、始めから逃げ腰だった二人かで、とても追いかけるなどという度胸はなさそうだから、そんなに息を切って駈け出すことはなかったのだ。

「もう苦しいから、夢さん」

坂本へ出てから、お銀はやっとそこへ気がついて立止った。丸髷の根はがっくり落ちて半分こわれかかっているし、衣紋も帯も散々に着くずれて我ながらみじめな姿である。

「ああ夢さん、あんたどこも怪我しなかったんですか」

このくらい駈けられるのだから大丈夫だろうとは思うが、お銀は急に心配になって男の顔色をのぞきこんだ。

「いや、おらたしかに腹へ一発うけたから、冷っとしてぶっ倒れた」

「なんですって、夢さん」

思わず胸倉をつかんで引きよせているお銀だ。

「それで、それで、どこも痛くないの」

「いまに痛み出すと思って、おらも心配していただが、ふしぎとまだ痛くならねえだ。どうしたんだろうな、お銀」

「厭だあ、そんな。血は、血は出ていないの」

夢介は腹を押えて妙な顔をしている、

「あれえ――」

急に素《す》っ頓狂《とんきょう》な声を出す。びくっとして、

「血、血が出ているんでしょ夢さん。どうしようねえ」

とお銀はおろおろ声になる。

「そうでねえだ」

「じゃ、痛むの、痛み出したんでしょ」

「あはは、お銀、ちょいとここを見てくれ。穴があいているだ」

「えッ、穴が――。困っちまったねえ。どこかにお医者が――」

「違うだよ。着物に穴があいて、あれあれ、胴巻にも穴があいて、――わかったぞ、お銀。弾丸は、小判がよけてくれただ」

「どれ、見てあげる夢さん」

地へ膝まずいて、夢介の手をどけて見ると、なるほど帯の上の少し上に穴があいて、鼻を近づけると、ぷうんと焔硝《えんしょう》くさい。弾丸はたしかに当るには当ったのだが、運よく胴巻の小判がよけてくれたのだろう。もう少しどっかへずれていれば、無論今ごろは命のないところだった。

「恐いッ」

お銀は思わず夢介の腰へしがみついて、涙が堰《せき》を切ったように流れてきた。

「あれえ、血でも流れているのかね、お銀」

「知らない。あんたは、あんたは――」

「おかしいなあ。おらちっとも痛くねえだがなあ」

「夢さん――」

お銀はふいに立上った。

「これからいっしょに、観音さまへおまいりに行きましょう。ね。みんな観音さまのおかげなんです。自分の命運がよかったんだなんてそれこそ罰があたるわ、すぐお礼まいりに行きましょう」

「そうすべ。たしかにそれに違いねえだ」

あの時はっきりと腹に衝撃をうけて、やられたと本当に思っただけに、夢介もまた決して命運がいいなどとは自惚《うぬぼ》れきれないのだ。

お銀はしっかりと男の手を握って、ぐんぐん浅草の方へ歩き出す。ただうれしくて、ありがたくてたまらない。もし夢さんが死んだら、あたしだって生きてやしないんだから、と何度も何度も思う。そして、ふっと心配になってきた。ああいう執念深い大垣伝九郎のことだから、またきっと夢さんを狙うに違いない。

「ねえ夢さん、一度小田原へ帰りましょうか」

なんといっても、それが一番安全な道のようだ。

「そうだなあ」

「あたし、あんたが死んじゃ厭だ。あたしなんかどうなったってかまわないけど」

「そんなわけには行かねえだ。おら姐御さんが死んだら、坊主になるだろう」

「本当かしら」

「本当だとも、姐御さんのお骨《こつ》おぶって、きっと高野山へのぼるだ」

「うれしいわ。うれしいけど、死なないでいつまでもあんたのそばにいたいわ」

「やっぱり小田原へ帰るべ。おら別に大垣伝九郎が恐いわけではねえが、できればまだ弾丸なんかに当ってはいられねえだ。親父さまに逆見せたくねえし、お米坊にだってお婿《むこ》さんも見つけてやんなければならない。三太も早く一人前にしてやりてえものな」

「本当だわ」

暗い夜更けの道だから、誰に気兼ねもなく二人はいつまでも手を取りあって歩いていた。

「でも、小田原の阿父つぁん、あたしをあんたのお嫁にしてくれるかしら」

「大丈夫だとも。おらの親父さまは、よく話のわかる人だ」

「いいわ、もしお嫁がいけなければ、下女でもおさんどんでも、あんたのそばへさえおいてもらえれば」

そうだ、そんなことはいまからくよくよ心配しなくても、大慈大悲の観音さまにおまかせして、あたしはもう二度と目つぶしなんか持って歩かない女になればよかったのだ。そう気がつくと、お銀の心はひとりでにほかほかとあたたかくなってくる。

「お銀、おらが去年親父さまに千両貰って、道楽修業に江戸へ出てきたのはちょうど今時分だから、もう一年になるな」

　夢介が感慨深げにいう。

「そうでしたねえ。あれは去年の春でしたねえ」

「大磯の宿を出外《ではず》れた松並木で、お前にうしろからぽんと肩をたたかれて――」

「厭だあ、その話だけは堪忍して」

　あの時はまだおらんだお銀で、この人の重いふところを狙って声をかけたんだから、お銀は顔が赤くなる。

「考えてみると、この一年、ずいぶんいろんなことがあった」

「あたしやきもちばかり妬《や》かされて、どうしてこんな田舎っぺに、こんなに惚れちまったのかしら」

「ありがとうごぜえます。おがげでおら、千両でこんないいお嫁をみやげに買って帰るだから、親父さまさぞ――」

「――びっくりして、呆れて、お歎きなさるでしょうよ」

「違うとも、おらのお嫁だもの、きっとよろこんで可愛がって下さるだ。そのかわりな、お銀」

「あい」

「これからは二人してどっさり親父さまに孝行すべ」

「うれしいわ、夢さん、あたしにも親孝行ができるのね」

「明日は天気にしてえもんだ」

見あげる夜空に、春の星が一面にあかるくうるんでいる。お銀はほっとため息をつきながら、惚れた男といっしょに親孝行に帰る旅、真人間になって初めて踏む東海道の土、青い海が、きれいな松並木が、はっきりと瞼《まぶた》にうかび、あふれるような幸福がやるせないまでに胸一杯にふくれてくるのであった。

本書は『夢介千両みやげ』（一九七三年・弊社刊）を底本としました。

なお、本書のなかには、今日の観点に照らして不適切な表現がありますが、著者が故人であること、また著者の意図は差別を助長するものではないことにかんがみ、底本に準じました。

特選時代小説

KOSAIDO BUNKO

夢《ゆめ》介《すけ》千両《せんりょう》みやげ

2014年2月1日　第1版第1刷
2022年2月5日　第1版第3刷

著者
山手樹一郎《やまてきいちろう》

発行者
伊藤岳人

発行所
株式会社 廣済堂出版
〒101-0052 東京都千代田区神田小川町2-3-13 M&Cビル7F
電話◈03-6703-0964[編集] 03-6703-0962[販売] Fax◈03-6703-0963[販売]
振替00180-0-164137　https://www.kosaido-pub.co.jp

印刷所・製本所
三松堂 株式会社

ISBN978-4-331-61571-3　C0193